RE 8.35
12-12

LES OCCUPANTS DU DOMAINE
*est le quatre cent cinquante-neuvième livre
publié par Les éditions JCL inc.*

Catalogage avant publication de Bibliothèque et Archives
nationales du Québec et Bibliothèque et Archives Canada

Dupuy, Marie-Bernadette, 1952-

    Les occupants du domaine
    Suite de : Les ravages de la passion.
    Comprend des réf. bibliogr.

    ISBN 978-2-89431-459-3

    I. Titre.

PQ2664.U693O22 2012   843'.914   C2012-941679-7

Les Occupant
du domain

Au plus grand amour de ma vie,
Louis-Gaspard, surnommé Lougass.

1
Le vent d'hiver

Vallée des Eaux-Claires, mercredi 10 janvier 1940

Une rafale de coups de feu déchira le silence glacé qui pesait sur la vallée des Eaux-Claires. Le bruit des déflagrations se propagea entre les falaises, sinistre et menaçant. Cela fit taire une enfant de onze ans qui fredonnait l'instant d'avant : « Vive le vent, vive le vent d'hiver… »

Les paroles de la chanson s'étaient éteintes et, avec eux, le sourire qui plissait les joues de Ludivine Dumont. Elle resta pétrifiée au milieu du chemin, son regard bleu figé par l'appréhension.

— Des chasseurs ? Oh ! je les déteste. Ils abattent de pauvres bêtes !

Elle avait envie de pleurer. Elle frotta le bout de son nez de sa main droite gantée de laine. Le froid était intense, polaire. Il frappait toute l'Europe, comme le répétait Léon le matin même. Pendant que la jeune écolière prenait son petit-déjeuner, le domestique avait lu le journal en s'appesantissant sur les températures relevées en France.

— Moins quinze à Paris, Jeannot ! Moins vingt dans le Nord, bon sang de Dieu ! On a bien fait de rentrer du bois ; il a neigé dru toute la semaine.

La fillette eut l'impression d'être glacée par le gel. Elle avait emprunté le raccourci entre le bourg de Puymoyen et le Moulin du Loup, afin de vagabonder à sa guise sur le plateau sauvage, semé de genévriers et de plaques rocheuses. Mais la neige verglacée rendait sa marche difficile, voire périlleuse. Et puis, il y avait eu ces détonations. Elle se décida à progresser, obsédée par des images qui la terrorisaient.

«Dimanche dernier, j'ai vu le maire se promener devant l'église avec deux gros lièvres, se souvint-elle. Il les montrait à tout le monde. Il y en avait un dont la tête était ensanglantée.»

Une bourrasque rejeta son écharpe sur son charmant visage, doux et rond, et lui enleva son bonnet. Elle le ramassa prestement. Aussitôt, une averse de flocons cristallins fouetta ses joues. La fillette comprit alors qu'elle avait eu tort de désobéir. Depuis que la guerre était déclarée, ses parents lui défendaient de traîner dans la campagne. Elle avait comme consigne de rentrer avec sa sœur aînée, Faustine, qui dirigeait l'école du village.

— Tant pis! J'serai grondée! cria-t-elle. *Vive le vent, vive le vent d'hiver!*

L'air glacé s'engouffra dans sa gorge et lui fit renoncer à chanter.

«Pourquoi il y a la guerre? pensa-t-elle, pleine de consternation. Tout le monde est triste, maintenant!» L'information avait été révélée le 3 septembre 1939, quelques jours après son anniversaire. La dame de Ponriant et son mari, qui possédaient un poste de radio, étaient descendus au Moulin pour annoncer la nouvelle. «Papa a tapé sur la table en criant: "Non, pas encore!" songea-t-elle en s'engageant précautionneusement sur la pente. Maman a pleuré. Du coup, Noël a été gâché. Voilà!»

Chaque année, pourtant, Noël chez Claire et Jean Dumont tenait de l'événement. Dès le mois d'octobre, on vivait dans l'attente du sapin décoré et des guirlandes de lierre enrubannées de rouge et d'or suspendues par sa mère aux vieilles poutres noircies. L'enfant se rappelait ces soirées magiques de fête quand un autre coup de feu partit, tout proche, celui-ci.

Un cri rauque y fit écho. Elle ne s'y trompa pas, c'était un râle d'agonie. Son jeune cœur s'épouvanta. Et si c'étaient les Allemands, les ennemis, qui attaquaient? On lui répétait que la guerre avait lieu très loin de la vallée, dans des pays voisins, mais elle sentait bien l'anxiété qui régnait partout: sous le toit du moulin, au bourg ou à l'école.

— Qu'est-ce que tu fiches là, toi? fit soudain une grosse voix à l'accent charentais prononcé. Qué fouineuse! T'es la gosse des Dumont?

Une sorte de colosse avait surgi de derrière un buisson, son fusil sur le bras. Il portait une lourde veste en cuir et une casquette vissée à son crâne. Sa cigarette faisait un petit rond orange dans le bleu du crépuscule.

— Bonsoir, monsieur! répondit-elle poliment.

Elle ne l'avait jamais vu. Craintive, elle recula un peu.

— Hé! t'en fais pas, j'vais pas te manger, mignonne! Je suis envoyé par la mairie d'Angoulême, rapport à une bande de chiens errants qui ont fait des ravages. Dix moutons massacrés du côté de Vœuil, ça te dit rien, ça? Enfin, des chiens errants ou des saletés de loups! Penses-tu, avec ce fichu froid, ça m'étonnerait pas qu'ils descendent des monts du Limousin… D'abord les loups à quatre pattes et, bientôt, on en aura sur deux pattes, des Boches, quoi! Y anéantiront tout. Y en aura, du malheur!

La fillette ne comprenait pas très bien ce discours, mais, en dépit des innombrables recommandations de sa mère, elle s'enhardit à discuter avec l'inconnu.

— Avant, il y avait des loups au Moulin! expliqua-t-elle d'un ton mélancolique. Le dernier est mort il y a cinq ans. Il s'appelait Moïse le jeune.

— Moïse? Quelle stupidité de donner des noms pareils à une bestiole! J'le sais, va, que ta mère avait coutume d'élever des loups. On en causait même en ville, aux Halles! Allez, file donc chez toi, j'ai point le temps de bavarder.

— Est-ce que c'est vous qui avez tiré, tout à l'heure, monsieur? s'enquit-elle timidement.

— Non, c'est un collègue sur le plateau d'en face, près du domaine de Ponriant. On est trois à patrouiller.

Il ricana, soudain déridé.

— J'en ai eu un, gamine! Là-bas, derrière toi. Peut-être ben qu'il t'aurait croquée si je l'avais pas chopé, c't'ordure!

Un spasme de dégoût et de révolte impuissante tordit l'estomac de l'enfant. Elle avait adoré Moïse le jeune, et aussi Lilas, la vieille louve de Bertille Giraud, que tout le monde dans la famille surnommait tantine.

— Qu'allez-vous en faire? bredouilla-t-elle. Il est bien mort, au moins?

— Sûr! J'dois rapporter le cadavre à la mairie, sinon pas de prime! Dis, t'es ben curieuse! File donc! Tes parents vont te chanter pouilles, de traînasser comme ça!

Elle s'enfuit, en larmes. Sans plus réfléchir au temps qui passait, elle dévala le sentier et obliqua sur la droite pour se glisser dans la Grotte aux fées. C'était un lieu sacré où rien ne pouvait lui arriver de mal. Claire veillait à l'entretien de la caverne, dont elle parlait avec vénération.

— Maman, ma petite maman chérie! se lamenta-t-elle.

Elle se pencha et vomit sur le sable gris qui tapissait l'entrée de l'anfractuosité. La fillette avait une sensibilité très vive. La violence la rendait malade, même si elle n'en était pas témoin, même si elle en percevait seulement l'écho. Ce trait de caractère tourmentait ses parents. Là encore, elle souffrait dans son corps, dans sa chair innocente, à l'idée du loup abattu. «Il avait pourtant le droit de vivre; c'est Dieu qui l'a créé!» se répétait-elle.

Un regret lancinant se mêlait à sa grande douleur. Elle espérait chaque hiver découvrir un louveteau abandonné et le ramener au Moulin, afin de rétablir la tradition ancrée depuis des années. «Maman serait tellement heureuse! se dit-elle, consternée. Elle m'a raconté si souvent comment elle avait trouvé Sauvageon, son premier loup!»

Un peu écœurée par l'odeur du vomi, elle l'enterra dans le sable du bout de sa bottine. Ses grands yeux bleus, ourlés de cils noirs et recourbés, héritage paternel, se posèrent avec une infinie tendresse sur les bâtiments rassemblés le long de la rivière et qui constituaient le Moulin Roy-Dumont. Les cheminées fumaient, et les panaches d'un gris laiteux se dessinaient sur le sombre des prairies alentour. L'enfant vouait à sa maison natale une passion farouche. Pour elle, il n'y avait pas de lieu plus beau sur la terre.

— Il faut que je rentre! s'inquiéta-t-elle enfin.

Mais un juron véhément en provenance du plateau l'en

dissuada. L'homme au fusil poussait de véritables hurlements de rage. Il neigeait dru, à présent, des rideaux de flocons secoués par le vent.

«Mais qu'est-ce qui se passe?» s'apeura-t-elle, incapable de quitter l'asile de la Grotte aux fées.

En tendant l'oreille, elle distingua nettement des grognements atroces. Une détonation éclata, assortie d'exclamations déchaînées.

— Non! Non! s'écria-t-elle.

Quelques minutes plus tard, une forme agile, de petite taille, déboula sur l'esplanade. L'animal voulut faire demi-tour en apercevant l'enfant, mais il roula sur le sol avec un couinement de souffrance. Stupéfiée, elle l'observa et remarqua qu'il avait une patte avant brisée et ensanglantée. La pauvre bête se relevait déjà et, pleine d'une énergie désespérée, tentait de se réfugier dans le fond de la caverne.

— N'aie pas peur! lui dit doucement la fillette. Reviens, je t'en prie, je peux te soigner, moi!

Un bruit de pas et des crissements sur les cailloux ponctuèrent ces paroles, et l'homme fit irruption dans la Grotte aux fées. Le canon de son arme semblait viser Ludivine Dumont tel un sinistre œil noir rompu à semer la mort et le malheur.

— Bordel, t'es encore là, toi! rugit le chasseur. Allez, écarte-toi, fiche-moi le camp que j'achève le travail! Figure-toi que j'avais blessé c'te maudite bestiole, qu'était un jeunot, et la mère a failli m'égorger! Je lui ai logé une balle dans la cervelle, à c'te gueuse! Y me faut le petit. Ça grossira la prime.

— Quel petit? s'égosilla-t-elle. Je me suis abritée ici et j'ai pas vu de petit.

— Ah ouais, prends-moi pour un con! Et ces traces, là, c'est-y le diable qui les a faites?

— Non, c'est un renard qui a sa tanière pas loin de chez nous! Cette grotte appartient à mes parents; c'est une propriété privée, monsieur! Je rentre toujours de l'école par le raccourci et, par mauvais temps, je me réfugie ici, chez moi!

Elle mourait d'envie de se retourner pour s'assurer que

le louveteau avait disparu dans les entrailles de la roche. Mais cela aurait renseigné l'homme et elle se maîtrisa. Du haut de ses onze ans, elle toisait l'individu qui lui inspirait une réelle répulsion.

— Je vous prie de sortir! dit-elle sans pouvoir empêcher ses dents de claquer. Ma mère, Claire Roy-Dumont, n'aime pas qu'on rôde sur ses terres.

— J't'en foutrais, moi, de la propriété privée! tempêta-t-il. Madame ta mère, crois-tu qu'elle remboursera les moutons tués? J'ai un boulot, je le fais! Dégage de là ou je te colle une claque que tu s'ras pas prête d'oublier, sale petite morveuse!

— C'est ma fille, que vous qualifiez de morveuse? observa sèchement un autre homme, qui venait de se hisser sur le replat. Je vous recommande de baisser votre fusil et de partir, monsieur le fort en gueule, sinon vous allez avoir affaire à moi!

Jean Dumont tenait un solide bâton à deux mains. Vigoureusement planté sur ses jambes robustes, il bravait l'intrus du même regard bleu que l'enfant. Celle-ci débordait de soulagement.

— La Grotte aux fées est bien un terrain privé! précisa-t-il. Et j'en suis le propriétaire. On ne chasse pas chez moi.

— Non, mais dites donc, je suis mandaté par la municipalité d'Angoulême! Je dois débarrasser le coin de la bande de loups qui fait des dommages sur vot' commune. Alors, propriété privée ou pas, j'ferai mon boulot! Et je vous dirai même que c'est dans vot' intérêt de pas me chercher des noises, môssieur l'ancien forçat!

Ces mots perfides laissèrent Jean abasourdi quelques secondes. Cela faisait des années qu'on ne lui avait pas jeté son passé à la figure.

— Ah! ça vous étonne, hein? ironisa le colosse. On est bien renseignés sur vous et vot' femme, en ville. Et c'est pas trop catholique, ce que vous trafiquez dans vot' Moulin du diable.

La fillette prit peur. Son père avait son visage des mauvais jours, dur et inflexible.

— Sale brute, fichez le camp! tonna Jean Dumont.

Il ne chercha plus à discuter et leva son bâton. D'un seul coup bien porté, il désarma son adversaire. Le fusil tomba sur le sol. Les deux hommes s'empoignèrent par le col de leur veste. Ils combattaient en silence, chacun essayant de pousser l'autre en dehors de la grotte.

— Attention, papa! implora l'enfant, affolée.

Malgré cette supplique, Jean décocha un violent coup de poing sur la mâchoire du chasseur. Le type, déstabilisé, chancela en marmonnant:

— J'porterai plainte pour coups et blessures! Vous vous en tirerez pas comme ça, j'vous l'dis!

Il semblait hésiter à riposter. Soudain, l'œil mauvais, il voulut récupérer son fusil. Jean fut plus rapide. Il s'empara de l'arme et laissa tomber les cartouches par terre. Enfin, il la lança au loin, sur la pente.

— Partez. Vous n'êtes qu'un lâche! affirma-t-il. Et ne venez plus traîner par ici, vous et vos semblables. Vous valez moins que des loups!

— On en reparlera, faites-moi confiance! Vous perdez rien pour attendre!

Il quitta la Grotte aux fées de son pas pesant.

Dès qu'il eut disparu, Jean prit sa fille contre lui et la réprimanda d'un ton toutefois rassurant.

— Je suis navré, Ludivine! Tu as eu très peur, n'est-ce pas?

Elle hocha la tête avec véhémence, encore toute tremblante.

— Que faisais-tu là? s'offusqua-t-il. Nous t'avons interdit cent fois de prendre le raccourci. Cet abruti aurait pu te blesser par erreur. Ce genre de chasseur ne pense qu'aux primes qu'il reçoit. Je ne sais pas s'ils abattent des chiens errants ou de véritables loups.

— Papa, ce sont bien des loups, affirma-t-elle dans un souffle. Il y en a un tout jeune qui s'est faufilé au fond de la grotte. Si on le rapportait à maman? J'ai vu qu'il avait une patte brisée, mais on le soignerait!

— Je n'en doute pas! soupira-t-il. Je devine qu'à vous deux, maman et toi, vous ferez des miracles. Même blessée, ta bestiole doit être loin, à l'heure qu'il est. Mais tu n'as pas encore répondu. Que faisais-tu ici, alors que tu devais rentrer avec Faustine? C'est elle qui nous a informés que tu avais quitté l'école sans l'attendre.

Intriguée, la fillette dévisagea son père.

— Dis, papa, c'est quoi un forçat?

— Une insulte comme une autre, mignonne. Viens donc, maman doit se faire du souci. Mais, d'abord, explique-moi ce qui t'a poussée à désobéir.

— Pardonne-moi, il fallait que je passe par là, surtout ce soir. Ce matin, j'ai entendu hurler des loups. De la fenêtre de ma chambre. Il faisait un peu nuit, il était six heures. Ne me gronde pas. Je voulais tellement faire plaisir à maman, lui trouver un bébé loup à apprivoiser.

— Eh bien, ce n'était pas bien futé! Les temps ont changé, Ludivine. Je sais bien que tu as souvent écouté avec grand intérêt l'histoire de Sauvageon, que maman avait recueilli un soir d'hiver comme celui-ci. Mais il n'y a plus guère de loups, et nous n'avons pas besoin d'une bête sauvage au Moulin. Bon, fais-moi un sourire et tiens-moi bien la main. Le sentier est verglacé.

À soixante-trois ans, Jean Dumont fondait d'adoration devant cette fillette que le ciel lui avait envoyée si tardivement, comme le symbole vivant de sa rédemption. Il la grondait peu, répugnait à la punir et encore plus à contraindre sa nature fantasque. Chaque fois qu'il la serrait dans ses bras, il remerciait Dieu. Claire éprouvait la même affection passionnée et indulgente pour leur enfant, au point de céder à un caprice que la petite avait fait le jour de ses cinq ans. Elle ne voulait plus porter son premier prénom à l'état civil, Augustine, mais le second, Ludivine. C'était après avoir écouté l'histoire de cette sainte, racontée par Faustine alors qu'elle découpait le gâteau.

— C'est moi qui t'ai donné ce joli prénom, avait dit sa sœur, son aînée de vingt-huit ans. Ludivine avait été blessée par un attelage. Elle est restée paralysée comme tantine Bertille jeune fille, mais elle a reçu le pouvoir de guérir, comme toi et maman!

— Ludivine, c'est bien plus beau qu'Augustine! avait proclamé la fillette. Quand j'irai à l'école, il faudra leur dire de m'appeler comme ça.

Claire et Jean n'avaient pas attendu cette date pour lui donner satisfaction. Depuis, toute la famille jugeait que Ludivine correspondait beaucoup mieux à cette rayonnante fillette au regard d'azur et au cœur d'or.

— Heureusement que je suis monté jusqu'ici! reprit Jean. Je pressentais que tu avais pris le raccourci et, avec tous ces coups de feu, je n'étais pas tranquille. Viens vite, tu es glacée.

— Et le petit loup, papa? supplia-t-elle. Il va sortir de sa cachette pour rejoindre sa mère, mais elle est morte.

— Nous verrons ça demain! Il faut redescendre chez nous avant la nuit. Ce pauvre animal a dû se réfugier dans une galerie, et on mettrait trop longtemps à le retrouver. Sois raisonnable!

Ludivine poussa un gros soupir. Le louveteau allait souffrir de longues heures, seul, terrifié, et cela l'accablait.

— On va tout raconter à maman, dit-elle d'un air déterminé. Je suis sûre qu'elle voudra aller le chercher, elle…

Jean eut un sourire ému. Entre Claire et Ludivine s'était établie une profonde complicité. Elles éprouvaient notamment la même compassion entière et immédiate pour toute créature en détresse, meurtrie dans sa chair ou son âme. Et de leurs mains coulait un fluide mystérieux, capable de guérir bien des maux.

Ils progressèrent en silence, chacun perdu dans ses pensées. La petite fille envisageait déjà le moment où sa mère et elle prendraient soin du jeune loup, qu'elles l'apprivoiseraient. Elle essayait déjà de lui choisir un nom. « Il y a eu Sauvageon, Loupiote sa fille, puis Tristan, Lilas, Moïse le jeune! Comment on l'appellera, celui-là? »

De son côté, Jean Dumont se remémorait les paroles pleines de fiel du chasseur, soi-disant mandaté par la mairie d'Angoulême. « D'où me connaît-il et pourquoi sait-il que j'étais au bagne dans ma jeunesse? Bon sang! je devrai bientôt expliquer tout ça à Ludivine. Je n'ai pas envie qu'elle entende d'autres médisances à mon sujet. »

Le couple avait eu soin de tenir leur fille en dehors des faits tragiques du passé. Jamais on n'évoquait devant l'enfant les nombreux drames qui avaient ébranlé la famille, au Moulin du Loup ou même au domaine de Ponriant. Ainsi, on lui avait soigneusement caché la condamnation de Jean, après la mort d'un papetier anglais, William Lancester, peu de temps avant sa naissance. On ne parlait jamais de son enfance misérable sur les routes, suivie de plusieurs années en colonie pénitentiaire. Le secret le mieux gardé restait la folle et brève passion de Jean pour Angéla, une orpheline recueillie par Claire. Ludivine n'avait jamais croisé cette jeune femme, peintre de talent, qui coulait des jours tranquilles dans la région, mariée à un aristocrate, Louis de Martignac.

Tout ça appartenait à une époque révolue. Désormais, la paix régnait dans la vallée des Eaux-Claires, dans les cœurs et les esprits, malgré le spectre d'une nouvelle guerre, « la drôle de guerre » dont parlaient les journaux.

— Papa, si on l'appelait Vaillant, le petit loup? observa enfin Ludivine, alors qu'ils franchissaient le porche en pierre donnant accès à la cour du Moulin. Vaillant, c'est joli! Il a été courageux, d'échapper au chasseur.

— Ne te monte pas la tête, ma chérie! soupira-t-il. Ta bestiole n'est pas encore à la maison et elle n'y sera peut-être jamais.

La fillette fit la moue. Le terme « bestiole » la vexait autant que la réticence manifeste de son père.

Tous deux se dirigèrent en silence vers le perron avec la même impatience de retrouver le décor de la grande cuisine où il faisait toujours bien chaud et où flottait l'odeur appétissante de la soupe du soir. Mais Jean crut soudain distinguer un brouhaha inaccoutumé. Il entra le premier, après avoir tapé ses semelles sur la pierre du seuil.

— Ah! mon Dieu! tu es enfin là! s'écria une belle femme brune au visage angoissé. Mon Jean, va démarrer la voiture! Léon voulait m'emmener, mais je préfère que ce soit toi. Vite, il n'y a pas un instant à perdre. Bertille vient de téléphoner. C'est Bertrand...

Claire Roy-Dumont frissonnait de tout son corps. Elle

était d'une taille moyenne et d'une minceur vigoureuse. Le temps paraissait n'avoir aucune prise sur ses traits séduisants, d'une exquise douceur. À cinquante-neuf ans, son teint avait conservé sa matité dorée et, grâce à sa science des plantes et des baumes, elle avait peu de rides. Ses yeux de velours noir brillaient de larmes contenues.

— Bertrand? s'alarma son mari. Que lui arrive-t-il?

Ludivine interrogeait elle aussi sa mère d'un regard tourmenté. Claire s'en aperçut. Elle se précipita vers sa fille.

— Pose ton cartable, Ludivine, mais garde ton manteau. Nous ne serons pas trop de deux.

— Comment ça? objecta Jean. D'habitude, tu ne veux pas que notre fille se serve de son don.

— Là, c'est différent, il s'agit de Bertrand! déclara sa femme. Ne crains rien, elle ne le touchera pas, sauf en cas d'extrême nécessité.

Il jeta un coup d'œil autour de lui. La situation devait être dramatique, car Anita, leur domestique d'origine espagnole, se confondait en prières, debout près de la cheminée. C'était une petite femme d'une cinquantaine d'années assez corpulente, encore très brune malgré quelques fils d'argent aux tempes. De son visage rond émanait une certaine naïveté, mais ce n'était qu'une apparence. Elle pouvait se montrer très perspicace et avait tendance à surveiller les moindres faits et gestes de la maisonnée. Léon, son époux, l'homme à tout faire du Moulin, reniflait bruyamment.

— Ce pauvre monsieur Bertrand, Jeannot! bredouilla-t-il. Paraît qu'il est tombé raide d'un coup, la respiration quasi coupée!

Claire se recouvrit d'un châle et attrapa son sac de guérisseuse. Un véritable orage intérieur la dévastait. Bertrand Giraud, avocat de son état et riche notable du pays, était surtout le grand amour de sa cousine Bertille. «Il ne peut pas mourir, se répétait-elle. Il me faut le sauver!» Elle luttait néanmoins contre un angoissant pressentiment, comme si d'instinct elle savait que le malheur avait frappé, plus fort et plus perfide qu'elle.

— Je vous attends dans la voiture! déclara Jean en lui baisant le front. N'aie pas peur, tu as déjà accompli des prodiges.

— Merci! lança Claire, hagarde. Par chance, tu es revenu à temps pour nous accompagner.

Ludivine sentit que l'heure était très grave. Sa mère ne pensait même pas à la gronder pour sa désobéissance. La fillette jugea inutile de plaider la cause du jeune loup.

— Mon enfant chérie, je suis navrée de t'imposer ça! dit doucement Claire. Promets-moi d'être courageuse si tu assistes à une scène pénible. Bertrand est notre meilleur ami, un homme de bien.

— Et tantine Bertille l'adore.

— Oh oui! Comme tu as raison, ma mignonne!

*

Le domaine de Ponriant était situé à trois kilomètres à peine du Moulin du Loup, mais sur un plateau dominant la rivière. Jadis, il était tenu d'une poigne de fer par Édouard Giraud, coureur de jupon invétéré et gros buveur. Son fils Bertrand en avait hérité. Au fil des ans, il en avait fait une splendide propriété, dotée d'un parc d'agrément magnifique, où trônaient un bassin et sa fontaine au milieu de massifs plantés de rosiers.

Après avoir roulé à vive allure le long de l'allée recouverte de neige verglacée, Jean se gara en bas du perron monumental. Tout de suite, une silhouette délicate se dessina derrière une porte vitrée qui donnait sur une vaste terrasse clôturée d'une balustrade en belle pierre calcaire. Claire reconnut la maîtresse des lieux, Bertille Giraud.

«Si elle surveille mon arrivée, c'est qu'il n'est peut-être pas trop tard!» pensa-t-elle avec une lueur d'espoir.

Elle sortit de l'automobile et grimpa les larges marches en forme de demi-cercle. Son cœur battait la chamade et, en quelques secondes, elle se revit gravissant en toute hâte ce même escalier une multitude de fois. C'était le plus souvent pour soigner Clara, la fille de Bertille et de Bertrand, ou Mireille, la vieille gouvernante qui s'était éteinte l'hiver précédent. Mais il y avait eu également des querelles entre les deux femmes, des explications emportées, des confidences échangées dans l'urgence.

— Claire! hurla Bertille en ouvrant la porte-fenêtre. Oh! mon Dieu! ma Clairette, sauve-le! Il a repris connaissance, je lui ai promis que tu le guérirais!

— Calme-toi, princesse, je ferai tout ce que je peux. Mais j'espère que tu as prévenu le docteur. Il faut peut-être envisager de conduire ton mari à l'hôpital.

Bertille éclata en sanglots. Ce seul mot de princesse, si doux à entendre de la bouche de Claire, remontait à des années. À leur prime jeunesse, plus exactement, quand elles partageaient une chambre au Moulin du Loup. À cette époque, la dame de Ponriant était infirme, retenue au lit ou dans un fauteuil en raison de ses jambes inertes. On la plaignait beaucoup au bourg de Puymoyen, parce qu'elle avait perdu ses parents dans un accident de diligence et qu'on la pensait condamnée à rester handicapée. Mais elle était d'une telle beauté, avec ses yeux vert clair, ses boucles d'un blond pâle, ses formes parfaites et son visage d'ange malicieux, qu'on la comparait à une fée privée de ses ailes. Claire, elle, l'avait baptisée « princesse » afin de rendre hommage à sa grâce infinie.

— Viens vite! bégaya Bertille, défigurée par le chagrin. Paulette m'a aidée à allonger Bertrand sur le divan du salon. Il gisait par terre, au pied du piano. C'était épouvantable. Je l'ai cru mort.

— Mais que s'est-il passé exactement? questionna Claire.

Sa cousine se tordit les mains, comme torturée par la question. Bien qu'âgée de soixante ans, elle avait une allure juvénile. Vêtue d'une robe écossaise dans les tons rouge et vert agrémentée d'un col blanc, la chevelure coupée aux épaules, elle était toujours séduisante.

— Bertrand a reçu une très mauvaise nouvelle! dit-elle d'une voix frêle. Le téléphone a sonné, il a décroché. Je l'ai vu blêmir, les yeux écarquillés. Là, il m'a dit: « C'est Félicien, il a été renversé par un tram, à Bordeaux! » Tout

d'un coup, il a chancelé, avec une expression de douleur
atroce. J'ai tout de suite pensé que son cœur avait lâché.

Les deux cousines étaient arrivées au chevet de Bertrand.
Un râle alarmant s'échappait de sa bouche. Bertille caressa
ses cheveux d'un gris argenté en réprimant ses larmes.

— Mon amour, je suis là, assura-t-elle tendrement, et
Claire aussi. Tu n'as plus rien à craindre, maintenant. Dis-lui,
Claire, que tu vas le soigner.

— Laisse-moi l'examiner! répondit-elle en luttant contre
la panique.

« Félicien vient d'avoir un tragique accident, et Bertrand
semble terrassé! Est-ce vraiment son cœur, ou une attaque
cérébrale? » songeait-elle.

Jean et Ludivine les rejoignirent au même instant. Claire
leur fit signe de rester à l'écart. Elle s'installa sur une chaise
et entreprit de déboutonner la chemise de son patient.

— Qui donc a téléphoné de Bordeaux? demanda-t-elle
tout bas. As-tu des nouvelles?

— Oui, la personne qui a eu Bertrand au bout du fil a
rappelé il y a quelques minutes. Félicien est hospitalisé; on va
l'opérer, mais sa vie n'est pas en danger. En fait, le choc avec le
tram l'a propulsé contre un muret. Mais mon pauvre amour a
dû penser au pire. Il considère Félicien comme son fils…

Claire approuva et se remémora brièvement le jeune
homme en question, âgé de dix-neuf ans. C'était en fait le
petit-fils de Bertrand Giraud, un enfant de son fils Denis, mort
tragiquement sans savoir qu'il avait une descendance. Félicien
étudiait le droit à Bordeaux depuis le mois d'octobre afin
de suivre les traces de son grand-père. C'était un assez charmant garçon, doté cependant d'un caractère difficile. Bertille
n'avait fait que tolérer sa présence sous le toit de Ponriant et
elle avait confié son éducation à une nurse anglaise.

Claire chassa Félicien de son esprit, puisqu'il ne fallait
pas s'alarmer pour lui. Elle devait fixer toute son énergie sur
le corps que ses doigts effleuraient, en quête du mal, de la
faille par laquelle fuyait la vie de l'avocat. Car, elle le percevait
sans erreur possible, il était condamné.

— Alors, Clairette? s'inquiéta Bertille en observant la

mine préoccupée de sa cousine. Le médecin ne tardera pas, mais, d'ici là, il sera revenu à lui? C'est singulier, reconnais-le! Il respire et il a les yeux un peu ouverts; pourtant, il ne me répond pas si je lui parle.

— Je t'en prie, tais-toi, princesse! Je ferai tout pour te le ramener.

— Me le ramener? s'écria la dame du domaine, blême. Tu veux dire qu'il s'en va? Claire, non! Pas ça! Il ne peut pas me quitter, me laisser seule! Claire, sauve-le, tu en es capable, bien plus que tous les docteurs du monde. Je t'en conjure. Je l'aime tant! Qu'est-ce que je deviendrai sans lui?

Sur ces mots, elle trépigna et se mordilla le poignet pour ne pas hurler. Jean déclara d'une voix faible :

— Je conduis Ludivine aux cuisines, si la gouvernante peut lui tenir compagnie. Ce serait mieux pour elle.

Paulette, qui avait remplacé Mireille, se précipita.

— Pourquoi Ludivine est-elle ici? bredouilla alors Bertille. Jean a raison, ce n'est pas un spectacle pour elle. Paulette, allez lui servir un chocolat chaud. Vous m'enten-dez? Ne restez pas plantée là, les bras ballants. Rendez-vous utile!

— Oui, madame, assura la jeune domestique, apeurée par le regard empreint de folie de sa patronne.

— Je pensais que Ludivine pourrait m'aider! avoua Claire à voix basse, toujours penchée sur Bertrand Giraud.

— T'aider à quoi? s'offusqua Jean. Nous avions décidé d'un commun accord que notre fille aurait une enfance tranquille. Elle n'a pas besoin d'être confrontée si jeune à la souffrance et à la mort.

Ce sujet demeurait épineux pour le couple et était parfois un motif de querelle. Claire avait eu la certitude du don de guérison de Ludivine en la voyant ranimer un cha-ton agonisant. La petite avait quatre ans. Mais une autre rumeur avait pris des allures de légende familiale. Dès sa naissance, l'enfant aurait sauvé sa mère, grâce à Bertille qui l'avait couchée entre les seins de Claire, exsangue. Comme par miracle, celle-ci s'était éveillée d'une mortelle léthargie. Ensuite, il y avait eu un agneau ressuscité par les soins de l'enfant, ainsi que des lapins. Malgré ses précoces prouesses, Jean refusait d'admettre la chose.

— T'aider, Clairette? dit à son tour Bertille. Oui, bien sûr…

Ludivine mit fin à la discussion en s'approchant d'elle-même du divan. Elle eut un frisson de frayeur devant le visage figé de Bertrand. L'aimable personnage, toujours élégant, qui passait fréquemment au Moulin pour saluer ses parents, lui paraissait bien plus vieux. Il était blafard et avait les traits affaissés. La vue de son torse semé de poils gris la gêna. Mais elle observa sans reculer d'un pas les gestes de Claire, qui apposait ses paumes sur la poitrine dénudée.

— Prions, ma chérie! lui dit doucement sa mère. Il faut prier Dieu et communiquer nos forces vives à notre ami. Tu veux bien prier de toute ton âme?

— Oui, maman!

Elles se turent, toutes deux pénétrées de l'importance de leur rôle. Cela constituait un étrange tableau, que cette belle femme très digne, au port de tête semblable à celui d'une reine antique, coiffée d'une longue natte dans le dos, et de sa fillette aux joues roses debout à ses côtés. L'enfant aux prunelles de pur azur et aux boucles brunes, arborait un air grave, les paupières mi-closes. Mais Claire estima inutile de faire appel au don de Ludivine. C'était trop tard. Elle avait perçu l'affaiblissement fatal de l'avocat. Au bout de ses doigts circulait une sorte de froid étrange, semblable au vent d'hiver. Elle redoubla d'efforts afin d'insuffler au mourant un peu de chaleur et de vigueur.

Fascinées, Bertille et la gouvernante, debout à ses côtés, retenaient leur respiration. La dame de Ponriant croyait dur comme fer que son époux allait reprendre connaissance. Paulette priait tout bas, mal à l'aise. Quant à Jean, mécontent, il était sorti fumer une cigarette. Certes, Bertrand Giraud faisait partie de son quotidien. Ces dernières années, ils avaient tous fini par apprécier les déjeuners et les dîners organisés sous l'égide de Bertille ou de Claire, plus insé-parables que jamais. Aussi espérait-il de tout cœur que l'avocat s'en sorte, sans pour autant approuver l'idée de sa femme.

«Pauvre petite Ludivine! songeait-il. Elle a du cran, ça oui! Mais qu'elle ait un don ou non, c'est trop tôt pour la mettre à contribution.»

Une grosse voiture noire remontait l'allée. Il fit signe au conducteur, le docteur Vitalin, de se dépêcher. Le médecin fit grise mine en reconnaissant Jean Dumont, le mari de cette guérisseuse dont parlait tout le pays. La guerre était déclarée depuis longtemps entre Claire et l'homme de sciences. En dépit de cet état de fait, ils se serrèrent la main.

— Je parie que votre femme est déjà au chevet de monsieur Giraud? lança Vitalin d'un ton sec.

— On ne peut rien vous cacher, docteur! ironisa Jean. Que cela ne vous empêche pas de faire votre travail!

Ils pénétrèrent bientôt dans le salon. Livide, Claire était debout près du piano. Elle sanglotait en fixant Bertille, qui venait de se coucher en travers du corps de son époux. Ludivine s'était réfugiée près de la cheminée, où flambaient trois bûches de chêne. La fillette ne pleurait pas, mais ses lèvres couleur de cerise récitaient une prière muette. Elle était bouleversée, car c'était une chose atroce de voir un être humain rendre l'âme. Bertrand Giraud n'était plus qu'une enveloppe charnelle, privée du fluide mystérieux que l'on appelait la vie.

— C'est fini? demanda le médecin.

— Oui! trancha Claire. Il n'y avait rien à faire. Son cœur s'est arrêté. Nous devrions sortir de la pièce quelques instants. Viens, Ludivine.

Tous posèrent un regard apitoyé sur la frêle silhouette de la dame de Ponriant, secouée de spasmes. Mais elle se redressa brusquement, hagarde:

— Sortez! Je désire lui dire adieu. Seule! Vous entendez? Seule!

Ils obéirent sans oser lui adresser des paroles de réconfort. Dès qu'elle se retrouva seule, selon ses vœux, Bertille eut un hoquet de totale incompréhension. Plus pondérée, cependant, elle s'installa près de son mari et lui prit la main.

— Mon amour, mon grand amour, tu ne peux pas me

laisser comme ça. Pourquoi si vite? Pourquoi? Nous n'avons pas pu nous dire au revoir. Bertrand, mon chéri, te souviens-tu du jour béni où nous avons pu enfin nous aimer? C'était dans le jardin si ravissant de ta tante Adélaïde, à Angoulême. D'abord, nous nous étions rencontrés dans le square de l'hôtel de ville. Bertrand, réponds-moi!

Elle refoula un sanglot horrifié. Ses yeux gris remplis de larmes étaient rivés au visage impassible de son époux.

— Tu m'as emmenée là-bas, chez ta tante! dit-elle doucement. Il faisait délicieusement frais dans ce jardin. Tu m'as embrassée et j'ai cru mourir de bonheur et de désir. Alors, je me suis allongée sur l'herbe toute douce et tu as relevé ma jupe! Mon Dieu, comme tu tremblais, mon chéri! Et tu me disais des mots très tendres, passionnés même. Je te revois, ta bouche, ton expression extasiée, un rayon de soleil dans tes cheveux qui étaient bien roux à cette époque. Je t'ai aimé si fort! Et toi, tu m'as tout donné, tu as fait de moi la maîtresse de ce domaine, une reine, ta princesse.

La dame de Ponriant glissa de son siège pour tomber à genoux près du divan. Avec une infinie délicatesse, elle posa sa tête sur la poitrine du mort. Sa main droite effleurait la joue encore tiède de l'avocat.

— Je n'espérais pas autant de cadeaux de la vie! reprit-elle. Moi, l'infirme, moi, l'orpheline dépendante de la charité de mon oncle Colin, je faisais la fière quand j'affrontais les gens, assise sur la calèche du Moulin, mais j'avais honte de mes jambes inutiles et je me répétais que ma fameuse beauté ne m'aiderait pas à trouver le bonheur. Mais toi, Bertrand, mon chéri, tu m'as tout offert! Ton nom, ta fortune, cette belle maison, tant de luxe, et tant d'amour aussi! Je t'en prie, ne m'abandonne pas, reviens! Qu'est-ce que je vais devenir sans toi, ici? Nous avions encore des années à vivre ensemble! Souviens-toi, tu m'appelais «petite fée», tu me couvrais de baisers, et maintenant tes lèvres deviennent froides! Non, non, je ne veux pas.

Effarée de percevoir une sensation bizarre de tiédeur, Bertille avait posé un doigt sur la bouche de son mari.

— Bertrand! s'époumona-t-elle. Je ne veux pas te perdre!

Hébétée, elle se souleva un peu pour un ultime baiser. Ce geste la rendit à moitié folle. Claire entra au même instant, incapable de supporter le chagrin de sa cousine.

— Princesse, viens avec moi! Ne reste pas là!

Elle tenta de la prendre par le bras, mais Bertille se débattit.

— Non, je ne le quitterai pas! Il faut faire sa toilette et le veiller. Regarde-le... Ses yeux sont à demi ouverts, ferme-les-lui, je t'en supplie. Je dois m'occuper de tout, n'est-ce pas? Nous allons disposer des bougies, des cierges et des fleurs, une multitude de fleurs!

— Tu ne trouveras pas de fleurs à cette période de l'année, avec ce froid, rétorqua Claire. Même les serres d'Angoulême ont dû souffrir du gel. Mais je peux envoyer Léon et Anita couper du houx et du gui, de même que des branches de sapin.

— J'aurai des fleurs! trancha Bertille péremptoirement. Mon mari aura des obsèques somptueuses, dignes de lui, dignes de sa qualité de notable. Seigneur Dieu, je dois prévenir Clara, Corentine et Arthur, et prendre des nouvelles de ce jeune imbécile de Félicien. Comme s'il ne pouvait pas faire attention, celui-là! Se faire renverser par un tram, pour tuer son grand-père! A-t-on idée d'aimer autant son petit-fils, aussi! Ce n'est pourtant pas un personnage très intéressant, crois-moi, Clairette. Félicien, c'est un moins que rien.

Secouée de tremblements nerveux, elle parlait trop vite. Ses prunelles grises, dilatées, regardaient à la fois partout et nulle part. Profondément attristée par le désarroi de cette superbe femme réputée indomptable, voire invincible, Claire se contenta de lui étreindre la main.

— Tu feras au mieux, princesse, je te connais, dit-elle. Dis-moi ce que je peux faire pour t'aider.

— Le téléphone, si tu pouvais téléphoner aux enfants. Je n'en ai pas le courage. Je vais appeler un fleuriste, qu'il nous fasse une livraison immédiate, ensuite je te laisserai l'appareil. Mon Dieu, Clara aura un choc terrible. Elle n'est pas venue au domaine depuis la Toussaint. Notre pauvre chérie, apprendre la mort de son père...

Une fois encore, Bertille éclata en sanglots. Son univers bien ordonné, son existence dorée et agréable volaient en éclats. Elle imaginait de plus la douleur de leur unique fille, et cela l'anéantissait. Clara Giraud, âgée de vingt-quatre ans, habitait à Paris chez Corentine, sa demi-sœur qui, mariée à un médecin, Joachim Claudin, affichait une quarantaine élégante. Clara n'appréciait guère le couple, mais, comme elle poursuivait des études d'infirmière, cela l'arrangeait d'être logée dans sa famille. C'était une jeune personne autoritaire et paresseuse, à qui il était difficile d'en imposer. Célibataire, elle prônait la liberté des mœurs et s'affichait fréquemment avec Arthur, le demi-frère de Claire, que les Giraud avaient élevé au domaine. Ce dernier étudiait le piano au Conservatoire et profitait sans scrupule des plaisirs de la capitale, aux frais de Bertrand.

— Je me charge d'annoncer la mauvaise nouvelle à tout le monde! affirma Claire. Mais Jean et Ludivine peuvent rentrer au Moulin; ils ne seront d'aucun secours ici. Je leur dis de partir. D'accord, princesse?

— Je ne veux plus de ce surnom! objecta Bertille. Il me brise le cœur.

— Je suis tellement habituée!

— Fais un effort, oublie ce fichu princesse! Je ne suis plus rien sans lui!

D'un geste tragique, elle désigna le corps inanimé de son époux.

— Tu seras toujours la dame de Ponriant! observa Claire. N'oublie pas, malgré ta peine, que nous sommes en guerre et que Bertrand voudrait que tu continues à gérer ses biens et ses terres.

Ce n'était pas de la froideur de sa part, ni une exhortation à montrer plus de courage, mais Claire savait comment prendre Bertille. Elles étaient inséparables depuis leur adolescence, et la profonde affection qu'elles se vouaient avait résisté à bien des épreuves.

— Tu as raison! répliqua aussitôt l'endeuillée. Je n'ai pas le droit de capituler, de me changer en une pauvre veuve éplorée. Bertrand n'aimerait pas ça. N'est-ce pas, mon amour? Peut-être qu'il nous écoute, Clairette? Toi qui as vu des fantômes, dis-moi s'il est là, avec nous.

— Je n'ai eu que de fugitives visions de défunts, Bertille! avoua sa cousine. Je ne sens aucune présence pour l'instant.

— Ludivine, peut-être?

— Ma petite n'a pas ce genre de don. L'aurait-elle que je ne la forcerais pas à s'en servir. Attends-moi, princesse, je reviens très vite.

Claire alla rejoindre Jean et Ludivine, qui se tenaient dans le hall d'entrée en compagnie de Paulette. La gouvernante avait proposé en vain un bol de chocolat chaud à l'enfant. Elle essayait de faire la conversation, de prodiguer des sourires et des paroles apaisantes. De l'avis général, Paulette avait été une bénédiction pour le couple Giraud. C'était une femme de trente-deux ans, alerte, compétente et instruite. Excellente cuisinière, elle avait travaillé chez des viticulteurs bordelais avant de postuler à Ponriant, deux mois après le décès de Mireille. Cette disparition avait causé un grand chagrin à Bertille. La douce Paulette faisait de son mieux afin de remplacer la charmante vieille femme, inhumée dans le caveau familial.

— Vous pouvez rentrer au Moulin, indiqua Claire d'une voix vibrante de tendresse. Je passerai la nuit ici. Bertille m'inquiète; elle est vraiment désemparée. J'ai beaucoup de choses à régler.

Jean Dumont adressa un coup d'œil anxieux à sa femme. Il la devinait très touchée, elle aussi, par ce décès brutal.

— Je peux remonter t'aider, après avoir raccompagné Ludivine! proposa-t-il. Je ne serai peut-être pas de trop.

— Ne prends pas cette peine, Jean! assura-t-elle tout bas. Veille plutôt sur notre fille.

Elle enlaça la fillette, qui était étrangement silencieuse, et l'embrassa sur le front.

— Merci, Ludivine! lui dit-elle tendrement à l'oreille.

— Mais on n'a pas pu le sauver, maman! Bertrand est mort quand même.

— Les guérisseuses ne peuvent pas lutter contre le destin, ma petite chérie! «Nous ne savons ni le jour ni l'heure», c'est écrit dans les Évangiles. Sois en paix, Ludivine, on ne peut rien changer à l'ordre des choses. Fais tes devoirs et occupe-toi de Figaro; il a une cheville gonflée.

— Promis, maman!

L'âne Figaro, comme la chatte Mimi, avait été recueilli par Claire douze ans auparavant. Les deux animaux appartenaient au père Maraud, un vieux rebouteux qui lui avait transmis quelques-uns de ses secrets. Le brave homme s'était éteint l'âme en paix, convaincu que la belle Claire du Moulin du Loup prendrait soin de ses animaux et saurait également poursuivre sa tâche, celle de faire le bien auprès des plus démunis et soulager les souffrances du corps comme de l'esprit.

Bien que terrifiée par la mort de Bertrand, Ludivine n'oubliait pas le louveteau blessé. Cependant, elle se garda bien d'en parler à sa mère. Consciente que les jours suivants seraient entièrement consacrés au défunt, elle décida de se débrouiller sans en référer aux adultes.

— Je retourne auprès de Bertille, déclara Claire. Reviens demain matin, Jean.

Il aurait voulu l'enlacer, lui dire qu'il l'aimait et qu'il la comprenait, mais il n'osa pas.

— Oui, à demain! dit-il doucement. Transmets toute mon amitié à Bertille. Je suis peiné pour elle, tellement peiné!

*

Moulin du Loup, le lendemain

C'était jeudi; il n'y avait donc pas école. Ludivine vit là un signe favorable de la Providence. Elle jeta un regard bienveillant au décor qui l'entourait. La grande cuisine dégageait dès le petit matin cette atmosphère si particulière que chacun savourait, habitué ou visiteur imprévu. Claire tenait à laisser aux murs plâtrés leur douce teinte ocre rose, ce qui mettait en valeur le plafond aux énormes poutres brunes. Les deux buffets jumeaux en beau chêne sombre encadraient une des fenêtres agrémentées de rideaux en dentelle. Toute l'année trônaient sur les meubles des bouquets de fleurs des champs ou de roses, quand ce n'était pas des feuillages mordorés par l'automne, du houx vert à boules rouges ou des branches de sapin. Dans un angle, la haute pendule comtoise, avec sa caisse en bois peint, rythmait de son balancier en cuivre le quotidien de la maisonnée. Installée depuis un demi-siècle près de la cheminée, il y avait la colossale cuisinière en fonte noire, la fierté de feu Hortense Roy, la mère de la maîtresse des lieux.

Neuf heures avaient sonné. Jean venait de partir pour le domaine de Ponriant. Il ne restait plus à Ludivine qu'à échapper à la vigilance d'Anita, la domestique. La femme et la fillette entretenaient des rapports prudents, même empreints de méfiance. D'origine espagnole et très pieuse, Anita estimait l'éducation de Ludivine beaucoup trop souple et désapprouvait son manque d'attrait pour la religion. Ce matin-là encore, l'épouse du fidèle Léon, en place depuis une quarantaine d'années, posa la question qui la tracassait :

— Est-ce que tu vas au catéchisme ce tantôt, Ludivine? Je ne crois pas me tromper en disant que c'est l'année de ta communion.

L'enfant essayait de dérober une tranche de lard dans le garde-manger. Anita s'étant retournée pour attraper un torchon, elle referma précipitamment la porte.

— Aurais-tu encore faim? Tu as eu trois tartines de confiture. C'est bien assez! Comme dit Léon, faudra sûrement se serrer la ceinture, avec cette maudite guerre qui nous arrive. Ne va pas te goinfrer.

— Oui, je vais au catéchisme, Anita. Et non, je ne me goinfre pas, je voulais du gras pour donner aux oiseaux. Il gèle dur; les mésanges sont affamées. Maman m'a recommandé de les nourrir.

— Ah! Si madame Claire l'a dit, sers-toi, mais juste le gras, hein, et encore... Vaudrait mieux le garder pour nous autres. S'il y a des restrictions, les mésanges n'auront qu'à aller voir ailleurs.

Ludivine s'empressa d'enfouir dans sa besace un beau morceau de lard. Puis, elle s'habilla chaudement.

— Je ne serai pas longue, Anita! assura-t-elle. Comme mes parents sont au domaine, je dois aider Léon à nourrir les canards et les poules. Après, je rangerai la vaisselle.

— Ouais, c'est ça! bougonna la femme. M'est avis que tu vas batifoler dans la neige et attraper la goutte au nez vite fait. Enfin, file donc!

Anita se signa, émue à l'idée du deuil cruel qui frappait Ponriant. C'était un cœur simple; elle priait depuis la veille pour Bertrand Giraud, un vrai monsieur, selon elle.

« Il nous a invités deux fois chez lui, se souvint-elle. On a mangé à sa table, mon Léon et moi. Et même mes beaux-enfants, Thérèse, Janine, César et sa petite épouse. »

Au fil du temps, l'Espagnole s'était approprié la progéniture de Léon, dont la première femme, Raymonde, était morte dans un tragique accident. Tout en astiquant le fond d'une casserole en cuivre, elle les évoqua tour à tour, heureuse de les savoir bien établis.

« Le salon de coiffure de Thérèse tourne rond, ça oui! Toutes les dames du bourg le fréquentent et y en a même qui viennent de Ronsenac ou de Villebois. Mais le Maurice est patient, va, et ce n'est pas lui qui porte la culotte. César et sa petite Suzette, ils ont point chômé, eux! Trois petiots déjà. Pourtant, elle est pas grosse, Suzette. Et puis, ils ont un garage qui marche bien… »

Anita fronça les sourcils en pensant à Janine, la fille de Raymonde. « Elle, faut pas lui en conter! Elle joue les demoiselles en ville et, j'ai averti Léon, ça finira mal. Vendeuse aux galeries, ça gagne pas large. Je me demande comment elle se paie autant de jolies robes! »

L'anxiété lui arracha un soupir. Janine était une beauté aux cheveux blond roux comme sa défunte mère. Elle possédait de grands yeux couleur noisette qui faisaient chavirer les hommes, des formes à damner un saint et de l'audace à revendre. « Faudrait la marier avant qu'elle nous fasse honte! » conclut Anita intérieurement en se signant de nouveau.

Ludivine était bien loin de ce genre de préoccupations. Elle grimpait vers la Grotte aux fées, agile comme une chèvre. Personne ne l'avait vue quitter la cour du Moulin et, soulagée, la fillette se hâtait. Elle aurait préféré emprunter le passage souterrain qui partait de la chambre de ses parents, auquel on accédait par un puits muni d'échelons en fer, mais Jean avait soin d'en fermer la porte à clef.

«Je vais retrouver le petit loup et je le guérirai!» se disait-elle d'un air décidé.

Pourtant, la neige glacée rendait sa progression malaisée. Ses semelles glissaient, elle avait les doigts engourdis par le froid malgré ses gants de laine, et cela la gênait pour s'accrocher aux branches des rares arbustes qui se dressaient sur la pente.

— Pourvu qu'il soit encore là! dit-elle à mi-voix. Il a sans doute très mal, et si faim!

Réchauffée par les efforts accomplis, elle se hissa enfin sur le replat de la caverne. Sans même reprendre son souffle, elle sortit de sa poche de manteau une lampe à pile. En pensée, l'opération lui avait paru facile, évidente. Mais, à présent, la fillette se demandait comment procéder.

«Je peux me perdre dans les galeries, pensa-t-elle. En outre, c'est un loup et il est sauvage. Si je l'appelle, il s'enfuira plus loin. De toute façon, il va me sentir. Maman m'a dit que les loups n'aimaient pas notre odeur.»

Son cœur battait la chamade. Ludivine aurait mille fois préféré chercher l'animal avec Claire, à qui elle attribuait des pouvoirs mystérieux et le don d'apprivoiser n'importe quelle bête.

— Tant pis, j'y vais! se décida-t-elle. J'ai le lard et il aura forcément envie de le manger.

Se souciant peu des risques qu'elle endossait, l'enfant s'engagea dans les profondeurs de la falaise. On la disait courageuse, voire téméraire, et elle confirmait encore cette opinion ce jour-là. En dépit d'une vague appréhension, Ludivine, convaincue que les fées de jadis existaient toujours et la protégeaient, éprouvait un sentiment de sécurité. Bien souvent, le soir, Claire ou Jean lui racontait les événements relatifs à la grotte. Ludivine savait que sa sœur Faustine y avait accouché d'Isabelle, sa cousine de dix-huit ans, une ravissante jeune fille blonde aux yeux bleus, qui était interne dans un lycée d'Angoulême. Elle ignorait cependant que son père s'était caché là après s'être échappé de la colonie pénitentiaire de La Couronne, un gros village au sud de la ville. À l'époque, Jean Dumont était aussi effrayé et affamé que le louveteau.

— Petit, petit! chantonna-t-elle dès que la lumière déclina.

Le faisceau de sa lampe éclaira bientôt les aspérités et les bosses grisâtres des parois rocheuses. La galerie étroite amorçait une descente assez raide, et Ludivine eut un peu l'impression d'être entraînée dans un gouffre horrible.

— Petit loup, ne crains rien! Petit, petit! répéta-t-elle. Je ne suis pas un chasseur, moi, je suis la fille de Claire, une gentille et jolie dame qui aime les loups, et je les aime moi aussi.

Afin de se rasséréner, elle parla tout bas des loups de sa mère, qui avaient tant fait causer dans le pays. Ici, on disait ça, «causer», et les causeries distillaient parfois bien du fiel.

— Il y a ses traces dans l'argile, remarqua-t-elle en empruntant une partie moins abrupte. Il est bien passé par là. On dirait aussi qu'il n'est pas remonté. Pauvre petit, il a trop mal pour courir bien loin.

L'instant d'après, Ludivine se retrouva confrontée à trois passages possibles. Elle était déjà venue avec son père et Matthieu, après les avoir suppliés de lui faire visiter la Grotte aux fées et le souterrain qui la reliait au Moulin. Pour rejoindre le puits d'accès à la chambre, il fallait prendre à droite, mais le louveteau avait très bien pu suivre une autre direction. En quête d'empreintes, la fillette observa le sol, mélange de plaques de boue argileuse et de sable grossier. Tout à coup, elle crut percevoir un mouvement furtif sur sa gauche, sous une avancée de pierre luisante d'humidité.

— Petit? Petit! Tu es là? Je t'en prie, n'aie pas peur! Je ne suis pas méchante, je ne te ferai pas de mal.

Maintenant, elle distinguait l'éclat de deux prunelles dorées. La bête blessée, sûrement paralysée par la frayeur et la douleur, restait tapie, aux aguets.

— Tiens, du lard! Mange-le, ça te donnera des forces! dit gentiment l'enfant en jetant la viande vers le louveteau.

Au geste qu'elle fit, il recula encore, avec une sorte de couinement de panique. Ludivine s'accroupit et braqua la lampe vers ses pieds. Cela suffisait pour disperser les ténèbres.

— Allons, mange ce bout de lard! répéta-t-elle.

L'odeur de cette nourriture inespérée chatouillait les narines de l'animal. Il hésitait, partagé entre l'attrait de la provende offerte et sa terreur viscérale de l'humain.

« Même s'il avale ça, je ne pourrai jamais le toucher et lui faire un pansement, se dit la fillette. Pourtant, si sa patte est cassée, il faudrait un bandage très serré et les baumes de maman aussi. »

Elle finit par échafauder une stratégie qui lui parut la seule solution pour soigner la petite bête et réussir à l'apprivoiser. Claire fabriquait depuis longtemps une potion à base d'herbes des marais qui avait la propriété d'endormir quelques minutes un animal blessé. La belle guérisseuse gardait farouchement le secret sur la composition de ce produit, mais elle avait promis à sa fille de lui dévoiler le nom des plantes quand elle serait en âge de préparer à son tour certains remèdes. Ludivine avait néanmoins deviné que sa mère se servait de fortes doses de pavot, *Papaver somniferum* en latin. Un carré de terre derrière les étendoirs du Moulin se parait en été d'une nuée évanescente de grosses fleurs roses, qui se changeaient ensuite en capsules vertes, couronnées d'une crête noire. À l'intérieur se dissimulait un suc précieux, capable d'occasionner un bref sommeil comateux.

« Je vais retourner au Moulin prendre du fromage, de la viande et, surtout, la potion de maman. J'en verserai sur la nourriture. Quand le loup sera endormi, je l'emmènerai. »

La suite serait facile. Elle enfermerait son protégé dans un des toits à cochon, vide de tout locataire pour le moment. Elle se moquait bien d'être réprimandée par Léon et Anita. Ses parents comprendraient, eux. Ils comprenaient tout. Certaine d'agir au mieux, Ludivine s'empressa de remonter la galerie souterraine. Ensuite, elle devrait déjouer la surveillance d'Anita, mais elle excellait à ce petit jeu.

Durant plus d'une heure, elle s'affaira, préparant en cachette de quoi rendre l'animal somnolent. Un morceau de pâté de lapin disparut du garde-manger, ainsi qu'un bout de fromage. Par chance, Léon avait réclamé l'aide de sa femme pour nettoyer la bergerie. En cette saison et à cause du froid, les chèvres ne sortaient pas, et leur litière avait besoin d'être renouvelée fréquemment. Claire y tenait, et nul n'aurait songé à lui désobéir.

« Maman sera tellement heureuse! se disait-elle. Il fallait un nouveau loup au Moulin! »

Ludivine ignorait combien elle ressemblait à sa mère enfant, tandis qu'elle se livrait à ses activités d'apprentie guérisseuse, furtive, habile et rusée. Jadis, les murs séculaires de la vieille maison avaient vu Claire aller et venir ainsi, brasser des feuilles et des fleurs séchées, quand elle ne quittait pas les lieux sur la pointe des pieds, à la nuit, pour courir sur les chemins de la vallée. Comme se plaisait à le répéter Bertille Giraud dès qu'elle observait la fillette: « La relève est assurée! »

Mais le plan ourdi par Ludivine faillit échouer. Elle traversait le chemin des Falaises, prête à grimper jusqu'à la Grotte aux fées, quand Faustine l'apostropha.

— Où vas-tu donc? cria sa sœur.

À l'aube de ses quarante printemps, Faustine Roy était une femme d'une beauté impressionnante. Mince, mais dotée d'une ravissante poitrine, elle arborait une magnifique chevelure d'un blond pur, couleur des blés mûrs, dont les boucles souples dansaient sur ses épaules. Comme Ludivine, elle avait hérité des grands yeux bleus ourlés de cils drus de leur père, une grâce à laquelle s'ajoutaient des traits de madone et une bouche pulpeuse. Bien des hommes se retournaient sur son passage lorsqu'elle marchait dans les rues d'Angoulême, mais Faustine n'y prêtait pas attention. Elle aimait toujours autant Matthieu, le frère de Claire, qui lui avait donné trois enfants: Isabelle, Pierre et Gabrielle. Ils étaient tous lycéens et pensionnaires, car leurs parents souhaitaient les voir poursuivre de sérieuses études.

— Où vas-tu, Ludivine, avec ce sac? insista-t-elle du ton autoritaire qu'elle prenait en classe, fière de ses fonctions conjuguées de directrice de l'école de filles et d'institutrice du cours moyen.

— J'ai quelque chose à faire, Faustine! allégua la fillette. Je t'en prie, ce ne sera pas long.

— Il fait un froid redoutable et tu n'as ni bonnet ni écharpe. Veux-tu attraper du mal et causer des soucis à maman? Elle est déjà bien assez attristée. Ce pauvre Bertrand, mourir comme ça, foudroyé!

Faustine s'était rapprochée. Elle portait un manteau en drap de laine gris, des bottes fourrées et un pantalon. Un chapeau en feutrine brune dissimulait en partie ses mèches dorées.

— Je cours tellement que j'ai bien chaud! renchérit Ludivine. C'est très important, ce que je dois faire!

— Eh bien, ce que j'ai à te dire est important aussi! Maman m'a téléphoné du domaine et elle m'a demandé de t'emmener à Angoulême. Matthieu nous y conduira. Nous devons attendre Clara et Arthur au train de dix-huit heures.

— Je n'aime pas aller en ville! déplora l'enfant en soupirant. Tu sais bien que j'ai envie de vomir, en voiture. En plus, je manquerai le catéchisme. Anita me grondera encore.

— Pas du tout. Nous partons vers seize heures. Le catéchisme commence bien plus tôt. Nous te prendrons devant le presbytère. Il n'y a pas à discuter, Ludivine! Maman n'est pas tranquille de te savoir livrée à toi-même. Et elle doit rester au domaine. Tantine a besoin d'elle. Tu sais, ce deuil la frappe cruellement.

D'instinct, Faustine se tourna vers le plateau rocheux où se dressait la riche demeure des Giraud. Elle aurait pu raconter à qui voulait l'entendre la forte et émouvante histoire d'amour de Bertille et de l'avocat.

— Je monte déjeuner au domaine! précisa-t-elle. Sois sage et rentre vite au Moulin.

Malgré les réprimandes habituelles, c'était une sorte de permission. Ludivine remercia d'un large sourire et s'élança sur la pente blanche de neige.

«Quelle fillette singulière! Toujours seule et toujours occupée on ne sait à quoi!» songea Faustine.

*

Domaine de Ponriant, même jour

Debout près d'une des larges fenêtres donnant sur le parc, Claire observait sa cousine qui, toute vêtue de noir, était assise près du lit où reposait son mari. Depuis sa mort, la veille, il y avait eu une agitation de ruche au domaine. Maurice, qui était à la fois le chauffeur et le palefrenier des Giraud, ne savait plus à quel saint se vouer pour satisfaire les exigences de Bertille. Cet homme de trente-trois ans, solide, discret et dévoué, était très affligé par le décès brutal de son patron. Aussi mettait-il un point d'honneur à se montrer zélé et plein de compassion pour sa veuve.

— Madame m'a prié de trouver quatre chevaux noirs accoutumés à l'attelage, avait-il confié à Paulette à l'heure où la gouvernante lui servait fidèlement un café bien fort. Et le véhicule adapté…

— Moi, je dois préparer au moins huit chambres pour ce soir! s'était récriée la gouvernante. Heureusement que la nouvelle bonne est dégourdie! Je l'ai mise au travail vite fait.

L'écho de ces discussions n'avait atteint ni Claire ni Bertille, pas plus que Jean qui dormait à l'étage après une nuit de veille. En cette fin de matinée, les deux femmes gardaient le silence, vaincues par la fatigue.

— Ce seront des jours insupportables, déclara tout à coup la dame de Ponriant. Comment affronter le chagrin de Clara? Et Félicien, il faudrait quand même lui rendre visite à Bordeaux. L'hôpital veut le garder encore une semaine. Clairette, je n'ai plus de courage, plus de volonté. Cela me paraît impensable de vivre sans Bertrand. Il me traitait en enfant gâtée, tu le sais, n'est-ce pas? Alors, je me sens abandonnée et désarmée sans lui. En plus, je le reconnais à peine! As-tu remarqué le pli amer de sa bouche? Peut-être que je ne le rendais pas heureux.

— Ne dis pas de bêtises, Bertille, il t'adorait, affirma Claire.

— Maintenant, j'ai hâte qu'il soit mis en bière, mais la famille a le droit de lui dire adieu. Eulalie ne viendra pas, bien sûr; elle est dans un pays d'Afrique. Une sainte, certifiait Bertrand. Sa fille aînée, religieuse! Comme c'est étrange!

— Je ne vois pas en quoi c'est étrange, princesse. Si tu sortais un peu de cette pièce! Tu n'as rien avalé depuis hier. Tu t'acharnes à rester là, près de lui.

— Parce que bientôt, je ne le verrai plus, plus jamais! indiqua Bertille d'une petite voix plaintive. S'il est présent, quelque part, s'il peut assister à ce qui se passe ici, je veux lui montrer combien je l'aime. Je n'ai pas eu le temps de le lui dire.

En étouffant un sanglot, elle posa une main fine et diaphane sur celles de son époux. Mais elle la retira vite, épouvantée.

— Mon Dieu, ce froid! Claire, je hais ce froid-là. Tu as raison, je vais descendre à la cuisine et boire un café avec un peu de cognac.

Claire fronça les sourcils. Cela ne lui semblait pas une bonne idée. Sa précieuse cousine avait tout d'un fil tendu, prêt à se rompre au moindre choc. Amincie par sa robe noire, le teint livide et les yeux hagards, elle était l'image même de la fragilité et de l'accablement.

— Non, pas d'alcool, princesse! trancha-t-elle. Un bouillon, du pain, mais pas de cognac. Ce soir, il te faudra réconforter Clara et Arthur. Ils nous aideront à terminer les invitations aux obsèques.

— Des invitations! ironisa Bertille. Seigneur, Clairette, comment parviens-tu à tant d'impassibilité et de calme? Si c'était Jean qui gisait là, près de toi, tu comprendrais que je suis en train de devenir folle.

Ces mots eurent le don de glacer Claire. Aux premiers temps de leur amour, elle avait cru Jean noyé en mer et, par la suite, ils avaient été séparés des années. À présent, ils savouraient chaque moment passé ensemble. De le perdre la tuerait sans doute.

— Excuse-moi si j'ai l'air impassible, comme tu dis. J'y suis obligée pour te soutenir et te sauver. Je joue le rôle du tuteur qui empêche une fleur à la tige cassée de se briser tout à fait, car je t'aime et je ne peux pas te laisser sombrer.

Touchée par ce témoignage de comparaison, Bertille hocha la tête. Cependant, à bout de résistance nerveuse, elle commença à trembler, puis à claquer des dents. D'une nature orgueilleuse, consciente aussi de ses fautes passées, jamais elle n'admettrait ce qui la tourmentait le plus. De l'au-delà, son mari avait sans doute eu la révélation de son infidélité. Ne reviendrait-il pas la hanter jusqu'à sa propre mort?

«Je ne suis qu'une pécheresse, se disait-elle, épouvantée. J'ai trompé Bertrand durant trois ans avec Louis de Martignac qui aurait pu être mon fils. J'étais folle d'amour pour ce jeune homme et, à cause de cette passion, j'ai failli tuer Pierre, le fils de Faustine. Ciel, j'ai voulu me supprimer, et mon pauvre Bertrand n'a pas compris mon geste. Maintenant, il connaît peut-être la vérité sur moi, sur sa petite princesse, sur sa femme…»

Claire choisit ce moment pour la rejoindre et l'étreindre tendrement. Comme c'était rassurant, ces doux bras autour d'elle, pareils à un rempart contre le mystère de la mort, contre le vide qui l'entourait!

— Aide-moi, Clairette, aie pitié! implora-t-elle alors, paupières mi-closes. J'ai tellement peur et tellement de peine. Cette nuit, pendant la veillée, Jean et toi avez été si gentils! Nous avons évoqué tous nos bons souvenirs, et j'avais l'impression que cela plaisait à Bertrand. Mais c'est terminé. Il va disparaître, il va être inhumé, écrasé sous la pierre du tombeau familial, enfin, son corps… Et son âme? Où est-elle?

— Je ne peux pas te répondre, princesse, mais je sais de quoi tu as peur. Si cela pouvait te tranquilliser, je te dirais bien que notre cher Bertrand, confronté à un monde de lumière et de bonté, a sûrement d'autres chats à fouetter que ta petite personne. Mais il te protégera, j'en suis convaincue. Sois forte, aie du cran pour lui, afin d'honorer sa mémoire. Comme tu l'as dit tout à l'heure, les jours qui viennent seront très durs à vivre.

Les deux cousines se turent, étroitement enlacées. Au même instant, Ludivine refermait la porte du toit à cochon où elle venait d'enfermer une petite bête sauvage qui, enveloppée d'un grand torchon, avait pesé lourd sur sa poitrine. La fillette avait réussi. Il y avait de nouveau un loup entre les murs du Moulin.

2
Jours de deuil

Domaine de Ponriant, samedi 13 janvier 1940

Bertille réprima un frisson. Il neigeait depuis le lever du jour. Très droite, un voile de tulle noir dissimulant son beau visage, la dame de Ponriant fixait de son regard inondé de larmes le corbillard arrêté en bas de l'escalier d'honneur. Quatre chevaux à la robe noire y étaient attelés. Le corps de son amour était prisonnier d'un luxueux cercueil en chêne doré, aux poignées de bronze. Une nuée de roses et de lys venus des villes voisines le recouvrait en partie.

« Mon Dieu! Mon Dieu! se répétait-elle. Voici la vraie séparation. Si seulement Claire pouvait me jurer que nous nous retrouverons là-haut, dans un ailleurs merveilleux. J'ai des doutes, j'ai toujours des doutes. Bertrand, mon chéri, mon tendre chéri, tu me manques tant, déjà! »

Elle respira profondément afin de paraître calme, pleine de courage. Les heures à venir lui faisaient l'effet d'un cauchemar. Mais elle redoutait encore plus les jours qui allaient suivre, les semaines, les années.

« Plus personne ne m'attirera dans ses bras, le soir, dans le lit. Je n'aurai plus les légers baisers sur mon front ou sur mes lèvres, les caresses qui éveillaient notre désir à tous les deux. Mon Dieu, nous n'étions pas si vieux, pourtant! Nous avions bien le droit de jouir l'un de l'autre, de nous aimer encore. »

— Maman, appela une voix grave, celle de Clara, pauvre maman, tu souffres beaucoup?

Une jeune fille s'approchait, un peu plus grande que Bertille, mais aussi svelte. Vêtue d'un tailleur en lainage gris perle, l'héritière du domaine arborait des cheveux très courts et frisés, d'un blond foncé. Dans toute la fraîcheur de ses vingt-quatre ans, elle passait pour une beauté à Paris et dans le pays. Mais elle avait reçu de son père des traits plus accusés, et il aurait été difficile de lui accorder ce qui faisait le charme extrême de Bertille, sa grâce féerique et aérienne.

— Clara, ma chérie, serre-moi fort! Si tu savais combien ta présence m'a réconfortée. Vous avez été formidables, Arthur et toi, hier soir. Nous avons presque passé une bonne soirée, à chercher quelle marche funèbre convenait à ton père. Seigneur, Arthur a fait de tels progrès! Il deviendra un grand nom du piano.

— Oui, j'en suis intimement convaincue, acquiesça Clara. Il faut partir, le cocher attend tes ordres. Les invités sont déjà à l'église, je pense. Dis, maman, tu tiens vraiment à suivre le corbillard à pied, jusqu'au bourg? Tu risques un malaise!

— Un malaise! Mais pas du tout! J'accompagnerai mon époux sur mes deux jambes, car c'est lui qui m'a guérie de mon infirmité, d'abord par son amour, ensuite en finançant mon opération aux États-Unis. Je lui dois bien ça. Mais tu n'es pas forcée de m'imiter. Monte en voiture avec Arthur et Jean.

— Ne sois pas sotte! Nous marcherons aussi.

Clara jeta un coup d'œil dans le miroir vénitien qui ornait un pan de mur tout proche. Elle se mordilla les lèvres pour les colorer, car elle n'avait pas osé se maquiller. Elle éprouvait un vif chagrin d'avoir perdu son père; néanmoins, elle estimait que c'était dans l'ordre des choses. Le cœur un peu sec, éprise de la vie citadine et de distractions en tous genres, elle espérait s'établir dans la capitale. Cela ne l'empêchait pas d'être peinée en imaginant sa mère qu'elle adorait condamnée à la solitude dans cette vallée de campagne.

— Maman, si tu t'installais à Paris bientôt? proposa-t-elle d'un ton compatissant. Nous sommes suffisamment riches pour acheter un appartement dans un quartier agréable. Là-bas, tu ne t'ennuieras pas comme ici.

Bertille songea qu'elle aurait sans doute tenu le même

discours, dans sa jeunesse, car elle avait eu la réputation d'être égoïste, obsédée par le besoin de vivre dans l'aisance. Ce fut donc avec indulgence qu'elle répondit.

— J'y réfléchirai, mais cela m'étonnerait. Je tiens à rester ici et à gérer les affaires de Bertrand.

— Oui, évidemment, et, chaque dimanche, Maurice te conduira au cimetière pour que tu te lamentes sur ta triste condition de veuve! Maman, à Paris, je veillerais sur toi; nous sortirions souvent.

— Et tu n'aurais plus à loger chez Corentine qui a le malheur de me rapporter tes frasques et tes expéditions nocturnes, ironisa Bertille. Que fais-tu des Allemands qui peuvent envahir la France d'un jour à l'autre? Tu seras bien contente, quand ils prendront ton cher Paris, de te réfugier ici. Allons, viens, il est temps. Où est Arthur?

— Dehors! rétorqua Clara d'une voix morose. Il adore la neige. Et il se cache pour pleurer à son aise. Quant à tes Allemands, je n'y crois pas. La guerre va être finie très vite.

Elle arrangea le manteau de fourrure d'un brun doré qu'avait enfilé sa mère. Tout lui paraissait absurde: la drôle de guerre, la mort subite de son père, les obsèques qu'il faudrait subir pendant des heures, alors que son amant se languissait d'elle, boulevard de Port-Royal, si loin, dans la capitale.

— Je croyais que tu serais effondrée, Clara, constata alors la dame de Ponriant d'un ton amer.

— Je le suis, maman, mais tu m'as appris dès mon plus jeune âge à ne pas montrer ce que je ressentais, à cacher ma douleur. Si je tombais de poney, je ne devais pas pleurnicher. Ce sont tes mots. Si je me coupais, je n'avais qu'à me soigner seule, car j'avais désobéi en touchant à un couteau.

— Tu mens! J'ai appelé Claire bien souvent pour panser tes plaies ou apaiser tes migraines.

— Quand papa insistait, parce qu'il avait pitié de moi, lui! Ne t'inquiète pas, il représentait beaucoup, il était mon port d'attache, mon ami.

Bertille préféra renoncer à la conversation. Elle se dirigea d'un pas ferme vers le perron. À peine fut-elle sur la terrasse qu'un grand jeune homme la prit par le bras. Émacié, il avait le nez un peu long et le teint blême, mais ses prunelles d'un brun chaud dégageaient un magnétisme incontestable. Son plus sûr atout était une bouche rieuse aux lèvres très rouges. Il affectionnait les vêtements qui lui donnaient des allures de poète. Là, il portait une large veste, une écharpe noire et un pantalon de velours. Il attachait sur la nuque ses cheveux d'un châtain terne, très raides.

— Tantine, pauvre tantine, je suis là, va!

Elle eut un sourire très doux pour Arthur.

— Tu aurais pu mettre un costume correct! observa-t-elle.

— Mais je suis à la mode parisienne, protesta-t-il. Et zut! un musicien est libre de ses choix de vie.

— Arthur, les invités patienteront. Je te demande de monter t'habiller correctement. Tu aurais pu penser tout seul à ne pas t'afficher ainsi aux funérailles d'un homme qui a tant fait pour toi, pour ta musique!

Il capitula sous le regard transparent et glacial de Bertille. Pourtant, dès qu'il fut dans le hall, elle secoua la tête, désorientée. Arthur était le demi-frère de Claire, né du second mariage de Colin Roy avec sa servante Étiennette. Les Giraud l'avaient quasiment pris sous leur aile, assurant son éducation et ses études. C'était autant pour satisfaire le caprice de Clara qui le considérait comme son frère que pour l'éloigner du Moulin, l'enfant vouant une haine tenace à Jean.

Un coup de klaxon résonna soudain dans le silence de l'hiver. Une automobile rouge remontait l'allée. César, le fils aîné de Léon, était au volant, endimanché. On devinait le minois timide de sa femme, Suzette. À l'arrière se trouvaient leurs trois enfants.

«Il y aura tous les gens du pays, mais je ne regarderai que mes véritables amis», pensa Bertille, angoissée.

Un point douloureux lui vrillait le plexus solaire; son estomac se tordait. Elle avait froid et envie de pleurer. Une autre voiture, celle de Matthieu, arrivait. Il descendit précipitamment, claqua la portière et grimpa quatre à quatre l'escalier.

— Tantine, que fais-tu là, dehors? cria-t-il. Je suis venu

te chercher. Claire m'a dit que tu voulais suivre le corbillard, mais c'est une ineptie. Tu feras le trajet à pied de l'église au cimetière. C'est une chance que Clara m'ait téléphoné...

Âgé de quarante-deux ans, Matthieu Roy était un des plus beaux hommes de la vallée et des environs. Grand, robuste, le cheveu brun et l'œil de jais, il avait le teint hâlé de ceux qui vivent le plus souvent au grand air, alors qu'il passait ses journées au fond de son imprimerie. Comme le répétait Faustine, Matthieu était également beau de l'intérieur, et elle disait vrai. Chacun vantait sa loyauté, son acharnement au travail et sa bonté.

— Mon petit Matthieu! gémit Bertille. Tu as raison, je ne pourrai pas marcher si longtemps.

— C'est une évidence, tantine. En plus, avec cette neige fraîche, tu risques de tomber. Allons, donne-moi le bras.

Il fit mieux et la prit contre lui. Elle perçut sa chaleur, son énergie, et ferma les yeux de soulagement.

— Tiens-moi bien! implora-t-elle. Mais que fait César ici, au domaine? Pourquoi n'est-il pas allé directement au bourg?

— Un détail, tantine. Comme ses roues sont équipées pour le verglas et la neige, il m'a ouvert la route. Regarde, il repart. Viens!

Matthieu avait pour Bertille l'affection fervente d'un neveu pour sa tante, même si leur lien de parenté était un peu plus lointain. Il la porta pratiquement, comme si elle ne tenait plus debout. Il avait le cœur brisé à l'idée du chagrin qui la dévastait.

— Courage! lui dit-il à l'oreille. Nous serons là, avec toi.

Il l'installa sur le siège avant de sa voiture et enveloppa ses jambes d'un plaid en laine. Le cocher qui trépignait près du corbillard les interrogea avec une expression impatiente.

— Avancez! lui ordonna Bertille. Nous suivrons. Ah! Voici Clara et Arthur. Et cette brave Paulette. Qu'ils montent avec nous, il y a largement la place.

Les chevaux prirent tout de suite le grand trot. Les roues fendaient la neige, projetant des éclaboussures grisâtres. Bertrand Giraud quittait pour de bon sa demeure natale.

Quelques fleurs d'un blanc veiné de rose glissèrent au sol, y laissant une tache de couleur.

— Je me demande si je m'accoutumerai à vivre toute seule dans cette grande demeure, indiqua Bertille. Les souvenirs me sauteront à la gorge au moindre pas, mais, en même temps, ce sont nos souvenirs, à mon mari et à moi. Je ne peux ni les renier ni les effacer.

— Viens donc habiter à Paris, proposa Arthur.

— Oui, maman, insista de nouveau Clara. Ce serait si simple.

— Peut-être que je me plairais à Angoulême, dit sa mère. C'est une ville qui en vaut une autre.

— Mais ça ne vaudra jamais Paris.

Clara avait bien articulé le nom de la capitale afin d'indiquer que c'était à son avis la meilleure solution. Mais Bertille pensait à la belle maison bourgeoise d'Adélaïde des Riants, la tante de Bertrand, qui lui appartenait désormais, puisqu'elle hériterait de tous les biens de l'avocat, selon le testament établi depuis des années.

« C'est là-bas que nous avons fait l'amour la première fois, dans une chambre silencieuse. Le soleil filtrait à travers les persiennes; le couvre-lit était en satin jaune. J'ai cru mourir d'émotion et de joie. Si mon premier mari m'a faite femme[1], Bertrand, lui, m'a offert le plaisir, l'ivresse et l'extase. Bertrand, je voudrais tellement que tu sois là, bien vivant! »

Clara observa sa mère, dont la voilette légère ombrait le ravissant visage en le rajeunissant. Elle crut voir une larme couler le long de sa joue, et ce fut comme un déclic, un choc. La jeune fille éclata en sanglots, terrassée par une peine immense. Arthur s'empressa de la prendre dans ses bras.

— Et alors, Clara? dit-il gentiment.

— Je n'avais pas réalisé, pour papa. J'étais assommée, j'avais l'impression que tout ça n'était qu'une affreuse mascarade; mais non, papa est mort.

---

1. Bertille a épousé en première noce Guillaume Dancourt, alors qu'elle était encore infirme. Il est mort pendant la guerre de 14-18. Voir livre 1, *Le Moulin du loup.*

Elle pleura tout son saoul, lovée contre la poitrine d'Arthur. Ces deux-là s'adoraient, ils étaient inséparables. Souvent, Claire et Bertille en avaient conclu que, devenus adultes, ils se fianceraient, mais elles s'étaient trompées. Chacun avait cherché ailleurs un partenaire amoureux, ce qui leur permettait d'échanger leurs expériences en la matière.

— C'est un grand malheur, concéda Matthieu. Il faut aussi plaindre Félicien. Quel coup ça a dû être pour lui d'apprendre le décès de son grand-père!

— Oui, après avoir été opéré d'un poumon perforé, expliqua Bertille. Je déplorerai jusqu'à mon dernier souffle ce maudit accident et la bêtise du personnel hospitalier. On n'avait pas à téléphoner chez nous, ou bien j'aurais dû décrocher comme je le fais toujours. Bertrand serait encore là.

— Rien n'est moins sûr, tantine, dit Matthieu. Qu'il ait appris le drame par toi ou une infirmière, il aurait été mortifié.

— Pas si moi je lui avais dit la chose, s'enflamma Bertille. J'aurais eu soin d'atténuer la nouvelle, de la minimiser. De toute façon, ce jeune crétin n'avait rien de très grave, et voilà le résultat. Il a tué Bertrand, je n'en démordrai pas.

Le langage emporté de la dame de Ponriant ne surprit personne dans la voiture. Règle générale, tous lui pardonnaient ses excès, hormis Claire qui n'avait pas peur de la reprendre. De plus, Clara partageait son opinion au sujet de Félicien.

— S'il continue de neiger, soupira Matthieu pour faire diversion, les routes seront vite impraticables. Je crains de patiner dans la côte. Les chevaux ont des fers équipés de crampons, eux. Ils vont à bonne allure.

— Et cet abruti de César doit déjà être sur la place de Puymoyen, déplora Arthur.

Bertille en profita pour laisser libre cours à son extrême nervosité.

— Imbécile? Pour qui te prends-tu? Traiter César d'abruti! Pourquoi? Parce qu'il est le fils d'un domestique? Et toi, d'où sors-tu? Tu oublies un peu trop facilement que ta mère était une misérable servante et une fieffée coquine! Je

47

te rappellerai que César, tout abruti qu'il est, selon toi, dirige sa propre affaire, que son garage marche bien et qu'il n'a plus de dettes. C'est un bon père et un époux modèle! Décidément, Clara et toi êtes d'une prétention, depuis que vous gaspillez l'argent du domaine à Paris!

Arthur fut interloqué. Jamais Bertille n'avait osé lui jeter à la figure la condition de sa mère, décédée quand il était tout petit. Matthieu alluma une cigarette, certain que les obsèques de Bertrand allaient tourner à la tragédie.

— Un peu de dignité, bon sang! tempêta-t-il. Toi, tantine, rengaine tes insultes et, vous deux, les jeunes Parisiens, soyez plus délicats. C'est insensé. Nous enterrons Bertrand Giraud. Il mérite quelque respect, un brin d'entente familiale, il me semble.

Le frère de Claire obtint un silence gêné. Ce fut quelques instants plus tard que sa voiture commença à louvoyer sur la neige gelée avant de s'immobiliser. Les roues tournaient en vain; l'arrière dérivait vers le fossé.

— Arthur, descends et pousse! commanda Matthieu. Sinon, nous allons être bloqués ici.

— Et mon costume? Tantine voulait que je sois élégant. En plus, je ne suis pas assez costaud.

— Obéis, Arthur! tonna Bertille.

La Providence vint au secours du jeune homme. Une autre automobile apparut qui se gara un peu en arrière. Clara reconnut deux des fermiers de son père, en toilette de deuil. De toute évidence, ils se rendaient eux aussi à l'église.

— On va vous dépanner! cria le plus âgé. Tant pis si on rend hommage au patron en piteux état. Allez, m'sieur Matthieu, accélérez doucement; mettez le volant bien droit.

Leurs efforts furent aussitôt couronnés de succès. La Panhard rouge s'élança à l'assaut de la route, non sans asperger de neige sale les pantalons des deux hommes.

— Ouf! fit Clara. Quel temps! On a très froid, en plus.

Arthur remit ses gants et agita ses doigts pour les dégourdir. Il était chargé de jouer sur l'harmonium de la paroisse *La Marche funèbre* de Chopin. Ce compositeur était un des favoris de l'avocat. Chagriné par la dureté de Bertille qu'il aimait comme une seconde mère, il s'enferma dans une bouderie puérile.

— Quelle foule! s'écria Matthieu en parvenant sur la grande place du village.

Beaucoup d'habitants de Puymoyen étaient au rendez-vous, ainsi que les relations de Bertrand, les proches parents que Bertille avait invités. Le parvis de l'église Saint-Vincent grouillait lui aussi de silhouettes emmitouflées. Bertille vit tout de suite Claire, en manteau noir et chapeau assorti. Sa cousine lui fit un petit signe de la main.

— Eh bien, il faut y aller, dit-elle. Je vais entendre je ne sais combien de sincères condoléances, de paroles apitoyées! Je ne vais pas tenir le coup. Je ne pourrai pas affronter tous ces gens qui vont me dévisager, histoire de voir si je suis bien malheureuse. Ciel, comment trouver la force d'affronter ça?

— Tu l'as, cette force, trancha Matthieu. Tantine, dis-toi que tu dois faire honneur à ton mari.

Elle approuva d'un faible sourire, tandis que Jean se précipitait pour lui ouvrir la portière. C'était un spectacle singulier, tous ces gens réunis qui osaient à peine bouger, leurs vêtements sombres saupoudrés de flocons. Ludivine accourut et lui prit la main.

— Je vais te conduire dans l'église, annonça l'enfant.

— Merci, ma chérie!

Bertille marqua un temps de surprise. Les doigts menus de la fillette étreignirent les siens. Il s'en dégagea une chaleur étrange qui lui redonna courage. Elle se retrouva assise sur un des bancs latéraux réservés aux notables, tandis que les chaises paillées et les autres bancs se remplissaient. Ludivine prit place à ses côtés pour ne surtout pas l'abandonner. Arthur joua les premières notes de *La Marche funèbre* avec une maîtrise évidente. Enfin, le cortège funéraire emprunta l'allée centrale. Matthieu, Jean, Maurice et Léon portaient le cercueil de Bertrand. Ils le déposèrent sur un vaste trépied drapé de noir. Claire et Faustine, les bras chargés de bouquets, suivaient. Il y avait déjà nombre de couronnes en perles mauves et grises, adressées à la famille.

« Il pourrait y avoir encore plus de fleurs et de musique,

rien ne fera revenir Bertrand! songeait Bertille. Tout ceci sert à rassurer, à se donner bonne conscience, mais, au fond, le fait est là : nous nous débarrassons vite d'un corps condamné à se décomposer... Et si Dieu n'existait pas, si je ne revoyais jamais mon amour? »

Comme si elle lisait dans ses pensées, Ludivine lui serra plus fort la main. La fillette ressentait la montée d'une tension nerveuse qui pouvait terrasser la dame de Ponriant et elle tentait de l'apaiser. Faustine les rejoignit, très émue, ainsi que Claire qui caressa la joue de sa cousine.

— Edmée de Martignac est ici, lui dit-elle tout bas. J'ai cru comprendre qu'un de ses amis l'a accompagnée. Louis et Angéla sont venus eux aussi. Je les ai croisés à l'entrée de l'église.

Bertille cligna des paupières en guise de réponse. Elle avait envie de hurler comme une bête à l'agonie, ou bien de se jeter sur le cercueil. Ludivine tendit l'oreille, intriguée. On parlait rarement d'Angéla au Moulin, et elle ne l'avait jamais vue, si bien que ces mots éveillaient sa curiosité. Mais elle renonça bien vite à chercher la mystérieuse jeune femme, car sa mère pleurait.

— Maman, balbutia-t-elle, je t'en prie!

— Ne t'inquiète pas, je suis très triste, mais ça ira.

Ludivine acquiesça en silence. Elle brûlait d'annoncer à Claire la fantastique nouvelle, la présence d'un louveteau, un mâle, dans l'enceinte du Moulin. C'était son secret, sa surprise. Il y avait eu un tel remue-ménage ces deux derniers jours, tant d'allées et venues que nul ne s'était intéressé à ses faits et gestes. Elle avait menti à Léon, lui racontant qu'elle avait enfermé dans le toit à cochon un merle blessé par la chatte. Le domestique n'y avait vu que du feu.

« Mon petit loup a beaucoup moins peur! pensait la fillette. Quand je lui apporte à manger, il ne grogne plus. Il a sûrement moins mal à sa patte, aussi. Si je peux continuer comme ça encore une semaine, il sera apprivoisé et je pourrai le montrer à maman. »

Cette perspective la rendait joyeuse, malgré les circonstances. Elle espérait des remerciements surpris, des câlins, des félicitations pour son tour de force, car Ludivine estimait qu'elle avait agi le plus sagement du monde.

— Voici Thérèse, annonça à mi-voix Faustine. Mon Dieu, coiffée ainsi, elle ressemble encore plus à sa mère!

Claire admit dans un souffle que c'était vrai. Thérèse, la fille de Léon et de Raymonde, la servante bien-aimée du Moulin fauchée par un camion, avait la même allure arrogante que cette belle femme tant regrettée. Elle présentait les mêmes cheveux ondulés d'un blond roux, retenus en arrière par deux larges peignes qui dégageaient un visage rond et fardé.

La cérémonie commença. Bertille prêta à peine attention à l'homélie du prêtre, le père Georges, qui avait succédé au brave père Jacques déjà douze ans auparavant. Ce fut vers la fin du discours qu'elle tendit l'oreille.

— Et nous sommes tous réunis ici pour rendre un dernier hommage à cet homme de bien qui, souvenons-nous, fut aussi le maire de la commune durant des années. En ces temps troublés, puisque la guerre est déclarée, nous devons prier d'un même cœur pour obtenir la grâce d'un monde meilleur. Bertrand Giraud en rêvait également, comme il me l'a confié la veille de sa mort, alors qu'il tremblait d'angoisse pour les siens…

Bertille se leva brusquement et courut jusqu'à l'autel. Les enfants de chœur, surpris, eurent un mouvement de recul. La femme du maire, assise dans le rang des notables, poussa un bref cri de surprise.

— Qu'est-ce que mon mari vous a confié d'autre, père Georges? clama Bertille en rejetant sa voilette en arrière. J'ignorais qu'il vous avait rendu visite. Que me cachait-il?

— Mais, madame, souffla le prêtre, nous en discuterons plus tard, pas aujourd'hui.

— Si, tout de suite, puisque Bertrand ne peut plus rien me dire. Bertrand est mort. Bertrand, reviens, je t'en prie!

Sur ce cri aigu, elle virevolta et se jeta sur le cercueil, faisant voler les bouquets et les couronnes d'un geste fou.

— Seigneur! gémit une vieille femme, assise près de la statue du Christ. La malheureuse!

D'autres murmures, certains pleins de compassion, d'autres chargés de réprobation, s'élevèrent. Secouée de sanglots, Faustine cacha son visage entre ses mains. Matthieu en eut la gorge serrée. Tendue, Claire hésitait encore à intervenir, paralysée par la stupeur, saisie de terreur à l'idée que sa cousine perdrait la raison pour de bon. Dans l'assistance, on s'agitait. Un respectable octogénaire, l'ancien forgeron du village, se redressa à demi en s'écriant :

— Mais faites quelque chose, pour l'amour du ciel!

Malgré ce conseil véhément, personne n'osait s'interposer. Tous regardaient, médusés, cette petite femme en noir dont la chevelure couleur de lune scintillait sous la clarté des cierges.

— Je veux que tu reviennes! tempêta-t-elle. Bertrand, tu n'as pas le droit de m'abandonner! Non et non!

Ses poings menus gantés de dentelle tambourinaient contre la bière qu'une tenture drapait. Claire finit par se lever, bouleversée, mais, à l'instant précis où elle allait se précipiter vers Bertille afin d'essayer de la calmer, celle-ci pointa dans sa direction un index accusateur.

— Toi, ne m'approche pas! Tu aurais dû le sauver, tu aurais pu le sauver, mais tu n'as pas voulu. Tu l'as laissé mourir, lui, mon époux, mon amour! Je te déteste, Claire, je vous déteste tous. Vous êtes vivants et il est mort. Tu as ton Jean, et moi je n'ai plus personne! Personne! Mon mari m'a quittée, il m'a abandonnée, lui qui avait promis de rester avec moi toujours! Toujours!

Elle haletait, défigurée par la rage et le chagrin. Ni Corentine, arrivée en retard, ni Jean n'osaient s'en mêler. La fille de l'avocat, habillée à la dernière mode parisienne, préféra même piquer du nez, tant elle avait honte de voir Bertille se donner ainsi en spectacle. De son père, Corentine avait hérité les cheveux roux et bouclés, ainsi qu'un tempérament sensuel et passionné. Au sortir de l'adolescence, elle avait déployé tous ses charmes pour séduire Matthieu Roy, qui s'était lancé à corps perdu dans cette liaison par dépit. Faustine venait alors de se fiancer à Denis Giraud, le frère de sa maîtresse, et il était désespéré à l'idée de la perdre.

La vallée des Eaux-Claires devait encore vibrer de l'écho lointain de ces tristes noces qui avaient vu un double mariage teinté de douleur et de larmes, le même jour, dans cette même église. Matthieu avait épousé Corentine, soi-disant enceinte, tandis que Faustine et Denis s'unissaient pour le meilleur et pour le pire. Heureusement, le destin veillait, et ces couples mal assortis n'avaient tenu que le temps d'un feu de paille.

— Madame, je vous en prie, calmez-vous! supplia le père Georges.

— Bertille, supplia Claire en restant à distance, par pitié, reprends-toi!

On vit alors une jeune femme quitter sa chaise et marcher vers le cercueil. Une frange brune suivait la ligne de ses sourcils, mais sa chevelure était coiffée en chignon bas sur la nuque. Vêtue d'une veste en fourrure grise sur une robe noire, elle avait beaucoup d'allure, bien qu'elle fût de taille moyenne. Son visage triangulaire avait gardé sa grâce juvénile. C'était Angéla de Martignac, l'ancienne protégée de la famille du Moulin du Loup.

— Ma chère Bertille! dit-elle à mi-voix en la prenant par l'épaule, pas vous, voyons! C'est indigne de vous, enfin! Vos nerfs vous ont trahie, je le comprends, mais il faut regagner votre place.

La mine totalement égarée, Bertille scruta ses traits avant de balbutier:

— Angéla?

— Oui, c'est moi! Venez!

Contre toute attente, Angéla obtint satisfaction. Mais elle guida Bertille vers le fond de l'église, l'invitant tout bas à s'asseoir entre elle et Louis. Déjà grisonnant à quarante et un ans, ce dernier en fut très gêné, car il avait aimé cette femme par le passé, une passion adultère dont il conservait un souvenir épineux.

Ludivine fut soulagée de ne plus voir Bertille gesticuler et s'en prendre à sa mère. Faustine pleurait de plus belle, choquée par la scène qui alimenterait sans aucun doute les ragots du village pendant des semaines. Elle chercha le regard de Matthieu, assis au premier rang des bancs ordinaires. Il consolait leur benjamine, la douce Gabrielle, une adolescente de quatorze ans aux cheveux châtains et aux yeux bleus. Pierre, leur unique fils, grand gaillard de quinze ans aux boucles brunes et au regard vert, semblait affecté lui aussi. Seule Isabelle, l'aînée, affichait une mine impassible du haut de ses dix-huit printemps. Cette blonde aux prunelles d'un gris bleuté se destinait à l'enseignement afin de suivre les traces de Faustine. Il fallut un effleurement dans son dos pour la faire se retourner. Janine, la plus jeune fille de Léon et de Raymonde, qui était assise derrière elle, nota à mi-voix d'un ton navré :

— Quel scandale ! Bertille a perdu la raison, ma parole !

Elle avait dix-neuf ans et travaillait comme secrétaire dans une usine d'Angoulême. Sublime réplique de sa grande sœur Thérèse, elle était très amie avec Isabelle. Le dimanche, les deux jeunes filles se promenaient souvent bras dessus bras dessous dans les allées du Jardin vert, un parc très agréable de la ville.

— C'est l'excès de chagrin ! répliqua Isabelle, tout bas. Je crains le pire au cimetière.

Un homme se retourna alors vers les jeunes filles. D'allure très raffinée avec ses cheveux blancs rejetés en arrière et sa redingote grise, il était le voisin de banc de Thérèse, elle-même assise à côté de son mari, Maurice. La gorge nouée, le fidèle employé des Giraud essuyait une larme. Il éprouvait une profonde pitié pour sa patronne.

— Mesdemoiselles, la douleur peut rendre fou, j'en sais quelque chose, dit l'homme distingué. Soyez donc indulgentes ! Quant à moi, cette superbe dame au tempérament de feu m'a paru semblable à une reine antique réclamant justice.

La tirade laissa Isabelle et Janine bouche bée.

— Je me présente, Edmond de Rancogne. Je suis un grand ami de madame de Martignac.

Il les salua d'un imperceptible signe de tête. C'était le moment des condoléances. Corentine remplaçait Bertille pour la circonstance, et sa prestance en imposait. Le défilé des personnes ayant assisté à la cérémonie parut interminable à Claire. Elle fut soulagée, cependant, de voir Edmée de

Martignac serrer la main de la fille de Bertrand Giraud. La châtelaine se tenait courbée et s'appuyait sur la même canne en bois et ivoire que jadis. Très maigre, mais toujours élégante, elle paraissait épuisée. Dès qu'elle le put, Claire la rejoignit près du confessionnal.

— Comment allez-vous, Edmée? Vous n'avez pas d'ennuis de santé? Vous m'auriez appelée, j'espère?

— Je vieillis, ma chère amie, rien d'autre! J'ai plus de soixante-dix ans, vous le savez. Comme je n'ai guère d'appétit, avec ce grand froid et la guerre qui menace, mon moral est au plus bas.

— Il y a vos petits-enfants, Quentin et Agnès. Vous les recevez au château?

— Oui, ils sont charmants, bien élevés et affectueux, concéda Edmée. J'ai un faible pour Quentin, qui est le portrait de Louis au même âge, mais Agnès ressemble trop à sa mère. Les mêmes expressions de chaton gourmand et sournois! Comme je vous l'ai écrit dans la carte de vœux, je ne m'accoutume pas à côtoyer Angéla.

Claire ne fit aucun commentaire. Elle avait su pardonner à la jeune femme qui avait séduit Jean douze ans auparavant, mais elle l'évitait soigneusement.

— Vous l'avez vue, encore aujourd'hui? reprit la châtelaine. Elle joue les aristocrates et, je vous l'accorde, elle réussit à avoir de l'allure, grâce aux conseils de mon fils. Cela dit, sa façon d'intervenir auprès de Bertille, comme si elle était la seule capable de l'apaiser, c'était d'un mauvais goût…

— Ma cousine m'inquiète. Je crains pour elle. Il fallait bien aussi que quelqu'un l'éloigne du cercueil… Je vous laisse, Faustine me fait signe. Tout le monde sort. Le moment que je redoute le plus, celui de la mise en terre, approche.

— Un cimetière sous la neige! gémit la vieille dame. Il n'y a rien de plus triste, ma chère petite.

Edmée de Martignac était en fait la demi-sœur d'Hortense, la mère de Claire. Elles en avaient eu toutes deux la révélation grâce aux confidences du vieux rebouteux, le père Maraud. Cela avait renforcé leur amitié, même si elles n'avaient plus guère l'occasion de passer du temps ensemble.

Elle lança un regard plein de compassion à Claire, lui effleura l'épaule d'un doigt et se dirigea vers le dénommé Edmond de Rancogne, qui semblait l'attendre.

— Maman, maman! l'interpella anxieusement une voix fluette. Viens vite, tantine s'est évanouie.

C'était Ludivine, toute pâle d'émotion.

— Quoi? Où est-elle?

— Là-bas, près de la porte, avec Angéla et son mari.

Bouleversée, Claire s'assura qu'elle avait bien dans son sac un petit flacon d'eau de mélisse. Son cœur s'emporta à l'idée d'être confrontée à son ancienne rivale, mais ce fut bien pire lorsqu'elle découvrit Jean à ses côtés. Il soutenait Bertille, pareille à une étrange fleur coupée, inerte et pathétique dans ses voiles noirs, sa robe en corolle répandue sur les pavés du sol.

— Elle a beaucoup tremblé; elle manquait d'air. Ensuite, elle s'est effondrée, expliqua Angéla sans oser regarder Claire. Louis est parti chercher le docteur Vitalin. Mais j'ai davantage confiance en toi.

Le tutoiement résonnait bizarrement, après des années de silence et de distance. Claire se souvint qu'elle n'avait pas discuté avec la jeune femme depuis le jour des noces de Thérèse, à l'été 1928, où elle était enceinte de Ludivine. «C'était le jour du grand pardon, et je croyais vraiment pouvoir renouer des liens, mais je faisais erreur, songea-t-elle. Les cartes de vœux ou les brèves missives pendant les vacances me suffisent. J'aurais dû avoir la bonté de lui accorder plus d'intérêt, de la recevoir au Moulin… Non, c'était impossible.»

Là encore, elle ressentait un véritable malaise à la vue du corps mince d'Angéla si proche de celui de Jean, de son profil ravissant. Son mari, cependant, paraissait uniquement préoccupé par l'état de Bertille.

— Claire, fais quelque chose, lui dit-il d'un ton sec. C'est peut-être plus grave qu'une simple perte de connaissance.

— Je ne crois pas, répondit-elle. Bertille n'a rien mangé depuis deux jours et elle n'a pas dormi.

Très doucement, elle humecta les lèvres de sa cousine d'eau de mélisse et lui en frictionna les tempes. Ce furent des instants étranges. Le parfum d'Angéla, capiteux, la troublait, tandis que la musique emplissait l'église. Arthur jouait l'*Ave Maria* de Schubert, ce qu'avait souhaité Bertille.

Mais Clara arriva, affolée.

— Maman, ma petite maman! Qu'est-ce qu'elle a, Claire? Mon Dieu, elle n'est pas morte?

— Non, rassure-toi. Ce n'est qu'un malaise dû à l'épuisement. Il faudrait l'emmener au chaud, à la mairie. Jamais elle ne pourra assister à l'inhumation.

Clara se remit à pleurer. Son vernis de jeune fille audacieuse, imbue de son statut social, se fendillait. Elle n'était plus que détresse et anxiété.

— De plus, j'ai été dure avec elle, se reprocha-t-elle tout haut.

— Bertille a besoin de tendresse, déclara alors Angéla. Sous ses airs autoritaires, elle cache une immense sensibilité.

— Tu ne nous apprends rien! trancha Claire qui avait posé ses mains sur la poitrine de sa cousine. Jean, aide-moi à l'asseoir sur une chaise. Elle respirera mieux.

Silencieuse, Ludivine percevait la tension qui régnait entre ses parents et elle devinait aussi que la jolie Angéla en était la cause. Rien ne lui échappait : les regards fuyants et furtifs, les paroles sèches, les gestes trop rapides. Elle fut soulagée quand la jeune femme brune sortit d'un pas vif du sanctuaire. Mais, presque contre son propre gré, elle la suivit dehors.

Les maisons de pierre grise de Puymoyen semblaient effacées par des rideaux de flocons cotonneux. Des corneilles tournoyaient au-dessus des toits revêtus de blanc. Ce paysage figé par le froid s'accordait à la désolation ambiante, car la peine provoquée par le décès de Bertrand Giraud n'était pas feinte. La fillette observa quelques secondes les hommes qui hissaient la bière dans le corbillard. Les chevaux, tête basse, ne bronchaient pas. Quant à Angéla, elle sanglotait sans bruit, un mouchoir sur sa bouche.

— Je voulais vous dire merci, commença Ludivine. L'an dernier, pour mon anniversaire, vous m'avez envoyé un beau tableau. Moïse le jeune avec les falaises derrière lui… J'aime tant les loups.

Angéla dévisagea l'enfant dont les grands yeux bleus, ourlés de cils drus, évoquaient irrésistiblement ceux de Jean Dumont. Coiffée d'une petite toque de fourrure blanche, sa frimousse auréolée de boucles brunes, elle était adorable.

— Je suis contente si cela t'a fait plaisir, Ludivine! dit-elle en reniflant.

— Pourquoi vous me faites des cadeaux? Il y a deux ans, aussi, j'avais eu un dessin encadré. Un beau cadre doré. Papa m'a dit que c'était une aquarelle!

— Oui, une aquarelle représentant le Moulin, ta maison. J'y ai vécu, sais-tu!

La nouvelle stupéfia Ludivine. On lui avait caché la chose. Elle se demanda ce qui avait pu pousser sa famille à lui cacher une information aussi importante.

— Longtemps? interrogea-t-elle.

— Quatre ans environ. Ensuite, j'ai eu un poste d'institutrice à Torsac où j'ai rencontré mon mari, qui habitait le château. Mais cela ne sert à rien de remuer le passé.

La fillette pensait le contraire. Elle étudia la jeune femme en silence. Avec l'enthousiasme innocent de son âge, elle décida d'en faire son amie.

— Ne pleurez plus! dit-elle gentiment. Vous aimiez beaucoup monsieur Giraud? Ou bien c'est parce que maman avait l'air fâchée contre vous?

Le discernement de l'enfant fit sourire Angéla. Elle prit garde néanmoins de ne pas se trahir.

— J'ai eu de la peine pour Bertille. C'est une grande dame, très bonne. Ne t'inquiète pas, Ludivine, ce sont des jours pénibles pour tout le monde, surtout pour ta maman. Peu à peu, tout rentrera dans l'ordre. Et je vais te confier un petit secret. Je me suis mal conduite, quand je vivais chez toi : j'ai déçu tes parents et nous ne sommes plus en très bons termes. Un jour, quand tu seras grande, ils t'expliqueront tout. En attendant, ne leur parle pas de moi.

— D'accord! Je peux vous confier un secret, moi aussi? s'enflamma Ludivine.

— Bien sûr!

— J'ai recueilli un louveteau. Il doit avoir quatre mois,

pas plus. Je l'ai soigné. Il avait une patte cassée. C'est le soir où Bertrand Giraud est mort qu'un chasseur l'a blessé. Maintenant, il est enfermé dans un toit à cochon. Personne ne le sait, mais il accepte la nourriture que j'apporte. Il ne grogne même plus. C'est une surprise pour maman. Elle va être tellement heureuse! Il n'y avait plus de loup, au Moulin.

Les prunelles bleues de Ludivine traduisaient une joie intense, teintée d'une douce rêverie. Attendrie, Angéla lui caressa la joue.

— Est-ce que je pourrai vous écrire? demanda la fillette.

— Je ne crois pas; enfin, si tu as la permission de ta mère, peut-être. Comme ça, j'aurai des nouvelles de ton protégé. Au revoir, Ludivine.

Angéla s'éloigna en direction du cortège qui se composait lentement à l'arrière du corbillard. Certaines commères renonçaient à marcher jusqu'au cimetière à cause de la neige de plus en plus épaisse et glissante. Étonnée, Ludivine aperçut Bertille qui se tenait bien droite, cramponnée au bras d'un homme aux cheveux blancs. Cela la rassura. «Tantine va mieux!» se dit-elle.

Il avait suffi de paroles flatteuses prononcées par une voix masculine, grave et chaleureuse, pour donner un regain d'énergie à la dame de Ponriant. Edmond de Rancogne, encouragé en cela par Edmée de Martignac, une de ses connaissances, avait joué ce rôle providentiel. Devant Claire et Jean médusés, un homme qui leur était parfaitement inconnu s'était penché sur Bertille, juste revenue de son malaise.

— Madame, je tenais à vous présenter mes plus sincères condoléances! avait-il assuré en la couvant d'un regard bienveillant. Ce terrible chagrin qui vous a fait perdre toute lucidité quelques instants m'a profondément touché. Je suis veuf depuis un an et, comme vous, j'en ai voulu à la terre entière. Il y a des épreuves insurmontables, et affronter les funérailles d'un grand amour en est une.

— Alors, aidez-moi, monsieur! avait-elle dit à mi-voix. Si vous me comprenez, aidez-moi à rester digne. Je me suis ridiculisée.

— Les déesses ne se ridiculisent jamais, chère madame.

Elles ont le droit de réclamer vengeance, surtout quand la douleur est aussi cruelle.

Ces propos excessifs avaient agacé Corentine, Clara et Claire, témoins de la scène. Comme chacun en conviendrait plus tard, Bertille, avide de plaire et de fasciner, ne changerait jamais. Mais le résultat était là. Certaine d'être admirée, soucieuse de fuir sa cousine qu'elle avait insultée en public, la veuve éplorée s'en remettait à Edmond de Rancogne pour accompagner jusqu'à sa dernière demeure son défunt mari.

Jean, lui, tenait fermement le bras de Claire. Il la savait bouleversée, blessée dans son amour-propre par les écarts de Bertille dans l'église.

— Ce sera bientôt terminé, Câlinette! lui dit-il à l'oreille.

Il ne l'avait pas surnommée ainsi depuis des années. Ce mot tendre venait de lui échapper, tant il voulait la réconforter. Elle se crispa, émue cependant.

— Câlinette! observa-t-elle à faible voix afin de ne pas attirer l'attention. Est-ce d'avoir de nouveau approché Angéla qui te ramène en arrière, à l'époque où je croyais que rien ne nous séparerait jamais?

— Mais… Claire! s'indigna-t-il tout bas. C'est absurde, enfin! Qu'est-ce qui te prend?

— J'ai eu mal au cœur de vous revoir l'un près de l'autre, voilà tout. Ce n'est pas le moment d'en discuter.

Stupéfait et un peu vexé par son ton froid, il se tut. Devant eux marchaient Isabelle, Pierre et Gabrielle, ses petits-enfants. Il les couva d'un regard songeur. «Ma descendance, mon sang et celui de ma pauvre Germaine!» se dit-il. Il pensait rarement à sa première épouse, Germaine Chabin, avec qui il avait partagé une existence simple et laborieuse en Normandie, au début du siècle. Faustine était née de cette brève union qui s'était achevée par un véritable drame. Il avait été arrêté et emprisonné. Sa femme était morte des suites d'un tragique accident alors qu'elle portait un autre enfant. Claire, toujours généreuse et dévouée, avait élevé Faustine comme sa propre fille.

«Bon sang de vie! pensa encore Jean. Après tout, ce pourrait bien être moi, dans ce corbillard. Il suffit d'un rien, un organe interne qui se détériore et en un instant on est mort. Bertrand était passé à l'imprimerie lundi dernier nous faire une commande de cartes de visite. Il blaguait comme à son habitude. Il avait l'intention d'emmener Bertille en Corse l'été prochain. Si je m'étais douté qu'il n'en avait plus pour longtemps...»

En bout de cortège, Léon et Anita en arrivaient à la même conclusion. Le couple, guindé dans ses toilettes du dimanche, était transi.

— C'est-y pas malheureux de s'en aller aussi vite, hein, ma douce! disait à voix basse le domestique. Et nous aussi, parole, on va choper la mort dans nos nippes. J't'avais dit de mettre ton gros châle en laine par-dessus ton manteau.

— J'aurais eu l'air de quoi? s'indigna Anita. Y a du beau monde; j'voulais pas faire honte à nos patrons. Dis, quand même, mon Léon, madame Bertille, elle a du culot, d'avoir accusé madame Claire en pleine messe! Quand le bon Dieu a décidé de rappeler une âme à lui, on a beau être guérisseuse, on peut pas grand-chose.

— Ben ça c'est sûr! concéda Léon qui observait la silhouette de sa bru, Suzette. Anita, faudra demander à la petite femme de not' César si elle attend pas un quatrième enfant, vu qu'ils viennent souper au Moulin, après les obsèques.

— Ça me surprendrait pas. Quand on s'aime... Thérèse ferait bien de s'y mettre aussi; son Maurice voudrait bien être papa.

Léon hocha la tête. L'ancien matelot à la tignasse rousse affichait maintenant une courte chevelure blanche et une moustache grise. Il ne s'en plaignait pas, ayant assez supporté de moqueries dans sa jeunesse. On le traitait volontiers de rouquin, ce qui l'irritait.

— Que veux-tu, ma Nini, Thérèse, c'est une femme de volonté. Son salon de coiffure lui rapporte, mais voilà qu'elle cause d'en ouvrir un nouveau à Angoulême. Crois-moi, elle a dû placer ses économies et elle tardera pas à nous annoncer qu'elle achète un autre fonds de commerce. Même qu'elle compte embaucher notre Janine. Tiens, ça se dégage!

De fortes rafales avaient balayé l'épais couvert de nuages.

Quelques flocons voletaient, dérisoires, dans un air de plus en plus glacé. Le cortège pénétra dans l'enceinte du cimetière sous le souffle furieux d'une bise venue droit du Nord.

— Mon Dieu, comme j'ai froid! gémit Bertille en lançant un coup d'œil égaré à Edmond de Rancogne, très fier de l'avoir soutenue durant tout le trajet. Il faudrait dire au père Georges de hâter les choses, sinon nous allons tous geler sur pied.

L'aristocrate nota qu'elle était la seule à porter un superbe manteau de fourrure, qui devait la protéger d'un tel risque. Il se garda bien d'en faire la remarque.

— Je m'inquiète surtout pour ma chère amie Edmée, avoua-t-il. Ce temps-là lui est très pénible.

— Il serait pénible à n'importe qui, assura Bertille en s'écartant de lui.

Inexplicablement, elle avait retrouvé la maîtrise de ses émotions et de son chagrin. Ses idées s'ordonnaient, précises. À l'abri de sa voilette, elle considéra Clara et Arthur, occupés à échanger leurs habituelles confidences, puis Corentine, qui grelottait.

«Pourquoi son mari ne l'a-t-il pas accompagnée? s'interrogea-t-elle. Le docteur Claudin n'a pas jugé bon de rendre hommage à Bertrand? Et leur fils, Samuel? Il a quinze ans et il ne prend pas la peine de venir à l'enterrement de son grand-père…»

D'autres récriminations traversèrent sa pensée, et ce fut le piment de la détestation qui lui donna la force d'affronter l'ultime épreuve, celle de voir le cercueil de son mari disparaître dans le tombeau des Giraud, une sorte de mausolée en calcaire surmonté d'une croix ouvragée en fer forgé. «Edmée essuie une larme, l'hypocrite! Elle s'en moque bien, de Bertrand! Pourtant, il l'a sauvée de la ruine et de la misère. Sans lui, son fichu château ne serait qu'un tas de décombres. Tiens, la vieille madame Rigordin se mouche. Sale commère! J'avais le soin de me servir dans son épicerie, mais elle me critiquait dans mon dos. Et Louis de Martignac! Ciel, il n'est plus du tout séduisant. Il est déjà grisonnant. Comment ai-je pu l'aimer autant, ce bellâtre?»

Elle n'osait pas regarder du côté de Claire. La honte la tourmentait d'avoir pu proférer de tels reproches à sa cousine devant une bonne partie de la population du bourg. «Clairette, pardonne-moi! songea-t-elle. Je sais bien que, si tu avais pu, tu aurais sauvé Bertrand! Mon Dieu, j'étais comme folle, j'aurais pu griffer ou mordre n'importe qui! Mais toi, ma Claire, je t'ai fait du mal encore une fois. Je suis mauvaise, mauvaise...»

— Maman, appela Clara, viens, maman, nous jetons des roses dans la tombe pour mon petit papa!

Frissonnante, la jeune fille entraîna sa mère. Bertille la suivit d'un pas ferme. Par hasard, elle fut soudain toute proche de Claire. Celle-ci eut alors un geste qui en surprit plusieurs. Elle entoura les épaules de sa cousine d'un bras affectueux.

— Disons adieu à Bertrand ensemble, princesse, balbutia-t-elle.

— Oui, oh! oui, Clairette!

Bertille se mit à sangloter, blottie contre elle. Il y eut une rumeur d'approbation parmi l'assistance. Claire, très droite avec son beau visage harmonieux, suscitait l'admiration générale. Nul ne l'avait vue démériter au fil des années, et le curé lui-même pensa qu'il avait là, en face de lui, une véritable chrétienne des premiers temps.

*

Moulin du Loup, cinq heures du soir

Claire avait proposé à Bertille d'organiser un repas au Moulin. Épuisée, meurtrie corps et âme, sa cousine avait tout de suite accepté.

— De toute façon, je n'ai pas envie de rentrer à Ponriant! avait-elle dit d'une voix tremblante. Je crois que je vais prendre pension chez toi.

— Tu peux rester aussi longtemps que tu le désires, princesse!

Cette réponse avait fait sourciller Jean, toujours épris d'intimité. Il lui était même arrivé d'être jaloux des liens indéfectibles qui unissaient sa femme et Bertille. Mais il était néanmoins prêt à accueillir celle-ci de bon cœur, certain qu'elle ne tiendrait pas en place et qu'elle partirait bientôt pour Paris ou pour sa villa de Pontaillac, au bord de la mer.

Pour l'instant, la grande cuisine du Moulin était entièrement occupée par les invités imprévus de la maîtresse des lieux. Nerveuse, Corentine fumait une cigarette, assise sur la pierre de l'âtre. Dans ses vêtements à la dernière mode parisienne, elle semblait complètement en désaccord avec le cadre aux couleurs sobres qui l'entourait, de l'ocre rose, du beige et du bois sombre. Plusieurs fois, elle regarda sa montre, dédaignant la haute horloge comtoise dont le balancier en cuivre continuait inlassablement à marquer minutes et heures.

— Je ne pourrai pas dîner ici, annonça-t-elle soudain. J'ai promis à Samuel d'être de retour demain. Il faudrait que quelqu'un me conduise à la gare. Il y a un train de nuit.

— Nous venons d'enterrer ton père! lui reprocha Bertille qui s'était nichée dans le vieux fauteuil en osier où elle se réfugiait adolescente, ses jambes inutiles camouflées sous de longues jupes.

— Qu'est-ce que ça changera que je le pleure à Paris ou au fin fond de la campagne? émit Corentine d'un air désabusé. Et vous risquez de nous voir débarquer au domaine plus vite que vous ne l'imaginez, ma chère belle-mère.

Ces derniers mots étaient prononcés sans aucune obligeance. Bertille demanda aussi sèchement:

— Et pourquoi donc?

— À cause de la guerre, peut-être, ironisa la fille de l'avocat. Un avion a fait un atterrissage forcé en Belgique, le jour de la mort de papa. Il y avait deux officiers allemands à bord et, sur eux, on a trouvé un plan d'offensive qui prévoyait la violation de la neutralité belge. L'armée française est prête à entrer en Belgique pour protéger le pays des nazis[2]. La situation ne peut qu'empirer!

_____

2. Fait authentique.

Cela laissa Matthieu désorienté. Imprimeur de son métier, il n'avait aucune envie d'être mobilisé et de laisser sa femme et ses enfants privés de son soutien. Un frisson lui hérissa le dos.

— Hitler me fait peur, dit-il sans rien ajouter.

— Tu peux avoir peur, approuva Corentine. Mais tu as la chance de ne pas être juif. Joachim songe à quitter la France.

— Quoi, ton mari est juif? s'étonna Bertille. Je l'ignorais.

— Vous l'aviez oublié, comme tout ce qui nous concerne!

Claire réprima un soupir. Elle avait espéré réunir ses proches sous la lampe à pétrole qui éclairait la longue table en chêne pour partager un bon repas, mais la discussion prenait un tour dont elle se serait volontiers passée.

— Allons, Corentine, n'accable pas Bertille, elle souffre suffisamment, se permit-elle de dire.

— Vu l'héritage qui lui échoit, belle-maman se consolera rapidement, sans doute dans les bras d'un nigaud du genre de ce vieil aristo à la voix sirupeuse.

— Edmond de Rancogne? s'écria Jean. Edmée me l'a présenté à la sortie du cimetière. Ce n'est qu'un excentrique pas bien méchant.

Faustine leur fit signe de changer de sujet. Isabelle, Gabrielle et Ludivine descendaient l'escalier après être allées changer de bas dans une des chambres, les leurs ayant été détrempés par la neige. Matthieu se leva de son siège et remit son manteau en drap de laine.

— Je t'emmène à la gare, Corentine. Tu régleras tes comptes une autre fois. Ce n'est ni l'endroit ni l'heure. Il faut partir immédiatement; le trajet sera difficile, avec la neige.

— Mais, mon chéri, c'est même dangereux! protesta Faustine, un éclair d'affolement assombrissant ses beaux yeux bleus, le bleu Dumont, comme disait Claire en plaisantant.

— Ne te tracasse pas, je m'en sortirai!

Elle n'osa pas insister. Ce n'était pas vraiment l'état des routes qui l'angoissait, mais plutôt la perspective de savoir son mari seul avec son ancienne maîtresse. Certes, cela datait, et Matthieu était un modèle de fidélité. Pourtant, Faustine subissait à nouveau l'aiguillon de la jalousie, comme si elle revivait l'époque affreuse où elle les savait ensemble.

— C'est pas tout, ça, madame! s'exclama alors Anita, les poings sur les hanches. Qu'est-ce qu'on prépare à manger? Nous sommes combien, au fait?

— Douze, je crois! César et Suzette sont rentrés chez eux, Thérèse et Maurice aussi.

La domestique préféra énumérer les prénoms en comptant sur ses doigts, une de ses manies.

— Voyons donc, monsieur et madame, Faustine, Matthieu et leurs trois grands, Ludivine, not' Janine, madame Bertille, Léon et moi. Eh bé! J'ai du pain sur la planche!

Cela eut le don d'arracher un sourire à Bertille. Elle ajouta même d'un ton pointu:

— Tu as de la chance, Anita: Clara et Arthur ont prévu de dîner au domaine avec le camarade de lycée qu'ils ont revu aux obsèques. Ma fille jouera parfaitement le rôle d'hôtesse pour les quelques personnes qui dorment là-bas et que je n'ai pas envie de voir.

Claire jeta un coup d'œil intrigué à sa cousine. Elle était entraînée à étudier la physionomie des gens, ce qui la renseignait souvent sur leur état de santé avant même qu'elle ne les examine. Comme le lui avait enseigné le père Maraud, un guérisseur devait veiller autant sur l'âme que sur le corps. Or, inexplicablement, elle sentait que Bertille avait passé un cap redoutable dans son immense chagrin.

« Ma princesse a repris du poil de la bête, comme dirait Léon, songea-t-elle. Pourquoi? »

Bertille aurait pu lui répondre. L'hostilité de Corentine à son égard l'avait ranimée, piquée au vif. La belle veuve entrait d'un coup dans une guerre toute personnelle, sourde et larvée. La haine s'infiltrait dans ses veines, succédant à la douleur et au désespoir. « Que cette chipie crache son venin, je tiens les rênes, se disait-elle, un air frondeur sur son visage de porcelaine. Bertrand m'a légué tous ses biens, tous ses capitaux, et elle ne le supporte pas. Je peux faire ce que je veux et je ne m'en priverai pas. En plus, même à mon âge, je suis encore plus jolie qu'elle, plus séduisante. Regardez-la : maigre, osseuse et le teint fané! Mais cela ne l'empêche pas de lorgner Matthieu... »

Anita fourrageait dans le cellier dont la porte entrouverte laissait passer une haleine glaciale.

— J'ouvre des bocaux de confit de canard, madame, proclama la domestique. Les filles n'ont qu'à éplucher des patates... Fi de Dieu, y manque un gros morceau de lard, celui que j'avais accroché en l'air, pour qu'y sèche!

Ludivine baissa vite la tête, prise d'un soudain intérêt pour la chatte Mimi qui se frottait à ses jambes. Déjà, la fillette appréhendait le retour de Léon et de Pierre qui soignaient les chèvres. L'un des deux pouvait très bien entendre le jeune loup enfermé dans le toit à cochon, car l'animal commençait à pousser des petits cris quand il avait faim. Habituellement, elle veillait à sortir en même temps que le domestique afin de le distraire et surtout de nourrir elle-même le cochon qu'on engraissait dans un bâtiment voisin. La grosse bête menait un tel tapage à ce moment-là que ses grognements puissants couvraient les couinements du louveteau. Ludivine se contentait de remplir l'auge en pierre aménagée dans une ouverture du mur. Condamné à finir en boudin, rillettes, pâtés et saucissons, ce pensionnaire l'effrayait un peu, à donner de violents coups de groin dans la porte.

— Mais où est-y passé, ce lard? bougonnait Anita.

Jean, qui servait du café à Matthieu, lança alors un regard inquisiteur à sa fille. Il devina sous ses boucles brunes une mine gênée, une roseur sur ses joues.

— Je l'ai mangé, indiqua-t-il. Hier matin, avec des œufs. Tu sais bien que je me lève tôt, ces jours-ci, pour alimenter les feux. J'ai encore le droit de disposer de nos provisions, je suis le patron.

C'était dit sur le ton de la plaisanterie, mais c'était dit. Anita renonça à comprendre.

— Vous en avez, de l'appétit, patron! maugréa-t-elle cependant. Un morceau pareil...

Ludivine réprima un petit sourire et adressa un coup d'œil plein de gratitude à son père. Pendant ce temps, Corentine mettait son manteau, sa toque en feutrine et ses gants en cuir fin. Matthieu l'attendait, chaudement équipé. Faustine s'approcha de son mari dont elle arrangea tendrement l'écharpe et le col.

— Sois prudent, mon chéri, dit-elle à voix basse.

— Ne crains rien! répliqua-t-il. Je reviendrai.

Il y avait un peu de malice dans ses prunelles d'un brun intense.

— Nous ne dînerons pas sans toi, renchérit Claire. Comme dessert, je ferai des crêpes. Princesse, tu adores les crêpes.

— Oui, ça me fera plaisir, approuva Bertille. Elles seront encore meilleures dégustées en famille.

Elle avait insisté sur le mot «famille». Cela excluait Corentine, la rejetait au diable. Bertille ne s'y trompait pas: Matthieu se sacrifiait pour la débarrasser de sa belle-fille. Dès qu'ils furent sortis, après une séance d'au revoir bien tiède, elle quitta son fauteuil. Toute menue dans sa robe noire, elle dénoua son chignon et secoua sa chevelure de fée.

— Je me sens mieux, confessa-t-elle. La peste de service a disparu.

— Chut! fit Faustine en désignant Ludivine et ses filles du menton.

— Quoi, chut! s'écria Bertille. Ma chérie, ça ne sert à rien de cacher à ces demoiselles les réalités de la vie. Il y a les bons et les mauvais, et Corentine appartient à la dernière catégorie. C'est une peste, une teigne! Me parler héritage un jour aussi pénible! Elle n'a pas à se plaindre, son docteur de mari est riche, très riche. Qu'elle n'imagine pas se réfugier au domaine pour fuir les Allemands, je la ficherai dehors!

— Tu n'en as pas le droit, princesse! objecta Claire. Déjà, je crois que tu te fais des illusions au sujet du testament de Bertrand. Il n'a pas pu déshériter ses enfants.

— Évidemment! Bertrand m'a confié ses dispositions pour être certain que cela me convenait. Il a prévu un don important aux bonnes œuvres dont s'occupe Eulalie en Afrique. Félicien aura l'appartement de Bordeaux, rue des

Jacobins. Quant à Corentine, il lui a attribué les terres de l'institution Marianne[3] et une rente à vie. Cette cruche le saura bien assez tôt. Mais il m'a légué le domaine, la villa de Pontaillac, et d'autres terres de la vallée. Toute sa fortune, aussi.

Jean sifflota quelques notes admiratives. Comme Claire, il percevait le retour à la combativité de Bertille, et cela le réjouissait.

— Ce soir, je débouche du cidre, annonça-t-il en souriant. En l'honneur de Bertrand!

— Du vin blanc aussi, supplia Bertille. Oui, ce soir, j'ai faim et soif.

Isabelle et Gabrielle observèrent la fameuse tantine d'un œil ébahi. Ludivine en profita pour aller enfiler ses bottes et sa veste fourrée.

— Maman, je peux aller voir Léon et Pierre? Dis oui, maman. Je ne prendrai pas froid, promis.

— C'est oui, mais je t'accompagne. De toute façon, tu t'habilles avant d'avoir ma réponse, coquine. J'ai négligé nos bêtes ces temps-ci. Je donnerai du sucre à Figaro.

D'abord étonnée, Ludivine jubila. Si sa mère choisissait de venir avec elle, c'était sans aucun doute le moment parfait pour lui révéler son secret.

— Nous n'en avons pas pour longtemps! s'écria Claire en s'enveloppant dans la pèlerine usagée de son père, Colin Roy.

Elle tenait à ce vêtement qui datait du siècle précédent, lourd et à son sens encore vaguement imprégné de l'odeur du maître papetier, le parfum ténu de son enfance.

— Allez-y, mes petites femmes, dit Jean d'une voix attendrie.

— Viens, maman, dit Ludivine à mi-voix, émue à pleurer.

Un crépuscule féerique les accueillit, dès le perron. Un ciel rouge irradié de lueurs d'or pur se reflétait sur la cour

---

3. Il s'agit d'une école privée pour orphelines fondée par Bertrand Giraud vingt ans auparavant, située dans la vallée et jadis dirigée par Faustine.

tapissée de neige. Les falaises, parsemées de blanc selon le relief de la pierre, s'étaient également enflammées. Le vieux tilleul semblait orné d'un voile de cristal; chacune de ses branches était nappée d'un doux tissu de flocons.

— Comme c'est beau, maman! s'extasia la fillette.

Claire la serra contre elle avec passion. Elle savourait toujours ces moments de grâce où elle était seule près de Ludivine, l'enfant du miracle, l'enfant tant espérée, enfin offerte par un Dieu généreux.

— Oui, c'est magnifique. On ne peut plus être trop triste devant un paysage aussi merveilleux.

— Maman…

— Oui, ma chérie! Qu'est-ce qu'il y a?

— J'ai un cadeau pour toi, un vrai cadeau.

— Mais… ici, dehors? s'étonna Claire.

— Suis-moi. Donne ta main!

Elles traversèrent la cour en silence. Ludivine extirpa de la poche de sa veste une tranche de saucisson dérobée dans le garde-manger. Elle alluma la lampe à pile qu'elle avait prise discrètement à son clou. Campée devant un des toits à cochon, elle reprit sa respiration. L'air glacé l'oppressait.

— Tu as recueilli un oiseau, un chaton? interrogea sa mère. Tu l'as soigné toute seule.

— Non, regarde, tu dois entrer avec moi et t'accroupir un peu, conseilla la fillette.

Claire s'exécuta. Dans le faisceau lumineux, elle découvrit deux prunelles dorées, inquiètes, puis une forme tapie dont le moindre détail lui était familier. L'odeur sauvage la renseigna tout de suite.

— Un loup? Ludivine, c'est un jeune loup? Oh! ma chérie, comment as-tu fait? D'où sort-il? Petit, petit, n'aie pas peur!

L'animal montrait les dents et se plaquait au mur. Ludivine murmura:

— Mon tout beau, mon tout petiot, n'aie pas peur, c'est ma maman. Elle ne te fera jamais de mal. Tiens, mange!

Elle tendit le saucisson au louveteau qui s'en empara en tremblant de tout son corps.

— Il me connaît! fanfaronna-t-elle. Mais toi aussi, il va vite te connaître. Es-tu contente? Il est à nous, à nous deux.

— Si je suis contente? Ludivine, je suis tellement heureuse! Raconte-moi tout!

Claire referma bien la porte et s'assit dans la paille. Elle jubilait, ramenée des années en arrière, à l'époque bénie de ses dix-sept ans, un hiver de neige, quand elle avait pris contre son cœur un bébé loup dont la mère venait d'être abattue.

— Il ressemble à mon Sauvageon, affirma-t-elle, au bord des larmes.

Ludivine s'empressa de raconter à sa mère toute l'histoire, décrivant le chasseur sous les traits d'une sorte de monstre sanguinaire et vantant avec fierté l'intervention de Jean.

— Quels cachottiers vous faites, vous deux!

— Papa ne savait pas que j'avais retrouvé le louveteau, déclara Ludivine. Mais, tout à l'heure, il a pris ma défense; il a dit que c'était lui qui avait mangé le lard.

La fillette éclata de rire, imitée par Claire. C'était bon de rire après ces jours de deuil, enlacées dans ce bâtiment exigu, près d'une petite bête qui les épiait d'un œil méfiant. Mais ces bruits étranges que produisaient les humains lui déplaisaient. Il tenta de se relever, malgré sa patte bandée. Enfin assis sur son derrière, il tendit le cou, ouvrit la gueule et poussa un long et pathétique hurlement. Son désarroi s'exprimait dans ce cri sonore et guttural qui peu à peu se fit entendre de Léon, de Pierre, et aussi de ceux qui se tenaient bien au chaud dans la grande cuisine.

— Mon Dieu! gémit Anita en se signant. Une mal'bête[4] par chez nous!

Bertille dévisagea Jean, visiblement égayé. Isabelle et Gabrielle coururent à la fenêtre.

— Je crois qu'il y a un nouveau loup au Moulin, mesdames! décréta-t-il. C'était inévitable, n'est-ce pas?

---

4. Expression populaire souvent utilisée à propos des loups, signifiant « mauvaise bête ».

Le hurlement perdit de sa force. Léon alla plaquer son oreille à la porte du toit à cochon d'où provenait l'inquiétant appel. Il distingua des chuchotements et des rires.

— Patronne? Ludivine? s'informa-t-il. C'est quoi, ce bazar!

— Ne parle pas si fort, mon brave Léon! conseilla Claire à travers les planches.

Elle avait attrapé le jeune animal et le caressait. Il était secoué de spasmes, terrifié, mais peu à peu les fluides mystérieux qu'émettait cette femme l'apaisèrent. Les mains de Claire distillaient la douceur et la confiance, ce réconfort si précieux aux orphelins coupés de leur univers.

— Là, là, tu n'as plus rien à craindre, plus rien! répétait la belle guérisseuse. Tu es chez toi, mon beau petit sauvage! Chez nous.

Inondée d'un bonheur infini, Ludivine assistait à la scène. Elle en oubliait le reste du monde, la mort de Bertrand, l'affreuse scène dans l'église et jusqu'aux sanglots d'Angéla.

— Il t'aime déjà, maman, énonça-t-elle enfin.

— Et moi aussi, je l'aime, répondit Claire. Comment te remercier, ma petite chérie? Je devrais te gronder, car tu as désobéi plusieurs fois et volé de la nourriture, mais j'aurais fait comme toi à ton âge, exactement comme toi.

Un délicieux sourire illumina son visage et, pour Ludivine, ce fut la plus précieuse des récompenses.

3
Sous le toit du moulin

Moulin du Loup, lundi 22 janvier 1940

Cela faisait plus d'une semaine que Bertille résidait au Moulin. Claire l'avait installée dans la chambre qu'elles partageaient adolescentes, jouxtant celle de Ludivine. Elle n'avait pas remis les pieds à Ponriant et disait s'en porter très bien. Ce matin-là, elle s'en expliquait encore à sa cousine.

— Peut-être qu'ici j'ai l'impression de n'avoir jamais connu Bertrand, de ne pas avoir vécu dans cette grande demeure cossue. Si j'y retourne, je crois que tous les souvenirs me sauteront à la gorge et me tueront.

— Tu seras bien obligée d'y aller tôt ou tard, répliqua Claire, occupée à trier des plantes séchées.

— Je vous dérange? questionna Bertille.

— Mais non, princesse, tu es la bienvenue! Une chose m'importune, pourtant. Tu envoies Léon acheter des choses hors de prix en ville. Nous n'avons pas l'habitude de faire des festins tous les jours.

— Je deviens gourmande, que veux-tu! J'ai envie de pâtisseries fines, de poisson frais…

— Et de bons vins. Princesse, tu bois beaucoup trop. Je me permets de te le faire remarquer, car nous sommes seules. Deux soirs de suite, nous avons dû te monter au lit, Anita et moi. Par bonheur, Ludivine se couche de bonne heure, de sorte qu'elle ne t'a pas encore vue dans cet état.

Il y eut un temps de silence. Bertille observait ses ongles, courts et roses, d'un air absent.

— C'est agréable d'oublier son chagrin, affirma-t-elle un peu plus tard, d'oublier son âge, ses rides, son corps…

Quand je bois, je me sens légère et libre, je peux rire à nouveau. Mon Dieu, quand cesseras-tu de jouer les irréprochables? Toi, quand Jean t'a trompée avec Angéla, tu as avalé des somnifères pendant des semaines. Tu étais une loque. Pas moi!

— Merci de me rappeler cette époque horrible, ironisa Claire. Surtout que je ne suis pas à l'abri d'un autre incident de ce genre. J'aurai bientôt soixante ans, Jean pourrait s'enticher d'une jolie jeunesse…

— C'est n'importe quoi! Il t'adore. Et il est plus vieux que toi.

— De si peu.

Quelqu'un tapait ses sabots contre la pierre du seuil. Les deux cousines se turent, chacune sur ses positions. Bertille n'avait pas l'intention de se priver d'alcool. Claire, ulcérée, cherchait un moyen de l'empêcher de s'enivrer.

— Fi de loup! Fait un froid à vous geler le nez! s'écria Anita en entrant. Les chèvres ne donnent plus de lait, madame. Faut souhaiter qu'elles aient de beaux petiots le mois prochain. Avec la guerre, on risque de manquer de tout.

Bertille soupira, irritée par le ton geignard de la domestique.

— J'ai assez d'argent pour tous vous nourrir, Anita, trancha Bertille. Et puis, la guerre, la guerre, toujours la guerre! Il ne se passe rien, rien de rien, en France. Le Danemark, la Norvège et la Suède ont annoncé leur neutralité, et c'est calme en Belgique, la guerre aura lieu plus loin, pas chez nous.

— Nous verrons, répondit Claire. Rien n'est moins sûr. J'ai quand même projeté de laisser couver les canes et les poules, ce printemps, pour m'assurer une basse-cour plus rentable. Jean et Léon vont agrandir le potager, aussi. Ce serait dommage de se priver du nécessaire, alors que nous pouvons cultiver une quantité appréciable de légumes. Personne ne s'en est plaint pendant la dernière guerre, pas même toi, princesse, qui était bien contente d'avoir des volailles et des pommes de terre.

Bertille ferma les yeux, touchée en plein cœur. C'était en

1915 qu'elle avait pris possession du domaine de Ponriant, en épouse légitime de Bertrand. Clara était venue au monde cette année-là.

— J'étais si heureuse! Je me moquais du reste, objecta-t-elle en lançant un regard lourd de reproches à sa cousine. Puisque tu as décidé de me tourmenter, aujourd'hui, je vais me venger en commandant des caisses de Saint-Émilion et de champagne. Ce sera merveilleux de boire de grands crus français si la guerre dévaste le pays.

Les mains dans l'eau, Anita haussa les épaules. La présence de Bertille commençait à lui peser. Elle l'admirait beaucoup tant qu'elle ne faisait que passer au Moulin, mais c'était différent de la côtoyer au quotidien.

« Celle-là, elle n'est jamais contente, récriminait la domestique en son for intérieur. Et je fais pas assez cuire la viande, et je sale trop la soupe, et faut bassiner ses draps à peine la nuit tombée... Qu'est-ce qu'elle peut être irritante, à la fin! Sans compter que Léon passe son temps sur la route, avec toute cette neige verglacée, pour lui acheter ses bouteilles de vin blanc, son mousseux, ses chocolats de luxe, bref, tout le tintouin! J'comprends mieux pourquoi madame l'a rebaptisée princesse, ça oui. »

Claire s'aperçut que la brave Anita était contrariée. Elle se promit de la consoler le plus vite possible, sans pouvoir cependant lui assurer que Bertille quitterait la maison bientôt. Au moins, avec eux, sa cousine semblait supporter son deuil.

Ses pensées revinrent au louveteau. Le petit animal n'avait pas encore de nom, et cela l'ennuyait. L'idée de Ludivine de le baptiser Vaillant ne l'avait pas enthousiasmée. Aussi, dès qu'elle rentrait de l'école, Ludivine fournissait une liste à sa mère, établie pendant la récréation. Rien ne convenait. Le soir, à la veillée, cela devenait un rituel de chercher comment nommer leur nouveau pensionnaire.

La grande horloge sonna onze coups. Claire se leva aussitôt.

— Je dois servir sa pâtée à notre loup, dit-elle. Viens-tu, Bertille?

— Par ce froid! Sûrement pas. Léon prétend qu'il a fait moins douze cette nuit. Va soigner ta bestiole sans moi.

Anita lança un regard soupçonneux au contenu de la gamelle que Claire sortait du garde-manger.

— Quand même, madame, donner le restant de pâtes et de poulet à cette bête, c'est du gaspillage. J'aurais pu en faire un gratin. Enfin, ce que j'en dis, moi… Nourrir un loup, avec la guerre à nos frontières, je me demande si c'est bien raisonnable.

— Tu aimais bien Moïse le jeune, pourtant, rétorqua Claire.

— Oui, c'était un brave animal. Celui-là n'a pas le même caractère; il montre les dents.

— Il deviendra affectueux et docile, Anita, ne t'inquiète pas. Et il me semble que j'ai le droit d'utiliser comme je veux la nourriture de cette maison.

Sur ces mots, Claire se couvrit et chaussa ses bottes. Elle avait une vague envie de pleurer, blessée qu'elle était par la remarque de sa domestique. Ses beaux yeux noirs se portèrent sur la façade de l'imprimerie où Jean travaillait avec Matthieu. Des bruits sourds résonnaient derrière les fenêtres. Les lampes étaient allumées, car le ciel lourd de nuages couleur de plomb promettait d'autres chutes de neige, rendant le temps sombre.

— Jean, dit-elle avec bienveillance, mon Jean…

Elle eut un sourire involontaire très doux, pleine de gratitude pour son mari qui avait témoigné un tel enthousiasme en rendant visite au louveteau, la veille. Leur complicité n'avait fait que se renforcer depuis la naissance de Ludivine. Ses pas la conduisirent donc d'instinct vers lui, cet homme qu'elle aimait passionnément malgré les épreuves du passé et l'approche de la vieillesse.

«Pourtant, je me sens encore si jeune! se dit-elle en pénétrant dans l'imprimerie. Mon corps tremble toujours de désir, le soir, quand nous nous blottissons l'un contre l'autre. Et nous faisons l'amour avec autant de plaisir que jadis.»

Elle déposa la gamelle sur une étagère et se faufila dans la salle où flottait un parfum tenace d'encre et de ferraille. Il y faisait chaud grâce à un énorme poêle en fonte. Ses lunettes sur le nez et vêtu d'une large blouse grise, Jean assemblait des plaques de plomb dans un cadre en bois. Penché sur son ouvrage, il lui présentait un profil sérieux dont elle connaissait chaque détail. Il lui fit face brusquement.

— Claire! C'est gentil de venir nous voir.

— Ça oui! renchérit Matthieu en surgissant d'une petite pièce voisine où il avait établi son bureau.

Elle embrassa son frère, qui ne prenait pas souvent le temps de venir la saluer lorsqu'il embauchait le matin. Patron et ouvrier à la fois, Matthieu travaillait dur. Faustine et lui habitaient encore la maison située au bord du chemin des Falaises, où s'étaient succédé Basile Drujon, un ancien instituteur communiste, puis le préhistorien Victor Nadaud, marié depuis plus de trente ans à Blanche Dehedin, la sœur jumelle de Jean. Il y avait eu également un autre locataire, William Lancester, un papetier anglais qui était amoureux de Claire et qui avait eu droit à ses faveurs, un jour d'été.

Le couple et leurs trois enfants avaient su effacer les traces des précédents occupants. Ils étaient un peu à l'étroit pendant les vacances scolaires, mais ils s'y plaisaient et prévoyaient seulement aménager le grenier en chambre pour leur fille aînée, Isabelle.

— Bon, je vous laisse, déclara Matthieu. J'ai des coups de fil à passer.

Claire s'empressa de saisir le bras de Jean. Il lui adressa un regard interrogateur.

— Aurais-tu des soucis? Bertille?

— Non, mon amour. J'avais besoin de te voir, de te toucher.

Il la dévisagea de ses prunelles bleues dont la séduction ne faiblissait pas.

— Ma femme, dit-il tendrement en l'étreignant avec délicatesse, nous n'avons guère eu l'occasion d'être tranquilles, nous deux, depuis que Bertille s'est installée ici. Le soir, tu lui parles jusqu'à des heures impossibles, sauf quand elle cuve son vin.

— Ne dis pas ça, Jean. Elle est si malheureuse! Je lui ai

demandé d'être plus sobre; peut-être qu'elle va y réfléchir. Il faut la comprendre. Elle se sentirait trop isolée à Ponriant. Comble de malchance, Arthur et Clara sont repartis le lendemain des obsèques. Ils sont allés voir Félicien à Bordeaux. Il se rétablit lentement.

Jean l'écoutait d'une oreille en la serrant de près. Il lui caressait le dos et les hanches, il lui distribuait de légers baisers dans le cou après avoir écarté un pan de son écharpe.

— Claire, je voudrais tant t'appeler encore Câlinette, ma belle Câlinette! Tu es si tendre, si douce! Cette nuit, je te prouverai que tu es mon amour, mon grand amour.

Elle se mit à rire sans vraie gaîté. Une étrange inquiétude la tenaillait.

— Je prends note! plaisanta-t-elle. Maintenant, je vais nourrir notre protégé. Il se plaît davantage dans son enclos qu'au fond du toit à cochon. Il doit s'habituer au voisinage des chèvres, de l'âne et des poules.

— Je pense qu'il a environ quatre mois. C'est un peu tard pour le dresser à ta convenance.

— Il le faudra bien, sinon nous aurons des soucis avec les gens du bourg.

Claire embrassa son mari sur la bouche et s'apprêta à sortir. Matthieu fit irruption de son bureau au même instant.

— Une seconde, belle dame! s'exclama-t-il. Je viens d'avoir un appel de Janine. Tu diras à Léon que cette demoiselle vient d'être renvoyée de son poste, à l'usine. Elle arrive en fin d'après-midi par le bus. On dirait qu'elle a l'intention de s'installer au Moulin, elle aussi. Tu vas manquer de place, Clairette.

— Il reste l'ancienne chambre de mes parents. Mais c'est absurde de la part de Janine. Elle avait une place sérieuse. Et sa logeuse?

La jeune fille disposait d'une chambre de bonne chez une retraitée qui, en guise de loyer, lui demandait des heures de ménage.

— Je n'en sais pas plus que ça, soupira son frère. Il y a eu du grabuge avec son patron, sans aucun doute. Thérèse et Janine ont un fichu caractère, avouons-le.

Elle approuva, agacée. Elle avait l'impression d'être à la tête d'une sorte de clan dont elle gérait les faits et gestes. On la sollicitait pour chaque décision à prendre, on l'appelait au secours au moindre tracas administratif ou sentimental.

— Léon va piquer une colère, annonça Jean. Bien. On en causera plus tard, j'ai une page à composer.

— Les hommes piquent souvent des colères, déplora-t-elle. Toi, le lendemain des obsèques de Bertrand, tu m'as reproché d'avoir emmené Ludivine au domaine. Mais je voulais tout tenter pour sauver notre pauvre ami. Elle aurait pu m'aider, s'il n'avait pas été condamné.

— Je m'en suis expliqué. À quoi bon relancer la discussion? Notre fille est bien trop jeune pour jouer les guérisseuses, je n'en démordrai pas.

Jean retourna à son ouvrage sans rien ajouter. Claire sortit et marcha sans hâte vers l'enclos où elle enfermait le louveteau. Une caisse en bois lui servait de tanière. L'animal l'épiait tout en multipliant les allées et venues le long du grillage. Il boitait encore.

— Bonjour, toi! dit-elle à mi-voix. Tu t'ennuies, n'est-ce pas? Tu préférerais courir la campagne avec tes parents. Patience, mon petit, je te libérerai quand tu m'obéiras et que tu seras vraiment apprivoisé.

Une rafale la fit frissonner. Elle se pencha, ouvrit la porte munie d'un loquet et glissa dans l'enclos la gamelle remplie de déchets de viande. Afin de calmer l'animal, elle y ajoutait des plantes hachées menu, de la passiflore, du tilleul et de la valériane.

— Qu'est-ce que je ferai de toi, loup, si tu ne deviens pas obéissant? Je ne peux pas te relâcher, Ludivine serait désespérée. Je t'en prie, accepte-moi, accepte-nous, tous!

Dès qu'elle eut terminé son repas, la jeune bête sauvage fixa Claire de ses yeux dorés.

— Et comment t'appeler? ajouta-t-elle en souriant. Ludivine insiste pour te baptiser Vaillant, mais j'hésite. Tu mériterais d'hériter du digne nom de Moïse! Non, tu es un sauvageon, comme mon Sauvageon qui était le meilleur compagnon du monde.

Le louveteau poussa un jappement plaintif. Claire lui gratta le front à travers le grillage et, à sa grande surprise, il se mit à lui lécher les doigts.

— Quel progrès! s'étonna-t-elle. J'aimerais tellement t'emmener dans la cuisine, te voir couché devant la cheminée!

Mais cet instant magique fut de courte durée. Léon claqua la porte de la bergerie d'un coup de pied, encombré d'une brouette de fumier. L'animal recula, effarouché.

— Hé! m'dame Claire, j'voulais vous dire quelque chose d'intéressant en diable! Anselme Guimard de Chamoulard, je l'ai croisé hier sur le pont. Il vendrait une de ses vaches, une normande. Elle donne du lait comme par miracle, malgré la saison. Faut plus rien attendre des biquettes, à présent.

Le spectre de la guerre et des éventuelles privations qui pouvaient en découler hantait Claire. Ce serait providentiel d'avoir une vache au Moulin.

— J'irai en discuter avec lui, c'est une bonne idée. Au fait, Léon, moi, j'ai une mauvaise nouvelle. Ta fille, Janine, a perdu son emploi. Elle arrive ce soir. Je compte sur toi pour la sermonner. Elle a dû agir sans penser aux conséquences.

Le domestique demeura bouche bée quelques secondes. Ensuite, il lâcha la brouette et cracha par terre dans la neige boueuse.

— Bon sang de bon sang! tonna-t-il. Manquait plus que ça! Vous faites pas hôtel, patronne! J'vas la renvoyer au boulot du bout de mon sabot, moi. Ah! faites des gosses! Après, y a que des embrouilles.

Léon hocha la tête, la mine exaspérée. Sans quitter Claire des yeux, il ralluma le mégot qu'il avait gardé au coin des lèvres.

— Ne te plains pas, dit-elle. César gagne bien sa vie et ta Thérèse aussi.

— Mais Janine est une andouille, sauf votre respect. L'autre jour, elle causait de se mettre à la couture, et puis après, d'être vendeuse. Des caprices, voilà! Si sa pauvre mère était là, elle filerait droit. Faudra lui secouer les puces, patronne!

— Je ferai de mon mieux, soupira Claire. Bien, je rentre au chaud. Bertille doit m'attendre.

Il esquissa une grimace, certain que tout allait mal au Moulin ces derniers jours et que ce n'était pas fini, ce en quoi il ne se trompait guère.

*

Janine longeait le chemin des Falaises. Après avoir franchi le pont qui surplombait la rivière, elle avait séché ses larmes dans l'espoir de ne pas trahir son chagrin une fois arrivée au Moulin. Chaussée de bottines en cuir, elle s'enfonçait à chaque pas dans la neige glacée. Ses bas étaient déjà humides, mais cela lui était égal, car tout lui était indifférent.

«Pourvu que Faustine ne me voie pas! songea-t-elle. Matthieu a dû lui dire que j'étais renvoyée. Elle se croira obligée de me faire la morale.»

Elle scruta la maison du couple avec méfiance. Il faisait presque nuit, mais les volets n'étaient pas fermés. Un rai de lumière jaune se dessinait sur le sol d'un blanc bleuâtre.

«On ne me verra pas, si je me dépêche», se rassura-t-elle.

Le sort en décida autrement. Ce soir-là, Faustine avait proposé à Ludivine de goûter chez elle, au retour de l'école. La fillette s'était attardée pour consulter le dictionnaire. Elle cherchait encore un nom digne du louveteau. Au moment précis où Janine passait devant la fenêtre, Ludivine rêvassait, le nez en l'air et les yeux fixés sur les carreaux.

— Il y a quelqu'un sur le chemin, clama-t-elle.

— C'est sûrement Janine, déduisit sa sœur.

Faustine courut vers la porte et l'ouvrit. Le froid la saisit immédiatement.

— Janine! appela-t-elle. Viens par ici, ne te sauve pas!

— Je n'ai pas le temps!

— Mais si, tu boiras un café. J'en ai mis au chaud pour Matthieu. Il est parti livrer une commande à Torsac. Tu dois être gelée! Ce n'est pas une mince affaire, par ce sale temps, de descendre du bourg à pied.

La jeune fille capitula, déterminée à donner le change. Elle entra, un sourire sur les lèvres, l'air frondeur.

— Deux minutes, alors, sinon papa s'inquiétera, dit-elle en embrassant Ludivine.

— Je rentrerai avec toi au Moulin, proposa la fillette. Janine, j'ai trouvé un nom merveilleux. Orion! C'est une étoile. Mais c'était aussi un géant dans la mythologie grecque, un géant très beau, un grand chasseur.

— Mais de quoi parles-tu, Ludivine? s'impatienta Janine. Je n'y comprends rien.

— Tout le monde essaie de trouver un nom à notre nouveau loup, rétorqua l'enfant.

— Quel loup?

Faustine fit asseoir la jeune fille et précisa gentiment:

— Isabelle ne t'a rien dit jeudi? Ludivine a recueilli un louveteau blessé, le soir de la mort de Bertrand. Cette coquine l'avait bien caché. Maintenant, Claire l'apprivoise.

— Ah! d'accord!

Tout ceci n'intéressait en rien Janine, qui avait d'autres chats à fouetter. Elle avala son café en quelques gorgées sans daigner donner son avis. Déçue, la fillette insista.

— Est-ce que ça te plaît, Orion?

— Mais oui!

Penchée sur son fourneau, Faustine hésitait à interroger Janine qui lui semblait de fort méchante humeur. Elle la connaissait moins bien que Thérèse et la jugeait d'un tempérament encore plus difficile à cerner.

— Que vas-tu faire, à présent? lui demanda-t-elle enfin. Ne t'inquiète pas, je suis au courant. Ce n'est pas ta faute si ton employeur ne veut plus de toi. Tu trouveras une meilleure place. Allons, ne fais pas cette tête!

Janine s'était relevée avec une expression renfrognée.

— De toute façon, dans huit jours, je prendrai le train pour Paris, lâcha soudain la jeune fille. Là-bas, il y a toujours du travail. J'en ai assez de la province. Viens-tu, Ludivine?

La fillette se prépara dans un silence pesant. Déconcertée, Faustine n'osait pas contester la décision de Janine qui, de son côté, s'était murée dans une attitude hostile.

— Soyez prudentes, recommanda-t-elle néanmoins en

les accompagnant sur le seuil. À demain, Ludivine, et ne sois pas en retard. Nous avons la visite de l'inspecteur.

— Promis! Je mettrai un tablier tout propre.

Le cœur battant à grands coups, Janine écoutait ces mots familiers qui évoquaient une existence simple, paisible, rythmée par les repas, les heures de classe et les conversations banales, mais si précieuses, à la veillée. Elle faillit éclater en sanglots, se jeter au cou de Faustine et tout lui confier, mais sa fierté l'en empêcha.

Elle comptait affronter son père dans la même disposition d'esprit, à l'abri d'un rempart d'orgueil et de froideur. Dix minutes plus tard, Léon, attablé sous la lampe, vit entrer sa fille, suivie de Ludivine. Il se roulait une cigarette, les yeux à demi plissés.

— Tiens, voilà une fichue donzelle qui se croit invitée chez m'dame Claire, ironisa-t-il. Qui se croit assez dégourdie pour voler de ses propres ailes, sans doute!

Les témoins de la scène retinrent leur souffle, Bertille dans son fauteuil en osier et un verre de pineau à la main, Jean qui coupait du pain pour le dîner, Claire occupée à raccommoder des chaussettes. Il manquait Anita. La femme de Léon était montée dans son logement, un appartement aménagé au-dessus de l'ancienne salle des piles. Le couple de domestiques s'y était installé depuis trois ans afin de laisser plus d'intimité à leurs patrons, le soir.

— Léon, ne l'accable pas! intervint Claire. Viens m'embrasser, Janine. J'ai préparé ta chambre, et ton lit est fait. Tu es chez toi, au Moulin.

Elle était sincère. Les enfants de Raymonde, qui avait été sa meilleure amie, feraient toujours partie de la famille. «Surtout toi, ma petite Janine, pensa-t-elle. Tu avais à peine quatre mois quand ta mère a été fauchée par ce maudit camion. Nous t'avons élevée, choyée…»

— Vous êtes trop bonne, m'dame, ronchonna Léon. Alors, ma fille, vas-tu nous dire ce qui n'a pas gazé, à l'usine! Fichtre, une place de secrétaire, on ne crache pas dessus comme ça!

Toujours muette, Janine ôta son imperméable en gabardine, étroitement ceinturé. Elle dénoua le foulard qui protégeait ses cheveux d'or roux, coupés aux épaules et ondulés au fer. Jean ne put qu'admirer la silhouette parfaite de la jeune fille, moulée dans une robe en laine rouge qui épousait ses formes.

— Je n'ai pas craché sur cette place, papa. J'ai déplu à monsieur Rosnay, rien d'autre. Il voulait engager quelqu'un de plus qualifié. Ce n'est pas la fin du monde, quand même!

— Hé! Pas d'insolence, Janine, baisse d'un ton! menaça son père. Et pourquoi tu n'es pas restée chez ta logeuse? Tu gagnes aussi, chez cette vieille!

— J'avais envie d'être là, près de vous, confessa-t-elle, la gorge nouée.

— Jean, sers donc un verre de pineau à Janine, intervint Bertille. La malheureuse, quel accueil! Un peu plus et on va la clouer au pilori.

— J'sais point ce que c'est, vot' pilori, madame Bertille, mais ma fille a pas besoin de boire un coup, répliqua Léon.

— Un pilori, mon brave, c'était un vilain instrument de torture, destiné à humilier les coupables de petits méfaits, précisa la dame de Ponriant. Une grande planche munie de trois trous, un pour la tête, deux pour les mains. Les méchants étaient exposés ainsi en place publique! Es-tu satisfait, Léon? Viens me voir, Janine; ton patron n'est qu'un con.

— Bertille! tempêta Claire. Là, tu dépasses les bornes! Ludivine, monte dans ta chambre et fais tes devoirs.

Le mot « con » vibrait encore dans l'air, pareil à un insecte exaspérant. Jean sifflota, amusé.

— Eh bien, quoi? renchérit Bertille. Léon aligne des jurons à longueur de journée et personne ne s'en indigne. Ce n'est pas la peine de me regarder comme si j'étais une criminelle, Claire.

— J'avais un beau nom pour le loup, osa dire Ludivine, en bas de l'escalier. Orion! Maman, ça te plaît, Orion?

— Plus tard, ma chérie. Monte vite!

L'enfant se résigna et grimpa les marches en ruminant sa déception. Dans la cuisine, la situation s'envenimait, car Janine avait bu d'un trait le verre que lui avait tendu Bertille.

— C'est absurde! protesta Claire. Il faut savoir affronter les contrariétés sans boire ainsi. Tu me déçois, Janine.

— Je déçois tout le monde! rétorqua la jeune fille. Mon père, ma logeuse, Claire, mon patron... Je ne vous encombrerai pas longtemps. J'ai de l'argent de côté et je veux monter à Paris.

— Monter à Paris! répéta Léon en bondissant de son siège. Et quoi encore? Tu vas monter dans ta chambre et j'vais t'aider, moi, à coups de pied dans le cul!

— Léon, je t'en prie, je ne veux pas d'un tel langage sous mon toit, s'offusqua Claire. Nous devons discuter de ce qui serait le mieux pour Janine. Si elle souhaite se rendre à Paris, il n'y a rien de mal à ça. Clara et Arthur pourront la chaperonner les premières semaines.

Bertille attrapa la bouteille de pineau posée à côté de son fauteuil et s'en servit une rasade.

— Formidable, Clairette! ricana-t-elle. Janine sera en de bonnes mains avec ces deux noceurs. Ils lui apprendront comment danser toute la nuit et se lever à midi. Moi, je n'ai rien contre.

La voix pâteuse de sa cousine et son regard voilé achevèrent d'irriter Claire. Elle l'aurait volontiers giflée.

— Là, tu n'arranges pas les choses, princesse!

— Princesse, princesse! J'en ai assez que tu m'appelles comme ça! J'en ai assez de tout! Du Moulin autant que de cette vallée. Ma petite Janine, je viens d'avoir une idée lumineuse. Je t'emmène à Paris, nous prenons un bel hôtel et je t'achète une superbe garde-robe. Tu seras ma demoiselle de compagnie et je te paierai. Et puis, belle comme tu es, fais donc du cinéma!

Léon frappa du poing sur la table, empoigna sa grosse veste cirée et sortit en claquant la porte. Bertille poussa un rire aigu qui vrilla les nerfs de Claire et de Jean.

— Es-tu sérieuse? s'enquit Janine, les yeux brillants d'espoir.

— On ne peut pas être plus sérieuse, certifia Bertille, totalement ivre. En route pour la capitale! Je téléphonerai demain matin à Paulette, qu'elle prépare une valise avec quelques vêtements, le strict nécessaire. Je compte m'habiller de neuf, moi aussi. Beau programme, n'est-ce pas?

Exaspérée, Claire avait rangé son ouvrage et mettait le couvert.

— Il te faudra l'accord de Léon, car Janine est loin d'être majeure, rétorqua-t-elle sèchement. Et je m'oppose à cette folie tant que tu boiras autant, Bertille.

— Princesse! Je suis ta princesse! Tu n'es pas gentille du tout de m'appeler Bertille, Clairette! Oh! mon Dieu! ce pineau, il me tourne la tête. Mais je maintiens mon offre, Janine. Nous partirons après-demain, le plus vite possible.

Jean s'esquiva afin de rejoindre Léon, sûrement en train de passer sa colère sur Anita, dans les trois pièces surnommées le pigeonnier. C'était là qu'il avait patiemment attendu le pardon de Claire, après sa désastreuse liaison avec Angéla. Il tenait aussi à réprimander son vieil ami qui usait d'un vocabulaire de plus en plus grossier devant Ludivine.

Ce serait une tâche plus aisée que celle de calmer Bertille, qui alternait à présent sanglots et crises de fou rire.

— C'est moi qu'il faudrait mettre au pilori, répétait-elle. Ciel, la mine de Léon quand je lui ai expliqué de quoi il s'agissait! Un vrai nigaud!

Janine crut bon de rire également, ravie de se moquer de son père. Claire s'enflamma, magnifique d'indignation. Dans sa robe grise qui dévoilait ses mollets musclés gainés de bas beiges, elle gardait l'allure souple et énergique de sa jeunesse. Son regard brun fulminait et sa bouche d'un rose pâle frémissait.

— Bon, ça suffit, vous deux! Janine, épluche donc des pommes de terre pour l'omelette et fais-les sauter. Tu as un tablier pendu à la patère. Rends-toi utile et ne t'avise pas de rire de ton père ici, devant moi. Quant à toi, princesse, tu vas avaler un café bien serré suivi d'un litre d'eau et maîtriser tes nerfs. Je pense qu'en effet, un voyage te ferait du bien. Personnellement, je ne tolérerai pas longtemps ce genre d'ambiance.

Janine ne put qu'obéir, mais Bertille, par défi, s'attaqua à la bouteille de vin qui trônait au milieu de la table. Elle faisait pitié, ainsi, vêtue de noir, amaigrie, le teint blafard et la chevelure blond platine emmêlée, retenue en arrière par des peignes.

— *Je suis veuve et vieille, vieille et veuve!* chantonna-t-elle en tournant autour de sa cousine d'une démarche incertaine.

— Tu es surtout pitoyable, trancha Claire. Si Bertrand te voyait ainsi, il aurait honte!

— Mais oui, il se retourne sans doute dans sa tombe, le pauvre. Mon chéri, mon amour, il ne peut pas reposer en paix. Bien fait pour lui, il n'avait qu'à ne pas m'abandonner! Au fait, as-tu causé au père Georges, Clairette? Je n'ai pas eu le cran de lui rendre visite, à ce curaillon, mais je voudrais bien savoir ce que lui a raconté mon mari, mon défunt mari!

Bertille s'immobilisa, une main sur l'estomac. Un hoquet la secoua. Elle courut jusqu'à l'évier en grès et, là, vomit abondamment.

— C'est une bonne chose, la tança Claire. Je vais te faire une tisane d'anis étoilé et de menthe. Que cela te serve de leçon!

Un affreux gargouillis lui répondit. Malgré son état d'ébriété, Bertille songea qu'elle avait touché le fond.

— Je boirai un peu moins, dorénavant, gémit-elle. Là, je me sens vraiment mal! Pardonne-moi, Clairette.

— Tu sais bien que je te pardonne toujours, princesse, même quand tu dépasses les bornes. Mais peut-être qu'un jour tu iras trop loin! Je tiens à vivre dans l'harmonie. Ne me cause pas de désagréments, je t'en prie, ou je devrai couper les ponts avec toi.

Elle promit tout bas avec une mine d'enfant coupable. Cela fit sourire Claire, qui savait pertinemment qu'elle ne mettrait jamais ses menaces à exécution, car Bertille faisait partie d'elle-même. C'était sa sœur de cœur, sa confidente, son amie.

*

Une heure plus tard, en dépit des querelles et des discussions houleuses, toute la maisonnée était attablée.

La mine boudeuse, Anita servit la soupe de pois cassés, agrémentée de lardons grillés. D'ordinaire, elle faisait le régal de Janine, mais la jeune fille eut du mal à finir son assiette. Assagie, Bertille évita de se plaindre, même si elle digérait mal ce genre de potage épais à base de légumes secs.

Assise entre ses parents, Ludivine dévisageait Léon de ses grands yeux bleus. Le domestique lui paraissait un être fruste, sujet à des fureurs impressionnantes. Si, par le passé, l'ancien matelot avait servi d'oncle à Faustine et à Matthieu, il n'avait pas su créer de liens avec la fillette.

« Au dessert, je demanderai à maman, pour le louveteau. Moi, je voudrais tant l'appeler Orion! Zut, ça rime avec ce gros mot qu'a dit tantine… »

À l'école, Ludivine apprenait des poésies de Victor Hugo ou d'Alfred de Vigny qui, lui, avait vécu en Charente. Très bonne élève, elle s'essayait parfois à écrire quelques vers. Faustine lui avait bien expliqué qu'il fallait des rimes. La fillette chassa donc de son esprit ce « con » qui avait tellement irrité sa mère et essaya de trouver mieux avec Vaillant, ce nom qu'elle aimait tant. « Vaillant rimerait avec blanc, comme la neige! Ou bien avec enfant, maintenant! Mais ça ne ferait pas un très beau poème. »

— Madame, j'ai battu les œufs pour l'omelette. La voulez-vous au fromage, ou aux croûtons? interrogea Anita d'un ton prévenant.

— Au fromage, déclara Claire. Si cela plaît à tout le monde…

D'humeur taquine, Jean proposa d'ajouter également des croûtons, mais frottés d'ail.

— J'fais c'que dit monsieur? s'inquiéta la domestique.

— Mais oui, Anita, soupira la maîtresse des lieux.

Le silence revint, et bientôt on n'entendit plus que le grésillement du saindoux dans la poêle, suivi du chuintement de l'omelette qui prenait consistance. Janine leva les yeux au ciel, excédée. Il lui tardait d'être enfermée dans sa chambre, de ne plus subir les coups d'œil méfiants de son père et de sa belle-mère.

— Dis donc, ma fille! T'es arrivée ici les mains vides, à part ton petit sac à main, s'enquit soudain Léon. Où sont tes affaires?

— Chez ma logeuse. J'irai les récupérer.

— Nous irons! rectifia Bertille. Je n'ai pas changé d'avis, je voudrais faire découvrir la capitale à Janine et lui trouver un emploi là-bas. Ne t'inquiète pas, Léon, elle sera plus en sécurité avec moi que toute seule. Je vous téléphonerai... et je ne boirai pas.

— Ouais, faut voir! bougonna-t-il. On en causera demain, y fera jour, comme tous les jours que le bon Dieu fait.

Après cette repartie, il fit la grimace en hochant la tête. Janine commença à respirer plus à son aise. Ce voyage à Paris avec Bertille lui semblait inespéré. Elle mangea sa part d'omelette avec un regain d'appétit.

Au dessert, des flans à la vanille, Ludivine toucha discrètement la main de sa mère.

— Maman, est-ce que ça te plaisait, Orion? Parce que, moi, je n'aime plus ce nom.

— C'était très joli, Orion, ma chérie, assura Claire. Mais j'ai envie de baptiser notre protégé Sauvageon, comme mon premier loup. Enfin, Sauvageon avait du sang de chien, le sang de mon brave Moïse. Es-tu d'accord? Chaque fois que je vais nourrir notre louveteau, je trouve qu'il ressemble beaucoup à Sauvageon.

— Va pour Sauvageon! s'écria Jean. Léon, on trinque?

— Trinque donc tout seul, Jeannot, j'ai pas le cœur! rétorqua son vieil ami.

— Je veux bien trinquer, moi, dit Bertille. Mais avec de l'eau.

Cela fit sourire Claire, attendrie par la mine de papier mâché de sa cousine.

La soirée se poursuivit dans un grand calme. Ludivine était aux anges, jusqu'au moment où elle s'aperçut que Sauvageon rimait aussi avec le fameux gros mot qui avait résonné si fort dans la pièce.

«Tant pis! se dit-elle. C'est si beau, Sauvageon!»

*

Moulin du Loup, même soir vers minuit

Après avoir dénoué son chignon, Claire démêlait ses cheveux qu'elle avait soin de garder bien bruns grâce à une préparation à base de brou de noix. Une fois réfugiés dans leur chambre, elle et Jean avaient parlé longtemps de Janine, de Léon, de Ludivine et de cette guerre dont les journaux français ne savaient trop quoi dire. Ce climat d'incertitude distillait une sourde angoisse, nul ne pouvant prévoir ce qui allait suivre.

— Comme tu es belle! dit tendrement son mari, déjà couché. Cela fait des années que je te regarde, le soir, quand tu brosses tes cheveux, et je ressens toujours la même émotion.

Flattée, elle eut un faible sourire. Il aurait fallu être bien prétentieuse pour se croire à l'abri des dommages du temps.

— Quand même, Jean, j'ai changé! déplora-t-elle.

— Rejoins-moi dans ce lit et je te démontrerai que tu me plais davantage encore.

— Menteur! plaisanta-t-elle.

Il rejeta les draps et, d'un bond, il se rua sur sa femme qu'il obligea à se lever. Elle lâcha sa brosse, grisée par les mains chaudes de Jean autour de sa taille.

— Tes seins sont magnifiques; j'aime les caresser. Ta peau est douce comme du satin et tes lèvres sont si tendres! J'adore aussi te sentir vibrer de plaisir, t'écouter gémir. Tu me rends fou. Avoue que le père Maraud t'a livré le secret de l'éternelle jeunesse, belle sorcière!

— Non, je ne suis pas une sorcière, protesta-t-elle.

— Si, tu m'as ensorcelé depuis la nuit où tu m'as surpris dans la grange de notre cher Basile. Allez, viens…

Jean se plaqua contre le corps de Claire afin de lui signifier l'évidence de son désir. Elle en eut le vertige. Mais une pensée troublante l'assaillit. Le coup d'œil admiratif qu'il avait eu pour Janine quand elle était apparue moulée de laine rouge lui revint à l'esprit. «C'est peut-être la vue de cette belle fille toute fraîche qui l'a excité, se dit-elle. Il me fera l'amour en imaginant que c'est elle.»

Elle échappa à l'étreinte énergique de son mari. Dans sa chemise de nuit bleue en cotonnade, fatiguée par une journée bien remplie, elle se sentait vieille.

— Je n'ai pas envie, Jean, déclara-t-elle.

— Eh bien, moi, si, j'ai envie, répliqua-t-il en la reprenant dans ses bras. Ma petite femme, ma Clairette, il fait bien chaud, et le poêle ronfle. Dehors, il gèle à pierre fendre. Nous serons tellement bien, tous les deux au lit! Viens!

Il lui caressait le bas du dos d'une main, la pointe d'un sein de l'autre. Enfin, sachant combien elle était sensible à ses baisers, il posa ses lèvres sur les siennes et fouilla sa bouche d'une langue hardie, impérieuse. Elle céda à l'élan irrépressible qui l'avait toujours poussée vers cet homme dont elle subissait le charme viril à son corps défendant.

— Mon amour! souffla-t-elle comme une plainte, un aveu d'impuissance à lui résister. Vraiment, tu me trouves encore belle?

Jean ne répondit pas, mais il déboutonna le col de sa chemise de nuit et s'attaqua aux autres boutons. D'un geste autoritaire, mais très doux, il fit alors glisser le vêtement, dévoilant ainsi les épaules de Claire. Dans la clarté rosée de la lampe à pétrole, sa chair prit des reflets d'or.

— Une statue antique, dit-il. Une Vénus grecque! Ma beauté, ma femme!

Guidée par lui, elle s'allongea en travers du lit, offerte, impudique. Il flatta de la paume ses cuisses rondes fuselées et son ventre à peine bombé, aventurant un doigt dans la toison brune et frisée qui protégeait sa fleur intime dont il connaissait trop bien les délices.

— Claire! haleta-t-il. Ma chérie, ma douce…

Quand Jean enfouit son visage entre ses jambes pour rendre hommage à son sexe de femme, elle laissa échapper un petit gémissement, à la fois heureuse et étonnée, car il ne s'était pas conduit ainsi depuis des mois. Mais ses pensées se firent confuses, tandis qu'elle plongeait ses doigts dans ses cheveux bruns à peine semés d'argent. Peu de temps après, la sentant prise d'un délire sensuel, il la pénétra lentement avec un ahan de jouissance. Leurs lèvres se joignirent de nouveau, gourmandes, avides, complices, et le temps perdit sa mesure inexorable au rythme des mouvements lascifs qui les agitaient, chacun souhaitant offrir le summum de plaisir à l'autre. Ils n'avaient plus d'âge, ils devenaient pareils au jeune couple passionné qui s'étreignait sur le sable de la Grotte aux fées quarante ans auparavant.

De sa chambre, Bertille crut distinguer le grincement imperceptible d'un sommier et l'écho d'un râle d'extase. Elle serra les poings, submergée par une terrible amertume. « Ils font l'amour, j'en suis sûre! pensa-t-elle. Pour moi, c'est terminé. Bertrand me désirait toujours, pourtant, il chérissait mon corps et l'admirait. »

Elle se revit alanguie sous le regard de son époux, dans leur chambre du domaine. Elle veillait à obtenir une lumière tamisée et à se montrer à lui dans de la lingerie fine, des guêpières en dentelle noire, des porte-jarretelles ornés de petits nœuds en satin rouge.

« Bertrand, mon Bertrand, reviens! supplia-t-elle en mordant son drap. Je ne suis pas si vieille, je voulais tant t'aimer encore, encore… »

Elle se boucha les oreilles, secouée de gros sanglots. Janine, qui marchait pieds nus sur le palier, tendit l'oreille. Elle en eut mal au cœur, car elle admirait Bertille et la plaignait sincèrement. « Ce doit être terrible de perdre celui qu'on aime, sans espoir de le revoir un jour, de le reconquérir! se disait-elle en descendant l'escalier sans faire aucun bruit. Mais, à Paris, je ferai tout pour la consoler. »

Forte de cette décision, Janine parvint à dominer ses nerfs. Tendue à l'extrême, un point douloureux au plexus, elle avait envie d'appeler au secours, épouvantée par ce qu'elle s'apprêtait à faire. « Je ne pourrai plus aller à la messe! Au fond, je m'en fiche, je ne crois plus guère en Dieu. Ce sont des boniments, rien que des boniments. Et Richard aussi m'a servi des boniments; il ne vaut pas mieux que le curé. »

Elle était dans la cuisine envahie par une pénombre tiède. Seule la lucarne de la cuisinière dispensait un peu de clarté rouge. Avec précaution, Janine ouvrit un des buffets, celui où Claire rangeait son sac de guérisseuse et sa mallette de pharmacie. « De l'alcool à 90 degrés, du coton, voilà… »

La jeune fille passa ensuite au second meuble, aussi imposant que le premier, dont le bois embaumait la cire d'abeille. Là, elle fouilla un bon moment avant de dénicher le cabas en tissu où était rangé l'ouvrage de tricot en cours de sa belle-mère. Le souffle court, elle s'empara d'une longue aiguille.

« Je ne peux pas reculer, je n'ai pas le choix ! » se dit-elle, la nausée au bord des lèvres. Frissonnante, elle remonta dans sa chambre et s'enferma à clef. Elle monta d'abord la mèche de la lampe à pétrole, puis ôta ses bas et sa robe. La pièce lui parut glaciale, malgré le petit poêle à bois qui ronflait. Vite, elle passa l'aiguille à l'alcool.

« Il paraît que ce n'est pas compliqué. Lucile a réussi du premier coup, mais elle a eu mal, très mal ! Maman, aide-moi ! Maman, pardon… »

Elle n'avait aucun souvenir de Raymonde. Elle n'avait vu sa mère que sur de minuscules clichés photographiques et sur le tableau peint par Angéla, reçu par Thérèse en cadeau de mariage. Avantageusement placé sur le mur de son salon de coiffure, il régnait désormais sur l'établissement.

« Maman ! appela-t-elle encore intérieurement, envahie par une panique viscérale. Lucile m'a dit qu'on pouvait en mourir. Je ne veux pas mourir ! Richard a promis qu'on se reverrait, si je me débarrassais du bébé… »

La bouche pincée, une expression farouche sur le visage, elle attira un seau d'hygiène près du lit. Assise au bord du matelas, les jambes largement ouvertes, elle entreprit d'enfoncer l'aiguille lentement, suivant l'inclinaison que lui avait conseillée sa collègue de l'usine, la dénommée Lucile. Une vive douleur l'obligea à ralentir la manœuvre. Saisie d'un vertige et au bord des larmes, Janine persista. Elle faillit hurler lorsque la souffrance atteignit son paroxysme.

Mais, peu après, au bord de l'évanouissement, elle sentit un liquide chaud sourdre le long de ses cuisses.

« C'est bon, c'est fini, je vais perdre l'enfant. Demain, je dirai que je suis indisposée et que je reste couchée. »

Des spasmes sourds d'une étrange intensité la firent grimacer. Le sang coulait toujours et elle en éprouvait un étourdissant sentiment de délivrance.

« C'était si simple! songea-t-elle encore. Dans une semaine, je serai comme avant, libre de vivre ma vie. Et, ma vie, c'est Richard. Il m'a promis de me rejoindre à Paris dans quinze jours. Bertille comprendra... Et elle ne saura jamais qu'il est marié. »

Janine se serait volontiers allongée, mais elle tenait à remettre en place les instruments de son crime; ainsi les nommait-elle en pensée. Après s'être équipée des bandes en tissu éponge dont elle se servait pendant ses règles, elle redescendit dans le plus parfait silence, vêtue d'une chemise de nuit. Son ventre douloureux l'obligeait à avancer pliée en deux.

Ce fut en remontant l'escalier qu'elle croisa Jean qui, après des ébats amoureux pleins de fougue, avait envie d'un petit casse-croûte.

— Qu'est-ce que tu fais debout à cette heure-ci, jeune demoiselle? plaisanta-t-il.

— J'avais soif, et un peu faim, mentit-elle.

— Normal, tu as mangé du bout des lèvres, à table. Moi aussi, j'ai soif, un petit verre de vin, une tartine de rillettes et je remonte.

Elle s'était redressée, les doigts crispés sur la rampe. Jean scruta ses traits altérés par l'émotion et la souffrance.

— Es-tu sûre que ça va, Janine?

— Oui... Bonne nuit!

Elle parvint à gravir les marches à bonne allure, mais, une fois dans sa chambre, elle se précipita vers le lit, s'y recroquevilla et, le visage enfoui dans l'oreiller, pleura à son aise. L'étendue de son forfait lui apparut dans toute son horreur, car, malgré ses précédentes allégations, elle redoutait un mystérieux châtiment divin. Le flux chaud et poisseux entre ses cuisses et l'intensité de la douleur elle-même la ramenaient à son enfance, à la petite Janine qui suivait la messe avec une foi naïve et collectionnait les images pieuses.

« Le plus grand péché! » se répétait-elle.

Elle s'étonnait à présent d'avoir aimé aussi fort Richard Rosnay, son patron, de l'avoir aimé au point de lui offrir sa virginité dans un local désaffecté de l'usine. L'homme, qui la grisait de compliments de coups d'œil flatteurs, l'avait entraînée là au bout de plusieurs semaines d'une cour pressante. Il savait embrasser, et surtout embraser un corps tout neuf, avide de caresses. Bouleversée par ses baisers, Janine s'était laissé séduire. Leur liaison avait duré trois mois. Rosnay la retrouvait le soir, dans un hôtel du quartier Saint-Martin, un faubourg de la basse ville. Il lui promettait de divorcer un jour et de l'épouser, mais c'était toujours avant de la déshabiller, de jouir d'elle comme d'une délicieuse poupée, docile, ivre d'amour.

« Il m'a bien eue! songeait-elle. Peut-être que Lucile, quand elle a avorté, c'était lui, le père... Peut-être qu'il couche avec toutes les jolies filles de l'usine. À Paris, je l'oublierai. À Paris, je rencontrerai quelqu'un de sérieux. » Elle pleura plus fort en étouffant le bruit de son chagrin sous les draps.

Jusqu'au matin, Janine souffrit le martyre avec de brefs moments de sommeil dont elle s'éveillait hébétée, tout de suite submergée de souffrance et de honte. À sept heures, Anita toqua à sa porte.

— Debout, ma fille, ton père veut te mettre au boulot! Faut aider madame Claire au ménage. Il y a un bon paquet de repassage.

— Je suis indisposée, rétorqua-t-elle. Je viendrai plus tard. Fiche-moi la paix, Nini!

— En voilà, des manières, dès le matin! gronda sa belle-mère.

Ludivine pointa son nez dans le couloir. La fillette avait mis un tablier propre sur sa robe en flanelle grise. Ses boucles brunes bien brossées, elle avait tout d'une sage petite écolière. Ce fut au tour de Claire de sortir de sa chambre.

— Maman, aujourd'hui, on a la visite de l'inspecteur, claironna l'enfant. Faustine m'a dit de ne pas être en retard. Je crois qu'elle me fera réciter la poésie, tu sais, celle de Victor Hugo. Je la connais par cœur.

Tout de suite, Ludivine déclama d'un air concentré :

Ô combien de marins, combien de capitaines
Qui sont partis joyeux pour des courses lointaines...
Dans ce morne horizon se sont évanouis !
Combien ont disparu, dure et triste fortune !
Dans une mer sans fond, par une nuit sans lune,
Sous l'aveugle océan à jamais enfouis[5] !

Claire attira sa fille dans ses bras et lui mit un doigt sur la bouche pour la faire taire.

— Chut ! Tantine dort encore. Viens prendre ton petit-déjeuner, ma chérie. Un bon chocolat chaud. Il reste de la brioche. Tu en porteras une tranche à Faustine, elle adore ça.

— D'accord !

De son lit, Janine les écoutait, désespérée. Comme la veille, elle avait la bizarre impression de ne plus mériter sa place au Moulin, d'être une intruse, une traîtresse. Et elle souffrait toujours. Son poêle était éteint. Sa chemise de nuit était maculée de sang.

« Tout à l'heure, je me lèverai et me changerai avant d'aller faire du repassage. Personne ne saura, personne... se promit-elle. Anita est descendue. Je peux me reposer un peu. »

Elle ferma les yeux, attentive aux bruits qui montaient de la grande cuisine où se déroulait le rituel bien établi d'un petit matin d'hiver. Léon tisonnait le foyer rougeoyant de la grosse cuisinière en fonte à l'aide d'une tige en fer terminée par un crochet. Une bouilloire sifflait déjà sur le feu allumé.

— Jeannot est sorti nourrir vot' âne et les chèvres, disait le domestique à Claire, qui déballait d'un linge immaculé une belle brioche à la croûte dorée. L'était tout sourire, le patron !

— Le quotidien a repris ses droits, déclara la maîtresse des lieux, heureuse de contempler le profil serein de Ludivine, assise devant un bol en porcelaine.

---

5. *Oceano nox*, de Victor Hugo (1802-1885), dans *Les Rayons et les Ombres*.

La fillette jouait avec une figurine de cheval en plomb, vestige d'une armée miniature ayant jadis appartenu à Arthur. Sa jolie bouche d'un rose délicat balbutiait les vers de Victor Hugo sur un ton inspiré. Il ne suffisait pas de savoir par cœur, pour Faustine, institutrice exigeante, éprise de littérature; il fallait aussi y mettre l'intonation. L'enfant se voulait la meilleure de la classe et, dans ce but, elle s'appliquait dans toutes les matières. L'étude des poésies la ravissait. Tandis qu'Anita versait sous son nez du lait bouillant sur la poudre de cacao, elle imaginait ces joyeux marins engloutis par l'océan.

— Maman! s'écria-t-elle brusquement. Papa aussi aurait pu disparaître *dans une mer sans fond, par une nuit sans lune,* quand son bateau a coulé!

— Oui, tu as raison, admit Claire. Mais il est revenu sain et sauf, grâce à Dieu. Maintenant, ma chérie, pose ce jouet, arrête de réciter tout bas et déjeune vite. Je t'accompagnerai jusque chez Faustine.

Certains soirs où sa fille avait le droit de veiller, Jean Dumont racontait ses souvenirs de jeunesse, excepté ceux qui avaient trait à son passé de bagnard. Le naufrage du *Sans-Peur,* ce morutier sur lequel il s'était engagé, devenait au fil des ans le récit préféré de la famille, car Léon y jouait aussi un rôle.

Le domestique jugea d'ailleurs utile de le rappeler à l'écolière.

— Ça oui, sans Jeannot, je finissais au fond de l'océan, moi! s'exclama-t-il. Bon sang, je ne pesais pas lourd, à l'époque, maigre comme j'étais. J'avais bu la tasse, je me voyais perdu pour de bon, et voilà que mon pote Jean me ramène à la surface. Tu peux être fière de ton père, petite, c'est un héros.

Ludivine acquiesça d'un léger signe de tête. Elle adorait son père, et ce sentiment renforcé donnait plus de saveur encore à la pâte fondante de la brioche qu'elle dégustait.

— Madame, vous devriez remonter tirer Janine du lit, se lamenta Anita. La façon qu'elle a eue de me rabrouer, je vous jure!

— Laisse-la en paix! trancha Claire.

— Vous êtes trop gentille, patronne, grogna Léon. La

Janine, c'est une paresseuse de nature. Avec ça, faudrait que je lui accorde la permission d'aller faire la noce à Paris.

Rêveuse, Claire haussa les épaules. Les caresses de Jean et son ardeur passionnée de la veille la rendaient indulgente, encline à la douceur. Les récriminations du couple lui semblaient dénuées de sens et la dérangeaient.

— J'irai discuter avec Janine à mon retour! affirma-t-elle. D'ici là, cessez de la houspiller. On ne gagne rien à abreuver Janine de reproches. Il faut la prendre par la gentillesse.

— C'est bien de vous, ça, m'dame! bougonna Léon en enfilant ses sabots et sa veste. Vous avez toujours su amadouer les têtes brûlées, les loups y compris.

Il sortit en ronchonnant dans sa barbe. Il avait du bois à fendre; rien de tel pour calmer ses nerfs. Domptée, Anita se préoccupa du repas de midi. Ayant déjeuné la première, elle entreprit de découper en fines lanières un gros chou vert. Même l'hiver, les légumes ne manquaient pas au Moulin. Claire veillait à conserver une partie des récoltes du potager entre des couches de paille, bien au frais dans le cellier.

— Je préparerai not' chou avec du lard et de la crème, précisa la domestique. Ça fera une bonne poêlée.

— Pas trop de lard, Anita. Bertille digère mal le gras.

— Bien, patronne. Alors, je mets quoi à la place?

— Des pommes de terre et des oignons.

Claire et Ludivine s'équipèrent pour partir. Anita contenait sa désapprobation, devinant que le lard finirait dans la gamelle du louveteau.

— À ce soir, Nini! claironna la fillette, qui était en veine d'amabilité.

— Ouais, à ce soir. Travaille bien à l'école, petite.

Un paysage splendide accueillit la mère et la fille dès le pas de la porte. Le ciel s'était dégagé et il était d'un bleu pâle laiteux. Un demi-cercle incandescent, à l'est, jetait des clartés roses et or sur la vallée enneigée. Chaque branche d'arbre, chaque brindille d'herbe scintillaient, comme les stalactites de glace suspendues au bord des toits.

— Il fera beau aujourd'hui! leur cria Jean du seuil de la bergerie.

Il avait son grand sourire joyeux et, même à cette distance, son regard bleu fascinait. Ludivine agita la main et dévala les marches. Aussi vive et habile que sa fille à fouler le sol verglacé, Claire fut prise d'une soudaine inspiration.

— Je vais emmener Sauvageon! annonça-t-elle. Je suis sûre qu'il nous suivra!

— Mais, maman, s'il s'enfuit? s'affola Ludivine.

— Il n'ira pas loin, car nous sommes sa meute, à présent. Ici, il a un refuge et de la nourriture. Sa patte blessée l'empêchera de courir. Au pire, je le rattraperai.

Claire en avait assez de voir leur protégé enfermé. Elle voulait pouvoir le caresser à loisir et le faire entrer dans la maison.

— Viens, Sauvageon, dit-elle en tirant le loquet de l'enclos. Viens, mon petit...

Le jeune animal observa l'ouverture ménagée dans le grillage en humant l'air glacé. L'odeur de la femme qui lui apportait à manger chaque jour l'attirait autant que l'espace libre devant lui. Il avança d'un pas circonspect, tout tremblant. Claire lui tourna le dos et marcha vers le porche du moulin. Ludivine l'imita, anxieuse, sans même oser se retourner. «Je ne veux pas qu'il s'en aille, pensait-elle. Maman aurait dû attendre encore.»

Mais le louveteau, inquiet, trottinait derrière elles. Séparé de sa mère, il redoutait d'être à nouveau abandonné et il s'appliquait à suivre Claire. Elle s'en aperçut, après un léger mouvement de tête, et jubila.

— C'est gagné! annonça-t-elle à l'enfant. Tu verras, ce soir, Sauvageon dormira près de la cuisinière, comme tous nos loups.

Faustine, qui s'impatientait, vit arriver sur le chemin des Falaises ce pittoresque petit cortège. Cela la fit sourire tout en apaisant son appréhension. La visite d'un inspecteur d'Académie l'angoissait toujours autant. Pourtant, elle était très bien notée.

— Eh bien! maman, s'écria-t-elle, tu renoues avec la tradition du Moulin.

— Oui, regarde-le. Il est dégourdi, n'est-ce pas? Je lui enlèverai son pansement demain. Il se promènera avec nous tous les matins.

L'enthousiasme de Claire enchanta Faustine, qui se promit de garder le souvenir de ce joli tableau, celui de la vallée en toilette hivernale, pailletée d'or et d'argent par le soleil levant, celui de sa mère adoptive et de Ludivine, rieuses et les joues rosies par le froid, tandis qu'un louveteau fureteur gambadait alentour.

— La prochaine fois, je vous photographierai, assura-t-elle.

Le cliché irait rejoindre les autres, soigneusement rangés dans des albums reliés en cuir. C'était une sorte de passion chez Faustine, cela depuis une vingtaine d'années. Elle chérissait sa collection d'images souvent prises sur le vif, parfois aussi réalisées au prix de séances de pose étudiées. Tout avait commencé un soir de Noël, Matthieu lui ayant offert un appareil photo qu'il avait commandé à New York. Il se félicitait encore de cette folie et prétendait que sa femme avait sauvegardé sur papier la mémoire de leur famille.

— Dépêchons-nous, Ludivine, déclara Faustine. La classe doit être impeccable. Au revoir, maman!

— Au revoir, mes chéries, répliqua Claire.

Fatigué par la balade, le jeune loup s'était assis à ses pieds. Elle se pencha et lui gratta le cou. Il se laissa faire, définitivement conquis.

— Mon Sauvageon, dit-elle tendrement.

Jean guettait son retour, debout sur le perron. Des nuées de mésanges avides de soleil pépiaient dans les haies voisines. Ce joyeux concert semblait destiné à saluer la belle guérisseuse qui rentrait au bercail, un louveteau dans les bras.

— Il n'en pouvait plus, expliqua-t-elle d'une voix exaltée. Jean, je suis si contente! Il ne veut plus me quitter.

— Oh! toi, toi! s'exclama-t-il.

Il en aurait pleuré, émerveillé de la découvrir d'une telle invincible séduction, malgré le temps passé à ses côtés. Elle était lumière, bonté et tendresse. Elle était son épouse, la belle Claire Roy du Moulin du Loup.

*

École de Puymoyen, même jour

Faustine jeta un dernier coup d'œil à sa classe. Tout était en ordre. Ses élèves, bien coiffées, vêtues de leur meilleur tablier, avaient un cahier ouvert sur les pupitres sentant bon la cire. Les encriers étaient remplis, sans une goutte de trop qui aurait souillé le bois patiné. Il flottait dans la grande pièce inondée de soleil les fragrances caractéristiques du lieu, mélange familier d'encre violette, de craie et de savon noir. Le gros poêle en fonte ronronnait, astiqué la veille. Derrière la vitrine d'une armoire s'alignaient les livres que les élèves pouvaient emprunter.

Marguerite, la petite-fille du maire, leva le doigt.

— Madame, il vient à quelle heure, l'inspecteur?

— Il devrait arriver. Mais les routes sont mauvaises, il a pu être retardé. Lucienne, ne te ronge pas les ongles, voyons! Il n'y a aucune raison d'avoir peur. Je vous le répète: ce monsieur prendra place au fond de la classe et nous ferons comme d'habitude, comme s'il n'était pas là. Jeanne, ne mordille pas ton porte-plume.

À la stupéfaction de Faustine, la porte s'ouvrit à la volée, et un inconnu entra, hilare. Il la salua en soulevant son chapeau.

— En voici, de drôles de directives, madame Roy! lança-t-il. Faire comme si je n'étais pas là! J'ignorais que j'étais devenu l'homme invisible du célèbre Wells[6]. Je me présente, Jean-Baptiste Gagneau, le redoutable inspecteur que ces charmantes demoiselles vont supporter jusqu'à l'heure de la cloche.

Le personnage fut tout de suite sympathique à Faustine qui s'empressa de lui tendre la main. C'était un quadragénaire doté d'un certain embonpoint, à la barbe bouclée d'un brun intense. Ses traits réguliers servaient d'écrin à de grands yeux couleur noisette. Il avait un sourire très chaleureux, ce qui la rassura.

---

6. Herbert Georges Wells (1866-1946): auteur britannique connu pour ses romans de science-fiction, dont le très célèbre *L'Homme invisible*.

101

— Madame Roy! dit-il en lui serrant la main avec énergie. Directrice et institutrice du cours moyen 2, quelle sinécure, n'est-ce pas! L'année du terrible certificat d'études. Allons, je me tais et je vais au fond de la classe, selon vos plans.

— Si cela ne vous convient pas, dit-elle très vite, vous pouvez vous asseoir à côté de l'estrade.

— Non, non, je suis obéissant! plaisanta-t-il.

Ludivine et sa voisine, Odile, pouffèrent. Elles n'avaient pas imaginé l'inspecteur aussi drôle. Faustine, désorientée, en oubliait l'ordre des leçons qu'elle avait préparées avec tant de soin. Elle décida de bousculer son programme.

— Bien, fermez vos cahiers! Nous ferons la dictée plus tard. Je vais interroger trois d'entre vous sur la récitation qu'il fallait apprendre pour aujourd'hui. Ludivine Dumont, lève-toi, mon enfant! Donne-nous le titre du poème et le nom de son auteur.

Pénétrée par l'importance de son rôle, la fillette se tint bien droite, les bras le long du corps. Elle fixa sa sœur aînée de ses prunelles bleues brillantes d'émotion et déclara.

— *Oceano Nox*, de Victor Hugo!

Jean-Baptiste Ganeau tapota le bois du pupitre où il s'était logé avec peine.

— Encore Victor Hugo! déplora-t-il. Et encore *Oceano Nox*! Que faites-vous donc, madame Roy, d'Alfred de Vigny, de Paul Verlaine?

— J'ai prévu de leur apprendre *La Mort du loup* au prochain trimestre, bredouilla Faustine, de plus en plus troublée. D'autant plus que Vigny a résidé en Charente, dans son manoir du Maine-Giraud. C'est une gloire régionale, en somme.

— Bien, bien! Tant pis pour moi! soupira l'inspecteur de façon exagérée.

— Si vous voulez, monsieur, déclara Ludivine, je connais par cœur *L'Heure du Berger*, de Paul Verlaine.

— Ah! Quelle heureuse surprise! Je vous écoute, mademoiselle Dumont.

Les joues en feu, Faustine crispa ses doigts sur la longue règle en fer qui était posée sur son bureau. Elle en regrettait presque le fort sévère monsieur Sazerac, qui avait dû prendre sa retraite. Mais la voix limpide de sa demi-sœur eut le don de la réconforter. Ludivine récitait à la perfection.

La lune est rouge au brumeux horizon;
Dans un brouillard qui danse, la prairie
S'endort fumeuse, et la grenouille crie
Par les joncs verts où circule un frisson;

Les fleurs des eaux referment leurs corolles;
Des peupliers profilent aux lointains,
Droits et serrés, leurs spectres incertains,
Vers les buissons errent les lucioles;

Les chats-huants s'éveillent, et sans bruit
Rament l'air noir avec leurs ailes lourdes,
Et le zénith s'emplit de lueurs sourdes.
Blanche, Vénus émerge, et c'est la Nuit.

Sur le dernier vers, Jean-Baptiste Gagneau regarda Faustine avec insistance, un léger sourire sur ses lèvres bien pleines, d'un rouge soutenu. Elle eut la nette impression qu'il l'admirait sans gêne, comme si elle personnifiait Vénus, l'étoile du Berger, mais aussi la déesse de l'Amour.

Ludivine restait debout, dans l'espoir d'un compliment. L'inspecteur se contenta de hocher la tête. Puis il désigna une autre élève, la petite Catherine Viaux, la fille d'un vigneron voisin.

— Et vous, demoiselle, que pourriez-vous me réciter?

— *Oceno Nox*, m'sieur! bredouilla l'enfant. J'en sais point d'autre!

Il éclata de rire, sans corriger la faute de grammaire de l'enfant.

— Si nous passions au calcul mental! proposa-t-il. Pas de dictée, j'ai horreur du silence. Mais j'apprécie le ballet des ardoises tendues à bout de bras.

— Je réserve les exercices de calcul à l'après-midi, monsieur Gagneau! objecta Faustine, déterminée à ne plus être malmenée par cet étrange individu.

— Que faites-vous de l'improvisation? s'écria-t-il. Pour bien compter, il faut un esprit lucide, clair, et non pas alourdi par la digestion. Allons, madame Roy, quittez cet air affligé, je devine en vous une excellente enseignante. Et la guerre, avez-vous parlé à ces écolières de la guerre? Il faut les préparer, croyez-moi. Hitler semble décidé à ravager l'Europe.

Sur ces mots, l'inspecteur se leva et prit congé.

— Je dois torturer à présent vos deux autres collègues, ainsi que ces messieurs de l'école des garçons. Nous nous reverrons à midi; je déjeune ici en présence de votre maire, qui s'invite également.

Cette fois, Faustine fut au désespoir. Elle avait coutume de manger dans sa classe, en compagnie des élèves qui, ne pouvant pas rentrer chez elles, apportaient leur repas dans une gamelle. Il lui parut difficile d'expliquer tout ça au visiteur dépêché par l'Académie.

— Mais…, bredouilla-t-elle. Je ne vois pas comment nous organiser.

— Ciel! Je vous faisais marcher, madame Roy! Je déjeune bien au bourg, mais à l'auberge, seul avec mes notes et mon vieux cartable. Alors, à l'an prochain.

Jean-Baptiste Gagneau lui adressa un nouveau regard conquérant. Affreusement embarrassée, Faustine fut soulagée de refermer la porte et de le voir s'éloigner dans le couloir.

«Quel culot a ce type! songea-t-elle. L'année prochaine, je le remettrai à sa place.»

Elle aurait été encore plus désappointée si on lui avait soufflé à l'oreille que ce personnage farfelu, haut en couleur, venait d'entrer dans sa vie et qu'il y sèmerait quelques orages.

4

Le ferment de la guerre

Moulin du Loup, mercredi 24 janvier 1940
Janine claquait des dents malgré une double épaisseur de couvertures et la douce chaleur qui se dégageait du petit poêle à bois de sa chambre. Encore une fois, elle essuya la sueur sur son front d'un geste machinal. Une vague lueur grise filtrait à travers les fentes des volets. Le jour se levait. La jeune fille étouffa une plainte. Son ventre la faisait terriblement souffrir. Elle n'avait pas eu un instant d'accalmie.

« Pourtant, j'ai pu me lever hier après-midi, se dit-elle. J'ai repassé le linge pour Claire et, le soir, je me suis bien tenue à table. J'avais mal, mais c'était normal. Odile m'avait prévenue. Je n'aurais pas dû faire autant d'efforts, j'aurais dû rester couchée. »

Ce constat la poussa à maudire sa belle-mère et son père. Ils lui avaient mené la vie dure, la veille. Devant eux, afin de ne pas se trahir, Janine s'était appliquée à marcher bien droite et à afficher une mine paisible, alors que tout son corps endurait une souffrance atroce.

« Nous sommes punies, nous les femmes, quand nous osons nous débarrasser d'un enfant, oui, bien punies! songea-t-elle. Le châtiment divin! Mémé Jeanne en parlait souvent, à cause de tante Cathy, cette pauvre Cathy, comme elle disait en se signant. »

Cela remontait à plus de quarante ans. Il avait fallu les confidences éméchées de leur grand-mère, à la fin d'un repas dominical, pour renseigner Thérèse et Janine sur le sort dramatique de Catherine, la sœur aînée de leur mère Raymonde.

«Elle couchait avec Frédéric Giraud, le fils aîné du domaine de Ponriant, le premier mari de Claire, se remémora la jeune fille. Il paraît que c'était une brute, un coureur de jupon. Tante Cathy l'aimait, la malheureuse, et il l'a mise enceinte. Quand il l'a su, il l'aurait frappée si fort qu'elle a fait une fausse couche et elle en est morte. Ce salaud de Richard m'a secouée, lui, dès que je lui ai avoué, pour le bébé. Il m'a dit qu'il n'en voulait pas, que sa femme demanderait le divorce si elle apprenait la vérité. Quel salaud! Tous des salauds, les hommes, tous, tous! Moi aussi, je vais mourir. J'ai la fièvre!»

Elle croyait entendre la vieille Jeanne dépeindre dans son patois la lente agonie de Catherine.

«Mémé répétait qu'il y avait une odeur abominable autour du lit, que tout l'intérieur de sa fille était changé en pourriture. Mon Dieu, je vous en prie, je ne veux pas mourir!»

Janine plaqua ses mains sur son ventre. Ce qui l'inquiétait, c'était qu'elle ne saignait presque plus. D'instinct, elle appuya de toutes ses forces à la hauteur de son nombril, dans l'espoir pathétique d'expulser plus de sang.

«Quelle heure est-il? se demanda-t-elle. Personne ne bouge...»

Elle tendit l'oreille, prise du besoin puéril d'écouter les bruits familiers du Moulin, les marmonnements d'Anita qui préparerait le café, les jurons de son père lorsqu'il secouerait les braises de la cuisinière.

«Et Claire? Claire! Je voudrais tant la voir!» se désola la jeune fille.

Terrifiée, Janine avait conscience d'une triste évidence. Seule Claire pouvait la soigner, mais cela signifierait révéler son crime à toute la famille. Elle patienta, tremblante, en cherchant vainement une solution. Enfin, il y eut dans la grande cuisine les soupirs de sa belle-mère et la toux de Léon qui fumait beaucoup trop. Le couple discutait à voix basse en brassant de la vaisselle et des bûches.

De son lit, Claire percevait moins distinctement les

allées et venues des domestiques, la vaste chambre conjugale étant située au-dessus du cellier. Sa joue nichée au creux de l'épaule de Jean, elle avait des envies de paresse.

— Il faut se lever, mon amour! dit-elle affectueusement.

— Au diable les horaires! soupira-t-il. Je n'ai guère dormi à cause de ton pensionnaire.

— Sauvageon s'agitait. Ce n'est pas surprenant pour sa première nuit sous le toit du moulin!

— Dans notre chambre, en plus! précisa-t-il. Quelle idée, Clairette! Il a sûrement fait des saletés.

— Je ne sens rien, plaisanta-t-elle en se redressant.

À la faveur d'une faible clarté dispensée par la lucarne du poêle et des fenêtres, elle découvrit cependant une flaque d'urine près de l'armoire. Assis sur son derrière, le louveteau remuait la queue.

— Bonjour, Sauvageon, dit-elle avec tendresse. Tu as été très sage. On est mieux ici que dans l'enclos, n'est-ce pas!

— Un loup a coutume de dormir dehors, qu'il neige ou qu'il vente, ma chérie, bougonna Jean.

— Aucun de mes loups n'a couché ailleurs que dans la maison. Je sais m'y prendre. C'est le meilleur moyen de les habituer à nous, à nos gestes et à notre présence. Descends donc boire ton café, monsieur le grognon!

Sur ces mots, rieuse, elle l'embrassa à pleine bouche. Malgré ce baiser passionné, Jean se leva d'un bond. Effrayé, Sauvageon se réfugia dans un angle de la pièce.

— Que tu es brusque! le sermonna Claire.

Son mari haussa les épaules. En quelques minutes, après s'être débarrassé de son pyjama, il fut habillé de pied en cap.

— Je fiche le camp, ronchonna-t-il en lui adressant une grimace. N'oublie pas de nettoyer les bêtises de ton protégé.

— Réveille Ludivine, surtout. Tu devrais la conduire à l'école en voiture, ce matin. Comme ça, tu emmènerais aussi Faustine.

— À vos ordres, patronne! ironisa-t-il.

Mais il lui envoya quand même un baiser du bout des lèvres. Dès qu'il fut sorti, Claire appela le louveteau.

— Viens là, Sauvageon, ne crains rien, viens!

Elle avait monté la veille une tranche de pain graissée au saindoux. Appuyée sur un coude, elle tendit la friandise à l'animal qui, alléché, s'avança à pas prudents.

— Tiens, régale-toi, petit sauvage! Bientôt, nous serons inséparables. Nous sommes déjà inséparables.

La jeune bête ne fit qu'une bouchée de cette provende. Amusée, Claire lui gratta la tête et le cou. Elle se sentait délicieusement heureuse en cette matinée si tranquille, seule avec Sauvageon. Mais, tandis qu'elle le caressait, une sorte de vertige la saisit. Soudain transie, elle dut fermer les yeux. Tout de suite, le visage sillonné de rides du père Maraud s'imposa à elle. Le vieux rebouteux arborait sa barbe blanche, et son regard énigmatique la fixait entre ses paupières mi-closes.

«Et alors, Claire Roy?» semblait-il lui dire.

Cela n'avait duré qu'une poignée de secondes. Claire toucha son front et jeta un coup d'œil étonné au décor familier qui l'entourait. Il y avait des années que ce genre de phénomène ne lui était pas arrivé. «Depuis la naissance de Ludivine, pensa-t-elle. Mais il ne se passe rien de particulier en ce moment. Hormis le décès brutal de Bertrand. Le père Maraud juge-t-il que je n'ai pas fait le nécessaire?»

Intriguée et vaguement inquiète, elle se leva et enfila une robe d'un rouge sombre dont la jupe, selon la mode, descendait sous les genoux. Claire désapprouvait cette façon de s'habiller, mais elle avait fini par s'y habituer. Parfois, elle préférait porter durant une semaine sa culotte d'équitation, ainsi que des guêtres en cuir, même si elle ne montait plus à cheval, à son grand regret. Junon, la jument donnée par Faustine, souffrait d'une boiterie chronique inguérissable. Elle coulait des jours paisibles dans les prés de Ponriant en compagnie du vieux poney de Clara.

— Père Maraud, pourquoi? se demanda-t-elle à mi-voix tout en se coiffant.

On frappa à sa porte. Sans attendre de réponse, Bertille entra, vêtue d'un tailleur en tweed gris dont la veste était ouverte sur un chemisier noir.

— Quelle élégance, princesse!

— Je vais réveiller Janine et l'emmener en ville, annonça

sa cousine. J'ai téléphoné à Maurice; il vient nous chercher à onze heures. Nous déjeunerons à l'Hôtel de France. Sais-tu, j'étais sérieuse en lui parlant de faire du cinéma.

— Qui doit faire du cinéma?

— Mais Janine! Elle a un physique extraordinaire. Un peu à la Paulette Godard. Tu te souviens, cette actrice américaine qui jouait dans *Les Temps modernes*, de Charlie Chaplin.

— Peut-être! Et comment comptes-tu la pousser dans cette voie? Il faut savoir jouer la comédie; c'est un métier; cela s'apprend. Janine est ravissante, certes, mais je crois que cela ne suffit pas.

— Bien sûr que si! trancha Bertille. J'ai des relations, Clairette. Veux-tu que je te fasse une natte dans le dos? J'en ai assez de ton chignon.

— Mon chignon me convient parfaitement. Alors, tu vas vraiment partir pour Paris? Sans même avoir remis les pieds au domaine?

— Tout à fait! Paulette – tiens, encore une Paulette – s'occupe de préparer mes bagages. Tu vas pouvoir respirer, il n'y aura plus une vilaine veuve pour gâcher ta précieuse harmonie. As-tu remarqué? Je n'ai pas bu une goutte, hier soir.

— Bravo, tu me déplaisais beaucoup en poivrote! s'écria Claire. Moi, j'ai obtenu de Jean la permission de faire dormir Sauvageon dans notre chambre.

— Je vois ça, constata Bertille d'un ton narquois. Une flaque devant l'armoire et ta jolie petite bestiole couchée sur le lit! Bon, je descends boire mon thé… avec Janine, j'espère.

Distraite, Claire fit à peine attention à sa cousine qui sortait de la pièce. Elle considérait d'un œil perplexe le louveteau, bel et bien niché au milieu de l'édredon en satin rouge. «Ai-je tort de l'avoir recueilli? Le père Maraud me serait-il apparu à cause de lui, de mon Sauvageon? Non, c'est stupide!»

Bertille, quant à elle, frappait à la porte de Janine. C'était sans doute un caprice de sa part d'entraîner la jeune fille dans la vie parisienne, mais elle n'avait pas trouvé d'autre dérivatif à son deuil.

— Janine, debout! Demain, nous serons dans le train, ou ce soir si tu es prête. Janine?

Elle tambourina encore contre le battant. Ludivine surgit au même instant, ses boucles brunes attachées sur la nuque et son cartable à la main.

— Bonjour, tantine! Je suis en retard. À ce soir!

— Stop, coquine, fais-moi un gros bisou, je ne serai pas là, ni ce soir ni demain. Que tu es belle, Ludivine!

La fillette éclata de rire. Elle aimait les baisers pointus de Bertille qui laissaient souvent des traces de rouge à lèvres sur la joue et qui lui permettaient de sentir son parfum capiteux.

— Tu m'emmèneras à Paris un jour, moi aussi, tantine? cria-t-elle en dévalant l'escalier.

— Promis, ma chérie!

Janine ne répondait toujours pas. Agacée, Bertille tourna la poignée, mais la targette était mise.

— Allons, Janine, lève-toi vite et ouvre!

— Je ne peux pas... fit une voix chevrotante. Je suis malade.

— Malade? Tu as tes règles, je sais, mais il n'y a pas de quoi rester au lit. Ma petite Janine, fais un effort, ouvre-moi. Nous devons discuter un peu.

Bertille crut entendre un sanglot, suivi d'une plainte rauque. Sans hésiter, elle poussa la porte de toutes ses forces, suffisamment pour apercevoir la fine barre en métal qui la bloquait.

— Tu es idiote de t'enfermer, si tu es malade, fit-elle. Je vais chercher Claire.

— Non, non! implora la jeune fille. Par pitié! J'ai fait une bêtise.

Il ne fallut pas longtemps à Bertille pour envisager le pire : un avortement. Elle s'alarma. Le cœur battant la chamade, elle sortit sa lime à ongles de son sac à main.

«Janine a débarqué au Moulin avec une figure de martyre. Son patron s'est débarrassé d'elle sans motif valable. Et, comme par hasard, elle est indisposée le lendemain. Mon Dieu! qu'est-ce qu'elle a fait, cette pauvre gosse? J'aurais dû comprendre, hier soir. Elle avait le teint brouillé et elle paraissait épuisée.»

Elle se reprocha aussitôt son manque de jugement tout

en pensant que Claire avait été encore plus aveugle. Mais elle n'avait encore aucune preuve. Rageuse, elle réussit d'un coup à déplacer la targette à l'aide de son outil improvisé.

— Janine? appela-t-elle à voix basse en ayant soin de refermer. Janine, qu'est-ce qui se passe?

Ses beaux cheveux blonds humides d'une mauvaise sueur, la jeune fille peinait à entrouvrir les yeux. Elle était livide.

— Ne dis rien à papa! parvint-elle à articuler. Je t'en prie!

— C'est ce que je crois, petite malheureuse? interrogea tout bas Bertille en lui prenant la main. Seigneur Dieu, tu es brûlante. On t'a aidée, en ville, ou tu t'es débrouillée seule?

— Toute seule, oui! confessa Janine en claquant des dents. Je ne pouvais pas faire autrement.

— Je dois prévenir Claire. N'aie pas peur, rien que Claire. Mon Dieu, pourquoi tu ne m'as pas mise au courant? As-tu perdu beaucoup de sang?

— Non, pas beaucoup. Je ne veux pas mourir, je suis trop jeune. Tante Cathy en est morte, elle.

— Voyons, tu ne vas pas mourir! dit Bertille qui cédait à la panique. Écoute, c'est Claire, dans le couloir. Je reviens avec elle.

En voyant sa cousine se ruer à sa rencontre, Claire comprit immédiatement qu'il y avait un grave problème.

— Suis-moi, c'est Janine! Vite, vite! lâcha-t-elle de façon presque inaudible. N'ameutons surtout pas Léon et Anita. Elle va très mal. Tu dois la sauver.

Cette supplique résonna douloureusement dans l'esprit de Claire qui, à l'instar des médecins ou des guérisseurs, avait souvent entendu ces mots, prononcés sur le ton des plus ardentes prières: «Sauvez mon mari, mon enfant, mon père! Vous le pouvez, sauvez-le, sauvez-la!»

Elle se précipita au chevet de Janine, tandis que Bertille poussait la targette avant de la rejoindre.

— Pardon, pardon! souffla la jeune fille. Claire, pitié, me laisse pas mourir! Il ne voulait pas du bébé.

Claire était renseignée. Ces derniers mots la hérissèrent. Elle avait souvent eu affaire à des cas similaires, sans jamais accepter de pratiquer un avortement. Janine était tombée dans le piège. Une belle fille ardente, livrée à elle-même en ville, devenait souvent la proie d'individus sans scrupules, quand elle ne cédait pas au feu dévorant d'un premier amour. Une grossesse indésirable s'ensuivait, source de honte et de désespoir.

— Janine, comment as-tu osé? dit-elle à mi-voix. C'est un acte sévèrement puni par la loi, un acte contre nature!

— On s'en fiche, trancha Bertille. Sauve-la! C'est le fumier qui l'a mise enceinte qui devrait mourir, pas elle!

— Tais-toi! lui enjoignit Claire. Je dois constater les dégâts.

Elle rejeta drap et couvertures, et releva la chemise de nuit de Janine qui grelotta convulsivement. D'emblée, elle posa ses paumes sur le ventre de la jeune fille.

— Tu en étais à combien de semaines? interrogea-t-elle.

— Je n'ai pas eu mes règles depuis deux mois et demi. Au début, j'ai cru à du retard. Et puis, j'ai eu des nausées, alors…

— Pauvre petite folle! soupira Claire, révoltée, mais aussi apitoyée.

Son cœur de guérisseuse cognait fort dans sa poitrine. Ses mains se promenaient sur le corps fiévreux de Janine, en quête d'une information essentielle.

«Va-t-elle survivre? se répétait-elle. Père Maraud, vous saviez, vous, qu'un être cher souffrait sous mon toit, mais, moi, je n'ai rien deviné, rien senti!»

Elle ferma les yeux. Sous ses doigts de plus en plus brûlants naissaient des picotements familiers, semblables à des ondes furtives qui délivraient toutes le même message, un signal de danger, une menace de mort.

— Je vais te soigner! dit-elle néanmoins. Mais le bébé est toujours là, Dieu merci. J'ai perçu sa présence.

— Quoi? gémit Janine. C'est impossible, j'ai pris une aiguille à tricoter; j'ai perdu du sang.

Bertille caressa la joue de la jeune fille lorsque sa cousine entreprit un examen plus intime. Elle éprouvait une vive compassion pour toutes les femmes, à cet instant, et surtout pour cette enfant qui avait grandi là, au Moulin du Loup, privée de sa mère. Elle savait mieux que quiconque le prix à payer quand la nature vous faisait belle et désirable. «On s'exalte de sa propre beauté, un peu comme si on était amoureuse de son image et de ses charmes! Moi, même infirme, j'avais ce besoin de plaire, cette envie d'être un objet de plaisir! Le pire, c'est qu'on se croit aimée, mais, en fait, on est seulement convoitée. Bertrand m'a aimée, lui, oui, il m'a adorée.»

Des larmes perlèrent à ses grands yeux gris. Elle sursauta quand Claire expliqua tout bas:

— Tu t'es gravement blessée, Janine. Il y a du pus près du col de l'utérus, mais l'œuf est intact. Bertille, ne la quitte pas, je dois descendre préparer le nécessaire pour la désinfecter et la soigner.

— Mais papa va le savoir? s'angoissa la jeune fille. Claire, je t'en supplie, ne lui dis pas. Il me tuera!

— Tu as failli te tuer toute seule, rétorqua Claire. Et tu sais bien que Léon ne te fera jamais de mal. Il sera vite au courant. Le père de l'enfant doit t'épouser, réparer ses torts.

Bertille observa sa cousine, occupée à s'essuyer les mains dans un mouchoir. Elle l'aurait volontiers giflée.

— Clairette, on peut cacher ce qui s'est passé à Léon! Tu le connais, il fera un tel scandale que Janine n'aura pas la force de guérir. Sans parler d'Anita qui la traitera en bête noire. Je t'en prie, fais ce que tu peux aujourd'hui, et demain je l'emmènerai à Angoulême, dans un hôtel. L'argent achète tout. Je saurai persuader un médecin de la soigner. Clairette, réponds, bon sang!

— Je n'admets pas qu'on se débarrasse d'un bébé. Je croyais ne jamais être mère. Un enfant, c'est un don du ciel, une bénédiction. Janine n'a qu'à se marier, voilà tout.

— Si c'était aussi simple, penses-tu qu'elle aurait fait ça? Ne sois pas bornée, Clairette!

On frappa à la porte. En pleine querelle, les deux cousines n'avaient pas entendu Anita monter l'escalier.

— Vous en faites, des messes basses, là-dedans, si tôt le matin! s'exclama la domestique. Qu'est-ce qu'elle a encore, Janine? Son père la réclame. Il veut lui causer.

Terrifiée, la jeune fille trouva l'énergie de se cramponner au poignet de Claire. Ses prunelles brunes dilatées par l'effroi, elle n'était qu'une supplication vivante.

— Nous discutons de notre départ pour Paris, Anita, répliqua Bertille d'un ton joyeux. Dis à Léon de patienter.

— Non, non, c'est rapport à votre idée, madame Bertille. Son père, il est pas d'accord du tout.

— Nous descendrons bientôt! s'écria alors Claire. Demande donc à Léon de changer la litière de Figaro, en attendant. Par ce froid, l'âne ne doit pas patauger dans le fumier.

Anita n'osa pas protester. Elles guettèrent le bruit de ses pas dans l'escalier.

— Merci! bredouilla Janine qui sanglotait en silence.

— Je ne pourrai pas te soigner sans éveiller la méfiance d'Anita, déclara Claire. Il me faut de l'eau bouillante, de l'alcool et mes baumes. Tu dois prendre des tisanes de ma composition, c'est urgent.

— Tu n'as qu'à raconter que ton louveteau s'est blessé, conseilla Bertille. D'ailleurs, où est-il, ton Sauvageon numéro deux?

— Toujours sur mon édredon. Il dort. Je crois que Jean lui fait peur; il se repose d'une nuit agitée.

— Alors, ça marchera. Moi, je me charge d'Anita.

Claire secoua la tête, contrariée de mentir à Léon qu'elle considérait avant tout comme un ami. Elle jugeait que la situation était trop grave. Mais les larmes de Janine lui brisaient le cœur.

— Pauvre petite! Tu es bien assez punie, concéda-t-elle très bas. N'aie pas peur, je ne t'abandonnerai pas.

— C'est mon patron, monsieur Rosnay, confessa sans avertissement la jeune femme, comme si elle se débarrassait d'un poids trop lourd à porter. Il est marié…

— Oh! le sale con! déclara Bertille entre ses dents. Tu dois tout nous raconter, petite.

*

Angoulême, deux heures de l'après-midi

Assise à l'arrière de l'automobile de son défunt mari, Bertille observait d'un œil dédaigneux les bâtiments de l'usine de chaussures Rosnay & fils. L'établissement était situé dans le quartier de Sillac, dans la plaine qui ceinturait Angoulême, cette antique cité édifiée sur un promontoire rocheux surplombant les méandres du fleuve Charente.

— Est-ce que tout va bien, madame? questionna Maurice qui, comme toujours, lui servait de chauffeur.

— Oui, tout va bien, mon garçon, assura-t-elle, frémissante de colère. Attends-moi ici, je ne serai pas longue.

Il faisait très froid. Les toits alentour et les pans de mur étaient chapeautés de neige gelée. Le sol, lui, présentait un aspect peu engageant, tapissé d'une boue brune verglacée. Bertille ajusta ses gants, de même que sa toque en fourrure. «Il va m'entendre, ce monsieur Rosnay, se dit-elle. Abuser d'une jeune fille somme toute naïve, qui a cru au grand amour!»

Elle ferma les yeux quelques secondes. Janine allait mieux. Claire avait pu la soigner sans éveiller les soupçons de Léon et d'Anita. Elle avait désinfecté la plaie interne à l'aide d'une poire à lavement garnie d'un mélange d'alcool et de lotion de consoude. Elle avait aussi fait boire à la malade de l'infusion de feuilles de saule.

— Cela ne suffira pas, princesse, avait-elle annoncé. La fièvre a baissé, mais Janine est toujours en danger, je le sens. Si tu peux vraiment acheter le silence d'un médecin, assure-toi qu'elle sera examinée avec un speculum tous les jours et désinfectée. Il lui faudrait ce nouveau médicament dont on parle tant, la pénicilline.

Pleine d'énergie, Bertille avait pris les choses en main. Dès que Maurice était arrivé au Moulin, à onze heures du matin comme convenu, elle l'avait prié de la conduire à Angoulême. «Nous avons une chambre à l'Hôtel de France, pensait-elle, tandis que Maurice la regardait discrètement dans le rétroviseur. Le docteur Tournier, qui était un bon ami de Bertrand, m'a promis son aide. Pauvre gamine, elle n'a qu'une hâte, quitter le Moulin. Ce soir, elle sera à l'abri avec moi.»

De veiller sur Janine devenait un impératif, et ce combat à mener lui redonnait la résolution qui l'avait toujours caractérisée.

— À tout de suite, mon garçon! dit-elle enfin.

Il sortit vite de la voiture pour lui ouvrir la portière. Bertille avait le don de l'attendrir. Il la dépassait d'une tête, mais il admirait son allure hautaine et son élégance innée. Là encore, sans se poser de questions sur ce qu'elle comptait faire dans cette usine, il guetta d'un œil inquiet sa progression périlleuse sur les plaques de glace sale.

Bertille parvint sans encombre devant une porte vitrée embuée qui donnait sur une petite pièce faisant office de réception. Une femme aux cheveux gris tapait à la machine, ses lunettes sur le bout du nez.

— Bonjour! Je voudrais rencontrer monsieur Rosnay, susurra Bertille.

Elle en imposait, dans son manteau de martre aux reflets dorés, avec ses boucles légères effleurant des pendants d'oreilles en diamant. Tout en elle respirait l'aisance financière, la distinction, ainsi que l'autorité des nantis.

— Bien, madame, je vais prévenir le patron, répondit la femme en se levant, impressionnée par l'apparence de la visiteuse. Son bureau est à l'étage. Il vient d'arriver. Chaque midi, monsieur Rosnay va déjeuner chez lui. Pensez donc, il habite tout près. Il s'est fait bâtir une belle maison au bord de la Charente.

Bertille gardait volontairement le silence. Ce bavardage l'intéressait. Elle percevait, en bruit de fond, les mécanismes en pleine action des machines, sans doute installées dans une salle assez proche.

— Vous êtes la nouvelle secrétaire? demanda-t-elle dès que la femme se tut.

— Oui, confessa la dame d'un air complice. Le patron m'a reprise et je ne vais pas m'en plaindre. Il m'avait congédiée après dix ans de loyaux services, comme on dit, pour mettre une pas grand-chose à ma place.

— De bons et loyaux services! rectifia Bertille, moqueuse. Et qu'appelez-vous une pas grand-chose?

— Une de ces jeunesses qui mettent du rouge à lèvres et se poudrent les joues à longueur de journée. De celles qui aguichent le contremaître et qui font des sourires aux ouvriers en se déhanchant sur des talons hauts. Mais je cause, je cause! Je monte vous annoncer, madame…?

— Madame Bertrand Giraud!

— Cinq minutes plus tard, Bertille se trouvait confrontée à Richard Rosnay, dont la physionomie lui déplut aussitôt. C'était le genre d'homme qu'elle qualifiait de bellâtre, de parvenu également. Brun, le cheveu très court, les mâchoires ombrées de zones bleuâtres malgré un rasage soigneux, il affichait un large sourire. Il était vêtu d'un costume à fines rayures et portait une cravate de fort mauvais goût, d'un rouge sombre, flanquée d'un blason bleu et or. Son regard brun exprimait une suffisance indéniable, comme s'il avait reçu tous les droits à sa naissance. Il lui tendit la main.

— Madame, que me vaut l'honneur de votre visite? Une commande, je suppose, même s'il est rare que de jolies dames s'occupent de pareilles affaires.

— Pas du tout! trancha Bertille. Je tenais seulement à voir à quoi ressemble un saligaud de la pire espèce. Environ quarante ans, prétentieux, aucune classe, et de surcroît une brute sans scrupules. Bref, un fumier!

Il la dévisagea, suffoqué, car, de la bouche d'une personne aussi distinguée, les insultes prenaient une force inouïe.

— Je ne vous permets pas, madame, de…

— Taisez-vous! Janine, la jeune secrétaire que vous avez renvoyée, est en train de mourir de vos œuvres. Ah! ça vous cloue le bec! Vous vous souvenez de Janine? Une belle fille qui a eu le malheur de croire en votre baratin. Elle était enceinte, et vous l'avez rejetée, humiliée. Elle m'a tout raconté!

Richard Rosnay lança une œillade affolée vers la porte. La vieille madame Gallion pouvait très bien écouter derrière le battant.

— Je ne sais pas de quoi vous parlez, madame! dit-il. Je vous prie de sortir de mon bureau!

— Quel dommage! Figurez-vous qu'un robuste gaillard, le beau-frère de Janine, m'attend devant votre usine. Il ignore encore que vous avez déshonoré cette jeune fille qui lui est très proche, mais il se fera un plaisir de vous casser la gueule.

Bertille se grisait des grossièretés qui franchissaient ses lèvres d'un rose délicat. Cela assouvissait sa soif de violence. Elle s'imaginait frappant la face ébahie de Rosnay et la griffant.

— Si Janine ne survit pas à l'avortement que vous lui avez conseillé, je vous traînerai en justice. Mon mari était avocat, il avait de nombreuses relations. Je trouverai un de ses collègues qui saura vous jeter à terre. Votre usine fermera, votre femme divorcera et vous n'aurez plus rien. Rien! Combien de malheureuses avez-vous séduites, Monsieur le Directeur? Grâce à quel chantage odieux?

Superbe de fureur, elle serrait ses petits poings gantés de cuir. Ses prunelles grises étincelaient.

— C'est un malencontreux incident, un quiproquo! tonna Rosnay. Janine était de mœurs légères; ce n'est pas moi le père, je ne l'ai pas touchée. Elle ment! Tout ça dans l'espoir d'une pension, d'un beau mariage. Je suis un homme respectable, madame, j'ai une épouse que j'aime et deux enfants. Alors, vos balivernes ne m'atteignent pas. Quant à vos menaces, elles ne me font pas peur. Une fille qui se rend coupable d'un avortement, par contre, aura du mal à échapper à la loi. Je pourrai très bien la dénoncer. Pas de ça chez moi! D'ailleurs, je vous assure que, si j'ai congédié Janine, c'est afin de mettre un terme à ses aventures galantes.

Il baissa les yeux d'un air outragé, tout en brassant une pile de documents disposés sur son bureau. Bertille le fixa en silence, submergée par la haine et le mépris.

— Janine vous aimait, dit-elle finalement. Elle s'est offerte à vous, certaine d'être aimée aussi. Mon Dieu, vous me dégoûtez à un point... Vous osez l'accuser, vous la menacez! Pas une once de remords ni de compassion! Pauvre type! Salaud! Ordure!

— Madame, je vous en prie, ne criez pas si fort, lui

enjoignit-il très bas, effrayé par son impétuosité. Qu'est-ce que vous voulez, au juste? De l'argent? Je peux lui faire un chèque, si elle a des ennuis.

— Des ennuis? Elle lutte pour vivre, à dix-neuf ans! Vous appelez ça des ennuis! De plus, à moins que je ne sois sourde, votre dernière proposition a tout d'un aveu, monsieur Rosnay!

— Eh bien oui, concéda-t-il dans un souffle. Elle était ma maîtresse. De là à parler d'amour... Les filles qui travaillent ici passent leur temps à...

— La ferme! tempêta Bertille. Plus un mot! Si je ne vous flanque pas une bonne gifle, c'est par crainte de salir mes gants! Je ne veux rien de vous, ni chèque ni même de vos excuses qui ne seraient pas sincères. Mais n'approchez plus jamais Janine, c'est tout ce que je vous demande, car vous êtes bien le genre de salaud à la reprendre dans un lit d'hôtel dès qu'elle pourra vous donner du plaisir! Au revoir, monsieur Rosnay! J'avais besoin de vous dire vos quatre vérités!

Elle le toisa, farouche, lumineuse, avant de cracher dans sa direction. Lui, interloqué, regarda d'un air ébahi les gouttes de salive qui constellaient son sous-main.

La dame de Ponriant descendit avec jubilation l'escalier métallique qui reliait l'étage à l'entrée de l'usine. Elle observa quelques instants les ouvriers et ouvrières en plein travail, dans une salle immense où régnait un froid glacial. De sa guérite, la secrétaire paraissait guetter son retour.

«J'espère que cette vieille chouette a tout entendu, songea Bertille, contente d'elle-même. Si seulement je pouvais lui envoyer Maurice, à ce salaud! Mais il ne saura pas tenir sa langue, il en parlera à Thérèse qui finira par tout dire à Léon.»

Après avoir salué la femme muette de stupeur, elle sortit enfin de l'usine. Elle revivait la scène, regrettant déjà de ne pas avoir été assez injurieuse, assez méprisante.

Maurice se précipita à nouveau pour l'aider à monter dans l'automobile. Il fut soulagé de la voir sourire d'un vrai sourire, pas d'une pâle esquisse de sourire comme elle en avait depuis la mort de son patron.

— Où allons-nous, maintenant, madame? interrogea-t-il.

— Au Moulin, chercher Janine. Et sois gentil, Maurice, ne t'inquiète pas si elle te semble épuisée ou triste. Rien qu'un petit chagrin d'amour, qui sera bientôt oublié à Paris! Inutile d'en parler à ta petite épouse.

— Bien, madame! rétorqua-t-il, amusé d'imaginer sa jolie Thérèse, connue pour son caractère et son corps sculptural, en petite épouse.

— C'est une sorte d'ordre, mon garçon! ajouta-t-elle.

— J'avais compris, madame. Mais vous savez, Thérèse, à part ses fers à friser, son sèche-cheveux et ses eaux de Cologne, elle se soucie pas trop de sa famille.

— Même pas de vous? plaisanta Bertille.

— Oh! un petit peu, quand même!

Ils rirent de bon cœur, tandis que la luxueuse voiture tournait à un carrefour débouchant sur la rue de Bordeaux.

— Retournons donc au Moulin! dit enfin le jeune homme.

*

Moulin du Loup, même jour

Claire aidait Janine à s'habiller. Encore fiévreuse, la jeune fille eut un long frisson. Elle se blottit dans la veste en laine qui sentait bon la lavande, le parfum de la maîtresse de maison.

— Est-ce que tu vas tenir le coup, ma pauvre Janine? Il te faudra marcher d'un pas assuré devant Léon et Anita. Surtout, reste alitée au moins une semaine et suis bien les prescriptions du docteur, si par miracle Bertille déniche un médecin capable de fermer les yeux sur ton geste.

— Sûrement, elle y arrivera. J'ai confiance en elle. En toi aussi, Claire. Mais qu'est-ce que je vais faire de cet enfant?

— Dieu l'a préservé et je peux te promettre que tu l'adoreras, ce petit être!

— Non, je penserai toujours à son père quand je le verrai.

— Alors, tu te diras que tu l'as aimé, cet homme, que ton bébé a été conçu dans un élan d'amour, même si c'était à sens unique.

Ces mots firent de nouveau pleurer Janine. Elle n'avait aucune envie d'être mère, surtout pas dans de telles conditions.

— Papa le saura, se lamenta-t-elle. Il sera obligé de le savoir.

— Pas si tu l'élèves à Paris.

— Et ensuite? Je serai condamnée à ne plus mettre les pieds ici, au Moulin? Je ne vais pas dire que je l'ai adopté, ce gosse!

Elle était terrifiée, brisée. Apitoyée, Claire lui caressa les cheveux.

— Ne l'appelle pas comme ça, respecte-le, l'encouragea-t-elle. Tiens, écoute, une voiture. Dépêchons-nous, que les adieux avec Léon et Anita durent le moins longtemps possible. J'ai obtenu la permission de ton père, pour Paris. Tu dois en profiter pour te soigner. Tout le monde te croira dans la capitale pendant ce séjour à l'hôtel.

Janine se leva. Ses cheveux étaient ternes, son teint, livide. Claire avait renoncé à lui donner meilleure apparence, affirmant à ses domestiques que la jeune fille souffrait d'une indisposition plus pénible que d'ordinaire.

— Viens, descendons. Cramponne-toi bien à la rampe et surtout ne t'évanouis pas! recommanda-t-elle. Souffres-tu?

— Non, tes tisanes de coquelicot m'ont soulagée.

Elles se retrouvèrent dans la grande cuisine au moment où Bertille y entrait, la mine réjouie. Mais il y avait aussi Léon, l'air mauvais, Anita, exceptionnellement assise près du feu, et Jean qui affûtait son couteau.

— Ah! Janine, tu es prête! s'écria Bertille. Prends ton manteau et filons. Le train part ce soir. Nous dînerons au Buffet de la gare.

— Et ses affaires qui sont toujours chez la logeuse? toni-trua Léon. Faudrait les récupérer, non?

— Nous allons nous en occuper! trancha Bertille.

— Au revoir, papa! dit tout bas la jeune fille. Tu ne veux pas m'embrasser?

Il détourna la tête avec un haussement d'épaules. Jean s'en mêla.

— Léon, ne sois pas idiot, embrasse Janine! Tu ne la reverras pas tout de suite, ta Parisienne.

Ce n'était qu'une boutade, mais elle mit le domestique hors de lui.

— Je m'en fiche ben, moi, de jamais la revoir! Si mademoiselle veut mener la grande vie à Paris, qu'elle y reste! J'ai cédé à madame Claire, parce qu'elle m'a assommé de ses discours. N'empêche que j'suis pas content. On sait ce qu'elles deviennent, les filles, là-bas! Elles font les grues, ou bien elles s'amourachent d'un beau parleur qui leur colle un petiot. Après ça, pour se faire épouser, si le père est pas là histoire de faire valoir le sens de l'honneur, y a un pauvre mioche en plus sur terre, un bâtard!

— Papa! implora Janine. Pourquoi tu dis ça?

— Viens donc, ma chérie, s'impatienta Bertille. Léon, ne sois pas stupide, embrasse-la. Maurice va geler dans l'auto. Et vous, Anita, faites donc la bise à votre belle-fille.

— J'ai pas dit non, moi! Tu ferais mieux de pas nous quitter, petite!

En désespoir de cause, Janine déposa un baiser sur la joue ronde et chaude d'Anita, qui lui tapota l'épaule gentiment.

— Sois bien sage, hein, là-bas!

— Oui, Nini! Eh bien, au revoir, papa! Quand même, embrasse-moi donc!

La jeune fille trépignait de contrariété, saisie d'un regret douloureux de s'éloigner de la vallée où elle avait grandi, de se séparer de tous ceux qu'elle chérissait.

Léon se décida, sous l'œil insistant de Jean.

— Allez, dans mes bras, ma Janou! soupira-t-il.

C'était un diminutif datant de son enfance, un rappel de certaines heures où la tendresse entre le père et sa fille pouvait s'exprimer.

— Papa, mon petit papa! gémit Janine, pendue au cou de Léon qui la cajolait. Je te demande pardon. Je te cause du tracas.

— Tu m'en as jamais vraiment causé, va. T'es une bonne petite, ma Janou, tu l'as toujours été. Sois sérieuse, à Paris, en souvenir de ta mère Raymonde, qu'était la femme la plus honorable de la terre.

— Oui, papa, je te le jure! sanglota-t-elle, frémissante d'émotion.

Bertille et Claire échangèrent un regard préoccupé. Toutes deux redoutaient un coup de théâtre. Elles se rapprochèrent l'une de l'autre discrètement.

— Emmène-la vite, princesse. Elle doit se recoucher et se reposer.

— Je voudrais bien, Clairette, mais les adieux s'éternisent. Surtout, rends-nous visite; trouve un prétexte.

Janine s'était dégagée de l'étreinte paternelle. La mine défaite, elle se dirigeait vers la porte. Bertille sauta sur l'occasion et la prit par la taille.

— En route! Nous vous enverrons des cartes postales: la tour Eiffel, le Sacré-Cœur, Notre-Dame...

Ce fut ainsi que Janine quitta le Moulin du Loup, soutenue par une petite femme blonde, vive et mince malgré ses soixante ans. Une fois dans la voiture, la jeune fille lança un coup d'œil navré sur les bâtiments aux toits blancs de neige.

— C'était mon foyer, ma maison! dit-elle dans un sanglot. J'ai l'impression que je n'y reviendrai jamais.

*

Moulin du Loup, trois jours plus tard, samedi 27 janvier 1940

Claire était assise au coin de l'âtre, son louveteau couché à ses pieds. Elle portait ses jodhpurs d'équitation et un gros gilet de laine à col roulé qui avait appartenu à Jean et gardait son odeur d'homme, avec une fragrance de tabac blond. Le froid avait empiré. Même là, près du bon feu qui flambait, on sentait des courants d'air glacés qui s'infiltraient dans la cuisine.

— Quel sale temps, hein, Sauvageon! dit-elle à la bête roulée en boule sur une couverture. Tu n'es pas à plaindre, toi. Il y a sûrement dans les bois de pauvres loups errants, les flancs creux, qui aimeraient être à ta place.

Ravie de sa présence et de l'affection dont il faisait preuve, elle gratta le crâne de l'animal. Ces instants de paix furent brutalement interrompus par l'irruption d'Anita, qui portait un seau de lait à bout de bras.

— Dieu tout-puissant, il gèle dur, madame! clama la domestique. Léon sait plus comment donner de l'eau aux chèvres. C'est pareil au poulailler.

— Je sais bien, le robinet est cassé. Encore le froid! Il faut prendre de l'eau dans le bief.

— Ah! Le bief qu'est tout couvert de glace!

— Enfin, c'est déjà arrivé! Léon sait casser une croûte de glace, il me semble. Tu vois tout en noir, Anita, ces temps-ci.

— Dame, mon mari aussi! Il pleurniche en cachette, le soir, parce que sa Janine est à Paris.

Ces mots firent soupirer Claire. Elle s'en voulait de mentir à son vieil ami Léon. Toujours alitée dans une chambre luxueuse de l'Hôtel de France, Janine peinait à se rétablir. Malgré les soins d'un médecin compétent, elle souffrait encore et demeurait fiévreuse. Bertille téléphonait chaque soir en suppliant sa cousine de leur rendre visite à Angoulême. «Mais comment faire? se demandait Claire. Les routes sont quasiment impraticables. Jean ne comprendrait pas que je veuille aller en ville.»

Il restait la solution conseillée par Bertille: solliciter les services de Maurice, habile conducteur. «Demain, peut-être!» se dit-elle en observant les nuées de flocons cristallins que des rafales jetaient contre les fenêtres.

Une cavalcade dans l'escalier lui fit lever la tête. Ludivine, en pantalon chaud et veste fourrée, un bonnet rouge sur ses boucles brunes, s'apprêtait à partir déjeuner chez Faustine et Matthieu.

— Coucou, maman! s'écria la fillette. Et alors, Sauvageon, on se fait cajoler? Il est de plus en plus gentil, dis, maman?

— Oui, ma chérie! Je ne te remercierai jamais assez de l'avoir ramené chez nous, affirma Claire avec un regard plein de tendresse pour son enfant. C'est avec toi le plus beau cadeau que j'ai reçu.

Tout heureuse, Ludivine étreignit sa mère. Son jeune cœur débordait d'une joie intense. C'était un samedi comme elle les aimait, en famille, alors qu'elle était libre de courir à sa guise, certaine qu'au retour de ses escapades elle trouverait un bon goûter sur la longue table patinée par le temps, sous la grosse lampe à pétrole à l'abat-jour d'opaline rose.

— Embrasse bien Faustine et Matthieu pour moi, ajouta Claire. C'est dommage que Gabrielle et Pierre soient obligés de passer le dimanche à l'internat.

— Eh oui, à cause de la neige, déplora la fillette. À tout à l'heure, maman!

Jean la croisa sur le perron. Il lui chatouilla le menton, non sans lui recommander de faire attention.

— Ne tombe pas, petite folle!

— Non, papa, j'ai mes godillots à crampons. Regarde!

Il vérifia l'ajustement des crampons dentelés en fer qui se fixaient sur les chaussures à l'aide d'une sangle. Il déposa ensuite un baiser sur le front de sa fille. Elle s'éloigna en chantonnant sa comptine préférée dont l'écho se perdit parmi les sifflements de la bise.

— *Vive le vent, vive le vent d'hiver!*

Son père la regarda franchir le porche du Moulin, petite silhouette adorable qui le ravissait. Ce n'était pas sans une vague angoisse, non pas à l'idée du court trajet qu'elle devait parcourir, mais plutôt en raison de la guerre dont les vagues destructrices finiraient, selon lui, par déferler en deçà des frontières françaises. « Je te protégerai, mon trésor, se promit-il. Toi et tous les miens. »

Il retrouva Claire dans les mêmes dispositions d'esprit. Sa femme rêvassait, toujours assise sur la pierre de l'âtre. Le louveteau dormait avec l'abandon confiant d'un chiot.

— À quoi penses-tu, ma Clairette? lui demanda-t-il.

— Tu vas te moquer, je regrettais Junon. Quand j'avais ma jument à l'écurie, je pouvais partir en balade ou visiter mes patients sans déranger personne… enfin, je veux dire Matthieu, Léon ou toi.

— Tu ne nous ennuies jamais! protesta-t-il. Mais je sais que tu avais envie d'acheter un autre cheval. Cela n'aurait servi à rien, l'armée les a réquisitionnés, sauf ta Junon qui ne peut pas être montée. C'est une chance pour elle. Les chevaux ne sont pas bien traités. Charles, le fermier de Mouthiers qui nous vend du beurre, m'a raconté ça. Le matin où il a conduit son percheron à la caserne Gaspard-Michel, il a vu un tas de belles bêtes enchaînées les unes aux autres, maigres et sales.

— C'est une honte! s'emporta Claire. Jean, si tu m'apprenais à conduire? Matthieu a donné quelques leçons à Faustine, cet automne, sur le chemin des Falaises. Cela me pèse de ne pas aller et venir à ma guise. Demain, j'aurais bien aimé rendre visite à nos petits-enfants. D'habitude, le dimanche, ils déjeunent ici avec nous, mais, à cause de toute cette neige et de ce froid affreux, ils sont tenus de rester à l'internat.

— Sois patiente, ça s'arrangera, trancha Jean. Je ne prendrai pas le risque de te conduire en ville.

Claire ne répondit pas, mal à l'aise. Depuis quatre jours, elle mentait à son mari, à Léon et à Anita pour sauvegarder le secret de Janine. Ce n'était pas dans sa nature de duper ses proches et elle en perdait l'appétit. Autre chose la tourmentait. Elle avait senti, en examinant la jeune fille, une lésion plus profonde qu'elle ne l'imaginait, d'où son entêtement à exiger les soins constants d'un docteur qualifié.

«J'ai confiance en Bertille, se rassura-t-elle. Ma princesse est intelligente, prompte à réagir, et elle a de l'instinct.»

Pareil à un signal d'alarme se déclenchant au moment adéquat, le téléphone fit entendre sa sonnerie au timbre déplaisant. Jean voulut décrocher, mais Claire l'arrêta d'un geste.

— Laisse-moi prendre l'appel, chéri, c'est sûrement Bertille. Cela m'amuse tant de l'écouter me louer les beautés de la capitale!

Son mari leva les bras au ciel. Léon entra à son tour dans la pièce, son béret et sa veste saupoudrés de neige.

— Oui? fit Claire d'un ton faussement joyeux.

— Il faut que tu viennes tout de suite! lui déclara Bertille. Je t'envoie Maurice. Une ambulance vient chercher Janine, elle est au plus mal. Viens, Clairette, je t'en prie!

— Mais, comment faire pour…? bredouilla-t-elle.

Elle sentait dans son dos les regards intrigués de Jean, de Léon et d'Anita.

— Des nouvelles de ma petite? s'enquit le domestique d'une voix impatiente. M'dame Giraud a téléphoné qu'une fois jeudi soir.

Claire approuva sans réfléchir, alors qu'elle tentait d'échafauder un savant mensonge pour justifier un départ précipité en voiture avec Maurice.

— Préviens-les, de toute façon, indiqua Bertille à l'autre bout du fil. Le docteur Tournier préconise une opération de la dernière chance. On ne peut plus cacher ça à son père. Que Léon vienne, lui aussi…

Sur ces mots, Bertille coupa la communication. Claire crut qu'elle allait s'évanouir. Avouer la vérité d'un coup, admettre sa responsabilité dans cette sinistre mascarade, c'en était trop pour elle.

— Maurice arrive, commença-t-elle, livide. Léon, pardonne-moi, ta fille doit être hospitalisée…

— Bon sang de bois! Et pourquoi donc? tempêta-t-il. À Paris, en plus? Et qu'est-ce qu'il vient fiche dans cette affaire-là, le Maurice?

— Ton gendre va nous emmener à Angoulême. Janine et Bertille ne sont pas parties.

— Quoi? fulmina Jean. Claire, nom d'un chien, explique-toi!

Anita se signa à plusieurs reprises, affolée. Elle se remémorait tout ce qui s'était passé au Moulin ces derniers jours, Janine renvoyée de sa place, Janine furieuse et froide, puis enfermée dans sa chambre, soi-disant indisposée, les messes basses entre Claire et Bertille, le matin du départ de sa belle-fille. En femme avisée qui avait souvent été témoin des embarras d'une grossesse clandestine, elle ne fut pas longue à comprendre. Cela remontait à sa prime jeunesse, quand elle trimait dur dans une conserverie de sardines. Une de ses collègues était morte des suites d'un avortement; une autre avait été licenciée après avoir dissimulé son état jusqu'au septième mois.

— Claire, vas-tu cracher le morceau? tonna Jean.

Elle fondit en larmes, sans oser affronter la colère de son époux. Léon, lui, vint se planter devant sa patronne, qu'il considérait comme une sainte et en qui il avait toute confiance.

— Qu'est-ce qu'elle a, ma fille, m'dame Claire? Te fous

pas en rogne, Jeannot, s'agit peut-être d'une appendicite. Elle était malade, ma Janou, et ça l'a empêchée de monter à Paris? Pourquoi on me fait des mystères?

Le brave homme refusait l'évidence. Il flairait une tout autre histoire, mais, avec la foi des naïfs, il espérait un démenti de la part de Claire. Celle-ci lui prit les mains :

— Mon cher Léon, je suis désolée. Janine avait tellement peur de toi! Elle nous a implorées, Bertille et moi, de l'aider. C'était surtout pour t'épargner. Ta petite te connaît bien, elle sait combien tu tiens à son honneur.

Il la dévisagea, incrédule, tandis que sa face émaciée s'empourprait peu à peu.

— Ça veut dire quoi, ça? gronda-t-il.

— Son patron, ce monsieur Rosnay, elle couchait avec lui et il l'a mise à la porte parce qu'elle était enceinte de ses œuvres. Léon, ta petite était désespérée, elle a…, elle a…

La voix de Claire se brisa. Cela lui était impossible de mettre des mots sur l'acte ignoble dont Janine s'était rendue coupable.

— Elle a voulu se débarrasser du bébé? hasarda Jean, éberlué. Et merde!

— Dieu du ciel, elle a été chez une faiseuse d'anges[7]? s'effraya la pieuse Anita.

— Dites, patronne, c'est quand même pas vous qui l'avez charcutée? tonitrua Léon. Parce que, dans ce cas, je fiche le camp de chez vous sur l'heure, j'vous le jure, amitié ou pas!

D'ordinaire capable des pires colères, Léon ne pouvait que pleurer. Un coup de klaxon dans la cour le fit sursauter.

— Je n'aurais jamais fait ça! s'égosilla Claire. Jean, tu me crois au moins! Seigneur Dieu, si tu voyais tes yeux! Et toi, Léon, comment oses-tu me soupçonner? Je respecte la vie, vous le savez, tous. Janine a voulu tuer son fruit avec une aiguille à tricoter et elle s'est grièvement blessée. Bertille l'a fait soigner par un docteur de ses amis, mais son état s'aggrave; ils vont l'opérer. Maurice est là, et je ne suis pas prête.

---

7. Nom donné jadis aux femmes pratiquant des avortements. Elles étaient passibles de la peine de mort.

Prise de panique, elle prit Sauvageon dans ses bras et grimpa l'escalier. Cela l'apaisait d'échapper quelques minutes aux œillades accusatrices de son mari et de ses domestiques. Elle enferma le louveteau dans la chambre inoccupée de Bertille et courut s'habiller décemment.

«Janine ne doit pas mourir, se répétait-elle. Pas elle, après Bertrand! Notre famille a suffisamment souffert, mon Dieu!»

Elle sanglotait, terrorisée, pénétrée d'une atroce culpabilité, ce qui la poussait à égrener une série de si. «Si j'avais tout de suite compris dès l'arrivée de Janine... Si elle m'avait implorée de l'aider, j'aurais pu la dissuader de se mutiler. Pardon, mon Dieu, pardon! Père Maraud, au secours! Père Maraud, que puis-je faire?»

À demi nue, Claire enfilait des bas et une jupe lorsque la porte s'ouvrit à la volée. Jean la rejoignit, furieux.

— Tu me déçois! tempêta-t-il. Comment as-tu pu cacher ça à Léon, qui est un frère pour moi? Claire, si sa fille meurt, il t'en jugera responsable et moi aussi. Tu devais me mettre au courant, je me serais chargé de le prévenir.

— Laisse-moi m'habiller, bredouilla-t-elle. J'ai froid!

— Léon aussi est monté se changer chez lui. Maurice attendra. Il est dans la confidence, bien sûr!

— Non, pas du tout! Ce genre de choses, on a intérêt à ne pas les ébruiter. Que dira le chirurgien qui va opérer Janine? Il comprendra ce qu'elle a osé faire. Elle sera jugée, la pauvre, si elle s'en sort vivante.

Haletante, Claire boutonna à la va-vite un gilet noir et noua les lacets de ses bottines. Jean la secoua par l'épaule.

— Je reste ici, mais la discussion n'est pas terminée, clama-t-il. Nous avons de la chance que Ludivine soit chez Faustine.

— Oui, assurément, dit-elle.

Sans plus lui prêter attention, elle sortit et dévala les marches. Son cœur semblait prêt à se rompre de chagrin.

*

129

Chez Faustine et Matthieu, deux heures plus tard

Le repas était terminé. En dépit de plusieurs années de pratique, Faustine Roy n'avait pas fait de progrès en cuisine, mais, ce samedi-là, Matthieu s'était occupé du déjeuner.

— Alors, Ludivine, t'es-tu régalée? demanda-t-il à la fillette qui terminait une crème à la vanille.

— Oui, tonton Mat! Ton poulet était délicieux, les pommes de terre aussi.

— Tonton Mat, c'est une de tes nouvelles habitudes, ça? se moqua Faustine. On se croirait en Angleterre. Enfin, c'est gentil d'être venue manger chez nous. La maison est bien vide sans les enfants.

— Des enfants! plaisanta Matthieu. Pierre aura quinze ans cette année, ma jolie petite épouse!

Ils s'embrassèrent furtivement sur les lèvres, ce qui n'échappa pas à Ludivine. Le couple était toujours très amoureux, et cela réjouissait leur jeune invitée.

— Je fais la vaisselle! déclara Faustine. Mat chéri, voudrais-tu aller tirer de l'eau au puits? Le robinet ne coule plus; le tuyau a gelé. Ça fera des dégâts quand la température remontera.

Matthieu passa un ciré noir et se coiffa d'une casquette. C'était vraiment un très bel homme, se disait sa nièce qui l'observait à la dérobée. Il était grand, charpenté, et ses traits étaient ceux d'un acteur de cinéma. Elle le plaçait en deuxième position sur sa liste personnelle, établie le soir dans sa chambre. Le plus beau, c'était son père, Jean Dumont et ses magnifiques prunelles bleues. Ensuite venait son oncle Mat, puis Pierre Roy, son cousin, qui ne ressemblait à personne de la famille avec ses yeux verts et ses très courtes boucles brunes évoquant la toison de certains agneaux nouveau-nés. Toutefois, le destin allait se charger de modifier ses préférences.

— Nous pourrions faire un jeu de société, tout à l'heure, proposa Faustine à la fillette. Un jeu de l'oie ou de petits chevaux?

— Je suis trop grande, rétorqua-t-elle. Dis, c'est bien la voiture du domaine qui est passée deux fois sur le chemin? Je crois qu'il y avait maman à l'arrière.

— Je n'ai rien vu, moi. Je mettais le couvert. Sans doute que Claire a eu besoin de visiter un malade. Elle aura demandé à Maurice de la conduire. Ne t'inquiète pas, Ludivine.

— Je ne m'inquiète pas. Tu sais, j'ai écrit un poème ce matin, sur la neige... Est-ce que je peux te le lire?

— Bien sûr!

Ludivine extirpa de sa poche un papier plié en quatre qu'elle lissa d'un air sérieux.

— J'ai peur que tu n'aimes pas! hésita-t-elle. Tiens, lis-le, toi, Faustine.

Sa sœur s'exécuta d'une voix posée et nette, qui résonnait dans la pièce.

Tombe la neige, tombe la neige si blanche!
Les oiseaux ont froid, les oiseaux ont faim,
Mais bientôt une douce main
Viendra leur apporter à manger sur les branches
C'est la main de ma douce maman,
La plus jolie main de la terre,
La plus magique main de la terre,
La main de ma douce maman...

— C'est très joli! s'écria Faustine. Tu as respecté les rimes; il y a de la musicalité et de l'émotion. L'inspecteur d'académie aurait été content d'entendre une de mes élèves lire un poème de son cru.

— Il était drôle, lui! se souvint Ludivine. Alors, ça te plaît en vrai? Je le recopierai dans un cahier et je ferai un dessin, une mésange sur une branche.

Faustine en eut le cœur pincé. Angéla, qui avait été son élève jadis, agrémentait les poésies recopiées au tableau noir de ravissants dessins. La jeune femme était aujourd'hui un peintre de talent, qui avait même exposé ses toiles dans une galerie parisienne.

«C'est bizarre! songea-t-elle. Angéla a épousé Louis qu'elle aimait tant. Ils sont riches, ils ont deux beaux enfants et son travail d'artiste est reconnu. Pourtant, elle n'a jamais l'air très gaie.»

Après ces pensées axées sur Angéla, elle revit soudain l'étonnant Jean-Baptiste Gagneau, l'inspecteur dont le comportement l'avait tellement déroutée. « Oui, je n'ai pas d'autre terme, j'étais perdue. Plus aucun repère! » se dit-elle.

Matthieu revenait, un seau d'eau à la main. À la surprise de sa femme, il garda son ciré et sa casquette.

— J'avais oublié de te prévenir, Faustine, j'ai un rendez-vous pour une commande importante. L'imprimerie tourne au ralenti; je ne peux pas manquer cette opportunité.

— Un samedi? Matthieu, nous sommes si rarement tous les deux! Nous aurions pu jouer à la belote avec Ludivine.

Son mari paraissait embarrassé. Il s'expliqua très vite:

— Ce n'est pas loin; c'est à Villebois. Louis de Martignac souhaite faire imprimer des cartons d'invitation pour une nouvelle exposition d'Angéla, à Bordeaux cette fois. Il me propose du boulot, et je saute sur l'occasion. Viens donc! Cela te fera une sortie.

— Je voudrais tant venir, moi aussi! s'exclama Ludivine. Angéla sera heureuse de me voir. Nous avons parlé, le jour de l'enterrement.

Elle réfrénait son enthousiasme, puisqu'il était question des obsèques de l'avocat.

— Je la trouve très gentille, Angéla, insista-t-elle. Elle m'envoie des cadeaux à chacun de mes anniversaires. Alors, je peux venir? Dis oui, Faustine! De plus, je ne vais pas souvent en voiture.

Il y eut un bref silence que la fillette respecta dans l'espoir d'une réponse positive.

— Pas sans la permission de ta mère, décréta Matthieu.

— Papa sera d'accord, lui! Je t'en prie, tonton Mat!

— Allons-y tous les trois, trancha Faustine qui n'avait aucune envie de se priver de son mari un samedi après-midi. Nous raccompagnerons Ludivine au Moulin à notre retour et il sera temps de dire où nous l'avons emmenée. J'achèterai des gâteaux à la pâtisserie des Halles; ils sont délicieux. Et j'en profiterai pour remercier Angéla de sa carte de vœux, une de ses aquarelles qui était ravissante…

— Je vais poser les chaînes sur la voiture. Seul, je m'en passerais, mais, avec deux passagères qui me sont chères, je ne prends aucun risque.

Ludivine remercia Dieu et la Vierge Marie d'une courte prière muette, mais d'une ferveur infinie. L'expédition jusqu'à Villebois lui apparaissait comme une merveilleuse aventure. Elle s'empressa de finir de débarrasser la table et d'y passer un coup de torchon, pendant que Faustine s'habillait chaudement. Enfin, elle posa la question qui lui brûlait les lèvres.

— Angéla m'a dit qu'elle habitait le Moulin, avant, mais qu'elle avait fait une bêtise…, qu'elle avait déçu mes parents. Tu sais ce que c'est, toi?

— Écoute, Ludivine, ce sont de vieilles histoires; plus personne n'y pense…

Intuitive, l'enfant en conclut que c'était exactement le contraire qui se produisait. Tout le monde devait encore y penser, car Angéla, son mari et leurs enfants n'étaient jamais invités au Moulin du Loup.

— D'accord! répondit-elle d'un ton neutre. Je suis si heureuse d'aller la voir! Je lui lirai mon poème. Et sa maison est sûrement très belle, aussi belle que le domaine de Ponriant.

Faustine faillit renoncer à sa sortie, mais elle n'osa pas décevoir sa sœur, malgré la déplaisante impression qu'elle avait de trahir Claire.

*

Une heure plus tard, le trio descendait de la Panhard, garée sur la place des Halles de Villebois. Ludivine n'était jamais venue dans cette ancienne bourgade que dominaient les vestiges d'un château médiéval flanqué de ses remparts. La fillette admira, médusée, l'autre curiosité de la ville, des halles aux solides piliers de pierre protégées par une charpente magnifique. Le sol pavé était incliné vers le bas de l'antique esplanade, ce qui permettait l'écoulement des eaux sales après le marché. Faustine lui montra les étals taillés dans la même pierre calcaire du pays, d'un blanc grisâtre, souvent constellée de petits fossiles. Matthieu, lui, désigna à sa nièce l'église édifiée plus haut à laquelle menaient des marches abruptes.

— C'est joli, ici! s'extasia Ludivine.

Des flocons voletaient, et les boutiques étaient éclairées, par ce jour gris dominé par un ciel de plomb.

— C'est joli et très ancien, précisa Faustine, soucieuse de lui enseigner le moindre élément intéressant. Le jeune roi Louis XIII a séjourné ici, avec son épouse Anne d'Autriche. Quant à ces Halles, elles datent de 1655, soit du dix-septième siècle, et on les doit au duc de Navailles, exilé sur ces terres par le roi Louis XIV.

— Quel puits de science tu es, ma chérie! s'exclama Matthieu. Un fort beau puits, ma foi!

Il l'embrassa sur la joue. Faustine éclata de rire, ravie de se retrouver là, à son bras, avec la fillette qu'ils chérissaient tous les deux.

— Allons à la pâtisserie, maintenant, proposa-t-elle. Tu choisiras les gâteaux, Ludivine.

Vite, celle-ci colla son nez à la vitrine encadrée de boiseries peintes en vert pistache. Sur des présentoirs en métal argenté se dressaient de délicats chefs-d'œuvre en pâte à choux, nappés de glaçage au chocolat, ainsi que des tartelettes aux pommes dont la gelée luisait doucement.

— Que c'est tentant! s'écria l'enfant. Il faudrait en rapporter au Moulin. J'aurais dû emporter les sous de ma tirelire.

— Ne t'inquiète pas, assura Matthieu, je suis encore assez à mon aise pour offrir des douceurs à ma famille. Soyons fous : des gâteaux pour le goûter et d'autres pour ce soir.

Ils pénétrèrent dans le magasin. Le carillon suspendu à la porte émit un tintement léger, un son de grelot. Ils découvrirent avec joie d'autres pâtisseries à l'abri d'une vitrine fermée. La commerçante, très sympathique, vanta sa marchandise avec bonhomie.

— Je vous conseille les puits d'amour, oui, ceux-là. De la pâte sablée, une crème fouettée et du caramel. Par ce froid, il faut du baume au cœur! blagua-t-elle.

— Des puits d'amour, c'est ce qu'il nous faut, certifia Matthieu, rieur.

Ludivine exultait. Elle vivait des instants délicieux, accordés aux odeurs suaves qui flottaient autour d'elle et au sourire de la femme qui les servait d'une main habile. « Ce sera encore mieux, après, chez Angéla! se disait la fillette. Quel beau samedi! »

Elle se promit même d'en faire l'objet d'une rédaction si, par chance, Faustine imposait un jour ou l'autre un sujet qui pouvait correspondre. Ce fut elle aussi qui rouvrit la porte, attentive à la frêle musique des clochettes.

— Eh bien, allons chez monsieur et madame de Martignac, à présent, dit Matthieu. D'abord, je vais ranger notre carton à gâteaux dans la voiture. Veux-tu tenir l'autre, Ludivine?

— Oui, oui! s'enflamma-t-elle, toute fière d'entrer chez Angéla avec une telle offrande.

La demeure de maître de Martignac, notaire, se dressait dans la rue menant à la mairie et au champ de foire. L'imposante façade arborait six hautes fenêtres, et un fronton triangulaire, sculpté de volutes, protégeait la double porte.

— Matthieu, as-tu annoncé notre visite? s'inquiéta soudain Faustine.

— J'avais dit à Louis que je passerais sûrement samedi après-midi! Angéla sera ravie de te voir. Vous étiez de grandes amies, non?

Sa femme lui fit signe de ne rien ajouter en montrant Ludivine du menton.

— Je suis toujours amie avec Angéla, mais je n'ai plus le temps de lui écrire et de venir jusqu'ici, surtout sans voiture, fit-elle remarquer.

Faustine frappa deux coups à l'aide du heurtoir en bronze représentant une tête de lion. Le cœur survolté, Ludivine guetta un bruit de pas. Elle se préparait à revoir la belle femme brune aux yeux si tristes, mais ce fut un garçon de treize ans qui entrebâilla un des battants.

— Bonjour, Quentin! s'écria Matthieu. Je viens voir ton père. Tu me reconnais?

— Oui, en effet! répliqua le garçon d'un ton poli.

Quentin de Martignac avait les cheveux blonds, coupés au carré comme les chevaliers du Moyen Âge, selon Ludivine qui le regardait, émerveillée. Jamais encore elle n'avait vu un garçon aux traits aussi harmonieux, d'une finesse aussi exquise. Le teint pâle, il la dévisageait de ses yeux bruns pailletés d'or, les yeux d'Angéla.

— Entrez, je vous en prie! dit-il en s'inclinant un peu. Mes parents sont au salon. Mademoiselle, puis-je vous débarrasser de votre colis?

Plus malicieux qu'il ne l'affichait, Quentin s'amusait du trouble évident de la ravissante fillette changée en statue sur le seuil de la maison. Il en rajoutait aussi sur son élocution, comme pour bien signifier qu'il avait un nom à particule, ce que lui rappelait souvent sa grand-mère Edmée. Amusée, Faustine songea que ce jeune personnage était le digne fils de Louis de Martignac, dont les manières sophistiquées et les beaux discours avaient su la troubler, une vingtaine d'années auparavant.

Ludivine, elle, tendit le carton de la pâtisserie d'un geste tremblant.

«Le plus beau de tous! pensait-elle. Même plus beau que papa…»

Elle en oubliait Angéla, son poème et même sa curiosité naturelle pour les endroits qui lui étaient inconnus. À dater de ce samedi d'hiver, elle penserait bien souvent à celui qu'elle surnommerait son prince charmant dans le secret de son cœur.

5

Le cœur de Claire

La réceptionniste de l'Hôtel de France scrutait d'un œil un peu méprisant les trois personnes qui se tenaient de l'autre côté de son comptoir en acajou verni. Sous ce regard, Claire se sentait humiliée, ridicule. En d'autres circonstances, elle aurait crânement redressé la tête, mais, entre Léon et Maurice, tous deux affligés et muets, elle se sentait de plus en plus coupable.

— Madame Giraud est partie avec la jeune fille qui souffrirait d'une crise d'appendicite, annonça la femme. Elle a laissé sa clef, mais je ne suis pas autorisée à vous laisser monter dans sa chambre.

— On vous a seulement demandé si madame Giraud était là, observa Claire d'une voix tendue.

— Eh bien, vous avez la réponse. Cette dame est montée dans l'ambulance avec la demoiselle.

— Bon sang de bois! tonna Léon. Faites pas tant de manières et dites-moi donc où on a emmené ma petite? Sans doute à l'hôpital Beaulieu?

Le domestique, malgré son costume des dimanches et son vieux chapeau de feutre noir, empestait le fumier de chèvre. L'odeur, entêtante, faisait partie de lui. Au Moulin, on ne s'en rendait pas compte. La femme plissa le nez en levant les yeux au ciel.

— Je crois me souvenir que madame Giraud a donné l'adresse d'une clinique privée, le Chalet Beaumard, à Soyaux.

Maurice remit sa casquette en tweed et sortit de l'établissement cossu. Claire et Léon le suivirent aussitôt en silence, pareils à des automates.

— Et ça ne vous dirait même pas merci! bougonna la réceptionniste avec un soupir.

Dans la voiture, Claire fondit en larmes. Le trajet jusqu'à Angoulême lui avait semblé durer une éternité. Elle avait d'abord confessé à Maurice ce qui se passait, tandis que Léon soulignait chacun de ses mots d'un grognement réprobateur. Comme son beau-père, le jeune homme semblait l'estimer responsable de ce drame. Il n'avait rien dit encore, mais, à son visage fermé, elle ne se faisait guère d'illusions.

— Soyaux, ce n'est pas la porte à côté! commenta-t-il en roulant au ralenti. Mais encore, je m'en fiche. Ce que je peux dire, moi, c'est que ma Thérèse va faire joli quand elle saura, pour sa sœur. Quand je pense que, l'autre jour, madame m'a demandé de la conduire à l'usine de ce type, Rosnay. Je ne me doutais de rien, moi, j'ai attendu au volant. Si j'avais su, je serais allé parler un peu à ce salaud, moi aussi. Il a ses torts, je suis d'accord, mais, sauf votre respect, Léon, Janine s'est mal conduite également dans cette affaire. Un directeur, ça a toujours de l'influence sur ses employées. Seulement, une honnête fille l'aurait remis à sa place.

Le chauffeur des Giraud avait lâché ce qu'il avait sur le cœur. D'un tempérament pacifique, il filait doux devant son épouse. Il avait servi son patron des années sans jamais manifester de mauvaise humeur. Mais là, il venait de perdre patience.

— Quand même, ce monsieur-là, y perd rien pour attendre, parce qu'il a déshonoré ma fille! rétorqua Léon. Il l'aura, mon poing dans la gueule!

— À quoi bon faire un scandale! eut le malheur de dire Claire. Cela nuirait à Janine. Il faut penser à elle avant tout.

— On verra ça! gronda le domestique entre ses dents.

Il dissimulait son angoisse sous une colère certes légitime, mais qu'il entretenait volontiers afin de ne pas imaginer sa fille sur une table d'opération. «Ma pauvre Raymonde! pensait-il. J'en ai pas bien pris soin, de not' petite. Faut pas m'en vouloir, j'pouvais pas l'empêcher de chercher du travail en ville. Et puis, elle est trop belle, presque aussi belle que toi, ma Raymonde. Les hommes, y ont dû s'agglutiner autour comme les mouches sur le miel. J'suis qu'un balourd; elle m'écoutait pas quand je l'abreuvais de recommandations. Ma Raymonde, dix-neuf ans que tu m'as quitté et je pense à toi tous les jours, même si j'aime bien fort ma brave Nini. »

Du siège arrière, Claire vit trembler les épaules de son vieil ami. Il pleurait à son tour. Sans réfléchir, elle s'avança et posa une main bienveillante sur son bras. Il se secoua pour lui intimer l'ordre de le laisser en paix.

— Léon, je t'en prie, pourquoi m'en veux-tu autant? Tu me connais, je n'y suis pour rien. D'accord, je t'ai caché ce qui se passait, mais ta fille m'a suppliée de le faire! Elle avait tellement peur de toi, de tes colères! Elle avait honte, aussi. Soit, je t'ai menti, mais, crois-moi, cela m'a coûté.

— Pas tant que ça, m'dame, on dirait, répliqua-t-il d'un ton froid. Ouais, pas tant que ça! Je croyais qu'on était de vieux amis, ouais, quarante ans d'amitié! Fallait pas vous préoccuper de l'avis de Janine, fallait me prévenir tout de suite. J'suis vexé. Vous m'avez traité comme un étranger, un fada!

— Admets au moins que ma position était difficile! cria-t-elle, ivre de chagrin. J'ai agi en guérisseuse; le plus important, c'était de la soigner. Et, pour la soigner, je devais faire en sorte qu'elle soit calme, confiante, pas angoissée.

— Sauf votre respect, madame Claire, je comprends Léon, intervint Maurice. Un père devrait être le premier au courant de ces choses-là.

Claire abandonna. Elle ferma les yeux, la tête renversée en arrière contre le dossier. Un peu plus tard, l'automobile se gara. Léon sortit précipitamment et jeta le mégot qu'il avait gardé, éteint, au coin des lèvres.

— Quand faut y aller, faut y aller! bougonna-t-il. Et qu'est-ce qu'y vont me dire, à moi, les docteurs? Je lis les journaux. Ce qu'elle a fait, Janine, c'est puni par la loi.

— Bah! ironisa Maurice. Madame Giraud a dû graisser la patte du chirurgien. Les femmes, ça se débrouille bien pour duper le monde.

— Ça suffit! s'offusqua Claire. Mais qu'est-ce qui vous prend, à tous les deux? Je vais finir par penser que vous ne valez guère mieux que le type qui a engrossé Janine, avec vos idées toutes faites. Je te rappelle, Maurice, que Bertille s'est dévouée corps et âme pour Janine.

Sans leur accorder un seul regard, elle se dirigea vers le perron du Chalet. On nommait ainsi une construction assez majestueuse, dont l'architecture suggérait irrésistiblement les grandes villas de bord de mer ou celles bâties dans les stations thermales de montagne. La toiture offrait plusieurs pans complexes, le tout festonné de boiseries peintes en vert clair. Un superbe parc, ceint de murs, entourait la clinique.

À peine parvenue dans le hall, vaste et agrémenté de plantes grasses, Claire aperçut Bertille qui faisait les cent pas, toute frêle dans son tailleur gris. Celle-ci la vit presque tout de suite et se rua vers elle.

— Clairette, Dieu merci, tu es là! Je suis sur les nerfs. On opère Janine. La pauvre gosse, ce qu'elle a souffert! Le docteur Tournier lui a même injecté de la morphine, hier. Ensuite, elle a dormi, mais, ce matin, elle se lamentait sans arrêt.

— Le chirurgien va comprendre qu'il s'agit d'un avortement qui a échoué? dit Claire à voix basse.

— Ne te tourmente pas, Tournier s'en charge. La clinique a besoin de réparations et j'ai promis un don conséquent. Le personnel gardera ça secret.

Elles s'éloignèrent un peu, car trois infirmières discutaient à proximité.

— Princesse, pourquoi en fais-tu autant pour Janine? se troubla sa cousine. Si encore c'était Clara ou Isabelle…

— Je suis surprise par ta question. Janine a grandi au Moulin. J'ai connu Raymonde et j'avais une vive estime pour elle. Cela me paraît normal de voler au secours de cette jeune fille.

— Eh bien, je te souhaite bien du courage avec Léon, et même avec Maurice. Tiens, les voilà! Un peu plus et ils me considéreraient comme une bête noire, comme si j'étais une faiseuse d'anges, moi qui ai toujours refusé ce genre de procédés.

Bertille eut un geste nonchalant. Depuis qu'elle avait

épousé Bertrand Giraud, en maîtresse absolue du domaine, elle n'était jamais impressionnée par les domestiques, qu'ils soient ou non dans leur droit.

— Je les remettrai vite au pas, soupira-t-elle. Quand nous aurons des nouvelles de Janine. Avant, qu'ils ne s'avisent pas de dire un mot plus haut que l'autre. Ne sois pas trop surprise, Clairette. Pour ces messieurs toujours convaincus de leur bon droit et de l'infériorité des femmes, l'avortement est un crime.

Cependant, Léon n'avait pas l'intention de relancer la querelle. Il s'était installé timidement sur une banquette, les mains jointes sur ses genoux, son chapeau à côté de lui. Maurice était resté debout, après avoir salué sa patronne d'un signe du menton.

— On viendra nous prévenir lorsque Janine sortira de la salle d'opération, alla leur dire Bertille escortée de Claire.

— Entendu! bredouilla le domestique. On attend, alors.

Elle entraîna de nouveau sa cousine à prudente distance des deux hommes.

— J'avais besoin de toi, Clairette! J'ai si peur! On ne sait jamais, n'est-ce pas! Si Janine…

— Chut! Dieu la protégera, nos prières aussi. Prions. Il faut prier.

*

Villebois, même jour

Ludivine avait eu du mal à déguster sa tarte aux pommes. Assise au bord du canapé le plus confortable de la terre à son idée, elle n'osait pas relever le nez de la fine assiette en porcelaine où trônait la pâtisserie. Rien ne se déroulait comme elle l'avait imaginé, alors qu'elle se faisait une fête de cette visite.

Quentin de Martignac les avait guidés vers le salon d'une démarche vraiment élégante. Là, elle avait aperçu Angéla, debout près d'une cheminée en marbre noir. Elle avait embrassé Faustine en s'enthousiasmant de la recevoir enfin à Villebois, mais elle n'avait accordé qu'un sourire distrait à la fillette.

— Faustine, quel bonheur! s'était-elle écriée. Tu n'es pas venue chez nous depuis la naissance d'Agnès, donc depuis huit ans.

Matthieu avait serré la main de la maîtresse des lieux, puis celle de son mari, Louis, un homme au sourire rêveur et aux cheveux ondulés d'un blond virant au gris. Les quatre adultes avaient discuté un long moment au sujet de la commande. Pendant ce temps, Quentin fixait avec un intérêt exagéré le couple de perruches dont la cage occupait l'appui d'une fenêtre. Pas une fois il n'avait prêté attention à Ludivine, du moins en apparence. Elle ignorerait durant des années que, ce jour-là, il était aussi intimidé qu'elle et surtout subjugué par ses larges prunelles d'azur ourlées de cils noirs.

— Agnès n'est pas là? avait demandé Faustine au moment de prendre le thé.

— Elle est chez sa grand-mère, avait expliqué Louis. Notre fille chérit ce vieux château de Torsac. Dommage, Ludivine aurait pu jouer avec elle.

— Est-ce que vous vous souvenez du bal masqué, le soir de notre mariage? avait dit Matthieu. C'était d'un romantisme…

— Je ne l'oublierai jamais, s'était excitée Angéla. Louis m'avait invitée à danser.

Ludivine écoutait et regardait, consternée d'être en pantalon de laine et en grosses chaussures boueuses. Heureusement, elle avait mis un joli corsage rose sous son gilet rouge. Maintenant, elle avait faim, mais elle se sentait invisible, tout en appréhendant le moment où l'on s'occuperait d'elle.

— C'est très gentil d'avoir apporté des gâteaux, déclara enfin Angéla. Notre cuisinière ne sait faire que des cakes très ordinaires. Et moi je sors peu.

— Ludivine les a choisis, expliqua Faustine. Et ton poème, ma chérie, tu voulais le lire à nos hôtes!

— Non, non! déclara la jeune fille à mi-voix.

Elle était écarlate. Amusé, Louis repoussa sa tasse et invita Matthieu à le suivre dans son bureau.

— Je vais vous montrer le texte à composer!

Attendri par les joues roses de la fillette, Quentin crut

bon d'engager la conversation avec Faustine, lui vantant les mérites de l'institution privée où il étudiait. Il en faisait trop, dans l'espoir d'éblouir leurs invitées. Comme si elle s'éveillait d'un songe, Angéla fixa alors Ludivine.

— Veux-tu voir mon atelier? lui proposa-t-elle.

— Oh oui, madame!

— Madame? Je croyais que nous étions amies! Allons, appelle-moi Angéla, ou Angie.

Elle se leva, souriante, et tendit la main à l'enfant. Après avoir ouvert une porte vitrée, voilée par un lourd rideau en dentelle, elles entrèrent dans une vaste pièce au décor original. Tout de suite, des odeurs bien particulières assaillirent Ludivine, mélange d'essence de térébenthine et de peinture, agrémenté du parfum printanier de roses et de lys, ce qui était inhabituel en cette saison.

— Louis me fait livrer des fleurs de serre tous les lundis, avoua Angéla. Je ne peux pas peindre si je ne suis pas entourée de bouquets. La verrière donne sur le jardin. L'été, cela devient magique d'être ici.

La fillette découvrait, émerveillée, des palettes maculées de couleurs, ainsi que trois chevalets en bois sur lesquels étaient posés des tableaux en cours de réalisation. Partout, elle distinguait des toiles adossées aux cloisons et des piles de papiers couverts d'esquisses. Sur une longue table s'alignaient des pots en verre d'où émergeaient des pinceaux.

— Mon atelier, répéta la jeune femme. Est-ce qu'il te plaît?

— Beaucoup! Tu as vraiment de la chance.

— Tu ne peux pas savoir à quel point, concéda Angéla. Mon mari a aménagé ce lieu pour moi seule alors que nous n'étions même pas fiancés. Je pourrais y passer toutes mes journées.

— Il devait t'aimer très fort!

— En effet. Il m'aime encore très fort et je l'aime aussi. Regarde, Ludivine, ce tableau, là. Je l'offrirai à Bertille.

Angéla lui montrait un portrait de Bertrand Giraud. L'avocat était assis dans un fauteuil, l'air pensif, un livre entre les mains. Il paraissait sans âge, séduisant cependant, un rayon de lumière sur ses cheveux roux.

— On dirait qu'il est vivant! remarqua la fillette. Tantine sera heureuse. C'est même mieux qu'une photographie!

— En voilà, un beau compliment! Merci, Ludivine! Sais-tu, j'ai toujours aimé représenter les gens d'après ce que je perçois de leur âme. Excuse-moi, c'est un peu compliqué tout ça! Je ne connaissais pas bien monsieur Giraud, mais c'était un grand monsieur. J'espérais toujours recevoir un compliment de lui quand il nous rendait visite à l'institution Marianne, l'école pour orphelines qu'il avait fondée.

— Tu es orpheline? s'attrista Ludivine.

Angéla tressaillit, émue de retrouver dans ces doux yeux bleus l'éclat d'un autre regard, celui de Jean Dumont.

— C'est du passé, ne te tracasse pas. Et ce poème, ai-je le droit de le lire?

— Je le recopierai et je te l'enverrai par la poste. Ce sera mieux.

— Comme tu veux! Au fait, tu ne m'as pas parlé du louveteau que tu as recueilli…

— Maman l'a apprivoisé. Il dort devant le feu comme le premier Sauvageon. Eh oui, nous l'avons baptisé Sauvageon, mais j'aurais préféré Vaillant…

Ludivine respira une rose d'un rouge profond. Son adorable frimousse effleurant la fleur inspira immédiatement Angéla qui se promit de peindre la scène. Elle possédait une excellente mémoire visuelle, et cela contribuait à la qualité de ses œuvres.

— Claire l'a apprivoisé, répéta-t-elle d'une voix amère. Pourvu qu'il ne la morde pas un jour! Cela arrive, des petites bêtes sauvages affolées que l'on recueille et qui blessent leur bienfaiteur.

La jeune femme évoquait le mal qu'elle avait causé à Claire. Elle se comparait au louveteau, mais, bien sûr, Ludivine ne pouvait pas le comprendre.

— Maman est trop gentille, c'est impossible! assura-t-elle. N'aie pas peur, Angie!

— Tu es mignonne de m'appeler Angie, ça me rajeunit. Il faudra revenir souvent, avec Faustine. C'est ma seule amie.

— Et moi, alors?

— Exact, j'ai deux amies, maintenant.

Très émue, Angéla caressa les cheveux de la fillette qui l'observait avec passion. La jeune femme lui semblait d'une beauté remarquable. Il fallait reconnaître qu'à trente-trois ans elle était à l'apogée de sa séduction naturelle. Un corps mince d'une souplesse féline, des seins bien ronds et des hanches étroites que moulait le lainage brun d'une robe assez longue étaient ses principaux atouts. S'y ajoutait un visage sensuel de chaton malicieux qu'une épaisse frange brune mettait en valeur.

— Mais toi, Ludivine, ajouta-t-elle, je t'aime comme si tu étais ma nièce, ou ma petite sœur. J'ai tant prié pour ta venue au monde! Des jours, des semaines entières!

— Ah bon! s'étonna l'enfant. Je sais que maman n'avait pas pu avoir de bébé avant moi; Anita me l'a expliqué. Tu crois que j'existe grâce à tes prières? Ce serait rigolo!

— Peut-être, qui sait?

L'irruption de Quentin mit fin à leur dialogue. Enchantée de pénétrer à son tour dans l'atelier, Faustine suivait le garçon.

— Ah! Me voici chez l'artiste! plaisanta-t-elle, tout aussi éblouie que Ludivine. Mon Dieu, ces fleurs, quelle merveille!

— Ma mère adore les roses, commenta Quentin en hochant sa tête blonde. Mère, puis-je offrir une de vos roses à la demoiselle?

Angéla éclata de rire en ébouriffant le casque d'or pur qui coiffait son fils.

— Vas-tu arrêter ta comédie! s'exclama-t-elle. Ne te fatigue pas à vouloir impressionner ces dames. Tu n'as pas le droit de me vouvoyer, même si ta grand-mère te paie pour ça.

— Comment? s'écria Faustine.

— Mais oui, Edmée lui donne de l'argent pour obtenir de lui de soi-disant bonnes manières, ce qui n'est pas de mon goût.

— Cela dit, Angie, jadis, dans les campagnes, les enfants vouvoyaient leurs parents. C'était courant même dans les familles les plus pauvres.

145

— Je l'ignorais, Faustine! Et je m'en moque. Mon fils me tutoie depuis qu'il sait parler et je refuse que ça change. Tu as compris, Quentin?

— Oui, maman, assura-t-il d'un ton câlin.

— Coupe la plus belle rose pour Ludivine, petit garnement.

La fillette reçut, le souffle court, une splendide fleur pourpre aux pétales veloutés et au parfum exquis.

— J'ai eu soin d'ôter les épines, lui dit Quentin à mi-voix. Je ne veux pas que tu te piques.

— Merci! balbutia-t-elle, le cœur serré par une joie singulière qui lui avait été jusqu'alors inconnue.

Du salon voisin, Louis appela sa femme. Cela sonna le signal du départ, Matthieu ne tenant pas à ramener sa nièce trop tard au Moulin.

— Vous reviendrez? supplia Angéla du seuil de la maison, un châle sur les épaules. Ciel, quel froid!

Déjà installée à l'arrière de la voiture, Ludivine agita la main. Quentin l'observait, à demi caché par la silhouette de son père.

«Je garderai toujours ma rose! songeait-elle. Toujours, toujours…»

*

Clinique du Chalet Beaumard, même jour

Sous l'effet de l'anesthésie, Janine dormait encore. Assis à son chevet, Léon ne la quittait pas des yeux. De l'autre côté du lit, Bertille et Claire se tenaient par la main, pareilles en cette heure dramatique aux adolescentes du début du siècle qui affrontaient ensemble les aléas de l'existence à coups de folles rêveries et de confidences échangées dans la pénombre de leur chambre. Abattu par la terrible nouvelle que le docteur Tournier avait communiquée, Maurice était sorti prendre l'air. Le jeune homme à qui Thérèse refusait obstinément le bonheur d'être père était révolté, horrifié même.

— Mademoiselle est sauvée, avait dit le médecin à voix basse à Bertille. Mais le chirurgien a dû pratiquer une ablation des organes internes qui étaient infectés. Il lui a enlevé la matrice et les ovaires. Le fœtus était mort, lui aussi. Cette jeune fille a failli mourir. Nous avons eu de la chance. Elle doit rester hospitalisée au moins deux semaines, et il lui faudra par la suite une période de convalescence.

Léon avait écouté, pétrifié et incrédule. S'il avait eu l'intention de chasser Janine du pays, de son cœur et de sa vie pour bien lui signifier combien elle l'avait déçu, il s'en sentait à présent incapable.

« Qué grand malheur, bon sang de bois! se répétait-il en son for intérieur. On m'a charcuté ma petite, comme y disait, ce brave Maurice, tout à l'heure. C'est plus une vraie femme, faut que je me rentre ça dans la caboche. J'la verrai jamais le ventre rond, mariée à un honnête homme. Elle me donnera pas de petits-enfants, comme ma Thété qui pousse de grands cris dès qu'on lui cause layette! Qu'est-ce qu'elle va devenir, ma pauvre gosse? »

Pour cet homme simple, proche de la terre et craignant Dieu, la jeune fille était une criminelle, car elle avait voulu tuer son propre enfant, mais aussi une handicapée, une infirme pour qui il concevait une vague répulsion.

Claire, quant à elle, éprouvait une poignante compassion pour Janine. Sa science et son don de guérisseuse n'avaient servi à rien. Il aurait fallu agir bien avant, en lui donnant des tisanes abortives qui en aucun cas n'auraient pu mettre sa santé en danger.

« C'est bien la première fois que j'ai ce genre de pensées! se disait-elle, sidérée. Mais tout vaut mieux que de mourir à dix-neuf ans ou de subir une telle mutilation. Comment réagira-t-elle en apprenant ce qu'on lui a fait? »

Bertille brassait les mêmes idées noires. Elle se reprochait encore de n'avoir pas deviné le secret honteux de Janine et d'avoir eu confiance en un médecin généraliste. Blême sous la poudre de riz dont elle abusait un peu, elle laissait courir ses pensées. « Je voyais bien, pourtant, que son état empirait. La fièvre ne baissait pas. Seigneur Dieu, de là à imaginer que ses organes étaient endommagés à ce point… »

Une chose était sûre, autour du lit étroit où gisait Janine, personne n'osait discuter. Léon affichait une moue boudeuse, le regard perdu dans de tristes pensées.

— Au moins, elle est sauvée, finit par dire Claire pour rompre ce pénible silence. Nous aurions pu la perdre!

— Oui, elle a toute la vie devant elle, ajouta maladroitement Bertille.

— Vous parlez d'une vie! tonna Léon. Une fille sans honneur. Y aura pas un type sérieux qui voudra lui passer la bague au doigt. Et privée de ce qui faisait d'elle une femme en plus! Faudra lui annoncer ça dès qu'elle se réveillera.

Il se tut, nerveux. Sous ses airs hargneux, il appréhendait autant que les deux femmes la réaction de Janine. Une infirmière entra après avoir frappé discrètement à la porte. Elle vérifia le pouls de la patiente et prit sa température en mettant le thermomètre au coin de sa bouche.

— Tout va bien, dit-elle d'un ton impassible. Vous sonnerez quand elle reprendra ses esprits.

Claire acquiesça d'un petit signe poli. Elle aurait voulu se trouver à des kilomètres de là, sous le toit du moulin, entre Jean, Ludivine et Sauvageon. Sa maison lui manquait, ainsi que le rythme si précieux de son quotidien. Il émanait des murs de la clinique une atmosphère qu'elle estimait sinistre.

— Je vais descendre au secrétariat et demander à téléphoner, annonça-t-elle brusquement. Jean doit s'inquiéter.

— Je t'accompagne, dit tout bas Bertille.

Léon fut soulagé de les voir sortir. Il brassait de sombres pensées, s'estimant dupé par la femme qu'il considérait depuis toujours comme une sainte. Il se voyait même quitter la vallée des Eaux-Claires dans un coup d'éclat qui terrasserait Claire et Jean, quand Janine cligna des paupières. L'instant suivant, elle l'appelait d'une voix frêle :

— Papa? Papa, je suis où, là?

Elle avait légèrement tourné la tête vers lui. Le teint blême, les prunelles dilatées et les cheveux plaqués en arrière, elle avait tout d'une enfant malade.

— T'es à la clinique, pardi! bougonna-t-il.

— Papa, je suis si triste! gémit-elle avant de succomber à une violente crise de larmes.

— Là, là, calme-toi, voyons! bredouilla-t-il, bouleversé. Je suis au courant de tout, et c'est pas joli, joli, ça non, mais t'es bien punie, ma pauvre Janine. Bon sang, si ta mère était encore de ce monde, tu n'aurais pas fauté, sûr... Mais, crois-moi, ton jules, il va le sentir passer. Y regrettera le jour de sa naissance, je t'assure!

Janine comprenait à peine ce que marmonnait son père. Son raisonnement et ses nerfs mis à rude épreuve par l'anesthésie, elle évoluait dans un univers cotonneux.

— J'voudrais maman Nini! hoqueta-t-elle. Papa, où elle est, maman Nini? J'ai mal, papa, j'ai trop mal!

Léon fut gagné par la panique. Il se souvint du coup de sonnette qu'il devait donner en cas de problème. L'infirmière ne tarda pas à entrer, suivie de Bertille et de Claire.

— Ne vous agitez pas tant, mademoiselle, recommanda-t-elle sèchement. Vous avez déjà fait assez de dégâts.

Elle ajouta sans regarder quelqu'un en particulier:

— Je vais lui injecter du calmant.

— Elle veut voir Anita, confessa Léon à Claire d'un ton plaintif. Peut-être que Jeannot pourrait la conduire ici. Faudrait redescendre et le rappeler. Y refusera pas de me rendre ce service, Jeannot.

— Ne t'inquiète pas, mon pauvre Léon, ils arrivent avec Thérèse, annonça Bertille. Elle avait fini sa journée et elle est passée au Moulin. Jean lui a tout raconté. Ludivine dormira chez Faustine ce soir.

— Bon, j'suis tranquille, alors, répondit le domestique en se grattant la barbe. Parce qu'au fond, Anita, elle lui a servi de mère, à ma Janine.

— C'est une évidence, Léon, intervint Claire. Ta femme sait tout également. Elle était prête à prendre la route à pied quand elle a su. Jean me l'a dit.

— Ben, j'suis rassuré, alors.

Il dut se rasseoir, car ses jambes tremblaient. C'était beaucoup pour lui, ce milieu aseptisé, le silence et les sanglots de Janine. Il aurait donné cher pour récupérer ses habits de travail, patauger dans la cour boueuse et nourrir les chèvres.

— Combien de temps va falloir rester en ville? s'inquiéta-t-il, tandis que sa fille s'endormait à nouveau sous l'effet de la piqûre.

— Je m'occuperai d'elle, demain, assura Bertille. Demain et les autres jours.

*

Dimanche 28 janvier 1940, chez Faustine et Matthieu

Jean sirotait son café, une expression sévère sur le visage. Impressionnée par la tension qui régnait dans la pièce, Ludivine s'appliquait à dessiner une mésange en prenant modèle dans le dictionnaire. La fillette était encore couchée à l'étage quand son père avait rendu visite à Matthieu et à Faustine, de très bon matin. De son lit douillet, le lit de sa cousine Gabrielle, elle avait perçu des chuchotements, des exclamations sourdes, puis le ronron d'une interminable discussion. Aussi avait-elle préféré s'enfouir sous les couvertures, apeurée. Il se passait quelque chose de grave, c'était certain. Elle pensait à cette guerre dont tout le monde parlait d'un air préoccupé, ses parents, les gens du village et même Louis de Martignac, la veille.

Maintenant, son oncle fumait une cigarette, avec au fond de ses yeux sombres une profonde tristesse. Faustine pleurait sans bruit, un mouchoir entre les mains.

— Ludivine va rentrer avec toi au Moulin, papa! soupira sa sœur en reniflant. Nous irons cet après-midi… Mon Dieu, quelle catastrophe!

L'appréhension montait dans le cœur de l'enfant, consciente des efforts faits par les trois adultes pour ne rien dire de précis en sa présence. Elle s'interrogeait tout en mordillant son crayon. Il pouvait s'agir aussi d'un décès survenu dans la vallée, malgré les soins de sa mère. Cependant, personne n'avait prononcé le prénom de Claire.

— Oui, une catastrophe qui aurait pu être évitée, renchérit Jean. Ludivine, monte t'habiller chaudement. Nous allons à la maison.

— Et maman? s'inquiéta-t-elle. Elle est revenue, maman?

— Maman sera là ce soir, pas avant. Nous avons du travail, ma chérie, il faut soigner toutes les bêtes, Léon et Anita sont en ville également.

Une petite voix intérieure souffla à Ludivine que Janine était concernée. En dépit de l'insouciance propre à son âge, elle avait remarqué l'attitude bizarre de la jeune fille et le fait qu'elle gardait la chambre.

— Alors, c'est Janou? questionna-t-elle. Dites, elle est pas morte?

— Quelle idée! protesta Faustine.

— Mais tu disais que c'était une catastrophe!

— Écoute, tu es assez grande pour savoir ce qui se passe, intervint Matthieu qui détestait mentir aux enfants, bien qu'il y fût obligé dans ce cas précis. Écoute, Janine était malade, on a dû l'opérer. Sa vie était menacée, mais elle est sauvée. Tu comprends bien que ses parents sont à son chevet, ainsi que Claire.

— D'accord, soupira la fillette, rassurée et profondément soulagée. Tu es gentil, oncle Mat! Je me prépare, papa!

Jean haussa les épaules. Pas plus que Claire, il n'appréciait ce « oncle Mat » dans la bouche de Ludivine.

— Elle est tellement mignonne! s'extasia Faustine dès que sa petite sœur fut dans l'escalier. Si tu l'avais vue, hier, à la pâtisserie de Villebois, papa! Elle admirait les gâteaux. Elle a fait un très bon choix.

— Que fabriquiez-vous là-bas? dit Jean, déconcerté et tout de suite sur la défensive.

— J'ai signé pour une commande, expliqua Matthieu. Je n'allais pas cracher dessus parce qu'elle me sera payée par Louis de Martignac, mon cher Jean.

— Quoi? s'exclama ce dernier. Vous avez emmené ma fille chez eux? Sans me demander mon avis? Bon sang, Matthieu, tu sais bien que je ne veux aucun contact entre Angéla et Ludivine! Je n'ai pas confiance. Je ne veux surtout pas que la petite sache la vérité un jour!

— Chut! fit Faustine. Moins fort, papa!

C'était trop tard. Ludivine avait tout entendu du haut des marches. Affolée, elle mit une main sur son cœur qui cognait à grands coups. « Si papa m'interdit de voir Angéla, je ne verrai plus jamais Quentin, pensa-t-elle. Mais pourquoi? Qu'est-ce qu'elle a fait de si mal, Angéla? » Au bord des larmes, la fillette enfila ses chaussures et sa veste. Elle contempla d'un air consterné la rose rouge qu'elle avait placée dans un verre d'eau pour la nuit. Vite, elle s'empara de la fleur et la rangea avec d'infinies précautions dans une de ses poches. C'était le symbole fragile d'un après-midi magique qu'elle ne devait jamais oublier.

*

Claire et Léon entrèrent dans la grande cuisine du Moulin à huit heures du soir. Il faisait nuit noire. Maurice les avait déposés le plus près possible du perron, car la neige gelée était extrêmement glissante.

— Maman! s'écria Ludivine, qui ne savait plus comment s'occuper. Nous vous avons attendu pour manger. Regarde, j'ai mis le couvert, et la soupe est chaude.

— Merci, ma petite chérie. As-tu libéré Sauvageon?

— Sauvageon, Sauvageon, tu te soucies plus de cet animal que de nous autres! tempêta Jean. Je l'ai remis dans son enclos. Il avait sali le tapis de la chambre.

— Tu as bien fait, répondit-elle, trop lasse pour s'opposer à son mari.

— Comment va Janine? demanda Ludivine en observant la face maussade de Léon.

— Elle est tirée d'affaire, c'est ça qui compte, bougonna le domestique. Tiens, Jeannot, sers-moi donc un verre de vin! Je suis aussi nerveux qu'une puce, d'être resté dans cette clinique des heures et des heures. Elle sait rien, au moins, la petite?

Il désigna la fillette du menton. Jean leva les yeux au ciel.

— Elle sait que Janine a été opérée, comme nous tous.

— Dame, oui, opérée! Du boulot de sagouin, quand on voit la cicatrice.

— Cela s'estompera, assura Claire qui s'asseyait à la table.

Jean la dévisagea. Elle avait les traits tirés et le regard

dans le vague. Du bout des doigts, elle lissait machinalement le bois encaustiqué de chaque côté de son assiette. Il éprouva un début de pitié pour elle, pour son tendre cœur de femme.

« Mon Dieu, pourquoi? songeait-elle. Pauvre Janine! Elle n'a ni crié ni pleuré en apprenant qu'elle était stérile, qu'il lui serait désormais impossible d'avoir un bébé. Non, elle m'a adressé un coup d'œil résigné, comme si elle acceptait son châtiment. Mon Dieu, elle n'a pas vingt ans. Ils l'ont mutilée pour la sauver, oui, mais quand même! Je me demande si c'était vraiment nécessaire. Avec de la pénicilline, l'infection aurait pu être guérie, d'après les articles que j'ai lus. Hélas! le médicament n'est pas encore au point. »

L'activité de guérisseuse qu'elle pratiquait depuis plus de quarante ans la poussait à lire des revues scientifiques pour se tenir au courant des progrès en matière de médecine. Bertille lui fournissait les précieux magazines qu'elle faisait acheter à Angoulême par Maurice. Cette mystérieuse substance, la pénicilline, la fascinait. Claire avait appris qu'elle provenait d'une moisissure de champignon, inoffensive pour l'homme, mais qui pouvait lutter contre des germes nocifs à l'intérieur d'un corps vivant. Cela lui semblait prodigieux. La corruption des chairs demeurait son ennemi intime, contre lequel elle s'acharnait à lutter.

— Maman, tu n'as pas faim? s'inquiéta Ludivine. Je t'ai servi de la soupe.

— Si, si, je vais manger, dit-elle sans conviction.

Mais des images l'obsédaient qui lui nouaient la gorge. Il y avait Thérèse qui pleurait, à demi couchée sur le corps de sa sœur, et qui prononçait des mots de réconfort.

— Ma pauvre petite Janou, j'en aurai pour toi, des enfants, va! Tu les élèveras avec moi. Si j'ai une fille, on la baptisera Raymonde, comme maman; un p'tit gars, ce sera Raymond. Et ce type, ton patron, je lui arracherai les yeux. Il osera plus se regarder dans un miroir, j't'e jure! Pauvre petite sœur, fallait me causer, à moi. J't'aurais aidée.

Ces paroles avaient fait tiquer Léon, qui n'avait pas eu le

courage de blâmer Thérèse, néanmoins. Elle lui en imposait, sa fille aînée, propriétaire et gérante de son salon de coiffure, avec ses économies à la banque et l'autorité innée qu'elle avait héritée de la belle Raymonde.

— Veux-tu un peu de vin, Clairette? proposa Jean, radouci par la détresse de sa femme. Si la soupe ne te dit rien, avale au moins une tranche de pain avec des rillettes.

— Du vin, oui, j'en voudrais un peu, dit-elle d'une voix faible.

En chemise et gilet de flanelle, Léon avait déboutonné son col et levait le coude à intervalles réguliers. Il buvait comme on tenterait de se noyer, avec opiniâtreté et avidité, le regard absent.

— Hé! vas-y doucement, mon vieux! recommanda Jean. Ça ne te rend pas très futé, de boire autant. Tu es prévenu, je n'aurai pas le courage de te monter chez toi.

— M'en fiche, de ça, j'coucherai par terre près du feu, comme le loup de m'dame Claire qui est mieux loti que nous autres.

— Léon, ne dis pas de stupidités, trancha la maîtresse de maison d'un ton las. Tu n'es pas enfermé dans un enclos par moins dix degrés.

— C'est pas ça que j'voulais dire. Mais vos loups, patronne, vous leur causez des heures, vous leur faites point de cachotteries, à eux! se lamenta le domestique.

L'alcool ranimait ce ressentiment tenace dont il se pensait libéré et qu'au fond de lui, il savait injustifié.

— Tais-toi donc, Léon! dit Jean. Claire a fait ce qu'elle a pu, tu la connais. Son grand cœur lui joue des tours.

Ludivine était de plus en plus mal à l'aise. Elle se hâta de finir son assiette de soupe.

— Je monte faire mes devoirs, annonça-t-elle. Bonne nuit, maman, bonne nuit, papa!

Elle les embrassa tour à tour avec moins de chaleur que d'ordinaire.

— Tu n'as pas pris de dessert, s'étonna son père. Il reste des flans au caramel.

— Non, merci!

La fillette préférait l'asile de sa chambre. Jean avait garni le poêle à feu continu de charbon, tout près de son pupitre récupéré à l'institution Marianne. À peine entrée, elle caressa la rose rouge du bout des doigts. Le secret autour d'Angéla la mettait au supplice et éveillait sa curiosité. Elle se promit de le découvrir. Il le fallait, si elle voulait retrouver Quentin de Martignac.

Au rez-de-chaussée, avec un air de défi, Léon débouchait une deuxième bouteille de vin, après avoir pris celle de gnole dans un des buffets.

— Ce soir, que ça te plaise ou non, Jeannot, je prends une cuite, une sacrée fichue cuite! pesta-t-il. Et, demain, je file à l'usine Rosnay régler son compte à ce saligaud. Ma pauvre Janine! C'est plus une vraie femme, tu te rends compte?

— Tu te retrouveras derrière les barreaux, si tu tiens parole, observa Jean.

— Mais enfin, parlez moins fort, s'inquiéta Claire. Ludivine est assez intelligente pour comprendre ce qui est arrivé. Léon, je t'en prie, arrête de boire. Je voudrais que tu me pardonnes pour de bon. Tu dois m'écouter.

— Non! J'ai point envie, bredouilla-t-il. Au diable votre baratin!

— Un peu de respect, mon vieux! s'irrita Jean. Claire a peut-être agi en dépit du bon sens, mais ça ne te donne pas tous les droits. La plus coupable, dans cette histoire, c'est quand même ta gamine. Coucher avec un homme marié, si jeune, ça ne plaide pas en sa faveur. Elle a manqué de jugement.

Le domestique planta son regard aviné dans celui de son ami. Puis il se tapa sur les cuisses.

— Bon Dieu! Celle-là, fallait que tu la sortes, Jeannot! Dis donc, t'as la mémoire courte! Ça te va mal, de faire la morale. J'en connais une autre, moi, qui a couché toute jeune avec un homme marié! Et l'est pas loin, cet homme, ce soir. Pile sous mon nez! Au fond, t'es un beau fumier, toi aussi, comme le jules de ma Janou. J'ai toujours craché sur la gosse, mais, si j'y pense, tu vaux pas mieux que l'autre type! Elle s'est laissé engrosser comme ma Janine, Angéla, et elle a failli en crever, comme ma Janine.

155

— Ferme-la! cria Jean, blême de rage.

Il bondit brusquement de sa chaise et saisit son vieil ami par le col de sa chemise, l'obligeant ainsi à se lever.

— Ferme ta sale gueule d'ivrogne! dit-il tout bas, terrifiant, les mâchoires crispées. Si par malheur Ludivine a écouté de là-haut, tu peux décamper immédiatement.

L'ancien matelot se dégagea, non sans brandir les poings. Il titubait, hagard, furibond.

— J'vais pas me gêner pour foutre le camp, brailla-t-il. Dieu m'est témoin que, demain à cette heure-ci, y aura plus de Léon ni d'Anita au Moulin. On trouvera ben une autre place. Trimer, ça m'a jamais fait peur!

Épouvantée par la scène, Claire pleurait sans bruit. Elle parvint à bredouiller:

— Allons, du calme! C'est absurde. Tu ne vas pas nous quitter, Léon! Tu es chez toi, ici, au Moulin. Anita aussi. J'ai besoin de vous. Mon Dieu, combien je regrette ce qui s'est passé! J'ai cédé aux supplications de Bertille et de ta fille. Je peux te jurer sur ce que j'ai de plus cher, mon unique enfant, que moi je tenais à te dire la vérité tout de suite, dès que j'ai su. Léon, il faut me croire…

Claire avait eu des accents d'une sincérité absolue. Une main sur sa poitrine, elle implorait Léon de ses beaux yeux noirs. Il s'apprêtait à lui rétorquer une méchanceté bien pesée quand elle grimaça de douleur.

— Jean! Oh non, mon Dieu… Jean! suffoqua-t-elle en se renversant en arrière avec un cri de bête blessée.

— Claire! Qu'est-ce que tu as? s'écria son mari, effaré.

— Qu'est-ce qu'il vous arrive, patronne? balbutia Léon.

Ils en étaient bouche bée, les bras ballants. Claire voulut se lever. Elle dut se cramponner à la table. Sa chaise tomba en arrière. Jean se précipita enfin pour la soutenir.

— De l'eau-de-vie! implora-t-elle. Vite, c'est mon cœur!

Il y eut alors une galopade dans l'escalier. Alertée par tout ce remue-ménage, Ludivine descendait aux nouvelles. Elle se figea en bas des marches en découvrant sa mère presque inanimée dans les bras de son père. Il la porta ainsi jusqu'au fauteuil en osier, garni de coussins.

— Léon, bon sang, passe-moi la gnole! tonitrua-t-il dès qu'elle fut assise. Claire sait ce qu'elle dit.

— Ouais, sûr, la gnole… Tiens, Jeannot, tiens, un verre aussi.

— Maman! clama la fillette. Maman chérie, ma petite maman!

Ludivine tremblait de tout son corps. Elle vit Jean donner une rasade d'alcool à Claire qui rejeta une partie du liquide dans un hoquet spasmodique.

— Laisse-moi la soigner, papa, supplia l'enfant. Faut pas qu'elle meure, ça non, pas maman!

— C'est son cœur. Que peux-tu faire?

— Tout le monde a dit que je l'avais sauvée quand j'étais juste née. Je veux recommencer!

Sans attendre de réponse, elle posa ses deux mains sur la poitrine de sa mère en fermant les yeux pour penser intensément à elle. Ses prières se faisaient suppliques. «Maman que j'adore, ma petite mère chérie, reste avec moi, pitié! Mon Dieu, Jésus, Marie, sauvez-la!»

Jean s'entêta et réussit à faire boire encore une gorgée d'alcool à sa femme. Elle respirait mieux, déjà. Sur le qui-vive, Ludivine s'étonnait de la chaleur subite qui se propageait dans ses doigts et gagnait ses poignets. Une sensation insolite la terrassait. Elle avait envie de sangloter ou de rire, exaltée par les ondes qui la traversaient, encore confuses, mais néanmoins perceptibles, évidentes. Le phénomène lui était familier, car elle l'avait ressenti en soignant des animaux, mais avec moins d'intensité.

— Ce n'était qu'une petite alerte, une mise en garde, dit soudain Claire en dévisageant sa fille. Merci, ma chérie, je souffre moins. L'eau-de-vie a tenu son rôle. L'alcool très fort dilate les vaisseaux, ce qui facilite la circulation sanguine, même s'il y a un caillot de sang en cause.

— Mais tu souffres encore, objecta Ludivine.

— Si peu! Tes mains m'ont fait beaucoup de bien. J'ai eu l'impression de renaître. Ne t'inquiète pas, j'irai consulter la semaine prochaine. J'avais des palpitations, à la clinique. J'ai mis ça sur le dos de l'émotion et de la peur. Il faudra aussi que je surveille ma nourriture.

— Clairette, j'ai cru te perdre, confessa Jean.

— Je ne suis plus toute jeune, soupira-t-elle avec un doux sourire. Il me faudra sans doute un traitement.

Mortifiée, Ludivine s'effondra à genoux, la tête posée sur les cuisses de sa mère.

— C'est ma faute, tout ça, patronne, déplora Léon. Bon sang de bois, si je vous avais vue mourir ce soir, je m'en serais voulu jusqu'à mon dernier souffle!

— Ne dis pas ça! s'égosilla la fillette en se redressant un peu. Maman ne mourra pas, je la protégerai toujours. Tu entends? Toujours!

Bouleversé, Jean caressa les boucles brunes de son enfant. Elle le repoussa d'un geste sans équivoque, comme si elle ne supportait pas son contact. Il protesta.

— Ludivine, ma chérie, tu as eu une grande frayeur. Moi aussi, mais qu'est-ce que je t'ai fait, là?

La fillette se réfugia dans les bras de Claire en l'étreignant de toutes ses forces. Elle gardait les yeux bien fermés afin de ne rien voir alentour, de trouver de l'apaisement dans le noir qui naissait derrière ses paupières closes.

— Ma chérie, ne crains rien, insista sa mère. Je me ferai soigner. Mon cœur est solide, malgré les épreuves qu'il a endurées. Il y a de bons médicaments. Je passerai une radiographie si c'est nécessaire. Je ne te quitterai pas, Ludivine, pas avant longtemps.

— Je veux dormir avec toi cette nuit, maman, affirma sa fille, toujours enfouie dans ses jupes. Avec toi et Sauvageon.

Sur cette supplique, elle se releva d'un bond et, défiant son père du regard, elle s'écria:

— Je vais libérer notre loup et il couchera au pied de notre lit! On doit veiller sur maman tous les deux

— Ludivine, ne hausse pas le ton comme ça! objecta Jean, surpris et désappointé.

— Toi, tu devrais t'en aller du Moulin! rétorqua-t-elle la bouche amère, prête à sangloter. J'ai entendu ce qu'il a dit, Léon; il criait tellement fort! Tu me dégoûtes! Tu as fait du mal à Angéla et à maman. Je te déteste!

Ludivine s'en fut sans prendre de manteau. Elle se rua

dehors, en pleine bourrasque glacée. Trois fois, elle fit de longues glissades vertigineuses sur la neige verglacée, car elle était en chaussons.

— Je le déteste, je le déteste! répétait-elle, le souffle coupé par la violence du vent.

Une ronde folle de mots horribles tourbillonnait dans son esprit, les mots orduriers de Léon. Elle n'était pas sotte et, dans la cour de l'école, ses camarades de treize ans, celles qui redoublaient le cours moyen, tenaient des propos souvent salaces. Il était question de tromperies, de grossesses indésirables, des premiers baisers échangés avec les garçons du bourg, quand il ne s'agissait pas d'attouchements à l'abri d'un bosquet de buis, sur les chemins du plateau rocheux. Aussi, Ludivine avait-elle parfaitement compris la nature des relations entre son père et Angéla, comme elle avait deviné que Janine avait eu une histoire d'amour aux conséquences dramatiques.

— Je déteste Léon aussi. Pauvre maman, pauvre maman chérie!

Transie par le froid, elle s'escrimait sur le loquet de l'enclos qui finit par céder sous ses efforts.

— Viens, Sauvageon, viens, mon beau!

Dans la grande cuisine du moulin, c'était la consternation. Jean décochait des œillades haineuses à Léon, totalement effondré.

— J'te demande pardon, Jeannot. Qu'est-ce qui m'a pris de causer de cette vieille affaire? Bon sang, ça m'est remonté, rapport à Janine. Et vous, m'dame Claire, vot' pauvre cœur a failli lâcher. Dites, c'est sérieux, le cœur, faut pas blaguer avec ça!

Claire fixait son mari. Elle était au-delà des larmes, des cris et de la colère. Ce qu'ils appréhendaient le plus, tous les deux, venait de se produire. Leur précieuse petite Ludivine avait appris sans le moindre ménagement comment une passion honteuse avait ravagé leur couple des années auparavant.

— Notre fille a raison, dit-elle d'une voix étouffée. Je dormirai avec elle cette nuit et j'essaierai de lui expliquer cette triste page de notre passé.

— Claire, je suis consterné, dit Jean.

— Moi itou, patronne, renchérit Léon. J'pourrais ben lui dire que c'était des fadaises, à la petiote... Que j'avais bu, que je mélangeais tout.

— Non. Pourquoi te croirait-elle? Autant qu'elle sache la vérité. Ce sera à toi, Jean, de quêter son indulgence. Et, pour préserver notre bonheur, je prendrai ta défense. Notre bonheur que je pensais si solide et qui était bien fragile... Depuis hier, tout a volé en éclats. Tu as été si dur avec moi, hier matin, alors que je tremblais pour Janine. J'aurais dû user des mêmes méthodes que Léon, te jeter tes anciens mensonges à la figure, tes secrets inavouables! Angéla, encore Angéla!

La porte s'ouvrit. Des nuées de flocons s'engouffrèrent, tandis que Ludivine entrait, le louveteau serré contre son cœur. Il pesait déjà assez lourd et elle peinait à le porter.

— Il avait froid, dit-elle. Je le monte dans ma chambre, maman; après, je reviens te chercher. Je te ferai une bouillotte.

La fillette évitait soigneusement de regarder son père. Irrité par les reproches de Claire et dépité d'être traité en criminel par l'enfant qu'il adorait, Jean perdit patience.

— Ludivine, tu n'as pas à me juger. Tu le feras quand tu auras l'âge de comprendre les soucis des adultes et leurs erreurs. Ne t'avise plus de me parler comme tout à l'heure ni de m'ignorer. Et ne prends pas trop au sérieux les divagations d'un ivrogne.

Jean Dumont s'accrochait à un mince espoir, celui de persuader sa fille qu'elle se trompait à son sujet. Très digne, Claire se leva du fauteuil.

— Montons, ma chérie, nous avons à discuter. Je suis d'accord avec ton père, tu lui dois respect. Jean, occupe-toi de la bouillotte, je suis gelée. Ludivine aussi.

Il approuva, au bord du désespoir.

Ce fut une étrange nuit au Moulin du Loup. Léon et Jean se couchèrent sans la présence réconfortante de leurs épouses respectives, en ruminant les fautes bien masculines qui jalonnaient leur existence.

«J'ai couché avec Greta, en Allemagne, se remémorait le domestique. Et elle a débarqué à Angoulême avec mon gamin, ce malheureux Thomas. Un fada, qui sait toujours pas causer et qui croupit à l'hospice, maintenant.»

«Pendant la guerre, se disait Jean, j'allais au bordel en sifflant; je me croyais en droit de prendre du plaisir, puisque je pouvais mourir à chaque instant. Ensuite, oui, il y a eu Angéla. Elle m'a rendu fou, une vraie petite diablesse au lit. Je l'ai payé cher, bien trop cher!» Au fond, il lui en voulait encore de l'avoir détourné de Claire pendant quelques mois. Cependant, les accusations de Léon l'avaient secoué. Valait-il mieux, lui, Jean Dumont, que le directeur de l'usine, ce Rosnay sans scrupules dont les fredaines avaient condamné Janine à un sort abject?

«Et si Angéla était morte également, après avoir mis au monde dans de terribles douleurs notre fils mort-né? s'interrogea-t-il. Mon vieux Léon a dit vrai, j'étais l'unique coupable. J'ai abusé de sa jeunesse, de cet amour qu'elle avait pour moi. Est-ce qu'elle m'aime encore? Non, il paraît qu'ils sont très heureux, elle et Louis de Martignac, depuis leurs noces.»

Dans la chambre de Ludivine, Claire en était à ce moment exact de l'histoire, quand le jeune châtelain avait retrouvé Angéla dans le pavillon de chasse de Ponriant. Elle avait tenu un discours très simple, sans aucun détail et sans jamais évoquer la somme inouïe de tourments provoqués par ce drame. Ce soir-là, pourtant, la fillette était sortie de l'enfance. Elle observerait désormais les adultes d'un œil plus soupçonneux, plus attentif aussi. Sa joyeuse innocence s'était effritée. Son père n'était pas un héros et Angéla n'avait plus son aura de victime.

De plus, en termes prudents, Claire avait dû évoquer la grossesse de la jeune femme, ce malheureux bébé enterré très vite, sans cérémonie. Bien qu'intéressée, Ludivine avait ressenti de la répugnance vis-à-vis des mécanismes du corps féminin, notamment du dur travail de l'accouchement.

«Angéla aimait papa, songeait-elle. Il l'a aimée aussi.

Maman était peinée et fâchée, évidemment, mais ensuite ils se sont réconciliés, mes parents. Et je suis née… »

— Hier, Angéla m'a dit qu'elle avait beaucoup prié pour que je vienne au monde, conclut-elle, ébranlée par le récit.

— Hier? Elle serait venue ici? s'étonna sa mère.

— Mais non, Matthieu m'a emmenée à Villebois, avec Faustine. Louis de Martignac devait passer une grosse commande.

Claire hocha la tête, certaine que le destin se moquait d'elle et de Jean, des précautions infinies qu'ils avaient prises pour épargner Ludivine.

— Je t'avais confiée à eux et ils ont bien fait de t'emmener, approuva-t-elle. Une dernière chose, ma chérie, n'oublie pas que j'ai pardonné à Angéla, le jour du mariage de Thérèse et de Maurice. Je l'aimais comme ma propre fille. Et c'est vrai, il paraît qu'elle a prié de toutes ses forces pour que j'aie enfin un enfant à chérir. Tu vas au catéchisme, tu connais sûrement la parabole de la brebis égarée, la préférée de Dieu.

— Eh bien, moi, je la déteste, la brebis égarée! Je ne veux plus la voir, Angéla! Papa, c'est pareil.

— Je t'en supplie, ne dis pas ça! Ludivine, je t'ai élevée dans la foi chrétienne, tu dois savoir pardonner les offenses, comme Dieu te pardonnera un jour, car tu ne passeras pas toute ta vie sans commettre d'erreur.

— Peut-être, mais toi, maman, tu n'as jamais rien fait de mal, assura l'enfant d'un ton véhément.

— Je crois que si. J'ai eu tort d'envoyer Angéla au Canada, chaperonnée par ton père. J'ai eu d'autres torts, mais je n'ai pas envie d'en parler ce soir. Plus tard, quand tu seras grande.

« Je suis grande, à présent! » pensa Ludivine, affligée, avant de s'inquiéter de la santé de sa mère.

— J'ai peur, maman, pour ton cœur.

— Ce n'est pas la peine, ma chérie. Je vais te confier un affreux secret, un acte déplorable dont je suis coupable, moi aussi. Oui, j'ai des palpitations ces temps-ci et une gêne parfois dans la poitrine, mais j'ai fait semblant, tout à l'heure… Disons que j'ai exagéré un peu mon malaise. C'était la seule façon de ramener Léon à la raison. Et la seule façon aussi d'empêcher ces deux nigauds de se battre. Je te demande pardon. Je t'ai effrayée et j'en suis désolée, vraiment désolée! Mais je n'ai pas triché sur un point: tes mains m'ont soulagée, je me suis sentie mieux, toute légère, libérée de la sensation d'oppression.

Ludivine ouvrait de grands yeux ébahis. Prise d'une soudaine envie de rire, Claire l'attira dans ses bras et couvrit de baisers son front, ses joues et ses cheveux.

— Excuse-moi, je n'aurais pas dû!

— Oh! maman, ça non, tu n'aurais pas dû. J'ai eu tellement peur! Tu as fait semblant?

Mais la fillette finit par pouffer à son tour quand Claire la chatouilla à la taille. Pour se venger, néanmoins, elle tenta de repousser les pieds de sa mère de la bouillotte en grès. Le louveteau, intrigué par les mouvements sous les couvertures, bondit sur le lit. Il mordilla à l'aveuglette les bosses qui se formaient, alors que Claire luttait pour garder la pointe de ses orteils au chaud. Cette fois, Ludivine se tordit de rire.

— Sauvageon, non! s'écria-t-elle. Maman, il est fou!

— Complètement fou, ce petit sauvage! Et nous aussi!

Elles se débarrassaient toutes les deux de la tension accumulée, des anciens chagrins, des vexations et des vaines terreurs. Bien vite, la fillette se blottit contre le sein maternel avant d'avouer tout bas:

— Ce n'est pas grave, maman, tout ça. Je préfère savoir la vérité. Et je crois que je pardonnerai à Angéla, même à papa. À toi, je pardonne tout! Tout… parce que je t'aime très fort.

*

Domaine de Ponriant, samedi 10 février 1940

Bertille observait la façade de Ponriant avec perplexité. Elle n'avait pas remis les pieds au domaine depuis le décès de son mari, un mois auparavant. Contrairement à ce qu'elle imaginait, cela ne l'effrayait plus de reprendre sa place de maîtresse de maison.

— C'est quand même chez moi, ici, dit-elle à Janine qui lui tenait le bras. Comment te sens-tu? Pas trop fatiguée par le trajet?

— Non, je suis heureuse d'être enfin sortie de la clinique. Je m'ennuyais ferme, là-bas. Sans toi, cela aurait été pire. Tu ne m'as presque pas quittée, tu m'as fait tant de jolis cadeaux! J'ai adoré les magazines que tu achetais, surtout *Cinémonde*[8].

Elle adressa un regard plein de reconnaissance à Bertille, dont les traits délicats extériorisaient une joie étrange, teintée de mélancolie.

— Allons-y, Janine. Heureusement que tu es là, à mes côtés! As-tu remarqué comme le parc est magnifique sous la neige?

— J'ai toujours admiré Ponriant. Ça me fait bizarre de m'y installer pour de bon.

— Oui, logée, nourrie et rémunérée en tant que ma secrétaire particulière, répliqua Bertille. Je te certifie que j'avais besoin d'une personne de confiance. Je dois gérer la propriété, les fermages, les vignes, enfin, autant de paperasses et de courriers qui me décourageaient par avance. Et toi, pas trop de regrets, pour Paris? Nous irons au printemps, c'est promis!

— Je m'en fiche, de Paris, tantine.

— Tantine, ça me plaît. Appelle-moi toujours ainsi, petite.

Les larmes aux yeux, Janine déposa un baiser sur la joue de sa bienfaitrice. Il avait fallu ce drame dans sa jeune vie pour lui ouvrir les yeux sur l'extrême générosité de Bertille. Ce n'était pas uniquement d'une propension à dépenser son argent dont elle faisait preuve à son égard, mais aussi d'un véritable engagement affectif.

— Viens, il faut entrer, énonça-t-elle doucement. Ta gouvernante nous attend.

Bertille devina la silhouette de la douce Paulette derrière les carreaux de la large porte vitrée donnant sur la terrasse.

— Elle va nous dorloter; tu vas grossir, ici, plaisanta-t-elle. Ça te fera du bien, tu as trop minci, Janine.

Chargé de porter les valises, Maurice les avait devancées. Il redescendait déjà les marches de l'escalier d'honneur, une cigarette entre les lèvres.

---

8. Magazine de cinéma très prisé à l'époque.

— Je vais garer la voiture, madame, dit-il d'un ton neutre. Vous n'avez pas changé d'avis, nous sommes toujours invités à dîner, Thérèse et moi?

— Bien évidemment, mon garçon. Je ne suis pas une girouette. Ce qui est dit est dit. À moins que tu aies envie de refuser! Parce que je remarque que tu continues à bouder comme un gosse borné.

Douché par ces paroles pleines de reproches, le jeune chauffeur haussa les épaules.

— Thérèse sera flattée et ravie de voir sa sœur. Alors, mes opinions, je peux m'asseoir dessus.

— Maurice, je t'en prie! gémit Janine.

Mais il ne lui accorda pas un regard, afin de bien montrer ce qu'il pensait d'elle. «J'ai compris, songea la jeune femme, blessée par son attitude méprisante. Pour toi, je suis une fille déshonorée, une pas grand-chose, une criminelle!»

Bertille, elle, sortit de ses gonds. De son index ganté de cuir fin, elle pointa le portail du domaine, toujours grand ouvert.

— Si tu traites ta belle-sœur comme ça, tu peux chercher une place ailleurs, Maurice, tempêta-t-elle. Quel bel exemple de fervent catholique! Tu vas à la messe chaque dimanche, tu pries, tu chantes avec nos braves paroissiens, mais, les paroles du Christ, tu ne les entends pas! Alors, je répète rien que pour toi: «Que celui qui n'a jamais péché lui jette la première pierre!» Jésus parlait de Marie-Madeleine, la pauvre femme adultère, tu te souviens? Combien de fois devrais-je clamer cette parabole aux impies de ton espèce?

— Il y a certains péchés plus graves que d'autres, madame, essaya-t-il d'argumenter. Sachant cela vous aussi, ne me demandez pas l'impossible. Si vous me congédiez, je comprendrai.

La dame de Ponriant tapa du pied sur la neige gelée. Janine, qui sanglotait, se cramponnait à elle.

— Espèce d'abruti, je n'ai pas l'intention de te renvoyer, tu m'es indispensable. Seulement, fais un effort, sois plus indulgent, sinon ce n'est pas la peine de dîner ensemble!

— Je tâcherai, madame, répondit-il en la saluant.

Les deux femmes finirent par pénétrer dans le hall spacieux au carrelage noir et blanc agrémenté de plantes vertes qui s'épanouissaient au fil des années grâce au chauffage central et à un arrosage régulier. Paulette s'empressa de les débarrasser de leur manteau.

— Bienvenue, madame, bienvenue, mademoiselle! s'écria la gouvernante. J'ai suivi vos instructions à la lettre. Le divan est prêt dans le salon, avec des oreillers et une couverture douillette. Il y a la radio et l'électrophone. Voulez-vous une boisson chaude? Du thé à la bergamote ou du chocolat?

— Du thé, oui, soupira Bertille en considérant le cadre familier où elle avait vécu une si belle histoire d'amour. Allons vite au salon. Oh non, le salon... Il était là, Bertrand, sur le divan!

— Madame, soyez tranquillisée. La bonne et moi, avec l'aide de Maurice, nous avons respecté vos ordres. Il s'agit d'un nouveau divan et il n'est plus au même endroit. Le tapis aussi a été changé, vous verrez.

La gorge nouée, la maîtresse des lieux se laissa guider par la gouvernante. Elle fut rassurée en découvrant une pièce tout aussi agréable que précédemment, mais d'une allure fort différente.

— Mon Dieu, Paulette, vous êtes une perle! dit-elle. J'ai l'impression d'emménager ailleurs.

Selon les consignes reçues par téléphone, la diligente jeune femme avait modifié les lieux. Le piano à queue occupait l'espace où trônait jadis le fameux divan en cuir. Guéridons et commodes, déplacés eux aussi, s'ornaient de bouquets de houx et de jonquilles de serre. Ces touches d'un jaune vif symbolisaient le printemps à venir, et cela réconforta Bertille. Seule la haute cheminée en marbre blanc se dressait comme naguère, encadrée de tableaux anciens, son âtre tout illuminé d'un grand feu joyeux.

— Évidemment, vous ne pouviez pas démolir la cheminée, plaisanta-t-elle à mi-voix. Mais c'est parfait, et l'emplacement du nouveau divan me plaît. Janine, allonge-toi un peu, ma chérie! Tu es en convalescence.

Intimidée, la jeune fille regardait en silence le cadre cossu où elle allait vivre.

— Nous irons tout doucement, ajouta Bertille. Demain ou après-demain, je te montrerai ton bureau, la machine à écrire et tout, mais tu ne commenceras à travailler que lorsque tu seras totalement rétablie.

Paulette baissa les yeux, en employée réservée. Puis elle recula et tourna les talons.

— J'espère que Maurice, qui est comme cul et chemise avec elle, a su tenir sa langue! dit-elle à l'oreille de Janine. Officiellement, tu as subi une opération assez grave, à la suite d'une péritonite.

— Cul et chemise, comme tu y vas, tantine! soupira sa protégée avec un petit sourire désappointé. Quand même, il ne tromperait pas Thérèse avec Paulette?

— Maurice, ce vertueux personnage, jamais de la vie! Non, ils sont amis, complices. C'est fréquent entre domestiques. Vite, *darling*, allonge-toi.

Le *darling* qu'elle avait si souvent prononcé d'un ton pointu avec une incontestable délectation lui était venu spontanément aux lèvres. Il pouvait s'adresser à Bertrand, ou bien à Clara et à Arthur. Il irait maintenant à Janine. Bertille avait pris cette manie dès son adolescence, car elle jugeait cela d'un chic infini.

La jeune fille ôta ses chaussures et s'étendit parmi le fouillis de coussins soyeux.

— Ma cicatrice me fait un peu mal, reconnut-elle.

— Claire doit nous porter son baume de consoude tout à l'heure. Un excellent cicatrisant. Ma cousine ne peut plus rien me refuser, après le cadeau que je lui ai fait. À la barbe du gouvernement de Daladier[9]. Seigneur, elle était si heureuse! Ludivine aussi. J'ai eu de la chance, dénicher une jument de race, dressée à la perfection, malgré cette absurde réquisition qui a vidé nos campagnes de leurs chevaux. Son ancien propriétaire était ravi de me la vendre. Il avait peur

---

9. Édouard Daladier (1884-1970) : homme politique français, figure du Parti radical, qui a déclaré la guerre à l'Allemagne après l'invasion de la Pologne par les troupes nazies.

d'être dénoncé par ses voisins parce qu'il l'avait gardée à l'écurie. Avoue, Janine, que j'ai été futée, sur ce coup.

— Oui, tantine. Claire va la monter aujourd'hui pour venir nous voir?

— Elle l'a montée dès le premier jour, soit avant-hier! Quelle cavalière! Si tu l'avais vue, toute jeune, galoper sur Sirius, ce magnifique étalon blanc! C'était la belle époque…

Nostalgique, Bertille arrangea un pli de la couverture en laine qui recouvrait la jeune fille.

— Parlons d'autre chose, sinon je vais pleurer, confessa-t-elle. Soucions-nous du menu de ce soir. Attends, je sonne Paulette, je voudrais savoir ce qu'elle nous prépare.

Sans cacher sa nervosité, car les souvenirs affluaient, menaçants, Bertille déambula dans le salon. Pénétrée de l'irrémédiable absence de son grand amour, elle avait mal au cœur et la bouche sèche.

«Ciel! Je vois Bertrand partout, se désola-t-elle en silence. Je crois qu'il va sortir de son bureau pour m'embrasser sur la bouche avec sa ferveur habituelle, mais savamment, pas en homme sûr de lui. Je voudrais entendre le bruit de ses pas dans l'escalier ou sa toux quand il avait abusé de ses cigares favoris. Bertrand, mon chéri, mon mari… Bertrand, tu me manques!»

— Vous avez sonné, madame? s'enquit la gouvernante depuis le seuil du salon, la mine grave.

— Bien sûr que j'ai sonné, puisque vous êtes là, Paulette! s'écria Bertille, soudain agacée. Donnez-moi le menu du dîner et servez-nous du gâteau pour le thé. Ma cousine doit nous rejoindre.

Paulette eut un coup d'œil du côté de Janine, qui n'osait pas la regarder.

— J'ai prévu un velouté de tomates, celles du jardin que j'avais mises en conserve, puis une omelette aux cèpes. J'en ai ouvert un bocal. Ensuite, des crèmes à la vanille et des biscuits.

— Pardon? s'étonna sa maîtresse, vexée. Vous le faites exprès? Enfin, c'est un repas très ordinaire. Mireille n'aurait jamais osé m'annoncer des plats aussi simples, quand je la priais de prévoir un dîner de choix.

— Bien, madame, je suis navrée. Dans ce cas, je retourne vite en cuisine. Peut-être apprécierez-vous des confits d'oie avec une purée de céleri-rave et, en entrée, des œufs pochés en meurette?

— C'est déjà mieux. En dessert, je voudrais des tartelettes aux noix.

— Bien, madame.

Paulette se retira, déconcertée. Elle avait suivi les conseils de Maurice qui, le matin même, s'était moqué des goûts de luxe de leur patronne et lui avait soufflé ses préférences en matière de cuisine. La jeune gouvernante, amoureuse du chauffeur et le cachant bien, regrettait à présent de ne pas pouvoir le satisfaire.

«Tant pis! se consola-t-elle. C'est madame qui commande, ici. Je n'ai pas envie de lui déplaire. Maurice a sûrement souvent mangé ce qu'il voulait, avec sa femme...»

Elle essuya une larme. Le domaine de Ponriant avait toujours abrité des amours contrariés et des liaisons adultères, mais Paulette l'ignorait encore.

6
Turbulences

Ponriant, samedi 10 février 1940, le soir

Le dîner se terminait. Paulette venait de servir les tartelettes aux noix, accompagnées d'un café léger et d'un verre de cognac. Bertille avait espéré amadouer son chauffeur et elle avait en partie réussi. Thérèse et Janine semblaient si heureuses d'être ensemble que le jeune homme s'était radouci. Ce n'était pas son unique but. Elle avait voulu aussi égayer la grande demeure trop silencieuse, peuplée de fantômes, à ses yeux. Mireille, la vieille gouvernante, s'était éteinte sous ce toit, dans sa chambre mansardée. Denis Giraud, le fils de Bertrand, avait agonisé au premier étage, mortellement blessé par un étalon.

«Il y a eu aussi le suicide de Frédéric, le frère aîné de mon mari, se remémorait-elle en son for intérieur. Dire que Claire l'avait épousé, qu'elle commençait à l'apprivoiser comme elle apprivoise les loups et les chevaux... Il était atteint de la rage et il s'est tiré une balle dans la tête.»

Pensive, Bertille réprima un soupir. Elle avait décidé de dormir dans la chambre qu'elle partageait avec Bertrand, mais, plus l'heure tournait, plus elle redoutait de revoir leur lit, leurs meubles et les fleurs fantasmagoriques de la tapisserie, un papier peint qui avait coûté une fortune.

— Tantine, tu ne manges pas ton dessert? s'alarma Janine, qui disposait d'un fauteuil pour rester à table dans les meilleures conditions de confort.

— Si, bien sûr! J'adore les tartelettes aux noix.

— Elles sont délicieuses, affirma Thérèse.

À trente-deux ans, la fille aînée de Léon semblait à peine

plus âgée que Janine. Pour l'occasion, elle avait relevé sa chevelure flamboyante en chignon haut et portait un ravissant collier de perles roses, du toc, mais du plus bel effet sur sa peau laiteuse. Les lèvres fardées d'un rouge vif, elle riait beaucoup, flattée d'être reçue au domaine.

— Ta sœur et toi, vous êtes deux superbes femmes, déclara Bertille, et le portrait vivant de votre maman.

— Merci, tantine, dit Janine. Mais, pour le caractère, seule Thété en a hérité. Je suis fière de ma grande sœur.

Émue, Thérèse caressa la main de sa cadette. Maurice avala d'un trait le fond de son verre de cognac. Il avait été vertement rappelé à l'ordre par sa jolie épouse après avoir subi les foudres de sa patronne. Cela l'inclinait à la mansuétude, d'autant plus que, la nuit précédente, le couple n'avait pas pris les précautions habituelles en faisant l'amour.

«Si j'ai enfin un petit bout de chou à chérir, promis, je pardonne tout à Janine. Elle a été abusée par ce type, rien d'autre. Comme a dit madame Claire, elle est bien assez punie.»

Paulette, qui débarrassait la table, surprit sur le visage de Maurice une expression radieuse. «Il est comblé, pardi, marié à une aussi jolie femme», se dit-elle non sans rancune.

La gouvernante était pourtant une des fidèles clientes de Thérèse, qui frisait ses cheveux coupés court sur la nuque. Elles s'appréciaient mutuellement, durant ces moments de complicité féminine passés dans le salon de coiffure. Là, c'était différent. «Ma rivale, songea Paulette, et quelle rivale! Comme l'a fait remarquer madame, Thérèse est superbe. Surtout ce soir, toute pomponnée…»

Un silence s'établissait autour de la table ovale agrémentée d'une nappe blanche damassée. Cela permit à Maurice d'entendre le bruit d'un moteur. Bertille tendit l'oreille également. Une portière claqua.

— Une visite, si tard? s'étonna-t-elle. Paulette, allez voir qui c'est.

— Oui, madame.

Elle n'eut pas le temps d'atteindre le hall. Un jeune homme le traversait déjà, vêtu d'un lourd manteau noir et coiffé d'un chapeau de feutre.

— Monsieur Félicien! s'exclama la gouvernante. Quelle bonne surprise!

— Elle ne sera pas bonne pour tout le monde, répliqua-t-il d'une voix aiguë.

L'instant suivant, il entrait dans la salle à manger brillamment éclairée. En découvrant les dîneurs encore attablés, il eut un sourire méprisant.

— Ma chère grand-mère se console déjà! ironisa le petit-fils de Bertrand Giraud. Enfin, une grand-mère par alliance, n'est-ce pas? Et l'on invite le petit peuple!

Suffoquée, Bertille se raidit tout entière avant de répliquer:

— Félicien, sois correct avec mes invités! Et, même si tu te crois un individu supérieur, tu aurais pu annoncer ta visite.

— Ma venue serait un terme plus juste. Je prends possession des lieux!

Maurice s'était levé précipitamment en signe de respect, le jeune homme l'ayant toujours traité en subalterne sans jamais lui exprimer la moindre sympathie.

— Peux-tu m'expliquer? demanda Bertille, aussi agacée qu'amusée. Tu es chez toi, ici, mon cher enfant. Tu prends possession des lieux, dis-tu? Ta phrase réclame des éclaircissements. Mais, rassure-moi, comment te portes-tu, après ce navrant accident de tramway?

Le «cher enfant» était une pique venimeuse. Félicien tendit son manteau et son chapeau à Paulette en jetant sur la table un regard moqueur.

— Je suis tout à fait remis, mais je n'ai pas dîné. Servez-moi la même chose.

— Mais, monsieur Félicien, je n'avais pas prévu un cinquième couvert! s'affola la gouvernante. Il faudrait ouvrir un autre bocal de confit et…

— Ne bouge pas, Paulette, ordonna Bertille. Ce blanc-bec mangera du pain et du pâté dans la cuisine. Tu as compris, Félicien? Tu n'es pas le roi du domaine, tu n'es que le petit-fils de Bertrand, qui serait encore vivant sans toi.

— Nous y voilà! s'exclama-t-il. Clara et Arthur, les seuls à avoir daigné venir à l'hôpital pour prendre de mes nouvelles, m'ont averti. D'après vous, grand-mère, j'aurais causé le décès brutal de mon père. Que vous êtes naïve! Père se savait condamné. Lors de son dernier passage à Bordeaux, il m'avait confié qu'il était très malade du cœur. Il m'a dit d'autres petites choses, d'ailleurs, que le notaire sera tenu de vous indiquer. La lecture du testament n'a pas pu se faire sans moi, vous me l'avez spécifié dans une lettre. Aussi, j'ai hâte d'y être.

Interloquée, Bertille préféra s'asseoir. Elle tremblait de tout son corps. Janine lui adressa un coup d'œil apitoyé.

— Nous allons partir, dit Thérèse en se levant.

Maurice, qui était toujours debout, la prit par les épaules.

— Oui, rentrons, déclara-t-il. Madame, si vous avez besoin de la voiture, je serai là dès six heures demain matin.

— Merci, soupira-t-elle.

Le couple se prépara, la gouvernante leur ayant apporté leurs manteaux. En donnant son écharpe au chauffeur, Paulette effleura sa main par mégarde. Elle en devint écarlate. Il eut un petit sourire attendri.

— À demain, dit-il.

Elle lui servait un café tous les matins quand il arrivait du bourg. C'était un rituel qui les avait rapprochés peu à peu, et la jeune femme préparait pour l'occasion de la brioche ou des biscuits.

— N'oubliez pas la petite sœur! lança négligemment Félicien.

— Janine habitera le domaine, désormais! coupa Bertille. Et tu n'as rien à y redire, je suis chez moi.

Sous ses airs hautains, elle dissimulait un début de panique. Elle se demandait pourquoi Bertrand s'était confié à ce jeune coq prétentieux, lui cachant la gravité de son état à elle, son épouse, son amour.

— Vous l'avez engagée comme bonne, je suppose, mais une seule suffisait, surtout que Paulette se débrouille assez bien, déclara l'insupportable personnage.

— Janine est mon invitée permanente et ma future secrétaire, ajouta Bertille. Maintenant, Félicien, va donc te restaurer en cuisine. Au fait, comment es-tu venu?

— Mais en train, puis en taxi! Vous êtes devenue sourde, pour ne pas avoir entendu une voiture repartir?

Elle le dévisagea, froide, hostile. Le petit-fils de l'avocat lui faisait penser à Denis Giraud, dont il avait l'impertinence, la fatuité, les traits irréguliers et les cheveux châtain roux.

« Quelle catastrophe d'avoir élevé ce gosse! songea-t-elle. S'il continue à jouer les rejetons de grande famille, je ne pourrai pas me taire longtemps. Je lui révélerai comment nous l'avons recueilli, lui qui a été déposé sur le seuil du domaine. Le sort réservé aux bâtards! »

Sous l'œil moqueur de Félicien, tandis que Thérèse et Maurice prenaient congé, Bertille revivait le soir lointain où la brave Mireille avait monté dans leur chambre un poupon au teint rouge, hurlant de faim. « Mon pauvre Félicien, cela rabattrait ton caquet si tu apprenais que tu es né d'un presque viol, Denis, ton père, ayant forcé une toute jeune bonne alors qu'il était en voyage de noces au bord de la mer avec Faustine. Tes malheureux grands-parents ont fait le trajet jusqu'ici, afin de nous remettre l'enfant de la honte, toi. N'osant même pas se montrer, ils avaient placé un message dans tes vêtements[10]. »

— Qu'est-ce que tu attends? déclara-t-elle sèchement. Paulette te trouvera bien un casse-croûte!

Ce fut au tour de Félicien d'être déstabilisé à cause d'une lueur menaçante dans les prunelles grises de Bertille. Il la redoutait, malgré la faconde méprisante qu'il affichait.

— Très bien, j'y vais, céda-t-il. Mais profitez-en, ma chère grand-mère, car cela ne durera pas. Vous ne ferez pas toujours la loi à Ponriant.

— De mon vivant, cela m'étonnerait fort, répondit-elle, de plus en plus inquiète.

Dès qu'elle fut seule avec Janine, Bertille lui avoua à l'oreille :

— Il est trop sûr de lui, ça ne présage rien de bon. Mon Dieu, Bertrand n'a pas pu me léser en sa faveur. Il m'adorait. Il m'a si souvent répété qu'il me léguerait le domaine!

---

10. Voir livre 3, *Les Tristes Noces*.

— N'aie pas peur, tantine, la rassura Janine. Félicien te provoque, je ne sais pas pourquoi, mais il a toujours été imbu de lui-même. Nous avons le même âge. Il allait à l'école du bourg en primaire et il était sans cesse à nous tourmenter, nous, les filles, quand la cloche sonnait. Une fois, il a mis une grenouille dans la robe de Claudine, ma camarade. Moi, il me pinçait au sang dès que je le croisais sur le chemin des Falaises.

— Tu as raison, c'est un affreux voyou, prétentieux et agressif.

Elles se turent, envahies par la même angoisse. Félicien était, malgré ses défauts, l'unique descendant mâle des Giraud.

*

Moulin du Loup, mercredi 14 février 1940

Bertille ne décolérait pas. Très menue dans sa robe noire, elle arpentait sur ses talons hauts le plancher séculaire de la cuisine du moulin. Claire la suivait des yeux en cherchant comment l'apaiser.

— Il a osé! répétait sa cousine. Il a osé, lui que j'adorais, que j'idolâtrais! Mon propre mari!

— Calme-toi, princesse. Ce n'est pas si tragique, au fond.

— Ce n'est pas si tragique? Mais si! hurla Bertille. Me trahir ainsi, me tromper! Non, je vais en mourir, je t'assure.

— En comparaison des sinistres événements qui se déroulent dans le nord de l'Europe, il n'y a pas de quoi mourir, trancha Claire en soupirant. Nous sommes mal informés, la presse donne peu de renseignements, mais la guerre prend de l'ampleur. L'Armée rouge attaque la Finlande, alors que les Britanniques veulent débarquer en Norvège pour soutenir ce pays. C'est si complexe! Jean s'y perd aussi, mais une chose est certaine, Hitler n'hésitera pas à forcer nos frontières.

Les paroles de sa cousine ne firent aucun effet sur Bertille. Elle s'était arrêtée de marcher pour observer le décor si familier et si cher à son cœur.

— Tu as de la chance, Clairette, observa-t-elle. Tu es vraiment chez toi, ici. Personne ne te chassera. Rien n'a changé ou si peu de chose, depuis nos quinze ans. Dis-moi pourquoi Bertrand m'a fait ça, je t'en prie. Donne-moi une explication. Si tu m'avais vue quand le notaire a lu le testament. Ces mots, ils m'obséderont jusqu'à mon dernier souffle : «*Je lègue en toute lucidité et sans avoir subi une quelconque influence le domaine de Ponriant à mon petit-fils légitime Félicien Giraud, avec pour condition qu'il laisse mon épouse Bertille Giraud y demeurer aussi longtemps qu'elle le souhaitera.*» Avoue que c'est ahurissant, odieux!

— Bertrand a pu prendre cette décision par prudence, princesse. Il savait que tu détestais t'occuper des comptes, des fermages et de toute forme de gestion. Tu n'es pas à la porte, quand même! Tu peux y vivre comme avant, à la demeure ancestrale. Nous devons être lucides, toi et moi. Nous ne sommes plus des jeunesses et, à l'instar de ton mari, je crois que Félicien sera apte à faire fructifier le domaine de Ponriant. En plus, tu as une rente mirobolante et la villa de Pontaillac. Princesse, ne te plains pas.

Claire reprit sa tâche. Elle écossait des haricots en grains pour les faire tremper toute la nuit et les cuire le lendemain. La chatte Mimi était toujours nichée sur ses genoux, et sa maîtresse lui prodiguait à l'occasion une caresse distraite.

— Ne pas me plaindre! s'exclama Bertille. J'ai reçu un coup de poignard dans le dos de l'homme que j'aimais. Son argent, je voudrais cracher dessus.

— Ce serait une belle idiotie. J'aimerais disposer d'un capital aussi intéressant que toi. Jean touche un salaire pour son travail à l'imprimerie, mais il nous sert depuis des années à payer les maigres gages de Léon et d'Anita. Quant à moi, je gagne bien peu. Quelques ventes de fromage et de légumes. Et je te dois encore une fortune.

— Non, tu ne me dois rien du tout! trancha sa cousine.

— Je n'ai qu'une solution : arriver à nourrir tout le monde avec le potager et la volaille. J'appréhende la guerre et les privations possibles.

Lasse d'entendre toujours le même refrain, Bertille alluma une cigarette américaine. C'était sa nouvelle manie.

177

— Et ta jument, en es-tu contente? interrogea-t-elle. J'espérais te voir arriver au grand galop tous les jours dans mon ancien domaine, mais tu n'es venue qu'une fois.

— J'attends le printemps, l'herbe tendre d'un vert si vif! Je me languis du vent tiède et du parfum des giroflées qui poussent le long des falaises.

— Moi, je voudrais que cet abruti de Félicien décampe. Il est énervant, toujours à critiquer les menus, à se moquer de Janine, à houspiller Paulette. Mais j'ai une maigre consolation, il a été déçu, lui aussi.

— Parce qu'il a hérité du domaine avec toi en prime? plaisanta Claire. Bertrand a bien calculé. Tu gardes la jouissance de la maison, et je parie que tu parviendras à faire déguerpir ce jeune homme.

— Je vais m'y appliquer, assura Bertille avec un étrange sourire. Ce blanc-bec retournera à Bordeaux vite fait, bien fait.

Anita entra dans la cuisine avec un seau de lait à bout de bras.

— C'est une bénédiction, madame, d'avoir acheté une vache! s'exclama-t-elle. Regardez-moi ce lait et cette crème! Ce soir, je ferai du beurre et des fromages. Alors, madame Bertille, quelles nouvelles de la petite Janine? Je vous ai saluée, tout à l'heure, devant l'étable, mais j'avais pas le temps de causer.

— Janine se rétablit doucement, mais elle est mieux allongée qu'assise, pour le moment. Je la dorlote, ne t'inquiète pas. Viens la voir quand tu veux. Tiens, ce seau de lait me donne une idée, Anita: je vais acheter des vaches, moi aussi. Quatre normandes! Les meilleures laitières! Je dirai à Maurice de les laisser se promener dans le parc; il y aura des bouses partout… pour les mocassins en cuir de Félicien.

La domestique, qui n'était pas au courant des préoccupations de Bertille, garda son sérieux. Claire rit de bon cœur. Depuis que Ludivine connaissait la vérité au sujet d'Angéla, elle se sentait beaucoup plus sereine. Cela l'inclinait à penser que le vieux père Maraud avait encore raison sur un point: le mensonge sème le désordre et se révèle destructeur.

— Achète des vaches, princesse, renchérit-elle. Mais il te

faudra les garder au pré, et tu devras embaucher quelqu'un pour les traire. Ce serait une précaution, si la guerre éclate.

— Tais-toi, cousine. Tu me rebats les oreilles, avec ta guerre.

— Madame Claire a bien raison d'être clairvoyante, dit Anita. Léon a tué le cochon le mois dernier et on a fait de la belle charcuterie, fi de loup! Il reste même du boudin. Grâce à ce froid terrible, il se conserve bien, dans le cellier. La viande aussi.

— Pourrais-je avoir du thé? demanda soudain Bertille. Maurice tarde. Il a dû m'oublier ou faire exprès de m'oublier. Je ne suis plus la patronne, à présent. Je ferais mieux de passer le permis de conduire et de confisquer les clefs de notre automobile, sinon Félicien va abuser de mon chauffeur.

— Félicien par-ci, Félicien par-là! C'est soûlant, princesse. Allons, assieds-toi. Je boirai du thé avec toi. Pour le permis de conduire, tu n'es pas sérieuse?

— Tout à fait! Pourquoi le plaisir de prendre le volant serait-il réservé à la gent masculine? Les hommes de toute la France sont sur le pied de guerre, précisément. J'ai lu que les femmes s'empressent d'obtenir le permis[11]!

— Vous aurez le droit, à votre âge? s'étonna Anita.

— Je ne suis quand même pas octogénaire! se rebella Bertille. J'ai une vue excellente et j'ai déjà conduit, avec Bertrand, au bord de la mer. C'est enfantin.

Claire dévisageait sa cousine et s'émerveillait de la trouver aussi combative, aussi fantasque et capricieuse. Bertille resplendissait, si peu différente en fait de la charmante jeune fille de jadis. Elle affichait peu de rides, un sourire radieux, de jolies dents et ce charme extraordinaire qui émanait de toute sa petite personne auréolée de fines boucles blondes.

— Je t'aime tant, princesse! affirma-t-elle. Je te sens de taille à repousser nos ennemis.

— À coups de fusil, s'il le faut! s'exclama Bertille.

---

11. Fait authentique. Dès 1939, les femmes ont été plus nombreuses à passer cet examen.

École pour filles de Puymoyen, même jour

Le bâtiment de la mairie du bourg, construit dans le style des demeures bourgeoises charentaises, séparait l'école de filles de l'école de garçons. Les cours de récréation, quant à elles, étaient délimitées par un muret surmonté d'un grillage. Cela permit à Faustine, qui surveillait ses élèves, d'apercevoir l'inspecteur Jean-Baptiste Gagneau, en conversation avec un des instituteurs, Anatole Mercier. Puymoyen voyait sa population augmenter chaque année; les établissements scolaires accueillaient donc de nombreux enfants de la vallée et des hameaux voisins.

« Que fait-il là encore? se demanda-t-elle. Je n'ai pas reçu de courrier annonçant une autre inspection! »

Cela la rendit nerveuse. Son métier d'enseignante comptait beaucoup pour elle. Pour rien au monde elle n'aurait voulu perdre son poste. Sa collègue, Rachel Goldman, responsable des classes élémentaires, s'en aperçut et lui dit tout bas:

— Vous me semblez inquiète. Pourquoi donc? Si c'est à cause de monsieur l'inspecteur, ne vous en faites pas, vous avez toujours été bien notée par l'Académie. Il est sans doute de passage seulement. À mon avis, il se sera lié d'amitié avec notre brave Anatole. Quel personnage, n'est-ce pas? Comme je vous l'ai dit, il a bousculé tout l'ordre de mes leçons. Du jamais vu!

— Dans ma classe également, avoua Faustine.

Elles se turent, intriguées. Les cris des enfants qui faisaient des glissades sur les plaques de neige gelée les empêchaient de saisir un seul mot de la discussion animée qui avait lieu dans l'autre cour. Cependant, elles furent vite renseignées. Jean-Baptiste Gagneau leur fit signe avant d'approcher du grillage à grands pas. Il avait un large sourire triomphant.

— Bonjour, mesdames, dit-il de sa voix grave. Je suis heureux de vous annoncer que nous serons collègues. Je vais remplacer monsieur Anatole Mercier, qui prend sa retraite plus tôt que prévu pour des raisons de santé.

— Monsieur Mercier se portait très bien jusqu'à présent, dit Faustine, surprise.

— Vous n'êtes pas dans les petits papiers de l'Académie, chère madame Roy. Je vous sens contrariée, mais n'ayez pas peur, je suis un excellent instituteur. Les garnements du pays vont vite marcher au pas, avec moi.

Il ponctua ces paroles d'un clin d'œil. Rachel Goldman eut un léger rire complice, mais Faustine demeura désorientée. Ce changement d'enseignant en cours d'année lui semblait suspect.

— Un communiste doit se mettre au vert, dans certains cas, nota alors Jean-Baptiste Gagneau. Le gouvernement les traque.

Tout de suite, Faustine changea d'attitude. Elle crut revoir Basile Drujon, son grand-père par le cœur, ancien communard qui avait dressé des barricades à Paris auprès de Louise Michel. Il était également instituteur et il avait su inculquer aux enfants du Moulin, surtout elle et Matthieu, ses idéaux vaguement teintés d'anarchie, proches de l'engagement des rouges[12], qui avaient si mauvaise presse ces temps-là.

— Je vois! déclara-t-elle. Dans ce cas, bienvenue à Puymoyen, monsieur. Où logerez-vous?

Elle posait la question par politesse afin de revenir sur un terrain ordinaire. L'inspecteur eut le toupet de répondre tout bas:

— Ne vous inquiétez pas, belle dame, je vous donnerai mon adresse le plus tôt possible.

Sur ces mots, il éclata d'un grand rire. Faustine prit la fuite, les joues en feu, très contrariée.

— Pour qui me prend-il? confia-t-elle à sa collègue qui l'avait suivie, tout aussi choquée.

— Je pense que cet individu pratique l'humour sans se soucier des convenances, madame Roy. Il faudra nous y familiariser.

---

12. Surnom donné aux communistes.

— Hélas, oui!

Ludivine avait été témoin, à bonne distance, de l'entretien. Sa camarade, Odile, lui décocha un coup de coude en pouffant.

— Tu as vu ça? Il est revenu, le monsieur si amusant.

— Oui, peut-être qu'il va nous demander de réciter des poésies. Mais madame Roy ne semble pas contente.

— T'es pas obligée de l'appeler madame Roy, ta grande sœur. Enfin, pas quand on est toutes les deux.

— Si, c'est elle qui le veut. Odile, tu viens chez moi demain? Ta mère est d'accord?

— J'sais pas, j'ai pas osé encore le lui demander, répliqua la fillette aux yeux verts et aux nattes blondes. J'aimerais trop venir, moi. Tu me montreras le loup de ta mère?

— Notre loup! C'est moi qui l'ai trouvé, rectifia Ludivine. Je t'en prie, il faut que tu viennes. Je t'attendrai au pont avec Sauvageon. Je peux le promener en laisse, maman l'a habitué. Et, tous les jeudis, Anita fait des crêpes.

Odile approuva avec une expression ravie. Elle ne mangeait pas souvent à sa faim, ses parents étant une des familles les plus pauvres du bourg.

La cloche sonnait. C'était la fin de la récréation. Faustine frappa dans ses mains pour indiquer aux écolières de rentrer. Elles se mirent en rang avant de se ruer dans le couloir.

Ce fut un joyeux tohu-bohu, tandis que chaque fille ôtait manteau, bonnet, écharpe et gants pour les ranger sur leur patère respective. Ludivine, qui s'attardait, vit approcher Jean-Baptiste Gagneau.

— Bonjour, monsieur l'inspecteur, claironna-t-elle.

— Je ne suis plus inspecteur, mais instituteur, et nous nous verrons souvent, annonça-t-il avec un sourire. Dis-moi, tu es bien la sœur de madame Roy?

— Oui.

— Pourras-tu lui remettre cette lettre? Mais ce soir, en dehors de l'école. C'est important. Tu as bien compris? Ce soir, pas avant!

— Bien, monsieur.

L'étrange personnage s'éloigna d'un pas assez léger

pour son apparence imposante. Ludivine cacha la petite enveloppe bleue dans la poche de son tablier et s'empressa d'entrer dans la classe. Faustine la foudroya du regard.

— Qu'est-ce que tu faisais encore dans le couloir? lui reprocha-t-elle.

— Euh…, rien! mentit sa jeune sœur.

*

Chaque soir, Faustine et Ludivine descendaient ensemble dans la vallée des Eaux-Claires en suivant la route pentue qui serpentait entre des talus boisés. Il ne neigeait plus depuis une semaine, mais, le froid persistant, la chaussée était encore couverte de vastes plaques de verglas. Elles se tenaient par la main et marchaient le plus souvent sur le bas-côté où des touffes d'herbes brunes pointaient.

— On aurait pu prendre le raccourci, indiqua la fillette.

— Non, il y a trop de neige gelée, et le sentier est très escarpé. J'aurais glissé.

— En tout cas, j'ai bien fait de le prendre, le mois dernier. Sinon, maman n'aurait pas eu son louveteau. Et sais-tu pourquoi je t'avais désobéi?

— Je m'en doute, tu avais entendu hurler des loups le matin. Papa me l'a raconté. Mais ce n'était pas bien de ta part. Je t'ai cherchée dans le village et je me suis tourmentée. Enfin, c'est de l'histoire ancienne.

Faustine avait plaisir à bavarder avec sa jeune sœur. Cela lui rappelait l'époque où elle se promenait avec Thérèse, sa cadette de huit ans.

— Tu peux rester un peu à la maison, ajouta-t-elle. Je te ferai un chocolat chaud et une tartine.

— C'est gentil… Dis, j'ai invité Odile au Moulin, demain, parce que je m'ennuie un peu le jeudi. Tu crois que ses parents lui donneront la permission de venir?

— Je n'en sais rien.

Le cœur serré, Faustine préféra taire la triste condition de vie de cette famille. Le père buvait, alors que la mère s'épuisait à faire des lessives pour l'épouse du docteur Vitalin et des autres

183

femmes aisées du village. Chaque jeudi et même le dimanche, Odile devait laver draps et torchons et les rincer à l'eau glacée.

Alors qu'elle ressassait ces pensées, on frappa à la porte

— Au fait, j'ai une lettre pour toi! s'écria Ludivine. Je suis navrée, j'avais oublié.

— Une lettre? Tu as croisé le facteur?

— Non, c'est monsieur Gagneau, l'inspecteur, qui me l'a remise. Il voulait que je te la donne ce soir, après l'école. C'est important, il paraît.

La fillette tendit l'enveloppe à sa sœur, qui la prit avec une expression de perplexité.

— Je la lirai plus tard. Dépêchons-nous.

Ce fut au bout de vingt minutes, sous la lampe à pétrole de sa cuisine, que Faustine déchiffra l'écriture élégante de Jean-Baptiste Gagneau. Elle avait déjà servi un chocolat chaud et une tranche de pain beurrée à Ludivine.

— Mon Dieu! soupira-t-elle en repliant la feuille.

— Qu'est-ce qu'il y a?

— Rien, rien du tout! Mange vite! Je te raccompagnerai au Moulin. Je rendrai visite à Matthieu en même temps.

Quand elles partirent pour le Moulin, la nuit tombait et le ciel offrait des nuances délicates, allant du mauve au rose semé de longs nuages gris ourlés d'or. La belle institutrice ressentit un réel apaisement en apercevant les fenêtres éclairées de l'imprimerie, équipée depuis un an de l'électricité. Elle se hâtait vers celui qui la protégeait depuis son plus jeune âge, son chevalier servant, son grand frère et son meilleur ami. Faustine n'avait pas de souvenirs sans Matthieu, qui l'avait accueillie dans la vallée avec un doux sourire, alors qu'elle était âgée de deux ans à peine. Il en avait cinq et il lui avait promis de veiller sur elle.

— Rentre vite au chaud, Ludivine, dit-elle en embrassant sa sœur. Si maman est d'accord, j'aimerais bien dîner avec vous ce soir.

— Bien sûr qu'elle sera d'accord! Je la préviens et je reviens te le dire.

— Non, de toute façon, nous passerons vous rendre visite, Matthieu et moi.

Faustine entra dans l'imprimerie Roy, tout de suite rassurée par l'odeur familière de l'encre, du plomb et du gros poêle chauffé à blanc. Elle trouva son mari dans la seconde salle où il stockait les paquets de papier et sa presse.

— Matthieu! appela-t-elle.

Il se retourna, grand et svelte dans sa blouse grise qui descendait à mi-mollet. Elle le trouva beau, d'une séduction extrême avec son teint mat, ses yeux de velours sombre et ses traits altiers.

— Ma chérie, quelle bonne surprise! affirma-t-il en lui ouvrant les bras. J'allais fermer la boutique, comme on dit. Comme Jean avait la migraine, il a débauché plus tôt. Jacques est parti lui aussi.

Elle se réfugia contre sa poitrine et l'enlaça. Troublé, il l'embrassa sur les lèvres.

— Un souci, un ennui? observa-t-il. Dis-moi, ma petite femme, je t'aiderai.

— Tu ne changeras jamais, s'étonna-t-elle. Je pensais à ça, sur le chemin, à toi, à nous. Te souviens-tu des nuits d'orage de notre enfance, quand je me réfugiais dans ton lit? Pour me consoler, tu me racontais des histoires ou tu chantonnais. Je n'avais plus peur, j'étais bien, si bien. Ensuite, papa m'a interdit de dormir avec toi. Mais je venais en cachette.

— Sûrement que je m'en souviens. Faustine, si tu me disais ce qui se passe, maintenant.

— Tiens, lis cette lettre... Je t'avais parlé de l'inspecteur d'Académie, ce farfelu. Il remplace Anatole Mercier. Il a eu son poste et ce n'est pas un hasard, je crois. En fait, il veut te rencontrer. Cela ne m'étonne pas. Tu as une imprimerie en dehors de la ville et, comme tu me l'as expliqué cet automne, les communistes ont besoin de fabriquer des tracts sans prendre trop de risques.

Depuis le début de la guerre, le jeune couple se tenait très au courant de l'actualité. Les sourcils froncés, Matthieu parcourut les quelques lignes de Jean-Baptiste Gagneau.

— Eh bien! fit-il simplement.

— Je préférerais que tu le décourages tout de suite, s'il te demande ton aide, indiqua Faustine. Tu ne t'es jamais impliqué dans la politique. Je t'en prie, pense aux enfants, pense à moi. Je serai trop inquiète si tu te lances dans une telle entreprise.

— Je dois y réfléchir. Je partage certaines idées de Gagneau, et Anatole Mercier, qui avait besoin d'être mis à l'abri, m'avait déjà sollicité.

— Tu aurais pu m'en parler! protesta-t-elle. Dis tout de suite que je suis trop sotte pour comprendre, qu'après tout je ne suis qu'une femme!

Elle échappa à son étreinte. Il la rattrapa, rieur.

— Petite furie, ne te sauve pas!

Sans la lâcher, Matthieu éteignit les lumières de la salle, puis il verrouilla la porte donnant sur la cour du Moulin. Le couple se retrouva dans une pénombre chaude et complice.

— Viens, dit-il d'une voix troublée, un peu rauque, en déboutonnant son manteau. J'ai envie de sentir ta peau sous mes mains, là, là…

Il plaquait ses paumes sur sa taille après avoir soulevé son gilet et son corsage. Le contact de sa chair veloutée lui fit perdre la maîtrise de lui-même. Sa respiration s'accélérait. Il l'entraîna dans son bureau et l'appuya au gros meuble sur lequel il travaillait à ses comptes. Cette fois, il retroussa sa jupe en jersey pour caresser le haut de ses cuisses, entre ses bas tenus par des jarretières, et sa culotte en satin.

— Non, chéri, pas ici! dit-elle à voix basse, émoustillée cependant par le désir qui s'était emparé de lui.

— Et pourquoi pas? Il fait chaud, il fait sombre et j'en ai envie. Tu faisais moins de manières, jadis, quand je pouvais te rendre visite par surprise. Je me rappelle un grenier à foin, à l'institution Marianne. Tu étais montée me rejoindre à l'aube, toute nue sous ta chemise de nuit.

Il lui reprit la bouche, meurtrissant ses lèvres charnues en les mordillant. Vaincue, elle retint une plainte. La passion qui les avait unis n'était pas un feu de paille, mais un brasier continu, enflammé, auquel ils se réchauffaient depuis des années, quand la vie les confrontait à des épreuves et à des chagrins.

— Matthieu, mon amour… glissa-t-elle à son oreille.

C'était une reddition. Il le devina et lui ôta sa petite culotte. À voix basse, il lui conseilla de s'asseoir sur le bureau.

— Je ne verrai plus ce meuble du même œil! plaisanta-t-il en couvrant son cou de légers baisers.

D'un doigt, il effleura le délicat bouton de chair si sensible, dont l'excitation menait vite sa femme à un délire sensuel. Bientôt, elle geignait et haletait, offerte. Il la pénétra enfin très lentement, silencieux, grave, tel l'officiant tout-puissant d'une cérémonie sacrée. Ses coups de reins se firent plus insistants, tandis qu'elle se tendait vers lui, les mains nouées dans son dos.

— Je voudrais rester toujours en toi, affirma-t-il. Tu es si douce!

— Reste, reste! supplia-t-elle. Encore, encore…

Il multiplia ses assauts, attentif à lire sur le beau visage de Faustine la montée du plaisir. Elle poussait de petites plaintes qu'elle étouffait de son poing fermé. Lorsque Matthieu fut incapable de contenir son excitation, terrassé par une jouissance aux allures de tempête, elle cria de joie, cambrée, emportée à son tour par des spasmes voluptueux. Après un court répit, tous deux étourdis, ils s'embrassèrent de nouveau à pleine bouche.

— Chéri, chéri, je t'aime, dit-elle avec tendresse. Toi, oh, toi!

— Mon amour, excuse-moi, je n'ai pas fait attention, c'était trop bon, ce soir.

— Eh bien, nous aurons un bébé, rétorqua-t-elle. Cela ne me déplairait pas.

— Avec Hitler qui menace de saccager l'Europe? Ce n'est pas une très bonne idée.

Faustine haussa les épaules. Elle avait oublié Adolphe Hitler et Jean-Baptiste Gagneau.

— La Providence décidera, dit-elle, occupée à remettre de l'ordre dans sa toilette. Bon, je te laisse, je vais voir papa et maman. Je voudrais dîner au Moulin.

— Attends-moi, dit Matthieu en la saisissant par le coude. Je ne te quitte pas. Bonne idée, de s'inviter chez Claire. La cuisine est toujours délicieuse. Ne parle surtout pas de cette lettre, nous en rediscuterons chez nous, plus tard. Faustine, même si Daladier a dissous le parti, il n'a pas disparu pour autant. Il a eu le tort de dénoncer la guerre, mais le mouvement continue, en sourdine, puisque les députés communistes sont menacés de la prison, voire de la peine de mort[13].

— Justement, c'est dangereux d'aider des gens comme Gagneau, dit-elle tandis qu'ils traversaient la cour. Déjà, tu as échappé à la mobilisation générale, en septembre[14], mais cela peut changer. Mon Dieu, si tu partais à la guerre…

— Ne t'en fais pas. Pour l'instant, les soldats se tournent les pouces sur la ligne Maginot. Il ne s'y passe rien. Paul m'a écrit; il était affecté au 107e régiment d'infanterie, à la caserne Gaspard-Michel d'Angoulême; on l'a expédié là-bas. Il s'ennuie ferme et regrette sa place à l'imprimerie. Moi aussi. Ce garçon était un rude bosseur.

Faustine approuva en silence. Elle aimait bien Paul, un des employés de son mari, et ils l'avaient invité au restaurant le jour où il avait dû les quitter.

Claire accueillit le couple avec un beau sourire. Elle portait une jolie robe en velours vert et un tablier à fleurs. Ses nattes brunes dansaient sur ses épaules rondes.

— Ludivine m'a prévenue, vous dînez avec nous. Comme je suis contente! Anita prépare un rôti de porc sur un lit de pommes de terre sautées et de girolles. Je sais que ce sont tes champignons préférés, frérot. J'en fais sécher chaque été en pensant à toi.

— Quand tu m'appelles frérot, j'ai l'impression de retomber en enfance, d'être en culottes courtes, plaisanta Matthieu. Oh! mais voici Sauvageon. Il est de plus en plus familier, dis donc.

Le louveteau mordillait son bas de pantalon. Ludivine le prit par son collier.

---

13. Fait authentique.
14. En septembre 1939, les hommes de vingt à quarante ans ont été mobilisés. Matthieu avait quarante-deux ans.

— Non, pas ça! Sage! cria la fillette. Il lui faut un os pour ses dents, maman. C'est papa qui l'a dit.

— Et où est-il, mon cher papa? demanda Faustine.

— Couché à cause de sa migraine, répondit Claire. Je lui ai donné une infusion d'écorce de saule et je l'ai massé. Cela me préoccupe. Il a de plus en plus souvent des maux de tête!

— Et toi, Clairette? J'ai su par Léon que ton cœur te joue des tours. As-tu consulté un bon médecin? Je te conduis en ville quand tu veux, si Jean ne se décide pas à le faire.

— Je me soigne, assura-t-elle. Je bois des tisanes d'aubépine, c'est excellent pour le rythme cardiaque. Je mange moins de viande et de fromage, aussi. D'après le père Maraud, ces aliments nuisent à la circulation sanguine, les vaisseaux se bouchent.

Matthieu leva les bras au ciel. Il vivait avec son temps et déplorait la foi persistante de sa sœur en ce vieux rebouteux, décédé depuis des années de surcroît.

— Je préférerais que tu voies un médecin, trancha-t-il.

— Votre frère a bien raison, madame, ajouta Anita. Dites donc, ça vous dirait, après la soupe, une omelette au lard?

— Non, Anita, le bouillon de légumes et le rôti suffiront, objecta Claire. Pas de gaspillage! Nous mangerons une omelette demain midi. Ludivine, voudrais-tu monter dire à ton père que nous allons passer à table?

La fillette jeta un regard implorant à sa mère, mais celle-ci ne céda pas.

— J'y vais, maman, soupira-t-elle.

Dès qu'elle fut sur le palier, Faustine interrogea Claire tout bas:

— Cela ne s'arrange pas, entre elle et papa?

— Non, Ludivine le boude depuis plus de quinze jours! Je la sens soulagée de connaître la vérité et elle me parle souvent d'Angéla. Hélas, elle n'arrive plus à montrer de l'affection à Jean. Elle est polie et obéissante, mais elle le traite en étranger.

— Si tu veux mon avis, Clairette, intervint Matthieu, c'était bien trop tôt pour lui révéler une histoire pareille.

189

Que peut-elle comprendre, à son âge? Le plus coupable, c'est quand même Léon qui n'a pas pu tenir sa langue!

Anita écoutait sans oser donner son avis. Elle avait reproché à son mari sa terrible maladresse. Il s'était défendu de son mieux, lui affirmant qu'il avait trop bu.

— Et voilà le malheur! s'était-elle lamentée. Tu bois trop, beaucoup trop, mon pauvre homme, ça finira mal.

Le domestique avait promis de limiter sa consommation, mais il trichait, vidant des fonds de bouteille en cachette.

— Je pense comme Matthieu, ajouta Faustine. Cela va la perturber, je le crains. À l'école, elle est plus indisciplinée qu'avant.

— Je n'ai pas eu le choix, leur répondit Claire. J'aurais aimé qu'il en soit autrement. N'en parlons plus, je vous en prie. Ce mois de janvier m'a mise à rude épreuve. La mort de Bertrand, le drame de Janine et, pour terminer, ce lamentable incident à propos de Jean et d'Angéla.

Faustine s'installa dans le fauteuil en osier. Chaque fois qu'elle touchait les accoudoirs repeints inlassablement au fil des ans, elle pensait à Bertille qui avait fait de ce siège son trône de princesse infirme.

— Il s'est passé tant de choses ici! observa-t-elle d'un air rêveur. Je ne sais pas pourquoi, en ce moment, des tas de souvenirs me reviennent. Comme ce merveilleux Noël où je suis restée dans la cuisine. Vous m'aviez fait un lit; j'étais aux premières loges, près du sapin. J'avais été attaquée par des loups affamés, mais Tristan m'avait défendu, le malheureux. Il est mort ensuite de ses blessures[15].

Claire acquiesça tristement. Elle avait la nostalgie de cette époque.

— Tristan! se souvint-elle. Il avait suivi ses frères sauvages, mais, quand il t'a vue en danger, il n'a pas hésité à les renier et à se retourner contre eux pour te prouver son affection. Et notre Loupiote, qu'elle était douce…

Au bord des larmes, Claire commença à mettre le cou-

---

15. Voir livre 4, *La Grotte aux fées*.

vert. Si certains jours elle se sentait pleine d'énergie, encore jeune et amoureuse, en d'autres circonstances elle se croyait presque au bout du long chemin de sa vie.

— Je vais t'aider, maman, s'offrit Faustine. Je te fais de la peine, à remuer le passé.

— Mais non, ce sont de précieux souvenirs, un peu amers parfois, hélas! reconnut-elle.

Dans sa chambre, Jean pensait également que certains épisodes de son existence lui avaient laissé un goût de fiel. Depuis la naissance de Ludivine, il coulait des jours paisibles, entre son travail à l'imprimerie, la bonne marche de la maisonnée et les bras si tendres de sa femme. Ce quotidien était ensoleillé, hiver comme été, par leur fille, l'enfant du miracle. «Et Léon a tout fichu en l'air! se disait-il, allongé sur son lit, les yeux rivés au plafond. Bon sang, quel besoin avait-il de parler de ça? Ludivine n'aura plus jamais confiance en moi, jamais! Déjà quinze jours que je ne l'ai pas embrassée ni serrée contre moi. Elle rit avec les autres. Bon sang! J'ai l'impression d'être revenu des années en arrière, d'être un paria, un moins que rien aux yeux de ma fille.»

Au même instant, on frappa discrètement à la porte. La voix fluette de Ludivine s'éleva.

— Papa, nous allons dîner. Il y a Faustine et Matthieu qui mangent avec nous.

Il ne répondit pas, sachant qu'elle s'en irait aussitôt s'il le faisait.

— Papa! insista-t-elle en frappant plus fort. Maman veut que tu descendes.

Sans réfléchir, Jean se leva, ouvrit la porte à la volée et saisit sa fille par le poignet.

— Viens ici deux secondes, nous devons parler.

— Non, j'ai pas le temps, protesta-t-elle sans oser se débattre.

Il referma le battant et tourna la clef dans la serrure. Ludivine en fut effrayée. Elle avait eu soin d'éviter tout tête-à-tête avec son père et, maintenant, elle ne pouvait plus lui échapper.

— Ce ne sera pas long, dit-il en la faisant asseoir à côté

de lui au bord du lit. Ma chérie, je sais que tu m'en veux beaucoup, que tu as honte de moi, sans doute. Je sais aussi que maman t'a expliqué ce qui était arrivé entre Angéla et moi il y a douze ans environ. Je n'ai aucune excuse, je te l'accorde, mais tu dois me pardonner, parce que ta mère m'a pardonné, que nous nous aimons très fort et que nous t'aimons encore plus fort. Tu me prenais pour un héros, un père exemplaire, ce n'est plus le cas. J'en suis navré.

La fillette fixait obstinément la pointe de ses chaussons, sensible cependant à la souffrance qui vibrait dans la voix paternelle.

— Moi aussi, j'ai un récit à te faire, continua-t-il. Puisque tu as appris une de mes plus mauvaises actions, tu peux connaître toute la vérité sur ton père, à présent.

— Je n'ai pas envie, gémit-elle. Et le repas va être prêt!

— On s'en fiche, du repas! Et j'entends Léon dans la cour qui pousse la brouette. Anita ne servira pas la soupe s'il n'est pas rentré.

Ludivine approuva, mal à l'aise, gênée d'être si proche de cet homme qu'elle chérissait de tout son cœur deux semaines auparavant. Au fond, cela lui manquait beaucoup de ne plus le dorloter, d'être privée de ses baisers sur le front le matin, quand elle partait à l'école.

— Tu ne t'es jamais demandé pourquoi je ne parlais pas de mon enfance? Même quand tu me posais des questions? À ton âge, ma chérie, j'errais sur les routes avec mon petit frère Lucien. Nos parents étaient morts et je me plaçais dans des fermes pour gagner un bout de pain. Ou bien je volais aux étalages. Les gendarmes nous ont arrêtés, un jour, et nous avons été envoyés sur l'île d'Hyères, dans une colonie pénitentiaire. Nous étions traités comme des bêtes, des bêtes nuisibles. Nous étions affamés, battus, humiliés…

Jean dut se taire, dévasté par l'émotion. Ludivine, qui ignorait tout de l'enfance de son père, écoutait bouche bée, le cœur serré.

— Lucien est mort dans des conditions horribles, soumis aux cruautés d'un surveillant. Et, ce surveillant, je l'ai tué par accident. J'étais fou de désespoir, comprends-tu? Ensuite, on m'a jugé. Je devais partir pour le bagne de Cayenne dès que j'aurais vingt et un ans. En attendant cette date, on m'a transféré près d'ici, dans la colonie pénitentiaire de La Couronne qui est fermée, maintenant, Dieu merci. Cayenne, c'est de l'autre côté de l'océan Atlantique. La mort assurée, l'enfer au milieu d'une île sauvage ou de la jungle! Je me suis enfui avant d'être expédié là-bas, et le destin m'a mené ici, dans notre vallée. Là, un ange m'est apparu, un ange escorté d'un loup: Claire, ta maman. Elle m'a sauvé en me cachant dans la Grotte aux fées, en m'apportant de la nourriture et en trompant les gens du pays et la police. De ça, je lui serai éternellement reconnaissant.

Des larmes inondaient les joues de Jean qui ne songeait même pas à les essuyer. Il n'avait pas conscience non plus que sa fille le regardait, profondément ébranlée par ce qu'elle apprenait.

— Alors, reprit-il d'un ton grave, quand on blesse en plein cœur une femme comme ta mère, on se sent le plus misérable des hommes, on regrette d'avoir mal agi au point de vouloir mourir. Évidemment, j'avais quitté le Moulin et Angéla. Je n'avais plus de goût à rien. J'ai imploré Dieu de m'aider, et c'est une religieuse qui m'a montré la voie de la rédemption. Moi qui avais tout perdu, je suis parti pour Lourdes assister les malheureux qui espéraient un miracle, tant ils souffraient dans leur corps. Et, malgré mes fautes, malgré mes péchés, un jour, ta mère m'a pardonné. Un peu plus tard, j'ai reçu le plus beau cadeau de la terre, un cadeau du ciel, et c'est toi, Ludivine. Si tu ne m'aimes plus, si je te fais horreur, je crois que je ne pourrai pas rester sous ce toit.

— Mais, papa, je t'aime toujours! s'écria-t-elle en sanglotant. Mon pauvre papa!

Elle se jeta au cou de Jean et l'étreignit de toutes ses forces. Inondée d'une infinie compassion, elle mêla ses larmes aux siennes.

— Ma petite, ma toute petite! dit-il tendrement en la berçant contre sa poitrine. Pardonne-moi, je t'en prie.

— Je te pardonne, mon papa, déclara-t-elle à mi-voix.

Ils demeurèrent d'interminables minutes ainsi, savourant la joie intense d'être enfin réconciliés. Lorsque Faustine tambourina à la porte, ils sursautèrent ensemble.

— Papa? Je cherche Ludivine. Elle n'est pas dans sa chambre. Elle devait t'avertir que c'était bientôt l'heure du repas.

— Elle est là, avec moi! répliqua-t-il d'une voix si étrange que sa fille aînée s'inquiéta.

— Tu ne l'as pas punie? demanda-t-elle.

— Non, nous descendons.

Claire comprit immédiatement en voyant Jean et Ludivine main dans la main en bas de l'escalier que les heures sombres s'achevaient. Elle s'adressa à Anita.

— Tout compte fait, prépare aussi une omelette au lard. C'est un soir de fête.

L'atmosphère resta au beau fixe jusqu'au dessert. Léon n'avait pas dit un mot, soulagé de constater que son vieil ami Jeannot avait fait la paix avec la fillette. Faustine avait su entretenir les conversations en racontant des anecdotes de l'école.

— Ludivine aura facilement son certificat d'études, venait-elle d'affirmer quand Anita servit un saladier de poires au sirop.

— Après tu iras au lycée, observa Matthieu. Pensionnaire comme nos trois grands!

— Je n'ai pas envie d'être interne, objecta la jeune fille.

— Tu n'auras pas le choix, dit Claire. Je veux que tu fasses des études.

— Tout dépendra de la guerre, ajouta son frère. Hitler a bel et bien prévu de nous attaquer. Nous subirons le même sort que la Pologne. Nous serons soumis à l'idéologie nazie.

Cela jeta un froid. Irritée, Faustine eut un mot de trop.

— Mon mari se passionne pour la politique! C'est nouveau!

— Je serais un imbécile de ne pas m'intéresser au chaos qui menace, rétorqua-t-il. Ceux qui ont fait entendre leurs voix dans l'espoir d'éviter le pire avaient raison, je peux vous l'assurer. Il fallait s'opposer à la guerre.

— Encore tes chers communistes! ajouta Faustine.

— Quoi? s'écria Claire, affolée. Matthieu, tu es de leur côté?

— Il a raison, intervint Jean, bien que les dirigeants, à Moscou, ne se soient pas montrés très disposés à soutenir le parti qui a dû devenir clandestin.

— Tu t'occupes de ça toi aussi, Jeannot? interrogea Léon avant de s'étrangler avec sa gorgée de vin.

Il suivait l'actualité grâce à son ami et patron qui lui lisait certains articles, mais il ne comprenait rien à la situation en Europe.

— Changeons de sujet! décida Claire. Nous passions une bonne soirée; inutile de la gâcher. Nous pourrions jouer à la belote.

Ludivine se leva et entreprit de débarrasser la table. Touchée de cette attention, Anita lui caressa les cheveux. Le calme semblait se rétablir. La chatte Mimi s'était couchée au coin de l'âtre et dardait ses yeux verts sur le louveteau roulé en boule sur son carré de couverture. La grande horloge faisait entendre son tic-tac immuable.

«Je n'irai pas en pension!» se disait la fillette, une pile d'assiettes sales entre les mains.

«Je ferais mieux de garder pour moi ce que je compte faire, songeait Matthieu qui avait pris la décision de rencontrer et d'aider Jean-Baptiste Gagneau. Mais il faudra que je mette Jean au courant. Je préviendrai aussi Faustine; elle finira par comprendre.»

Quant à Léon, il observait son épouse penchée au-dessus du feu, ce qui tendait sa jupe sur ses fesses rebondies. Ce soir-là, il se promettait de l'honorer à sa manière, sa Nini. Tant pis si elle protestait encore en prétextant qu'elle avait son retour d'âge, ce qui se produisait de plus en plus souvent. Lui, il se sentait encore vert et tout émoustillé à l'idée de vaincre ses réticences. Il fumait, l'esprit en goguette. «Tout s'arrange tôt ou tard. Ma Janine est ben logée chez madame Bertille. Personne n'a su, dans le pays, qu'elle avait fauté. Et son jules, lui, je l'ai pas raté, bon sang de bois! Il était sacrément amoché après ma visite. Y causait de porter plainte contre moi, mais j'ai pas encore vu venir ces messieurs de la maréchaussée. C'est qu'un sale dégonflé, un couillon!»

Claire avait renoncé à la partie de belote, vu le peu d'ardeur dont avait fait preuve le reste de la famille. Elle regarda Jean, silencieux, mais souriant, et se demanda comment il avait réussi à amadouer Ludivine. «Il me le dira tout à l'heure, quand nous serons au lit. Et peut-être que je lui ouvrirai les bras, car je le repousse depuis quinze jours. C'était plus fort que moi, j'étais en colère, à cause d'Angéla et de Janine. Je ne peux pas faire l'amour si tout mon corps frémit de rancœur et d'indignation, mais, ce soir, j'ai besoin de lui et de ses baisers…»

Cette pensée lui donna un air très doux qui émut sa fille adoptive. Faustine la contempla, étonnée de la voir d'une si remarquable beauté à l'aube de la soixantaine. «Et moi, suis-je encore belle? s'alarma-t-elle en silence. La fougue amoureuse de Matthieu devrait me rassurer. Je dois avoir confiance aussi en tantine, qui a dit l'autre matin que l'air et l'eau de la vallée protégeaient notre teint. Chère tantine. Elle paraît supporter son deuil vaillamment. Quand même, Bertrand n'aurait pas dû léguer Ponriant à Félicien. Ce garçon me rappelle tellement Denis… Ah! Je suis sotte! C'était son père, ce n'est guère surprenant.»

Chacun aurait continué ses méditations si un bruit de moteur ne s'était pas fait entendre sur le chemin des Falaises. L'instant suivant, il y eut un coup de klaxon. Ludivine se rua jusqu'à l'œil-de-bœuf creusé dans le mur, près de la porte principale.

— C'est tantine, annonça-t-elle.

Bertille fit une entrée spectaculaire, dans son manteau de martre aux reflets dorés, coiffée de la toque assortie. Elle ôta ses gants pour frapper dans ses petites mains diaphanes.

— Salut, la compagnie. Je n'ai pas pu résister, je devais vous apprendre la bonne nouvelle de vive voix. Au diable le téléphone! Je ne vois pas vos têtes quand je parle dans cet appareil. Clairette, Jean, j'ai gagné sans même me battre. Félicien déguerpit. Pris d'un soudain sentiment patriotique, ce blanc-bec s'est engagé dans l'armée de l'air. Maurice l'a conduit à Angoulême et, dès que j'ai pu disposer de la voiture, je suis venue. C'est formidable! Je suis à nouveau l'unique maîtresse à bord. Enfin, à bord de mon domaine! Samedi soir, j'organise un grand dîner pour fêter ça. Vous êtes invités, Claire et Jean, Faustine et Matthieu. Je vais envoyer des cartons à Edmée de Martignac, à son ami Edmond de Rancogne et à monsieur le maire... Anita, sers-moi un dé de gnole, je suis glacée. Alors, qu'en dites-vous?

— Je dirai que tu as gagné par abandon de l'adversaire, plaisanta Jean.

— Peu importe, j'ai gagné. Avec un brin de chance, je ne reverrai pas ce parasite de sitôt.

Sur ces mots, elle s'installa dans le fauteuil en osier et vida d'un trait son verre d'eau-de-vie.

— Princesse, jadis, on te prenait pour une fée, conclut Claire d'un ton faussement sérieux. Peut-être que tu deviens une dangereuse sorcière avec l'âge.

Les deux cousines éclatèrent de rire, et Jean, ravi de leur gaîté, s'amusa à imaginer que les vieux murs du Moulin du Loup savouraient l'écho de cette joie intempestive, eux qui avaient si souvent été témoins des conciliabules de ces deux femmes d'exception.

— Vivement samedi soir! s'exclama-t-il.

— Voilà qui est bien dit, renchérit Bertille. Je vous promets un repas de roi.

*

Domaine de Ponriant, samedi 17 février 1940
Les pampilles des deux grands lustres en cristal scintillaient, éclairées par des dizaines d'ampoules miniatures. La fée électricité, comme disait Bertille, conférait à la salle à manger de Ponriant une ambiance paradisiaque. Les lourds doubles rideaux en épais velours rouge camouflaient les fenêtres, repoussant le moindre courant d'air.

La table était sublime, la maîtresse de maison ayant acheté récemment une nappe ivoire entièrement brodée de fleurs et des serviettes de table assorties. La vaisselle blanc et or était d'un raffinement exquis, ainsi que les verres à pied, ouvragés et bicolores. Les teintes du mobilier en marqueterie, du beige à l'acajou, en étaient rehaussées.

— Il y a une touche de baroque chez vous, dit Edmond de Rancogne après avoir longuement détaillé le décor où il se trouvait.

— Baroque! s'étonna Bertille, très en beauté. Je le prends comme un compliment. Cependant, je tiens à le préciser, c'est bien la première fois qu'on qualifie l'aménagement de Ponriant de baroque.

Son porte-cigarette à ses lèvres fardées d'un rose tendre, elle alluma une longue cigarette américaine avec délectation. Jean eut un sourire moqueur, Claire, une moue complice, mais Edmée de Martignac exprima sa désapprobation.

— Chère amie, vous ne devriez pas fumer. Cela vous donne un mauvais genre.

— Mais les femmes ont le droit de fumer! se récria Bertille. Les actrices ne se gênent pas. Pourquoi me gênerais-je?

— Tu as pu t'en passer toute ta vie, tantine. Pourquoi commencer si tard? observa Faustine.

— Je suis veuve et, de plus, mon défunt mari m'a trahie, clama-t-elle.

Cela eut le don de faire rire Edmond de Rancogne, qui la dévorait du regard. En robe longue de faille gris perle, la naissance de ses seins voilée d'un tulle orné de strass, Bertille lui semblait une femme encore très désirable et, de surcroît, très riche. Il appartenait à cette catégorie d'aristocrates ruinés, n'ayant pour capital qu'un vieux château dont la toiture menaçait de s'effondrer s'il n'entreprenait pas des travaux rapidement. Mais il s'enorgueillissait d'une illustre lignée de grands nobles de la région et affichait volontiers une arrogance bienveillante envers les roturiers.

Paulette était intimidée par l'allure distinguée de ce bel homme aux cheveux d'argent et par la mine pincée d'Edmée de Martignac. Elle les savait tous les deux châtelains et ne savait plus où donner de la tête. En cuisine, elle passait ses nerfs sur la petite bonne, Annie.

— Vite, prépare le plat avec les œufs en gelée. Il faut les poser sur les feuilles de laitue, et n'oublie pas une cuillerée de caviar pour décorer les œufs. Tu es d'une maladresse! Et il faudra monter faire les lits, car deux des invités dorment ici.

Au bout de dix minutes, Annie était en larmes.

Les convives, eux, parlaient de la guerre. C'était le thème principal de bien des conversations d'un bout à l'autre de la France. Matthieu avait acheté un poste de radio. Il l'avait installé dans l'imprimerie, qui disposait d'une ligne électrique.

— L'Union soviétique et l'Allemagne ont signé un accord commercial il y a quatre jours pour contrer le blocus maritime franco-britannique, expliquait-il de sa voix bien timbrée. Cela ne présage rien de bon. Hitler est rusé. Il parviendra à ses fins qui consistent à éradiquer la race juive et à se rendre maître de l'Europe.

— Oh! Matthieu, pitié! implora Bertille. J'en ai assez. Ce matin, Maurice m'a rebattu les oreilles avec Hitler, toujours Hitler! Maintenant, cet idiot regrette que j'aie obtenu une dérogation pour lui. Il aurait voulu être mobilisé comme tous les hommes de son âge. Et sa belle Thérèse, ça lui était égal de la laisser seule durant des mois?

Janine, qui avait une toilette assez modeste, soit un pull noir et une large jupe rouge, darda un regard anxieux sur Faustine. Elle ne se sentait pas du tout à sa place, assise entre Jean et Edmond de Rancogne. De plus, cela la gênait d'entendre Bertille traiter son beau-frère d'idiot en public.

— Je peux comprendre Maurice, trancha Matthieu. Moi aussi, j'aurais préféré partir à l'armée. Au fond, j'admire Félicien d'avoir eu le cran de s'engager.

— Certes, si j'avais l'âge, je serais sous les drapeaux, renchérit le vieil aristocrate. Mais, dans ce cas, je n'aurais qu'un regret, celui de n'avoir pas rencontré madame Giraud et d'être privé d'un dîner qui s'annonce somptueux.

— Appelez-moi Bertille, je vous prie, intervint l'intéressée. Somptueux, baroque, j'adore votre vocabulaire, Edmond!

Claire retint un soupir irrité. Sa cousine avait déjà bu trois coupes de champagne. De toute évidence, elle jouait les séductrices avec Edmond de Rancogne. «Cet homme me déplaît, songea-t-elle. Il y a de l'avidité dans son regard et il en fait trop. Pourvu que ma princesse ne tombe pas dans le piège…»

Paulette et Annie servirent l'entrée, dont la belle ordonnance à elle seule mettait en appétit.

— Du caviar! s'étonna Edmée de Martignac. Oh! Ma chère, c'est de la folie!

— Je ne vois pas pourquoi, plaisanta la maîtresse des lieux. J'en ai plusieurs boîtes. Je le commandais à Paris. Bertrand adorait le caviar. Dégustons-le à sa santé.

— Bertille! s'indigna Claire.

Elle usait si rarement de ce prénom pour s'adresser à sa cousine que cela eut l'effet d'une douche froide sur celle-ci.

— Oui? Qu'est-ce que j'ai encore dit de mal?

— Respecte la mémoire de ton époux, surtout devant tes invités. C'est une période de deuil, ne l'oublie pas.

— Quel rabat-joie tu fais, Clairette! Interroge donc Janine. Je pleure tous les soirs dans mon lit, tant j'ai de chagrin. Enfin, j'accepte tes reproches, car j'ai l'habitude de passer pour la créature la plus immorale du monde.

Personne n'osa donner son avis. Dans un silence de tombe, Bertille commença à manger. Tous l'imitèrent, mal à l'aise. Edmée déplorait la conduite singulière de son hôtesse, mais elle avait accepté de dîner à Ponriant dans un but bien précis. Edmond de Rancogne, un ami de longue date, était dans une situation financière difficile. La châtelaine, qui avait déjà bénéficié de la générosité des Giraud, espérait quémander un prêt à la maîtresse des lieux. Elle voyait même plus loin, imaginant un mariage entre la belle veuve au tempérament de feu et l'aristocrate ruiné.

Janine, quant à elle, se morfondait. Au fond, Félicien lui manquait, même s'il passait ses journées à l'accabler de sous-entendus douteux et de remarques malveillantes. La jeune fille s'ennuyait souvent, coupée de son milieu, de ses collègues de l'usine. Elle avait hâte de travailler à la gestion du domaine et de pouvoir gambader à son aise dans la grande maison et dans le parc. Mais son ventre était encore douloureux; la marche la faisait souffrir. « Au printemps, j'irai mieux. Mon Dieu, que le printemps vienne vite ! » Elle avait honte, cependant, de se lamenter sur son sort. Bertille la considérait comme sa propre fille et prenait soin aussi de son moral.

Elles avaient souvent parlé sans contrainte de sa tentative d'avortement, de ses conséquences et de ses relations avec Richard Rosnay. « Tantine a raison, il ne faut pas laisser un homme nous dominer et profiter de nous, se remémorait-elle. Ce type m'a détruite. Je ne pourrai plus être mère, plus jamais. » Janine n'avait pas encore bien pris la mesure de ce drame personnel qui changeait son destin de femme. Elle tentait de croire en un avenir fabuleux, poussée en cela par Bertille, obstinée à la voir en actrice à succès.

— Ciel ! s'écria soudain Jean. C'est divin ! Et quel parfum !

Paulette apportait un grand plat en argenterie où étaient présentés des friands chauds à la croûte dorée, entourés d'une fricassée de cèpes.

— Ils sont fourrés aux truffes et au foie gras, précisa Bertille non sans fierté.

— Du foie gras, mais il faudra m'inviter souvent ! s'écria Edmond de Rancogne. Et des truffes, ces merveilles de la nature ! Le gastronome et épicurien Brillat-Savarin[16] les avait surnommées « les diamants de la cuisine ». J'ajouterai aussi, étant grand amateur d'histoire, que la truffe est apparue pour la première fois en France sur la table de notre bon roi François Ier, un enfant de la région, de Cognac plus précisément !

— J'ai un fournisseur attitré qui les trouve dans la forêt de la Braconne où elles abondent, et depuis longtemps, raconta Bertille, charmée par le petit discours de son invité. Eh oui, Jean, ne fais pas cette mine stupéfaite. Le sol de notre Charente abrite aussi ces délicieux champignons, comme la Dordogne et le Lot. Bertrand disait qu'au début du siècle, vers 1900, notre département était un des premiers producteurs français de truffes et, bien sûr, de foie gras truffé. J'ai même assisté à une cueillette avec mon mari, que cela intéressait

---

16. Jean Anthelme Brillat-Savarin (1755-1826) : illustre gastronome français.

beaucoup. Monsieur Nestor – il tient à être nommé ainsi – parcourt les bois de chênes en tenant une truie au bout d'une corde, et c'est elle qui déniche les truffes. Elle fouille la terre en espérant croquer la truffe, mais il faut vite l'en empêcher. C'est la main de l'homme qui est la plus habile à dégager cette provende savoureuse.

— Franchement, Bertille, tu m'épates, confessa Jean. J'ignorais qu'il y avait des truffes dans la forêt de la Braconne. Bon sang, j'y ferai un tour à la bonne saison.

— Mais tu n'as pas de truie, papa! pouffa Faustine.

— J'amènerai le loup de ma femme, qui sait? rétorqua-t-il en riant.

— Pourquoi pas? ajouta Claire. On dresse des chiens à la tâche de trouver les truffes. Il faut chercher de préférence sous les chênes, mais aussi sous les noisetiers et les châtaigniers.

Elle se détendait, éblouissante dans une robe de soirée fort ancienne en velours prune, portée pour les tristes noces doubles où Faustine et Denis Giraud, de même que Matthieu et Corentine, s'étaient unis pour bien peu de temps. Le cou et les épaules dénudées, sa chair mate dorée par la clarté des lustres, elle suscitait l'admiration d'Edmée de Martignac.

— Votre coiffure est ravissante, Claire, observa la châtelaine. Vous n'avez jamais sacrifié à la mode des cheveux courts; je vous en félicite. C'est si féminin, ce chignon natté! Vous ressemblez à une reine antique.

— La reine antique de la vallée des Eaux-Claires, ironisa Bertille qui continuait à boire. Moi, je ne suis que la princesse, une princesse bientôt en sabots, si monsieur Félicien Giraud revient.

— Que vous êtes spirituelle! s'esclaffa avec emphase Edmond de Rancogne. Chère Bertille, vous êtes un vrai phénomène. Comme je vous l'ai déjà dit, les déesses ne se ridiculisent jamais. Et votre beauté est digne d'une reine antique, à l'instar de celle de votre charmante cousine.

Il ponctua ses propos d'un regard intense, explicite. Troublée par cet aveu qu'elle avait fréquemment lu dans les yeux des hommes, elle eut envie de s'offrir à lui, de retrouver la griserie du plaisir en dépit de leur âge respectif.

— Je vous remercie, cher ami. Les compliments me font tant de bien!

*

Trois heures plus tard, après le départ de ses convives, Bertille accompagna Edmée de Martignac jusqu'à sa chambre. Il lui avait paru normal d'héberger ses invités, les routes demeurant dangereuses à cause du froid persistant.

— Vous viendrez dîner à Torsac dès qu'il fera meilleur, lui dit la châtelaine. J'en serai enchantée. Il ne faut pas vous enfermer dans la douleur, chère amie.

— Je viendrai, bien sûr!

— Je n'ai pas osé aborder le sujet à table, afin de ménager Claire, mais Angéla me cause bien des soucis. Elle monte mes petits-enfants contre moi. Je vous le dis en confidence, cette jeune femme est une calamité.

— Moi aussi, j'en étais une, à son âge, plaisanta Bertille. Mais elle a un bon fond, je vous assure. Bonne nuit, Edmée!

Elle descendit, pensive, pour aller embrasser Janine qui couchait dans le salon par choix, le domaine possédant une dizaine de chambres.

— Dors bien, ma petite. Tu étais très silencieuse, ce soir!

— Je n'étais pas à l'aise, tantine, surtout avec tous ces couverts en argent. Tu m'as appris comment m'en servir, mais je me trompe encore. Je ne suis pas de ce monde-là.

— Ce sont des stupidités. Il suffit de se plier à des règles, et n'importe qui peut briller en société. Ne t'en fais pas.

Elle se rendit ensuite dans les cuisines, deux pièces équipées de toutes les fonctionnalités les plus modernes. Paulette avait fait la vaisselle et l'essuyait.

— Où est Annie? Elle devrait t'aider!

— Elle était épuisée. Je l'ai envoyée dormir. J'ai l'habitude de travailler seule, madame.

— Je ne paie pas une bonne pour qu'elle se tourne les pouces.

— Annie entretient toute la maison, madame, et le ménage, ici, c'est éreintant.

— Va donc au lit, toi aussi!

La gouvernante s'exécuta. Elle éteignit les lampes sous le regard gris de sa patronne.

— Bonne nuit, madame. J'ai installé le monsieur dans la chambre verte, celle de l'angle, comme vous me l'aviez dit.

— Très bien!

Bertille fut bientôt seule dans la salle à manger baignée d'une douce pénombre grâce à la flammèche d'une fin de bougie. L'alcool avait vrillé ses nerfs et excité ses sens. Pareille à une enfant capricieuse, elle en voulait toujours à Bertrand d'avoir légué Ponriant à Félicien. Cela prenait pour elle des allures d'infidélité posthume. Ses pas la conduisirent devant le miroir vénitien qui ornait un pan de mur. Elle aperçut son reflet, très vague, son visage pâle, son cou et son buste gracieux d'adolescente. Ses mains abaissèrent le voile de tulle cachant son décolleté et, du bout des doigts, elle caressa sa peau douce, un peu chaude.

«Je ne veux pas vieillir, pensa-t-elle, saisie d'une poignante détresse. Je ne le supporterai pas. Bertrand, tu étais mon amour, mon grand amour, et tu m'as abandonnée, bernée, humiliée! Bertrand, j'ai trop bu. Je bois trop, sans toi... »

Elle secoua la tête et repoussa la dernière image de son mari, mort, impassible, entouré des cierges de la veillée funèbre. C'était intolérable d'être privée de lui, de ses bras, de ses baisers. Après avoir ôté ses escarpins, elle grimpa sans bruit les marches couvertes d'une interminable bande de tapis d'Orient. Puis ce fut le long couloir où s'alignaient les portraits des ancêtres de Bertrand. Tout au bout, la porte de la chambre verte. Un rai de lumière filtrait au ras du parquet.

Paupières mi-closes, Bertille revit les yeux avides d'Edmond de Rancogne. Cet homme était svelte, athlétique et séduisant. Elle gratta le battant de ses ongles, le cœur survolté. Un oui presque inaudible répondit à cet appel discret, digne d'une chatte en mal d'amour. Fébrile, elle tourna la poignée et entra.

— Je vous attendais! dit tout bas Edmond de Rancogne.

7
Un étrange printemps

Moulin du Loup, lundi 15 avril 1940
Claire était dans son potager, considérablement agrandi par les soins de Jean et de Léon. Elle avait envisagé de semer la plus grande variété possible de légumes. L'air printanier lui semblait aussi doux que du coton, au point qu'un chant d'allégresse vibrait dans son cœur. Après ce rude hiver, sa vallée avait reverdi, parsemée de fleurs sauvages dont elle connaissait les vertus secrètes. Les arbres, frênes, saules, peupliers et fruitiers, se paraient d'un jeune feuillage lumineux et de nuées roses ou blanches. Le temps était si beau et si doux que le début d'une chanson lui vint aux lèvres. Elle l'avait entendue plusieurs fois à la radio, dans l'imprimerie, et la connaissait assez bien pour fredonner :

Y a d'la joie bonjour bonjour les hirondelles
Y a d'la joie dans le ciel par-dessus le toit
Y a d'la joie et du soleil dans les ruelles
Y a d'la joie partout y a d'la joie
Tout le jour, mon cœur bat, chavire et chancelle
C'est l'amour qui vient avec je ne sais quoi
C'est l'amour bonjour, bonjour, les demoiselles
Y a d'la joie partout y a d'la joie[17] *!*

— Le renouveau ! énonça-t-elle lorsqu'elle eut fini. Chaque année depuis que j'ai conscience d'exister, j'en suis fascinée. N'est-ce pas, mon beau Sauvageon ?

---

17. Chanson de Charles Trenet, 1938.

Le louveteau avait grandi sans vraiment s'épaissir. Il arborait la silhouette efflanquée de certains adolescents, et son poil demeurait assez court, d'un beige nuancé de gris. Claire adorait ses yeux d'ambre au dessin oblique.

— Nous aurons de belles récoltes, dit-elle encore à l'animal qui surveillait le moindre de ses mouvements. Des épinards, des carottes, des choux, bien sûr, et des pommes de terre, des navets et des céleris. J'achèterai des plants de tomates au marché, et la vieille madame Rigordin m'a promis des pieds de cornichons.

Elle tendit son visage au soleil du matin avec l'impression de prendre un bain de jouvence. Son corsage en coton bleu s'ouvrait sur sa gorge à la peau mate. Dans un geste sensuel, elle souleva ses cheveux attachés sur la nuque et les roula sur le haut de son crâne. Elle les maintint ainsi de ses doigts pour le simple plaisir de s'offrir davantage à la chaleur de l'astre.

« Tout est si paisible, ici ! pensait-elle. Comment croire que la guerre gronde ailleurs, dans ces pays du Nord dont j'ignore tout : la Finlande, la Norvège, la Suède… Enfin… Je devrais avoir honte de me sentir à l'abri, Jean me certifie que la situation internationale se dégrade. La guerre est partout, partout ! »

Elle reprit sa bêche et donna quelques coups dans une plate-bande, dont la terre noire et féconde semblait prête à nourrir la moindre graine semée.

« Je voudrais que rien ne change, songea-t-elle encore. Ludivine obtient d'excellentes notes en classe ; Jean a nettoyé ses vignes de Chamoulard et réparé notre cabane. Il prévoit aussi faire du cidre, cette année. Et Thérèse est enfin enceinte. Du coup, Maurice, qui voulait s'engager, a décidé de rester au pays. Il l'attendait depuis plus de dix ans, cet enfant. »

La chatte Mimi apparut sur le faîte du mur palissé de rosiers grimpants. Cela fit sourire Claire. Elle aimait la compagnie silencieuse des animaux, qu'elle considérait en amis fidèles, toujours à la suivre et à quémander une caresse.

— Demain, c'est la bonne lune. Je sème des radis !

Elle s'essuyait les mains à son tablier quand une voiture

klaxonna sur le chemin des Falaises. « Mais c'est le nouveau maire de Puymoyen avec Janine! s'étonna-t-elle. Alors, Bertille est rentrée… »

Ce fut cependant à regret qu'elle quitta son jardin pour regagner la cour du Moulin. La lourde automobile noire se gara près de la bergerie. Léon vint aux nouvelles, chargé d'un bidon de lait.

— Bonjour, madame Dumont! dit le visiteur, un homme moustachu d'une soixantaine d'années.

— Bonjour, Claire, fit Janine. Bonjour, papa.

Elle portait un tailleur beige très classique; ses cheveux étaient coupés court et frisés. Elle avait acquis sous la tutelle de Bertille beaucoup d'élégance et de maintien.

— Bonjour, répondit Claire, surprise. Voulez-vous un café ou de l'eau fraîche?

— Non, ce ne sera pas la peine, je suis pressé, indiqua le maire en étudiant d'un œil vif les bâtiments du Moulin. Je fais le tour des propriétés de la vallée, madame, car je dois trouver où loger des réfugiés mosellans. Deux familles… Ils étaient hébergés dans une ferme du côté de Montbron, mais ils ne peuvent pas rester là-bas. On m'a demandé de les accueillir sur la commune. Ce sont des personnes déplacées au début de la guerre par précaution. Évidemment, les hommes sont tenus de travailler là où on peut les embaucher.

— Bertille met à la disposition d'une autre famille, des Belges, son pavillon de chasse, dit Janine.

— Ah! fit simplement Claire, désorientée par la nouvelle. Mon mari m'avait dit qu'il y avait de nombreux réfugiés en Charente, mais je pensais qu'ils étaient tous déjà installés.

— Ce n'est pas facile à gérer, admit le maire. Le gouvernement a ouvert des camps pour eux, mais les conditions de vie sont pénibles. Vous avez sûrement de la place, ici!

— Peut-être, observa-t-elle. Et toi, Janine, pourquoi es-tu venue avec monsieur le maire?

— Mademoiselle connaît bien la vallée et ses environs. C'est madame Giraud, de Ponriant, qui m'a conseillé de solliciter son aide.

D'ordinaire si charitable, Claire se raidit. Elle tenait

à nourrir sa maisonnée et à thésauriser toutes les denrées gratuites que lui fournirait un labeur incessant du printemps à l'automne.

— Mais, ces gens, qui leur procurera le nécessaire? s'alarma-t-elle.

— Vous, dans un premier temps. Ensuite, si le père de famille trouve un emploi, il pourra subvenir aux besoins des siens. Puis-je en discuter rapidement avec votre époux, madame Dumont?

— Monsieur Dumont travaille à l'imprimerie Roy, indiqua Janine. C'est cette porte, là.

— Inutile de le déranger! trancha Claire. Je suis à même de vous donner la réponse. Ce moulin m'appartient et j'assure l'entretien des parcelles cultivables. Envoyez-nous vos Mosellans, je vais préparer leur arrivée. Mon mari ne vous dira rien de plus.

Sur ces mots, elle eut un regard noir à l'adresse de Janine qui n'en comprit pas la raison.

— Eh bien, au revoir, madame Dumont. Les Kern seront là demain matin. Il faudra des draps, des couvertures, du sucre, de la farine, du savon et…

— Ils auront tout ce qu'il faut, l'interrompit Claire. Soyez tranquille, monsieur.

— Je vous remercie, chère madame. Dans ce cas, je n'ai plus qu'à continuer mes recherches. Au revoir!

Le maire la salua et se remit au volant. Janine s'attarda en interrogeant Claire d'un regard explicite. N'obtenant aucune réponse, elle s'enhardit et demanda à voix basse:

— Qu'est-ce que j'ai dit de mal?

— Rien, rien du tout! Matthieu et Jean font une mise en page compliquée. Je ne voulais pas les ennuyer avec cette affaire.

— Je suis désolée! Tu devrais aller voir tantine, Claire. Elle ne va pas bien du tout depuis notre retour.

Claire hocha la tête. Deux jours après le fameux dîner auquel étaient conviés Edmée de Martignac et son ami Edmond de Rancogne, Bertille était partie pour sa villa de Pontaillac, près de Royan, en compagnie de Janine et de la petite bonne, Annie. Elles étaient revenues à Ponriant le samedi précédent, et les deux cousines ne s'étaient pas encore revues.

Janine s'empressa de remonter en voiture. Elle était de plus en plus belle, ce qui n'avait pas échappé à Léon.

— Au fond, peut-être ben que m'dame Bertille dit vrai. Ma Janou devrait faire du cinéma. C'est un sacré beau brin de fille, hein?

— Oui, Léon, mais nous avons d'autres chats à fouetter. Tu n'es pas sourd, nous devons héberger des réfugiés! Mon Dieu, où les loger?

Le domestique fit la moue. Il n'avait pas envie de céder les trois pièces où il vivait avec Anita. Préoccupée, Claire se dirigea vers l'écurie. Elle sella Havana, la jument offerte par sa cousine, puis elle courut se changer.

— Y a-t-il quelqu'un de malade dans la vallée, madame? demanda Anita. Quand vous mettez votre pantalon et vos guêtres, je m'dis qu'on vous réclame quelque part.

— Ce n'est pas ça. Je vais à Ponriant. Tu diras à Jean que je serai là pour déjeuner. Nous devons discuter tous les quatre. Demande pourquoi à Léon, il est au courant.

Irritée à l'idée de voir son quotidien bouleversé, Claire dut retenir ses larmes. Sa réaction lui faisait honte. Elle s'empressa de sortir de la cuisine. Quelques instants plus tard, elle était en selle, toujours aussi leste que par le passé.

— Allez, Havane! Nous allons faire une petite balade. Sauvageon, viens…

Méfiant, le louveteau dansait d'une patte sur l'autre en humant l'odeur forte de cet animal qui, pour lui, faisait figure de géant. Mais il suivit sa maîtresse sur le chemin des Falaises en trottinant à distance. Claire eut tout de suite l'impression de laisser son anxiété derrière elle. Monter à cheval avait le don de la tranquilliser, de lui procurer une joie intense. Elle caressa l'encolure de la jument et passa ses doigts dans sa crinière rousse, sensible aux mouvements de son corps musclé.

— Au trot, Havane!

Un parfum ténu lui parvenait, celui du cuir soigneusement graissé, et cela la grisait, la ramenant à tant d'autres promenades sur Junon, ou bien sur Sirius, ce superbe étalon blanc offert par son premier mari, Frédéric Giraud.

«Et ma brave Roquette! se souvint-elle. Je l'attelais le plus souvent à la calèche, mais, certains matins, je la montais à cru et nous galopions jusqu'à Chamoulard!»

Elle passa devant la maison de Faustine et de Matthieu dont les volets étaient mi-clos. À cette heure, sa fille adoptive était à l'école. Sur sa droite, la rivière serpentait entre les berges hérissées de roseaux et d'arbustes. L'eau vive chatoyait au soleil. Un martin-pêcheur dans sa livrée bleu turquoise s'envola de la branche sur laquelle il était perché. Ce paysage, Claire le contemplait et le chérissait depuis sa plus tendre enfance.

«Pardonnez-moi, mon Dieu! pensa-t-elle. Je deviens égoïste en vieillissant, je voudrais que rien ne change jamais. Je voudrais profiter de toutes les merveilles de ce printemps!»

Excitée par l'air frais et les senteurs des prés étoilés de pissenlits, la jument voulut prendre le galop. Claire la retint.

— Plus tard, pas encore, ordonna-t-elle. Après le pont!

Mais, à la hauteur du pont, Havane fit un écart, surprise par l'apparition d'un homme de haute taille, très robuste, son fusil de chasse sur l'épaule.

— Là, ma belle! cria Claire. N'aie pas peur.

Elle salua l'inconnu d'un léger signe de tête. Il souleva de l'index le bord de sa casquette en guise de réponse.

— Joli temps, dites donc! proclama-t-il d'une voix grasseyante. C'est une splendide bête, que vous avez là.

— Oui, je vous l'accorde.

— J'veux pas être indiscret, mais comment ça se fait-y qu'elle ait pas été réquisitionnée?

— Un heureux hasard, rétorqua-t-elle, un peu méfiante.

Claire donna de petits coups de talon dans les flancs de sa monture pour franchir le pont.

— Et c'est à vous, le chien, là, derrière? Il a une drôle de dégaine, ce clébard!

— Un clébard? répéta-t-elle d'un ton outré. Désolée, je n'ai jamais entendu ce mot-là!

— Faut aller plus souvent à la ville, pardi! J'suis pas un bouseux, ma p'tite dame. Je bosse pour la municipalité d'Angoulême. Vot' clébard, à ce propos, il ressemble beaucoup à un loup, d'autant plus qu'y boitille d'une patte comme s'il avait pris une balle cet hiver... Et figurez-vous que j'ai blessé un loup, un tout jeune, dans la vallée, ouais, ici...

L'homme la fixait d'un regard dur et ironique. Claire comprit qu'elle avait affaire au chasseur qui avait participé à la battue aux loups au mois de janvier, celui-là même qui avait apeuré Ludivine et jeté son passé de forçat à la figure de Jean. Elle joua l'innocente.

— Vous faites erreur, monsieur. Ce chien est coupé de loup, je vous félicite d'avoir un tel coup d'œil, mais il est né chez ma cousine Bertille Giraud, au domaine de Ponriant. Dans la famille, nous avons eu des croisements de chien et de loup, cela se sait dans tout le pays. S'il boitille, c'est qu'il s'est blessé sur un bout de verre.

— Foutez-vous de ma gueule! remarqua le chasseur en crachant son mégot par terre.

— Restez correct, monsieur! protesta-t-elle.

— Gardez-la, vot' bestiole, elle fera pas de vieux os si je traîne dans le coin. Et vous ferez pas la fière longtemps, madame Dumont!

Il souleva carrément sa casquette avec un rire sarcastique et s'enfonça dans les taillis qui recouvraient la pente d'une falaise voisine. Le cœur serré, Claire faillit rentrer au Moulin. Elle regrettait surtout d'avoir emmené Sauvageon, alors qu'elle avait coutume de l'enfermer dans son enclos quand elle s'absentait.

« Quel sale type! songea-t-elle. J'en parlerai à Jean. C'est étrange qu'il rôde dans la vallée. »

Préoccupée, elle lança Havane au galop en s'assurant que le louveteau la suivait toujours. Il courait sur le bas-côté parsemé d'une herbe tendre.

— Viens, petit, viens! l'encouragea-t-elle.

Elle arriva bientôt à Ponriant. Le parc était superbe, avec ses massifs de jonquilles, de narcisses et de tulipes. Les arbres d'ornement étalaient une floraison évanescente, du rose au rouge, du blanc pur au jaune d'or. Maurice se précipita dès qu'il l'aperçut.

— Bonjour, madame Claire, dit-il d'une voix chaleureuse. Je m'occupe de la jument.

— Merci, Maurice. Au moins, vous avez le sourire! Thérèse se porte bien?

— Ah! ne m'en parlez pas! soupira-t-il. Elle a des nausées. L'odeur des lotions la dégoûte, celle du shampoing aussi, et la laque, c'est pire. Elle ne peut rien avaler.

— Il fallait me prévenir! Je lui préparerai de quoi faire des infusions qui arrangeront tout ça.

Le jeune homme la remercia d'un large sourire. Elle grimpa les marches, élancée et pleine d'énergie, Sauvageon sur ses talons. Paulette lui ouvrit, la mine crispée.

— Madame ne veut voir personne, indiqua-t-elle.

— Même pas moi? plaisanta Claire.

La gouvernante eut un imperceptible haussement d'épaules, mais elle lui fit signe d'entrer.

— Madame est dans le salon et elle refuse que j'ouvre les rideaux. Je vous annonce.

— Non, merci, Paulette, ne prenez pas cette peine, je connais la maison.

Bertille leva à peine le nez en entendant le pas familier de sa cousine. Couchée sur le divan où Janine avait passé sa convalescence, elle fumait. Elle avait à portée de main sur un guéridon une bouteille de cognac et un verre.

— Eh bien, princesse? À quoi joues-tu?

— Clairette, c'est toi? Je croyais que cet imbécile de maire revenait me harceler.

— Il t'a vue dans cet état? s'alarma Claire.

— Non, j'ai transmis ma réponse à Janine, qui l'a reçu dans le hall et m'a expliqué ce qu'il voulait. Il peut bien m'amener tous les réfugiés qu'il veut, je m'en fiche, je m'en contrefiche. Le domaine est grand et j'ai des chambres à la pelle.

Sur ces mots énoncés d'une voix pâteuse, Bertille essaya de se servir du cognac. Claire lui arracha la bouteille des mains. Puis elle alla tirer les rideaux. Le soleil entra aussitôt à flots dans la pièce.

— Qu'est-ce qui se passe encore, princesse? questionna-

212

t-elle un peu sèchement. Tu aurais pu me téléphoner, samedi, dès ton arrivée au domaine. C'est toi qui as insisté pour me faire installer une ligne. Pourtant, tu ne m'as pas appelée pendant ton absence. Pas une fois!

Bertille se redressa et finit par s'asseoir. Elle était échevelée et pâle.

— Ne me gronde pas, Clairette. Pitié, j'ai la migraine! J'ai besoin de soutien, moi, je suis si malheureuse.

Elle fondit en larmes, incapable d'en dire plus. Paulette, qui se trouvait dans la salle à manger voisine, s'approcha de la porte de communication.

— Peut-être devriez-vous prendre de l'aspirine, madame? préconisa-t-elle.

— Ce serait indiqué, répondit Claire. Merci, Paulette.

La jeune femme fila immédiatement à la cuisine, où elle disposait d'une pharmacie de base dans un placard.

— Voilà que ma gouvernante me surveille, à présent! se lamenta Bertille. Elle écoute tout, elle sait tout. Dehors! Qu'elle prenne ses cliques et ses claques! Je la renvoie! Ouste, congédiée, Paulette! Dehors!

Elle se leva, titubante, et tendit un index tremblant vers une des fenêtres.

— Dehors, l'espionne!

— Tu es grotesque! trancha Claire. C'est normal que Paulette s'inquiète de toi: tu es ivre. Par chance, elle ne t'a pas entendue. Tu serais bien avancée si elle te prenait au mot. Allons, qu'est-ce que tu as?

La dame de Ponriant lui fit face en se tenant à deux mains au dossier d'un fauteuil. Comme elle n'avait aucun maquillage et qu'elle était baignée par une lumière vive, les marques de l'âge se dessinaient cruellement sur son visage défait par un immense chagrin.

— Ce que j'ai? Bertrand est mort! Tu avais oublié? Mon seul amour, mon grand amour, mon mari, mon amant. Il est mort sans me dire au revoir et en me cachant qu'il avait un grave problème au cœur, en me cachant aussi qu'il préférait léguer le domaine à son nigaud de petit-fils. Moi, j'ai voulu me venger, comprends-tu? Je t'en prie, donne-moi le cognac.

— Non, pas question! Tiens, voici Paulette avec tes cachets. Un grand verre d'eau te fera du bien.

Claire retrouvait ses gestes de guérisseuse, malgré la colère qui couvait en elle. Elle fit avaler l'aspirine à sa cousine et l'emmena à l'étage par la main comme s'il s'agissait d'une enfant malade.

— Tu vas tout me dire, mais d'abord il faut faire ta toilette. Tu as dormi dans le salon tout habillée, n'est-ce pas? Et ton orgueil, princesse?

— Je n'en ai plus!

De manière attentionnée, Claire l'aida à se dévêtir. Elle lui passa un peignoir en satin et la fit asseoir à sa coiffeuse, un superbe meuble en merisier surmonté de trois miroirs au cadre ouvragé que l'on pouvait régler dans plusieurs positions. Doucement, elle lui lava à l'eau tiède le visage, le cou et la nuque avant de brosser ses boucles blondes d'une douceur de soie.

— Tu as refait une teinture, à Royan? observa-t-elle.

— Oui. Tu vois quand même des cheveux blancs? répondit Bertille.

— Aucun, affirma Claire en commençant à lui masser le bas du crâne. Toi qui es si soucieuse de ton apparence, ma chérie, comment peux-tu ainsi te laisser aller?

— J'aime que tu m'appelles ma chérie. Bertrand m'appelait comme ça, tu te souviens? Ou bien ma petite princesse. Il me manque tant, Clairette! Je souffre beaucoup plus maintenant que juste après son décès.

— Mais c'est normal, tu étais assommée par le choc, tu ne comprenais pas combien cela changerait ta vie. Plus le temps passe, plus tu prends conscience de son départ.

— Son départ! Quel joli mot pour parler de la mort! Tu as raison, au fond, des gens que l'on voyait tous les jours nous quittent, ils s'en vont, sans bagages, sans un mot, et on ne les reverra jamais. On n'a pas leur nouvelle adresse, hein, pour les joindre, sauf si l'on croit à ces fadaises de vie éternelle et que l'on se supprime. J'y ai songé, sur les falaises, à Pontaillac. Me jeter dans la mer, disparaître! Mais il y a Clara et toi… Je ne pouvais pas vous faire de la peine.

Cette fois, Claire fut gagnée par la panique. Elle se pencha pour enlacer sa cousine et la serra dans ses bras très fort.

— Tu oserais m'abandonner, princesse? Je t'en supplie, reste avec moi, avec nous!

Elle examina les traits tendus de Bertille dans le miroir central. Celle-ci lui lança un regard désespéré.

— Je suis une mauvaise personne, confessa-t-elle. Si tu savais, j'ai tellement honte! Clairette, je me suis jetée dans les bras d'Edmond de Rancogne, le soir où il dormait ici. Une vraie gueuse! Je suis allée gratter à sa porte, je suis entrée et lui, du lit, il m'a déclaré qu'il m'attendait.

— Quoi? Pas toi, non! Un mois après le décès de Bertrand! Mais qu'est-ce que tu as à la place du cœur? Et ne viens pas me parler de besoins physiques, à notre âge!

Du coup, Bertille se rebella. Elle virevolta en se levant et déambula dans la pièce.

— Et pourquoi pas? Je suis peut-être anormale, une aberration de la nature. Bertrand me faisait souvent l'amour, malgré notre grand âge. Ce soir-là, j'en avais envie, j'avais envie d'un homme. Je voulais qu'on me désire et qu'on me caresse. Tant pis si tu pousses de hauts cris indignés, toi, la vertueuse! Tu ne couches plus avec Jean? Vous avez renoncé au plaisir d'un commun accord?

— Je n'ai pas dit ça, reconnut Claire. Seulement, c'est mon mari, et je me connais. Si je perdais Jean, je n'aurais pas envie d'un autre homme un mois après sa mort.

Bertille lui tourna le dos, debout devant la porte-fenêtre.

— Je n'ai pas pu, avoua-t-elle. Après un baiser raté et ses doigts crochus sur mon sein gauche, je me suis enfuie. Je me suis rendu compte qu'il ne serait pas capable de m'apporter ce que Bertrand me donnait, lui. Du moins, pas si vite, pas encore…

Rassurée, Claire s'assit au bord du lit. Elle jugeait sa cousine capable de beaucoup de choses, mais pas de s'offrir au premier venu, en plein deuil de celui qui avait été son unique amour.

— C'est donc pour cette raison que tu es partie si vite pour Pontaillac, nota-t-elle.

— Oui, j'avais honte, je me sentais sale, fautive. La nuit même, j'ai rêvé de Bertrand et il pleurait, accablé, au fond d'un corridor obscur. Cette vision m'a hantée plus d'une semaine. Je me suis remise à boire. Janine m'a implorée d'arrêter, mais je ne pouvais pas.

— Mon Dieu! soupira Claire. Je te conseille de ne pas revoir cet Edmond de Rancogne. Je n'ai même pas eu le temps de te dire ce qu'il m'inspirait. La lueur avide qu'il a dans les yeux me déplaît, autant que ses flatteries exagérées. Il doit espérer t'épouser et couler des jours paisibles à Ponriant grâce à ton argent.

Bertille garda le silence. Elle fit glisser de ses épaules le peignoir en satin et marcha jusqu'à son armoire en combinaison de soie grise. Sa cousine put constater qu'elle avait un corps d'adolescente fort plaisant.

— Tu as dû le charmer, néanmoins, ajouta-t-elle afin de ne pas dénigrer la force de séduction de Bertille.

Toujours muette, celle-ci se débarrassa également de sa combinaison. Elle fouilla parmi son impressionnante garde-robe et en extirpa un pantalon en toile et un gilet souple à manches longues.

— Je vais préparer moi-même le pavillon de chasse, affirma-t-elle. Cela m'a soulagée de te parler, Clairette. Je te promets de boire beaucoup moins. Je dois expier, travailler un peu. Je suis heureuse d'héberger cette famille belge. Ça me distraira.

Claire acquiesça. Elle avait provisoirement oublié l'arrivée des Kern chez elle le lendemain.

— Moi, je dois accueillir des Mosellans, dit-elle à mi-voix. Nous avons tous commis des erreurs, princesse. Sur le coup, j'étais mortifiée de recevoir des étrangers au Moulin. C'est peu chrétien, n'est-ce pas? Je tremblais pour mes provisions et ma tranquillité. Bon, je te laisse, j'ai promis d'être à la maison pour déjeuner. Nous devons nous organiser. Tu es sûre que ça va mieux? Plus d'idées suicidaires?

Bertille eut un faible sourire.

— Non, ne crains rien. Je ne te quitterai jamais, Clairette. Disons pas tout de suite.

Moulin du Loup, même jour

Claire avait sorti un vieux cahier d'école ayant appartenu à Faustine dont les dernières pages étaient vides. Un crayon entre les doigts, elle réfléchissait et notait quelques mots de temps en temps sous les regards perplexes d'Anita, de Léon et de Jean.

— Je ne vois qu'une solution : il faut libérer l'appartement, c'est-à-dire votre logement, annonça-t-elle au couple. Vous allez reprendre la grande chambre de mes parents !

— Ouais, celle que vous appelez souvent la chambre maudite, patronne, bougonna l'ancien matelot.

— J'ai dit ça une fois ; c'était de l'humour noir, répliqua-t-elle. Anita s'y plaisait, il me semble !

— Tout à fait, madame, approuva la domestique. Ce sera plus commode pour moi, le matin.

— Plus commode, plus commode ! ronchonna Léon. On était quand même chez nous, là-haut. Va falloir tout descendre, notre vaisselle, nos cadres, nos vêtements…

— La vaisselle restera là, dit Claire. Ces gens en auront besoin et vous prenez tous les repas ici, avec nous. Je ne vois pas en quoi votre service vous était utile.

Jean écoutait d'un air intéressé. Depuis la veille, il paraissait juger salutaire la venue des réfugiés.

— J'embaucherai ce monsieur Kern, affirma-t-il. J'avais besoin d'aide pour la vigne et le verger. Que ce soit pour la vente ou notre consommation, ce serait judicieux d'avoir du vin et du cidre cette année.

— Tu le paieras comment ? s'étonna sa femme.

— J'ai téléphoné à ma sœur ce matin. Je dispose d'un petit capital qu'elle avait placé pour moi il y a quelques années.

« Oui, sans doute à l'époque où tu comptais élever l'enfant d'Angéla ! » ne put s'empêcher de penser Claire.

— Il aurait pu nous dépanner bien avant ! observa-t-elle à voix haute.

— Il aurait moins fructifié, ma chérie, rétorqua-t-il du

même ton incisif. Pire, nous l'aurions dépensé. Cela va m'aider à acheter le matériel indispensable. Les étiquettes, je les ferai à l'imprimerie.

— L'imprimerie! ironisa-t-elle. Votre quartier général, à Matthieu et à toi. Plus personne n'y met les pieds, mais le nouveau maire voulait te rendre visite.

— Claire, il fallait le faire entrer, s'irrita Jean. Bon sang que tu es bornée, parfois!

Anita et Léon, qui ne comprenaient rien à ce début de querelle, échangèrent un regard désappointé.

— Ben, on a fini de manger, j'retourne à la bergerie, annonça le domestique. Je déménagerai notre fourbi en fin de journée.

— Moi, dit Anita, je monte chez nous, histoire d'aérer la literie et le matelas. Madame, ont-ils des gamins, ces gens de Moselle?

— Je n'en sais pas plus que toi. Nous verrons demain.

Outrée par la façon dont Jean l'avait traitée, Claire referma le cahier sans cesser de triturer le crayon.

— Excuse-moi, s'empressa son mari dès qu'ils furent seuls. Mais admets que tu ne pouvais pas faire mieux pour mettre la puce à l'oreille à Léon et Anita. Quand tu persifles ainsi à propos de l'imprimerie, je regrette de t'avoir mise au courant.

Les larmes aux yeux, elle lui décocha une œillade furieuse.

— Vous faites courir des risques à tout le monde, dit-elle à mi-voix. Tu as une fille de onze ans, et Faustine a trois enfants qui ont besoin de leur père. Autant te l'avouer, je ne dors plus depuis que vous soutenez ce communiste. Gagneau ne pouvait pas trouver une imprimerie ailleurs, en ville?

Jean alla se pencher à une fenêtre pour être certain que Léon ne rôdait pas le long du mur.

— Jean-Baptiste Gagneau est un pacifiste. Il encourage les soldats français à refuser de se battre, à déserter s'il le faut pour passer à l'étranger.

— Vous êtes fous, mon frère et toi, de vous fier aux discours de cet homme, protesta-t-elle très bas.

— Tu me connais, Claire. Je suis fier, moi, de prêter main-forte à un type qui risque la peine de mort pour ses idées. J'ai connu l'injustice, la prison, la misère… Oui, j'admire Gagneau et la lutte qu'il mène contre les sbires du gouvernement. Notre vieux Basile agirait comme Matthieu et moi, s'il était encore de ce monde.

Claire dévisagea Jean avec consternation. Elle restait insensible à tous les arguments qu'il lui exposait, aussi bien qu'à ceux de Matthieu.

— En matière de sbire redoutable, j'ai croisé le chasseur qui avait effrayé notre fille, dit-elle. Sur le pont! Il est insolent et rusé. C'est quelqu'un dont il faut se méfier. Il m'a carrément affirmé que je ne ferais pas la fière longtemps.

Son mari se figea, abasourdi.

— Merde! Ce type sait que j'étais promis au bagne. Qu'est-ce qu'il fiche dans la vallée? Ma parole, il nous espionne!

— Peut-être! gémit Claire. De toute façon, vous devez être très prudents, puisque nous allons avoir des inconnus ici. Le maire ne m'a même pas précisé combien ils étaient. Jean, je t'en conjure, Matthieu et toi, arrêtez d'aider votre prétendu ami Gagneau. Cela vous attirera des ennuis, je le sens. Matthieu n'aurait jamais dû accepter de le rencontrer. Il s'est laissé embobiner par ses belles paroles, et toi aussi. En plus, mon frère nous avait caché qu'il discutait souvent politique avec Anatole Mercier, quand il montait au bourg. Cela a dû se remarquer.

— Et alors? Mercier a été l'instituteur de Pierre pendant quatre ans. Ils pouvaient parler de son travail scolaire.

Il haussa les épaules et sortit à son tour, la laissant totalement déroutée. Elle se remémora le matin d'hiver où Faustine lui avait confié en grand secret que Jean-Baptiste Gagneau avait remplacé Anatole Mercier, afin de permettre au vieil enseignant, en passe d'être arrêté, de quitter la France. «Et maintenant Jean et Matthieu sont complices de Gagneau. Ils sont idiots, égoïstes et aveugles.»

Lasse de se creuser la cervelle bien en vain, Claire entreprit l'inspection de ses conserves. Cela la réconfortait toujours. D'un pas nerveux, elle entra dans le cellier qui jouxtait la grande cuisine du moulin. Sur des étagères s'alignaient des dizaines de bocaux en verre et des pots en grès fermés par de gros bouchons en liège, quand ce n'était pas du papier graissé et ficelé autour du col du récipient. Des étiquettes signalaient le contenu et la date de la préparation. Il y avait des haricots verts, des tomates concassées, des céleris branches, des petits-pois, des épinards… Quant aux haricots secs, Anita les stockait au grenier, dans leurs gousses, la tige suspendue à un clou.

— Ciel, tous ces confits de canard! bredouilla-t-elle.

À ses yeux de ménagère, c'était une denrée précieuse, car la viande, confite et conservée dans la graisse de l'animal, pouvait patienter ainsi encore des années.

«J'ai de quoi nourrir une armée, songea-t-elle. Mais il faudrait faire provision de farine, de sucre et de pâtes alimentaires, qui sont si pratiques!»

Elle dénombra également quatre tonnelets de frênette, une boisson légèrement gazeuse qu'elle confectionnait chaque printemps avec les jeunes feuilles de frêne et qui avait des vertus désaltérantes et dépuratives.

«Une source de jouvence! se dit-elle encore, satisfaite de savoir tirer profit de toutes les offrandes de la nature. Il nous reste du vin et du miel en quantité grâce à nos deux ruches.»

Rassérénée, Claire renonça à monter inspecter le grenier où sur des claies se gardaient pommes, noix, châtaignes dans leurs bogues piquantes, oignons et tresses d'ail.

— S'il faut partager, je partagerai, dit-elle à mi-voix. Mais Anita devra se montrer plus économe pour les repas.

Elle rectifiait l'ordonnance d'une pile de boîtes de sardines achetées à l'épicerie quand Sauvageon, qui l'avait accompagnée, se mit à grogner. L'instant suivant, une silhouette massive se dessina à contre-jour dans le petit couloir communiquant avec la cuisine. Surprise, Claire crut d'abord qu'il s'agissait du chasseur croisé le matin même.

— Que faites-vous ici? s'écria-t-elle d'un ton dur.

— Pardon, madame, fit une voix grave à l'accent traînant. Je suis monsieur Kern, Jakob Kern. J'ai pensé que je vous trouverais dans la maison.

— Oh! monsieur Kern! Mais je vous attendais demain seulement! se troubla-t-elle.

L'homme ne pensait pas à reculer; il demeurait dans l'encadrement de la porte du cellier. Claire commença à distinguer ses traits.

— Je sais bien, répondit-il. Je suis venu à bicyclette pour me présenter et voir l'endroit où nous allons loger. Comme il n'y avait personne dans la cour, je suis entré dans la maison.

— Excusez-moi, monsieur Kern, j'ai été surprise. Venez, enfin, reculez un peu, nous discuterons dans la cuisine, au jour. Il fait sombre dans ce bâtiment.

Jakob Kern la dévisageait en souriant. Il lui parut très blond sous sa casquette en toile grise, très grand et très robuste. «Jean sera content s'il embauche ce gaillard-là», pensa Claire, vaguement amusée.

Enfin, il se décida à tourner les talons. Elle le suivit en tenant le louveteau par son collier. Elle eut à cœur d'être le plus aimable possible. Une fois revenue dans la clarté vive de la pièce ensoleillée, elle observa mieux le réfugié. Elle le supposa âgé d'une cinquantaine d'années. Il lui parut sérieux et poli.

— Asseyez-vous, monsieur! Voulez-vous un verre de bière? Je la fabrique moi-même avec de l'orge.

— Ah! vous faites votre bière! Chez nous aussi, j'en fabriquais, de la bonne bière, s'enthousiasma-t-il. Mais j'étais postier, là-haut, à Rombas, au nord de Metz.

Jakob Kern s'attabla, les mains croisées sur le bois ciré. Il jetait des coups d'œil admiratifs autour de lui, ce qui inclina Claire à la bienveillance.

— Le Moulin du Loup est très ancien, expliqua-t-elle. Je suis née ici, ma mère aussi. Je suis désolée de vous avoir mal reçu. J'ai eu peur!

Il partit d'un grand rire chaleureux, puis il désigna la chatte Mimi, perchée prudemment sur un des buffets.

— Vous avez un joli katz, madame!

— Pardon?

— On dit un *katz*, chez nous, pour un chat[18].

Claire eut une expression gênée. Elle servit à boire au visiteur, qui continuait à sourire.

— Excusez-moi encore, mais une chose m'échappe, déclara-t-elle enfin. Le maire de notre commune est passé ce matin pour me demander si je pouvais vous héberger, vous et votre famille. Comment se fait-il que vous soyez déjà là? Il y a plusieurs kilomètres entre notre vallée et Angoulême et je ne vois pas par quel miracle vous avez été prévenu que j'acceptais de vous loger.

— Nous avons dormi dans une grange, cette nuit, à la sortie de Puymoyen. Tout à l'heure, votre maire m'a donné votre adresse en me disant que vous étiez d'accord.

«Je n'avais pas vraiment le choix, alors, s'offusqua Claire. Où seraient partis ces pauvres gens si j'avais refusé?»

— Nous ne sommes pas tout à fait prêts, mais vous pourrez coucher ici ce soir, indiqua-t-elle. Combien êtes-vous?

— Quatre. Mon épouse, mes deux enfants et moi-même.

— Bien. Vous disposerez de trois pièces, une cuisine et deux chambres assez exiguës. Il s'agit d'un appartement que nous avons aménagé dans des locaux de l'ancienne papeterie.

— Ma femme va être ravie. Elle était *schlass* de changer toujours d'endroit, savez-vous. Fatiguée, je veux dire, très fatiguée. On dit ça chez nous, *schlass*.

— Eh bien, je vais apprendre le parler de la Moselle, avec vous. Venez, monsieur Kern, que je vous présente mes domestiques, qui sont avant tout des amis, et mon mari. J'ai une fille de onze ans, Ludivine. Enfin, bébé, nous la nommions Augustine, mais cette demoiselle a voulu prendre son second prénom dès qu'elle a eu l'âge d'exprimer ses goûts.

---

18. La Moselle fait partie de la Lorraine, et le patois y est teinté de mots germaniques.

Claire s'empressa de sortir, de plus en plus mal à l'aise, car Jakob ne la quittait pas des yeux, de très beaux yeux verts. Il lui emboîta le pas.

— Anita, l'épouse de Léon, est en train de vider le logement de ses affaires personnelles. Ne vous tracassez pas, la maison est grande. J'ai deux chambres de libres. Léon vit ici depuis quarante ans; mon mari et lui sont comme deux frères.

— Bien, bien, c'est vraiment gentil de nous accueillir, madame!

— Madame Dumont, mais vous pouvez m'appeler Claire, ce sera plus simple.

— Alors, vous ne dites plus monsieur, mais Jakob.

Elle approuva d'un petit sourire, intimidée cependant par le personnage dont la voix résonnait fort dans la cour du Moulin. Intriguée, Anita se pencha à la fenêtre.

— Qui c'est-y donc, patronne?

— Monsieur Jakob Kern. Il vient visiter.

Aussitôt, la domestique se retira, non sans ronchonner tout bas.

— Je suis désolé de déloger vos gens, bredouilla le réfugié. Peut-être qu'on pourrait s'installer dans un de vos bâtiments!

— Ils sont tous occupés. L'écurie abrite ma jument et un âne, la bergerie, mon troupeau de chèvres. J'ai aussi une truie et ses six petits, des lapins, et une basse-cour. Ne vous faites pas de souci, Anita râle un peu, mais elle a un grand cœur. Je pense qu'elle est contrariée, parce qu'elle n'a pas fini de ranger. Mais venez, c'est par là.

Claire éprouvait toujours un regain d'émotion en pénétrant dans l'ancienne salle des piles, à présent séparée en deux par une cloison derrière laquelle se trouvait l'imprimerie. Elle évoqua quelques secondes son père, Colin Roy, avec ses cheveux blancs attachés sur la nuque et son large tablier maculé de pâte à papier. Cette odeur avait marqué son enfance et elle lui semblait encore perceptible, malgré les années écoulées. Elle monta en silence l'escalier étroit, suivie par Jakob Kern.

Anita les reçut avec un sourire pincé qui exprimait sa contrariété. Elle montra du menton six cadres empilés sur la table de la petite cuisine, reluisante de propreté.

— J'ai décroché les photographies de mes beaux-enfants, annonça-t-elle d'une voix larmoyante. Il faut encore tourner le matelas et battre les carpettes.

— Bonjour, madame, tonna Jakob Kern. Je suis bien désolé de vous faire des complications. Mais vous donnez pas tant de mal, on fera tout ça, ma femme et moi, ce soir.

La domestique observa le sympathique colosse d'un air méfiant. C'était un fort bel homme, une force de la nature, ce qui l'impressionna, Léon étant plutôt du genre grand escogriffe.

— Ce soir? s'inquiéta-t-elle.

— Oui, ce soir, insista Claire. J'ai proposé à monsieur Kern de s'installer aujourd'hui, puisqu'ils ont dormi dans une grange du bourg la nuit dernière. Cela ne sert à rien d'attendre demain.

— Dans ce cas, faut mettre les bouchées doubles, soupira Anita. Il y a une malle à descendre et des caisses… Et il faut balayer aussi.

Ce fut vite fait, sous les yeux ébahis des deux femmes. Le réfugié enleva sa veste et retroussa les manches de sa chemise. Il paraissait habitué aux tâches ménagères. Le plancher résonnait sous ses pas pesants, tandis qu'il brassait oreillers, traversins et matelas. Quand tout sembla en ordre, il déclara, content de lui :

— Je n'ai plus qu'à remonter au village. C'est la coiffeuse qui m'a prêté une bicyclette. Je lui ramène son engin et, ensuite, on descend chez vous, mon épouse et les enfants.

— La coiffeuse, c'est ma belle-fille Thérèse, crut bon de préciser Anita.

— Une beauté! Une vraie beauté! déclara-t-il.

*

Moulin du Loup, le soir
Claire était assise sur la plus haute marche du perron.

Elle admirait le coucher de soleil sur les falaises, un spectacle dont elle ne se lassait jamais. La lumière adoucie du soir soulignait les anfractuosités de la roche et nappait d'or rose de larges pans de pierre lisse.

«Les giroflées vont fleurir, et le vent me portera leur parfum exquis», songea-t-elle.

Petite fille, elle gravissait les talus avec impatience afin de cueillir les premières fleurs sauvages d'un jaune vif, dont le parfum capiteux la grisait.

«J'en avais offert un bouquet à ma mère, mais elle l'avait jeté aux poules sous prétexte que j'avais perdu mon temps à courir la campagne», se souvint-elle en caressant Sauvageon, couché à ses côtés.

Soudain, l'animal se redressa et fila comme une flèche vers le porche. Un rire léger retentit sur le chemin. Ludivine rentrait de l'école après avoir goûté chez Faustine et fait ses devoirs sous sa direction. Vite, Claire se leva et marcha d'un pas rapide à la rencontre de sa fille.

— Maman, je suis première en composition de calcul, proclama l'enfant dès qu'elle l'aperçut. Et Sauvageon veut attraper mon cartable. Il est d'un drôle! Regarde-le sauter.

Le louveteau se tordait sur lui-même, un morceau de bride en cuir entre les dents. Claire dut lui faire lâcher prise.

— Sois plus sévère avec Sauvageon, ma chérie! Il ne doit pas prendre ce genre d'habitude. Viens vite à la maison. Nous attendons des gens, les Kern, qui vont habiter chez nous. Ce soir, je les invite à dîner. Au fait, je te félicite pour ta première place.

— Papa aussi sera content. Dis, maman, tu crois qu'ils ont des enfants, les Kern?

— Deux, et ils iront forcément à l'école du village; vous pourrez faire le trajet ensemble. Surtout, ne te moque pas d'eux quand ils parleront, ils ont un accent particulier. Monsieur Kern, par exemple, qui nous a rendu visite, il dit un *katz*, et non un chat.

— Un *katz*! C'est joli!

Ludivine affichait le même sourire rêveur que sa mère.

Elle aimait ces soirs de printemps où le crépuscule baignait la vallée de couleurs douces, où les oiseaux chantaient à tue-tête, petits messagers du tendre mois d'avril.

— J'ai écrit un autre poème. Maintenant, je fais comme Angéla, je les écris au propre dans un cahier et je dessine dans la marge... Oh! pardon, maman!

— Tu n'as pas à me demander pardon, Ludivine, affirma-t-elle sans réelle conviction. Je t'ai déjà dit que tu pouvais parler d'Angéla.

La fillette s'élança vers la porte de l'imprimerie. Jean devait guetter son retour, car il sortit aussitôt. Il l'embrassa sur les deux joues et caressa ses boucles brunes. Ce tableau suffisait à apaiser tous les chagrins enfouis de Claire, de même que la vague irritation qui couvait en elle, car son mari semblait encore la bouder. «Jean s'est contenté de serrer la main de Jakob Kern, cet après-midi, sans daigner discuter un peu avec lui, alors qu'il affirmait se réjouir d'embaucher cet homme tombé du ciel.»

Anita lui fit de grands signes depuis une fenêtre. Les joues rouges et le foulard de travers sur le front, la domestique avait l'air affolée.

— Que se passe-t-il encore? interrogea Claire en entrant dans la cuisine.

— Monsieur Jean aurait dit à Ludivine que votre frère et Faustine dîneraient là, eux aussi. Vous vous rendez compte, madame? Six personnes en plus! Comment je fais, moi? En plus, vous me répétez de ménager les provisions tous les jours que le bon Dieu fait. J'peux pas faire de miracles, moi!

— Non, assurément, mais tu peux servir un grand plat de pommes de terre rissolées dans la graisse de canard.

— J'ai que du saindoux, madame.

— Pas si tu réchauffes des confits, Anita. Je tiens à accueillir dignement les Kern. Ils sont loin de chez eux depuis le mois d'octobre. Ils ont passé ce terrible hiver à droite et à gauche, expédiés d'une grange à l'autre.

— J'me demande bien pourquoi le gouvernement les a déplacés, comme il disait, monsieur Kern. Enfin..., non, évacués!

— C'était par précaution, expliqua Claire. Il y a eu trop d'atrocités commises par les Allemands dans ces régions frontalières durant la Première Guerre mondiale. C'était plus judicieux d'évacuer une partie de la population[19].

— Ça ne me plairait point, à moi, confessa la domestique. Je vous dirai, madame, à cause de la guerre d'Espagne, y a cinq ans de ça, y en a eu un paquet, de réfugiés, par ici. Tenez, ma petite nièce, Manolita, elle a atterri à Angoulême. Paraît qu'elle est bonne chez des bourgeois. Faudrait que je lui rende visite un de ces jours.

Claire approuva tout bas. Elle entendait Ludivine chanter dans sa chambre un refrain qui la bouleversa.

Quand nous chanterons le temps des cerises,
Et gai rossignol, et merle moqueur
Seront tous en fête!
Les belles auront la folie en tête
Et les amoureux du soleil au cœur!
Quand nous chanterons le temps des cerises
Sifflera bien mieux le merle moqueur[20]!

«Faustine aura appris la chanson à sa classe, pensa-t-elle. Mon Dieu, je revois notre cher Basile la fredonner, les yeux mi-clos. Des hommes comme lui, il n'y en a plus.» Elle eut envie de pleurer, mais, l'instant d'après, elle songea que le vieil instituteur, lui, aurait soutenu Matthieu et Jean dans leur lutte clandestine pour le Parti communiste et pour la paix, surtout. «Peut-être que Jean a raison. Mon frère et lui agissent ainsi en mémoire de celui qu'ils aimaient à l'égal d'un grand-père... Et quel grand-père! Un puits de science, un intellectuel un peu anarchiste!»

---

19. Au début de la Seconde Guerre mondiale, on a évacué les populations civiles proches de la ligne Maginot afin de les préserver en cas d'occupation, ce qui laissait aussi le champ libre aux mouvements des troupes. Les Mosellans ont été dirigés entre autres vers la Charente.

20. *Le Temps des cerises*, chanson dont les paroles sont de Jean-Baptiste Clément; écrite en 1866. Compositeur, Antoine Renard.

— Madame, combien j'en mets à réchauffer, des confits? s'écria Anita depuis le cellier.

— Six cuisses que nous couperons en deux, cela fera douze parts, rétorqua-t-elle, agacée. Je prépare la salade de pissenlits. Il n'y a rien de meilleur en cette saison.

Jean trouva sa femme occupée à couper menu des gousses d'ail. Elle en avait mis de côté pour frotter des croûtons de pain.

— Alors, nous allons faire la connaissance de nos réfugiés! affirma-t-il. Kern m'a inspiré confiance. Et toi?

— Mon avis t'intéresse? ironisa-t-elle. Je ne t'ai pas vu depuis le déjeuner.

— Clairette, déclara-t-il en lui effleurant la joue, j'ai des tracas.

— Eh bien, moi aussi, figure-toi! Anita et Léon ont dû s'installer en catastrophe dans la chambre de mes parents. Ils n'ont pas arrêté de récriminer.

— Oh! madame, j'ai rien dit, moi! bougonna la domestique qui ouvrait un gros pot en grès. C'est mon Léon qui ronchonnait et on ne peut pas lui en vouloir, car ces gens, ils devaient venir que demain. Et puis, cet homme-là, il vous jette des regards de braise... Enfin, je veux dire à vous et à moi. Vous l'avez entendu causer de Thérèse?

Tout de suite, Jean s'alarma. Il obligea Claire à lever le nez en lui soulevant le menton d'un doigt.

— C'est vrai, ça?

— Oui, et alors? Il s'est extasié sur la beauté de Thété; ce n'est pas le premier. Tu vois le mal partout, Anita! Avec nous deux, il a été poli et aimable. Il n'y a pas de quoi fouetter un chat!

Elle eut un sourire mystérieux qui inquiéta Jean. Satisfaite de l'avoir rendu jaloux, Claire éminça gaiement les feuilles dentelées des pissenlits encore parsemés de rosée qu'elle avait cueillis le matin.

Jean alluma une cigarette, la mine préoccupée. Il n'osait pas confier à sa femme ce qui l'avait tourmenté toute la journée. Jean-Baptiste Gagneau devait venir vers minuit récupérer une importante quantité de tracts. Ni Matthieu ni lui n'avaient prévu la présence des Kern au Moulin le soir même.

— Il faudrait manger tôt, Clairette, indiqua-t-il d'une voix engageante. Je suis affamé.

— Nous mangerons quand ce sera prêt et que nos invités seront là.

La famille mosellane entra dans la cour une heure plus tard. Ludivine les guettait du perron.

— Les voilà! s'égosilla la fillette. Il y a Faustine avec eux.

Toute la maisonnée sortit: Léon, un mégot au coin des lèvres, Anita, qui essuyait ses mains sur son tablier, Jean et Claire. Ils virent les Kern franchir le porche, encombrés d'un attirail considérable. Une petite femme brune, très maigre, ployait sous le poids de deux cabas qui traînaient presque au ras du sol. Jakob avait un énorme ballot de linge sur le dos et une caisse entre les bras. Suivaient une jeune fille et un garçon d'environ sept ans, eux aussi chargés de sacs et de baluchons. Quant à Faustine, elle avait dû proposer son aide, car elle portait deux valises.

Matthieu sortit de l'imprimerie au même moment. Il se précipita pour débarrasser son épouse, mais il fut pris sous le feu d'un regard vert et or, celui d'Anna Kern, âgée de dix-huit ans, une superbe créature au corps ferme et svelte. De taille moyenne, elle avait un port de tête altier et une chevelure rousse très raide qui dansait sur ses épaules.

— Bienvenue à tous! dit-il, se ressaisissant aussitôt. Matthieu Roy, le frère de la maîtresse des lieux.

— Jakob! Ma femme Yvette, mon fils Franzi, un petit *minch*[21], et ma fille Anna.

Claire marchait vers eux, souriante, mais elle observait surtout madame Kern, qui lui paraissait en fort mauvaise santé. Déjà, elle établissait une sorte de diagnostic instinctif. «Le teint trop hâlé pour la saison, le blanc de l'œil un peu jaune; cette malheureuse boit, ou elle souffre du foie», se disait-elle.

— Bonsoir, madame, dit alors Yvette Kern. J'suis complètement *schlass*.

---

21. Voyou, en mosellan, ici employé avec une valeur humoristique, affectueuse.

Ludivine, elle, dévisageait le dénommé Franzi. Il avait les cheveux blonds de son père et sa carrure solide. L'éclat de ses prunelles sombres annonçait un caractère bien trempé.

— Ça *schmek*, ici! décréta-t-il en plissant le nez.

— Comment, ça quoi? demanda la fillette.

— Ça pue, traduisit Jakob d'un air gêné. Mon fils a grandi en ville, il n'est pas accoutumé aux odeurs de la campagne. Franzi, il y a des chèvres pas loin. Et même un loup. Regarde, là-bas, madame Claire l'a recueilli. Il est apprivoisé.

Franzi fit la moue. Jean vint serrer la main de Jakob, puis celle d'Yvette. Devant Anna, il hésita un instant. Ce fut la jeune fille qui l'embrassa sur la joue, avant d'embrasser aussi Claire et Ludivine.

— C'est beau, cet endroit, avoua-t-elle en désignant la façade du moulin et sa porte surmontée d'un fronton triangulaire dont la pierre grise maintenait les vrilles naissantes d'une vigne.

— Je suis ravie que cela vous plaise, répondit Claire. Allez, venez tous à table. Vous aurez un bon repas, ce soir.

Presque contre son gré, Matthieu suivit des yeux la silhouette d'Anna qui discutait avec son petit frère. Faustine le constata et lui donna un léger coup de coude.

— Décidément, tu as un penchant pour les jolies rousses, lui dit-elle à l'oreille en l'entraînant à l'écart.

C'était lui rappeler gentiment sa liaison avec Corentine Giraud, dont le tempérament sensuel, même incendiaire, avait eu raison quelques mois de l'amour qu'il dédiait à Faustine.

— Tu es stupide! rétorqua-t-il un peu gêné. Ce n'est pas ça qui me tourmente. Gagneau vient chercher ses tracts cette nuit. Je n'avais pas prévu qu'il y aurait les Kern dans le logement au-dessus.

— Matthieu, quelle importance que ce soit Léon et Anita ou ces gens! répondit-elle.

— Léon et Anita dorment comme des souches dès neuf ou dix heures du soir. Et jamais ils ne me trahiraient. Eux, je ne les connais pas.

230

Faustine devint grave. Elle réprouvait autant que Claire les agissements de Matthieu et de Jean.

— Je ne crois pas que des réfugiés dénonceraient la famille qui les héberge, dit-elle simplement. Quand même, elle est ravissante, leur grande fille.

— Tu es la plus belle femme du monde pour moi, soupira-t-il. Je ne suis pas ton père, pour tomber sous le charme d'une gamine.

— J'espère bien! trancha-t-elle.

La discussion en resta là. Ravi, Jakob Kern montrait à son épouse les petites fenêtres de l'appartement. Jean la délesta de ses cabas et les monta à l'étage. Anna et Franzi le suivirent en se chamaillant et en se bousculant pour entrer en premier. Encombré des valises, Matthieu gravit également l'escalier.

— Est-ce que ça vous convient? questionna Jean en allumant le plafonnier.

— On serait difficile de dire non! s'esclaffa le Mosellan. Hein, les gosses, on n'a pas été si bien logés depuis qu'on a quitté le pays.

Sa voix trembla sur ces derniers mots. Anna s'empressa de tapoter l'épaule de son père.

— On est avec toi, p'pa, proclama-t-elle. On serait bien partout.

Yvette Kern, elle, patientait dans la cour, sur le seuil de l'ancienne salle des piles. Elle eut un regard d'excuse et dit à Claire:

— Si je monte, je n'aurai pas le courage de redescendre et je me coucherai. Comme vous avez la gentillesse de nous inviter à manger, ce ne serait pas poli.

Pleine de compassion, Claire fit signe qu'elle comprenait. En pensée, elle préparait les tisanes susceptibles de revigorer la malheureuse.

— Ici, vous reprendrez des forces, assura-t-elle. Autant vous le dire tout de suite, je suis guérisseuse. Vous avez besoin de repos et de tranquillité, Yvette.

— Merci bien. Jakob m'a parlé de vous tout le chemin. Une grande dame, qu'il me répétait. Je vois bien qu'il a raison, tant vous êtes gentille. Et belle, dites, tellement belle!

— Je vous en prie, pas trop de compliments, objecta Claire en riant. Allons, venez à la maison.

Yvette découvrit la grande cuisine du moulin avec un émerveillement quasiment enfantin. Il y régnait une douce chaleur, et des fumets alléchants s'élevaient des marmites posées sur la monumentale cuisinière en fonte noire. Elle contempla les assiettes en porcelaine, blanches et ornées de motifs floraux bleu foncé, alignées sur une longue table en bois sombre patiné par le temps. Une grosse miche de pain luisait sous la clarté dorée de la grande lampe à pétrole suspendue à une poutre.

— Asseyez-vous donc! proposa Anita, émue par l'expression extasiée de leur invitée.

— Vous avez une horloge, bredouilla alors Yvette Kern. Mon Dieu, ça me rappelle la ferme de mes parents. Quel malheur de tout perdre, hein, toute notre vie d'avant! Jakob m'a promis qu'on retournerait chez nous, mais je n'y crois pas.

Elle appuya son poing fermé sur sa bouche, tandis que des larmes sourdaient de ses yeux éteints. Apitoyée, Ludivine lui présenta une chaise.

— Vous reverrez votre pays, madame, l'encouragea-t-elle. En attendant, on vous protégera.

C'était une assertion enfantine spontanée. Voulant joindre le geste à la parole, elle prit le bras décharné de la femme pour la conduire jusqu'au siège. Claire constata la crispation soudaine qui marquait les traits ravissants de sa fille. «Elle a senti quelque chose, peut-être quelque chose de grave, songea-t-elle. Ludivine est sans aucun doute plus douée que moi, car, à son âge, je ne percevais pas la maladie chez ceux que je touchais par mégarde.» Elle se promit de questionner Ludivine dès que possible.

Sensible à la détresse d'Yvette, Léon s'empressa de lui servir à boire. C'était le remède universel, à son sens.

— Un p'tit coup de vin blanc, m'dame Kern? dit-il d'un ton enjoué. Ça vous requinquera.

— C'est pas de refus, mais faudrait trinquer tous ensemble.

— Ben oui, renchérit le domestique. Tout votre petit monde arrive.

Jakob et ses enfants entraient, accompagnés par Jean et Matthieu. Assise près de la cheminée, Faustine observa attentivement son mari. Il paraissait détendu, riant beaucoup des mimiques de Franzi Kern qui lorgnait la chatte Mimi, couchée au coin de l'âtre, et surtout le louveteau, étendu sur sa couverture.

— On dirait un chien, commenta-t-il enfin. Un drôle de chien.

— Ne le touche pas, ordonna Yvette. Faut être sage, Franzi, sinon gare au père Fouettard!

— Bah, l'existe même pas, le père Fouettard, maman! J'suis grand, j'ai plus peur.

Anna crut bon d'expliquer qui était ce fameux père Fouettard. Elle avait moins d'accent que ses parents, mais elle agitait ses mains devant elle avec une grâce animale.

— Pendant que le bon saint Nicolas distribue des jouets aux enfants sages, la veille du 6 décembre, jour de sa fête, le père Fouettard donne des coups de martinet aux vilains garnements comme mon frère. C'est un horrible bonhomme barbu couvert de fourrure, qui a la figure toute noire. On l'entend venir parce qu'il agite des grelots ou une chaîne. Souvent, même, il emporte les petits *minchs* dans sa hotte. On ne sait pas ce qu'ils deviennent[22]!

— Ciel, tu n'as pas peur, ma chérie? demanda Jean à Ludivine.

— Mais non, papa, ce sont des histoires.

— Certainement. Dommage que mon gamin s'en moque, à présent, déclara Jakob. Y a encore deux ans, il en pissait dans sa culotte de terreur, oui…

Anna éclata d'un rire cristallin en fixant son frère d'un air dédaigneux. Cela déplut à Claire, ainsi qu'à Faustine. Toutes deux avaient enseigné aux enfants le respect de l'autre et la charité.

— Je sers la soupe, madame? demanda Anita.

---

22. Légende traditionnelle de Lorraine et d'Alsace, où le père Fouettard devient Hans Trapp.

— Vous ne dites pas le bénédicité? dit Jakob, surpris.

— Non, répondit Jean. Mais, si vous le souhaitez, nous n'y voyons pas d'inconvénient.

— Vaudrait mieux trinquer, comme disait madame Kern, s'emporta Léon. Moi, je m'arrange avec le bon Dieu chaque dimanche, à la messe.

Yvette joignit les mains, baissa la tête et commença à réciter.

— Bénissez, Seigneur, la table si bien parée, emplissez aussi nos âmes si affamées, et donnez à tous nos frères de quoi manger. Amen.

Claire se signa, bouleversée. Elle avait encore honte de sa réaction première, de son refus viscéral d'accueillir des étrangers sous son toit. Ce fut pour elle comme un rayon de lumière divine qui la rendait meilleure. «La table si bien parée! se répéta-t-elle. Donnez à tous nos frères de quoi manger. Mais oui, comment ai-je pu craindre le partage et avoir peur de me dévouer corps et âme aux plus démunis que moi?» Effarée comme si elle avait failli commettre un crime, elle ressentit un soulagement inouï en voyant les Kern se régaler d'une soupe épaisse, agrémentée de crème fraîche.

«Je n'ai pas manqué à mes devoirs de chrétienne, se disait-elle. Mon Dieu, guidez-moi, ne laissez pas mon cœur se fermer, jamais.»

Le grand plat de confits de canard et de pommes de terre sautées arracha un cri de ravissement au petit Franzi.

— Ce que ça sent bon! constata-t-il.

Jakob Kern n'en croyait pas ses yeux. Il était assis entre son épouse et Faustine. Cette dernière l'encouragea d'un sourire.

— Servez-vous, monsieur.

— Non, les dames d'abord. Yvette, ton assiette…

— Un petit morceau! Je n'ai plus faim.

— Moi, j'ai faim pour deux, affirma Anna avec une mine gourmande.

Encore une fois, la jeune fille lança un regard félin à Matthieu, qui lui faisait face. Perturbé, il baissa la tête, bien décidé à fuir cette séductrice en herbe. Il était la fidélité incarnée, et cela le rendait méfiant à l'égard de la gent féminine. Le repas se poursuivit dans un discret concert de couverts heurtés aux assiettes, de verres levés et reposés, de soupirs de satisfaction.

— Bon sang, ce que tu cuisines ben, ma Nini! s'exclama Léon, la moustache grasse et un rire béat sur les lèvres. Moi, le confit de canard, j'm'en ferai péter le bide.

Le domestique avait encore trop bu. Jean haussa les épaules, contrarié. Son vieil ami ne tenait pas ses promesses. Il fit vite diversion.

— Jakob, si vous nous racontiez un peu votre périple depuis la Moselle, dit-il d'une voix douce. Je suis l'actualité grâce à la radio et aux journaux, mais j'ai l'impression que bien des informations sont distribuées au compte-gouttes, qu'on nous cache parfois l'essentiel.

— Oh! ça, je n'en sais rien et je m'en fiche, rétorqua le réfugié. Depuis la déclaration de guerre, en septembre, je n'ai pas écouté la radio ni lu un journal, alors… On nous a dit de partir et j'ai obéi. Mais je sais une chose, monsieur Dumont, j'aurais préféré rester chez nous, à Rombas. J'avais un métier et une maison. Là-bas, ma pauvre femme ne serait pas tombée malade. Pensez donc, avec le froid de cet hiver, dormir dans une vieille bâtisse ouverte aux quatre vents…

— Vous étiez du côté de Montbron, n'est-ce pas? demanda Claire.

— Ui[23], déclara Jakob sans rien ajouter.

— On a bien fait de s'en aller, renchérit Anna. C'est mieux ici. Le fermier qui nous logeait, il était veuf. Il a voulu *schmouser* avec moi, et même pire.

— Tais-toi, Anna! dit sa mère. Pitié, tais-toi!

Ludivine ouvrait de grands yeux intrigués. Le terme *schmouser*, dans la bouche de cette jolie fille aux manières directes, prenait une sonorité insolite. Gênée, Claire évita de demander la traduction, car elle avait compris, comme tout le monde autour de la table.

---

23. En Moselle, on prononce le oui ainsi, avec l'ellipse du son « ou ».

— Anita, je pense que nous pouvons passer au dessert, suggéra-t-elle d'un ton anodin, mais dans un silence pesant.

— Oui, madame. J'espère que ça plaira. On a du bon lait frais. Alors, j'ai préparé des flans au chocolat.

— J'adore les flans au chocolat! affirma Matthieu afin de détendre l'atmosphère. Et toi, Franzi?

Le petit garçon acquiesça de la tête. Il avait perdu tout son entrain, comme ses parents qui affichaient une expression affligée. Jean consulta sa montre et se rassura. Les Kern devaient être épuisés et, de plus, rassasiés par le festin auquel ils avaient eu droit. Ils s'endormiraient sans doute très tôt. «Mon cher Basile, songea-t-il, la lutte continue. En votre nom, je me battrai toujours contre l'injustice et la violence.»

Faustine vit passer sur le visage de son père une sorte d'exaltation qu'elle jugea inquiétante. Son cœur se serra. L'arrivée de la famille mosellane dans la vallée des Eaux-Claires lui parut le premier signe réel du conflit qui enflammait le nord et l'est de l'Europe, par la faute d'un dictateur assoiffé de puissance : Hitler. Prise d'une peur viscérale, elle eut un long frisson. «Tout ne fait que commencer!» pensa-t-elle.

Un proche avenir lui donnerait raison en jetant sur les routes de France des millions de civils. Le printemps en serait ensanglanté, souillé. Mais, pour l'heure, une chouette poussait son cri lancinant dans les branches du vieux poirier; la chatte Mimi ronronnait, tandis que le louveteau, profondément endormi, agitait ses pattes. Il rêvait de folles courses sur les traces de ses frères disparus.

8
Les réfugiés

Moulin du Loup, lundi 22 avril 1940

La famille Kern habitait le Moulin du Loup depuis une semaine. Claire et Jean n'avaient pas à s'en plaindre. Jakob travaillait dans la vigne en compagnie de Léon, qui en profitait pour jouer les patrons et donner ordres et conseils au Mosellan avec un plaisir évident.

Franzi avait intégré l'école de garçons du bourg, sous la férule d'un Jean-Baptiste Gagneau toujours excentrique. Malgré ses activités clandestines pour le Parti communiste démembré, l'ancien inspecteur ne faisait aucun effort pour être discret. Pendant les récréations, il traçait des buts à la craie et organisait des parties de football avec ses élèves. Faustine, qui observait les simulacres de matches depuis sa propre cour, en venait à le trouver sympathique.

Peu de temps avant, au Moulin, Anita avait jeté un pavé dans la mare, comme elle s'était plu à le dire; il était question de la jolie Anna Kern.

— Écoutez, madame, je suis patiente et tout ce que vous voulez, mais faut pas me chercher, commença-t-elle en fixant Claire de ses yeux bruns. Cette fille, c'est une feignasse, comme dit Léon. Chaque fois que je lui demande de m'aider au ménage, ce qui est ben normal, elle me regarde et se met à ricaner.

— Je n'ai aucun problème avec Anna, riposta Claire. Elle m'a bien assistée pendant ma cueillette, et cela l'intéresse beaucoup. Même que je lui ai appris les vertus de beaucoup de plantes.

— J'dis pas, pour ce qui est de se promener avec vous, de sortir les chèvres, elle est toujours d'accord, mais c'est pas du travail, ça!

— Les chèvres ont besoin de se dégourdir les pattes, de brouter la nouvelle herbe, Anita. Si Anna se charge de cette tâche, c'est déjà une bonne chose.

— Peut-être! Mais hier, je lui ai dit gentiment de venir essorer les draps au lavoir du bief. Toute seule, je peux point les tordre assez. La demoiselle a filé. Elle m'a crié qu'elle n'avait pas le temps.

Claire hocha la tête. Elle n'était ni aveugle ni bornée et elle s'était aperçue que la fille des Kern fuyait la compagnie de la domestique. Cela équivalait, somme toute, à éviter de lui rendre service.

— Je lui parlerai, Anita. Elle doit prendre part à la tenue de la maison. Mais je te ferai remarquer qu'elle tient l'appartement impeccable. La pauvre Yvette n'en est pas capable.

— Ouais, celle-là, c'est du pareil au même. Elle sait que se lamenter et roupiller.

— Je lui fais boire des tisanes qui purgent son organisme; c'est épuisant. Ne juge pas les gens aussi durement.

C'était une façon directe de clore le débat. Anita retourna à son fourneau sur lequel mitonnait un bœuf bourguignon. La sauce brune, à base de vin rouge et d'un confit d'oignons, parfumait la pièce. Après avoir tourné une grosse cuillère en métal dans le ragoût, incapable de tenir longtemps sa langue, elle ajouta:

— Il y a un autre détail qui me turlupine, madame.

— Dis toujours!

— Votre Anna, elle tourne autour de votre frère. Moi, ça me fait honte de la voir faire.

L'arrivée de Jean encombré d'une caisse empêcha Claire de répondre. Elle se précipita vers son mari, réconfortée par sa présence. La veille, ils avaient fait l'amour après des jours d'une réserve commune, chacun enfermé dans une sorte de bouderie.

— Qu'est-ce que tu nous apportes? interrogea-t-elle d'une voix câline.

Elle constata alors combien son mari était pâle, livide même. Il déclara tout bas, d'une voix qui se voulait impassible :

— Ce sont mes bouquins, ceux sur le naufrage du *Sans-Peur*. Je les monte dans notre chambre, ils encombrent Matthieu. Bon sang, ton frère est d'une humeur, ces temps-ci!

Il mentait, mais Claire, alertée, fit celle qui le croyait.

— Range-les en bas de mon armoire, dit-elle en souriant. Viens, je vais t'aider.

Le couple se retrouva dans sa chambre après avoir fermé à clef par précaution. Le cœur de Claire battait la chamade.

— Jean, que se passe-t-il? Ce ne sont pas tes livres, bien sûr!

— Bien sûr que non, mais Gagneau vient de téléphoner de l'école. Il a réussi à nous passer un message codé. Matthieu a été dénoncé, et la police sera là d'un instant à l'autre. Anna aide ton frère à camoufler toutes les preuves compromettantes. Par chance, il n'y avait que ces tracts-là.

— Comment ça, on a dénoncé mon frère? s'écria-t-elle. Mais qui a pu faire une chose pareille? Et Gagneau, il l'a sue par quel miracle, cette dénonciation?

— Ses informateurs d'Angoulême! La lutte est serrée. Au début du mois, trente-six députés communistes ont été condamnés à des peines de prison de deux à cinq ans. Tu te rends compte[24]!

— Oh oui! Je me rends surtout compte que, Matthieu et toi, vous vous êtes laissé enrôler dans un combat qui ne vous avait jamais concerné, du moins pas avant ces dernières semaines. Que deviendra Faustine si mon frère est arrêté? Et toi? Je t'en supplie, Jean, arrêtez tout. Pense à tes filles, à tes petits-enfants!

— Le plus urgent, c'est de tromper la police et de faire en sorte que rien ne transparaisse des tracts à l'imprimerie. Pour le reste, nous verrons plus tard. Vite, ouvre-moi le placard. Je vais cacher la caisse dans le souterrain. Claire, vite, prends la clef du cadenas, là, dans le tiroir.

---

24. Le 4 avril exactement.

— Je sais où est la clef! rétorqua-t-elle froidement.

Des bruits de moteur la firent tressaillir. Elle entrebâilla la porte du placard et courut ensuite à la fenêtre. Deux voitures noires venaient de se garer dans la cour. Des hommes en civil en descendirent, coiffés de chapeaux de feutre et sanglés dans des gabardines grises.

— Mon Dieu, Jean! Que devons-nous faire? dit-elle à mi-voix, affolée. Je ferais mieux de descendre. Et toi?

Son mari était à mi-hauteur du puits. Il peinait à emprunter les échelons scellés dans le rocher.

— Tu n'as même pas de lampe! gémit-elle. Pitié, sois prudent. Et si les policiers fouillent la maison, ils trouveront le puits.

— Non! rétorqua-t-il. Nous allons refermer la porte et tu accrocheras un manteau à la patère.

— D'accord!

Il y eut alors un bruit sourd, suivi d'un juron. Claire se pencha, toute tremblante.

— Et merde! La caisse m'a échappé! commenta Jean. Tant pis, je remonte, il faut camoufler l'entrée du puits.

Tous deux s'escrimèrent à donner une apparence banale au placard. Ils redoutaient d'entendre des pas dans le couloir et des coups à la porte.

— Au fond, Jean, si quelqu'un a dénoncé Matthieu, pourquoi fouillerait-on aussi notre maison? observa Claire. Et s'il n'y a pas de preuves indéniables, ils vont s'en aller.

— J'espère!

Ils s'empressèrent de regagner le rez-de-chaussée. Jean fit signe à Claire de rester dans la cuisine. Anita les dévisagea tour à tour et, à sa mine altérée, ils comprirent qu'elle avait deviné ce qui se tramait entre les murs de l'imprimerie Roy. Au même instant, des exclamations de fureur leur parvinrent.

— J'y vais, dit Jean. Surtout, Claire, reste à l'écart, ne te manifeste pas, quoi qu'il arrive. Je t'en prie. Promets-le-moi!

— Je te le promets, assura-t-elle tout bas.

Il hésita cependant quelques secondes, obsédé par les paroles de Jean-Baptiste Gagneau. L'instituteur lui avait appris que le ministre Albert Sérol avait présenté une loi au président de la République prévoyant la peine de mort en cas de propagande communiste, l'assimilant à de la propagande nazie. Cette loi prenait forme de décret depuis le 9 avril[25].

« Ils ne vont pas emmener Matthieu, ça non! » pensa-t-il avant de se ruer dehors.

Les avertissements de Claire et de Faustine pénétraient enfin son cœur d'époux et de père. Il arriva dans l'imprimerie, qui semblait avoir été ravagée par une tornade. Les piles de papier étaient éparpillées, les commandes en cours gisaient sur le sol, piétinées, ainsi que les précieuses lettres en plomb servant à la typographie.

— Non, mais qu'est-ce que ça signifie? tempêta-t-il en prenant à témoin les quatre policiers en civil.

— Ah! monsieur Dumont, je présume? ironisa l'un d'eux.

— Oui, en effet!

Le teint coloré par la fureur, Matthieu lança un coup d'œil à Jean, comme pour l'avertir que la situation était grave. Celui-ci poussa un léger sifflement, tout en découvrant Anna Kern réfugiée dans l'angle de la salle.

— Qu'avez-vous à reprocher à mon beau-frère? clama Jean, submergé par un sentiment de rage pure. Il a bossé dur pour monter cette entreprise, il s'est endetté. Vous voulez le ruiner, à tout saccager comme ça?

Tout recommençait. Voilà ce à quoi songeait Jean, ancien forçat, deux fois accusé de meurtre et jugé. Lors du premier procès, il avait été gracié, et innocenté au terme du second. Mais la justice n'oubliait rien; elle conservait les traces de la moindre affaire. Aujourd'hui, on pouvait le soupçonner eu égard à son lourd passé. Il se jura de sauver Matthieu, quitte à se sacrifier.

— Je vous prie de nous suivre, monsieur Dumont, et vous aussi, monsieur Roy, indiqua un autre homme. Sans coup d'éclat, de préférence. Si vraiment il s'agit d'un malentendu, il n'y aura pas de suite.

---

25. Fait authentique.

— Bon sang! tonna Matthieu, tenu de feindre l'incompréhension. Dites ce que vous cherchiez. J'ai le droit de savoir pourquoi vous avez mis mon local à sac. J'ai perdu des heures de boulot, là...

— Et cette demoiselle a renversé volontairement un assemblage de caractères qui aurait pu nous intéresser! déclara le policier le plus proche de Jean.

— Non, j'ai pas fait exprès! hurla Anna. J'suis maladroite de nature. Je suis une réfugiée et je fais du ménage ici.

Cela n'eut aucune incidence sur l'opinion des policiers, mais Matthieu adressa un regard plein de reconnaissance à la jeune fille. Elle le reçut comme une bénédiction. Les larmes aux yeux, elle assista au départ des deux suspects qu'on entraînait vers les voitures. Claire suivait la scène également depuis une des fenêtres de la cuisine.

— Mais qu'est-ce qu'ils ont fait, madame? se lamentait Anita dans son dos.

— Tais-toi, surtout, tais-toi! répondit-elle sèchement.

Claire était paralysée par l'effroi et la fureur. Ce dernier sentiment, dévastateur, s'adressait à Jean et à Matthieu. « Pourquoi, mon Dieu? Pourquoi? se disait-elle. Quelle folie ont les hommes de sacrifier leur famille à des idéaux? Jean s'en fiche, de mon chagrin, il s'en contrefiche, que je pleure, que j'aie peur, que je sois seule, encore seule, comme avant! »

Le passé remontait dans sa gorge et lui broyait le cœur. Elle y voyait Jean qui devait s'embarquer sur le *Sans-Peur*, un morutier, afin de fuir le bagne et la justice, Jean qu'elle avait cru noyé au fond de l'océan, ensuite. Quand ils avaient pu se retrouver, il venait de perdre une épouse. Il lui avait confié Faustine, une petite âgée de deux ans née de ce mariage. « Ciel, ce que j'ai souffert, à cause de toi, Jean! » songea-t-elle, les poings serrés devant sa bouche comme pour ne pas hurler sa profonde détresse.

Les voitures noires faisaient demi-tour dans la cour. L'une d'elles faillit faucher la chatte Mimi qui passait, une souris dans la gueule.

« La police, toujours la police, les gendarmes, pour emmener celui que j'aime! pensa-t-elle encore. Quand j'ai eu le bonheur inouï de me découvrir enceinte, après des années à être bréhaigne, une terre stérile, il a fallu que Jean soit accusé d'avoir tué ce malheureux William Lancester. Oh! Jean, Jean, tu as tout d'un dément, parfois, comme à cette époque où tu as osé m'enfermer dans ma chambre, de peur que je te trompe. Et maintenant tu défends la cause des communistes. Mais pourquoi? Tu m'as répété que c'était en mémoire de notre cher Basile. Moi, je crois que tu ne résistes pas à tes envies de te lancer dans la première aventure venue, au mépris de nous tous! »

La cour était vide. Claire aperçut alors la silhouette d'Anna Kern qui sortait de l'imprimerie. La jeune fille sanglotait, ses cheveux roux irradiés par le soleil.

— Ils l'ont peut-être brutalisée, dit-elle à mi-voix. Anita, prépare un café et sors la bouteille de gnole. Je vais la chercher.

— Elle peut marcher, dites, cette greluche!

Le terme péjoratif que la domestique tenait de Bertille, qui l'avait pour sa part entendu en ville, contraria Claire.

— Sois polie, Anita! lui intima-t-elle l'ordre. Ce mot ne signifie pas grand-chose et je ne te permets pas d'insulter ainsi ceux que j'héberge.

Elle sortit avec l'impression d'être dédoublée, privée de la trame même de son existence de femme. Jean venait d'être arrêté, Matthieu aussi. Cela la soulagea d'étreindre Anna et de rejeter en arrière sa chevelure lisse d'un geste maternel.

— Ils t'ont fait du mal? lui demanda-t-elle.

— Non, non!

— Ne pleure pas, va! Les policiers ont-ils trouvé des preuves contre eux? Ce n'est pas la peine de chercher à nier que tu es au courant, puisque tu as aidé mon frère, tout à l'heure.

— Il n'y avait rien de compromettant, je vous assure, madame Claire. Quand on a vu les voitures, Matthieu et moi, il m'a dit de renverser deux plaques en bois, où il y avait des lettres en plomb. J'ai obéi! J'ai même donné des coups de pied pour les éparpiller et puis, dès que la police est entrée, j'ai fait semblant de les ramasser, comme si c'était une maladresse de ma part. Et votre frère, il m'a reproché d'accumuler les bêtises. Dites, ça marchera, ils vont le relâcher, votre mari?

Anna frémissait tout entière entre les bras de Claire qui éprouva une étrange sensation, proche de celle qui la traversait lorsqu'elle cajolait un de ses loups. La fille de Jakob dégageait une sensualité animale, mélange de sauvagerie et de tendresse primitives. C'était un être pur, déterminé, sûrement dans le mal comme dans le bien.

— Je voudrais les tuer! dit-elle à l'oreille de Claire, ce qui la confirma dans son jugement.

— Tuer est un acte grave, petite, la sermonna-t-elle. Ne dis plus ce genre de choses, je t'en prie.

— Se venger est un acte naturel, riposta la jeune furie.

— Mon Dieu, veux-tu te taire! Et Faustine! Il faudrait la prévenir. Tout est de la faute de ce type, de son collègue.

Claire se mordit les lèvres. Elle en avait trop dit. Jean l'avait suppliée de ne jamais révéler le rôle de Gagneau.

— Viens boire un café. Après, tu en monteras un à ta mère. Elle me fait tant de peine, alitée toute la journée!

— Donnez-lui de l'eau-de-vie ou un tonneau de vin rouge et elle dansera la gigue, répliqua méchamment Anna. Ma mère, elle n'attend qu'une occasion pour picoler à son aise.

— Ce n'est pas possible! s'emporta Claire. Tu mens. Elle a le foie malade, certes, mais elle ira mieux très vite. Je lui donne de la tisane de fumeterre, de même que des décoctions de sauge et de feuilles d'artichaut.

— Maman, c'est rien qu'une sale poivrote! Vous êtes tellement gentille, madame Claire, qu'on vous berne les doigts dans le nez.

— Eh bien, je préfère être bernée que mauvaise comme une teigne. Dans tous les cas, même si ta mère buvait en cachette auparavant, elle est sobre depuis son installation ici.

— Sans doute! indiqua Anna à mi-voix.

Chaque fois qu'elle perdait pied, Claire avait besoin de téléphoner à Bertille, de l'entendre à défaut de la voir. Là encore, à peine de retour dans la cuisine, elle décrocha l'appareil en bakélite accroché près de l'œil-de-bœuf qui trouait le mur séculaire de la pièce. «Princesse, je t'en prie, réponds! se disait-elle. Tu ne viens plus au Moulin et je n'ai pas eu l'occasion de monter à Ponriant.»

Elle savait néanmoins que la famille belge qui devait venir chez sa cousine avait échoué dans une autre commune, du côté de Nersac, au bord du fleuve Charente. Affligée, Bertille multipliait les sorties en ville en compagnie de Janine.

Ce fut Paulette qui décrocha. La gouvernante informa Claire que sa maîtresse serait absente jusqu'au dîner.

— Je dois aller à Puymoyen, indiqua-t-elle après avoir raccroché.

— Mais qu'est-ce qui se passe, madame, à la fin? s'écria Anita en posant une cafetière fumante sur la table.

Claire exposa brièvement les activités clandestines de son mari et de son frère.

— Léon m'avait prévenue, avoua la domestique. Il est pas si nigaud que ça, mon mari, il avait ben compris. Pensez donc, les visites nocturnes... On n'est pas sourds. Une fois, j'ai même reconnu monsieur Ga...

— Ne cite pas de nom, Anita! coupa-t-elle. Et parle moins fort, enfin! Madame Kern pourrait entendre de son logement; les fenêtres sont ouvertes.

Sa tasse de café entre les mains, Anna les observait d'un air perspicace.

— Ma mère vous trahira pas, crut-elle bon de préciser. Elle aime pas la police, elle non plus.

— Moi, j'ai mes raisons pour ne pas aimer ces messieurs, qui sont toujours à fouiner partout, soupira Claire. Mais c'est une trop longue histoire.

Elles se turent, car un crissement retentissait dans la cour. Sauvageon se dressa et grogna, puis il s'apaisa. Les trois femmes se ruèrent sur le perron et virent Faustine sauter d'une bicyclette. Elle portait sa blouse grise d'institutrice, et des mèches blondes dansaient sur son front.

— Maman, appela-t-elle, maman, c'est abominable!

Claire courut vers elle et l'enlaça. Le visage noyé de larmes, sa fille adoptive tremblait de tout son corps.

245

— Ils ont arrêté Matthieu et papa, je les ai vus passer dans deux voitures. C'était la récréation, j'étais dans la cour de l'école et voilà, je les ai vus! J'ai confié la classe à ma collègue et je suis venue. Maman, ils risquent la peine de mort!

— Calme-toi, ma chérie! Il n'y a aucune preuve. Matthieu a été dénoncé et, maintenant, je crois bien savoir par qui. Un sale type! Il rôde dans la vallée et il m'a menacée. C'est le chasseur auquel Ludivine a eu affaire au mois de janvier.

Faustine suffoquait de chagrin et d'inquiétude. Son univers bien ordonné s'effondrait. Pendant des années, elle avait vécu aux côtés de Matthieu sans qu'aucun nuage ne vienne troubler leur extraordinaire entente, leur passion tissée de complicité et d'amitié.

— Maman, je ne pourrai jamais vivre sans lui, dit-elle tout bas. Et les enfants! Qu'est-ce que je vais dire aux enfants?

— Allons, ma chérie, ne désespère pas! Je te le répète, la police n'a pas de preuves. Je suis sous le choc moi aussi, mais j'essaie de garder confiance. As-tu un moment?

— Oui, j'ai dit que j'étais souffrante, que je rentrais chez moi m'allonger un peu. Madame Goldman s'occupe de ma classe.

— Ta collègue m'a l'air d'une très bonne personne. Viens boire un café, cela te fera du bien. Anita et Anna Kern sont au courant de tout. Je n'ai pas eu le choix. Anna a même volé au secours de Matthieu dès qu'il le lui a demandé.

Les larges prunelles bleues de Faustine foncèrent un peu sous l'effet d'une mystérieuse appréhension. Mais elle ne fit aucune remarque et suivit Claire à l'intérieur.

— Ma pauvre Faustine! se lamenta aussitôt la domestique. Quelle poisse, hein! Ah! ces hommes!

Un rire moqueur fit écho à cette déclaration. Anna riait sans joie, assise au bout du banc, les jambes croisées, ce qui dévoilait des mollets nerveux à la peau dorée.

— Faut pas condamner tous les hommes, affirma-t-elle. Il y en a des bons et des méchants. Monsieur Roy, c'est un homme de valeur, comme mon père et votre mari, madame Claire.

Faustine décocha une œillade méfiante à la jeune fille, mais, une fois encore, elle se tut. Plus rien ne comptait, hormis l'arrestation de son mari.

— Maman, appelle tantine, elle a des relations. Je suis sûre qu'elle pourra les faire libérer. Ils ne sont pas du parti, ils ont seulement accepté d'aider quelqu'un et, ce quelqu'un, il devrait payer à leur place.

Elle ferma les yeux un instant en évoquant Jean-Baptiste Gagneau, son assurance exaspérante, sa barbe brune, son regard pétillant d'intelligence. La veille, sur la grande place du bourg, il lui avait dit à l'oreille de ne pas se tourmenter pour Matthieu, que des gens de l'OS[26] veillaient sur la sécurité des militants. Comme elle avait voulu en savoir plus, il lui avait parlé de cette organisation qui était un service d'ordre bien établi, adapté à la situation nouvelle des communistes, mis au ban de la société par le gouvernement[27].

— Bertille n'est pas au domaine. Mais ne te rends pas malade, ils reviendront vite, dit soudain Claire, animée d'un pressentiment. Cela leur servira de leçon, je crois. Anita, sors les biscuits à la cannelle et au miel que j'ai faits hier. Faustine est toute pâle.

— On le serait à moins! répliqua la domestique.

Anna se leva et, d'un pas nonchalant, se dirigea vers la porte restée ouverte.

— Je monte voir ma mère, annonça-t-elle.

— Apporte-lui donc du café et un biscuit, proposa Anita. La malheureuse, malade comme elle est…

La jeune fille virevolta, remplit à nouveau sa tasse et prit un gâteau sec. Dès qu'elle fut dehors, Faustine respira mieux.

— Maman, donne-moi des précisions, bredouilla-t-elle presque immédiatement. Tu disais que Matthieu avait réclamé l'aide d'Anna. Ça signifie donc qu'elle était dans l'imprimerie!

— Oui, elle devait y être.

---

26. Organisation spéciale.
27. Authentique.

— À tournicoter les bras ballants, comme toujours! bougonna Anita. Par la Sainte Vierge Marie, je prévois que du grabuge.

Avec l'âge, elle se montrait prolixe en invocations divines. Très pieuse, elle ne manquait pas l'office du dimanche, sauf en cas de grosse neige. De plus en plus souvent depuis la déclaration de guerre, elle s'en référait à la Vierge Marie.

— Du grabuge! répéta Faustine, désabusée. Il est arrivé, ton grabuge, ma Nini, et Anna Kern n'est pas responsable de tous les malheurs du monde. Si Matthieu échappe à la prison grâce à elle, je lui en serai infiniment reconnaissante.

Claire s'alarma à cause d'une vibration douloureuse dans la voix douce de sa fille, dont le regard limpide semblait voilé par une peine infinie. Elle lui prit la main et caressa ses doigts.

— Voyons, ma chérie, ne te décourage pas. Mon cher petit frère saura tenir tête à la police. Je suis beaucoup plus inquiète pour Jean. Son passé ne plaide pas en sa faveur. Surtout, ne dis rien à Ludivine, tout à l'heure. Je lui parlerai ce soir. Enfin, si votre père n'est pas rentré.

Elles discutèrent encore une vingtaine de minutes, puis Faustine s'en alla, terriblement malheureuse. Rien n'avait pu la réconforter, ni le café ni les paroles pleines d'espoir de sa mère adoptive.

«Mon Dieu, rendez-moi Matthieu! supplia-t-elle tout en pédalant sur le chemin des Falaises. Qu'il couche avec cette fille s'il en a envie, qu'il couche avec toutes les garces de la terre, pourvu qu'il dorme près de moi, qu'il soit là matin et soir!»

De gros sanglots la secouaient, et les larmes brouillaient sa vue. À proximité du pont franchissant les Eaux-Claires, elle faillit se jeter sur une grosse automobile grise aux chromes étincelants. Pour l'éviter, elle fit un écart qui la déséquilibra au point de la faire tomber. Le conducteur, lui, freina si brutalement qu'un des pare-chocs heurta le parapet en pierre. Le moteur cala, tandis qu'une voix stridente hurlait:

— Seigneur, Faustine, j'ai cru te tuer, moi!

Bertille sortait de la voiture en costume d'un style résolument masculin, pantalon et veste beige sur une chemise noire. Une casquette cachait ses cheveux blonds.

— Tantine, mais tu es folle de rouler si vite!

La conductrice vit tout de suite qu'un souci bouleversait Faustine.

— Et toi, qu'est-ce que tu fabriques sur cet engin à pleurer à chaudes larmes? Ce n'est pas le moment d'être triste! Je viens d'obtenir mon permis et j'allais au Moulin fêter l'événement. À nous la belle vie, la liberté! Plus besoin de Maurice! J'ai acheté cette merveille, une Traction Avant, un bijou…

Faustine s'était relevée prestement. Elle avait piètre allure, maculée de terre et la joue égratignée, dans sa blouse déchirée au coude droit.

— Dis-moi ce qui se passe, ma chérie! supplia Bertille.

— Matthieu et Jean ont été arrêtés par la police. Quelqu'un les a dénoncés.

— Dénoncés! Mais pour quel motif? Qu'ont-ils fait de si grave?

— Ils imprimaient des tracts pour le Parti communiste, voilà! Ils risquent des peines de prison, ou la mort. J'ai tenté de ramener Matthieu à la raison, mais il refusait de m'écouter. Tantine, mon mari n'a jamais montré d'intérêt pour la politique, ou bien il me cachait ses opinions depuis longtemps. C'est une trahison comme une autre. Ciel, moi qui te trouvais ridicule d'en vouloir à Bertrand pour cette question d'héritage, je te comprends, à présent. Matthieu a été capable de me mentir, de me duper sur ses idées. Alors, pourquoi pas sur autre chose?

Apitoyée, déconcertée aussi, Bertille tapota l'épaule de Faustine, qui sanglotait de plus belle.

— Décidément, les hommes sont des imbéciles, décrétat-elle. Si j'avais pu imaginer ça! Veux-tu que je t'emmène jusqu'au bourg? Ta bicyclette est en piteux état; la roue avant me paraît tordue.

— Eh bien, oui, emmène-moi. Mais, je t'en conjure, ne roule pas trop vite!

Bertille monta dans sa voiture d'un air enthousiasmé et démarra le moteur. Elle recula dans un nuage de poussière et braqua à fond pour reprendre la route de Puymoyen. Sa passagère se cramponna où elle le pouvait, totalement terrifiée.

— En côte, il faut accélérer de toutes ses forces, s'égosilla Bertille qui roulait les vitres baissées. Ne te bile pas, ma chérie, je vais essayer de faire libérer ces deux idiots. J'ai encore de solides relations grâce à Bertrand. Tu reverras ton Matthieu.

Faustine fut surtout soulagée de fouler la terre ferme, cinq minutes plus tard. Elle salua d'un discret signe de la main son excentrique tantine dont l'automobile s'éloignait déjà dans un vrombissement assourdissant.

Le clocher de l'église Saint-Vincent sonna les douze coups de midi.

« Ne plus penser à rien ! décida-t-elle en son for intérieur. Oublier Anna Kern, les tracts de propagande, et même l'arrestation de Matthieu. Je vais surveiller mes élèves, celles qui déjeunent dans la classe. Après le repas, je leur ferai apprendre la poésie de Joachim du Bellay[28] que j'aime tant, *Heureux qui comme Ulysse*. »

Elle put franchir le portail de l'école d'un pas régulier, en se récitant les premiers vers du bout des lèvres.

Heureux qui, comme Ulysse, a fait un beau voyage,
Ou comme celui-là qui conquit la toison,
Et puis est retourné, plein d'usage et raison,
Vivre entre ses parents le reste de son âge !
Quand reverrai-je, hélas, de mon petit village
Fumer la cheminée, et en quelle saison,
Reverrai-je le clos de ma pauvre maison,
Qui m'est une province, et beaucoup davantage ?

Cela l'apaisa un peu. Mais, alors qu'elle s'apprêtait à entrer dans le couloir, Jean-Baptiste Gagneau lui barra le passage.

---

28. Joachim du Bellay (1522-1560) : poète français dont c'est l'œuvre la plus célèbre, extraite des *Regrets*.

250

— Êtes-vous folle, de quitter ainsi votre poste? dit-il très bas d'un ton véhément. Autant afficher sur votre blouse ce que fait votre mari pour nous! Ou le crier en place publique! J'ai eu le temps de le prévenir. Normalement, il n'aurait pas dû être arrêté.

— Ce qu'il fait pour vous? déclara-t-elle avec mépris. Pour des chimères, des idées qui ne valent pas la peine de mourir, surtout quand on est père de famille. Si seulement vous aviez pu trouver un autre imprimeur que mon mari!

Il jeta des regards affolés alentour, ce qui le rassura. Il n'y avait personne à proximité.

— Roy partage nos fameuses chimères. Votre père aussi. Décidément, on ne peut pas compter sur les femmes de votre genre, qui ont un cœur à la place du cerveau.

Furieuse et offensée, Faustine le gifla de toutes ses forces. Elle l'aurait volontiers griffé et frappé encore, mais il prit ses distances.

— Qu'est-ce que je disais? ironisa-t-il. Pas une once de contrôle de soi, pas moyen de réfléchir au sort d'un pays tout entier. Vous serez contente, sans doute, quand vous lécherez les bottes des nazis?

— Taisez-vous, ordonna-t-elle à voix basse. Je vous déteste, je vous hais, vous et les vôtres! Je suis une femme et j'en suis fière, car, dans ma famille, les femmes savent où sont les vraies valeurs. Nous devons avant tout protéger nos enfants, veiller à leur bonheur et à leur sécurité. Pour cela, il faut un homme à la maison, pas un militant de pacotille!

Il frémit d'indignation, fit un pas vers elle les poings serrés à demi brandis, puis il recula de nouveau.

— Je me dénoncerai si votre mari encourt une peine sévère, avoua-t-il. Je peux prétendre avoir utilisé sa presse à son insu avec un complice. La mort ne me fait pas peur, ni la prison. Je m'en voudrais trop de vous causer du chagrin.

Cette volte-face imprévue dérouta Faustine. Gagneau passa près d'elle et sortit à grands pas pressés. Elle dut s'appuyer au mur. Son cœur battait à tout rompre. «Je n'en peux plus, songea-t-elle. Le monde devient fou, on dirait, et Matthieu aussi. C'est ça le pire!»

*

Moulin du Loup, jeudi 25 avril 1940, le matin

Claire passa une main lasse sur l'oreiller de Jean, qu'elle secouait et tapotait avec soin en se couchant, comme si son mari allait s'allonger auprès d'elle.

— Lundi soir, mardi soir, mercredi soir! déclama-t-elle d'une voix plaintive. Et combien d'autres soirs sans lui encore? Peut-être qu'il ne reviendra pas.

Grâce à des rais lumineux qui filtraient à travers les volets, elle discernait qu'il faisait grand soleil. Les oiseaux chantaient dans le jardin et, d'ordinaire, cela la poussait à vite se lever pour profiter de la suavité du matin. Mais la douce ronde du quotidien était rompue. Un sanglot lui échappa, qu'elle réprima de toute sa volonté.

— Je dois tenir bon pour Ludivine et pour Faustine, se raisonna-t-elle. Mais quand même... Nous n'avons aucune nouvelle, rien. Mon Dieu, protégez-les! Sauvez-les!

Plusieurs fois, elle s'était représenté Jean et Matthieu fusillés, leur corps criblé de balles. Cela lui donnait la nausée. Elle en faisait des cauchemars. La veille, pareille à une enfant perdue, elle avait imploré le vieux père Maraud de se montrer, de venir de l'au-delà pour la rassurer. Le rebouteux était resté sourd à ses prières.

On frappa à sa porte, deux petits coups discrets. Claire sursauta, certaine qu'il s'agissait de sa fille.

— Maman, appela Ludivine, il est tard. J'ai déjà pris mon petit-déjeuner. Anita se fait du souci.

— J'arrive, ma chérie. Mais entre donc!

La fillette découvrit un tableau qui la fit sourire, malgré l'inquiétude constante qu'elle avait de son père et de son oncle.

— Maman, tu en as, de la chance, tu dors avec la chatte et Sauvageon. Si papa le savait!

Couché en travers de l'édredon, le louveteau tendit sa jolie tête vers la visiteuse. La chatte, elle, s'étira et sauta du lit.

— Ils sont tellement paisibles, la nuit! précisa Claire.

Vois-tu, ils sont amis, maintenant. Approche, que je te fasse un bisou.

— On peut faire un câlin. Attends, j'ôte mes chaussons.

Elle se glissa entre les draps et se blottit contre sa mère. C'étaient des moments volés à l'angoisse, au monde extérieur.

— Qu'est-ce qu'on est bien, comme ça! s'extasia Ludivine. Je voudrais passer toute la journée près de toi. On lirait, on se poserait des devinettes et on chanterait.

— Et qui préparerait les fromages de chèvre? Qui irait cueillir des plantes? demanda Claire en riant, les yeux embués de larmes. En plus, c'est jeudi, et je crois que ta camarade Odile a enfin la permission de venir jouer avec toi.

— Oui, c'est vrai, reconnut la fillette. Anita a promis de faire un gâteau avec la crème du lait. Dis, maman, je pourrai l'emmener jusqu'à la Grotte aux fées, Odile? Je te rapporterai des giroflées. Tu les aimes tant!

Claire accepta, apaisée par le simple contact de son enfant adorée. Elle la contemplait dans la pénombre et admirait son profil espiègle, ainsi que le jeu de ses boucles brunes sur son front bombé.

— Veux-tu que j'ouvre tes volets? demanda soudain Ludivine. C'est un peu triste. Il fait si beau dehors!

— D'accord! Ensuite, je ferai ma toilette et je mettrai une robe en l'honneur du printemps.

— La jaune avec les petits dessins de feuilles, par-dessus ton gilet vert qui boutonne. La préférée de papa.

La voix de l'enfant s'était tendue sur le mot papa. Claire se fit rassurante.

— Papa reviendra, ma chérie. La police a commis une erreur, mais cela va s'arranger.

— Monsieur Kern n'est pas de ton avis. Je l'ai entendu parler, hier, de ma chambre. Il dit que les policiers français agissent comme les soldats allemands qui ont tué plein de gens en Pologne, des milliers de prisonniers[29]. J'ai regardé

---

29. Massacre de Katyn, en URSS, où des milliers de prisonniers polonais ont été exécutés le 5 avril 1940.

sur une carte, dans mon livre de géographie. Ce n'est pas loin, la Pologne, et papa est sûrement prisonnier lui aussi.

Claire pesta en silence contre Jakob Kern qui racontait bien des atrocités devant son fils Franzi, plus jeune que Ludivine. Le Mosellan avait pris l'habitude d'écouter la radio installée dans l'imprimerie et, dès qu'il en avait l'occasion, il tenait la maisonnée au courant des derniers combats, en Norvège notamment.

— Si, chérie, la Pologne est loin de chez nous. C'est le premier pays qui a été envahi par nos ennemis, papa te l'avait expliqué. Mais la guerre se cantonne dans le nord de l'Europe. Allons, ne brassons pas d'idées noires. Descends, je te rejoins.

Ludivine embrassa encore une fois sa mère et sortit, le louveteau sur les talons. Aussitôt, Claire posa une main à la hauteur de son cœur. Elle ressentait une anxiété pénible, et toute sa poitrine en témoignait. Ses côtes la faisaient souffrir, parcourues de points lancinants, tandis qu'au niveau du plexus solaire elle avait l'impression d'être martelée de coups de poing.

— Je dois me calmer! déclara-t-elle tout haut. Je suis si nerveuse que je n'ai même pas pu soigner Yvette, hier. Il faut reconnaître qu'elle n'y met pas du sien non plus.

L'état de santé de la réfugiée la tourmentait beaucoup. Après avoir questionné sa fille sur ce qui l'avait troublée en touchant la malheureuse femme, le jour de son arrivée au Moulin, Claire s'était promis de la guérir.

— Je crois qu'il y a quelque chose qui la ronge de l'intérieur, maman, avait avoué Ludivine. Elle est très fragile.

En posant ses mains sur Yvette, elle en était arrivée au même constat: madame Kern était gravement malade. Depuis, elle se rendait à son chevet matin et soir sans parvenir à la soulager. «Je l'obligerai à se lever et à marcher un peu, pensa-t-elle. Si Anna dit la vérité, si sa mère est alcoolique, contrainte de ne plus boire et grâce à mes infusions, elle devrait se porter mieux.»

Bizarrement, Claire n'avait pas osé interroger Jakob à ce sujet. Le Mosellan trimait dur, Léon lui-même s'en émerveillait. Les arbres du verger de Chamoulard étaient taillés, la vigne était nettoyée de ses sarments, et la bergerie, curée à fond. «Il se démène comme un beau diable pour nous démontrer qu'il n'est pas un fainéant, se dit-elle, apitoyée. Mon Dieu, pauvres gens… »

Sa bienveillance butait pourtant sur un petit personnage, le turbulent Franzi. Le benjamin des Kern se dévoilait comme un véritable fléau. Il s'était fabriqué un lance-pierres et s'amusait à tirer sur les mésanges, ce qui suscitait l'indignation de Ludivine. Elle avait pleuré le dimanche précédent en ramassant le cadavre d'un oiseau dont la livrée bleue et jaune était souillée de sang. Le garnement avait également tourmenté une des chèvres, qu'il piquait au flanc avec une fourche. Claire et Anita se relayaient pour le surveiller quand il n'était pas en classe. Anna, qui avait maintenant coutume de se promener des heures dans la campagne, se moquait bien des bêtises de son frère, mais elle les rapportait à leur père avec une satisfaction étrange.

Aussi, trois jours plus tôt, Jakob avait-il infligé à son fils une rude correction, à l'aide d'une baguette de saule. Franzi avait eu les mollets en feu, si bien que Claire, secourable, avait voulu lui appliquer un baume à base de consoude.

— J'en veux pas de ta pommade! avait protesté l'enfant. Bah, ça *schmek*!

En descendant l'escalier, elle se répéta que c'était jeudi. Il lui faudrait empêcher Franzi de gâcher l'après-midi de sa fille, ravie d'accueillir son amie Odile.

— Bonjour, madame, s'exclama Anita, les joues roses et fort souriante. J'suis ben aise que vous ayez traîné au lit. Ça vous requinque, un bon sommeil. J'ai mis du café au chaud.

— Merci, je vais en prendre un peu et monter chez Yvette.

— Monsieur Jakob a emmené son fils dans la vigne. Ils casseront la croûte à la cabane. Le petit a emporté une vieille canne à pêche. Il veut taquiner le goujon dans la rivière.

— Très bien, Ludivine aura la paix, ainsi!

Elle s'efforça de paraître calme, mais son cœur lui faisait mal. Le passé affluait, tout-puissant, en ce radieux matin d'avril. Les terres de Chamoulard, elle les avait offertes à Jean en cadeau de mariage. Il était bouleversé, transporté d'une joie immense, lui qui se croyait le plus pauvre, lui qui n'avait jamais rien possédé. Très vite, il s'était attelé à la construction d'une petite cabane en planches où tous les deux aimaient faire la sieste, dans la chaleur de l'été. « Nous avons souvent fait l'amour, là-bas, se souvint-elle, sur l'étroite couchette, avec l'odeur grisante du foin qui garnissait la paillasse. Jean, mon Jean, reviens! »

Plus jamais ils ne seraient ces jeunes amoureux ivres de caresses, passionnés, audacieux et impudiques, mais Claire ne pouvait plus concevoir la vie sans son mari.

— Pour midi, madame, se rengorgea la domestique, j'ai farci deux choux qui commençaient à pommer. Comme dessert, ce sera un clafoutis avec des cerises en bocaux, histoire de patienter, vu qu'on aura bientôt des fruits frais.

Accablée, Claire approuva d'un signe de tête. Son bol de café entre les mains, elle suivait des yeux Ludivine qui gambadait dans la cour du Moulin, Sauvageon sautillant autour d'elle. Son regard se posa peu après sur la façade de l'imprimerie où régnait le plus parfait silence.

— Quel dommage que Paul soit mobilisé! soupira-t-elle. C'était un bon ouvrier, il secondait bien Matthieu.

— Dame, même si elle est drôle, comme disent les journaux, c'est quand même la guerre! Y se passe du vilain, dans les pays du Nord. Léon m'en cause tous les soirs. Dites, le gâteau pour le goûter des petites, j'pourrais le fourrer à la confiture?

— Mais oui! Où est Anna?

— Anna? J'en sais trop rien, moi! bougonna Anita. Peut-être qu'elle s'est déniché un galant dans une des fermes voisines. Celle-là, je vous parie qu'elle accrochera la charrue avant les bœufs, madame.

Excédée, Claire sortit et grimpa en toute hâte l'escalier qui menait au logement des Kern. Elle frappa trois fois, mais elle guetta en vain une réponse.

« Yvette doit dormir comme hier matin », se dit-elle en entrant sur la pointe des pieds.

Elle traversa la petite cuisine, d'une propreté exemplaire. Le couple s'était attribué la chambre la plus exiguë, qui jouxtait une pièce de dimension agréable que se partageaient les enfants.

— Yvette? appela-t-elle devant la porte entrebâillée.

Il lui sembla percevoir des plaintes étouffées, ainsi qu'une respiration saccadée à laquelle faisait écho le grincement du sommier. Si, durant quelques secondes, Claire crut à une crise d'épilepsie, elle fut assurée du contraire l'instant suivant. De toute évidence, deux personnes de sexe opposé se livraient à une étreinte passionnée. Jakob étant soi-disant parti du côté de Chamoulard, elle recula, très gênée. Les paroles venimeuses d'Anita lui revinrent en tête. Il s'agissait peut-être d'Anna qui recevait un galant.

« Pourquoi dans cette chambre? » se demanda-t-elle, autant contrariée que sidérée.

Il lui fallait la vérité afin d'avertir les Kern de la conduite de leur fille. Rouge de confusion, Claire avança un peu et jeta un coup d'œil dans l'entrebâillement de la porte. Ce fut avec une sorte d'effroi sacré qu'elle découvrit Léon, le pantalon baissé, qui s'agitait sur le corps abandonné d'Yvette. Celle-ci, sa chemise de nuit relevée sous le menton, ses formes menues exhibées, sa chair olivâtre luisante de sueur, poussait de brefs gémissements. Dépitée, elle vit également une bouteille de vin presque vide sur la table de chevet.

« Mon Dieu, non, non, non! se révolta-t-elle. Pas Léon, pas lui! »

Elle ne put que s'enfuir sans se soucier du bruit qu'elle ferait. D'une crudité extrême, la scène abominable qu'elle venait de voir l'obsédait. C'était affreux d'avoir surpris son vieil ami à moitié nu, et encore plus affreux de le savoir capable de tromper son épouse, de surcroît au milieu de la matinée.

Dans la cour, Claire faillit bousculer Ludivine. Elle bredouilla des excuses et se réfugia dans l'écurie. Depuis sa plus tendre enfance, c'était un repaire sûr, imprégné de l'odeur du grain, du foin, de la paille et des cuirs graissés. La jument la salua d'un petit hennissement.

— Havane! Ma douce Havane! dit-elle en flattant son encolure. Qu'est-ce qui nous arrive, Seigneur!

Envahie par un dégoût infini, elle cacha son visage dans la crinière de l'animal. Certes, Jean l'avait mise en garde. Léon buvait trop et cela influait sur son caractère. L'ancien matelot se montrait fréquemment grossier et vindicatif.

« Il y avait cette bouteille dans la chambre, se remémorat-elle. Il lui donne du vin, peut-être même de l'eau-de-vie. Et cette ignoble bonne femme somnole à son aise, une fois ivre. Comment ai-je pu être aussi aveugle? Anna disait la vérité, on me berne facilement. Mon Dieu, Anna, elle n'était pas dupe. Pauvre gamine! Et Jean qui n'est pas là! »

— Maman? Qu'est-ce que tu as? demanda Ludivine, debout sur le seuil du bâtiment.

— Rien, ma chérie, un léger vertige, mentit-elle. Que fait Anita?

— Elle est dans la cuisine. Je crois qu'elle prépare le gâteau pour Odile.

— Chère Nini, il faudra la remercier; elle a tellement bon cœur!

Ludivine rejoignit sa mère et noua ses bras autour de sa taille, une joue posée dans son dos.

— Je sais que tu as peur pour papa et oncle Mat, dit la fillette. Mais, s'ils n'ont rien fait, la police les relâchera?

— Oui, bien sûr! Ma chérie, peux-tu me rendre un service? Tu vas aller à la maison et téléphoner à tantine. Dis-lui de venir tout de suite. Je t'ai appris à composer le numéro de Ponriant. Dépêche-toi, je t'en prie.

— C'est très simple de téléphoner, maman. Je me dépêche, promis! J'espère que tantine viendra en voiture.

Claire suivit des yeux la course enthousiaste de Ludivine, sans pouvoir effacer de son esprit les mouvements de reins de Léon. Le domestique lui était apparu de profil, bouche bée, la tignasse grisonnante ébouriffée. Elle avait envie de vomir. De le frapper, aussi.

« Je ne pourrai plus lui adresser la parole gentiment ni supporter ses grimaces et ses jérémiades, songea-t-elle. Mais, si je le congédie, Anita sera obligée de partir aussi, elle qui vit avec nous depuis des années. »

Elle se tordit les mains, le souffle court. Ludivine réapparut, l'air désappointé.

— Tantine est en ville, annonça-t-elle. Paulette m'a dit qu'elle comptait passer chez nous, au retour. Maman, pourquoi tu pleures?

— Je suis énervée, chérie, rien d'autre. Tiens, ce vieux Figaro dort debout. Demain, nous le conduirons au pré. Hein, Figaro, cela te fera du bien de brouter des pissenlits et de la bonne herbe!

L'âne du père Maraud tendit sa lourde tête brune vers Claire qui le gratta entre les oreilles. Elle aurait voulu rester dans l'écurie des heures, ne pas être confrontée à Anita, et encore moins à Léon. « A-t-il fini sa sale besogne? s'inquiéta-t-elle. Quel culot! Il n'a pas honte, lui qui va à la messe tous les dimanches et qui joue les moralisateurs avec ses filles! »

— Maman! s'exclama Ludivine en la tirant par la manche. Je viens d'avoir une idée! Je t'en prie, dis oui! Si on attelait Figaro à la petite charrette, cet après-midi? Je sais le diriger et il m'obéit. Comme ça, j'emmènerai Odile en balade sur le chemin des Falaises. Et tant pis, on ne montera pas à la Grotte aux fées. Ce serait si bien, maman! Léon lui mettra le harnais.

— Non! s'écria Claire. Je le ferai moi-même!

La fillette recula, désorientée devant l'air effaré de sa mère. Celle-ci se ravisa vite afin de la rassurer.

— Léon n'aura pas le temps. Il m'a promis de nettoyer les étendoirs, improvisa-t-elle. Les chouettes nichent là-haut, et le plancher est recouvert de saletés. Tu me connais, je tiens à ce que cet endroit demeure propre, comme du temps de ton grand-père.

— Je sais, maman.

— Ma chérie, pardonne-moi, tout va de travers en ce moment, n'est-ce pas? Je suis un peu désorientée.

Ludivine leva le nez et la dévisagea. Claire admira ses grands yeux bleus ourlés de cils noirs, les yeux de Jean Dumont.

— N'aie pas peur, maman, je suis là, moi.

— Merci, je n'ai plus peur de rien. Tu es là, oui, et nous allons brosser Figaro. Il faut qu'il soit impeccable pour la promenade.

*

Une heure plus tard, Claire croisa Léon sur le perron. Il avait une cigarette entre les lèvres, la casquette en toile enfoncée jusqu'aux sourcils et un air comblé.

— Bonjour, patronne, dit-il en lui souriant. J'ai trait les chèvres au petit jour et j'ai mis le lait à cailler. À présent, ça me tenterait ben d'aller casser la croûte avec Jakob et son rejeton. Je leur apporte un litre de votre frênette.

Elle le toisa d'un regard froid. N'eût été la présence toute proche d'Anita, occupée à mettre la table, elle l'aurait insulté et confondu sur-le-champ. Il osait prévoir un déjeuner en compagnie de l'homme qu'il déshonorait sans scrupules.

— À votre air, je devine que vous avez toujours pas eu de nouvelles de notre Jeannot, ajouta-t-il. Vous bilez pas, il s'en tirera, Matthieu tout pareil. Ils sont malins, dites!

— Tous les hommes sont malins, il me semble, déclara-t-elle. Toi le premier, sans doute?

Léon la fixa sans comprendre. Du coup, il cracha son mégot et souleva sa casquette d'un doigt.

— Bon sang! c'est ben la première fois qu'on me fait des compliments, observa-t-il. Sans vouloir vous contrarier, m'dame, d'ordinaire vous me traitez plutôt d'andouille ou d'idiot. Mais je vous en veux pas, va!

Le domestique éclata de rire, fier de sa tirade. Claire scruta ses traits affaissés et son teint couperosé. Totalement écœurée, elle entra dans la cuisine sans lui dire un mot de plus.

«Mon Dieu, Léon, pensait-elle, comme je suis déçue, mais déçue à un point! Toi qui as jugé Jean si durement, quand il m'a trompée avec Angéla, toi qui terrorisais tes filles dès qu'elles dansaient avec un inconnu au bal du village! Comme tu as changé! Oui, tu es tombé bien bas, et je n'ai rien pressenti, rien de rien!»

Anita chantonnait, un tablier fraîchement repassé sanglé autour de sa taille rebondie. Cette bonne humeur manifeste révolta davantage Claire. Elle faillit la prendre par les épaules et lui révéler ce qu'elle avait vu, mais un détail l'arrêta. C'était le nombre d'assiettes sur la table, huit au total.

— Mais… combien as-tu mis de couverts? Nous ne sommes pas si nombreux! Ton mari vient de me dire qu'il partait manger à la cabane, lui aussi. Il n'y a que toi, moi et Ludivine, à midi.

— V'là que je perds la boule! s'esclaffa la brave Espagnole. J'ai cru qu'on aurait des invités, un beau jeudi comme celui-ci.

Si Claire n'avait pas été aussi bouleversée par les frasques de Léon, elle aurait perçu dans l'intonation d'Anita des vibrations d'exaltation. Il n'en fut rien et, irritée, elle commença à retirer les fourchettes et les couteaux superflus.

— Laissez donc, madame, ça ne dérange pas, au fond! gémit la domestique. En plus, je m'suis trompée, pour les verres, faudrait sortir ceux à pied, les jolis en cristal que vot' cousine a offerts l'an dernier.

Ludivine assistait à la scène. Elle saisit la main de sa mère en riant à son tour, prise d'une inspiration subite.

— Maman, attends un peu. Peut-être que tantine et Janine viennent déjeuner!

— Même si c'était le cas, comment Anita le saurait-elle? Et il y aurait encore trois couverts de trop. Je n'ai pas le cœur à plaisanter aujourd'hui.

Comme un point d'orgue sur l'irritation de Claire, Léon fit irruption, car il avait oublié d'emporter du fromage, ce qu'il expliqua de sa voix éraillée. Il fouilla le garde-manger, se servit et, avant de ressortir, pinça la nuque de sa femme, dégagée par un chignon.

— À tout à l'heure, ma Nini!

— Reviens pour le café, j'ai besoin de toi tantôt, gloussa-t-elle, ravie de ce petit geste complice. On doit nettoyer les clapiers des lapins; madame en a causé hier soir.

— Et les étendoirs, renchérit Ludivine.

— C'est quoi, c't'histoire? réagit Léon. Je les ai balayés avant-hier, les étendoirs. J'ai même ôté les toiles d'araignée.

— Eh bien, tu as mal fait ton travail, bougonna Claire. Je suis allée vérifier. Il reste des crottes de loir et des souillures blanches à cause des chouettes. Maintenant, va donc retrouver ce pauvre monsieur Kern!

Elle s'était exprimée sèchement, d'un ton cassant, presque méprisant. Déconcertée, Anita n'osa piper mot.

— D'accord, patronne! répondit Léon, soudain envahi par une vague crainte.

Des coups de klaxon sur le chemin des Falaises mirent fin à la tension naissante. Ludivine se rua sur le perron et cria à tue-tête:

— C'est tantine qui conduit. Maman, viens vite, il y a papa dans la voiture, et oncle Mat. Faustine et Janine aussi. Hourra!

En proie à un bonheur tout simple, la fillette dévala les marches. Son père était de retour, ainsi que Matthieu. Sa mère ne pleurerait plus, seule dans l'écurie. C'était une journée merveilleuse à marquer d'une pierre blanche, comme disait Anna Kern parfois.

— J'étais au courant, enfin, un peu! confessa Anita à Claire. Madame Bertille a téléphoné très tôt. Elle m'a promis de ramener votre mari et votre frère pour midi. Elle voulait vous faire la surprise, alors, moi, je vous ai rien dit.

Léon, hilare, se tapa sur les cuisses. Il se retourna vers Claire pour lui tapoter l'épaule, mais elle recula vivement et courut dehors.

— Jean, Jean! s'époumona-t-elle, radieuse dans sa robe jaune dont la jupe large voletait au vent du printemps. Princesse, ma princesse, toi alors!

Une folle atmosphère de liesse déferla dans la cour du Moulin. Jean se rua hors de la luxueuse automobile et étreignit Claire avec passion. Il l'embrassa dans le cou et sur les cheveux, grave, silencieux, tandis que Ludivine s'accrochait aux pans de sa veste.

— Papa, comme tu nous as manqué! répétait la fillette. Mon petit papa!

En pantalon et blazer bleu marine, ses boucles d'un blond lunaire coiffées d'un élégant béret en coton blanc, Bertille se réjouissait de ces retrouvailles inespérées. Claire délaissa son mari pour enlacer sa cousine.

— Je ne sais pas ce que tu as fait, princesse, mais je te remercie. Mon Dieu, je ne te remercierai jamais assez, je crois. J'ai eu tellement peur! Je les voyais emprisonnés des années ou bien fusillés.

Elle sanglotait, riait, couvrait les joues de Matthieu de petites bises avides. Vêtue d'une superbe robe en soie beige, Janine se tenait un peu à l'écart, les mains jointes devant sa bouche, très émue elle aussi.

— Et alors, mon vieux Jeannot, tonna Léon en se mêlant à la joyeuse assemblée, vas-tu cesser un jour d'en découdre avec la police, bon sang?

Jean lui décocha une bourrade amicale. Un sourire se dessina enfin sur ses lèvres qu'ombrait une moustache de quatre jours.

— On s'en est tirés blancs comme neige, affirma-t-il. Innocentés par la belle dame de Ponriant qui a plus d'un tour dans son sac.

— J'ai même eu droit à un baiser de ton mari! ironisa alors Bertille. Mais ne t'inquiète pas, Clairette, sur le front. Allez, ça s'arrose, j'ai apporté du champagne, des crus exceptionnels! Léon, mets-les au frais dix minutes dans l'eau du bief.

Janine ouvrit le coffre de la voiture et confia les deux bouteilles à son père.

— Ce que tu es belle, fifille! proclama-t-il. Bon sang de bois, Jakob cassera la croûte sans moi, je veux pas rater la fête!

Cela mécontenta Claire. Malgré la félicité qu'elle éprouvait, teintée d'une incrédulité éblouie, elle ne supportait pas le voisinage de Léon. Il paierait cher ses fautes, elle en avait décidé ainsi.

«Tant pis, qu'il mange ici, avec nous, il ne perd rien pour attendre. Je vais prévenir Jean, puisqu'il est revenu. Jean, mon Dieu, merci!»

Elle sentit les mains chaudes de son mari autour de ses hanches et lui fit face, éblouie.

— Tu as mis cette robe que j'adore, fit-il remarquer à mi-voix. Clairette, que tu es jolie avec une natte dans le dos. J'aime que tu te coiffes comme ça.

Ce n'était pas le moment des reproches ni celui des excuses. Pendue au cou de Matthieu, Faustine contemplait la façade du Moulin d'un regard éperdu de bonheur. Bientôt, les rosiers grimpants qui couraient le long des murs refleuriraient. Bientôt, le tilleul embaumerait et il y aurait encore des goûters sous son ombrage tiède.

— Le cauchemar est terminé, dit-elle doucement. Tantine, tu vas nous raconter en détail par quel miracle tu as obtenu la libération de nos hommes.

— Oui, mais je suis affamée, rétorqua Bertille. Anita, as-tu des amuse-bouches? N'importe quoi, des tartines de rillettes, des tranches de saucisson… Allez, à table!

Ils la suivirent, domptés par son allure altière et sa démarche souple. Perchée sur des talons hauts, de dos, elle avait l'air d'une jeune mondaine en visite. Personne ne soupçonnait encore qu'elle avait mené un rude combat en prenant de gros risques. Si ses assertions avaient été mises en doute, elle en aurait subi les conséquences. Elle en tremblait toujours à l'intérieur de son corps menu, animé d'un mélange de bravoure et d'insouciance.

— On devrait inviter madame Kern, fit remarquer Anita, toute gaie.

— Non, elle est souffrante! trancha Claire. Restons en famille.

Jean nota l'expression tendue de sa femme. Cependant, il l'oublia très vite, car Ludivine le harcelait.

— Papa, ma camarade Odile vient tout à l'heure. On ira se balader en charrette, avec Figaro. Et, tu sais, j'ai écrit un poème sur toi. Tu me feras réciter mes tables de multiplication, ce soir.

Il disait oui à tout, un peu étourdi. De se retrouver dans la grande cuisine du moulin après trois jours de prison lui faisait un effet singulier, comme une arrivée au paradis une fois échappé de l'enfer.

— Et ce champagne! s'écria-t-il. Je veux trinquer avec Bertille, ma chère Bertille, une sœur, une héroïne!

Ils étaient tous attablés. Anita étalait des rillettes sur de fines tranches d'un gros pain bis. Ludivine, quant à elle, avait garni un bol de cornichons d'un beau vert sombre, luisants de vinaigre, puis elle était sortie, toute contente, pour rendre visite à l'âne Figaro.

— Allez, raconte, tantine, insista Faustine. Tu nous fais languir!

— D'abord, nous avons eu de la chance d'avoir affaire à des policiers angoumoisins encore indécis quant à leur rôle de chasseurs de rouges, selon les termes de Matthieu. Ces messieurs n'ont pas osé condamner sans preuve formelle deux de leurs compatriotes charentais, d'honnêtes imprimeurs à première vue. J'ai bien insisté sur le côté douteux de certaines dénonciations hâtives, parfois dictées par une simple inimitié, un désir de vengeance, de règlement de comptes. J'ai même dit, Clairette, que tu avais été menacée par un individu suspect qui se prétendait chasseur, et ça les a impressionnés. Je te parie qu'ils savaient très bien de qui je parlais et que c'est lui, ce sale type, qui vous a dénoncés. Certes, j'ai fait jouer aussi une de mes relations, un haut fonctionnaire bon ami de Bertrand qui se couperait en quatre pour moi. Il s'est porté garant de mon intégrité morale et de ma bonne foi.

Léon était allé chercher le champagne. Il posa les bouteilles entre l'alignement des assiettes et jeta aussi sur le bois ciré quelques pâquerettes cueillies en vitesse.

— Vive le printemps! Y a de la joie, comme dans la chanson! s'égosilla-t-il.

Un premier bouchon sauta. Faustine se proposa pour servir tout en affirmant, intriguée:

— C'est dommage que tu n'aies pas su hors de tout doute qui a dénoncé Matthieu et papa.

— Je sais, mais j'ai fini par apprendre une chose. Quelqu'un aurait vu une camionnette partir le soir très tard, c'est-à-dire vers minuit, ce qui effectivement pouvait paraître suspect, répondit Bertille. J'ai nié, tout bonnement. Mais il faut tout arrêter. Vous m'avez bien compris, Jean, Matthieu? S'il y avait une prochaine fois, je ne pourrais pas vous sauver la mise. À mon avis, vous aurez d'autres visites de ces messieurs de la police.

— Fais-moi confiance, Bertille, c'est terminé, affirma Jean. Je n'ai aucune envie de me retrouver encore un coup derrière les barreaux. Gagneau se débrouillera pour trouver une autre imprimerie.

— Oui, j'abandonne, j'ai voulu jouer les révolutionnaires et je m'en veux tellement! renchérit Matthieu, sincèrement échaudé. Je ne sais pas comment te remercier, tantine.

— Je serai récompensée si cela vous sert de leçon, répliqua-t-elle. Faustine était dans un tel état, la malheureuse! J'ai failli la tuer, sur le pont, parce qu'elle pédalait à l'aveuglette et qu'elle s'est jetée sur ma magnifique auto. Il y a d'ailleurs une éraflure sur l'aile; j'en suis malade.

— Quoi? hurla Matthieu. Tantine, qu'est-ce que tu racontes?

— C'était lundi, confessa la jeune femme. Je t'avais vu depuis la fenêtre de ma classe, dans une voiture noire, et j'ai compris.

Ému, son mari l'embrassa sur le front. Jean soupira, l'air penaud.

— Nous avons eu une sacrée chance, en somme. Ils n'ont pas fouillé la maison, lundi matin. L'entrée du souterrain est sûrement tapissée de tracts, car la caisse m'a échappé quand je descendais dans le puits.

Bertille se mit à rire, et son rire léger, pareil aux tintements d'un grelot, résonna haut et fort, aussi enchanteur et grisant que les trilles des oiseaux.

— Bravo, princesse! dit Claire, jusque-là silencieuse.

Jean lui prit la main à cet instant précis. Mal rasé, les yeux cernés, il semblait épuisé. Elle succomba à la tendresse de son regard bleu, submergée par l'envie de tout oublier dans ses bras.

— Quand même, tantine! s'étonna Faustine. Tu as eu de la chance. La police pouvait te considérer comme une complice.

— Sûrement pas après le discours que j'ai tenu contre

266

les communistes de tous poils! J'ai joué les ferventes patriotes du régime actuel, enfin, je te passe les détails. Je voulais tant faire libérer ces deux-là, qu'ils puissent rentrer au Moulin, dans notre vallée! Alors, trinquons pour de bon. Il faut appeler Ludivine, aussi, qu'elle vienne déjeuner.

Jean s'apprêtait à claironner le prénom de sa fille quand un hurlement affreux, suraigu, s'éleva de la cour. Il faisait écho à un bruit sourd et insolite. Puis tout alla très vite. Anna apparut sur le seuil de la cuisine, en robe verte, les bras et les jambes nues et hâlées. Elle était à contre-jour, auréolée par le soleil. Matthieu se leva, prêt à lui exprimer sa reconnaissance, mais il n'osa pas avancer. La jeune fille paraissait épouvantée.

— Ma mère s'est jetée par la fenêtre du logement, dit-elle d'une petite voix tremblante. Je crois qu'elle va mourir. Et Ludivine a tout vu. C'est elle qui a crié.

9

Des vagues de haine

Moulin du Loup, jeudi 25 avril 1940

Claire tenait la main d'Yvette Kern, qu'elle avait fait transporter dans la chambre où dormait Bertille lors de ses séjours au Moulin. La réfugiée mosellane n'était plus qu'un corps brisé dans lequel chancelait une âme en partance. Un râle ténu s'échappait de sa poitrine, alors qu'une écume rosâtre montait à chacune de ses expirations et souillait ses lèvres décolorées. Le docteur Vitalin, appelé en urgence, avait renoncé à l'hospitaliser. D'après lui, elle s'éteindrait avant la fin de la journée.

— Il n'y a plus rien à faire pour cette malheureuse, avait-il laissé tomber. Je vais prévenir le curé en remontant au bourg.

Le chant monotone d'un passereau, rouge-gorge ou roitelet, entrait par la fenêtre ouverte sur l'alignement des falaises, au-delà de la cime des frênes et des grands peupliers. Le soleil déclinait, offrant au paysage des rayons d'or pur.

« Pauvre femme! se répétait Claire. Dieu de bonté, pardonnez-lui ses erreurs et ses faiblesses. Nous ne valons pas mieux, nous qui buvions du champagne pendant qu'elle succombait au désespoir. »

Jamais elle n'oublierait les minutes atroces qui avaient suivi l'entrée d'Anna dans la cuisine. Dehors, Ludivine continuait à hurler de terreur. Ils étaient tous sortis de la maison. Jean s'était précipité vers sa fille et l'avait prise contre lui. Tel un petit animal épouvanté, elle avait caché son visage contre l'épaule paternelle en poussant des cris déchirants.

— Mais pourquoi, pourquoi? bredouillait Bertille devant le pantin désarticulé qui gisait sur les pavés de la cour.

Blême, Janine avait serré dans ses bras la jeune Anna hébétée, incapable de pleurer, tandis que Léon hoquetait des jurons, les yeux exorbités. Anita sanglotait, des prières sur les lèvres. Faustine, Matthieu et Claire s'étaient penchés d'un même élan sur Yvette qui respirait encore.

— Elle ne survivra pas, avait dit la maîtresse de maison après un rapide examen du bout des doigts.

L'épouse de Jakob agonisait, ses mains l'avaient avertie. La mort était là, son instinct de guérisseuse le lui disait. Néanmoins, Bertille s'était empressée de téléphoner au docteur Vitalin.

— Il y a peut-être une chance, Clairette. On peut l'opérer…

— Non, non! avait-elle soupiré. Elle est perdue.

Cependant, elle avait attendu l'avis du médecin avant de la déplacer.

«Enfin, songeait Claire, avec l'accord de Vitalin, nous avons pu la coucher dans ce lit, la rendre présentable pour son mari. Je lui ai préparé une tisane calmante à base de pavot et de valériane.» Ses yeux noirs étaient voilés par un obscur sentiment d'échec et d'incompréhension. Elle s'interrogeait depuis des heures sur ce qui avait incité la réfugiée à se défenestrer. «A-t-elle compris que je les avais surpris au lit, Léon et elle? se demanda-t-elle à nouveau. J'ai peut-être fait du bruit en sortant de l'appartement. Ou bien elle était au bord de la démence… Certaines formes de mélancolie conduisent au suicide.»

Une rumeur sourde lui parvenait du rez-de-chaussée. Jakob Kern priait, ses deux enfants également. Anita devait les imiter, et sans doute Léon, complètement accablé par cette tragédie. C'était lui qu'on avait envoyé prévenir le Mosellan.

«Cela n'a pas dû être facile pour lui. Eh bien! tant mieux. Il ne mérite pas d'être épargné, se dit-elle encore. Il la faisait boire, sans doute pour la rendre plus accommodante. Mon Dieu, comme il me répugne!»

Le tourbillon de pensées qui l'assaillait, de tristes pensées au goût de fiel, s'accordait mal à la somptuosité du coucher de soleil. Elle se tourmentait aussi beaucoup pour Ludivine. Faustine l'avait prise sous son aile, l'emmenant chez elle dans la paisible maison au bord du chemin des Falaises.

— Odile et toi, vous pourrez quand même rester ensemble, lui avait-elle promis. Je vous ferai du chocolat chaud.

Anita leur avait donné le gâteau à la crème prévu pour le goûter, mais il n'avait plus été question de la promenade en charrette tirée par Figaro.

L'instant que Claire avait appréhendé le plus était celui où Jakob découvrirait l'état de sa femme. Maintenant passé, le moment lui laissait une impression bizarre. Le Mosellan, bien que choqué, n'avait manifesté ni douleur excessive ni marques de désespoir.

— Ça devait arriver, avait-il balbutié en se signant. Ma pauvre Yvette était à bout.

Le petit Franzi, lui, était resté au bord de la rivière. Quand Léon avait expliqué à Jakob ce qui venait de se passer, les deux hommes avaient décidé de tenir l'enfant à l'écart. Il s'amusait bien avec sa canne à pêche et avait promis de ne pas bouger, de ne pas jouer dans l'eau non plus.

— Ma fille reviendra le chercher, avait tranché le réfugié.

Des heures s'étaient écoulées depuis. Anna et Franzi avaient embrassé leur mère sur le front, dans cette même chambre. Ils ne paraissaient pas plus désespérés que Jakob. Ils semblaient simplement résignés et peut-être même mystérieusement soulagés, ce qui était abominable à penser.

— Pourquoi? soupira Claire à mi-voix. Je ne comprends rien à cette famille.

— Madame, appela faiblement Yvette Kern comme si elle l'avait entendue. Le curé, où est-il? Je veux voir le curé, je ne peux pas partir comme ça…

— Il ne devrait pas tarder. Comment vous sentez-vous?

— Je ne souffre pas; je suis très bien.

Claire se leva pour examiner délicatement la Mosellane, d'une pâleur crayeuse. Elle soupçonna qu'un flux de sang interne lui donnait ce teint blême et que sa sensation de bien-être était due à son extrême faiblesse.

— J'vais passer, madame, ajouta tout bas Yvette. J'ferai plus de misères à personne, une fois partie. Mais je veux le curé. J'vous en prie, faites-le venir.

— Nous avons fait le nécessaire. Il est en chemin. N'ayez crainte, Dieu est bon, Dieu pardonne.

Comme réconfortée par ces mots, Yvette Kern la regarda avec un regain de vitalité. Claire n'en fut pas surprise. Elle avait souvent assisté des mourants et elle avait pu observer cette phase ultime de l'agonie, où ses patients trouvaient la force de dire adieu à leurs proches, de prononcer des paroles qu'ils jugeaient indispensables avant de fermer les yeux pour l'éternité. Ce moment crucial avait cruellement manqué à Bertille, quand Bertrand s'en était allé dans le plus parfait silence, sans avoir pu lui dire un dernier mot d'amour.

— Madame, j'dois causer, si jamais le curé tarde trop. Je vous ai menti, je suis rien qu'une maudite ivrogne. C'était pareil, là-bas, chez nous à Rombas, je buvais à en tomber raide. Alors, ici, j'en crevais de ne pas avoir droit à une petite goutte.

— Et mon domestique vous a porté de quoi boire, dit Claire, profitant de l'occasion pour savoir la vérité.

— Oui, l'est bien serviable, Léon. Une fois, je l'ai appelé de la fenêtre, parce que le robinet fuyait, celui de la cuisine. Il est vite monté réparer et il m'a vue pleurer. Après ça, comme il avait compris ce qui me manquait, il m'apportait du vin et de l'eau-de-vie.

Les traits amaigris de la réfugiée eurent une expression d'extase qui écœura Claire.

— Il me disait que vous y verriez que du feu, sa femme aussi, poursuivit Yvette. Mais, ce matin, il m'a trouvée à ma toilette. Je sais pas ce qui lui a pris, il m'a jetée sur le lit. Il me voulait, qu'il répétait. Moi, madame, j'ai jamais trompé mon homme, ça, jamais! C'est grand péché, dites? Jakob, je lui ai juré fidélité devant le Seigneur.

— Est-ce que Léon vous a forcée, est-ce qu'il vous a violée? interrogea Claire, envahie par une immense colère.

— Non, non, pas violée… Au début, j'étais pas trop d'accord, mais après je me suis laissé faire, vu que mon mari me touche plus.

— Yvette, c'est pour ça que vous avez voulu mourir? Je vous en prie, répondez!

Exténuée, la Mosellane ferma les yeux. Son souffle se fit saccadé et du sang suinta au coin de sa bouche. Claire reprit ses mains et les étreignit.

— J'avais honte de moi, lâcha-t-elle dans un soupir. Tellement honte! Je leur en fais tellement voir à mes gosses et à mon homme!

Ce furent ses dernières paroles. Elle entra ensuite dans un état comateux, la bouche entrouverte, la respiration courte et saccadée. On frappa à la porte cinq minutes plus tard. Bertille accompagnait le prêtre de la paroisse, le père Georges.

— Mon père, elle n'est plus consciente, déclara Claire, mais elle réclamait les saints sacrements. C'était une personne très pieuse, une bonne personne.

Ayant formulé cette affirmation, elle sortit sans même prêter attention à sa cousine. La rage l'envahissait, de même que le besoin de faire régner la justice, sa justice. Pourtant, en descendant l'escalier, elle se composa un visage impassible. Jakob l'interrogea du regard.

— Vous pouvez monter, les enfants aussi; c'est la fin, dit-elle seulement.

Réfugié au coin de l'âtre où rougeoyaient quelques braises, Léon étouffa un bref sanglot. Il renifla et frotta son long nez avec un mouchoir douteux. Anita pleurait également, assise à la table.

— Viens, Léon, je dois organiser la veillée funéraire de madame Kern, ajouta Claire. Tu vas m'aider.

— Mais à quoi? interrogea-t-il, mal à l'aise.

— Viens donc, je te dis! Où est Jean?

— Chez Faustine, pour prendre des nouvelles de Ludivine, dit Anna Kern en se levant du banc.

La jeune fille avait un air grave, recueilli. Elle tenait son petit frère par la main.

— Très bien. Alors, Léon, vas-tu venir?

Le domestique fut obligé d'obéir. Il suivit Claire qui, d'abord, traversa la cour du Moulin. Elle eut un frisson en passant près de l'endroit où gisait la réfugiée après sa chute, mais elle se domina et, d'un pas ferme, franchit le porche.

— Où c'est-y qu'on va comme ça? s'alarma Léon. Hé! patronne!

Elle demeura silencieuse et prit la direction de la Grotte aux fées. En temps ordinaire, les parfums de la végétation gorgée de sève neuve auraient apaisé sa fureur, mais Claire était au-delà du monde tangible, dans un état second, uniquement concentrée sur le devoir à accomplir, un devoir sacré à son sens.

Essoufflé, Léon la rejoignit sur l'esplanade de la caverne. Il se croyait à l'abri de tout soupçon et il crut bon de plaisanter:

— Bon sang, patronne, vous avez de bonnes jambes, vous? C'est plus de mon âge, vos grimpettes!

— Il y a pourtant des grimpettes que tu juges encore de ton âge, rétorqua-t-elle durement, comme celle de l'escalier qui mène au logement des Kern, celle du lit d'Yvette! Je sais ce que tu as fait ce matin avec cette pauvre femme. Tu me dégoûtes, Léon, tu me répugnes! Toi, mon vieil ami, toi que je considérais comme l'oncle de ma fille, un frère, tu as osé salir ma maison, la maison de mon père. Mais cela n'est rien, au fond, de profiter d'une pauvre créature imbibée d'alcool. Le pire, c'est de l'entraîner dans le péché! Rongée par la honte, elle s'est jetée par la fenêtre. À cause de toi, Léon, oui, à cause de toi!

Claire frappa le domestique en pleine poitrine de son poing serré.

— Tu es un assassin, un salaud, un pervers! s'égosilla-t-elle. Il fallait bien que je t'emmène loin du Moulin pour te dire ce que je pense de toi.

Il vacilla sur ses maigres mollets, terrifié, choqué du coup reçu, un coup certes peu violent, mais qui lui prouvait à quel point Claire le méprisait.

— Je ne veux plus de toi chez nous, déclara-t-elle, le regard étincelant de vindicte. Tu n'approcheras plus Ludivine, comprends-tu? Ah! mon Dieu! tu t'es toujours posé en père de la morale, jusqu'à tyranniser tes filles. Janine a failli en mourir, tellement elle avait peur de toi, de tes colères d'ivrogne. Tu as même osé mettre en doute mon honnêteté, il n'y a pas si longtemps! Mais c'est terminé, je vois qui tu es vraiment. J'aurais dû m'en douter quand tu as trompé Raymonde en Allemagne, pendant la guerre. Monsieur était planqué dans une ferme et il a mis une femme enceinte! Tu as oublié Greta? Et le misérable enfant qu'elle t'a donné? Thomas a payé pour tes fautes, à mon avis. Lui rends-tu visite à l'hospice où tu l'as placé? Même pas, tu t'en fiches! Et si Yvette ne s'était pas suicidée, si elle avait été grosse de ton œuvre, qu'est-ce que tu aurais débité à son mari comme balivernes?

— Mais, mais…, bêla Léon d'un ton plaintif. Bon sang de bois! C'est elle qui m'aguichait, toujours débraillée!

— Tais-toi! glapit Claire.

Révoltée, au bord des larmes, elle le gifla deux fois à la volée. Il se tint les joues, suffoqué.

— Tu vas prendre tes cliques et tes claques et quitter le Moulin! ordonna-t-elle ensuite. Jean me comprendra. Il sera d'accord.

— Et ma Nini, j'lui dirai quoi, à ma Nini? Faut qu'elle vienne avec moi. Si vous me chassez, patronne, ma femme me suit.

— Ta Nini! ironisa-t-elle. Espèce de saligaud, cochon, fumier! Je t'ai vu, ce matin, et ce n'était pas beau du tout! Tu n'y pensais pas trop à ta Nini, Léon, quand tu te vautrais sur Yvette Kern!

Ces mots accablèrent l'ancien matelot. Il devint cramoisi en apprenant qu'il avait été surpris en pleine action, et par Claire en plus, la seule personne avec Jean qu'il respectait profondément depuis bientôt quarante ans.

— Faut pas me chasser, madame! plaida-t-il. Vous êtes ma famille, j'vous l'ai dit assez souvent. J'ai failli me foutre en l'air, moi aussi, après la mort de ma Raymonde. Vous vous rappelez, de ça? J'y suis sans doute pour rien, moi, si cette femme s'est jetée dans le vide. J'vous jure! Écoutez, patronne, j'suis pas un saint, ça, je vous l'accorde, mais j'suis comme tous les hommes, j'ai des besoins et je vous assure que j'essaie de me raisonner. Mais, Anita, elle se refuse à moi, ces temps-ci, rapport à son retour d'âge. Alors, ce matin, j'sais point ce qui m'a pris, j'ai pas pu m'retenir. Mais faut pas croire que j'suis fier de moi. J'pouvais pas savoir qu'elle avait la tête détraquée, Yvette.

Le domestique hocha la tête, interloqué, avant de se mettre à pleurer bruyamment. Il toussait, se mouchait, reni-flait et se frottait les yeux, l'air égaré.

— Vous pouvez pas me foutre dehors, se lamenta-t-il. Allez, m'dame Claire, ayez pitié! Surtout pour ma Nini. Si vous lui dites ce que j'ai fait, elle aura le cœur brisé.

— Je n'ai pas l'intention d'en parler à Anita!

— Alors, comment vous allez lui expliquer la chose, hein? Si elle me voit prendre mon bagage et quitter le Moulin, elle se posera forcément des questions.

Dans l'excès de sa fureur, Claire n'avait eu qu'une idée, se débarrasser de Léon. Maintenant, un peu calmée, elle concevait mieux le problème qui se posait. Il lui serait impossible de licencier le domestique en gardant son épouse à son service.

— Tant pis! s'obstina-t-elle. Tu vas inventer une histoire pour justifier ton départ, et ta femme te suivra. Il n'y a pas si longtemps, tu prétendais que vous trouveriez de l'emploi n'importe où, tous les deux. Nul n'est irremplaçable, Léon. Ce soir, tu préviendras Anita de ta décision. Par décence vis-à-vis de Jakob et pour ne pas éveiller de soupçons sur ta conduite inqualifiable, vous resterez au Moulin jusqu'à l'en-terrement d'Yvette. Je n'ai rien à ajouter. Tu as perdu ma confiance ainsi que mon amitié, et à jamais, Léon, à jamais!

Il se roula une cigarette avec peine tant il tremblait de nervosité. Claire comprit alors combien leur vieil ami avait changé.

« Où est passé ce brave jeune homme au sourire franc et au regard malicieux? s'interrogea-t-elle. Il aurait donné sa vie pour Jean, il était toujours à nos côtés, fidèle et dévoué. Mon Dieu, dans les pires épreuves, il m'a soutenue, il a su me guider et même me raisonner. Il a vu grandir Faustine, Matthieu, tous les enfants de la famille. À présent, il est ivre la moitié du temps, il hurle, il gesticule, il récrimine sans cesse. »

Elle savait aussi que Ludivine, très sensible, n'aimait guère Léon.

— Allez, patronne! implora-t-il. J'me tiendrai à carreau, j'boirai moins, j'vous jure. Qu'est-ce que j'deviendrai, moi, sans Jeannot et vous?

— Tu n'es pas stupide à ce point, quand même? s'étonna-t-elle. Léon, je ne peux pas te pardonner. Tu n'es pas un gamin qui a cassé un objet précieux, tu as causé la perte d'un être humain. Vas-tu finir par comprendre? Yvette a pu se confier à moi avant d'entrer en agonie. Déjà, tu lui donnais à boire en cachette. Ensuite, tu l'as forcée à te céder, ce matin. Est-ce vrai, ou faux? Pourquoi cette pauvre femme m'aurait-elle menti aux portes de la mort? Et si vraiment elle était consentante, si elle se moquait de tromper son mari, pourquoi se serait-elle jetée par la fenêtre?

Ni l'un ni l'autre n'avait entendu l'approche de Jean. Par le plus grand des hasards, il avait aperçu les silhouettes de Claire et de Léon sur la pente herbeuse qui montait à la grotte au moment même où il sortait de chez Faustine. Intrigué, il avait décidé de les rejoindre. Et là, il venait d'écouter les dernières paroles de sa femme. Furieux, il s'interposa entre eux.

— Quoi? hurla-t-il. Léon, regarde-moi en face, bon sang!

— J'suis ben navré, Jeannot! Dis, t'es pire qu'un loup, toi, à débouler sans bruit.

— Il n'y a plus de Jeannot, mon vieux! Je suis Jean Dumont, ton patron. Je te paie tes gages depuis quarante ans environ et ce n'est pas pour que tu vides mes réserves de vin, encore moins pour que tu trompes ta femme sous notre nez.

— Je ne veux plus de lui chez nous, Jean, insista Claire, un peu surprise par l'apparition soudaine de son mari. Je comptais te raconter ce qui s'est passé, mais je n'en ai pas eu le temps. J'étais tellement en colère quand le curé est arrivé! Yvette Kern doit être morte, à l'heure qu'il est, et, oui, je le répète, Léon est l'unique coupable de ce drame.

Le couple se faisait face. Jean lisait dans le regard de son épouse une fervente supplique, mais il ne répondit pas à son souhait.

— Claire, je comprends très bien la situation et je partage ton ressentiment, mais il est hors de question de mettre Léon dehors, affirma-t-il. Comment ferais-je sans lui? Il s'occupe des bêtes toute l'année et il m'est indispensable pour la vigne et le verger. Jakob Kern ne s'attardera pas chez nous. Beaucoup de gens déplacés vont pouvoir regagner leur département.

— Mais, Jean…, objecta-t-elle, si tu avais vu ce que j'ai vu, ce matin! Léon a quasiment violé cette malheureuse qui n'avait pas la force de se défendre, surtout qu'il l'avait saoulée. Il me dégoûte. Je ne tolérerai pas sa présence sous notre toit, à l'avenir. Comprends-tu?

— Bon sang, Claire, tu vas un peu vite en besogne! répliqua-t-il. Yvette Kern ne m'inspirait guère confiance et rien ne prouve qu'elle n'était pas consentante. As-tu remarqué la réaction de Jakob et des enfants? Ils étaient soulagés, ça n'a échappé à personne. Interroge Matthieu, il en sait plus long que nous. Anna s'est confiée à lui, ainsi qu'à Bertille.

Claire se tenait très droite, profondément offensée par l'attitude de son mari. Elle espérait de lui un soutien total en raison de la gravité des faits. Mais voilà qu'il excusait ostensiblement Léon, peut-être au nom de la fameuse solidarité masculine.

— J'aurais dû m'en douter, dit-elle d'un ton froid. Toute la faute revient à cette femme, n'est-ce pas? Bientôt, tu vas prétendre qu'elle a provoqué Léon, qu'elle s'est offerte à lui pour une pinte d'alcool. Et tant pis si elle a voulu mourir, malade de honte. Oh! tu me dégoûtes autant que ce vieil ivrogne, ce pervers! Arrangez-vous tous les deux, mais je te préviens, Jean, tu te fais complice d'une sorte de crime. Remarque, tu as l'habitude d'être au banc des accusés… Pas moi, ça non, pas moi!

Elle prit la fuite dans sa robe jaune et verte, dont la jupe ample voletait au rythme de sa course folle sur la pente. Jean poussa un juron et jeta son mégot. Le matin même, il exultait de joie en retrouvant sa liberté grâce à Bertille, et maintenant il venait de blesser cruellement celle qu'il chérissait.

— Es-tu content de toi, imbécile? rugit-il en secouant

Léon par le col de sa veste. Tu fous tout en l'air, espèce de saligaud! Je t'avais pourtant prévenu, non? Tu devais arrêter de boire. Tu m'avais promis de te conduire correctement.

— Vas-y, cogne-moi, Jeannot, tu en crèves d'envie! tonitrua le domestique. J'sais pas ce qui m'a pris, avec l'autre, la Yvette. Elle arrêtait pas de m'demander des services, un coup le robinet qui fuit, un autre coup une étagère qui se casse la gueule, et toujours débraillée, à me montrer un bout de chair. Moi, à force, j'ai pas résisté. Surtout que, ma Nini, ça lui plaît plus, la bagatelle.

— La bagatelle! répéta Jean avec dédain. Il est beau, le résultat! Tu connais Claire! Elle ne te pardonnera jamais et je la comprends.

— Mais nous, Jeannot, on se comprend, dis? Tu vas me garder? J'veux point quitter le Moulin.

Jean passa une main lasse dans ses cheveux bruns semés de fils d'argent aux tempes. Il ne concevait pas de perdre Léon, malgré tout ce qui le décevait chez son vieil ami.

— Je vais essayer de calmer Claire, soupira-t-il. Mais, si elle persiste à vous renvoyer, Anita et toi, je ne serai pas de taille à la faire changer d'avis. Tu as commis l'irréparable, Léon, même si je crois qu'Yvette Kern se serait supprimée un jour ou l'autre. Je l'ai sentie très fragile de corps et d'esprit, d'esprit surtout. L'alcool n'a rien arrangé.

— Ah bon, tu crois ça, toi?

— Je sais de quoi je parle. Le malheur peut pousser au désespoir, et j'ai pensé en finir, à une certaine époque. Viens, rentrons. Fais-toi tout petit et évite d'approcher Claire. Il faudrait aussi que ta femme ne soit jamais au courant de cette affaire.

— Ben oui, Jeannot, c'est sûr, ça!

Léon respirait mieux. Il resterait dans la vallée des Eaux-Claires, qui était devenue sa seule patrie, son coin de terre. En suivant Jean parmi les buissons de genévriers, il se promettait de ne plus toucher une bouteille de gnole et de ne plus avaler une goutte de vin. Il lui faudrait aller à confesse, dimanche, avouer sa faute et, ensuite, il saurait se faire pardonner de Claire.

*

Domaine de Ponriant, lundi 29 avril 1940

Maurice fit une entrée discrète dans le salon de Ponriant où Bertille et Claire achevaient de prendre leur petit-déjeuner. Elles le regardèrent du même air embarrassé.

— Tout s'est bien passé. J'ai déposé Ludivine devant l'école. Pendant le trajet, nous avons discuté de choses et d'autres, du poulain de Junon, surtout, qui doit naître la semaine prochaine.

— Merci, Maurice, dit Claire tout bas. C'est gentil de l'avoir emmenée. J'aurais pu l'accompagner, mais elle a refusé.

— C'est une petite fille très courageuse, ajouta Bertille. Si j'avais assisté à la chute de la malheureuse Yvette, je crois que je ne pourrais toujours pas dormir.

— Moi, je revois sans cesse son corps désarticulé sur les pavés de notre cour, la cour du Moulin du Loup. Il y a déjà eu d'atroces tragédies, ici, cela m'a hantée longtemps. Le suicide de mon père, dans la roue à aubes, et la mort de ce brave homme, le Follet. Te souviens-tu de lui, princesse? demanda Claire.

— Comment l'oublier? s'affligea sa cousine. Il s'est sacrifié pour sauver ce garnement de Nicolas qui était tombé dans le déversoir du bief.

Elles se turent, évoquant toutes les deux en silence le jour lointain où un ouvrier de Colin Roy surnommé le Follet s'était noyé après avoir sauvé la vie de Nicolas Roy, le fils de la servante Étiennette et du maître papetier.

— Vous pouvez disposer, Maurice, dit Bertille. Et allez boire votre café; Paulette a dû le garder au chaud. Elle vous soigne…

L'allusion fit sourire le jeune homme. Il avait deviné les sentiments de la gouvernante à son égard. Cela le touchait, sans influer sur son attitude, toujours courtoise et amicale.

— Ne l'encourage pas à tromper Thérèse, qui est enfin enceinte, fit Claire dès que Maurice eut quitté la pièce.

— Thérèse est belle et elle s'est décidée à lui donner un enfant, mais quelle peau de vache!

— Princesse, voyons, ne dis pas ça!

— C'est vrai. Encore dix ans, et la petite Thété de jadis sera une abominable mégère. Mon Dieu, rien ne va, en ce moment. La guerre gronde à nos frontières, et toi tu as déserté ton cher Moulin!

— Si tu ranges ma présence à Ponriant parmi les calamités, je ne resterai pas un jour de plus, s'enflamma Claire.

La mine grave, Bertille alluma une cigarette. Elle était en peignoir de satin rouge; ses boucles blondes étaient retenues en arrière par un bandeau de même couleur. Elle plissa un peu les yeux telle une chatte, pour répondre :

— Ne sois pas sotte. Tu peux t'installer au domaine jusqu'à la fin de ta vie. J'en serais même enchantée. Clairette, je suis ravie de vous héberger, Ludivine et toi, mais reconnais que tu abandonnes rarement ta maison et ton mari. Au fond, tu as cédé la place à Léon, ce pourceau!

Claire approuva d'un signe de tête. Elle habitait Ponriant depuis le terrible jeudi où Yvette Kern s'était éteinte dans une des chambres du moulin.

«Je n'ai pas hésité un instant», se souvint-elle, se revoyant folle de rage après sa courte discussion avec Jean sur l'esplanade de la grotte. Elle était entrée dans la cuisine et avait annoncé à Bertille qu'elle allait passer quelques jours à Ponriant pour aider Ludivine à se remettre du choc qu'elle avait ressenti. Abasourdie, Anita l'avait aidée à rassembler des vêtements et à boucler une valise. Personne n'avait osé retenir Claire, et rien ne l'aurait empêchée de partir, ni l'air ébahi de Jakob Kern, ni les larmes du petit Franzi, ni les regards inquiets d'Anna.

— J'ai eu raison, princesse, dit-elle tout haut. Jean s'est bien débrouillé sans moi. Pour une fois, j'ai laissé le gouvernail à monsieur Dumont, assisté par son irremplaçable Léon, son cher Léon! Ils se sont même occupés de l'enterrement d'Yvette.

— Ce qui était une véritable épreuve, poursuivit Bertille. Mon Dieu, jamais je n'ai vu un veuf aussi paisible, devant le cercueil bon marché de sa femme. Les époux Kern ne s'aimaient pas, Clairette, j'en suis sûre et certaine.

La réfugiée mosellane avait été inhumée le samedi après-midi après une très brève cérémonie religieuse. Jean avait avancé de l'argent à Jakob, qui s'était engagé à ne pas quitter le pays sans avoir remboursé sa dette par son travail. Claire, Jean et Bertille avaient assisté aux obsèques, ainsi que Léon, Anita, Faustine et Matthieu.

Quant à Ludivine, Paulette l'avait gardée au domaine. La fillette avait été infiniment soulagée de ne pas retourner au Moulin. Elle disposait de la chambre de Clara, qui lui semblait l'endroit le plus enchanteur du monde avec ses rideaux de velours rose, ses meubles en bois clair et sa cheminée en marbre blanc sur laquelle étaient alignés de jolis bibelots en porcelaine représentant des danseuses et des chevaux. Elle craignait de faire des cauchemars, mais elle avait très bien dormi. C'était en fait le jour, alors qu'elle avait les yeux grands ouverts, que la vision d'horreur la torturait : Yvette se penchant un peu à la fenêtre, le visage crispé par un rictus effrayant, puis enjambant l'appui pour basculer en avant, tête première. Le bruit de sa chute résonnait encore trop souvent dans l'esprit de Ludivine, ce choc sourd d'un corps fragile s'écrasant sur les pavés. Claire le savait et elle veillait sur sa fille avec une sollicitude constante.

— Je me moque de savoir si les Kern s'aimaient ou non, princesse, dit-elle après un silence. Je ne pouvais pas rester une minute de plus chez moi.

— Tu as bien fait et je t'approuve, affirma sa cousine. Mais, dès que Jean te manquera, tu lui retomberas dans les bras.

— S'il veut me revoir, qu'il envoie Léon au diable! Il doit choisir : Léon ou moi, c'est tout.

— Chut! fit alors Bertille. Il y a quelqu'un dans le hall.

La voix de Paulette leur parvint. La gouvernante introduisit bientôt Anna Kern, vêtue d'une robe noire trop grande pour elle. La jeune fille avait attaché ses cheveux sur la nuque et portait un panier contre sa hanche.

— Bonjour! dit-elle doucement.

— Bonjour, Anna, répondit la maîtresse des lieux.

— Je suis désolée de vous déranger, mais je voulais vous voir, madame Claire. Tôt ce matin, j'ai trouvé votre Mimi derrière les clapiers à lapin. Quelqu'un l'a tuée, la pauvre bête!

— Quoi?

Elle se leva, tétanisée, tandis qu'Anna soulevait le tissu, au fond de son panier, qui dissimulait la chatte du père Maraud, le cou ensanglanté, bel et bien morte.

— Non, mais non! gémit Claire. Qui a pu faire une chose pareille? Pauvre Mimi… Oh non, non!

Bertille s'approcha à son tour, abasourdie. Presque tout de suite, elle prit la main de sa cousine, toute tremblante de chagrin et d'incompréhension.

— Elle a pu se blesser seule, Clairette, fit-elle remarquer. Anna, pourquoi dire qu'elle a été tuée? Nous avons eu le cas ici. Un furet avait saigné un chaton.

— Ce n'est pas une autre bête qui a fait ça, certifia la jeune fille. Voyez vous-même, madame Claire, on l'a poignardée, votre chatte.

Mais Claire était incapable de vérifier, car elle sanglotait, abattue, aveuglée par un flot de larmes.

— Le père Maraud m'avait confié Mimi, hoqueta-t-elle. Tant qu'elle vivait près de moi, j'avais l'impression qu'il était un peu là, lui aussi. Il va m'en vouloir, de là-haut. Mon Dieu, je n'aurais pas dû quitter le Moulin!

Choquée, Bertille n'osa pas la contredire.

— Je peux vous aider à l'enterrer, proposa Anna. Je vous l'ai apportée pour ça. Moi aussi, j'avais un chat. Une voiture l'a écrasé et j'en ai eu beaucoup de chagrin. Je l'ai enveloppé dans un foulard avec un petit bouquet de fleurs et je l'ai enterré comme ça. J'ai même mis une croix, deux bouts de branches attachées…

— Tu es gentille, bien gentille! bredouilla Claire. C'est une chance que tu aies trouvé Mimi, sinon, je n'aurais peut-être jamais su ce qui lui était arrivé. Heureusement que j'ai pris Sauvageon avec moi, sinon on me l'aurait tué. Princesse, je suis sûre que c'est cet homme, ce prétendu chasseur… Il a dénoncé Jean et Matthieu, mais ils ont été libérés. Maintenant, il se venge, il veut me faire souffrir. Mon Dieu, s'il s'en prenait à Ludivine!

— Claire, là, tu exagères! trancha Bertille. La chatte a pu se blesser toute seule, je te le répète, sur un piquet ou un outil en fer. Tu ne vas pas accuser le monde entier, quand même! Et puis, ce n'est qu'une bête. Anna vient de perdre sa mère, je te le rappelle.

— Ma mère est tranquille à présent, dit la jeune femme en haussant les épaules.

— Tranquille? s'insurgea Claire. Anna, tu devrais avoir honte. Ta pauvre mère aurait pu guérir, renoncer à son penchant pour la boisson. Elle avait un fils de sept ans à élever et à protéger. En plus, il paraît que vous pourrez bientôt rentrer chez vous, en Moselle, retrouver votre vie d'avant.

— Je m'en fiche, moi. Je m'en irai pas d'ici, répliqua Anna.

Claire secoua la tête, accablée. Avec délicatesse, elle recouvrit le corps de la chatte du tissu bariolé, maculé de taches de sang. Son cœur cognait fort dans sa poitrine. Elle avait la bouche sèche, tant elle était émue.

«Ce n'est que le début, pensait-elle. Le malheur rôde dans la vallée. Je me suis réfugiée à Ponriant et j'ai eu tort. Je dois rentrer chez moi quoi qu'il m'en coûte.»

Prise d'un étourdissement, elle cacha son visage entre ses mains. Ses oreilles bourdonnaient, et elle se sentait glacée. D'abord effrayée à l'idée d'avoir un malaise cardiaque, elle se laissa aller à cette étrange sensation de faiblesse. Une voix résonna en elle, alors qu'un regard perçant se dessinait derrière ses paupières closes.

«Et alors, petite, tu abandonnes le navire en perdition? grondait le père Maraud. Pourtant, comme tu le crois, ce n'est que le début. Les hommes sont fous, Claire Roy, et cette folie va semer la destruction. Partout! Partout!»

— Mon Dieu! s'écria-t-elle. Princesse, j'ai eu une vision. Le père Maraud! Cela faisait des années qu'il ne s'était pas manifesté. Mais il n'a rien dit pour Mimi…

Anna recula, affolée, comme si Claire perdait l'esprit. Accoutumée à ce genre de phénomènes, Bertille garda son calme et dit posément:

— C'est le principal, ton vieux rebouteux ne te reproche rien. Ne te rends pas malade!

— Ne pas me rendre malade? Il m'annonce la destruction partout à cause de la folie des hommes. Il peut s'agir du Moulin, de ma famille!

— Ou bien de la guerre, supposa sa cousine d'un ton sec. Bon, en attendant la fin du monde, autant enterrer ta pauvre bestiole. Maurice s'en chargera.

— Non, c'est à moi de le faire. Je rentre à la maison, princesse. Mimi doit reposer près de mes loups, dans la terre du Moulin. Si tu veux bien envoyer Maurice chercher Ludivine à l'école ce soir pour la raccompagner ici, cela m'arrangerait.

— Ici? s'étonna Bertille.

— Oui, elle n'est pas en danger chez toi. Je reviendrai dormir avec elle. Anna, donne-moi le panier, je te prie. Merci encore.

La jeune fille s'exécuta en fixant Claire d'un air apitoyé, car elle éprouvait pour cette femme une affection instinctive à laquelle s'ajoutait la singulière préoccupation de la protéger.

— Vous croyez qu'elle dit vrai, que Ludivine est menacée? demanda-t-elle à Bertille dès qu'elles furent seules.

— Peut-être... Je ne suis pas médium, moi! Cela dit, médium ou pas, Claire a vu des fantômes. Je te raconterai. Hélas, mon cher mari, lui, ne daigne pas se montrer.

Anna approuva, charmée par l'atmosphère si particulière du domaine. Elle était irrésistiblement attirée par la belle demeure bourgeoise dont les pierres blanches captaient le moindre rayon de lumière. Pour la jeune réfugiée, Ponriant avait l'allure d'un château de conte de fées. Tout lui semblait démesuré: l'escalier d'honneur, les balustres en calcaire de la terrasse, le hall et ses plantes vertes, les couloirs, le piano à queue, les cheminées et les rideaux. Cette magnificence et ce luxe inouï parvenaient même à lui faire un peu oublier son engouement pour Matthieu Roy. Mais si peu...

*

Moulin du Loup, même jour

En franchissant le seuil de sa maison, Claire se sentit une étrangère, presque une intruse. Tout était silencieux et apparemment en ordre, mais elle nota des détails qui l'irritèrent aussitôt. Les bouquets de jonquilles, dans les vases, étaient fanés, la cendre de l'âtre se répandait autour des chenets, et il flottait une odeur âcre de café trop longtemps réchauffé, car personne n'avait empêché Anita de céder à sa manie, celle de laisser au coin de la cuisinière la grosse cafetière en émail bleu.

— Anita? appela-t-elle.

Il y eut un bruit de pas à l'étage, et la domestique descendit l'escalier. Elle avait les joues rouges et le nez tuméfié par les larmes.

— Ah! madame, ma pauvre madame! C'est pas trop tôt, je ne sais plus où donner de la tête sans vous. Là, je faisais du tri dans la literie pour mettre en route la grande lessive du printemps. Faudrait profiter du beau temps et du vent! D'habitude, vous faites descendre du bourg la mère Eulalie qui m'aide bien. Dites, vous parlez d'une besogne!

Claire approuva en posant le panier sur la grande table.

— Où est mon mari? demanda-t-elle.

— M'sieur Jean, il est parti livrer une commande à Villebois pour les de Martignac. Y a que m'sieur Matthieu, pour l'instant, qui travaille dans l'atelier. Léon et Jakob sont encore dans la vigne. Ils s'entendent comme larrons en foire, ces deux-là. Et vous savez, madame, le Jakob, il cause plus de sa femme, rien, plus un mot! Ils ont sans doute pas de cœur, par chez lui, en Moselle.

— Anita, on a tué Mimi! Je suis venue l'enterrer auprès de Loupiote et de Moïse le jeune.

— Comment ça, on a tué votre chatte? En voilà, une drôle d'histoire! Elle aura crevé toute seule, madame. Je m'disais, aussi, je l'avais pas vue hier. Et votre petit loup, il n'est pas avec vous?

— Non, je l'ai enfermé dans la grange du domaine.

Sur ces mots, Claire sortit, encombrée du panier où gisait le malheureux animal. Elle prit une pelle et se dirigea vers le fond de son jardin potager. Là, sous un buisson de rosiers nains, s'étendait son cimetière personnel. Des primevères et des violettes fleurissaient sur les tertres qui s'affaissaient au fil des années.

— Pauvre petite Mimi, tu étais si douce, si gentille! Tu vas me manquer, mais je n'aurai pas d'autre chat, même si tu nous débarrassais des souris. Enfin, je verrai, je pourrai toujours adopter un de tes descendants pour consoler Ludivine de ton départ. J'en ai donné dans tout le pays.

Elle pleurait sans bruit, réconfortée par l'odeur de la terre brune des plates-bandes voisines, encore humide de rosée. Il lui fallut délimiter un emplacement un peu à l'écart, afin d'offrir une sépulture décente à la chatte. Au moment de donner un premier coup de pelle, des mains d'homme s'emparèrent de l'outil.

— Je vais le faire, Clairette, dit Matthieu.

Son frère l'avait rejointe. En blouse grise et les manches retroussées, il commença à creuser.

— Anita m'a expliqué ce qui se passait, dit-il simplement. Tu aurais pu venir m'embrasser et me demander de l'aide. Je ne comprends pas pourquoi tu désertes le Moulin, ces jours-ci, mais j'ai respecté ta décision.

— C'est uniquement pour Ludivine, mentit-elle avec aplomb. Elle se trouve bien à Ponriant. Comment veux-tu qu'elle revienne déjà ici? Ce n'est qu'une enfant et elle a été gravement marquée par ce qu'elle a vu. Matthieu, je t'en prie, soyez vigilants, Jean et toi. Je ne suis pas folle, Anna non plus. On a tué Mimi. C'est sûrement cet homme qui vous a dénoncés. Je sais, je n'ai aucune preuve contre lui, mais il s'est promis de nous nuire, je me demande bien pourquoi…

— Certains individus retors développent de la rancune pour une broutille, comme un coup de fusil manqué. S'il avait tué ton louveteau et touché la prime, peut-être qu'on n'en aurait plus entendu parler.

— Le malheur nous guette, petit frère!

— Surtout la guerre, Clairette, essentiellement la guerre! Le malheur viendra de là.

— Je n'en sais rien! Au fait, est-ce toi qui as jugé bon d'envoyer Jean chez Angéla, à Villebois?

— Bon sang, sœurette, de l'eau a coulé sous les ponts, non? Je n'ai guère eu le choix. Cela me dépannait et, de plus, ton mari est détestable depuis que tu as pris tes quartiers de printemps au domaine.

Claire resta silencieuse sur ce point. Elle sortit Mimi du panier et l'allongea sur le sol pour mieux l'enrouler dans le tissu.

— Encore un pan de mon passé qui s'écroule! déclara-t-elle d'une voix brisée par le chagrin. Mon Dieu, pourquoi?

— Ce n'est qu'un chat!

— C'était aussi une amie, une précieuse petite compagne. Elle serait morte de vieillesse ou de maladie, je souffrirais moins, Matthieu. Ce n'est que le début d'une série de malheurs, j'en ai peur. Et je dois veiller sur ceux que j'aime, sur Ludivine comme sur tes enfants. Quand reviendront-ils?

— Samedi prochain. J'ai préféré les tenir à l'écart à cause de la mort d'Yvette Kern. Cela ne leur fait pas de mal de rester au pensionnat en fin de semaine. Ils peuvent étudier davantage.

— Que tu es strict avec eux! déplora sa sœur. Je voudrais pouvoir les rassembler sous mon aile, tous les trois, Isabelle, Pierre et ma douce Gaby.

— Tu auras les vacances d'été pour les dorloter à ton aise, répliqua Matthieu, attendri. Et n'aie pas peur, il n'y a aucune raison que de plus grands malheurs s'abattent sur nous.

— Je l'espère! dit Claire à mi-voix. Oui, j'espère que nous aurons un bel été.

*

Villebois, *même jour*

Jean et Angéla se trouvaient face à face, douze ans après avoir vécu une passion brûlante. Ils s'étaient rarement revus depuis ce jour lointain où la jeune femme, enceinte, avait fui le riche domicile de Blanche Nadaud, née Dehedin, la sœur jumelle de Jean. Il y eut d'abord un silence pendant lequel chacun encaissa le choc. Il avait espéré avoir affaire à une bonne ou au secrétaire de Louis; de son côté, elle s'attendait à recevoir l'imprimeur en personne.

— Eh bien, entre! lui dit-elle enfin d'une voix nette. Matthieu aurait pu me prévenir qu'il ne viendrait pas lui-même!

En cette tiède journée d'avril où elle errait dans la maison, en panne d'inspiration pour peindre, elle était vraiment contrariée et désemparée. Elle ne s'attendait surtout pas à être remise en présence de son ancien amant.

— Ce n'est pas la peine, je livre vos cartons d'invitation, rétorqua-t-il. La caisse est là, à mes pieds. Tu dois me signer ce reçu.

— Louis m'a recommandé de vérifier si cela nous convenait. Si tu pouvais m'en montrer un exemplaire…

C'était la troisième fois depuis le mois de janvier que Louis de Martignac, notaire de son état, procurait du travail à l'imprimerie Roy. Il avait ses exigences: du beau papier vélin et des encres de qualité.

— Ah! zut, je n'ai pas pensé à ça, bougonna-t-il. Dans ce cas, je suis obligé d'ouvrir la caisse.

Il parlait bas sans la regarder, extrêmement embarrassé. Angéla en conçut une sorte de jubilation amère. Jean, elle l'avait admiré fillette, avant de tomber amoureuse de lui adolescente. Pour celui qui se considérait alors comme un possible père adoptif, elle avait détruit tout ce qui était beau et pur à ses yeux, l'affection maternelle que lui portait Claire, l'amitié de Faustine, mais aussi ses rêves d'une vie exemplaire.

« Il a vieilli. Ses tempes grisonnent, il a des rides au coin de la bouche, une entre les sourcils…, se disait-elle pour bien le dénigrer, car, au fond, il lui semblait encore très séduisant pour son âge. Comment a-t-il pu me plaire? »

Cependant, en observant ses mains carrées aux doigts fins, il lui revint des souvenirs bien précis, ceux des caresses de jadis, sources de tant de plaisir.

— Entre donc, à la fin, c'est grotesque! insista-t-elle d'un ton ironique. Et porte la caisse sur le bureau de Louis.

C'était un ordre déguisé, une manière de se venger des tourments qu'elle avait endurés à cause de lui. Jean le devina. Il la dévisagea et, sous l'éclat magnétique de ses prunelles bleues, elle recula, troublée.

— Si tu y tiens…, ronchonna-t-il.

Angéla lui tourna le dos et s'éloigna dans un vestibule lambrissé de chêne clair au carrelage rouge et jaune. Il nota qu'elle était toujours d'une minceur de liane, dans la robe en fin lainage gris qui moulait ses hanches menues et ses fesses.

«Bon sang, elle me traite comme un chien! enragea-t-il. Bah, c'est de bonne guerre; je lui ai fait trop de mal.»

Jean fut tenu de la suivre, car il n'était jamais venu chez les de Martignac et il ignorait où était situé le bureau de Louis. Il pénétra ainsi dans un grand salon à la décoration sobre, d'une harmonie incontestable.

— Tu es seule? demanda-t-il.

— Oui, et alors? Les enfants sont pensionnaires dans une institution religieuse, et mon mari est retenu à Angoulême. Je n'ai pas de domestique à demeure. J'apprécie l'intimité. Mais une femme vient faire le ménage tous les matins. Une existence agréable, parfaitement réglée! Un de mes rêves de petite fille…

— Tant mieux si tu as pu le réaliser. Ce n'est pas grâce à moi. Mais je suis content, ça oui, bien content de te voir heureuse. Au fond, on ne s'est pas adressé la parole depuis longtemps. Je voulais t'écrire, après la naissance de Ludivine; je ne l'ai pas fait non plus. Comme je crois que je n'aurai pas d'autre occasion de te demander pardon, Angie, je te demande pardon de toute mon âme. Pardonne-moi, je t'en prie!

Le tendre surnom du passé lui était venu spontanément à la bouche. Elle tressaillit, offusquée, et protesta d'emblée.

— Je te prierai de ne pas m'appeler ainsi! Et je n'ai pas besoin de tes excuses, qui sont bien tardives, avoue-le.

Elle s'exprimait en mondaine de province, bien loin en cet instant de la jeune fille farouche et arrogante qu'il avait séduite. «C'était un chaton sauvage qui mordait et griffait au pic de l'extase; à présent, on dirait une belle panthère bien dressée!» songea-t-il. La comparaison le fit sourire. Angéla crut qu'il se moquait d'elle. Tout de suite sur la défensive, elle eut envie de le jeter dehors.

— Pas la peine de discuter davantage! trancha-t-elle en signant le reçu. Louis jugera lui-même si les cartons d'invitation lui conviennent. La prochaine fois, je préférerais que Matthieu fasse le déplacement. C'est inconvenant que tu sois ici, dans la maison de Louis. Qu'il envoie n'importe qui, mais pas toi.

— Bien, madame! Je devrais peut-être me réjouir que monsieur de Martignac se soit absenté. Il m'aurait sûrement traité avec plus de mépris encore, ou frappé à nouveau.

Angéla ne daigna pas répondre. Elle se sentait fragile, soudain, confrontée à Jean. Il se dégageait de toute sa personne quelque chose d'indéfinissable qui la torturait. Elle adorait son mari, et il la choyait au-delà du possible, mais rien n'avait vraiment pu effacer l'empreinte de cet homme-là dans sa chair de femme. «J'étais si jeune, si passionnée, au Canada! se remémora-t-elle. J'avais une telle foi en lui, une totale confiance en mes charmes! C'était inimaginable pour moi qu'il aime encore Claire. Mon Dieu, je ne dois pas penser à ça. J'y pense parce que je ne l'avais pas approché depuis des années, sauf à l'église, pendant les obsèques de Bertrand Giraud.»

Jean s'étonna de son silence. Il en avait profité pour ouvrir la caisse et lui tendre un exemplaire.

— Est-ce que cela vous plaît, madame?

Elle s'était assise dans un fauteuil en cuir, les mains à plat sur les accoudoirs. Elle avait croisé ses jambes gainées de bas fins. Il patienta un peu, mais elle ne prit pas le carton qu'il tenait entre les doigts.

— Tu ne veux pas le prendre? Angéla, ne sois pas stupide, examine ce fichu truc, c'est du bon boulot. Matthieu voudra savoir si vous êtes satisfaits, ton mari et toi.

— Toujours grossier! dit-elle d'une voix moins assurée. Pose donc ton fichu truc sur le guéridon. Je te l'ai déjà dit: seul compte l'avis de Louis.

— Et toi, toujours prête à m'écharper? Bon sang, Claire t'a pardonné, tu es une artiste reconnue, tout va bien pour toi. À quoi bon me juger comme un ennemi, voire un affreux bonhomme?

— Tu n'es que ça pour moi! tempêta-t-elle. Maintenant, va-t'en, Jean! Je t'en supplie, va-t'en! Oui, je suis heureuse, comblée. Je n'en attendais pas autant de la vie après la faute que j'ai commise. Mais ça m'est intolérable de te voir là, dans cette pièce. Chez Louis et moi, chez nous! Je croyais sincèrement que tu ne pouvais plus me nuire. J'avais tort. Tu réveilles les souvenirs d'une Angéla que je déteste, de quelqu'un dont j'ai honte. Cette fille-là, j'ai essayé de la rayer de la carte du monde, de la détruire, mais je n'ai pas pu. Va-t'en vite et ne remets plus jamais les pieds ici!

Elle frissonna, envahie par un froid mystérieux, tandis qu'il la regardait en silence, perplexe. À force de l'observer, il finit par éprouver un véritable malaise, doublé d'un regain de tendresse à son égard.

— Tu n'as guère changé, constata-t-il.

Jean détaillait ses traits: le nez court, mutin, les pommettes hautes, le menton ravissant, l'arc audacieux des sourcils à demi caché par une frange brune. Une chaleur monta en lui à l'évocation du temps révolu où tout de ce visage le rendait fou. Il avait embrassé à en perdre le souffle ses lèvres rose pâle, son front marqué d'une cicatrice, ses joues veloutées...

— Ma pauvre enfant! observa-t-il afin de déjouer le trouble qui s'emparait de lui.

Il devait la considérer ainsi, ne pas voir en elle la jeune femme séduisante au statut social imposant, une grande artiste de surcroît dont les toiles avaient été exposées à New York et à Londres. Il lui en voulait presque d'avoir réussi une telle métamorphose.

— Va-t'en, Jean! répéta-t-elle. Je n'ai pas besoin de ta pitié. Va-t'en vite!

— De quoi as-tu peur? Je ne suis plus le même, j'ai su tirer leçon de mes erreurs. Mais je veux que tu saches combien j'ai souffert, le soir où tu as mis au monde notre fils mort-né, où tu as failli mourir toi aussi. J'ai cru devenir fou, je n'avais qu'une idée : crever à mon tour.

— Je sais tout ça, Faustine me l'a dit, et je ne vois pas l'utilité d'évoquer cette douloureuse période. Tu n'as jamais aimé que Claire, j'aurais dû le comprendre avant de m'embarquer pour le Canada. Et quoi de plus normal? C'est une femme admirable, extraordinaire, généreuse et profondément bonne. J'aurais pu être sa fille, si je ne l'avais pas blessée en plein cœur. Je regrette encore, Jean, d'avoir perdu ma place dans votre famille. C'était prodigieux, Faustine pour grande sœur et Claire comme seconde maman. Et puis, appartenir au Moulin du Loup, quel honneur, quel bonheur! Viens voir...

Très nerveuse, elle se leva brusquement et passa d'un pas alerte dans son atelier. Intrigué, Jean la suivit. Il fut sensible au parfum capiteux des bouquets de roses, à l'instar de Ludivine lors de sa visite.

— Que de fleurs! fit-il remarquer.

— Je n'en manque jamais, affirma la jeune femme d'un ton distrait. Louis m'en fait livrer l'hiver. Celles-ci ont été coupées dans une serre. Je dois te montrer un tableau que j'ai peint. Seul mon mari l'a vu; il en a été bouleversé. Attends, où l'ai-je mis? Il n'est pas très grand.

Angéla déplaçait des toiles vierges et en mettait d'autres déjà peintes de côté. N'osant pas l'interrompre, Jean étudia les lieux. Il y avait une blouse bleu ciel suspendue à une patère, dont le tissu était maculé de traînées de couleur, plusieurs chevalets dressés en enfilade, et sur une large table s'alignaient des tubes de peinture, des pinceaux et des palettes.

— Je suppose que c'est ton domaine privé, observa-t-il. Tu dois être bien pour travailler.

— Je suis au paradis. En plus, Louis a acheté un électrophone et une radio. J'ai de la musique quand je peins.

Jean approuva, touché par son impétuosité bien féminine. Il songeait qu'elle aurait pu, en effet, devenir officiellement sa fille adoptive et qu'il aurait été très fier d'elle et de son talent. « Qu'est-ce qui nous a pris, à tous les deux? se demanda-t-il. Je suis le plus coupable, car je n'ai pas su lui résister, mais elle voulait tellement m'aimer, me séduire… »

— Tiens, regarde! s'écria-t-elle en lui montrant un tableau de dimension modeste.

D'abord, il eut l'impression d'un amalgame de gris et de noir ponctué de jaune. Avec un sourire d'excuse, il sortit son étui à lunettes de sa poche de chemise.

— Eh oui, que veux-tu, avec l'âge, la vue baisse! plaisanta-t-il. Voyons un peu…

Dès qu'il put contempler la toile, il ne put en dire plus. Elle représentait une fille brune de dos dont les mains se refermaient sur des barreaux en fer. On devinait à la tension des doigts blêmes combien elle aurait voulu s'échapper, sans nul doute pour rejoindre la bâtisse qui se profilait à l'arrière-plan, le Moulin du Loup aux fenêtres éclairées.

— Comprends-tu la signification de cette toile? interrogea Angéla. J'ai peint ce tableau chez ta sœur, à Angoulême. Il faisait partie de ceux que j'ai emportés dans ma fuite. Il était emballé. Au fil du temps, je l'avais oublié. Je l'ai retrouvé la veille de Noël. Mon Dieu, comme j'ai pleuré… Je revivais le supplice d'être rejetée du Moulin, d'être chassée du paradis, d'être coupable et en même temps l'unique responsable de ce désastre.

Sa voix frémissait, elle tremblait de tout son corps. Très bas, elle ajouta:

— Que serais-je devenue, Jean, si Bertille ne m'avait pas recueillie, si elle ne m'avait pas redonné le courage de vivre après ce sordide accouchement? J'avais expulsé un petit enfant mort, décomposé à l'intérieur de moi. Mais Bertille, qui est une grande dame, m'a sauvée. Elle a su convaincre Louis de me pardonner. Je lui en serai éternellement reconnaissante.

— Bertille est une femme exceptionnelle, tout comme Claire, admit-il. Et comme toi, Angie.

Il retenait ses larmes, le cœur brisé. D'un geste délicat, il déposa la petite toile sur la table.

— Je voudrais tant que tu me pardonnes à ton tour! implora-t-il.

Angéla le fixait d'un air halluciné. C'était Jean qui lui avait appris les délicieux secrets de l'amour physique, lui encore qui s'était évertué à chasser les souvenirs odieux liés à son enfance misérable, quand elle avait subi les attouchements du souteneur de sa mère, réduite à la prostitution. Dans ses bras, elle avait découvert la jouissance poussée à son paroxysme, et cela, Louis de Martignac n'avait pas su le lui donner. Le jeune notaire aux cheveux blonds s'était révélé un compagnon qui l'idolâtrait, qui la chérissait et l'entourait de prévenances, sans parvenir à être un amant passionné. Lui-même, une fois marié à la jeune femme, s'était un peu étonné de ne pas éprouver la griserie inouïe des sens que sa liaison avec Bertille lui avait procurée. Très vite, il avait jugé cela préférable, ayant une inclination pour la douceur et la tendresse. Ces deux sentiments avaient été quasiment sanctifiés par la naissance de leurs deux enfants.

— Je ne te pardonnerai jamais, dit-elle sans conviction. Parce qu'il n'y a peut-être rien à te pardonner. Tout est ma faute, Jean.

Elle paraissait si désorientée, si émue, qu'il dut lutter pour ne pas l'enlacer et la consoler. Il l'aurait fait tout naturellement avec Faustine ou ses petites-filles, mais il eut peur de lui-même, il craignit de se brûler aux dernières braises de son désir pour Angéla.

— Ne dis pas ça! La folle enfant que tu étais ne pouvait pas être coupable. Moi, si, j'ai eu tous les torts. Allons, considérons que nous avons fait la paix. Tu es d'accord? Angie, un sourire, rien qu'un? Après, je m'en vais.

— Non, non! bredouilla-t-elle en reculant.

Jean hésita. Refusait-elle de lui sourire ou s'opposait-elle à son départ?

— Bien, je te laisse tranquille, mais je veux que tu le saches : je suis ravi de t'avoir revue. Je pourrai t'imaginer ici, désormais, dans cette superbe maison, dans ton atelier. Au revoir, sois heureuse, surtout, très heureuse.

Elle ferma les yeux. La voix de Jean éveillait des échos subtils dans chaque fibre de son corps. Angéla crut même sentir le parfum âpre de sa chair mate et drue, le contact de ses boucles brunes sous ses doigts.

— Jean! cria-t-elle. Jean! pourquoi es-tu venu? Pitié, ne pars pas, pas si vite, pas comme ça!

D'un élan incontrôlé, elle se jeta à son cou, et frotta sa joue contre la sienne qui piquait un peu. Avec avidité, elle chercha sa bouche, comme si elle mourait de soif et voulait se désaltérer à ses lèvres dures.

— Petite, ça, non, il ne faut pas! objecta-t-il en tentant de la repousser sans la brusquer. Qu'est-ce qui te passe par la tête? Nous avons fait assez de mal, toi et moi.

Il l'avait prise par la taille dans le but de l'écarter de lui, mais ses mains se refermèrent autour d'elle, de sa chair souple toute chaude à travers le tissu. Il fut immédiatement envahi par le besoin incontrôlable de l'étreindre, de parcourir la ligne de son dos, de ses reins, tandis qu'il percevait le contact de ses seins menus contre son torse.

Angéla perdait la tête. La peau de Jean incendiait la sienne, l'odeur ténue de sa chair virile à laquelle s'ajoutait un mélange de tabac, de savon de Marseille et de linge frais. Il succombait à son tour, incapable de résister à la tentation.

— Ta bouche! Oh! ta bouche! bredouilla-t-elle. Embrasse-moi, Jean, embrasse-moi!

Il écrasa ses lèvres d'un baiser fougueux, dominateur. Pourtant, quand sa langue se glissa entre les petites dents de la jeune femme, il pensa à Claire, horrifiée par la conduite de Léon. «Je m'apprête à agir comme lui sans plus d'excuses, se dit-il. Nous avons un âge respectable et une épouse... Et j'aime Claire, ma Clairette, ma Câlinette! Je ne la trahirai plus, plus jamais!»

— Pas deux fois, petite! se récria-t-il en se dégageant. Bon sang, à quoi joues-tu? Veux-tu foutre en l'air ce que tu as, ton foyer, ta carrière et ta famille? Pas deux fois, as-tu compris? Je ne tomberai plus dans le piège!

Impétueuse et frustrée, Angéla s'empara d'un vase et le lança de toutes ses forces sur Jean. Il l'esquiva d'un bond de côté, et le projectile de fortune alla se briser avec fracas contre un meuble. L'eau se répandit sur le parquet dans un fouillis de roses blanches.

— Adieu! cria-t-il encore avant de prendre littéralement la fuite.

À peine au volant de la voiture, il n'eut qu'une idée: revoir Claire et lui faire oublier leur querelle au sujet de Léon.

«Je l'ai échappé belle! se répéta-t-il durant les premiers kilomètres. Franchement, Angéla a le diable au corps. Louis doit porter des cornes...»

Il savait qu'il se mentait à lui-même et qu'il avait ressenti une pulsion identique à celle de la jeune femme.

«Plus jamais je ne l'approcherai, plus jamais», se promit-il.

*

Moulin du Loup, même jour

Avant de remonter à Ponriant, Claire était retournée sur la tombe de Mimi. En tenue d'équitation, car elle avait décidé de rentrer au domaine à cheval, elle était assise dans l'herbe, les yeux rivés à un galet blanc sur lequel était écrit le nom de la chatte. Des fleurettes sauvages cueillies alentour parsemaient le petit tertre.

— Adieu, ma petite compagne! murmura-t-elle. Je suis désolée pour toi.

Elle sursauta en entendant un bruit de pas dans le jardin. C'était Jean qui arrivait. Il avait l'air bouleversé.

— Clairette! s'écria-t-il. Dieu merci, tu es encore là!

Son mari s'installa à ses côtés sans lui donner le temps de se relever et de le fuir. Il l'entoura d'un bras protecteur et l'attira ainsi contre lui.

— Ma chérie, Bertille m'a expliqué, pour Mimi. Je suis d'abord passé à Ponriant. Je voulais te revoir, te persuader de revenir à la maison.

Elle était si profondément attristée qu'elle ne songea pas à le repousser. L'épaule de Jean était un asile sûr, un refuge familier en cas de grand chagrin.

— Je t'en prie, écoute-moi, reprit-il. Tu me manques trop. Chaque heure sans ta présence au Moulin devient une sorte de supplice. Câlinette, ne me quitte plus. Et ne proteste pas, je veux t'appeler Câlinette, comme avant. En me l'interdisant depuis des années, tu as dressé une barrière entre nous. Chaque fois que ce mot tendre me vient aux lèvres et que je dois me taire, j'ai l'impression d'être puni, rejeté dans les ténèbres à cause de mes fautes, des fautes impardonnables.

— Mais, Jean…, qu'est-ce que tu as? s'inquiéta-t-elle.

Il se montrait rarement aussi véhément dans ses propos, d'autant plus qu'il ponctuait son discours de baisers sur ses cheveux et sur son front.

— Ce que j'ai? Je t'aime, je t'adore! Je n'ai jamais aimé que toi, tu dois le savoir. Quand j'étais mariée à Germaine Chabin, en Normandie, ton souvenir me hantait, je n'avais que de l'affection pour ma pauvre épouse. C'était pareil avec Térésa, à Auch, et même pire, car je la méprisais, au fond. Et toi, tu étais déjà l'unique dans mon cœur, celle que je désirais toujours. Il faut me croire, Claire, je t'aime plus que tout. J'avais tellement hâte de te retrouver. Je t'ai cherchée partout, sur le chemin des Falaises, dans la maison, et je t'ai dénichée là, pareille à une fillette désespérée, dans cet humble cimetière où reposent tes animaux, tes chers animaux… J'avais la crainte folle que tu aies disparu, que je ne puisse pas te dire tout ça. Et sais-tu pourquoi? J'ai reçu une dure leçon aujourd'hui. Une leçon bien méritée.

Claire le dévisagea, bouleversée. Elle supposa avec justesse qu'il avait été perturbé par sa visite chez les de Martignac.

— Tu as revu Angéla?

— Oui! Face à face, seul à seul! J'ai compris bien vite combien elle me haïssait, combien je lui avais fait du mal. Elle m'a montré un tableau aux teintes sombres, qui traduisait sa douleur de jadis, son cuisant regret de t'avoir perdue, toi et ce possible foyer que représentait le Moulin.

Il se tut un instant, incapable d'avouer que la jeune femme et lui avaient éprouvé un regain de passion.

— Je crois qu'elle a toujours envie de se venger et de me détruire, préféra-t-il avancer. Et j'ai compris que je ne l'ai jamais aimée. Ce n'était qu'une attirance physique entre elle et moi. Ajoute à cela le besoin de séduire d'un homme vieillissant, déjà, il y a douze ans. Cette prise de conscience m'a permis de mesurer ma maladresse à ton égard, oui, au sujet de Léon. Claire, ma chérie, j'ai eu tort de prendre les choses à la légère en ce qui concerne Yvette Kern. Tu avais raison, il devient difficile de faire confiance à Léon. Il boit beaucoup et il ne respecte plus rien. Il faut croire que certains hommes sont bien faibles devant la tentation, qu'ils ont le démon chevillé au creux des reins. Moi le premier, peut-être. Mais cela ne m'arrivera plus jamais, car tu es là, toi ma femme, ma reine, mon grand amour, et je veux passer le reste de ma vie à te chérir.

Éberluée, Claire garda le silence. Jean la serra plus fort encore.

— Hélas! Je ne peux pas renvoyer Léon. Comme je te l'ai dit l'autre jour, il connaît son boulot à la bergerie et à la vigne. Toi, tu serais bien en peine sans Anita. Elle t'est indispensable. Tu ne peux pas prendre en charge tous les travaux ménagers. Former une autre femme serait fatigant pour toi. Alors, je t'en prie, écoute-moi. J'ai réfléchi et il y a une solution mitigée. Léon et Anita vont regagner le logement au-dessus de la salle des piles, mais sous conditions. Déjà, ils ne partageront plus notre table. Ils se cantonneront chez eux. Anita peut très bien préparer les repas et ensuite s'occuper de leur tambouille. Quant à Jakob, il occupera la chambre de tes parents avec ses deux enfants, ou bien Anna peut dormir dans une autre pièce. Et, je te le promets, ma chérie, si Léon continue à se saouler, si je le surprends complètement ivre, je le vire! Tu as ma parole. Ne t'inquiète pas, je dirai à Anita que j'agis ainsi pour mettre un peu de plomb dans la cervelle de son mari. Est-ce que cela te convient? Je ne veux plus me coucher sans toi, me réveiller sans toi, je veux que tu reviennes. Demain? Cela me donnera le temps de tout réorganiser!

Jean était un peu essoufflé d'avoir parlé autant et si vite. Il chercha le regard de Claire. Elle accepta de plonger dans l'eau bleue de ses yeux à lui, où elle lisait un amour extrême, une supplication ardente.

— C'est mieux que rien, gémit-elle. Mais Anita va quand

même se poser des questions. Je ne voudrais pas qu'elle se doute de quelque chose.

— Mais non, je saurai trouver les mots pour la rassurer. Toi, de ton côté, dis-lui que c'est provisoire. Merci, Câlinette, merci. Mon Dieu, comme je suis content! Nous serons bien tranquilles, Ludivine, toi et moi. Tu imagines ça, un peu d'intimité? Viens sur mon cœur, chérie, pleure un bon coup!

Elle céda et se remit tout entière à ses bras d'homme. De gros sanglots la secouèrent.

— Je me suis conduit en mufle, en mâle sûr de ses droits, ma chérie, lui dit-il à l'oreille. Heureusement, tu es là, toi si droite, si loyale, pour me faire prendre conscience de mes pires instincts. Je te demande pardon, mille fois pardon.

Il l'embrassa sur les lèvres presque religieusement, et cela effaça le baiser interdit qu'il avait donné à Angéla.

— Tu es mon épouse devant Dieu, Claire, tu es la femme la plus merveilleuse de la terre.

— N'exagère pas, bredouilla-t-elle en souriant à travers ses larmes.

— Je saurai te prouver que tu mérites ma dévotion, toute ma tendresse et mon respect, ma belle Câlinette.

Elle le sentit d'une sincérité absolue et cela apaisa une grande part de son angoisse.

— Mais j'ai peur, Jean. J'ai tellement peur! On a tué Mimi; je pense que c'est ce chasseur. Il peut faire du mal à Sauvageon, à Ludivine surtout… Cela m'effraie tant que j'allais emmener Havane dans les écuries de Ponriant pour la protéger elle aussi. Et je tiens à confier notre fille à Bertille.

Jean s'accorda quelques minutes de réflexion avant de répondre.

— Tu t'es peut-être apeurée un peu vite, Clairette. Je ne crois pas que ce genre de type se risquerait dans l'enceinte du Moulin pour tuer un chat. Comment saurait-il que tu étais attachée à cette bête en particulier? Il y a des chats dans bien des fermes. En plus, c'est à moi qu'il en veut parce que je l'ai frappé. Qui sait? Cela remonte peut-être même plus loin, à l'époque des colonies pénitentiaires ou du temps de ma vie en Normandie. Le soir où je l'ai vu, sur l'esplanade de la grotte, il faisait sombre et je n'ai guère prêté attention à ses traits. Mais il connaissait mon passé. Avoue que c'est bizarre.

Ils discutaient, étroitement enlacés, et Claire en tirait un tel soulagement qu'elle en vint à considérer le problème sous un autre angle.

— Tu dis vrai, concéda-t-elle. S'en prendre à une chatte âgée, dans l'enceinte du Moulin, ça ne tient pas debout. Cet homme, quand je l'ai croisé sur le pont, il aurait tiré sur Sauvageon, mais il semblait s'en moquer. Mais, Jean, dans ce cas, qui a pu tuer ma pauvre Mimi?

— Je te jure que je découvrirai le coupable. Alors, tu veux bien?

— Oui, je rentrerai au bercail demain matin, dit-elle avec un doux sourire.

— Et pour ton surnom de Câlinette?

— Oui, je veux bien. Cela nous rajeunit, au fond.

— Nous serons toujours jeunes, ma chérie, tant que nous nous aimerons, affirma Jean en l'embrassant à nouveau.

Matthieu les surprit pendant ce long baiser qui scellait leur réconciliation.

— Navré de vous déranger, les tourtereaux! Mais je sais qui a tué la chatte. Si j'étais toi, Jean, j'exigerais de Jakob qu'il fouette ce petit salopard au sang. C'est Franzi, il vient d'avouer. Avec un couteau de cuisine.

— Franzi? répéta Claire, horrifiée. Non, ce n'est pas possible. Un enfant de sept ans ne peut pas être aussi cruel.

10

Les enfants de Jakob

Moulin du Loup, mardi 30 avril 1940

Franzi Kern n'en menait pas large, vis-à-vis d'un groupe d'adultes qui l'observait comme s'il était le diable en personne, du moins son apprenti. Il y avait là Claire et Jean, Faustine et Matthieu, son père Jakob, sa sœur Anna, et aussi Ludivine et Anita. Debout au milieu de la cuisine, les mains derrière le dos, le petit garçon se répétait qu'il les haïssait tous sans exception, même les deux membres de sa famille.

Comme pour achever de le terrifier, la grande horloge sonna sept coups. L'enfant jeta un regard effarouché vers la fenêtre. Un soleil orange enflammait les falaises. Il décida de maudire aussi ce paysage qui lui paraissait horrible.

— Mon fils, tu vas tout de suite présenter tes excuses à madame Claire et implorer son pardon, commença Jakob d'une grosse voix. Ce que tu as fait est inadmissible, méprisable. T'en prendre à une pauvre bête... Je ne t'ai rien dit hier soir, car j'avais encore des doutes; je ne pouvais pas admettre que tu étais coupable. Mais j'ai trouvé la preuve, mon couteau caché sous ton matelas avec du sang sur la lame.

— C'est pas moi! hurla Franzi.

— Arrête un peu, trancha Anna. Tu as avoué ta faute à Matthieu, hier après-midi en rentrant de l'école. Alors, ne nie pas.

— Je peux le confirmer, affirma celui-ci. Je t'ai arrêté par le bras devant l'imprimerie et, dès que je me suis fâché en affirmant que je t'avais vu poursuivre Mimi, tu m'as crié: «Oui, je l'ai tuée, la chatte, parce qu'elle m'a griffée!»

— C'est pas vrai! T'es qu'un menteur, j'ai pas dit ça, c'est pas moi! Vous êtes tous des menteurs!

Jakob Kern se retenait avec peine de gifler son fils. Claire l'avait prévenu: elle ne voulait pas de châtiment corporel sous son toit et surtout pas devant Ludivine, dont la sensibilité était exacerbée depuis la mort d'Yvette.

— Pourquoi dis-tu ça? s'étonna Jean. En quoi t'avons-nous menti?

Franzi fit la grimace, puis il chercha autour de lui.

— Léon, il a menti, et elle aussi! rétorqua-t-il en désignant Claire de l'index. J'en vois, des choses, moi, et si je disais tout, vous me ficheriez sacrément la paix.

Faustine soupira, rebutée par le vocabulaire de l'enfant, qui n'avait que sept ans et demi. Accoutumée à fréquenter les écoliers, les deux cours de récréation étant voisines, elle avait souvent remarqué combien certains garçons pouvaient être grossiers et violents. «Mais ce sont les grands du cours moyen, ils ont onze ou douze ans. Ce pauvre gosse est précoce, et pas dans le bon sens», se disait-elle.

Offusquée, Anita perdit patience. Elle rompit le cercle formé autour de l'enfant et se rua sur lui pour le saisir par l'oreille gauche.

— Qu'est-ce que t'as à dire sur mon mari, toi? s'égosilla-t-elle. Léon, y a pas meilleur homme, tandis que toi, garnement, ça me surprendrait pas que tu tournes mal. J'veux bien être gentille, mais j'en ai ma claque, de tes sales tours! Et encore, j'ai pas tout dit à madame Claire et à ton père. Oui, figurez-vous que, ce drôle-là, il a planqué un crapaud dans mon panier à salade, l'autre jour. Et ma lessive de torchons, toute décrochée du fil et traînée dans la terre. J'ai même failli me recevoir un caillou à cause de son lance-pierres. Y visait une mésange; moi, j'étais pas loin, hein!

Claire gardait le silence. Tous ses sens en éveil, elle scrutait les traits émaciés de Franzi, observait chacune de ses expressions et l'éclat de ses yeux. L'enfant souffrait le martyre, elle le discernait. Soudain, elle eut pitié de lui et se leva. C'était aussi une mesure de prudence, au cas où le garçon aurait surpris sa mère avec le domestique.

— Mimi était ma chatte, dit-elle bien haut. C'est donc à moi de régler le problème. Suis-moi, Franzi, nous discuterons tous les deux dans mon laboratoire.

Le mot «laboratoire» que l'enfant ignorait, chargé de mystère pour lui, l'effraya et le rendit docile comme un mouton que l'on eût mené à l'abattoir. Il sortit avec Claire, suivi par le regard furibond de Ludivine. Déjà, elle était rentrée au Moulin à contrecœur, pour faire plaisir à son père. Quand il lui avait appris avec ménagement la mort de la chatte, tout en précisant le rôle du petit Kern, la fillette avait été accablée. Là encore, elle se réfugia près de Jean.

— Papa, je t'en supplie, je veux dormir à Ponriant ce soir et tous les autres soirs, lui dit-elle à l'oreille. Je suis si triste, pour Mimi! Je l'aimais tant! Elle venait souvent sur mon lit. J'ai peur, maintenant, dans la maison. On dirait que ce n'est plus chez moi ici.

Il la prit sur ses genoux et l'embrassa sur le front.

— Ne dis pas de bêtises. Je t'accorde qu'il y a eu un tragique événement, et je comprends que tu sois encore bouleversée. La mort de Mimi n'arrange rien, je m'en doute. Mais tu dois essayer de dormir dans ta chambre comme avant. Tu deviens grande, Ludivine, et tu auras à affronter d'autres drames plus tard, une fois adulte. Cela ne sert à rien de fuir, de te cacher au domaine.

— Si! Je me suis imaginé des choses merveilleuses là-bas! affirma-t-elle. Je me suis dit que Ponriant était un château, tantine, une fée bienveillante, et moi, une princesse menacée par une sorcière. La chambre de Clara est tellement belle, si tu voyais ça, les rideaux roses, le lit à baldaquin, les coussins en satin…

— Bon, je te ramènerai chez Bertille tout à l'heure, après le dîner. Nous sommes mardi. Disons que tu joues à la petite princesse jusqu'à samedi.

— Merci, papa! Tu es très gentil!

Apaisée, Ludivine étreignit Jean de toutes ses forces. Il l'embrassa à nouveau, ému. Faustine crut bon d'ajouter:

— En effet, c'est préférable pour toi, ma chérie. Et qui n'aimerait pas habiter le domaine enchanté de tantine?

Anna lui adressa un étrange coup d'œil. La jeune fille passait ses journées entre le Moulin et Ponriant. Elle appréciait les heures où elle travaillait dans la demeure cossue des Giraud, mais elle se plaisait davantage à proximité de l'imprimerie.

— Moi, je serais prête à coucher dans la bergerie pour rester au Moulin du Loup, affirma-t-elle en fixant Matthieu.

— Belle réponse! s'écria-t-il, sans s'apercevoir que cela agaçait Faustine. Je suis né sous ce toit, dans la vallée, et je n'ai pas l'intention de quitter les lieux un jour. Je te comprends, jeune fille.

Anita poussa un gros soupir. Elle se demandait, soucieuse, ce que Franzi Kern reprochait à Léon.

— Bien, j'ai préparé le dîner, m'sieur Jean, ronchonna-t-elle. Je remonte chez moi. Parole, tous ces déménagements, j'en ai plein le dos. Faut plus changer l'organisation, sinon, je tournerai en bourrique.

— Mais c'est déjà fait, ma pauvre Nini! plaisanta Jean. Qu'as-tu cuisiné? J'ai faim.

— Du bœuf bourguignon avec des carottes. Pour dessert, y a des flans au chocolat.

— Des flans? Encore?

— Ben, si m'sieur n'est pas satisfait, il n'a qu'à se mettre aux fourneaux, répliqua-t-elle, l'air offensé.

Elle boudait un peu ses patrons depuis qu'elle avait dû réintégrer le logement extérieur et céder la grande chambre du moulin à Jakob et à ses enfants. Mais être exclue de la table familiale après tant d'années lui paraissait une punition abusive. Néanmoins, elle se pliait à ce changement, non sans afficher une mine de martyre à la moindre occasion. Léon, lui, avait filé doux, conseillant même à son épouse de se plier à la volonté de Jean. La domestique, accoutumée aux récriminations de son mari, flairait quelque chose de louche. La mine fâchée, elle sortit après avoir ôté son tablier.

*

Claire appelait «laboratoire» une petite pièce située en

prolongement de l'habitation principale du moulin, qui était jadis un débarras. Elle l'avait aménagée des années auparavant afin de disposer d'un lieu isolé pour trier ses plantes officinales et les conserver dans les meilleures conditions. Des étagères couvraient les murs, sur lesquelles s'alignaient des bocaux étiquetés, des pots d'onguent et des boîtes en fer. Au plafond étaient suspendus des paniers de différentes tailles, ainsi que des bouquets de branchages et d'herbes odoriférantes. Une table en bois brut et un tabouret occupaient un angle du local.

— Voilà, ici, nous serons tranquilles, sans témoin, dit Claire en s'asseyant. Alors, Franzi, si tu m'expliquais à présent ce qui t'a poussé à massacrer un animal innocent! Cet acte est très grave à mes yeux.

— J'en sais rien, moi! bredouilla-t-il. Elle était méchante, vot' chatte.

— Mimi? Méchante? Je vais te raconter d'où elle venait. Je l'ai recueillie dans la maison d'un très vieil homme, le père Maraud, qui était rebouteux. Cela signifie qu'il soignait les gens, un peu comme moi. Cet homme-là, il t'aurait plu. Il se promenait dans le pays en charrette tirée par un âne, l'âne Figaro que j'ai gardé aussi après sa mort. Il y avait des grelots au collier de l'âne et cela faisait une douce musique. Quant au père Maraud, il ressemblait au bonhomme Noël, avec sa longue barbe blanche et son regard brillant de bonté.

— Le père Noël, il existe pas, ni le père Fouettard. Même saint Nicolas, c'est des idioties, j'y crois pas. Vous, les grands, vous dites que des mensonges tout le temps…

Le petit garçon trépignait, mal à l'aise. Malgré la lucarne inondée par le coucher de soleil, il faisait sombre dans le laboratoire.

— Toi, tu fais que mentir! reprit-il. T'avais promis que t'allais guérir maman et c'était même pas vrai, elle est morte.

— Franzi, ta mère aurait pu se rétablir. Je suis désolée pour toi, c'est terrible de perdre sa maman. Hélas! Elle a choisi de partir. Certains adultes agissent ainsi. Je n'y suis pour rien, je t'assure. Cela m'a fait beaucoup de peine.

— Fallait mieux la soigner! affirma-t-il.

Désarmée, Claire se demandait comment apaiser l'enfant sans le heurter. Elle ne pouvait pas lui dire que sa mère était alcoolique, qu'elle était atteinte de mélancolie, une maladie mentale qui menait fréquemment au suicide.

— Tu as tué la chatte pour te venger? Pour me punir? demanda-t-elle tout bas.

— Oui. Elle m'avait griffé, alors que, moi, j'voulais la caresser. Maman, c'était pareil. J'pouvais plus jamais l'embrasser, elle me repoussait. Elle disait que j'étais sale.

— Sale? s'étonna-t-elle, alarmée.

Franzi baissa le nez et se mit à fixer la pointe de ses chaussures. De grosses larmes coulaient sur ses joues. Il frissonna, pitoyable. Le cœur de Claire battait très vite. D'instinct, elle sut que ce petit garçon avait désespérément besoin d'affection. Il s'était enfermé dans la méchanceté pour se protéger d'un immense chagrin. «Mais quel chagrin? songea-t-elle. Ce n'est pas la perte de sa mère, il était déjà hargneux et cruel en arrivant chez nous.»

— Viens, approche, dit-elle tout haut.

— Vous allez me frapper!

— Non, ce n'est pas ça dont tu as besoin. Approche, Franzi, n'aie pas peur.

Il s'apprêtait à fuir, méfiant, mais Claire le saisit par la main, l'attira vers elle et le prit dans ses bras. Tout surpris, il n'osa pas se débattre. C'était tellement bon de sentir une douce épaule de femme et un léger parfum de lavande qu'il éclata en sanglots. Des doigts délicats caressaient ses cheveux, alors qu'une voix de miel l'apaisait.

— Qu'est-ce que tu as, pauvre petit, pour avoir envie de faire du mal à tout le monde? Dis-moi, je ne le répéterai pas. Ce n'est pas ta faute si vous avez quitté la Moselle, si tes parents n'ont plus leur maison.

— Moi, j'veux retourner chez nous, hoqueta-t-il. Mémère, elle m'aime bien, elle. Pépère aussi. Ils avaient demandé à me garder avec eux.

Pleine de compassion, Claire berçait l'enfant dont elle percevait la maigreur et la terrible détresse. À son contact, d'amers souvenirs resurgissaient. Elle avait déjà dû amadouer des êtres rendus sauvages par la peur, la douleur et le désespoir. «Frédéric Giraud se montrait agressif parce qu'il avait été battu par son père, ce personnage ignoble qui régnait dans la vallée. Il allait jusqu'au sadisme par manque d'amour, mais j'ai su vaincre sa férocité de mâle. S'il ne s'était pas suicidé, nous aurions peut-être fini par être heureux.»

Elle revit le visage hautain de son premier mari, ses prunelles de chat et sa bouche arrogante, puis un portrait de Jean lui apparut, tel qu'il était dans la grange de Basile Drujon après s'être échappé du bagne de La Couronne. «Il me menaçait d'un poignard, il m'avait tordu un bras et j'étais terrifiée, se remémora-t-elle. Si je n'avais pas promis de l'aider, de ne pas le dénoncer, qu'aurait-il fait? Il était déterminé à défendre sa liberté à tout prix.»

Franzi s'était blotti contre elle. Il bredouillait des paroles indistinctes, mais Claire comprit quelques mots et le supplia de s'expliquer mieux.

— Que dis-tu, petit? s'alarma-t-elle. Quel homme t'a fait des vilaines choses?

— Le fermier, près de Montbron, bégaya-t-il. Il m'emmenait dans la cave, il baissait son pantalon et puis…, et puis moi, il me déculottait aussi. J'ai eu mal, m'dame, rudement mal, et après je l'ai raconté à maman. Elle m'a fichu une gifle, elle m'a traité de menteur. Alors, l'autre type, il a recommencé.

Tremblante d'indignation, Claire étreignit l'enfant. Elle ne douta pas une seconde des aveux de Franzi. Lucien, le jeune frère de Jean, avait subi les mêmes sévices sur l'île d'Hyères, en colonie pénitentiaire.

— Mon Dieu! gémit-elle. Pauvre petit!

— Vous me croyez, vous? s'écria-t-il, haletant. Parce que, ma sœur, elle m'a tiré l'oreille en disant que j'étais un menteur et un vicieux, d'inventer ça. J'ai rien inventé, moi.

— Et ton père? Le lui as-tu dit?

— Non, j'ai pas osé. Papa, il répétait qu'on devait pas se plaindre, qu'on était logé et nourri. Mais j'me suis bien débrouillé, après. J'ai mis de la mort-aux-rats dans l'auge des cochons et y en a trois qu'ont crevé. Le fermier, il a trouvé des grains empoisonnés et il nous a flanqués dehors. *Raus*[30]! Anna était bien contente de partir, parce qu'un autre gars du coin, il faisait que la *schmouser.*

— L'embrasser, c'est ça?

— Un peu plus. Il la serrait de près dans l'étable. C'était le neveu du fermier. Mais, Anna, elle a menti, elle a dit à papa que c'était le patron. Tous des saligauds!

— Franzi, ce sont des grossièretés. Je ne veux plus les entendre dans ta bouche.

— Anna, elle cause comme ça.

— Ce n'est pas une raison pour l'imiter, affirma Claire en le cajolant de plus belle. Tu dois changer de conduite, maintenant. Cet homme qui t'a fait du mal devrait aller en prison, et je suis vraiment chagrinée pour toi. Mon pauvre petit, comme tu as dû avoir peur!

Il continuait de pleurer, inondé par un profond sentiment de sécurité, ce qu'il n'avait pas éprouvé depuis des mois.

— J'voudrais maman! dit-il en reniflant. Pourquoi elle est morte, maman?

La carapace dont le petit Mosellan s'était enveloppé se fendillait et éclatait enfin. Claire ne tenait plus dans ses bras qu'un enfant perdu, assoiffé de tendresse et de justice, malmené par le destin, soumis à la convoitise d'un monstre de perversité, délaissé par des parents censés le protéger.

— Je parlerai à ton père, lui confia-t-elle à l'oreille. Il doit savoir ce qui t'est arrivé. Mon mari pense aussi que vous pourrez bientôt rentrer à Rombas. Tu reverras ta mémère et ton pépère. Ils prendront bien soin de toi, j'en suis sûre. Franzi, sais-tu ce que nous allons faire?

— Non…

— Tu vas m'accompagner sur la tombe de Mimi et tu lui demanderas pardon. Je crois que les animaux ont une âme comme nous, les humains, et elle sera heureuse de t'écouter.

---

30. Dehors, en mosellan.

310

Ta maman aussi, à présent, doit connaître la vérité. Et j'ai la certitude qu'elle regrette, qu'elle veillera sur toi du ciel.

— Le ciel, le bon Dieu, tout ça, c'est que des mensonges. Mais j'veux bien demander pardon à Mimi.

Un autre détail préoccupait Claire. Qu'avait à voir Léon dans ces fameux mensonges dont se plaignait Franzi? Pleine d'appréhension, elle se décida à l'interroger.

— Tu prétends que Léon a menti lui aussi?

— Oui! Enfin, c'est pas tout à fait pareil: il m'a promis de me donner des sous pour que je m'achète des bonbons à l'épicerie et, les sous, je les ai toujours pas.

— Pourquoi te promettait-il des bonbons? Pour que tu sois sage?

— Souvent, il montait voir maman et ils causaient tous les deux. Moi, paraît que je les dérangeais. Je devais descendre dans la cour. Comme j'voulais pas, Léon, il me disait que j'aurais des sous.

— Nous irons ensemble acheter des sucres d'orge ou des berlingots, petit, assura-t-elle. Je m'occuperai de toi, maintenant. Ton père travaille dur pour mon mari, Anna n'a aucune patience. Je t'aiderai à faire tes devoirs et je t'apprendrai à être gentil. Veux-tu que je te dise un secret? Cela rend triste, d'être méchant, de mal se conduire. Si tu deviens un brave petit gars, tu te sentiras mieux. Et tu dois croire en Dieu, car j'ai la preuve qu'il existe. Écoute-moi…

Claire confia à Franzi certains récits du père Maraud, qui avait le don de vision et qui distinguait même l'aura des gens, ce cercle de lumière autour de la tête indiquant si une personne était en bonne santé ou non, prête à mourir ou bien promise à de grandes choses. Elle raconta aussi les nombreuses apparitions de son demi-frère Nicolas, qui l'avait prévenue de l'incendie menaçant le moulin, des années plus tôt.

— Avant de vivre ces expériences, j'étais parfois comme toi. Je reprochais à Dieu toutes les misères du monde et je doutais de son existence, conclut-elle. Mais j'ai compris ensuite que les puissances du ciel nous laissent le choix d'être bon ou mauvais et qu'elles ne sont pas responsables de la folie des hommes. Tu vois, il y a la guerre à nos frontières

311

parce qu'un chef d'État est avide de pouvoir, de destruction aussi. Ce n'est pas la faute de Dieu ni de la Vierge Marie. Dimanche, je t'emmènerai à la messe, mais d'abord tu iras à confesse.

L'enfant acquiesça d'un signe de tête. Il semblait vraiment soulagé et, lorsque Claire le prit par la main, il déposa un petit baiser sur ses doigts. Ils marchèrent dans l'allée principale du potager, tandis que les oiseaux pépiaient dans les haies voisines, s'apprêtant à nicher pour la nuit. La terre et les premières pousses potagères parfumaient l'air tiède de fragrances suaves.

— J'tuerai plus jamais de mésanges! dit Franzi dans un souffle. Ni les autres oiseaux. Moi, j'connais que le nom des mésanges.

— Je t'apprendrai aussi. Il y a des roitelets dans le jardin, des pinsons, et bientôt tu verras des bouvreuils, les mangeurs de bourgeons de fleurs. Ils sont superbes, avec leur jabot rouge.

L'enfant devenait attentif au moindre bruit du soir, et la voix douce de Claire coulait en lui, lénifiante. Ce fut d'un ton sincère qu'il implora le pardon de Mimi quelques mètres plus loin.

— Tu pourras lui apporter un bouquet demain, suggéra-t-elle, soulagée de le sentir ému et pris d'un véritable remords.

— Oui, je lui cueillerai des jacinthes d'eau et des violettes. Je vous jure, m'dame, je vais toujours être gentil.

Claire ferma les yeux un instant pour ne pas pleurer à son tour. Elle songea qu'il lui faudrait désormais guérir aussi bien les âmes égarées que les corps endoloris. De son cœur s'éleva alors une ardente prière, adressée à Jésus-Christ, dont elle vénérait l'éternel message d'amour. «Laissez venir à vous, Seigneur, ce petit garçon. On lui a volé son innocence. Il n'a pas reçu d'affection maternelle, juste des coups de son père, ces derniers mois. Offrez-lui votre miséricorde.»

Soudain grisée d'une joie intense, elle se signa. Sur le muret voisin, elle avait cru apercevoir la forme évanescente de la chatte Mimi, plus jeune qu'au jour de sa mort, qui se promenait, en apparence ravie.

— Viens, Franzi, rentrons, il est tard, dit-elle avec entrain. On nous attend pour dîner.

Du perron, Jakob guettait leur retour. Il fut surpris de voir un léger sourire sur le visage de son fils, qui n'avait rien d'un enfant ayant été durement semoncé.

— Tout va bien, enfin, à peu près, affirma Claire. Je vous parlerai ce soir, plus tard.

Jean, lui, devina tout de suite que son épouse avait remporté une petite victoire. Elle respirait la sérénité, et ses yeux bruns étincelaient d'une énergie nouvelle. Le repas fut très calme. Faustine et Matthieu avaient décliné l'invitation de Claire. Ils se retrouvèrent seulement six à table. Après le dessert, Ludivine se leva et courut à l'étage chercher un livre.

— Je lui ai permis de dormir à Ponriant jusqu'à la fin de la semaine, annonça Jean. Je l'emmène en voiture.

— Bien! dit Claire.

Elle mentionna à la fillette en lui disant bonsoir qu'elle dormirait pour sa part au Moulin.

— D'accord, maman, répondit Ludivine. Ça m'est égal, je n'ai pas peur chez tantine.

Franzi roulait de la mie de pain et en faisait des boulettes. Anna lui tapa sur les doigts à l'aide de sa cuillère.

— On ne gaspille pas la nourriture! le rabroua-t-elle.

— Ta sœur a raison! approuva Jakob. Tu aurais même dû être privé de dîner.

— Laissez-le donc! intervint Claire.

Une heure plus tard, Franzi étant couché, elle eut une longue discussion avec le Mosellan, Anna et Jean. En découvrant ce qu'avait enduré l'enfant, son mari devint blême. C'était un sujet sensible pour lui, car, malgré les années écoulées, le souvenir du martyre de son jeune frère l'accablait encore.

— Il a inventé ça pour vous apitoyer, ce petit *minch*! s'écria Anna.

— Non, je l'ai senti on ne peut plus sincère, hélas! Ta mère aurait pu en témoigner, mais le sort en a décidé autrement. Et vous, Jakob, étiez-vous aveugle ou sourd? Votre fils souffrait, ce qui le rendait cruel.

— J'peux pas le croire, madame! tempêta-t-il. Ça non,

et, si c'est la vérité, j'ai qu'une envie, rendre visite à ce salaud de fermier et lui expliquer ma façon de penser.

— Nous irons ensemble! dit Jean, les mâchoires crispées et le regard brillant de haine.

— À quoi bon? protesta Claire. Tu n'as pas à t'en mêler, tu as déjà séjourné suffisamment en prison.

— Bon sang, on n'envoie pas un type derrière les barreaux dès qu'il casse la gueule d'un salopard! s'insurgea son mari.

— Ouais, j'lui ferai passer l'envie de recommencer, ajouta Jakob, les poings serrés. Sinon, il s'en prendra à d'autres gamins. Une bonne raclée devrait lui suffire!

Claire faillit avouer au réfugié que Jean avait déjà tué au nom de l'innocence bafouée et qu'il avait payé cher à la société la mort accidentelle du surveillant Dorlet, sur l'île d'Hyères. Prudente, elle renonça. Au fond, c'était peut-être un règlement de comptes nécessaire. Les deux hommes échangèrent une poignée de main qui scellait leur décision.

Anna s'éclipsa. Elle se sentait de trop, sachant très bien que son petit frère ne mentait pas. La jeune fille fit sa balade nocturne habituelle sur le chemin des Falaises. C'était le moment béni où, bercée par la chanson douce de la rivière, grisée d'offrir ses bras et ses mollets nus à l'air frais, elle pouvait rêver de Matthieu Roy à son aise. Son corps était brûlant de désir. Elle en dormait mal et se retournait sans cesse entre les draps.

— Tu seras à moi, Matthieu, tôt ou tard! fredonnait-elle. Je sais que tu me veux, toi aussi.

*

Moulin du Loup, samedi 25 mai 1940

Matthieu venait d'éteindre le poste de radio. Installé dans son bureau de l'imprimerie, l'appareil avait pris une importance énorme pour toute la famille. Chaque soir, après le dîner, Jean, Léon et lui écoutaient les bulletins d'information de Radio-Cité[31], qu'une voix nasillarde énonçait d'un

---

31. La radio la plus écoutée à l'époque.

ton souvent mélodramatique. Depuis une semaine, Claire se joignait à eux. Elle voulait savoir tout ce qui se passait, et cela tournait à l'obsession.

La drôle de guerre était terminée. Les Allemands avaient envahi la Belgique et le nord-est de la France, qui subissait les assauts de la Wehrmacht. Leur avancée implacable jetait sur les routes des millions de gens qui fuyaient l'ennemi en emportant ce qu'ils pouvaient, à pied, à bicyclette, en voiture à cheval, ou en automobile pour les plus chanceux. Des récits abominables se propageaient par les ondes ou dans les pages des quotidiens. On parlait de civils, hommes ou femmes, vieillards et enfants, qui étaient tués pendant l'exode sous le feu des Stukas de la Luftwaffe, des avions capables de bombarder en piqué, au bruit affolant de leur sirène. Faustine avait lu la description d'une attaque dans le journal et s'était empressée d'apporter l'article au Moulin.

Claire vivait le souffle suspendu, le cœur serré, rongée par une angoisse viscérale. Elle aurait voulu garder Ludivine à la maison et, par mesure de sécurité, elle accompagnait sa fille à l'école et allait la chercher.

— Que pouvons-nous faire? s'écria-t-elle ce soir-là, épouvantée. La France sera bientôt envahie, vaincue comme l'ont été la Pologne, le Luxembourg, la Belgique et la Finlande.

Jean lui prit la main. Elle l'attendrissait avec ses beaux yeux sombres noyés de larmes contenues et sa bouche entrouverte sur une respiration haletante.

— Nous sommes loin du front, indiqua-t-il. Et Paul Reynaud a nommé le maréchal Pétain vice-président du Conseil. Il faut garder espoir, même si, de toute évidence, notre armée ne pèse pas lourd contre les forces allemandes.

— Tu dis ça tranquillement! répliqua-t-elle. Jean, ne me demande plus d'avoir confiance en l'avenir. Matthieu, il faut retirer tes enfants du lycée et les ramener ici, dans la vallée. Si Angoulême est bombardée, nos petits peuvent mourir.

Elle parlait vite, terrifiée. Son frère se leva et la prit contre lui.

— Clairette, reste lucide, quand même! D'accord, la situation empire, mais pour l'instant il ne se passe rien ici.

Avant d'arriver en Charente, je pense que les Allemands occuperont Paris, et rien ne prouve encore qu'ils y parviendront. Il ne faut pas sous-estimer le colonel de Gaulle. Tu as entendu la radio? Il vient d'être nommé général de brigade grâce à son action énergique pendant la bataille de Montcornet. Sa division de cuirassés a fait merveille.

— Je m'en moque! gémit-elle.

— Isabelle sera bientôt institutrice; elle ne va pas quitter l'École normale sans raison plausible, ajouta Matthieu. Quant à Pierre et Gaby, ils seront bientôt auprès de nous, puisque les grandes vacances approchent.

— Dans un mois et demi, ou plus, se lamenta-t-elle. Vous ne comprenez rien, vous les hommes, à l'angoisse de toute mère digne de ce nom. Faustine tremble comme moi, chaque jour.

— Allons, patronne, vous faites pas de mauvais sang! dit timidement Léon, apitoyé par sa détresse. Les Boches ne sont pas encore vainqueurs. Mais monsieur Kern va regretter d'être retourné chez lui.

En effet, Jakob était parti avec son fils trois semaines auparavant. Anna, quant à elle, avait tenu à demeurer en Charente, puisqu'elle travaillait à l'imprimerie. Le Mosellan avait consenti à la laisser au Moulin. Il souhaitait rentrer chez lui, à Rombas, pour prendre des nouvelles de ses parents dont le sort le tourmentait. C'était grâce à Matthieu qu'il avait entrepris le voyage. Toujours à l'écoute des actualités, l'imprimeur lui avait assuré que les réfugiés pouvaient rentrer dans leur département d'origine[32].

— C'est mieux ainsi, avait dit Jakob. Le petit réclame ses grands-parents et j'ai causé suffisamment de tracas à votre sœur. J'écrirai à ma fille dès que je lui aurai trouvé un emploi là-bas.

Claire décocha à Léon un regard inquiet, dénué d'animosité. Leurs relations s'étaient un peu améliorées. Il avait fallu pour cela une seconde conversation, moins tumultueuse que la première, qui avait eu lieu dans la pénombre de la ber-

---

32. Authentique.

gerie. Troublée par l'histoire des bonbons promis à Franzi, Claire avait exigé du domestique de nouvelles explications. Il s'était avéré qu'Yvette Kern avait bel et bien offert ses pauvres charmes à Léon en contrepartie de quelques bouteilles, ce qui signifiait aussi que la malheureuse créature s'était parjurée juste avant de mourir.

— J'suis pas fier de moi, mais je vais m'acheter une conduite, patronne, avait sangloté Léon. J'sais point ce qui m'a pris de coucher avec cette maigrelette. Elle me chauffait les sangs, faut dire. Mais, je vous le promets, vous m'verrez plus jamais saoul et j'ferai attention à mon vocabulaire devant Ludivine.

Claire avait su pardonner en souvenir de leur vieille amitié, d'une complicité de quarante ans. Elle savait combien la chair peut être faible et certaines femmes, habiles à séduire un benêt comme Léon. Depuis, le domestique tenait parole. Il ne buvait pas ou très peu, trimait dur avec un regain de vitalité et ne cédait plus à la colère pour un rien. Jean lui-même avouait que son ancien compagnon de naufrage paraissait repenti. Sans en soupçonner la cause, Anita était ravie de ce changement.

Ce soir-là encore, Claire lisait dans les yeux de Léon une réelle compassion. Il était prêt, comme par le passé, à se dévouer pour elle, pour cette famille qu'il avait choisie. «Tout est rentré dans l'ordre, ou presque!» songea-t-elle tandis que Jean et le domestique sortaient de l'imprimerie.

Matthieu, lui, s'attardait. Il rectifiait l'alignement d'une pile de courrier et rangeait un fauteuil dans un angle de son bureau.

— Vas-y, Clairette, dit-il. Je fermerai à clef derrière toi.

— Je voudrais te dire un mot, annonça-t-elle.

Il leva les bras au ciel, irrité, ce qui ne lui ressemblait pas.

— Eh bien, dis-le, ton mot! Mais, je te préviens, si c'est au sujet d'Anna Kern, je vais perdre patience. J'ai assez des récriminations de Faustine.

— Pourtant, tu devras m'écouter et, oui, c'est au sujet d'Anna. Quelle mouche t'a piqué de l'embaucher? Elle serait repartie en Moselle avec son père, si tu ne lui avais pas fourni ce travail.

— Et merde! jura son frère. Elle remplace Paul qui était un excellent ouvrier. J'avais besoin d'aide, ici. Jean a pris en charge les livraisons et tu sais bien que la typographie fatigue ses yeux. Même avec ses lunettes, cela lui donne des migraines. Anna est deux fois plus rapide et très efficace.

— Évidemment! soupira Claire. Elle se couperait en quatre pour passer du temps près de toi. Ne joue pas les imbéciles, Matthieu. À ton âge, on n'est pas dupe des manœuvres de séduction d'une jolie fille. Moi, vraiment, j'aurais préféré qu'Anna retourne en Moselle.

Matthieu la fixa d'un regard noir. Il désigna la carte de France qui couvrait une des cloisons.

— Ah! Et que ferait-elle, à présent? Elle serait sur les routes à nouveau pour revenir dans le Sud. Je te parie que nous reverrons vite Jakob et Franzi. J'ai eu tort de conseiller à Kern de s'en aller. Il va se trouver en première ligne avec son gamin.

— Cela n'a rien à voir avec ce que je te dis. Je te mets en garde. Anna tisse sa toile, Faustine en souffre, et toi tu trouves tout cela normal. Méfie-toi, Matthieu: cette demoiselle a plus d'un tour dans son sac et, surtout, elle n'a aucune moralité.

— Ouais, encore un suppôt de Satan, en somme! Tu en dénicherais même au sein du paradis, ma pauvre sœur!

Claire haussa les épaules et s'éloigna. Elle traversa la cour en admirant la lune argentée toute ronde, nimbée d'une nuée d'étoiles. Il faisait délicieusement bon. L'air tiède de la nuit exhalait le parfum des lauriers-cerises en fleurs.

«L'être humain est avide de pouvoir, donc d'argent, se dit-elle. Mais autre chose le domine, encore plus maléfique, et c'est l'instinct sexuel, une vraie machine de guerre. D'autant plus que certains portent leur désir où il ne faut pas. Des hommes convoitent des garçonnets comme Franzi. Mon demi-frère Nicolas assouvissait sa frénésie sur des adolescentes. Léon, qui aime vraiment Anita, n'a pas pu résister à une femme malade et décharnée. Qu'est-ce qui empêcherait Matthieu de céder à cette jeune nymphe?»

Le mot nymphe lui était venu à l'esprit, et cela la fit sourire. Anna aurait pu représenter ces déesses de l'Antiquité hantant les rivières et les bois. « Un fruit vert! pensa-t-elle encore. Bertille l'appelle ainsi avec un certain dépit... » Ce fruit vert, Matthieu saurait-il ne pas le croquer? Elle se le demandait toujours, allongée près de Jean.

Son mari eut conscience qu'elle était de plus en plus tourmentée. Il l'attira contre lui et déposa un baiser sur son front.

— N'aie pas peur! La guerre finira bien un jour! dit-il à son oreille. Nous, en tant que civils, que risquons-nous, en fait? Courber l'échine sous les bottes allemandes, ça me rendrait malade, mais, si ma femme adorée, mes filles et mes petits-enfants ne sont pas menacés, je me résignerai.

— Toi, Jean Dumont? Tu n'es pas du genre à filer doux, tu me l'as prouvé le mois dernier quand tu as prêté main-forte à Jakob, du côté de Montbron. Vous avez eu de la chance, le fermier n'a pas porté plainte; le nez cassé, deux dents aussi, l'épaule démise...

— Il n'a pas payé bien cher son crime. Au moins, il a eu la frousse de sa vie quand on l'a coincé dans sa grange. Bon sang, si je n'avais pas été là, Jakob le tuait.

— Tais-toi, n'en parlons plus! supplia-t-elle en frissonnant. Mon chéri, il n'y a pas que la guerre qui m'inquiète. Je suis un peu gênée de te confier mes craintes, mais cela me soulagera.

— S'il s'agit d'Angéla, je te jure, Clairette, que je ne l'ai pas revue. De toute façon, ils sont à Londres. Je l'ai su par Matthieu.

Claire s'agita. Désorientée, elle souffla la chandelle qui les éclairait.

— Jean, je te fais confiance. Tu abordes quand même l'âge d'être fidèle, plaisanta-t-elle d'une voix un peu triste. Non, c'est Anna. Son manège avec Matthieu me fait songer à ce qui s'est passé entre toi et Angéla. Mon frère est un homme mûr très séduisant. Il passe ses journées avec elle, qui est ravissante et folle amoureuse de lui. Surveille-les, je t'en prie, ou mets Matthieu en garde. Notre Faustine sera désespérée, s'il la trompe.

Son mari demeura silencieux de longues minutes. Claire lui toucha le bras, croyant qu'il dormait.

— Mais réponds, enfin, Jean!

— Je réfléchissais. Je crois que tu t'angoisses bien en vain. Matthieu est l'homme le plus fidèle que je connaisse. Il adore Faustine, il le lui prouve chaque jour. Jamais il ne prendrait le risque de briser leur couple.

— Tu l'as bien pris, toi! rétorqua-t-elle.

— Je t'ai déjà expliqué. C'était une attirance physique, un coup de folie que je regretterai jusqu'à ma mort.

— Je sais, mais cela peut arriver à n'importe qui. Matthieu n'en est pas à l'abri.

Claire faillit ajouter qu'elle avait été la proie d'un désir irrépressible, elle aussi, à l'égard de l'Anglais William Lancester. Ils avaient fait l'amour en plein soleil, sur l'herbe d'un pré. Cependant, elle se retint, Jean ayant succombé, quand il l'avait appris des années après, à une sorte de jalousie morbide.

— Matthieu ne trahira jamais ma fille, trancha Jean. Il n'a pas le tempérament pour ça. Bon sang, comment te dire? Certains hommes savent se dominer, contrôler leurs pulsions. Ton frère en fait partie.

— Je le souhaite de tout mon cœur. Bonne nuit, mon amour. Demain matin, je dois monter au bourg. Thérèse se plaint de douleurs en bas des reins. Je partirai très tôt pour l'examiner avant l'ouverture du salon de coiffure.

— Dors tranquille, Câlinette! souffla-t-il du bout des lèvres. Dors, ma chérie.

*

Matthieu était rentré sans hâte chez lui. Faustine dormait déjà. Un peu contrarié, il avait fumé une cigarette, assis sur le banc en bois dressé contre le mur extérieur, au bord du chemin des Falaises. Il aimait cette petite maison flanquée d'une vaste grange, riche à ses yeux du passé de sa famille. L'ensemble des bâtiments appartenait à Claire qui en avait hérité de son père Colin. Surtout, ici avait logé Basile Drujon, cher au cœur de tous. L'ancien instituteur s'était éteint sous le toit du Moulin, mais son souvenir restait attaché à ce lieu, aussi modeste et attachant que lui.

Encore exaspéré par les propos de sa sœur, Matthieu contemplait le paysage féerique qui s'étendait devant lui. Il y avait de quoi trouver là un brin de sérénité et un peu d'apaisement. Le clair de lune nimbait de nuances argentées chaque détail de sa vallée, les feuilles frémissantes des grands peupliers, les branches épineuses des aubépines dont le bois sombre prenait des teintes métalliques. Frappées par une lumière bleuâtre, les falaises lui faisaient songer à des vagues pétrifiées, suspendues au-dessus de la rivière elle aussi transformée en un tissu scintillant aux mille plis mouvants.

Perché dans les frondaisons, un hibou moyen duc en quête d'une compagne poussait son cri plaintif. Au loin résonnait le chant monotone des crapauds. Mais une autre voix s'élevait, fluette, étouffée. Quelqu'un fredonnait, Matthieu en était sûr. Il se leva du banc et marcha vers la berge parmi un fouillis de roseaux et d'ajoncs. Plus il avançait, mieux il entendait les mots répétitifs d'une comptine familière :

> *En passant par la Lorraine, avec mes sabots,*
> *En passant par la Lorraine, avec mes sabots,*
> *Rencontrai trois capitaines, avec mes sabots,*
> *Dondaine, oh! oh! oh! Avec mes sabots.*
> *Rencontrai trois capitaines, avec mes sabots,*
> *Rencontrai trois capitaines, avec mes sabots,*
> *Ils m'ont appelée : Vilaine! avec mes sabots,*
> *Dondaine, oh! oh! oh! Avec mes sabots.*

Il n'eut pas à aller très loin pour distinguer Anna toute nue, qui se tenait debout dans l'eau, son corps ruisselant irisé par la clarté lunaire. Elle était d'une minceur exquise, d'une telle perfection de formes également qu'il en demeura ébloui, incapable de reculer ou de détourner son regard. D'un pied menu, elle frappait parfois la surface de la rivière, comme pour battre la cadence.

> *Ils m'ont appelée : Vilaine! Avec mes sabots*
> *Je ne suis pas si vilaine, avec mes sabots*
> *Puisque le fils du roi m'aime, avec mes sabots*

Il m'a donné pour étrenne, avec mes sabots
Un bouquet de marjolaine, avec mes sabots
Je l'ai planté sur la plaine, avec mes sabots
S'il fleurit, je serai reine, avec mes sabots[33].

Ses cheveux mouillés étaient plaqués en arrière, ce qui affinait encore son visage et la faisait paraître très jeune. D'un geste délicat, elle caressa ses seins pointus, puis son ventre plat. Enfin, elle éclata de rire et chanta plus fort: *S'il fleurit, je serai reine...*

Honteux de l'observer en cachette, Matthieu voulut faire demi-tour. Mais, au même instant, Anna plongea dans l'eau et se redressa en s'aspergeant. Puis elle glissa une main entre ses cuisses, paupières mi-closes.

«Petite diablesse!» songea-t-il en baissant les yeux, cette fois, plus amusé que choqué. Cependant, il constata une réaction bien masculine de sa part, contre laquelle il ne pouvait pas grand-chose. Alors qu'il suivait le sentier pour rentrer chez lui, le plus silencieusement possible, on l'arrêta en le saisissant par le coude.

— Matthieu, fit la voix de la jeune fille, tu me cherchais? Tu m'as vue?

— Non, non! protesta-t-il.

— Mais si, tu m'as vue. Tu t'es vite retourné et tu es parti. Pourquoi? Il fait si bon cette nuit! Je me suis lavée dans la rivière. J'aime ça, être toute propre, toute lisse.

Il s'efforçait de ne pas lui faire face, perturbé par l'idée de sa nudité. À moins d'être une sorcière ou une fée, Anna n'avait pas pu s'habiller. Elle avait certainement couru pour le rattraper.

— J'ai pas le temps de bavarder, trancha-t-il en lui tournant toujours le dos. Il est tard. On embauche de bonne heure demain.

Elle se plaqua soudain contre lui, souple et féline, en effleurant ses lèvres du bout de ses doigts humides.

---

33. Chanson populaire française du seizième siècle.

— Je sais que tu m'as vue, ajouta-t-elle très bas. Tu m'as entendue chanter, aussi? Cette chanson me plaît tant! Je suis de Lorraine et, les trois capitaines, je les méprise. Toi, tu es le fils du roi!

— Et toi, tu es une sale gamine, répliqua-t-il. As-tu compris? Va donc enfiler tes vêtements.

— Si je suis une gamine, pourquoi as-tu peur de moi, de me regarder? chuchota Anna en l'enlaçant. Un enfant a le droit d'être nu et de se baigner.

— Pas chez nous, pas ici! répondit-il d'un ton ferme. Claire nous a enseigné la pudeur et le sens des convenances.

— Ah oui, je sais, ta femme et toi, vous avez été éduqués par Claire. Bertille me l'a raconté. Mais ce n'est pas votre mère, au fond. Cela dit, tant mieux pour vous, parce que toutes les mères ne se valent pas. Parfois, on est mieux sans.

Avec un rire de gorge voluptueux, elle appuya la paume de sa main droite sur le sexe de Matthieu, dont elle put percevoir la vigoureuse tension.

— Arrête ça tout de suite! pesta-t-il en se retournant enfin. Comment oses-tu dire ça de ta mère qui est morte depuis seulement un mois? Tu n'as donc ni cœur ni sens moral? Bon sang, pas plus tard que ce soir, j'affirmais à ma sœur que tu étais sérieuse et que je n'aurais aucun souci avec toi, à l'imprimerie. Qu'est-ce que tu t'imagines, Anna? Que je vais te sauter dessus, tromper mon épouse que j'aime de tout mon être? Il y a eu un triste précédent dans notre famille. Je ne détruirai ni mon foyer ni celle que j'adore.

— Faustine n'est plus toute jeune, remarqua-t-elle. Je te donnerai tant de plaisir que tu ne pourras plus te passer de moi.

Elle se détacha de lui et s'adossa au tronc d'un saule. La lune semblait s'obstiner à nacrer son corps de petit fauve avide.

— Tu es très belle, reconnut Matthieu, le souffle court, mais tu ne m'auras pas, ma jolie!

— Pourtant, tu as envie de moi, observa-t-elle, décontenancée par sa résistance.

— Non, c'est différent, je subis ton pouvoir de jeune

diablesse et, crois-moi, je le déplore. Il faut que tu le saches, Anna, je me suis fait une promesse il y a treize ans de ça, et c'était de ne jamais céder à mes instincts de mâle, de respecter mon engagement envers Faustine.

— Dans ce cas, elle a de la chance, car bien des femmes sont cocues!

— Ne sois pas grossière, en plus! La beauté ne fait pas tout, petite. Personnellement, je n'apprécie pas la vulgarité.

À sa grande surprise, la jeune fille se mit à pleurer. Elle tremblait de froid, aussi, ce qui était bien normal après ses ablutions dans la rivière.

— Je t'aime, Matthieu, se lamenta-t-elle. Dès que je t'ai vu, je t'ai aimé.

— Désolé, ce n'est pas du tout partagé! J'ai de l'affection pour toi et de la compassion, rien d'autre. Et quelle folle tu fais! Tu vas tomber malade avec tes stupidités.

Il ôta sa veste en toile et s'approcha d'elle pour la lui poser sur les épaules. Anna s'en enveloppa, secouée de gros sanglots.

— Merci! dit-elle d'une voix faible. Va rejoindre ta femme, alors. Elle doit t'attendre, il y a de la lumière chez toi.

Il jeta un coup d'œil vers sa maison et aperçut la fenêtre illuminée. Son cœur se serra. Faustine les avait peut-être vus.

— Au revoir! dit-il en s'éloignant au pas de course.

— À demain matin, je serai à l'heure! répliqua-t-elle.

Il ne répondit pas. Anna changea aussitôt d'attitude, car il traversait déjà le chemin des Falaises. Dépitée, elle se mordit les lèvres avant d'embrasser le col de la veste avec passion. Certes, Matthieu l'avait repoussée et c'était la première fois qu'un homme se comportait ainsi avec elle, mais cela accroissait le désir dont elle se consumait. Fébrile, elle se remémora les brefs instants où elle l'avait étreint, touché, et elle rêvait de le déshabiller, de parcourir de baisers son corps d'athlète, sa peau, son sexe.

— Oh! toi, toi! gémit-elle.

Ses yeux de chatte en colère fixaient la fenêtre illuminée derrière laquelle se trouvait sa rivale. Elle cracha dans cette direction et brandit son petit poing. Enfin, légère comme un elfe, elle dévala la berge et franchit la rivière. Sa robe en cotonnade verte gisait de l'autre côté, suspendue à une branche. Ses sandales étaient posées sur l'herbe.

— Je te maudis, Faustine! dit-elle entre ses dents, à peine rhabillée. Tu me le paieras, et très cher!

Pendant ce temps, Matthieu franchissait le seuil de la cuisine. Faustine était assise à la table, en larmes, ses longs cheveux blonds ruisselant sur le satin rose de sa robe de chambre.

— Ma chérie, qu'est-ce que tu as? s'inquiéta-t-il, envahi d'une angoisse affreuse.

— Où étais-tu? s'écria-t-elle en le dévisageant de ses grands yeux bleus.

— Mais… dehors, je me promenais en fumant une dernière cigarette. Tout était éteint quand je suis rentré. Je suis monté et tu dormais, comme la belle princesse du conte. Faustine, enfin, pourquoi pleures-tu?

— J'ai cru des choses, des choses qui me font trop de mal, avoua-t-elle. Je suis désolée, Matthieu, je ne peux pas m'en empêcher depuis que tu travailles avec Anna. Je sais que je t'indispose, à être jalouse ainsi, mais c'est plus fort que moi. Je n'ai aucune confiance en cette fille.

Désorienté, Matthieu hocha la tête. Claire et Faustine ne se trompaient pas. Il avait joué avec le feu en refusant de croire qu'une gamine de dix-huit ans pouvait essayer de le séduire. Maintenant, il en avait la preuve formelle. Mais il ne savait pas encore de quoi elle était capable.

— Tu n'as pas à avoir peur, affirma-t-il. Ma chérie, je t'aime de toute mon âme et je ne te trahirai jamais. Je te le répète chaque matin, mais tu fais semblant de ne rien entendre.

Faustine l'étudiait avec un air incrédule et perspicace, comme un médecin devant un cas difficile. Son mari se troubla sous cet examen attentif.

— Eh quoi? Tu cherches des marques d'infamie? bougonna-t-il, mécontent. Cela devient grotesque.

Cependant, il n'était pas à l'aise. Sa nature droite et entière le poussait à raconter à sa femme ce qui venait de se passer au bord de la rivière, mais il redoutait sa réaction. Elle risquait d'en souffrir et aussi d'exiger le renvoi immédiat de la jeune fille, ce qui ne l'arrangerait pas.

— Faustine, je suis désolé que cette situation te perturbe à ce point, mais j'ai deux commandes importantes, un recueil de poèmes en trois cents exemplaires et des brochures pour une maison de cognac. Je ne m'en sortirai pas sans quelqu'un de performant. Or, Anna remplace avantageusement Paul. Si tu n'étais pas en poste au bourg, je t'aurais engagée, toi, ma petite épouse adorée. Comment peux-tu douter de mon amour inconditionnel pour toi? Nous étions si malheureux il y a vingt ans, mal mariés chacun de notre côté, rongés par le désir violent l'un de l'autre! Ce qui nous unit, personne ne pourra le rompre.

Prenant place près d'elle, il caressa sa joue et ses cheveux d'or.

— Mais j'ai quarante ans! déplora-t-elle.

— Et puis après? Tu es éblouissante, je peux en témoigner... Regarde-moi, chérie!

— Non, j'ai des rides, je ne suis plus aussi belle qu'avant. Et j'ai maigri.

— Bien sûr, tu ne manges presque rien, toujours à t'inquiéter pour Isabelle, Pierre ou notre petite Gaby. Quand ils viennent le samedi, tu t'épuises en lessives et en repassage. Tu leur prépares de bons plats sans en avaler une miette.

— Moi, servir de bons plats! ironisa-t-elle. Je suis une piètre cuisinière, toute la vallée le sait.

— N'exagérons pas! plaisanta-t-il. C'est un secret bien gardé.

Faustine se laissa câliner sans cesser d'éprouver une sourde angoisse.

— Es-tu resté longtemps dehors? questionna-t-elle. Tiens, offre-moi donc une cigarette. Ça me détendra. J'aime bien celles que tu fumes, les américaines.

Matthieu se souvint alors que son paquet était dans la poche de sa veste. Il déclara sans réfléchir:

— Je n'ai pas de cigarettes, je les ai laissées à l'imprimerie.

— Tu disais à l'instant que tu en avais fumé une dehors, parce que je dormais, observa-t-elle, déjà méfiante.

— J'ai dû la trouver ici, j'en garde toujours une sur le buffet. De toute façon, je n'aime pas te voir fumer. J'ai une meilleure idée pour te détendre, comme de monter nous coucher.

Il l'obligea à se lever et l'étreignit en l'embrassant sur la bouche. D'un doigt, il écarta le pan de tissu qui voilait ses seins. Elle portait une légère chemisette en dentelle. Il caressa sa poitrine d'une main experte.

— Tu me plais tant! glissa-t-il à son oreille avant de mordiller la chair de son cou.

Elle poussa un petit cri de plaisir et renversa la tête en arrière pour mieux offrir sa gorge aux baisers.

Anna assistait à la scène, debout au milieu du chemin. Elle enrageait. « Ils pourraient fermer leurs volets! se disait-elle. Ah! sa femme, il ne la repousse pas, il la pelote, il la serre de près. »

Sa fureur était décuplée par la beauté de Faustine, toute de miel et de lait. Elle devinait sa sensualité à distance. Le couple se déplaça dans la cuisine, toujours enlacé, puis la lumière s'éteignit.

« Ils vont faire l'amour, dans leur lit, bien au chaud! C'est moi qui devrais coucher là-haut, cuisiner pour Matthieu, pas elle. »

Révoltée, anéantie par la haine, la jeune fille prit la fuite.

*

Domaine de Ponriant, samedi 1er juin 1940

Bertille et Janine s'étaient installées sur la vaste terrasse pavée de pierres calcaires d'un blanc pur. De là, elles surplombaient la cour, l'escalier d'honneur et le parc dans toute sa magnificence printanière. Promu jardinier depuis que sa patronne avait obtenu le permis de conduire, Maurice avait fait des merveilles. Les massifs débordaient de rosiers nains, de campanules mauves et de lys prêts à éclore. Les pelouses soigneusement tondues offraient des gammes de vert tendre, rehaussées par l'alignement noir bleuté des grands sapins plantés le long du mur d'enceinte.

Bertille ne regardait pas à la dépense. Elle disposait depuis peu de plusieurs chaises longues en bois verni, équipées d'un tissu rayé de qualité. Deux parasols ombrageaient une table ronde et ses chaises en fer ouvragé. Avec l'aide de la bonne, la gouvernante avait sorti les plantes vertes du hall, et cela ajoutait un charme particulier au décor.

— Nous sommes aussi bien ici qu'à Pontaillac, affirma la maîtresse des lieux à Janine, devenue sa demoiselle de compagnie et sa secrétaire. Et l'air de la mer me fatigue les nerfs.

— Moi, j'aime beaucoup marcher sur la plage et manger des glaces à la crème le soir.

— Dans ce cas, nous y retournerons, mais en juillet, pas avant, *darling*. J'aime l'agitation et, en cette saison, c'est encore désert. Tu trouveras peut-être un mari, un riche bourgeois qui s'entichera de ta beauté!

La jeune femme jeta un regard désillusionné sur le ciel d'un bleu lavande. Étant stérile par la force des choses, elle se croyait condamnée au célibat.

— Je ne tiens pas à épouser quelqu'un sans amour, dit-elle cependant. Quel homme voudrait de moi, de toute manière?

— N'importe quel imbécile, Janine. Il existe sur terre un individu bien de sa personne qui n'a pas envie d'être père. Ce n'est pas comme ce pauvre Maurice! Il devient idiot depuis que Thérèse exhibe un ventre tout rond.

— Au moins, je serai tante, soupira Janine. J'ai hâte de le voir, ce bébé. Fille ou garçon, je prendrai soin de lui. J'ai promis à ma sœur de jouer les nounous le plus souvent possible.

Cela les fit sourire. Paulette leur apporta des rafraîchissements au même instant, une carafe de limonade et du sirop de menthe.

— Voilà, madame! dit la gouvernante à mi-voix. Il ne vous manque rien?

— Si, ton sourire! rétorqua Bertille sèchement. Enfin, Paulette, à quoi rime cette mine morose? Il fait beau, les Allemands sont encore loin…

— Oui, madame. Je suis désolée de ne pas me montrer plus gaie. J'ai reçu de mauvaises nouvelles ce matin. Un de mes oncles est mort d'une attaque.

— Ah! eh bien, prenez deux jours de congé et allez voir votre famille. Je pensais qu'il s'agissait de votre peine de cœur.

Prête à sangloter d'humiliation, la gouvernante retint un cri offusqué et s'enfuit. Sa patronne avait deviné ses sentiments pour Maurice et elle la harcelait de sous-entendus.

— Tantine, laisse-la en paix, dit Janine à mi-voix. Ce n'est guère charitable de ta part.

— Au diable la charité! trancha Bertille. Si j'étais à la place de Paulette, je séduirais cet imbécile de Maurice.

— Tu parles de mon beau-frère, là! Et d'abord, il est amoureux fou de Thérèse.

L'écho d'une galopade les fit taire. Il n'y avait que Claire pour leur rendre visite à cheval. Elles scrutèrent l'allée de sable blanc et l'aperçurent qui arrivait, debout sur les étriers, ses longs cheveux bruns au vent.

— Ciel, quel maintien a ma Clairette! s'écria Bertille. Regarde-moi ça! Soixante ans ou presque, mince et musclée, une cavalière hors pair! Avoue que, de loin, on lui donnerait la quarantaine. Même de très près, d'ailleurs.

Claire descendit de sa jument à la hauteur des écuries. Un jeune palefrenier fraîchement engagé pour s'occuper de Junon et du poney de Clara se précipita vers elle.

— Je mets votre bête au box, madame? demande-t-il timidement.

— Merci, David. Faites la boire un peu, pas d'eau trop froide surtout. Vous pouvez la desseller, je reste un moment.

Après avoir fait ces recommandations, Claire se rua dans l'escalier. Elle avait le teint coloré, les yeux étincelants et la chevelure défaite, ce qui n'était pas dans ses habitudes.

— Princesse, vite, nous avons à discuter! cria-t-elle, essoufflée. Bonjour, Janine!

— Et moi, je n'ai pas droit à un bonjour? plaisanta sa cousine. Qu'est-ce qu'il y a, Clairette, de si grave? Il est onze heures du matin; tout est calme dans le pays. Le tocsin n'a pas sonné.

— Arrête de persifler, de faire comme si tout allait bien, Bertille! rétorqua-t-elle. Le calme ne va pas durer, pas chez toi notamment. Voilà, je suis venue te prévenir : tu dois loger des réfugiés.

— Quoi? C'est au maire ou aux gendarmes de m'annoncer ça!

— Ils ne sont pas au courant. Flûte, les voilà déjà.

Bertille distingua un bruit de moteur dont la pétarade servait de klaxon. Elle vit aussitôt une camionnette verte au toit surchargé d'un étonnant bric-à-brac qui franchissait le portail. L'habitacle semblait occupé par plusieurs personnes.

— Seigneur, combien sont-ils? demanda-t-elle en empoignant le bras de Claire.

— Jakob Kern, son fils, ses parents et un jeune couple, les Canet, qui fuyaient l'armée allemande. Les Canet ont un bébé tout petit. Jakob les a pris à bord par pitié. Leur mule a été tuée par des éclats de bombe, vers Troyes. Elle tirait une charrette où ils avaient entassé quelques affaires. Mon Dieu, quelle pitié!

Janine s'était levée et observait le véhicule qui peinait dans l'allée.

— Ils ont assisté à l'enfer sur la terre, poursuivit Claire. Jakob a eu le temps de me décrire les affres de l'exode. Il a eu beaucoup de mal à revenir en Charente. Des milliers de familles sont sur les routes, et on ne compte plus les morts, victimes des attaques des bombardiers allemands. Il paraît que des enfants sont perdus, livrés à eux-mêmes, qu'ils pleurent d'épouvante et de désespoir dans tout ce chaos.

Bertille écoutait, livide. Elle n'avait plus envie de rire ni de plaisanter.

— J'ai de quoi loger des tas de gens, ici, dit-elle simplement à sa cousine.

— C'est ce que j'ai pensé. Je peux héberger Jakob et Franzi, mais pas les grands-parents et l'autre famille. Ils ont une toute petite fille, à ce qu'il m'a semblé. Tout est allé si vite! Le camion est entré dans la cour du Moulin. Par chance, j'étais là, dehors. Après avoir parlé un peu aux Kern, je leur ai dit de venir chez toi. Je suis navrée, princesse!

Bertille eut un grand sourire ému. Elle prit la main de Claire et l'entraîna vers l'escalier.

— Allons les accueillir. Je suis si heureuse de me rendre enfin utile!

Intriguée, Janine leur emboîta le pas. Jakob descendit le premier, hirsute et débraillé. Il avait roulé toute la nuit. Il tituba en avançant vers les trois femmes.

— Bonjour, balbutia-t-il, intimidé par l'allure aristocratique de la dame de Ponriant, en robe blanche et turban de soie.

Certes, il l'avait croisée certains jours au Moulin, mais, dans ce cadre cossu et enchanteur, elle lui parut beaucoup plus impressionnante.

— Bienvenue, monsieur Kern! répondit-elle de sa voix enjôleuse. Vous n'avez pas pu rester longtemps en Moselle, à ce que je vois.

— Dame, ça non! Les Boches ont balayé nos défenses et ils avancent vers Paris. Bon sang, la panique qu'ils sèment! J'ai préféré faire comme tout le monde et décamper.

— Combien êtes-vous, exactement? s'informa Bertille, tandis que Paulette accourait elle aussi, étonnée par l'irruption de ces inconnus.

— Six, plus un nourrisson et la gamine qu'on a récupérée quelque part avant de traverser Troyes. Mais, mon gosse et moi, si madame Claire est d'accord, on peut habiter le Moulin. Ce sont mes parents qui ont besoin d'un endroit tranquille; ils ne sont plus très jeunes. Ils ne font que pleurer et se désoler, à cause de tout ce qu'ils ont dû laisser derrière eux, à Rombas.

Pleine de compassion, Janine s'était approchée de la camionnette et souriait gentiment à ses occupants. Deux vieilles personnes aux cheveux gris entouraient Franzi, qui dormait couché sur leurs genoux. Un couple la salua d'un signe de tête. L'homme était très brun, la femme, ronde et coiffée d'une courte toison châtain clair. Elle tenait un bébé contre sa poitrine. Puis la jeune femme découvrit une fillette d'environ deux ans et demi, calée entre des valises, un coussin et un panier. L'enfant ouvrait de grands yeux apeurés, son pouce dans la bouche. Son visage poupin était barbouillé de traces de poussière grisâtre dans lesquelles ses larmes avaient tracé des sillons plus pâles.

— Oh! pauvre petit bout de chou! s'émut-elle.

Une des vitres était à moitié baissée. La femme expliqua très vite, avec un léger accent belge :

— Elle réclame sa mère sans arrêt. On a interrogé tout un tas de gens après l'avoir ramassée au bord de la route, mais personne ne la connaissait. Ses parents ont dû être blessés ou tués.

— Chut! fit Janine. Ne dites pas ça devant elle!

— Que voulez-vous qu'elle comprenne, à son âge? objecta l'homme. En plus, elle a souillé son linge, mais on n'a rien pour la changer.

Bouleversée, Janine ouvrit la portière et s'empara de la fillette. Elle la prit dans ses bras et la tint sur son cœur sans se soucier de salir sa robe de percale bleue.

— Quel est ton nom, petite mignonne? demanda-t-elle. Viens, je vais te laver et te mettre des habits propres! Je crois que j'ai des joujoux pour toi, aussi.

Le mot joujou porta ses fruits. L'enfant chercha alentour de ses larges yeux gris-bleu. Bertille et Claire virent passer la jeune femme et son précieux fardeau. Elles échangèrent un coup d'œil.

— Janine va pouvoir pouponner, soupira la dame du domaine. Ciel, elle semble sourde et aveugle au reste de la terre, avec cette petite à son cou.

— Tant mieux! Je n'ose pas imaginer ce qu'a vu la fillette, répliqua sa cousine. Elle a besoin de soins et de consolation.

Sans attendre les ordres de sa patronne, Paulette était repartie en cuisine préparer des repas froids et du café. Maurice ne tarda pas à se manifester, ainsi que David. Ils avaient deviné qu'un surplus de travail leur incomberait.

— Vos parents auront leur chambre dans la maison, Jakob, et le pavillon conviendra au jeune couple, décida Bertille d'emblée.

— Ouais! Mais autant vous dire la vérité, madame, observa le Mosellan : ils sont juifs.

Claire frissonna. Elle suivait l'actualité et n'ignorait rien de la politique hitlérienne à l'encontre des Juifs. Jean lui avait expliqué comment le führer s'était évertué à tyranniser les Israélites en Allemagne et en Pologne. Les mesures draconiennes dont ils étaient victimes en obligeaient beaucoup à fuir vers l'Amérique ou l'Angleterre.

— Et alors? s'exclama Bertille. Cela ne me dérange pas. Ma belle-fille est mariée à un Juif. Notre famille méprise les antisémites.

Jakob Kern hocha la tête. Il n'en pouvait plus. Apitoyée, Claire le guida vers un banc de pierre proche de la fontaine qui ornait le centre du parc.

— Reposez-vous donc! Vous allez vous effondrer, sinon.

— Je dormirai quand tout sera organisé, affirma-t-il. Si vous saviez, madame Claire, comme j'suis soulagé d'être là, de retrouver ma fille! Où est-elle, Anna? Je croyais qu'elle était employée à Ponriant.

— Vous la verrez chez moi. Mon frère l'a embauchée pour la typographie, dans son imprimerie.

Le colosse approuva en silence. L'épuisement freinait ses capacités de réflexion. Mais, après avoir dégusté le café servi par Paulette, il se ranima. Franzi, lui, s'était réveillé dès que ses grands-parents avaient quitté le camion. Le petit garçon se rua sur Claire et la saisit par la taille en plaquant une joue contre elle.

— Tu m'as manqué, confessa-t-il. Ce que j'suis content! Mémère et pépère sont venus!

Ce fut le moment des présentations. Souriante et empressée, Bertille exultait. Elle coupa de la brioche pour le couple, Daniel et Déborah, et garda le bébé afin de leur permettre de se restaurer.

— Nous ne savons pas comment vous remercier, affirma la femme. C'est tellement terrible de quitter son foyer, de tout perdre! Je ne comprends pas ce qui nous arrive.

Claire lui tapota la main, soucieuse de la réconforter. Elle se promit d'aider tous ceux qui endureraient un sort aussi injuste, tous ceux que les aléas de la guerre placeraient sur son chemin de femme au grand cœur. Dans ce combat

discret, avec ses faibles armes de ménagère, voire de guérisseuse, elle ne serait pas seule. «Tu te battras avec moi, ma
chère princesse, songea-t-elle en admirant le délicat profil de
Bertille. Je n'ai jamais fait appel en vain à ta générosité et à
ton sens de l'honneur.»

À l'étage, Janine se donnait également une mission
sacrée. La petite fille la fixait de ses grands yeux inquiets,
tandis qu'elle la savonnait avec une infinie tendresse. Elle
l'avait assise dans une bassine remplie d'eau tiède et chantonnait pour la consoler.

> *Je suis descendue dans mon jardin,*
> *Pour y cueillir du romarin!*
> *Gentil coquelicot, mesdames,*
> *Gentil coquelicot, messieurs...*

Peu à peu, la fillette esquissa un vague sourire, surtout
lorsque Janine lui tendit un canard en celluloïd jaune.

— Prends, je te le donne, ma mignonne. Voilà, c'est
bien. Tout à l'heure, tu auras d'autres joujoux. Dis, comment
t'appelles-tu? D'où viens-tu?

Elle n'eut aucune réponse, mais elle s'en moquait, certaine que Dieu lui envoyait un enfant à choyer et à aimer.

— Moi vivante, petite chérie, tu n'auras plus jamais ni
peur, ni froid, ni faim! déclara-t-elle doucement. Et, un jour,
je retrouverai ta maman, je te le promets.

Janine ponctua ce serment d'un baiser très doux sur le
front de sa protégée.

Ainsi commença le mois de juin 1940 dans la vallée des
Eaux-Claires.

11
Anna Kern

Bourg de Puymoyen, vendredi 14 juin 1940

Janine s'était assise à l'ombre sur la grande place du bourg. Elle promenait sa petite protégée dans une poussette que Bertille avait découverte au fond du grenier. Il ne manquait rien au domaine de Ponriant pour les enfants de tous âges, la maîtresse des lieux conservant précieusement tout ce qu'elle avait acheté au fil des ans.

— Tu regardes les feuilles des arbres, ma chérie? interrogea tendrement la jeune fille en lui caressant la joue. C'est joli, hein? Je vais te présenter à ma grande sœur. Elle a hâte de te voir.

Le banc où elle s'était installée faisait face au salon de coiffure de Thérèse, dont la devanture vert pastel captait les rayons du soleil.

— Après, ma poupée, je t'achèterai un sucre d'orge à l'épicerie.

Son pouce dans la bouche, la fillette n'eut aucune réaction. Cela commençait à tracasser Janine. Elle avait montré la petite à Claire, croyant à une déficience mentale.

— Mets-la en confiance, câline-la beaucoup, parle-lui, avait conseillé la guérisseuse. J'avoue que Faustine, quand elle avait la même taille, n'arrêtait pas de gazouiller et disait ses premiers mots, mais on ignore l'âge de cette petite. Sois patiente.

De la patience, Janine en avait à revendre. Suspendue au moindre de ses sourires ou de ses regards, elle vivait désormais au rythme de l'enfant. La nuit, elle la couchait dans son lit pour vite la réconforter quand elle faisait des cauchemars, ce qui était fréquent. De tenir ce frêle petit corps contre elle, de lui fredonner des berceuses en sourdine, c'était une façon inconsciente d'effacer le crime dont elle se jugeait coupable vis-à-vis de son propre enfant.

— Ah! Qui voilà! s'exclama-t-elle soudain.

Thérèse venait de sortir du salon de coiffure. Sa blouse rose était entrouverte sur un ventre bien rond. Elle traversait la rue après avoir pris congé de sa dernière cliente de la matinée.

— Bonjour, ma Janou! claironna-t-elle. Alors, on se promène avec bébé? Mais c'est un très beau bébé, un grand bébé, ça!

Ravies de ce beau jour ensoleillé et du vent tiède parfumé par la floraison des tilleuls, les deux sœurs s'embrassèrent. Alentour, le village vibrait de son animation quotidienne, presque immuable. Elles ne prêtaient guère attention aux coups de marteau s'élevant de l'antre du maréchal-ferrant, qui martelait un fer chauffé à blanc. Attaché près de la forge, un cheval de trait s'ébrouait, nerveux. Des femmes discutaient devant l'étalage de l'épicerie Rigordin, pourvu en légumes frais et en fruits venus des halles d'Angoulême. Un peu plus loin, la terrasse du café-tabac abritait sous sa tonnelle un groupe d'hommes en grande conversation.

— Comment vas-tu, Thété? demanda Janine. Claire m'a dit que tu avais mal aux reins, ces temps-ci.

— Ne m'en parle pas! Je suis debout du matin au soir, ça n'arrange rien. Une chose est sûre, je n'en aurai pas d'autre! Maurice se contentera d'un seul rejeton... Oh! excuse-moi, Janou, je suis maladroite!

D'un caractère emporté et franc, Thérèse ne mâchait jamais ses mots. Là encore, elle se le reprocha en notant la mine chagrinée de sa cadette.

— Ne t'excuse pas! Tu n'y es pour rien. Regarde donc cette enfant! Un vrai petit ange!

— Ton petit ange s'est endormi...

— Déjà! La pauvrette, elle dort beaucoup. Je me demande si c'est normal.

— Mais oui, ça prouve qu'elle est calme, au moins. Alors, comment l'appelles-tu?

— Pour l'instant, c'est mon bébé ou ma poupée. Bertille et moi lui avons énuméré un tas de prénoms, mais elle écoute à peine. La grand-mère de Franzi pense qu'elle est peut-être étrangère, qu'elle ne comprend pas le français.

— C'est possible, ça. Mais d'où viendrait-elle? De Finlande, de Suède?

— Le couple qui habite le pavillon de Ponriant m'a raconté des choses abominables à propos de l'exode, dit Janine, les yeux pleins de larmes. Il y avait des gens blessés qui agonisaient au bord de la route, c'était effarant. Les bombes frappaient au hasard partout, l'enfer sur la terre! La petite a pu voir ses parents se faire tuer. Comme dit Claire, si c'est le cas, elle a subi un choc.

Thérèse poussa un gros soupir, les mains sur les hanches, le ventre en avant. Elle contemplait la fillette d'un air sagace.

— Tu sais que j'ai acheté un poste de radio? proclama-t-elle en hochant la tête. La Radio Nationale diffuse une nouvelle émission, depuis l'exode, *À la recherche des enfants perdus*[34]. On l'écoute. Si jamais quelqu'un s'inquiète de cette pauvre gosse, on le saura.

Janine réprima un frisson d'appréhension. Elle avait promis à la petite de retrouver sa maman un jour, mais, au fond de son cœur, elle espérait confusément pouvoir la garder.

— C'est gentil, Thété! Bertille ne veut plus allumer le poste, parce qu'ils ont arrêté de diffuser les chansons et les émissions de variétés qu'elle aimait[35].

— Hélas, oui! Moi qui appréciais tant la musique! se lamenta la coiffeuse. Tiens, monsieur le maire! Il en fait, une mine!

---

34. Fait authentique. Émission de la Radiodiffusion nationale, créée dès mai 1940 pour aider les familles dispersées par l'exode à se retrouver.

35. Authentique. À cette époque, seules étaient diffusées les informations.

Sur le trottoir voisin, le maire du bourg rameutait les clientes de l'épicerie. Le boucher, dont la boutique s'ouvrait une vingtaine de mètres plus loin, accourut, son tablier blanc maculé de traces rougeâtres. Les hommes attablés au café vinrent aux nouvelles aussi.

— Viens! s'écria Thérèse. Il se passe du vilain, à mon avis.

Janine se leva du banc et débloqua le frein de la poussette. Après avoir ouvert la petite ombrelle rivetée à la voiture d'enfant, elle suivit sa sœur. Des exclamations lui parvinrent:

— Les Allemands sont entrés dans Paris!

— Paris est ville ouverte! Les Boches l'occupent, ça y est!

— Mon Dieu! se lamenta une vieille femme.

— Putain! jura le boucher.

— On est fichus!

— Fallait pas les laisser passer! vociféra un gaillard à la moustache grise. Bon sang, on s'est mieux battus que ça, nous! J'y ai laissé une jambe, à la dernière guerre, mais, les Boches, on leur a mis la pâtée!

Pour les habitants de cette modeste bourgade charentaise, Paris était loin. Cependant, la capitale représentait à leurs yeux la France entière, si bien qu'un légitime affolement s'emparait des uns et des autres. Certains jetaient des regards du côté de la route d'Angoulême, comme si des blindés ennemis allaient déferler sur l'heure.

— Ce n'est pas étonnant que le gouvernement se soit réfugié à Tours! s'écria le maréchal-ferrant, rouge de colère. Des planqués, oui…

— C'était plus prudent, mon brave, indiqua le maire. Moi, je compte sur le général de Gaulle. On ne l'a pas nommé sous-secrétaire d'État à la guerre et à la défense nationale pour rien. Nous ne sommes pas encore allemands, mes chers concitoyens. Il faut garder espoir.

Mais sa voix tremblait. Terrifiées, Thérèse et Janine se réfugièrent dans le salon de coiffure.

— Janou, qu'est-ce qu'on va devenir?

— Je n'en sais rien, ma Thété. Je t'en prie, ferme ta boutique et viens à Ponriant. Je voulais déjeuner chez toi, mais je préfère rentrer le plus vite possible.

— Pas question, j'ai des rendez-vous aujourd'hui et je ne vais pas marcher jusqu'au domaine. Tu ferais mieux de te mettre en chemin.

— Oui, tu as raison.

Elles s'embrassèrent à nouveau, livides et anxieuses. L'esprit hanté par l'événement, Janine s'en alla précipitamment. Paris était aux mains des troupes allemandes.

«Et Clara, Arthur? songea-t-elle en marchant d'un pas rapide vers la sortie du bourg. Il faudrait qu'ils quittent la capitale!»

Elle ressentait une peur intense. Cette guerre dont le pays ne percevait que les échos étouffés prenait à présent une évidence terrible. Comme elle passait devant l'église Saint-Vincent, elle hésita quelques secondes. Sans avoir perdu la foi, Janine répugnait à suivre les offices, se jugeant la brebis galeuse parmi le troupeau des paroissiens.

«Si, je dois prier! Prier pour les miens, pour la France, et pour ma poupée chérie!» se dit-elle.

Dès qu'elle eut franchi le seuil du sanctuaire, une paix inaccoutumée l'envahit. La pénombre lui parut agréable, après l'éblouissante lumière de juin. Des bouquets agrémentaient l'autel, des lys blancs au parfum capiteux et des roses de jardin d'un rouge sombre. Il n'y avait personne, même pas le père Georges. Petite fille, Janine vouait une naïve dévotion à Marie et, d'instinct, elle se dirigea vers la statue de la Vierge à l'enfant.

Ses souvenirs de communiante affluaient. Elle se revit dans une belle robe en dentelle blanche, offerte par Bertille. «Maman me manquait tant, ce jour-là! pensa-t-elle, bouleversée. Bien sûr, il y avait papa et Anita, mais j'aurais tant voulu que ma vraie mère soit là!»

Des larmes perlèrent à ses yeux, que la jeune femme essuya vite. La prière qu'elle avait tant de fois récitée lui monta aux lèvres:

Je vous salue, Marie pleine de grâces
Le Seigneur est avec vous.
Vous êtes bénie entre toutes les femmes
Et Jésus, le fruit de vos entrailles, est béni.

Janine se signa, le cœur serré. Elle fixait d'un air désespéré le doux visage de la mère de Dieu, encadré par les plis d'un voile bleu. L'enfant Jésus qu'elle portait souriait du même sourire gracieux, une de ses menottes tendue vers le ciel.

« Marie, très sainte et si belle, je vous en supplie, protégez-nous de la folie du monde! implora-t-elle en silence. Veillez sur tous ces enfants perdus dont parle la radio, guidez-les, sauvez-les! Pourquoi les hommes font-ils la guerre au mépris de tous ces innocents qui n'ont besoin que d'amour? Sainte Marie, mère de Dieu, pitié! Priez pour nous, pour ceux que j'aime et pour cette si petite fille dont j'ignore tout… »

En larmes et très émue, elle perçut enfin une petite voix qui bredouillait un « maman » hésitant. Elle se pencha sur la poussette. L'enfant était réveillée et regardait la statue de la Vierge.

— Mam… Ma… man… Maman! zézaya-t-elle encore.

La jeune femme s'empressa de la prendre dans ses bras pour la soulever. La fillette montra Marie du doigt avec un vague sourire.

— Ta maman! lui dit Janine avec tendresse.

Elle détailla les traits de la Vierge en plâtre, peinte de couleurs tendres, du rose, du beige et du bleu. Marie avait les cheveux blonds et une expression angélique, très jeune.

— Ta maman devait sans doute lui ressembler, déclara-t-elle. Elle était très jolie, alors, ma poupette!

Pour la première fois, l'enfant perdue se blottit contre Janine en répétant « maman ». C'était un instant très doux, empreint de ferveur et de recueillement pour Janine, encore haletante d'avoir pleuré.

— Ma petite chérie, je ne sais pas où est ta mère, mais elle reviendra. En attendant, je t'aimerai de tout mon cœur. Et j'ai une idée : je t'appellerai Marie, comme la Sainte Vierge. Nous viendrons souvent ici, à l'église! Marie, est-ce que ça te plaît?

Elle n'obtint aucune réponse, et cela lui importait peu. Ce prénom choisi au sein d'un lieu consacré lui paraissait favorable. C'était un peu comme si la mère de Jésus acceptait d'étendre ses ailes de bonté sur la fillette.

*

Moulin du Loup, même jour, une heure plus tard

Au mois de juin, Claire avait beaucoup de travail dans son laboratoire. C'était la saison où la campagne regorgeait de fleurs et de plantes médicinales, qui poussaient au bord de la rivière, au pied des haies, le long des sentiers et des sous-bois. Elle se levait à la pointe du jour et se mettait en quête de ses simples, comme on nommait souvent ces herbes dotées de précieuses vertus. Un panier sur la hanche, une besace en bandoulière, la guérisseuse sillonnait les alentours du Moulin, l'œil en alerte, pourvue d'un canif pour déterrer certaines racines. Dès son retour, elle devait veiller au séchage de sa récolte, qui serait ensuite triée et mise en sachets de papier ou en bocaux.

Ce jour-là, après un déjeuner rapide en tête-à-tête avec Jean, elle venait de se remettre à l'œuvre, un foulard blanc noué sur ses cheveux et un tablier en toile grise sanglé autour de la taille. Elle appréciait ces instants d'isolement, dans ce local baigné de dizaines de fragrances subtiles, exaltées par l'air chaud que la porte grande ouverte laissait pénétrer. Souvent, les mains occupées à des besognes répétitives, elle fredonnait des refrains à la mode ou d'anciennes chansons chères à son cœur.

Au jardin de mon père
Les lauriers sont fleuris
Au jardin de mon père
Les lauriers sont fleuris
Tous les oiseaux du monde
Vont y faire leurs nids

Auprès de ma blonde
Qu'il fait bon, fait bon, fait bon.
Auprès de ma blonde
Qu'il fait bon dormir!
La caille, la tourterelle
Et la jolie perdrix.

341

La caille, la tourterelle
Et la jolie perdrix
Et la blanche colombe
Qui chante jour et nuit [36]...

— C'est joli ce que vous chantez, madame Claire! s'écria Anna en faisant irruption dans la petite pièce.

— Tu aurais pu frapper! la sermonna-t-elle. Combien de fois t'ai-je dit, jeune fille, que tu devais apprendre les bonnes manières!

— Mais c'était ouvert!

— Dans ce cas, tu frappes au battant, tu t'annonces d'une façon ou d'une autre. Qu'est-ce que tu me voulais?

La visiteuse haussa les épaules. Elle se moquait bien de la politesse. Elle s'approcha d'un pas désinvolte de la table recouverte de feuillages et de fleurs.

— C'est votre frère qui m'envoie. Il voudrait du baume de consoude. Il vient de se coincer un doigt dans une charnière de placard. Et puis aussi, on écoutait la radio... Les Allemands ont envahi Paris! Dommage, votre mari le saura que ce soir. Il est parti à la cabane de Chamoulard avec papa.

— Quoi? Les Allemands sont à Paris! Mon Dieu! J'ai mon jeune frère, là-bas, et il y a Clara, la fille de Bertille. Ils auraient dû quitter la capitale...

Abattue par la mauvaise nouvelle, Claire demeura bouche bée.

— La guerre ne fait que commencer, dit-elle enfin à Anna. Nous avons été fous de croire que nous serions épargnés, ici.

La jeune fille fixait les étiquettes collées sur de petits pots en terre cuite, soigneusement fermés par un bouchon en liège. Elle lut tout haut:

— Armoise, baies de genièvre, belladone, digitale, morelle noire...

---

36. Chanson traditionnelle française d'André Joubert du Collet (dix-huitième siècle).

— Ne touche jamais à ça! s'écria Claire, encore sous le choc. Ce sont des plantes qui peuvent être redoutables selon l'usage que l'on en fait. Surtout la digitale!

En temps ordinaire, elle se serait bien gardée de le préciser, mais elle n'était pas dans son état normal. Paris occupé, Paris soumis aux troupes ennemies, cela lui paraissait un véritable drame.

« L'armée allemande peut poursuivre son avance et arriver en Charente dans quelques heures, voire demain! Pourquoi, mon Dieu, pourquoi? »

Claire fut à nouveau saisie d'un irrépressible sentiment de panique.

— Je dois téléphoner à l'école. Ludivine doit rentrer immédiatement, ton petit frère aussi. Anna, je t'en prie, sors d'ici, que je ferme à clef. Je sais que tu t'intéresses à l'herboristerie, mais ce n'est pas du tout le moment. Plus tard, je t'apprendrai. D'accord?

Elle en devenait presque incohérente. La jeune fille recula avec un singulier regard, entre moquerie et mépris. Pourtant, si elle respectait quelqu'un dans la vallée, c'était bien Claire.

— Où voulez-vous aller? lui demanda-t-elle d'une voix qui se voulait apaisante.

— Voir Matthieu, le soigner… Tiens, prends ce baume. Ensuite, j'irai rejoindre mon mari à Chamoulard. Je prendrai la bicyclette. Mon Dieu, j'ai mal au cœur!

Anna se décida à sortir sans cesser de l'observer. Elle la vit poser une main tremblante sur sa poitrine d'un air tourmenté.

— Dites, ça ne va pas? Donnez-moi le bras!

— Non, je te remercie. Viens vite!

Claire l'entraîna vers l'imprimerie en oubliant de fermer la porte de son laboratoire. Plus tard, elle se reprocherait amèrement cette imprudence, mais, pour l'instant, elle ne songeait qu'à regrouper les siens sous le toit ancestral du Moulin du Loup.

Ce vendredi 14 juin, Faustine succomba à la peur elle

aussi, mais une peur d'un tout autre genre. Elle était rentrée de l'école, accablée par la nouvelle qui agitait encore le bourg de Puymoyen : Paris sous les bottes allemandes, Paris occupé ! Elle avait vu Claire qui était venue chercher Ludivine à l'heure habituelle. Jean avait su la raisonner, et elle avait fini par accepter de laisser leur fille en classe. Mais elle en avait profité pour inviter le couple à dîner.

— Cela me fera du bien de tous nous voir réunis, avait souligné sa mère adoptive. On ne sait plus de quoi seront faits nos lendemains.

Ce discours avait déprimé la blonde institutrice, car elle cachait à sa famille et à son mari un événement intime qui la désorientait. Quatorze ans après la naissance de Gabrielle, sa benjamine, elle était enceinte. « Nous prenons des précautions, Matthieu et moi, en règle générale ! s'était-elle dit, surprise. Moins qu'avant, peut-être ! »

Après qu'elle eut cru à un retard, de violentes nausées et un dégoût total de la nourriture s'étaient chargés de confirmer ses doutes. Ce soir-là, assise à la table de la salle à manger, elle réfléchissait, incapable de se réjouir de cette grossesse inattendue. Elle craignait la réaction de son mari, même si elle avait constaté qu'il redoublait de fougue amoureuse ces dernières semaines, comme pour lui prouver qu'il n'avait aucune envie de la tromper avec Anna, toujours aussi assidue à l'imprimerie.

— Tant pis, je le dirai à la fin du repas, se dit-elle à mi-voix.

Elle se servit une deuxième tasse de thé et reposa un biscuit qui ne la tentait guère. Un bruit de pas sur le chemin lui fit lever la tête. Une silhouette passa devant sa fenêtre, auréolée de cheveux roux, très lisses. Un instant plus tard, on frappait à la porte. « Que me veut-elle ? » se demanda Faustine, qui avait reconnu Anna.

— Entre !

— Bonjour, madame Roy ! salua la jeune fille en s'avançant, toute souriante. J'ai dû monter à Ponriant. Le téléphone est en panne, au Moulin, même chez votre mari. Madame Claire voulait absolument inviter madame Giraud et Janine ce soir.

— Et tu t'es arrêtée juste pour me dire ça?

— Oh! non, pour autre chose aussi. Enfin, c'est une idée de votre tantine. Je suis très douée en couture. Aussi, si vous avez besoin de raccommoder du linge ou des draps, je serais contente de gagner un peu plus. Tenez, je ne sais plus quand, j'ai recousu la veste de votre mari. Une veste en toile beige, du beau lin. Il manquait un bouton à une manche et il y avait un accroc dans le dos.

— Je n'avais rien remarqué, répliqua Faustine qui étudiait attentivement la physionomie de la visiteuse.

Chacun s'accordait à trouver Anna très jolie ou belle, mais elle n'était pas de cet avis. «En vieillissant, elle aura l'air d'une fouine, et ses cheveux blanchiront vite. Cela arrive aux rouquines!» pensa-t-elle avec délectation.

De son côté, la jeune fille la dévisageait, en quête d'un défaut flagrant ou bien de rides inévitables, selon elle, chez une femme de cet âge. À son grand regret, elle dut s'avouer que Faustine Roy frôlait la perfection. Elle avait une peau satinée, un teint frais, des lèvres charnues et un regard d'azur. Déçue de l'indifférence que sa rivale affichait au sujet de la veste, Anna renchérit:

— Votre mari me l'avait prêtée, sa veste. C'est ainsi que j'ai pu observer les dégâts.

— Il te l'avait prêtée, ou tu la lui avais empruntée?

— Prêtée, j'avais froid, ce soir-là…

— Dans ce cas, je te remercie. Peut-être viens-tu me demander une pièce pour ta peine? ironisa Faustine en cachant avec soin sa fureur.

— Non, j'ai fumé tout son paquet de cigarettes, confessa Anna en riant un peu trop fort, ce qui dévoila ses petites dents carnassières. Ça me suffit comme dédommagement. Enfin, si vous avez besoin, je suis à votre disposition. Je me dépêche, Matthieu m'attend… Pardon, monsieur Roy.

Elle sortit, légère, svelte et gracieuse dans une ancienne robe blanche de Bertille. Mortifiée, Faustine guetta les battements désordonnés de son cœur. Elle souffrait à en crier, piégée par son excellente mémoire qui la ramenait une quinzaine de jours auparavant.

« Matthieu n'avait ni sa veste ni ses cigarettes. Il a éludé mes questions et m'a entraînée à l'étage. Il était dehors et, quand il est entré ici, il avait une étrange expression. Ils se sont vus ce soir-là. La peste, elle a osé venir me narguer, me mettre au courant de sa voix mielleuse. Cette fille est diabolique. Il faut qu'elle s'en aille, qu'elle fiche le camp! »

La gorge nouée sur de gros sanglots, Faustine pleura plus d'une demi-heure, puis elle se leva, incapable de rester chez elle plus longtemps. Il lui fallait être rassurée sur-le-champ ou bien connaître la vérité. «Si Matthieu m'a trompée, je le sentirai, il ne sait pas mentir. Pourtant, il a menti, déjà, à cause de cette garce. »

Blême et tremblante, elle enfila un gilet et s'élança sur le chemin des Falaises. Peu lui importait à cet instant la guerre, les Allemands et l'occupation de Paris. Son couple était menacé, elle en avait l'intime conviction, et cela la rendait à demi folle.

— C'est mon amour, je n'aime que lui et je n'aimerai jamais que lui, débitait-elle entre ses dents. Personne ne me le prendra, ça, jamais! Je me battrai, je ferai valoir mes droits. Je suis son épouse, la mère de ses enfants!

Elle franchit le porche du Moulin dans le même état d'excitation. Par chance, Claire était assise au bord du bief avec Ludivine et Franzi. Ils observaient les évolutions des têtards, qui pullulaient dans la retenue d'eau à cette époque de l'année.

— Faustine, appela la fillette, viens voir, c'est amusant! Il y a des têtards qui ont des pattes, déjà. J'en ai attrapé un. Je vais le mettre dans un bocal.

— Nous en avons dans la classe, répondit-elle machinalement. Laisse ces bestioles en paix.

Alarmée par l'intonation anormale de sa fille, Claire se leva aussitôt. Elle l'empêcha d'aller plus loin en la saisissant aux épaules.

— Qu'est-ce que tu as? demanda-t-elle tout bas.

— Toujours la même chose, maman. On ne veut pas m'écouter, on ne me croit pas quand je parle d'une certaine fille, mais voilà, le pire est arrivé.

— Viens, les petits pourraient t'entendre.

Elles entrèrent dans un hangar en pierre qui abritait la voiture de Jean.

— Tu fais allusion à Anna? Parle donc, Faustine! Et surtout, calme-toi. Si Matthieu te voit ainsi...

— Je m'en fiche, moi, de sa réaction. Il couche avec cette garce, j'en suis sûre. Maman, je dois discuter avec mon mari et le faire avouer. Il lui aurait prêté sa veste, un soir, et je sais très bien quel soir. Elle s'en est vantée tout à l'heure, chez nous. Je t'en prie, je ne veux pas provoquer de scandale. Va chercher Matthieu et dis-lui de me rejoindre ici. Je ne supporterai pas de le perdre, ça non! J'en mourrais, il me semble! Mon Dieu, comme tu as dû souffrir, quand Angéla et papa...

Les yeux noirs d'émotion, Claire agita les mains en signe de protestation.

— Plus un mot, pitié! C'est du passé!

— Pardon, maman, pardon!

Faustine se jeta à son cou et sanglota éperdument. Matthieu les découvrit ainsi, toujours enlacées. Dans l'unique souci de rendre service, Franzi s'était précipité pour le prévenir que sa femme était là.

— Ce n'est quand même pas l'entrée des troupes allemandes dans Paris qui te cause un tel chagrin, ma chérie! s'étonna son mari.

Claire tapota encore une fois le dos de sa fille et s'éloigna.

— Apaise-la, Matthieu, elle est à bout de nerfs, dit-elle simplement.

Décontenancé, l'imprimeur garda d'abord le silence. Il avait voulu prendre Faustine dans ses bras, mais elle s'était écartée avec brusquerie, les yeux brillants d'une rage folle.

— Ne me touche plus! ordonna-t-elle. Pas tant que tu ne m'auras pas dit la vérité, rien que la vérité. Oui, à propos de ta veste, de tes cigarettes et de cette chienne en chaleur qui te court après!

— Faustine, moins fort, enfin! déplora-t-il, sidéré. Tu devrais avoir honte de te donner en spectacle.

— Ah! Et où sont les spectateurs? rugit-elle. On est seuls, tous les deux!

— Je suis là, et je n'ai aucune envie que tu te ridiculises devant moi. Tu perds la tête, ma parole! Faustine, monte dans la voiture de ton père, je vais tout t'expliquer.

Elle lui obéit, frémissante et hagarde. Les vitres étaient baissées. Il alluma une cigarette, puis une deuxième qu'il lui tendit.

— Non, je n'en veux pas, souffla-t-elle. Offre-la donc à ta chère Anna!

— Faustine! Il n'y a pas de chère Anna.

Matthieu avait compris qu'elle était au courant de l'histoire de la veste. Il ignorait encore comment, mais il préféra être franc et il lui raconta en détail ce qui s'était passé au bord de la rivière.

— Voilà! Je n'ai pas cédé à la tentation, n'étant guère tenté, et je n'y céderai pas. Quand admettras-tu que je suis fidèle et que je t'aime? Tu dois me croire, Faustine.

— Et tu ne l'as pas renvoyée, fichue à la porte? gémit-elle. Si tu dis vrai, cette gamine s'est exhibée devant toi toute nue, elle t'a provoqué et, toi, tu travailles chaque jour avec elle! Il faut la chasser. Si elle reste une heure de plus dans ton imprimerie, je n'aurai plus un instant de repos, je t'imaginerai sans cesse à ses côtés à la féliciter, à l'encourager à te séduire!

— Mais non! insista-t-il. Non et non! Ce n'est qu'un jeu, tout ça, elle teste ses charmes. Du moins, elle a essayé et je l'ai remise à sa place. Tu n'as pas à t'inquiéter.

Hors d'elle, Faustine descendit de l'automobile. Son chignon s'était défait et, ainsi, échevelée et les joues rouges de fureur, elle paraissait très jeune.

— Je suis enceinte! laissa-t-elle sèchement tomber. À toi de juger si tu souhaites me torturer pendant les mois de grossesse qui viennent. Je ne tolérerai plus de croiser Anna Kern dans les parages du Moulin ou de notre maison. Qu'elle aille aiguiser ses griffes ailleurs, à Ponriant, au village, n'importe où! Il ne manque pas de célibataires, si elle cherche un beau mâle!

Il avait rarement entendu sa femme s'exprimer de façon aussi crue. Sonné par la nouvelle qu'elle lui avait assénée juste avant, il n'osa pas lui en faire le reproche et s'empressa de la rattraper.

— Tu attends un bébé? Chérie, depuis quand? Pourquoi me l'as-tu caché?

Elle perçut son embarras et son manque d'enthousiasme. Cela acheva de la désespérer.

— C'est ta faute! s'écria-t-elle. Tu n'avais qu'à être prudent, si tu n'es pas content de la nouvelle! Vas-y, dis-le, que je suis trop vieille pour te donner un autre enfant! Mais je l'aurai, ce bébé, et je l'élèverai seule s'il le faut.

Camouflée derrière le hangar, Anna venait de surprendre ces exclamations virulentes. Elle en éprouva une douleur foudroyante qui faillit lui arracher une plainte. Matthieu serait encore plus froid et distant à l'avenir, s'il devenait père pour la quatrième fois.

« Elle n'aura pas ce bébé, se promit-elle, enflammée d'une haine inouïe. Ce sont toujours les mêmes qui sont heureux, qui se conduisent bien. Mais ça changera! »

Elle prit la fuite en maudissant Faustine de toute son âme. Ses imprécations la terrifiaient elle-même, car elle en venait à désirer la mort de l'institutrice, dont la beauté, l'instruction, la réputation de charité et de bonté s'opposaient magistralement à l'image déplorable qu'elle avait de sa propre personne. « Moi, je n'ai pas tant de poitrine, je ne suis pas blonde comme le miel, j'ai quitté l'école à treize ans. Moi, je suis mauvaise, je déteste tous les gens qui font semblant de bien m'aimer. Eh bien, tant mieux si je suis mauvaise! »

Elle s'enivrait de ce triste constat, déterminée à faire encore plus de mal tant qu'elle aurait un souffle de vie. Petite, Anna Kern était une fillette assez sage, pleine de bonne volonté. Elle réclamait seulement un peu d'amour et de tendresse, mais son père, absent du matin au soir, trimait dur et elle se retrouvait confrontée à une mère dont le souci primordial était de boire tout son soûl. Yvette avait souvent des crises de rage pendant lesquelles elle giflait sa fille et la rabaissait. Le pire, c'était les jeudis où l'ivrogne recevait son amant du moment pour de brèves étreintes dans le lit conjugal, sans prendre la peine de fermer la porte. La première fois, Anna avait huit ans et, réfugiée dans le placard à balais, elle s'était bouché les oreilles. Peu à peu, la fascination avait succédé à la frayeur. Elle avait été ainsi témoin de pratiques sexuelles qui la stupéfiaient.

Depuis cette époque, elle croyait ferme que tous les adultes se comportaient de la sorte, et sa sensualité s'était éveillée très tôt. Sa mère semblait tellement heureuse, dans ces moments de délire où elle était soumise à un homme, qu'elle avait eu hâte de l'imiter. Le fils d'un voisin s'était empressé de répondre à ses avances maladroites. Elle avait treize ans.

Avide de caresses, de baisers, de ce plaisir fugace qu'elle ressentait, Anna avait séduit d'autres garçons. Habile à mentir, consciente de se conduire aussi mal que sa mère, l'adolescente avait su préserver son père qu'elle adorait et qui souffrait suffisamment de savoir son épouse alcoolique.

— Je vous maudis, Faustine Roy et tes enfants! Je vous maudis tous, les Roy-Dumont, comme vous dites. Toi aussi, Matthieu, je te maudis!

Anna avait crié, parvenue à bonne distance du Moulin. Elle s'effondra sur l'herbe d'un pré parsemée de boutons d'or. Là elle pleura à son aise, recroquevillée, un bras sur le visage.

Dans le hangar, Faustine pleurait tout autant. Malgré les baisers de son mari et ses promesses d'amour éternel, elle continuait à sangloter.

— Ma chérie, supplia Matthieu, consterné, je t'assure que je suis heureux d'être papa. Si tu me l'avais annoncé chez nous avec ta douceur habituelle, je n'aurais pas eu cette réaction. Ma beauté, calme-toi, tout va pour le mieux.

— Tout ira pour le mieux si Anna s'en va, répondit-elle, acharnée à se débarrasser de la jeune fille.

— Bon sang, vas-tu comprendre que tu entres dans son jeu! protesta-t-il. Tu lui donnes de l'importance en la considérant comme une rivale en puissance. Et moi tu me rabaisses en me supposant capable de te tromper. Faustine, quand tu étais institutrice à l'orphelinat Saint-Martial, en ville, tu avais affaire à des filles difficiles. Je crois me rappeler qu'une certaine Angéla te causait bien des soucis, mais tu as su l'apprivoiser, avoir pitié d'elle. Tu l'as défendue contre vents et marées, au nom des traumatismes qu'elle avait subis enfant. Encore maintenant, tu as de l'affection pour elle, malgré le mal qu'elle a fait.

— Angie avait un bon fond, elle l'a prouvé par ses remords. C'était un peu ma petite sœur de cœur.

— Et si Anna avait été marquée, elle aussi, par des événements dont nous ignorons tout? lança Matthieu. Sa mère, déjà, n'était pas un bon exemple.

— Comment ça? demanda Faustine.

— Claire voulait te ménager et protéger Anita. Mais autant que tu sois au courant.

Il lui résuma très vite ce qu'il avait fini par apprendre, Claire s'étant confiée à lui un soir au sujet de Léon et d'Yvette Kern, mais aussi des maux endurés par le petit Franzi.

— Mon Dieu! Quelle horreur! s'exclama Faustine, déconcertée. Pourquoi me tenir à l'écart? Matthieu, j'avais le droit d'être informée. Cela dit, je ne vois pas en quoi cela fait d'Anna une victime. C'est une fille assurée, froide, calculatrice et arrogante. Si tu avais vu son sourire, quand elle m'a parlé de ta veste et de tes cigarettes... Elle voulait me blesser, éveiller mes soupçons.

— Et elle a réussi! Tu ne dois pas te montrer faible, ma chérie. Traite-la comme une de tes élèves de l'institution Marianne, impose-lui le respect et la discipline.

Claire s'approchait, inquiète. Elle avait perçu leurs éclats de voix et, après avoir expédié Ludivine et Franzi à la bergerie pour aider à la traite des chèvres, elle venait aux nouvelles.

— On vous entendait de loin, s'excusa-t-elle. Enfin, mes enfants, à quoi bon vous quereller?

Elle se posait en mère, à cet instant, elle qui les avait bercés, nourris au biberon et éduqués.

— Matthieu ne veut pas renvoyer Anna. Maman, je sais qu'elle fait du bon travail en typographie, mais tu pourrais la remplacer. Ou Janine...

— Tu n'as pas à être jalouse de cette jeune fille, enfin! Ce n'est qu'une gamine, une écervelée. En plus, son père la surveille, maintenant.

Le couple échangea un regard embarrassé. Matthieu fit un signe discret à son épouse afin de lui intimer l'ordre de garder secret l'épisode de la rivière.

— Faustine attend un bébé, dit-il tout bas. Je pense que cela exacerbe sa sensibilité.

— Un bébé! Oh! ma chérie! s'écria Claire. Mais c'est un don du ciel! Ne te fais pas de souci, je vais discuter avec Anna et la faire réfléchir un peu. Tu en es à combien de mois?

— Deux et demi, je crois. Dis, maman, je ne suis pas trop âgée pour mener à bien une grossesse?

— Dis donc, j'ai eu Ludivine à quarante-neuf ans!

— Oui, et tu as failli en mourir, rappela Matthieu.

— Bravo! protesta sa sœur. Aucun accouchement ne se ressemble. Faustine est en pleine santé et elle a déjà eu trois enfants, ce qui n'était pas mon cas. Allez, pas de découragement! Nous fêterons ça ce soir. Anita nous prépare un sauté de lapin aux navets. Je vous laisse. Et plus de grands cris.

Faustine poussa un soupir, tandis que son mari la prenait contre lui.

— Apparemment, je suis obligée d'abdiquer, conclut-elle d'un ton déçu. Anna Kern a gagné la partie.

— Il n'y a pas de partie à perdre ou à gagner, ma chérie. Tu es ma femme, l'unique amour de ma vie. Et, si cela peut te tranquilliser, Anna est le genre de personnage que je préfère avoir sous les yeux.

— Qu'est-ce que ça signifie?

— Peut-être qu'il y a de petites bêtes sauvages qu'il vaut mieux tenir en cage, plutôt que de les lâcher dans la nature où elles feraient des dégâts.

Frappée par ces mots, elle regarda son mari avec attention. Matthieu lui apparut alors comme son héros de jadis, son chevalier servant. C'était un homme d'une rare intelligence, clairvoyant et doté d'une solide intuition. Soudain, elle s'en voulut de l'avoir cru susceptible de la trahir, de la délaisser. Il n'avait pas changé depuis leur enfance et il ne changerait jamais.

— D'accord, concéda-t-elle. Je te fais confiance.

— Alors, embrasse-moi!

Infiniment apaisée, elle s'abandonna. Ils s'étreignirent, bouche contre bouche, jusqu'à en perdre le souffle.

— Je suis affamée, reconnut Faustine peu après. Mon amour, pardonne-moi.

— Tu es toute pardonnée!

Il était sincère. Main dans la main, ils quittèrent le hangar et traversèrent la cour du Moulin. Le temps s'abolissait. Ils se sentaient très jeunes et toujours aussi amoureux.

*

Une heure plus tard, Bertille garait sa luxueuse automobile, une décapotable, devant le local de l'imprimerie. Elle en descendit, un foulard noué sur ses cheveux et des lunettes de soleil sur le nez. Elle portait un tailleur gris, sa couleur favorite, dont la veste ouverte dévoilait un corsage en soie rose. Claire agita la main. Elle guettait son arrivée depuis le perron.

— Toujours très distinguée, princesse! lui cria-t-elle.

— Bien sûr, et j'ai deux bouteilles de champagne dans le coffre à mettre au frais d'urgence. Je tenais à arroser notre défaite, notre déconfiture. Les Allemands ont pris Paris!

— Tout le monde le sait, renchérit Jean, debout près de sa femme.

Janine sortit de la voiture à son tour. Elle avait amené la petite Marie, pendue à son cou. Anita et Léon, qui sortaient de la grange, se précipitèrent à sa rencontre.

— Comment va cette mignonne? demanda la domestique. Fais risette à mémé, ma jolie! Hé! je suis un peu sa grand-mère, en fait!

— Dame, si les parents ne se manifestent pas, tu pourras la garder, la pitchoune, ajouta Léon. Fais un bisou à pépé, toi!

L'enfant enfouit son visage au creux de l'épaule de Janine. Même si la jeune femme était passée plusieurs fois au Moulin du Loup, ces visages grimaçants et ces voix rudes apeuraient la fillette.

— Il ne faut pas l'effrayer ainsi, recommanda Bertille. Elle s'habituera à vous, mais pas si vite. Oh! Quelle bonne surprise! La table est mise dehors! Merci, Clairette. Autant profiter de ces délicieuses soirées de juin. Il fait si bon, et tes rosiers embaument. Ciel, que j'aime notre vieux Moulin du Loup! J'ai l'impression d'être plus chez moi ici qu'au domaine.

Faustine et Matthieu étaient déjà assis autour d'une longue table nappée de blanc. Jean avait tenu à ce repas sous le tilleul séculaire.

— L'idée est de moi, ma chère Bertille, affirma-t-il. L'armée allemande envahit la France. Savourons nos derniers jours de liberté, tant que le drapeau de la mairie affiche encore du bleu, du blanc et du rouge. Viens, installe-toi!

Bertille ne se fit pas prier. Elle prit tout de suite une cigarette dans son sac et l'alluma.

— Les Kern ne sont pas là? s'étonna-t-elle en jetant des coups d'œil alentour.

— Non, j'ai conseillé à Jakob d'emmener ses enfants à la pêche aux anguilles, expliqua Claire. Il y va souvent et nous offre ses prises. Ce n'est pas négligeable.

— Et ça amuse le petit Franzi, ajouta Anita. Il est devenu si raisonnable, ce gamin! Encore un miracle que l'on doit à madame Claire. Enfin, ils sont aussi bien au bord de l'eau, en famille. Je leur ai fait un bon casse-croûte.

— J'aimais beaucoup aller à la pêche aux anguilles, observa Janine. Tu te souviens, papa? Tu posais un grelot au bout de tes lignes et, nous, on attendait que ça sonne. Il faisait presque nuit, et l'herbe devenait humide sous nos fesses. César, ce nigaud, avait une frousse terrible des anguilles.

— Ouais, y braillait qu'on aurait dit des serpents, approuva Léon, attendri. On ne le voit plus, ton frère, ces temps-ci.

Janine ne daigna pas répondre, car sa protégée pleurait en tendant sa menotte vers les tranches de pain coupées qui garnissaient une panière.

— Elle a faim, ma pitchounette! constata-t-elle. Au fait, je lui ai trouvé un prénom. Il faut l'appeler Marie.

— Marie, c'est très bien, ça, affirma Anita. La Sainte Vierge veillera sur elle.

La pieuse Espagnole se signa, tandis que Léon hochait la tête. Il lorgnait vers les carafes remplies de vin blanc tout en ayant pris la décision ne pas en boire une goutte. Faustine le dévisageait d'un regard froid, réprobateur. Le récit de Matthieu agissait à retardement. Sur le moment, elle l'avait assimilé sans trop y penser, encore bouleversée par la scène qui l'avait opposée à son mari. Mais, à présent, devant le domestique, elle cédait à un profond sentiment de répulsion. Ce n'était plus le brave Léon de son enfance, celui qui avait su la consoler bien des fois, mais un homme vieillissant aux pulsions perverses.

«Je viendrai moins fréquemment au Moulin, se promit-elle. Cela m'évitera de le voir et de croiser Anna. Chère maman, elle a eu soin, ce soir, d'expédier les Kern à la pêche. Je n'aurais pas pu avaler une bouchée si cette fille avait mangé à notre table. »

De son côté, Claire faisait de violents efforts pour paraître détendue et enjouée. C'était surtout afin de ne pas affoler Ludivine, qui gambadait encore dans la cour, Sauvageon sur ses talons. Comme les autres écolières et écoliers, sa fille avait appris que l'armée allemande était entrée victorieuse dans les rues de Paris. Certes, pour des enfants, cela demeurait un drame confus, lointain, qui ne les touchait guère. Ludivine, cependant, s'avérait précoce et toujours d'une rare sensibilité.

«Je la défendrai de tout, se disait Claire, assise près de Bertille. Elle a le droit d'être insouciante, de jouer et de dormir en paix. »

— À quoi penses-tu, cousine? s'inquiéta Bertille. J'ai tant de choses à vous annoncer!

— Du bon ou du mauvais? interrogea Jean.

— Cela dépend, observa-t-elle, les prunelles teintées de mélancolie. D'abord, la nouvelle la plus surprenante... J'ai eu Clara au téléphone cet après-midi. Ma fille est à Londres avec Corentine, Samuel et Joachim Claudin. Vous le savez, le docteur Claudin est juif. Ils sont donc en partance pour les États-Unis. Clara les accompagne. Moi qui espérais la recevoir ces jours-ci au domaine, je suis dépitée.

La gorge serrée, Bertille but une gorgée de vin blanc. Elle faisait front, mais son cœur de mère souffrait.

— Là-bas, au moins, elle sera à l'abri, princesse, dit Claire tendrement. Et Arthur?

— Arthur! Ma Clairette, sois forte, ton frère s'est engagé le mois dernier. Tu déplorais de ne plus recevoir aucune lettre. C'était normal. Il a joint la Marine nationale. Félicien l'aurait convaincu de servir la patrie lors d'une de ses permissions. Monsieur l'héritier a montré ses galons et glorifié les mérites de l'armée.

— Arthur? C'est aberrant, il n'a pas l'étoffe d'un soldat! se récria Jean. Il bénéficiait d'une dérogation, en plus.

— Grâce aux relations de Bertrand, toujours, gémit Bertille. Nous avons eu tort de nous en mêler, puisque tous ces jeunes gens ont des remords, ensuite, et rêvent de porter l'uniforme.

Accablée, Claire ferma les yeux. Elle revoyait son demi-frère lors des obsèques de l'avocat. À vingt-cinq ans, Arthur affichait une allure d'artiste un brin romantique, un peu indifférent à tout ce qui n'était pas sa passion pour la musique.

— Mais pourquoi a-t-il fait ça? dit-elle. Mon Dieu, pourvu qu'il revienne sain et sauf!

— Il reviendra, maman, n'aie pas peur, dit Faustine, attendrie par la détresse de Claire. Moi aussi, j'ai une nouvelle, une bonne nouvelle. J'attends mon quatrième enfant. D'après mes calculs, bébé naîtra en décembre.

— Sainte Vierge! s'exclama Anita. C'est-y possible! Un petit Jésus à Noël!

— Qui apprendra peut-être la langue allemande à l'école, laissa tomber Matthieu.

— Veux-tu te taire, oiseau de mauvais augure! s'indigna Bertille. C'est merveilleux, Faustine! Je te félicite, *darling*, et je parie que, cette fois, ce sera un garçon.

Jean fut envahi par une émotion à double tranchant. Il embrassa sa fille et la félicita à son tour, mais il redoutait l'épreuve de la naissance, les couches laborieuses de Claire l'ayant fortement marqué.

— Dommage que ce soit la guerre! soupira-t-il. L'avenir est bien incertain!

— Papa, je t'en prie! Cela m'inquiète suffisamment, avoua Faustine.

— Et flûte! Oublions un peu la guerre! s'exclama Bertille. Je suis venue dîner en votre compagnie. Causons plutôt de ce futur bébé, ou d'une belle robe, ou bien encore du poulain de Junon qui est une véritable merveille. Il est né au mois de mai, noir avec une étoile blanche sur le chanfrein. Il a déjà changé, Ludivine, et il te réclame.

La fillette, qui s'était attablée, éclata de rire. Elle avait pu admirer le poulain le lendemain de sa naissance et elle s'en était occupée avec David, le palefrenier. Depuis, Bertille l'informait des progrès du jeune animal comme si Ludivine en était la marraine.

— Marie s'y intéresse aussi, ajouta Janine. Hein, ma poupée, tu aimes les chevaux…

Elle gardait la petite sur ses genoux malgré la chaise haute mise à sa disposition par Anita. L'enfant grignotait du pain, le regard dans le vague.

— Tu la rendras capricieuse, si tu la dorlotes trop, la sermonna Léon.

— Papa, elle est seule au monde! Claire m'a bien recommandé de la câliner le plus possible.

— En effet, cette petite fille a surtout besoin d'affection et d'une présence constante, puisqu'elle a été séparée brutalement des siens, confirma Claire. Bon, trêve de discours, si nous goûtions à la salade, des laitues du jardin et des œufs durs du poulailler!

— J'vous cause pas du dessert! dit Anita en se dandinant de fierté. Y en a qui vont se régaler.

Exceptionnellement, le couple de domestiques partageait ce repas de fête avec la famille. D'un commun accord, Claire et Jean les avaient invités.

— Ce que j'suis content! répétait Léon, en dépit du verre d'eau qu'il ingurgitait avec sérieux.

Anita, quant à elle, croyait toujours que son mari avait été puni par leurs patrons en raison de ses excès de boisson et de ses grossièretés. Ce soir-là, elle se montrait radieuse, certaine qu'ils pourraient bientôt retrouver leur place à table tous les jours de l'année.

— J'ai encore une chose à dire, annonça Bertille après le plat principal, un sauté de lapin bien persillé et aillé sur un lit de navets rissolés. Edmond de Rancogne, ce grand ami d'Edmée de Martignac, est revenu à la charge. N'est-ce pas, Janine?

— Euh…, oui! Oui, c'est sûr… Zut, Marie a recraché de la viande. C'était trop dur pour elle. J'aurais dû lui préparer une purée de pommes de terre.

La jeune femme essuyait la bouche de la petite et couvrait son front de baisers.

— Tu as bobo, ma chérie? Pauvre petite Marie! Anita, aurais-tu de la compote?

Bertille rageait que ses effets soient coupés par l'intermède. Amusé, Jean la pressa de continuer:

— Janine a d'autres chats à fouetter, Bertille. Alors, raconte!

— Oui, raconte, princesse! insista Claire.

— Monsieur de Rancogne, grand seigneur, m'a fait envoyer des roses rouges, symbole d'un amour ardent. Puis il m'a téléphoné afin de savoir si je les avais bien reçues. C'était hier, tout ça. Et figurez-vous qu'à midi il débarque à Ponriant dans sa malheureuse voiture qui fait un bruit de casserole. J'ai dû le garder à déjeuner. Au fond, c'est un homme charmant et tellement instruit! Vendredi prochain, je visite son château au bord de la Tardoire et il me servira le thé sur la terrasse. Mais je n'irai pas seule. Janine m'accompagnera. N'est-ce pas, demoiselle?

— Je ne sais pas, tantine. Marie n'aime pas trop les trajets en automobile.

— Paulette la gardera, ou les grands-parents Kern. Ces pauvres vieux s'ennuient.

— Je ne confierai Marie à personne, trancha Janine.

Impressionné par le ton autoritaire de sa fille cadette, Léon sourcilla. Bertille eut un sourire résigné.

— Clairette, pitié, viens avec moi à Rancogne. Nous passerons par la ville de La Rochefoucauld. Il y a un magnifique château, là-bas. Bertrand me l'avait montré, un jour. Tu ne peux pas refuser, tu dois protéger ma vertu.

Tout le monde se mit à rire, excepté Ludivine qui n'avait pas saisi ce qui était si comique.

— Tu es vraiment impayable, tantine, s'esclaffa Matthieu. Claire, tu ne peux pas refuser!

— D'autant moins que je ne t'ai jamais emmenée bien loin, deux ou trois fois au bourg et un samedi à Angoulême, insista Bertille. Et toi, Ludivine, ne boude pas. J'ai seulement dit une plaisanterie. Maintenant, le champagne!

Le crépuscule ombrait la vallée. Le paysage bleuissait, et des écharpes de brume montaient de la rivière. Jean alluma les quatre lampions en papier coloré suspendus aux branches du tilleul.

— Vive la France! clama-t-il quand le premier bouchon sauta avec un bruit sourd.

Claire fixait le profil si délicat de sa cousine, toujours d'une beauté rare, même si le temps gravait d'infimes traces sur ce visage altier. Une boucle d'or pâle dansait sur son front. Bertille, que les paysans surnommaient jadis la petite fée de la vallée, lui semblait ce soir encore une créature surnaturelle, espiègle et légère, faite pour régner sur les gens ordinaires.

«Je divague! se reprocha-t-elle pendant que Bertille frappait des mains à la vue du champagne qui coulait en filet dans sa coupe. C'est avant tout une adorable enfant gâtée, une enfant de soixante ans!»

Anita servit le dessert, un grand compotier de fraises nappées de crème fouettée. Elle fit un second tour en cuisine pour rapporter un gros gâteau de Savoie à la croûte dorée qu'on devinait moelleux à souhait.

— Quel festin! concéda Faustine. Il ne manque que de la musique. Papa, joue-nous de l'harmonica, s'il te plaît!

Elle avait sa moue implorante d'enfant. Jean monta chercher l'instrument dans sa chambre. Bientôt, les accords de *La Paimpolaise* retentirent dans la nuit tiède. Léon, qui connaissait les paroles par cœur, se mit à chanter.

Quittant ses genêts et ses landes
Quand le Breton se fait marin
Pour aller aux pêches d'Islande
Voici quel est le doux refrain
Que le pauvre gars
Fredonne tout bas :
J'aime Paimpol et sa falaise
Son église et son Grand Pardon
J'aime surtout ma Paimpolaise
Qui m'attend au pays Breton[37]...

Claire reprit le refrain, imitée par Bertille, Faustine et Janine. Matthieu battait la mesure du bout des doigts sur la table. La petite Marie qui somnolait rouvrit les yeux et contempla l'harmonica dont le métal scintillait sous les lampions. Elle pencha son joli visage, l'air enchanté.

— Une autre chanson! réclama Ludivine. Papa, joue *Auprès de ma blonde*, je t'en prie.

— Non, moi je voudrais *Ma Normandie*, s'écria Faustine. Je suis normande, aussi.

— Vas-y, chante, ma chérie! dit Jean en souriant.

Quand tout renaît à l'espérance,
Et que l'hiver fuit loin de nous,
Sous le beau ciel de notre France,
Quand le soleil revient plus doux,
Quand la nature est reverdie,
Quand l'hirondelle est de retour,
J'aime à revoir ma Normandie!
C'est le pays qui m'a donné le jour.
J'ai vu les champs de l'Helvétie
Et ses chalets et ses glaciers;
J'ai vu le ciel de l'Italie,
Et Venise et ses gondoliers.
En saluant chaque patrie,

---

37. Paroles de T. Botrel, musique de E. Feautrier. Chanson du dix-neuvième siècle.

Je me disais : aucun séjour
N'est plus beau que ma Normandie!
C'est le pays qui m'a donné le jour[38].

Claire eut un pincement au cœur, comme chaque fois que sa fille adoptive revendiquait ses origines maternelles. Mais elle céda l'instant suivant à la douce ambiance qui régnait ce soir-là dans l'enceinte de son cher Moulin. Bercée par la musique et les refrains que chacun reprenait, elle éprouvait un agréable sentiment de plénitude. Il lui semblait que rien ne pourrait atteindre sa vallée et ceux qu'elle chérissait. Sauvageon était couché à ses pieds; la lune pointait à la cime d'un frêne. «Tant de bonheur, de quiétude! songea-t-elle, déconcertée. Pourtant, les Allemands ont pris Paris... Demain! Je m'en inquiéterai demain. Le danger viendra, mais je serai prête.»

Une autre menace rôdait, plus subtile, qu'aucune radio n'annoncerait. Perchée sur un muret, Anna observait la table drapée de blanc et les lampions. Elle écoutait les chansons et épiait les sourires de chacun. La haine rongeait son esprit. La jeune fille n'était pas un fruit vert, comme l'affirmait Bertille, mais une plante vénéneuse qui, meurtrie de ne pas avoir été cueillie par Matthieu Roy, ruminait une sinistre vengeance.

«Je vous maudis, tous», se répétait-elle.

Pourtant, rejetée du paradis comme Angéla avant elle, Anna pleurait.

*

Moulin du Loup, lundi 17 juin 1940

Le poste de radio de Matthieu restait allumé en permanence, à présent. L'imprimeur l'éteignait à regret le soir avant de fermer son local. Délaissant leurs tâches quotidiennes, Claire et Jean avaient passé beaucoup d'heures à écouter les informations retransmises par la Radio nationale. Dans la France entière, tous ceux qui le pouvaient agissaient de même.

---

38. Paroles et musique : Frédéric Bérat (1836).

Ce jour-là, ils venaient d'entendre un message du maréchal Pétain, nommé chef du gouvernement français la veille, Paul Reynaud ayant démissionné : « C'est le cœur serré que je vous dis aujourd'hui qu'il faut cesser le combat[39] ! »

Ces mots résonnaient comme une promesse dans le cœur de Claire, infiniment apaisée. Nul ne savait encore combien de soldats étaient morts depuis le début des hostilités, mais bien des Français ressentaient le même soulagement qu'elle[40].

— Qu'est-ce qui va se passer, maintenant ? s'alarma son mari. Et ce fameux général de Gaulle, que fait-il ?

— On signera sûrement un armistice, fit remarquer Matthieu. C'est préférable, quand on pense à ceux qui sont en première ligne, Paul, Arthur, Félicien... et tant d'autres inconnus.

Anna travaillait dans la pièce voisine, l'atelier de typographie. Elle était penchée sur les cadres en bois dans lesquels il fallait aligner les caractères en plomb gravés d'une lettre. Ce travail minutieux avait le mérite d'occuper son esprit. Tant qu'elle se concentrait sur le texte à mettre en place, elle oubliait un peu ses rancœurs et son désir de vengeance. Parfois, même, elle se sentait meilleure, désireuse de mener une existence toute simple où elle redeviendrait pure et bonne. Ce fut le cas en ces minutes capitales où Pétain décidait la fin des combats.

— Donc, la guerre est finie ! cria-t-elle. Papa sera heureux.

— Il faut patienter un peu avant de se réjouir, répliqua Matthieu. Mais une chose est sûre, les Allemands ont la mainmise sur le pays, dorénavant.

Désappointé, Jean hocha la tête. Il alluma une cigarette et sortit. « Est-ce qu'il n'y a vraiment rien à faire ? s'interrogeait-il. Armistice ou pas, nous sommes vaincus. Bon sang, je n'ai

---

39. Extrait du discours du maréchal Pétain en date du 17 juin 1940.

40. Cette campagne de quarante jours a coûté la vie de cent mille Français, militaires et civils.

même pas pu me battre! Si j'avais eu trente ans de moins, je ne serais pas resté là à écouter la radio. »

Il se revit dans les tranchées, du côté de Verdun, pendant la précédente guerre : une boucherie, un carnage dont les images l'obsédaient toujours, certaines nuits d'insomnie. Il était revenu dans la vallée des Eaux-Claires profondément marqué, amer, et Claire en avait beaucoup souffert. Alors qu'il se remémorait ce temps révolu au parfum de mort, elle le rejoignit et posa une main sur son bras.

— Courage, Jean! Nous sommes tous les deux. Nous protégerons nos enfants.

Ému, il l'embrassa sur la joue. Claire avait raison, il pouvait se rendre utile à sa famille, au moins.

— Et nous les nourrirons en cas de restrictions, lâcha-t-il d'un ton grave. Il y a du boulot au potager. J'y vais de ce pas, Câlinette.

— Il faudra penser aussi à faucher les prés le long du ruisseau. Jakob et Léon t'aideront.

Jean eut un sourire apaisant. Semer, récolter, engranger, il savait que c'était le seul moyen de tranquilliser sa femme, car elle considérait la guerre avec son tendre cœur de mère et de grand-mère. À ses yeux, le plus important demeurait le pain quotidien des anciennes prières, la table mise pour ceux qui auraient faim.

— Ne crains rien, Claire, dit-il enfin, je suis là, cette fois. Je ne te laisserai pas seule, plus jamais.

À une dizaine de mètres du couple, entre les murs de l'imprimerie Roy, naissait une tout autre discussion. Anna avait appelé Matthieu afin de lui demander conseil sur la disposition d'un titre de chapitre. Ils travaillaient sur un recueil de poésie qui serait tiré à cinquante exemplaires.

— Tout me paraît impeccable, dit-il. Tu te débrouilles vraiment bien.

— Merci, c'est gentil! Je peux commencer l'autre page?

— Oui, mais, avant, je voudrais te parler. Je n'en ai pas eu l'occasion depuis vendredi.

La jeune fille se troubla. Nerveuse, elle essuya ses paumes moites sur sa blouse.

— Allez-y! dit-elle sans oser le regarder.

— Pourquoi as-tu jugé bon de raconter à mon épouse cette histoire de veste à raccommoder? Je n'ai pas révélé à ton père que tu t'es jetée à mon cou entièrement nue! Je crois que cela lui aurait déplu. Jakob te prend pour une enfant sage et posée. Et puis, Faustine est enceinte, autant que tu le saches. Il est hors de question que tu la tracasses avec tes gamineries. Tu es prévenue, Anna: si tu recommences, je te renvoie. Déjà, j'ai dû batailler pour te garder ici.

Elle leva enfin la tête et le dévisagea avec une expression innocente.

— Je suis vraiment navrée, monsieur Roy! bredouilla-t-elle. Je ne croyais pas mal faire. J'ai proposé à votre femme des petits travaux de couture, voilà…

Irrité, Matthieu leva les bras au ciel. Si une de ses filles avait fait preuve d'une telle mauvaise foi, il l'aurait vertement sermonnée.

— Bon sang, Anna, tu me prends pour un crétin! gronda-t-il. Ne joue pas les innocentes! Ce dimanche, j'en ai encore discuté avec Faustine, qui m'a rapporté en détail tout ce que tu lui as débité. Et elle m'a décrit tes comédies de femme fatale ou de sale gosse, au choix. Je ne plaisante pas, là: tu n'approches plus mon épouse! Sinon, je te vire!

Anna se mordilla les lèvres. Ses prunelles d'un vert intense se rivèrent à un détail du mur qui lui faisait face, blanchi à la chaux et agrémenté d'un calendrier des Postes.

— J'ai compris, monsieur.

— Attaque-toi à un jeune homme du coin, suggéra Matthieu d'une voix radoucie. Tu es en âge d'avoir un amoureux, mais choisis un célibataire, un beau petit gars qui te proposera vite le mariage.

Elle opina d'un air soumis, tandis que son cœur battait la chamade, parce que l'imprimeur se tenait près d'elle avec son grand corps musclé et son odeur virile, mélange de tabac, de savon et de mousse à raser, à laquelle s'ajoutait, ténue, celle de sa transpiration. La jeune fille en perdait toute lucidité, comme chaque fois qu'il l'approchait ainsi.

— C'est vous que je voudrais, confessa-t-elle dans un

souffle. Mais ça ne se fera pas, je le sais bien. Hélas, on ne peut pas s'empêcher d'aimer. Moi, je vous aime.

— Je crois que tu confonds l'amour et l'attrait physique, petite, répondit-il aussi bas. L'amour implique le respect, le souci de l'autre, la tendresse et la complicité. Faustine m'inspire tout ça depuis que je la connais. Elle avait deux ans et demi environ quand nous avons été mis en présence. Je te trouve très jolie. Tu aurais pu me plaire si j'avais vingt ans et le cœur libre, mais ce n'est pas le cas, Anna. Bon, maintenant, plus un mot sur le sujet. Tu peux te remettre à l'ouvrage. Bientôt, mes enfants seront en vacances. Tu auras de la compagnie. Isabelle, l'aînée, a presque ton âge.

— Elle est belle. Je l'ai croisée un samedi sur le chemin des Falaises.

— Aussi belle que sa mère! s'exclama Matthieu en s'éloignant.

De nouveau, elle ressentit de la haine. Tremblante, elle enfouit ses doigts crispés au fond des poches de sa blouse. Elle songea, hébétée, au petit pot en grès qu'elle avait dérobé dans le laboratoire de Claire, dont l'étiquette portait l'inscription: *Digitale.* Elle avait eu soin de vider une partie du contenu dans un sachet en papier et de replacer le récipient sur l'étagère. Le poison dont elle ignorait les effets était dissimulé dans sa valise, enveloppé d'une de ses culottes, une pièce de linge que ni son père ni son frère n'auraient l'idée de lui emprunter. «Madame Faustine Roy y passera, comme maman!» se promit-elle, blême.

L'instant suivant, elle se ruait dans le cabinet d'aisance aménagé dans l'ancienne salle des piles et vomissait son déjeuner. Cela lui arrivait fréquemment depuis le décès d'Yvette Kern, mais, d'ordinaire, elle n'avait pas de témoin. Inquiet de la voir partir en courant, Matthieu crut bon de la suivre. Il perçut le bruit de ses hoquets spasmodiques à travers la porte et frappa.

— Qu'est-ce que tu as? Nom d'un chien, tu n'es pas enceinte, quand même?

Il n'en aurait pas été surpris, vu la conduite amorale de la jeune fille. Après tout, elle avait pu coucher avec n'importe qui dans la vallée, malgré ses grandes déclarations d'amour.

— Mais non! bredouilla-t-elle. J'ai mal au ventre. Laissez-moi en paix!

— Veux-tu que j'aille prévenir Claire? Elle te préparera une tisane de verveine.

— Non, ça va mieux! J'vous en prie, partez, je ne suis pas à mon aise.

Il obtempéra, conscient que, dans la même situation, il aurait eu besoin d'intimité. Appuyée à la cloison, Anna guetta le bruit de ses pas. Un goût de fiel sur les lèvres, elle reprit sa respiration, le regard voilé. De toutes ses forces, elle tenta de repousser le souvenir horrible qui l'obsédait, lié au suicide de sa mère. C'était trop tard, toute la scène reprenait consistance, cruelle, d'une précision épouvantable.

«Je savais que Léon couchait avec elle et qu'il lui apportait à boire en cachette. Je les ai vus ensemble une fois, deux fois... Ce matin-là, je n'en pouvais plus. Ils étaient si attentionnés avec nous, les gens du Moulin! Papa était tellement heureux d'avoir trouvé du travail! Mais elle, cette salope, elle s'en fichait, il fallait qu'elle le trompe, mon pauvre papa, qu'elle boive comme un trou!»

Anna ferma les yeux et se mordit le poing au sang. Le matin précédant la mort de sa mère, elle avait vu Claire quitter l'appartement, affolée. Alors, elle était montée à son tour sans faire aucun bruit, pour assister à la fin des ébats du domestique et d'Yvette. Ce genre de spectacle ne l'excitait plus guère. L'homme était vieux et grotesque, sa mère, sèche, jaune, maigre et tout aussi ridicule dans sa jouissance aveugle. Pleine de dégoût et révoltée, Anna s'était réfugiée dans sa chambre jusqu'au départ de Léon.

Bien qu'incommodée par les relents de ses vomissures, elle se remémorait ce qui s'était passé. «J'ai attendu, attendu que cette catin se réveille, car elle cuvait son vin. Dès qu'elle s'est traînée dans la cuisine, je lui ai dit ce que je pensais. Qu'elle brûlerait en enfer, qu'elle trahissait un mari trop complaisant, trop naïf, que j'avais toujours su qu'elle avait des amants de passage. Je l'ai insultée, je l'ai même giflée et elle me fixait, repoussante, bouche ouverte sur des dents gâtées. Moi, je ne voulais pas que madame Claire la guérisse, je ne voulais plus qu'elle soit là, sur terre, à nous couvrir de honte. C'est à cause d'elle que je me suis laissé tripoter, baiser comme une chatte en chaleur dès qu'un homme me voulait!»

Défaillante, la jeune Mosellane s'abandonna avec effroi à ce flot d'ignominies, sans espoir de s'en débarrasser. Elle se croyait encore dans la cuisine du petit logement, en face de cette mère indigne qui bredouillait des dénégations. Alors, Anna lui avait parlé de Franzi, violenté par le fermier de Montbron. Elle s'était abaissée à lui cracher au visage, et Yvette ne réagissait pas.

«Avant ce soir, papa saura toute la vérité sur toi! avait-elle menacé d'un ton bas et haineux. Il te chassera. *Raus! raus!* dehors, pauvre putain! Je le jure, papa saura tout, je n'en peux plus. Tu n'as pas le droit de continuer à le déshonorer!»

Et tout était allé très vite, ensuite. La fenêtre grande ouverte, sa mère qui se ruait vers l'embrasure et enjambait le rebord, sa mère qui basculait tête la première dans le vide.

«Je l'ai tuée! songea Anna en sanglotant. Mon Dieu, je l'ai tuée... J'ai tué ma propre mère! Je dois jeter le poison, je dois le brûler. Non, non, tant pis, je le garde! Mais pour moi, oui, pour moi.»

12

Les feux de l'été

Domaine de Ponriant, samedi 29 juin 1940

Bertille avait invité Claire à goûter au domaine. Les deux cousines, plus complices que jamais, bavardaient à mi-voix sur la terrasse. Il faisait chaud, mais le ciel était voilé d'un gris sombre et menaçant.

— Il y aura un orage avant ce soir, leur dit Janine, ravissante dans une longue robe en cotonnade jaune. Je suis ravie, Marie fait de bonnes siestes, à présent.

— Marie par-ci, Marie par-là, se lamenta la dame de Ponriant, tu ne vis plus que pour cette petite. Ne t'attache pas trop à elle. Sa famille doit la rechercher.

La jeune fille balaya l'argument d'un geste de la main. Elle but une gorgée de citronnade et grignota un biscuit parfumé à la cannelle en disant :

— Pour le moment, j'en profite. Nous verrons bien ce qui se passera dans l'avenir.

— Tu as raison, Janou, de donner le maximum d'affection à cette petite, approuva Claire. Elle a retrouvé le sourire; elle joue et gazouille. C'est une bonne chose. Et nous pouvons enfin respirer, il n'y aura plus de combats, plus de victimes. Quand Matthieu m'a annoncé que l'armistice avait bel et bien été signé à Rethondes, dans le même wagon qu'en 1918, j'étais folle de joie.

— Clairette, la semonça Bertille, la France a signé un traité avec l'Allemagne nazie! Il n'y a pas de quoi se réjouir. Winston Churchill, le premier ministre britannique, a dénoncé la chose immédiatement.

— Mais laissez donc ce genre de discussions aux messieurs!

coupa Janine. Nous ne savons pas vraiment ce qui se trame. Les Allemands occuperont vite tout le pays. Ils ont pris Cholet, Poitiers... Ils approchent. Vous avez entendu le maréchal Pétain, à la radio, il y a quatre jours. Son discours n'était guère optimiste : «Vous avez souffert, vous souffrirez encore... Ce n'est pas moi qui vous bernerai par des paroles trompeuses[41].»

Claire haussa les épaules. Elle refusait surtout de voir la vérité en face.

— Mais non, une ligne de démarcation va être établie et, d'après Jean, le sud de la France sera en zone libre.

Les informations glanées dans les journaux et à la radio n'étaient pas toujours explicites. Aucune annonce officielle ne révélait où serait tracée cette nouvelle frontière coupant en deux la nation.

— Moi, si je pouvais, dit Bertille, si j'étais un homme dans la force de l'âge, je ferais comme la population mâle de l'île de Sein en Bretagne, qui a gagné l'Angleterre pour se ranger aux côtés du général de Gaulle. Ah! voilà quelqu'un de bien! Son appel, le 18 de ce mois, m'a fait pleurer! La France libre, la France qui se bat encore et encore pour repousser l'ennemi, c'est admirable.

— Évidemment, tu penses, comme Jean et Matthieu, qu'il ne fallait pas capituler! s'écria Claire. Tu en parles à ton aise, princesse, ta fille est en Amérique, hors de danger. Mon seul souci, à l'heure actuelle, ce sont les enfants. Ils ne risquent plus rien et ça me suffit.

Elles se turent un instant, vexées. Au fond, Claire se sentait dépassée par la compréhension innée qu'avait sa cousine des événements politiques. Bertille réfléchissait avec sang-froid, sans céder à la peur.

— Ne vous faites pas la tête! pouffa Janine. Tiens, voilà Maurice. Il devait aller chercher les pensionnaires à Angoulême, non?

Les pensionnaires, c'était Pierre et Gabrielle Roy. Quant à Isabelle, l'aînée des enfants de Matthieu et de Faustine, elle

---

41. Extrait du discours de Pétain en date du 25 juin 1940.

avait trouvé un emploi de vendeuse aux Galeries centrales. La nouvelle avait contrarié ses parents, mais la jeune fille souhaitait gagner de l'argent durant l'été et ils s'étaient inclinés. À leur grande surprise, elle s'installait pour l'été chez sa tante, Blanche Nadaud, qui habitait une grande maison bourgeoise à Angoulême, rue de l'Évêché. La sœur jumelle de Jean évitait pourtant tout contact avec la famille Roy-Dumont, cela depuis des années. Elle communiquait avec son frère par courrier et connaissait à peine ses nièces et son neveu. Mais Isabelle n'avait pas hésité à se présenter chez elle, un petit bouquet à la main, pour lui demander de l'héberger.

— Madame, il y a un sérieux problème! s'écria Maurice, sa casquette à la main. J'aurais voulu vous avertir avant, mais je n'ai pas eu le temps.

— Quoi encore? s'emporta Bertille. Tu es en panne? Prends ma voiture!

— Non, j'ai fait demi-tour au village, les Allemands sont là. Une patrouille vient ici, au domaine.

Terrorisée, Claire se leva précipitamment. Elle prit sa cousine par la taille pour la soutenir, mais Bertille se dégagea.

— Enfin, je ne vais pas m'évanouir! Que veulent-ils?

Le jeune homme eut une mimique pour signifier son ignorance, puis il montra du doigt des nuages de poussière sur la route qui serpentait au fond de la vallée, tandis que des bruits de moteur et des pétarades retentissaient.

— Les voilà! annonça-t-il.

Bertille garda la tête haute. Elle songeait au couple logé dans le pavillon de chasse. Hitler s'en prenait aux Juifs; elle ne savait pas bien pourquoi ni dans quelle démesure impitoyable. Cependant, si le gendre de Bertrand, le docteur Claudin, avait fui aux États-Unis, c'était sûrement pour d'excellentes raisons.

— Pas un mot sur les Canet! ordonna-t-elle.

Paulette était sortie sur la terrasse, comme c'était souvent le cas quand Maurice s'y trouvait. Annie, la jeune bonne, l'avait suivie, heureuse de prendre l'air. Bertille observa Claire, Janine et ses domestiques. Cela la réconforta d'être bien entourée.

— Surtout, n'ayons pas des mines de vaincus et, si certaines ont peur, qu'elles ne le montrent pas! Tu as compris, Paulette? Ma parole, tu claques des dents. Les Allemands ne vont pas nous tuer, l'armistice est signé.

— Bien, madame! Je me calme, je vous le promets, dit la gouvernante.

Mais elle se représentait les soldats ennemis sous les traits de brutes sanguinaires, elle les imaginait agressifs et grossiers, pareils aux Prussiens de 1870 qui avaient imposé leur loi dans le nord-est de la France, semant la mort dans la population et le déshonneur pour bien des femmes et des filles.

— Mon Dieu, ils arrivent! gémit Claire. Je devrais rentrer au Moulin. Une autre patrouille a pu se rendre chez moi. Ludivine sera terrifiée; elle est seule avec Anita. Jean ne rentre que ce soir de Barbezieux.

Elle fixait les deux camions bâchés de couleur kaki qui roulaient derrière une grosse automobile noire le long de l'allée du domaine. Des motos escortaient la troupe.

— Du cran, Clairette! fit Bertille avec autorité. Il y a aussi Matthieu, Jakob et Léon, au Moulin. Ils s'occuperont de Ludivine.

Une rafale chaude chargée d'humidité fit voleter les jupes amples des femmes rassemblées en haut de l'escalier d'honneur. Le colonel Ulrich Drummer, en descendant de voiture, jugea le spectacle charmant. C'était un bel homme de cinquante-deux ans. Il avait été tout désigné pour investir la région, car il maîtrisait parfaitement la langue française. Avec sa haute taille et son regard bleu, il en imposait. Il portait un uniforme impeccable, et ses bottes étincelaient. L'homme grimpa les marches d'un pas rapide avant de faire le salut imposé, un bras tendu en l'air.

— *Heil, Hitler*[42]!

La dame de Ponriant ne broncha pas. Ses prunelles grises étaient pleines de désapprobation.

---

42. Salut hitlérien, que les SS prononçaient fidèlement, en hommage au dictateur.

— Madame, dit le colonel en s'inclinant galamment, mesdames… Je suis navré de vous déranger… en plein goûter, je crois.

Il jeta un coup d'œil sur la table encombrée de verres et de petites assiettes garnies de parts de gâteau. Puis il dévisagea tour à tour Claire, pâle d'émotion, Janine, les deux employées et Maurice. Enfin, il montra les juments qui étaient dans un pré jouxtant le vaste bâtiment des écuries.

— Vous avez de très belles bêtes. Je suis cavalier.

— Ce sont des juments, bougonna Maurice d'un ton froid. Il y en a une qui boite; l'autre a pouliné le mois dernier.

Bertille observait le militaire. Elle était surprise de l'entendre parler un français correct, en dépit d'un accent germanique prononcé. Mais elle regardait souvent les nombreux soldats qui patientaient près des camions. «Que veulent-ils? Que font-ils ici?» se demandait-elle.

— Madame Giraud, n'est-ce pas? reprit le colonel Drummer. Le maire du bourg m'a donné votre nom. Il m'a dit que vous étiez veuve depuis cet hiver et que vous disposiez de la plus grande demeure de la commune. J'ai le regret de vous informer que votre propriété est réquisitionnée par l'armée allemande qui entend y établir une *Ortskommandantur.*

— Et de quoi s'agit-il, monsieur? interrogea-t-elle, maîtrisant la tempête intérieure qui la dévastait.

— D'un poste de commandement, chère madame. Je suis chargé de surveiller ce secteur, qui est en zone occupée.

Sans attendre de réponse, il fit signe à un jeune officier qui le rejoignit. Tous deux entrèrent dans Ponriant en discutant en allemand.

La bouche sèche, Bertille demeura un instant figée et incrédule. Claire lui prit le bras, tout aussi suffoquée.

— Et Marie qui dort au premier! s'écria Janine. Ils vont la réveiller, s'ils fouillent toute la maison.

La jeune femme s'élança, furibonde, uniquement préoccupée par sa protégée. Blanche comme de la craie, Paulette se plaqua au mur le plus proche. Elle tremblait de tout son corps. Maurice, qui voulait suivre sa belle-sœur, la retint in extremis. La gouvernante avait perdu connaissance. Terrifiée, Annie éclata en sanglots. Claire s'empressa de tapoter les joues de la malheureuse.

— Annie, ne pleurez pas, allez donc me chercher de l'eau bien fraîche. Paulette a un petit malaise. Ce sont ses nerfs.

— Oui, elle s'en remettra, ajouta Bertille. Gardons notre calme! Peut-être que nous pourrons rester là quand même. Mon Dieu, j'avais oublié… Les parents de Jakob, ils sont dans leur chambre.

Elle échappa à Claire et se rua dans le hall. Mais elle se heurta presque à Ulrich Drummer qui venait de visiter les pièces du rez-de-chaussée.

— Très belle demeure, en effet! déclara-t-il avec un sourire radieux. Combien de chambres?

— Environ huit, et les chambres des domestiques au second étage, répliqua-t-elle.

Ulrich Drummer adressa un nouveau signe à l'officier. Celui-ci sortit, dévala les marches et distribua une série d'ordres aux soldats. Commença alors une sorte de ballet militaire bien réglé au cours duquel des caisses et des malles furent extirpées des camionnettes et transportées dans la salle à manger et les deux salons.

Bertille assista à cette prise de possession les lèvres pincées et les joues roses de colère. Dès qu'elle le put, néanmoins, elle osa questionner le colonel.

— Monsieur, où vais-je habiter, à présent? Je vis sous ce toit depuis vingt-cinq ans, mes domestiques y sont logés et nourris, j'y ai des effets personnels et des souvenirs. Vous auriez pu avoir la décence de m'accorder quelques jours pour organiser un éventuel déménagement.

— Vous possédez aussi une villa au bord de l'océan, insinua-t-il d'un ton neutre. Le maire suppose que vous vous installerez là-bas. Chère madame, je suis désolé. Il faut partir, vous et vos gens. Mais vous prenez votre temps. Demain me conviendra. Mes hommes, pour cette nuit, peuvent dormir dans les écuries.

— Je vous remercie! rétorqua Bertille sèchement.

Consternée, Claire secoua la tête. La situation réelle

prenait enfin consistance dans son esprit. La France était occupée, et sa vallée était envahie par des étrangers tout-puissants. Cette fois, elle ne se berçait plus d'illusions. C'était la guerre et, sous ses allures courtoises, le militaire allemand exécutait ses fonctions et représentait le nouveau pouvoir en place, contre qui toute lutte se révélerait vaine. Elle toucha sa cousine à l'épaule et lui dit très bas :

— Venez tous au Moulin. Nous nous arrangerons. Je t'en prie, accepte, princesse. N'emportez que le strict nécessaire.

Des soldats et le colonel s'activaient dans un des salons. Bertille jeta des coups d'œil désespérés autour d'elle.

— Mais c'est chez moi, ici ! J'y ai tous mes souvenirs, mes vêtements, mes bibelots… et le piano !

— Tu n'en joues pas, que je sache. Je vais t'aider. Nous pouvons remplir deux ou trois valises. Si Maurice prend une voiture, et toi, la tienne, nous pouvons emporter beaucoup de choses.

— Il faut emmener aussi les grands-parents Kern, la famille Canet, Annie, Paulette ! Et les chevaux ?

— Nous reviendrons les chercher.

— D'accord, allons au Moulin. Clairette, merci ! Ce sera bien, hein, d'être avec toi, dans notre Moulin du Loup, déclara Bertille en retenant ses larmes.

Claire veilla au moindre détail. Elle monta prévenir les parents de Jakob.

— Faites vos bagages, confiez-les à Maurice et quittez le domaine, leur dit-elle. Vous n'aurez qu'à suivre la route et descendre vers la rivière. Après le pont, vous tournez à gauche et vous longez le chemin des Falaises.

À Janine, assise au chevet de la petite Marie toujours endormie, elle donna les mêmes consignes.

— Va chez moi. Prends quelques jouets et des vêtements. Les Allemands réquisitionnent les lieux.

Elle marcha ensuite d'un pas tranquille vers le pavillon de chasse. Terrifié, le jeune couple avait prestement fermé les volets et se terrait dans la chambre.

— Madame Giraud doit partir, et vous aussi, expliqua-t-elle. Dépêchez-vous pendant que les soldats sont très occupés.

Avancez dans l'allée. Et laissez ce dont vous n'avez pas besoin. J'enverrai quelqu'un récupérer vos affaires demain matin.

— Bien, madame, convint Daniel. Je retrouverai le Moulin, ce n'est pas loin. Nous y sommes passés le jour de notre arrivée, avec Jakob.

Sa mission accomplie, Claire respira plus à son aise. Sans hâte, elle traversa les pelouses, cueillit une rose dans un des massifs et contourna la fontaine. Adossé au capot d'un des camions, le colonel Drummer semblait l'épier. Il l'apostropha dès qu'elle fut à sa hauteur.

— Que faisiez-vous, madame, là-bas?

Il désignait le pavillon de sa main gantée de cuir.

— Je prévenais les employés qu'ils devaient s'en aller immédiatement. Oui, le jardinier et son épouse.

— Mais ils peuvent rester et entretenir le parc, objecta l'Allemand. Nous n'avons aucune mauvaise intention, madame.

— Ma cousine logera chez moi. Elle n'a donc plus besoin d'autant de personnel. La gouvernante et la bonne vont rentrer dans leur famille également. Quant aux chevaux, ils m'appartiennent; aussi, je les conduirai demain sur mes terres.

Très digne, Claire le toisait. L'homme détailla son beau visage empreint de douceur, certes, mais aussi d'une spiritualité peu commune. Cette femme brune, admirablement bien faite, l'éblouissait. Il tenta en vain de déterminer son âge; il opta finalement pour une quarantaine d'années.

— Des chevaux de qualité pour une dame de qualité! décréta-t-il. Ne craignez rien, il ne leur sera fait aucun mal. Pas plus qu'aux gens de ce pays, s'ils se montrent coopératifs. C'est préférable de nouer de bonnes relations.

Elle évita de répondre et s'éloigna, délivrée de la peur lancinante des jours précédents. «Au fond, il vaut mieux avoir son ennemi en face, le côtoyer, pensait-elle. Tout ne fait que commencer, mais je ne tremblerai plus. Plus jamais! Et, s'il le faut, je me battrai!»

*

Une heure plus tard, la cour du Moulin du Loup était le cadre d'un rassemblement assez hétéroclite. Deux voitures s'ajoutaient à celle de Matthieu et au vieux fourgon rouge de Léon, tandis qu'une vingtaine de personnes discutaient entre elles, la plupart fébriles et bouleversées. Anita, la face rubiconde, avançait des sièges pliants et des chaises en houspillant Franzi et Ludivine qui lui prêtaient main-forte.

— Allez, les enfants, faut sortir les bancs de la grange, aussi. Seigneur tout-puissant, où va-t-on mettre tout ce monde? Sainte Vierge, protégez-nous!

Malgré ses marmonnements angoissés, la domestique veillait au confort de tous. Elle avait installé les parents de Jakob à la table placée sous le tilleul en leur proposant un rafraîchissement. Le Mosellan, d'abord très inquiet de les avoir vus franchir le porche, s'évertuait à présent à les rassurer.

— Vous serez bien, chez madame Claire. Allons, mémère, faut pas pleurer! Hein, pépère, tu as connu pire en 14!

Embarrassées, Paulette et Annie se tenaient un peu à l'écart. Si la gouvernante de Ponriant était parfois venue au Moulin en compagnie de sa patronne, la petite bonne regardait de tous côtés d'un air affolé. En veine d'amabilité et lui aussi dépassé par cette invasion imprévue, Léon leur promit néanmoins du lait frais après la traite du soir.

— Y a tout ce qu'il faut, chez madame Claire, répétait-il. Parole, on doit se serrer les coudes.

La vache ponctua ces mots d'un meuglement vigoureux, alors que l'âne Figaro répondait d'un braiment sinistre. De la bergerie, les chèvres se lancèrent dans un concert de bêlements qui réveilla le bébé du jeune couple juif. Déborah Canet fondit en larmes. Matthieu accourut. Il sortait des tabourets de l'imprimerie et lui en proposa un.

— Asseyez-vous, madame. Vous êtes en sécurité, ne pleurez pas.

Son époux, Daniel, aidait Maurice à descendre les valises et les sacs entassés à l'arrière des voitures.

— Mais où est Anna? s'indigna Janine qui tenait Marie par la main. Elle pourrait donner un coup de main, quand même!

— J'crois que ma sœur est montée au village, clama Franzi.

— Au village! tempêta Jakob. Bon sang, comme si c'était le jour pour batifoler! Misère…

Venue à la rescousse, Faustine veillait tout particulièrement sur Bertille, dont le mutisme et la pâleur la préoccupaient.

— Du cran, ma pauvre tantine! dit-elle en l'étreignant. Ne reste pas debout, mets-toi dans la chaise longue. Veux-tu du thé ou du café? Mon Dieu, quand j'ai entendu ces bruits de moteur, j'ai tout de suite pensé aux Allemands. Ensuite, j'ai vu passer les Canet devant ma fenêtre. Alors, je les ai accompagnés jusqu'ici.

— Princesse, s'alarma Claire à son tour, ne te rends pas malade. Nous ferons front, toi et moi, comme toujours. Pour ce soir, j'ai dit à Anita de préparer une énorme potée de choux, avec les pommes de terre de l'an dernier. Jean les avait stockées à l'abri et traitées à la chaux.

En apparence insensible, Bertille les écoutait. Docilement, elle but un verre d'eau, mais elle refusa le confort de la chaise longue. Matthieu, qui l'observait, en eut le cœur serré. On lui avait raconté en quelques mots comment le colonel Drummer s'était approprié le domaine.

— Tantine, un peu de courage! dit-il en l'embrassant. On va vivre tous ensemble, chez Claire. Ça nous rappellera le bon vieux temps.

Elle lui adressa un regard limpide, radouci. D'un doigt menu, elle effleura son menton où la barbe pointait.

— Tu es un gentil garçon, Matthieu, affirma-t-elle. Ne crains rien, je n'ai pas l'intention de m'effondrer ni de me lamenter. C'est la guerre, voilà tout. Léon, apporte-moi donc un peu de vin blanc. Non, de la gnole, une rasade de gnole.

— D'accord, m'dame Bertille!

Une fois seul dans la cuisine, le domestique tergiversa quelques secondes avec sa conscience, la bouteille entre les mains. «Bon sang de bois, un p'tit coup me ferait pas de mal! Dame, on est dans de beaux draps, avec tous ces gens sur le dos!» se dit-il.

Vite, il ôta le bouchon et but au goulot. Ragaillardi, il

se précipita à l'extérieur. La cour bruissait de l'écho des discussions, chacun tenant à commenter ou à décrire à sa façon l'irruption de la patrouille allemande à Ponriant. Matthieu voulait tout savoir. Il interrogeait, exigeait des précisions.

En pensée, Claire cherchait comment loger les nouveaux arrivants. « Ludivine couchera dans notre chambre, prévoyait-elle, Jean dressera le lit de camp du grenier. Bertille prendra sa chambre, avec Paulette et Annie. J'ai un matelas qui fera l'affaire. Les grands-parents Kern occuperont l'autre chambre, celle où dormait ma princesse après le décès de Bertrand. Il reste les Canet… Ah! nous allons nettoyer cette petite pièce dans le grenier, où Raymonde et Léon ont habité quelques mois à la naissance de César. »

C'était l'ancienne soupente réservée aux servantes du Moulin, à l'époque où Hortense Roy, la mère de Claire, régnait sur la papeterie. « Ils auront plus d'intimité, là-haut », songeait-elle quand un violent coup de tonnerre ébranla la vallée. L'orage éclatait. Des éclairs argentés zébrèrent les nuages couleur de plomb. D'autres grondements résonnèrent, effrayants. Un déluge s'abattit sur la cour, de vraies trombes d'eau.

— Rentrez vite! hurla Matthieu.

Ce fut la panique. Soutenue par son mari, Déborah gravit les marches du perron en serrant son bébé contre elle pour le protéger. Jakob aida ses parents. Les deux vieilles personnes aux cheveux gris-blanc, vêtues de noir, ânonnaient de vagues plaintes. Parmi les autres, ils paraissaient très fragiles, désarmés par le poids de tous ces bouleversements.

— Mémère, pépère, venez, venez! s'égosillait Franzi.

Anita et Léon s'obstinèrent à transporter dans la cuisine les sièges et les bancs. Ils furent les derniers à se retrouver à l'abri, trempés de la tête aux pieds.

— Quand le diable s'acharne…, fit Bertille. Clairette, je suis gelée.

— Évidemment! Ton corsage est tout mouillé. Matthieu, je t'en prie, allume un feu dans la cheminée.

Durant les beaux jours, seul fonctionnait le fourneau qui servait à cuisiner.

— Je m'en occupe, dit-il. Une flambée, ça nous réchauffera aussi le cœur.

Paulette proposa son aide. Habituée à travailler du matin au soir, elle se sentait désorientée.

— Si vous pouviez monter dans le grenier et nettoyer la pièce où je compte loger Daniel et Déborah, ce serait déjà bien, proposa Claire. Ludivine va vous montrer où sont les balais, les chiffons et la literie propre. Il y a une lucarne pour aérer, à l'abri de la pluie.

Bertille eut un sourire las. Elle se souvenait de sa prime jeunesse et de la servante Étiennette, maigre péronnelle de treize ans, dont Claire et elle avaient tant pitié, parce qu'elle dormait sous les toits en compagnie des souris et d'un grand-duc dont les pas lourds leur semblaient terrifiants.

— Princesse, est-ce que tu te sens mieux? s'alarma alors sa cousine.

— Mais oui, regarde! Je reprends mon vieux fauteuil en osier et bientôt, peut-être, mes jambes seront insensibles et inutiles. Je serai à nouveau l'infirme condamnée à voir les autres courir à droite et à gauche.

— Tantine, tu me fais peur! la semonça Faustine. C'est affreux que les Allemands t'aient pris le domaine, je comprends que tu sois contrariée, mais tu es chez toi ici aussi. Maman a prévu des réserves. Nous tiendrons bon.

— Il n'y a pas seulement Claire qui a prévu le pire, assura Bertille d'un ton rêveur. Bertrand a veillé au grain, c'est le cas de le dire. Dès la déclaration de guerre, en septembre, mon mari a dépensé une petite fortune en denrées de base. Maurice rangeait toutes les provisions dans les bâtiments du vieux moulin de Chamoulard, chez ce pauvre William Lancester dont personne n'a réclamé la succession.

— Que dis-tu, princesse? s'exclama Claire, fascinée par la nouvelle.

— Je dis que nous disposons d'un gros stock de sucre, de farine, d'huile, de lait en poudre et de pâtes alimentaires. Après la mort de Bertrand, j'ai continué à cacher là-bas des conserves de luxe, notamment une grande partie de notre cave. Le colonel Drummer sera dépité, s'il espérait boire mon champagne ou déguster mes foies gras. J'ai de quoi nourrir un régiment. Mais il faudra rapatrier tout ça au Moulin. On ne sait jamais... Maurice, tu feras un premier voyage ce soir avec Paulette. Elle t'aidera à trier les produits de première nécessité.

— Nous pourrons cacher tes réserves dans le souterrain, tantine, s'anima Faustine. N'est-ce pas, maman?

— Oui. Mon Dieu, que je suis soulagée! reconnut Claire. Merci, princesse.

— Tu n'as pas à me remercier, je n'ai fait que mon devoir. Vous êtes ma famille, toi, les enfants, Jean, et tous ceux que la guerre a jetés sur les routes. Je crois qu'en étant parcimonieux nous pouvons tenir un siège.

L'expression fit sourire les deux cousines. Cela les ramenait à leur adolescence, lorsqu'elles s'enthousiasmaient, le soir, après avoir lu les aventures du *Capitaine Fracasse*[43] ou d'autres romans qui se déroulaient dans un passé lointain. C'était leur univers imaginaire, les châteaux perchés en haut d'un roc, les belles damoiselles du Moyen Âge en proie à la cruauté d'un seigneur et le choc des épées, les baisers volés par un troubadour, les folles galopades au sein de forêts peuplées de fées. Émue, Claire serra fort la main de Bertille.

— Nous serons ensemble, c'est le plus important, lui dit-elle à l'oreille.

Anita ressentait le même soulagement que sa patronne. Elle remettait de l'ordre dans la grande cuisine tout en comptant et recomptant en silence le nombre de personnes qu'il faudrait servir le soir même. «Une quinzaine, voire plus, si monsieur Matthieu et Faustine restent dîner, se disait-elle. Sainte Vierge, je n'aurai pas assez de pain.»

Il pleuvait toujours, mais les coups de tonnerre se faisaient plus rares. Le ciel lourd de nuages dispensait une pénombre inhabituelle à cette heure de la journée. Aussi, dès que des flammes crépitèrent dans l'âtre, dorées, hautes

---

43. Célèbre roman d'aventures de l'écrivain Théophile Gautier (1811-1872).

et dansantes, tout le monde se tourna vers le feu. Jakob et Léon s'étaient chargés de rapporter une brassée de bûches afin d'alimenter le foyer jusqu'à la nuit.

— Nous allons faire sauter des crêpes, décida Claire. Qu'en dites-vous? Ce sera bien agréable! Ludivine, je vais t'apprendre comment préparer la pâte.

— Je peux apprendre, moi aussi? demanda Franzi.

— Bien sûr! Ce n'est pas sorcier. Nous avons tout ce qu'il faut, de la farine blanche, des œufs, du lait et du saindoux pour graisser la poêle.

Les deux enfants entourèrent Anita qui, aussitôt, sortit le nécessaire et le disposa sur la grande table. Cela eut l'art de ranimer la mère de Jakob, encore tremblante d'avoir quitté Ponriant sous le regard des soldats allemands.

— Moi, je parfumais ma pâte avec de l'eau de fleur d'oranger, avança-t-elle timidement.

— C'est une bonne idée, assura Faustine. Maman, tu dois en avoir?

— Mais oui, répondit Claire qui adoptait un ton jovial dans l'espoir de réconforter la vieille femme. Comment vous appelez-vous, chère madame? Nous nous sommes seulement croisées au domaine.

— Jeanne-Marie!

— Oh! comme c'est singulier! s'écria Janine. Vous portez le prénom de ma grand-mère, Jeanne, et celui que j'ai choisi pour la petite, Marie.

De son fauteuil, Bertille observait les uns et les autres. Elle avait l'esprit vide et le cœur brisé. Cela l'apaisait d'écouter les conversations à voix basse qui se mêlaient aux pleurs discrets du bébé des Canet, aux crépitements du feu et aux rires de Ludivine, qui battait la pâte à crêpes à l'aide d'un fouet à manivelle.

— Encore, ma chérie! disait Claire. Il reste des grumeaux, gratte bien les bords du récipient, aussi.

— Je peux essayer l'appareil? implora Franzi.

— Non! trancha la fillette. C'est moi qui le fais!

Ludivine tolérait la présence du petit garçon, mais elle continuait à se méfier de lui. Il se montrait gentil, pourtant, et soucieux de le prouver. Cependant, jamais elle ne pourrait oublier qu'il avait tué la pauvre Mimi. Ses parents avaient eu beau lui expliquer en long et en large que le benjamin des Kern s'était repenti et qu'il avait eu honte de son geste, ça ne la rassurait pas tout à fait. À ses yeux, il demeurait un «tueur de chat et d'oiseaux».

— Prête-lui donc le fouet, je te prie! insista Faustine avec l'intonation dont elle usait en classe. Il a le droit de s'amuser comme toi.

— Mais ce n'est pas un jeu! rétorqua sa demi-sœur.

— La preuve que si, c'est que tu ris sans cesse.

Ludivine céda, dépitée parce que sa mère n'était pas intervenue. Franzi put enfin se servir du fouet, l'œil brillant, la langue un peu tirée tellement il se concentrait. En fait, Claire avait l'esprit ailleurs. Elle guettait le retour de Jean. Son mari aurait une drôle de surprise en arrivant au Moulin. Cette idée en entraînant une autre, elle fixa Matthieu d'un air affolé.

— Seigneur! Nous avons oublié Gaby et Pierre! Maurice, tu devais aller les chercher à Angoulême.

Le jeune homme eut une mimique d'impuissance avant de répondre.

— Eh oui, je sais bien, mais j'ai rebroussé chemin devant les camions de l'armée allemande.

— Bon sang! pesta Matthieu, j'y vais maintenant. Ils doivent se demander ce qui se passe. Ne te fais aucun reproche, Maurice, c'était gentil de ta part d'avoir voulu y aller à ma place. J'avais une commande à boucler.

— Je viens avec toi! s'écria Faustine. Moi qui avais hâte de les retrouver…

— Vous aurez des crêpes en dessert, assura Anita.

La domestique souriait, mais, en pensée. Elle ajouta quatre couverts. «Sainte Marie, mère de Dieu! Nous serons une vingtaine à table. Ça en fera, de la vaisselle sale!»

*

Anna s'était allongée sur le plateau rocheux dominant

le pan de falaise qui abritait la Grotte aux fées et d'autres cavernes de moindre taille. De là, on avait une vue imprenable sur le Moulin du Loup. La jeune fille n'avait même pas bougé quand l'orage s'était déchaîné. À chaque coup de tonnerre, elle se demandait si la foudre allait la frapper. Sa robe de serge verte était complètement trempée, ainsi que sa chevelure rousse et ses sandales de toile.

— *Il pleut, il mouille, c'est la fête à la grenouille!* chantonna-t-elle en se redressant sur un coude.

La comptine de son enfance lui était venue aux lèvres et, avec elle, des souvenirs de vacances chez sa grand-mère maternelle, décédée depuis dix ans. C'était une femme dure, sévère, parfois cruelle, car elle pratiquait avec énergie les châtiments corporels.

— Aussi rousse et malveillante que moi, affirma Anna.

Malgré la chanson continue de la pluie, un bruit de moteur attira son attention. Elle scruta la cour du Moulin. Deux silhouettes enlacées qui lui parurent minuscules se tenaient près d'une voiture. Elle reconnut Faustine et Matthieu. Il y avait aussi Léon, une manivelle à la main.

— Je parie que la Panhard de monsieur l'imprimeur n'a pas voulu démarrer et ce grand couillon a proposé son aide. Mais où vont-ils, ces deux-là?

Elle avait parlé tout bas, en se délectant des insultes dont elle abreuvait secrètement le domestique. Sa haine s'était reportée sur Léon. Après d'interminables songeries, elle s'était innocentée pour accuser cet homme vieillissant qui avait couché avec sa mère.

— Tu vas le payer très cher, dit-elle entre ses dents.

Un cabas à poignées d'osier en tissu fleuri également détrempé se trouvait à ses côtés. Anna en sortit un flacon rempli d'un liquide sombre. C'était une mixture de sa composition: des fleurs séchées de digitale macérées dans de l'alcool. Dans son imagination débridée, cela faisait figure de poison violent, et le simple contact de la petite bouteille en verre l'enivrait, lui donnait l'impression d'être toute-puissante.

— Je peux me tuer ou tuer! énonça-t-elle.

384

La voiture avait disparu de son champ de vision. Anna hésita à rentrer. De son poste de guet, elle avait aperçu les camions de l'armée allemande et les motos avant de remarquer un peu plus tard l'arrivée de ses grands-parents et des Canet, descendus à pied du domaine. Rien ne lui avait échappé de l'effervescence qui régnait au Moulin cet après-midi-là, et cela commençait à éveiller sa curiosité, d'autant plus que Bertille Giraud s'était déplacée elle aussi dans sa décapotable, suivie de près par la grosse automobile noire, Maurice au volant.

« Il y a peut-être eu un malheur, se dit-elle. Je verrai tout à l'heure. »

Au fond, cela l'indifférait. Elle tendit son joli visage à la pluie battante.

— *Il pleut, il mouille, c'est la fête à la grenouille!* chanta-t-elle plus fort.

Quelqu'un, tout proche, reprit d'une voix enjouée :

— *Il pleut, il fait beau temps, c'est la fête des serpents!*

Surprise et un peu inquiète, Anna se mit à genoux et inspecta les environs. Elle découvrit un adolescent en costume de lin beige, chemise blanche et cravate. Il avait les cheveux châtain foncé et les yeux clairs. Une fille le suivait en évitant soigneusement les bosquets de genévrier aux branches épineuses. Ils étaient tous les deux aussi trempés qu'elle.

— Bonjour, ou bonsoir! lui lança Pierre Roy qui balançait un cartable à bout de bras.

— Bonsoir, mademoiselle, dit sa sœur, la douce Gabrielle.

— Bonsoir! répondit Anna d'un ton suave.

Les trois jeunes gens s'étaient rencontrés un dimanche sur le chemin des Falaises. Ils avaient échangé quelques mots, surtout pour se présenter.

— On a pris le car et ensuite le raccourci, raconta Pierre. Personne n'est venu nous chercher au lycée, alors…

— Je crois qu'il s'est passé quelque chose de grave, observa Anna. J'ai vu des soldats allemands, en bas. Ils allaient du côté de Ponriant.

Gabrielle eut tout de suite un regard terrifié. Ses yeux très bleus se remplirent de larmes, et elle dit :

— À Angoulême, il paraît qu'ils ont accroché un drapeau avec la croix gammée sur la façade de l'hôtel de ville. Il y avait des soldats partout, place du Champ-de-Foire.

— C'est la guerre! trancha Anna.

Pierre, lui, ne pouvait s'empêcher de regarder les genoux et les mollets bien galbés de la jeune fille, que sa jupe relevée révélait. Il venait d'avoir seize ans, et le moindre bout de chair féminine le troublait.

— Vous êtes restée sous l'orage? interrogea-t-il.

— Oui, ça ne me fait pas peur. Mais je vais rentrer au Moulin avec vous.

Elle ramassa son cabas d'un mouvement lent qui l'obligea à se pencher. Cette fois, Pierre entrevit ses seins en pointe dans l'échancrure du corsage. Il devint écarlate.

— Et si on allait fumer une cigarette dans la Grotte aux fées? proposa Anna.

Consciente de l'effet de ses charmes, elle exultait. Le fils de Matthieu était un beau garçon, grand et mince. «Je suis sûre que, lui, il ne refuserait pas de faire l'amour, pensa-t-elle. En plus, il doit être puceau.»

Gabrielle la considérait avec un début de méfiance. Mais Pierre s'enflamma:

— Bonne idée! Tu en as, toi?

Émoustillé, il l'avait tutoyée afin d'établir une certaine familiarité entre eux.

— Bien sûr, mais je les ai planquées dans la grotte avec mes allumettes, vu le temps.

— D'accord, on y va!

— Non, Pierre, il faut se dépêcher, objecta sa sœur. Les parents ont dû avoir des ennuis. Et puis, je suis gelée, moi.

— Arrête un peu de te plaindre! s'écria-t-il. Mademoiselle ne fait que gémir, aujourd'hui, une vraie gamine.

Anna éclata d'un rire bas enjôleur. Furibonde, Gabrielle s'élança sur la pente.

— Fais ce que tu veux, Pierre, je rentre à la maison!

L'adolescent fut tenté de l'imiter, mais il préféra suivre la jolie fille en robe verte, dont le tissu mouillé épousait les formes enchanteresses.

— C'est vrai, quoi, je suis en vacances! déclara-t-il pour se donner raison.

Peu de temps après, il était assis près d'Anna sur le sable froid de la grotte. Elle lui offrit la cigarette promise en lui souriant. Il fuma paupières mi-closes, la mine inspirée.

— On pourrait se retrouver là, le soir, dit-il tout bas. Je m'ennuie souvent pendant les grandes vacances, mais avec toi dans les parages ce sera plus gai.

— Je n'en sais rien. Le jour, je travaille à l'imprimerie, alors, le soir, je me couche tôt..., sauf si tu m'emmènes danser le 14 juillet, au village.

— Tu crois qu'il y aura un bal en zone occupée?

— Pourquoi pas? Les Allemands ne vont pas se mêler de tout!

Envoûté, Pierre la fixait sans gêne. Il écoutait à peine ce qu'elle disait, fasciné par sa bouche en cœur et l'éclat de ses yeux d'un vert intense. Il oubliait également qu'elle avait dix-huit ans et qu'elle pouvait le prendre pour un gamin au même titre qu'il avait traité sa sœur de gamine. Mais Anna comptait lui laisser ses illusions.

— D'accord, acquiesça-t-elle. Je viendrai ici après-demain dès qu'il fera nuit.

D'un bond, la jeune fille fut debout et quitta l'abri rocheux. Il étouffa un juron, car il avait espéré un premier baiser. C'était mal connaître Anna Kern, qui venait de se trouver un nouveau divertissement. Bientôt, Pierre Roy serait amoureux fou, mais sans rien obtenir d'elle.

Au même instant, Gabrielle traversait la cour du Moulin. Claire l'aperçut d'une fenêtre et se rua vers la porte.

— Voilà Gaby, mais seule! s'exclama-t-elle. Mon Dieu, où est Pierre?

— Surtout que m'sieur Matthieu et Faustine sont partis les chercher en ville! se lamenta Anita.

Claire était déjà sur le perron. Elle ouvrit les bras à sa petite-fille. Celle-ci, tout essoufflée, éclata en sanglots.

— J'ai eu si peur, grand-mère! bredouilla-t-elle. Pierre et moi, on a attendu plus d'une heure devant mon lycée. Le mari de la directrice nous a dit de prendre le car. Il nous a conduits jusqu'au Champ-de-Foire et, à Puymoyen, il n'y avait personne non plus. On a posé nos valises chez Thérèse et on a pris le raccourci par le plateau.

— Mais où est ton frère, ma pauvre Gaby? s'inquiéta Claire.

— Avec Anna. Ils sont allés à la Grotte aux fées. Moi, j'ai couru à la maison. Comme maman n'était pas chez elle, je suis vite venue ici.

Soulagé d'avoir des nouvelles de sa fille, Jakob Kern hocha la tête. Le Mosellan n'était pas habitué à s'occuper de ses enfants. Il les croyait capables de bien se comporter sans qu'il ait besoin de les surveiller sans cesse. Cependant, les actes de cruauté gratuite dont le petit Franzi s'était rendu coupable avaient sapé sa confiance.

— J'avais pourtant dit à Anna de ne pas traîner dehors! déclara-t-il d'un ton irrité.

— Elle ne vous obéit pas, m'sieur Jakob, observa Anita. Un jour, ça vous causera du tort. Qu'est-ce qu'ils vont y faire, dans la grotte?

— Tais-toi donc, Nini! maugréa Léon. Ils ont dû s'abriter de la pluie, pardi!

Claire évita de se mêler à la discussion. Elle s'efforçait de consoler Gabrielle.

— Tes parents sont partis vous chercher, mais il y a des chances qu'ils s'arrêtent chez Thété avant de prendre la route d'Angoulême. Ils sauront que vous êtes là. Viens te sécher, ma chérie. Nous allons faire sauter des crêpes, même si ce n'est pas la Chandeleur.

Sans lâcher la fragile adolescente de quatorze ans, elle lui présenta Jeanne-Marie Kern et son mari, Alphonse, puis Déborah et Daniel Canet. Leur bébé, un garçon de quatre mois prénommé Lévi, dormait sur les genoux de Bertille.

— Eh bien, tantine, tu joues les nounous? dit-elle en reniflant.

— Tu dis vrai, ma Gaby. Il n'y a rien de tel qu'un magnifique poupon pour nous faire voir la vie du bon côté. Regarde comme il est mignon, ce chérubin! Le plus important sur cette terre, c'est qu'il n'ait ni faim ni froid, et qu'il soit en sécurité. Tout le reste, l'argent, le luxe et les belles toilettes, ça ne compte pas.

Sa voix tremblait un peu. Claire ajouta :

— Les Allemands ont réquisitionné le domaine. J'ai accueilli tout le monde ici. Tantine va habiter avec nous, au Moulin.

— Oh! mais c'est injuste! se révolta Gabrielle. Ils n'ont pas le droit.

— Ils ont tous les droits, mademoiselle, dit Daniel Canet. Et cela ne fait que commencer.

Une cavalcade dans l'escalier fit diversion. Ludivine, qui était montée dans sa chambre, s'écria :

— Gaby! Chic, alors!

Ravies de se revoir, elles s'embrassèrent. La petite Marie, de fort bonne humeur, éclata de rire à l'émerveillement de Janine.

— Ma poupée est enchantée, dit-elle, en extase. Il faut croire que ça lui plaît bien, d'être au Moulin.

— Qui ne se plairait pas chez madame Claire! assura galamment Jakob. Hein, mémère? Hein, pépère?

Le vieux couple opina de la tête. Les grands-parents se sentaient totalement perdus depuis qu'ils avaient dû fuir leur maison en Moselle, mais ils faisaient bonne figure, pleins de reconnaissance qu'ils étaient pour ces inconnus qui les hébergeaient.

— Mais oui, on est si bien accueillis! admit Jeanne-Marie.

L'entrée de Jean Dumont en imperméable gris et chapeau dégoulinants la fit sursauter.

— Ça alors! s'étonna-t-il devant tous ces gens rassemblés dans la cuisine. Qu'est-ce qui se passe?

Claire se précipita vers son mari et lui ôta son chapeau.

— Je me faisais du souci, soupira-t-elle.

— Ma voiture est tombée en panne. J'ai dû la laisser à Vœuil et revenir à pied. Mais…

— Un colonel allemand et ses soldats se sont établis à Ponriant. As-tu besoin d'autres détails? J'ai ramené tout le monde chez nous.

— Bonsoir, mesdames et messieurs! clama Jean à la cantonade. Je vous souhaite la bienvenue. Pour ceux qui ne me connaissent pas, Jean Dumont, l'époux de cette belle dame.

Son ton aimable et son large sourire amical détendirent l'atmosphère. Pierre fit son apparition sur ces entrefaites.

— Notre petit-fils, Pierre Roy, le frère de Gabrielle. Il manque Isabelle, l'aînée.

Une fois débarrassé de son vêtement de pluie et de ses bottes, Jean se roula une cigarette assis au coin de l'âtre.

— Vous avez eu raison d'allumer le feu, dit-il. Ludivine, viens un peu là embrasser ton père!

La fillette accourut et se lova contre lui. Sur le ton de la confidence, elle raconta ses exploits d'apprentie cuisinière.

— Alors, nous allons manger des crêpes, conclut-il en la câlinant. Je me régale à l'avance.

De plus en plus préoccupée, Anita mit deux grosses marmites sur le fourneau. Elles contenaient de la potée de choux agrémentée d'une solide dose de pommes de terre, mais chiche en lard. «Économie, économie! se répétait-elle en silence. On n'est pas sortis de l'auberge, malgré les provisions cachées à Chamoulard.»

Paulette et Annie, qui avaient terminé l'aménagement des chambres, s'installèrent à la table. Bertille leur dit aussitôt:

— Mes pauvres petites, je suis désolée, mais demain Maurice vous raccompagnera dans vos familles. Je n'ai plus besoin de vos services. Croyez que je le regrette.

La jeune bonne parut soulagée, la gouvernante beaucoup moins.

— Madame, vous savez bien que je n'ai plus mes parents, argumenta-t-elle. Ça ne me dit rien, de retourner vivre dans leur maison, à Roullet.

— Votre maison, Paulette! rectifia Bertille.

— Pas vraiment. Mon frère l'occupe depuis un an avec sa femme et leurs deux enfants.

— Ils vous feront une petite place. Je vous paierai votre dû, ne craignez rien. Allons, pas de larmes! Nous n'avons pas le choix.

Elle ne desserra plus les lèvres après ce verdict sans appel. Elle sourcilla à peine quand une voiture se gara dans la cour. Faustine et Matthieu étaient de retour plus tôt que prévu. Thérèse les accompagnait. Surexcitée, elle pénétra la première dans la cuisine, une ample robe à fleurs tendue sur son ventre proéminent.

— Il paraît que les Allemands sont à Ponriant! hurla-t-elle. Je vous jure, ces Boches, ils se croient tout permis! Tantine, ma pauvre tantine! Quand j'ai su ça par Faustine, j'ai fermé la boutique et je suis venue.

Résignée au pire, Anita se signa. Ils seraient vingt et un à table.

— Madame, indiqua-t-elle, il faudrait une rallonge. J'vais envoyer Léon et Jakob chercher la table qui est sur le palier. On sera trop serrés, sinon.

— Faites au mieux, répliqua Claire.

La grande horloge comtoise sonna sept coups, sept tintements légers au timbre métallique. Après avoir embrassé Thérèse, Maurice se tourna vers Paulette. La gouvernante reçut son regard brun comme un proche adieu et elle dut se retenir pour ne pas pleurer à nouveau. Mais le jeune homme pensait à tout autre chose.

— Bon sang, et David! lança-t-il, d'un air effaré. Madame, David est resté au domaine.

Bertille redonna le petit Lévi à Déborah qui la remercia d'un sourire très doux.

— Ciel, Maurice, tu as raison, je n'ai pas pris garde à David, confessa-t-elle, arrachée à sa torpeur mélancolique. Il a dû s'enfuir dès que les Allemands sont arrivés. Autant vous le dire à tous, ce garçon vient de Paris. C'est Corentine qui lui a payé un billet de train. David était lad dans une écurie de courses, mais il appartenait aussi à une famille juive très pratiquante. Ma belle-fille a jugé bon de le mettre à l'abri à Ponriant. Les nazis sont déterminés à persécuter les Juifs, ce n'est pas un secret. Mon Dieu, ce malheureux gosse a dû se réfugier dans les bois!

Elle se leva enfin et lissa sa robe de soie un peu froissée.

— Clairette, je suis impardonnable, ajouta-t-elle en

jetant un regard angoissé à sa cousine. David ne trouvera pas le Moulin; il n'a pas eu l'occasion de venir jusqu'ici.

— Quand même, il t'a forcément entendue en parler! objecta Jean.

— Mais oui, renchérit Claire. Tiens, quelqu'un arrive. C'est peut-être lui…

La porte s'ouvrit doucement. Ruisselante, Anna avança de quelques pas. Ses bras nus et le devant de sa robe étaient maculés de sang. Elle vacilla et tendit une main vers son père.

— Les Allemands ont tué David, affirma-t-elle, là-bas, à la lisière du bois de chênes! Dès que les soldats sont partis, j'ai voulu voir s'il vivait encore et je l'ai pris contre moi. Il était plein de sang… Eux, les Boches, ils ne l'ont même pas ramassé. Ils l'ont tué comme un chien!

Sur ces mots, ses jambes plièrent et son corps bascula en avant. Elle s'était évanouie.

*

Moulin du Loup, le lendemain

Claire s'éveilla la tête lourde et les tempes comprimées par un début de migraine. Jean dormait encore. Tout de suite, elle se répéta la terrible déclaration d'Anna: «Les Allemands ont tué David.»

Elle connaissait peu le jeune palefrenier, qui était à Ponriant depuis trois semaines à peine. Mais son cœur saignait pour cet innocent. «Pourquoi, mon Dieu? se demanda-t-elle. Il n'a pas répondu aux sommations d'un officier et ils ont tiré.»

Jean et Maurice s'étaient rendus au domaine dès qu'ils avaient appris la mort de l'adolescent. Tous deux étaient révoltés et incrédules. Le colonel Drummer les avait reçus dans le salon de Ponriant et il s'était prétendu navré de cet incident tout en précisant qu'en temps de guerre, les Français étant dans le camp des vaincus, quelqu'un qui refusait d'obéir devenait suspect. Deux de ses soldats avaient ouvert le feu.

— Ce jeune homme rôdait dans le pré des chevaux,

avait-il expliqué posément. Mes soldats l'ont appelé, puis lui ont ordonné d'approcher, mais il s'est enfui.

Claire poussa un gémissement effaré comme elle l'avait fait la veille en écoutant ce récit de la bouche de son mari. « Et maintenant David repose sous un drap dans l'ancienne salle des piles. Ses parents le croient en sécurité, ici, en Charente. Il faut leur écrire que leur fils est mort. »

Anéantie, elle pleura sans bruit. Rien ne s'était déroulé comme prévu, et la soirée avait pris des allures de cauchemar. Ludivine avait été terrorisée par la vue d'Anna inanimée dans sa robe sanglante. Il était impossible de la calmer. Elle sanglotait et criait. Faustine et Matthieu avaient décidé de l'emmener chez eux avec Gaby et Pierre. Les époux Canet, eux aussi épouvantés, s'étaient retirés dans le grenier pour prier. Avant de monter, Daniel avait lancé d'un air hébété :

— Cela aurait pu être nous ou l'un de ces enfants !

Paulette et Annie avaient fondu en larmes à leur tour. Elles aimaient bien David, qui rêvait d'être jockey. Quant à Bertille, blême et étrangement silencieuse, elle avait fumé cigarette sur cigarette. Claire n'avait obtenu de sa cousine que des paroles chuchotées, pareilles à un mea culpa.

— On me l'avait confié, et il a été tué sur mes terres. Je lui avais promis un bel avenir, mais il est mort.

« Et puis, j'ai dû m'occuper d'Anna, se souvint encore Claire. Jakob voulait la transporter à l'étage, mais j'ai préféré la soigner là où elle était. Que je suis sotte ! Franzi avait si peur, le pauvre gamin ! Il répétait que sa sœur était morte. »

Elle se revit penchée sur la jeune fille, lui tamponnant le front et les joues avec un carré de linge imbibé de vinaigre. Anna était brûlante, et cela l'avait alarmée. Lorsqu'elle l'avait touchée à la hauteur du cœur, elle avait ressenti une impression inaccoutumée et vraiment déconcertante. « C'était réellement bizarre. J'en ai eu la gorge serrée, songea-t-elle. J'ai pourtant imposé mes mains à bien des patients, sans jamais être aussi perturbée. Il y a comme une force mauvaise en Anna, d'une virulence effrayante. »

Cette pensée acheva de la désespérer. Cela la désolait

de percevoir des instincts pervers ou destructeurs chez des jeunes gens en apparence ordinaires, même séduisants.

« Mon demi-frère Nicolas était ainsi, j'en suis sûre, mais à l'époque je n'avais pas acquis le don de guérir, de cerner l'âme des autres. C'est venu petit à petit, et mes discussions avec le père Maraud ont eu pour effet de développer mon intuition. »

Claire ferma les yeux pour mieux se rappeler le visage tanné et ridé du rebouteux à la barbe blanche. Cet homme lui avait légué, elle se demandait encore par quel sortilège, une grande partie de ses dons à lui. Parfois, elle entrevoyait l'aura de certaines personnes. Cela la stupéfiait, mais elle s'accoutumait au phénomène.

« Hier soir, quand Anna a repris connaissance, il m'a semblé qu'un cercle grisâtre assez sombre entourait sa tête. » Ce genre de signe n'avait rien de favorable, elle le savait. Jean finit par se réveiller, tant elle se débattait et soupirait.

— Câlinette, dit-il doucement, tu as passé une mauvaise nuit?

— Oui, évidemment. Ce n'est pas étonnant après l'assassinat de ce malheureux David. Juste de penser qu'il gît seul sur une vieille table de la salle des piles, je n'arrivais pas à dormir.

— Il n'était pas seul. Daniel, Jakob et Bertille l'ont veillé jusqu'à l'aube. Mais tu as raison sur un point, c'est un crime ignoble et gratuit. Ce n'était qu'un gosse pris de panique, qui ne menaçait en rien leur fichue kommandantur!

— Ludivine l'aimait beaucoup. Ils avaient caressé le poulain de Junon tous les deux, dit tristement Claire. Et notre petite, quand elle a compris, elle a eu un épouvantable chagrin.

Jean attira sa femme contre lui. Il déposa un baiser sur son front et effleura sa bouche de ses lèvres chaudes.

— Je sais, ma chérie. J'aurais voulu lui éviter ça, mais tout s'est passé si vite! La guerre n'a pas fini de nous confronter à ce genre de tragédie. Aie confiance, Faustine et Gaby ont promis de prendre soin d'elle. Tu iras la chercher tout à l'heure. Mais, dorénavant, nous devons être prudents. Nous sommes mal informés, vois-tu... Je prends l'exemple de cette fameuse ligne de démarcation. Personne ne peut dire encore où elle passe exactement. Il y aura assurément des postes de contrôle. Si Matthieu a des livraisons à faire en zone libre, cela deviendra complexe.

— Je te parle de la mort de David, s'indigna-t-elle. Je me moque bien des commandes de l'imprimerie!

— Tu veux que ton frère fasse faillite?

— Non, mais cela me paraît un problème moindre, comparé à l'acte de barbarie dont Anna a été témoin. Tu l'as écoutée, hier soir? Elle a vu la scène.

— Je sais. Le colonel m'a servi la même version qu'Anna et cela me soulage, car j'aurais hésité à la croire, dans le cas contraire. Si nous n'étions pas montés à Ponriant, Maurice et moi, un officier serait venu au Moulin afin de connaître l'identité de leur victime, qui n'avait aucun papier sur elle. J'ai dit que c'était le palefrenier de Bertille et qu'il se prénommait David. Mais le colonel a procédé à une inspection de la maison et il a découvert un passeport au patronyme de Goldman. Je te parie qu'il était satisfait d'avoir éliminé un Juif.

Claire hocha la tête tristement.

— Ne me répète pas ce que je sais déjà, Jean! coupa-t-elle. Tu as tout raconté à Bertille. Je n'étais pas loin et j'ai entendu.

— Tu n'es pas accommodante, ce matin, dis donc!

— Excuse-moi, j'ai le cœur brisé! Qui ne l'aurait pas?

— Pourtant, ce n'est que le début, Câlinette, affirma Jean d'un ton grave. Hitler a démontré sa soif de pouvoir absolu..., son fanatisme, aussi.

— Je m'étais promis de ne plus avoir peur, mais je suis épouvantée, Jean. Je t'en prie, serre-moi fort.

Il l'étreignit et l'embrassa encore. On frappa à leur porte. C'était Jakob qui criait:

— Madame Claire, venez vite, je vous en prie! Anna a de la fièvre, beaucoup de fièvre. Elle délire. Par pitié, venez!

— J'arrive, affirma-t-elle en se levant précipitamment.

Elle s'enveloppa d'une robe de chambre en satin, enfila

des chaussons et se rua dans le couloir après avoir pris l'étui en fer contenant un thermomètre. Habillé à la diable et ébouriffé, le Mosellan lui sembla complètement hagard.

— Merci, madame. Je vous avertis, ma fille raconte des choses abominables. J'ai envoyé Franzi à la cuisine. Je crois qu'il n'a rien pu comprendre.

— La fièvre est en cause, ne vous inquiétez pas. Elle a subi un choc émotif violent, hier soir. Voir quelqu'un de son âge, qu'elle connaissait en plus, se faire tuer, cela peut provoquer une fièvre de ce genre, que l'on dit cérébrale.

Il acquiesça, l'air très anxieux, cependant. Claire n'y prit pas garde et courut au chevet de la jeune fille. À demi inconsciente et moite de sueur, Anna respirait mal et geignait comme une bête blessée.

— Je vais prendre sa température dans la bouche, dit-elle à son père. C'est plus pratique dans certains cas.

La malade avait quarante de fièvre. Tout en décidant d'appeler le docteur Vitalin, Claire eut d'abord recours à une méthode qui donnait de bons résultats.

— Ouvrez grand la fenêtre, Jakob, et allez me chercher une cuvette d'eau fraîche. Ensuite, vous me laisserez seule avec elle. Je dois refroidir son corps. Profitez-en pour téléphoner au médecin. Anita vous montrera où est noté son numéro.

— Mais vous pouvez la soigner, vous, madame, assura-t-il. Un docteur ne fera pas mieux.

— Elle peut souffrir d'une méningite, d'une maladie contagieuse, rétorqua Claire. Je ne veux pas prendre de risques. Il y a deux tout petits enfants dans la maison et vos parents qui sont très âgés.

La mine défaite, Jakob Kern demeurait figé près du lit. Il finit par ouvrir la fenêtre, mais il revint au même endroit.

— Qu'attendez-vous? s'irrita-t-elle. Une fièvre aussi forte cause de violents maux de tête. Votre fille souffre. Il faut faire baisser sa température d'urgence.

— C'est que..., c'est que... bégaya-t-il. Voilà, pour pas vous mentir, je voudrais pas que le docteur il entende ce que j'ai entendu. Anna, y a pas longtemps de ça, elle répétait qu'elle avait tué sa mère, ma pauvre Yvette.

La révélation fit son effet. Claire regarda Anna, puis le grand Mosellan. Elle eut un geste de la main qui refusait d'admettre la chose.

— Non, c'est extravagant, énonça-t-elle enfin. Elle délire, et le délire brouille la raison. Il fait naître des cauchemars et des hallucinations. Anna se croit peut-être responsable du suicide de sa mère, comme si elle n'avait pas su la protéger. N'ayez donc pas peur, Jakob, et faites vite ce que je vous ai demandé.

Il sortit de la pièce d'un pas pesant. Troublée, Claire rejeta drap et couvertures, puis elle débarrassa la jeune fille de sa chemise de nuit, poissée par la sueur.

— Maman, maman, articula péniblement Anna, reviens, maman, j'ai mal, j'ai si mal.

— Calme-toi, mon enfant, dit Claire d'une voix apaisante.

Elle posa vite ses mains sur son front brûlant afin de la soulager. Le feu intérieur qui consumait sa patiente se répandit en elle, mais elle tint bon, prise de frissons, car ce n'était pas une bonne chaleur et elle commençait à être glacée.

« Dieu tout-puissant, Sainte Vierge, aidez-moi! Père Maraud, venez me seconder, je vous en conjure! » priait-elle en silence, traversée d'un doute atroce. Les paroles de Jakob tournaient dans son esprit, obsédantes, mais elles éclairaient aussi d'une lumière angoissante des zones d'ombre qui n'apparaissaient que maintenant à Claire. « Au fond, pourquoi Yvette se serait-elle suicidée? s'interrogeait-elle. Sa brève confession, sur son lit de mort, justifiait son geste. Hélas, elle mentait, elle trichait. Léon ne l'avait pas du tout forcée ni contrainte. La honte suffit-elle à justifier qu'on se supprime, quand on n'a guère de moralité? Et c'est bien Anna, elle seule, qui a surgi de nulle part pour nous annoncer que sa mère s'était jetée par la fenêtre. Elle pouvait descendre du logement, d'où elle l'avait poussée juste avant. Seigneur, non! Quel enfant tuerait sa propre mère? »

Des doigts fins se cramponnèrent alors à son poignet droit. Une voix faible s'éleva.

— Maman, j'ai moins mal. Merci, maman… Je te

demande pardon, j'ai été méchante, très méchante. Tu es bien gentille d'être revenue.

— Anna! s'écria Claire. Ta mère n'est pas là!

La jeune fille eut un sourire pensif. Elle lâcha prise et croisa les bras sur sa poitrine dénudée. Jakob réapparut à cet instant sans avoir frappé à la porte. Jean l'escortait. Claire s'empressa de couvrir le corps de sa malade.

— J'apporte la cuvette d'eau, dit le Mosellan. Comment va-t-elle? Mieux, j'ai l'impression…

— Je fais tout pour l'aider et j'ai besoin d'être au calme quelques minutes. Jean, emmène Jakob en bas et téléphonez à Vitalin.

Les deux hommes obéirent. Claire entendit le bruit décroissant de leurs pas dans l'escalier. Elle distingua aussi les pleurs du bébé des Canet et les rires de Janine et de Marie qui occupaient la chambre voisine avec Paulette et Annie. « La vie continue, songea-t-elle. La vie doit continuer en dépit des malheurs et des drames. »

Doucement, Claire frictionna Anna de la tête aux pieds avec un linge trempé. D'abord, elle la soigna sans prêter attention à sa nudité, puis, peu à peu, il lui vint un attendrissement devant ces formes d'une rare séduction exposées à son regard. Enfin, elle admira la beauté de la jeune fille. « Dieu s'est appliqué pour créer une telle perfection, pensa-t-elle. Mais quelle âme a-t-il offerte à ce corps ravissant? » La question lui était venue spontanément, si bien qu'elle en fut elle-même désorientée. Elle eut la certitude singulière qu'une autre personne venait de la formuler. Elle se retourna, soudain certaine qu'une présence invisible l'accompagnait.

— Père Maraud? bredouilla-t-elle. Nicolas?

— Qui est le père Maraud? fit Anna dans un souffle. Un prêtre? Je vais mourir, c'est ça?

La jeune fille avait ouvert les yeux. Son regard était un peu voilé, mais il dévisageait la guérisseuse.

— Non, tu ne vas pas mourir. La fièvre baisse, tu as les idées moins embrouillées.

— Madame Claire? C'est vous, alors… Mais qui est le père Maraud?

— Je ne sais pas si je t'en ai déjà parlé. C'était un grand ami, un rebouteux, un voyant.

Claire voulut retirer ses mains du front d'Anna, qui la supplia de les laisser.

— Cela me fait tant de bien, madame! Vous m'avez sauvée. Je vous promets que je serai gentille, maintenant.

— Je ne t'ai pas sauvée, pauvre petite! Tu as subi une émotion trop forte, hier soir. En plus, tu étais trempée et gelée. De quoi te donner une fièvre de cheval, comme on dit. Repose-toi, je vais te préparer une tisane d'écorce de saule et de reine-des-prés.

Anna acquiesça d'un air soumis de fillette. Ses prunelles vertes avaient déjà repris leur éclat.

— Je mangerais bien quelque chose, d'abord, indiqua-t-elle.

— Tu es affamée, c'est bon signe. Nous n'avons pas pris de repas hier soir. Anita a laissé brûler la potée aux choux, et la pâte à crêpes attend toujours, expliqua Claire. Il faudra bien l'utiliser aujourd'hui.

« Malgré la mort de David! » ajouta-t-elle en pensée.

Elle quitta la chambre dans une sorte d'état second. Le temps de descendre les marches une à une, sans hâte, elle s'était persuadé que son extrême nervosité et les propos de Jakob l'avaient bouleversée.

« Il n'y avait pas de fantôme au chevet d'Anna! se répéta-t-elle. Et ce n'est qu'une malheureuse gamine élevée par une mère alcoolique, pas un démon en jupon! »

Mais au fond, Claire n'en était pas vraiment sûre.

*

Moulin du Loup, deux jours plus tard, mardi 2 juillet 1940
Bertille était seule dans la cuisine du moulin. De très bon matin, elle avait cueilli des roses pour fleurir la tombe de David, enterré la veille au cimetière de Puymoyen dans le caveau des Giraud. Toute vêtue de noir et ses boucles d'or pâle rangées dans un turban gris, elle respirait paupières mi-closes le parfum exquis du bouquet. Elle le tenait bien

serré comme un bouclier coloré capable de la protéger de la souffrance qui l'anéantissait.

« Jean disait au petit-déjeuner que tout était à peu près rentré dans l'ordre, se souvint-elle. Quelle dérision! Un jeune homme a été tué pour avoir pris peur. L'ordre établi n'existe plus. »

Il était dix heures. Elle avait l'intention de monter seule au bourg dans sa magnifique décapotable à la carrosserie ivoire.

« Où sont-ils tous passés? » se demanda-t-elle.

Épuisée, car elle ne dormait guère, Bertille tendit l'oreille. Les époux Canet et leur bébé se trouvaient au grenier, terrés entre des cloisons de planches et sans doute accablés par la chaleur qui régnait sous les toits. « Ils ont peur, ils n'osent pas sortir, se dit-elle. Paulette et Annie sont parties, en larmes toutes les deux. Que pouvais-je faire? Claire aura bien assez de gens à nourrir, cet été. Moi, je n'ai plus besoin de domestiques, puisque je n'ai plus de maison. »

Attristée, Bertille déposa les roses sur la table et chercha son paquet de cigarettes. Elle fumait beaucoup, mais c'était l'unique exutoire à sa profonde détresse.

« La guerre! songea-t-elle encore. Nous avons tout perdu, surtout notre liberté. Nous n'avons plus droit à la radio, il n'y a plus aucune émission; c'était prévu dans l'armistice, écrivent les journaux[44]. Je ne suis même pas allée à Rancogne, chez ce vieil Edmond qui me fait les yeux doux. Mais il a répondu à ma lettre d'excuse, des mots bien chaleureux et bien attentionnés. Si Claire avait accepté de m'accompagner, j'aurais quand même fait le trajet. Maintenant, je n'irai plus, Jean prétend que la ligne de démarcation passe là-bas, près de La Rochefoucauld. »

Elle ne parvint à se rappeler ni le jour de ce rendez-vous manqué ni pourquoi elle avait renoncé si facilement.

Des éclats de voix lui parvenaient de l'extérieur. Presque

---

44. Toutes les radios ont cessé d'émettre le 25 juin 1940 pour reprendre le 5 juillet suivant, mais il n'y avait plus que la Radio nationale et des radios allemandes, dont une qui s'appelait Radio-Paris, mais sans rapport avec l'ancienne station.

tout le monde était au jardin. Seules Janine et sa protégée passaient la journée chez Thérèse. Claire avait entraîné vers le potager les grands-parents Kern, Franzi et Anna, cette dernière complètement rétablie. Anita les avait suivis pour ramasser des carottes et des poireaux. Secondé par Ludivine, Léon devait conduire les chèvres au pré. Quant à Jakob, Matthieu et Jean, ils travaillaient dans les champs du Moulin. Comme chaque début d'été, Claire avait engagé des jeunes du village pour faire les foins.

— La fenaison qui embaume toute notre vallée! énonça Bertille à voix haute. Mon Dieu, je voudrais avoir quinze ans et me rouler dans le foin.

Elle sursauta. Quelqu'un venait d'entrer. C'était Jakob, en gilet de corps, son large visage constellé de sueur. Il la vit une cigarette pas encore allumée entre les doigts et lui proposa du feu.

— Désolé, je crois que je vous ai fait peur! s'écria-t-il.

— Vous n'étiez pas avec les autres à la fenaison?

— Si, mais Léon meurt de soif. Le soleil cogne déjà dur. Monsieur Jean m'a envoyé chercher du vin et de l'eau en mélange, au moins trois bouteilles.

Le Mosellan tendait son briquet dont la flammèche oscillait sous la brise tiède coulant d'une fenêtre.

— Pardonnez-moi, j'ai la tête ailleurs, dit-elle en approchant. Je ne sais plus où est mon briquet, mais le vôtre fera l'affaire.

— Ne vous excusez pas, madame, il y a de quoi avoir la tête à l'envers, ces temps-ci. Je ne vaux pas mieux, moi.

— Je vous crois, observa Bertille qui ne pouvait s'empêcher de fixer l'impressionnante musculature de Jakob.

— Depuis que ma fille a eu cette fièvre, je ne suis pas tranquille.

— Dans ce cas, ma cousine avait raison : il fallait appeler le docteur. Il paraît que vous avez refusé tout net malgré l'insistance de Jean. Pourquoi?

— Madame Claire est plus compétente que tous les médecins de la terre, affirma-t-il. La preuve, Anna est guérie. Du coup, elle va recommencer à me filer entre les doigts.

— Laissez-la donc! Il faut bien que jeunesse se passe!

— Eh oui… J'ai pas fait exprès d'écouter, à l'instant, mais vous aviez envie de retrouver vos quinze ans et de vous rouler dans le foin. Ce n'est pas toujours réjouissant. Ça pique, et des serpents peuvent vous mordre. Faut rien regretter, allez!

Il éclata d'un rire un peu triste. Bertille le sentit envahi par la même nostalgie qu'elle.

— De toute façon, à quinze ans, j'étais infirme et clouée dans ce vieux fauteuil en osier, confessa-t-elle.

— Dans ce cas, je vais vous dire mon point de vue, chère dame. Il n'y a pas d'âge pour se rouler dans l'herbe sèche qui fleure bon l'été.

Son regard brun doré se perdit dans les prunelles grises de Bertille.

— Je vous retiens pas davantage, dit-il en reculant. Les gars ont soif. À ce soir…

— Oui, à ce soir!

Une fois sur le perron en plein soleil, elle frémit d'une joie douce et oubliée. Un homme s'était penché sur son chagrin, lui avait parlé d'une voix chaude et apaisante. Elle respira à nouveau le parfum des roses, si suave et exquis qu'il prit des allures de promesse. « Aimer encore! Aimer une dernière fois! »

Ces mots avaient éclos au fin fond de son cœur blessé. Ils y danseraient jusqu'au soir, lorsqu'elle reverrait un colosse blond du nom de Jakob Kern.

13

La dame de Ponriant

Moulin du Loup, même jour

Anna suivait des yeux la voiture de Bertille qui franchissait le porche séculaire du Moulin. Assise sur un muret tapissé de mousse, elle s'était mise un peu à l'écart de l'activité qui régnait dans le jardin potager. Son grand-père, Alphonse, maniait la binette pour désherber les pousses de céleri. Claire avait eu l'idée de confier à ce respectable vieillard des tâches peu fatigantes, car il se lamentait d'être une bouche inutile. Coiffé d'un chapeau de paille emprunté à Léon, il paraissait ravi de travailler. Jeanne-Marie, sa cadette de deux ans, conversait avec Anita, préposée à l'arrachage des navets et des carottes. Franzi était chargé de remplir l'arrosoir au robinet en cuivre installé près du portillon en bois. Fier de son rôle, il multipliait les allers-retours.

— Merci, cela ira pour aujourd'hui, mon garçon, lui dit Claire. Mes salades sont bien arrosées. Ludivine, tu aurais pu l'aider!

— J'ai ramassé les fraises, répliqua la fillette. J'en ai un plein panier.

— Oui, mais tu es assise depuis dix minutes, insista sa mère.

— Bah, la terre est basse. Elle a dû s'asseoir pour mieux cueillir vos fraises, madame Claire, fit remarquer Alphonse Kern.

— Admettons!

Au même instant, elle croisa le regard d'Anna. L'éclat de ses prunelles vertes lui causa un malaise indéfinissable, proche de celui qu'elle avait ressenti à son chevet trois jours auparavant. «Anna a gardé le lit dimanche et, hier, elle s'est levée à six heures du soir, songea-t-elle. Je lui avais conseillé de se reposer, mais était-elle vraiment malade, ou simplement mortifiée par ce qu'elle avait vu? Seigneur, c'est bien la première fois que je me pose tant de questions. J'ai l'impression d'être confrontée à une énigme vivante. »

La jeune fille avait baissé la tête et descendait sans hâte de son perchoir.

— Je crois que madame Bertille va au cimetière, annonça-t-elle d'une voix affaiblie. Je voulais l'accompagner, mais je n'ai pas eu le temps de le lui demander. J'ai tellement de peine pour ce pauvre David!

Tout de suite, Claire chassa ses doutes sur la personnalité d'Anna et s'apitoya.

— Je te comprends, assura-t-elle. Si tu ne te sens pas trop faible, monte au bourg par le raccourci du plateau. Ma cousine te ramènera.

— Non, je n'en ai pas la force, madame, affirma Anna. Je vais me promener sur le chemin pour prier. Ne m'en veuillez pas, j'ai besoin d'être seule.

Jeanne-Marie se signa, très émue par l'évidente affliction de sa petite-fille. Ludivine jeta un coup d'œil inquiet à sa mère. Depuis le suicide d'Yvette, la fillette était sujette à des crises d'angoisse. La mort brutale du jeune palefrenier la torturait plus qu'elle ne le montrait.

— Fais attention aux Allemands! cria-t-elle à Anna.

— N'aie pas peur pour moi, Ludivine. Je ne dépasserai pas le pont, promit-elle en guise de réponse.

Couché sous un buisson de groseilliers, Sauvageon poussa un bref gémissement, bondit sur ses pattes et rejoignit Claire.

— Qu'est-ce que tu as? demanda-t-elle tout bas à l'animal, qui avait maintenant dix mois. Tu n'aimes pas voir l'un de nous s'éloigner? Tu seras un fameux gardien, toi!

Elle le caressa avec tendresse. Il promettait d'être robuste, de grande taille et surtout aussi affectueux que le premier Sauvageon.

— Mon Dieu, je plains ma petite Anna, affirma alors Jeanne-Marie. Elle n'avait pas besoin de ça.

Bien évidemment, tout le monde comprit ce que signifiait ce «ça». Claire se rapprocha cependant de l'aïeule après s'être assurée que Ludivine ne pouvait pas l'entendre.

— Certes, commença-t-elle, c'est dur pour Anna d'avoir vu mourir ce jeune homme si peu de temps après le décès de sa mère.

— Oui, bien sûr! acquiesça Jeanne-Marie d'une voix à peine audible. Je m'inquiète beaucoup, savez-vous?

Claire perçut les réticences de la vieille femme à en dire davantage au beau milieu du potager. Elle lui tapota gentiment l'épaule, et c'était comme la promesse d'une conversation future, sans aucun témoin.

— Le soleil tape déjà dur, dit-elle d'un ton neutre. Nous ferions mieux de rentrer. Il faudra que je vous trouve un chapeau de paille, madame Kern.

— J'en avais un bien joli, chez nous, en Moselle! Ne vous tracassez pas, mon foulard me suffira.

Franzi vint prendre sa grand-mère par la main. L'enfant était d'une sagesse exemplaire depuis qu'il disposait à volonté de sa mémère et de son pépère. Il vouait également à Claire une sorte de respectueuse admiration.

— La dame du Moulin m'a rendu gentil, se plaisait-il à répéter quand on le félicitait pour sa bonne conduite.

Jean lui témoignait de son côté une affection grandissante, ce qui agaçait Ludivine. Il ne pouvait pas s'empêcher, en regardant Franzi, de penser à son jeune frère Lucien, victime comme le petit Mosellan de la perversité d'un homme mûr.

— Il faut le choyer, lui faire oublier ce qu'il a supporté, avait-il confié à Claire. Si Lucien avait survécu, j'aurais voulu lui rendre la vie douce et facile.

Claire avait répondu qu'elle comprenait. Elle devait tout comprendre, attentive à maintenir l'harmonie sous le toit ancestral du Moulin du Loup. Ainsi laissait-elle les époux Canet se retrancher dans le grenier sans solliciter leur participation aux tâches ménagères. Elle avait cédé sur un autre point: Léon et Anita partageaient de nouveau la table familiale. De même, elle évitait de reprocher à Bertille ses imprévisibles écarts, comme celui qui la poussait à boire du champagne à l'heure du goûter ou sa détermination à veiller la moitié de la nuit dans la cuisine, installée devant le poste de radio de Matthieu. Au grand dam de son propriétaire, l'appareil ne trônait plus dans le bureau de l'imprimerie, mais sur un des buffets de la vaste pièce. Jean avait tendu un fil le long des murs extérieurs, afin de pouvoir écouter le plus souvent possible les actualités.

— Il n'y a plus d'émissions, mais, forcément, cela va revenir, affirmait Bertille. Et il faudrait capter la BBC pour avoir des nouvelles de Londres.

Dès la tombée de la nuit, c'était son refrain. Alors, on se réunissait, silencieux, tandis que l'un ou l'autre tournait les boutons du poste. Des grésillements horribles en émanaient, des sifflements et des chuintements, si bien qu'il fallait l'éteindre.

«Ma pauvre princesse! pensa Claire en marchant vers la cour, un panier à bout de bras. Peut-être qu'elle s'ennuie, ici. Elle ne s'en plaint guère, mais Bertrand doit lui manquer jour et nuit.»

À une soixantaine de mètres de là, Anna guettait le petit cortège qui rentrait au Moulin. Malade d'impatience à l'idée d'être enfin libre de ses faits et gestes, elle s'était cachée derrière une haie de noisetiers. Malgré les consignes de son père et les recommandations de Claire, elle avait une soif maladive d'indépendance et de solitude. Cela lui était pénible de côtoyer plusieurs personnes à la fois. Le bruit et l'agitation la plongeaient dans un état de confusion.

— Ils sont rentrés dans la maison, observa-t-elle, soulagée.

Les heures à venir lui appartenaient. Bizarrement, dès qu'Anna disparaissait, on tardait à s'apercevoir de son absence. Jakob devenait plus vigilant, mais il trimait dur pour Jean Dumont et il ne pouvait pas être sur les talons de sa fille du matin au soir.

— Pierre Roy a dû m'attendre, hier soir, pensa-t-elle en courant sur le chemin. Qui lui aura dit que j'étais malade? Personne…

Elle avançait en direction du pont sur la rivière. La vallée des Eaux-Claires était désormais son territoire, en dépit des Allemands qui occupaient Ponriant. Anna les haïssait, ces soldats. Une image l'obsédait, celle de David fauché par une rafale de balles, le corps secoué de soubresauts. « Ils n'avaient pas le droit de tirer sur lui, songeait-elle. Il avait peur et il s'enfuyait. Assassins! Ce sont des assassins! »

Il lui fallait chasser l'angoissante image, car elle se superposait souvent à une autre, celle de sa mère basculant par la fenêtre. Alors, le regard terrifié, Anna marchait vite et cueillait une tige de folle avoine qu'elle mordillait. Elle écoutait les trilles des merles ou contemplait la course scintillante de l'eau entre les berges. Il faisait chaud, le ciel était d'un bleu pur et intense, l'air sentait bon l'herbe coupée. Au sein de ce décor verdoyant, palpitant de mille existences animales et végétales, la jeune fille quêtait une légèreté de cœur et d'âme qu'elle avait connue dans sa petite enfance.

— Salut, toi! lui cria-t-on tout à coup.

L'appel la surprit. Elle s'arrêta, sur le qui-vive, mais ravie. C'était la voix de Pierre Roy. En short et chemisette de toile beige, l'adolescent la rejoignit. Il était pieds nus et tenait des sandales en cuir d'une main.

— Et alors, tu ne m'as pas vu? déclara-t-il. J'étais assis sur la berge et je pataugeais. Est-ce que tu vas mieux? On m'a dit que tu avais été très malade.

— Qui te l'a dit?

— Mon père. Je suis même allé au Moulin pour te rendre visite, mais Claire a refusé que je monte dans ta chambre.

— Elle a eu raison, car j'avais beaucoup de fièvre. Elle ne savait pas ce que j'avais et je pouvais être contagieuse. Viens, ici, on peut nous voir.

Anna traversa la route qui reliait Puymoyen à Ponriant et s'engagea sur le chemin de terre qui menait à la vigne de Jean. Là, les falaises s'abaissaient, changées en de modestes pans de rochers semés de lichens et encombrés de ronciers.

— Pas si vite, je dois me rechausser, objecta Pierre. Et si on retournait à la Grotte aux fées?

— Non, on va se baigner. Je connais un coin extraordinaire.

Il la suivit, ensorcelé par ses jambes à la peau dorée et par l'éclat de feu de sa chevelure lisse, semblable à un casque de cuivre.

— Je n'ai pas mon maillot de bain, rétorqua-t-il.

La jeune fille se retourna quelques secondes, rieuse, et dit du bout des lèvres :

— Pas besoin de maillot!

Elle reprit sa course et s'enfonça dans un fouillis de roseaux, de saules et d'ajoncs. Un peu plus loin s'élevaient trois grands frênes qui ombrageaient une crique de la rivière. Sur la rive voisine, des aubépines entremêlées de clématites sauvages formaient une sorte de rideau.

— J'aime cet endroit, indiqua Anna.

— Tu connais mieux le pays que moi, observa Pierre, essoufflé.

— Sans doute… Il suffit de se balader, pour ça.

— Ouais, mais, comme je suis pensionnaire, je n'en ai pas l'occasion.

— Même pendant les vacances?

— Je vais chez les scouts, d'habitude. Et, au mois d'août, j'aide mon père à l'imprimerie. Souvent, aussi, tantine nous emmène au bord de la mer, mes sœurs et moi. Elle est chouette, sa villa de Pontaillac. C'est un petit château tout blanc qui domine la plage.

— Vous en avez, de la chance, tous! En fait, Bertille entretient la famille.

— Mais non! Disons qu'elle aime bien nous faire plaisir.

Un peu fâché, Pierre alluma une cigarette. Il en offrit une à la jeune fille qui la refusa.

— Tu n'as jamais vu la mer? demanda-t-il.

— Non, jamais. Je me contente des petites rivières et des ruisseaux. Pourtant, j'adore l'eau.

D'un geste rapide, elle se débarrassa de sa robe et se montra, entièrement nue. Bouche bée, il la vit se jeter dans la crique. Des nuées de gouttelettes irisées de lumière solaire jaillirent de la surface quand elle agita les bras, si bien qu'Anna lui sembla nimbée de perles d'or.

— Elle est complètement folle, lâcha-t-il très bas.

Le désir le tourmentait, aiguisé par la vision fugitive des seins aux mamelons bruns et durcis, ainsi que des cuisses aux muscles fins.

— Viens donc! l'interpella-t-elle.

— Je... Je ne peux pas..., pas maintenant, bredouilla l'adolescent, gêné par une manifestation sans équivoque de sa virilité.

— Tant pis pour toi!

Les yeux fermés, Anna renversa la tête en arrière. Ensuite, les cheveux ruisselants plaqués le long de son visage ravissant, elle grimpa sur la berge.

— Voilà, je suis toute propre!

— Faudra pas t'étonner si tu as encore de la fièvre, commenta Pierre d'un ton sérieux.

— Oh! écoutez-le, ce jeune monsieur! Tu n'as rien d'autre à faire? Ce que tu es crétin!

Pierre s'était assis et il se trouvait pratiquement à la hauteur du ventre d'Anna, dont le bas s'ornait d'une toison rousse très frisée. Il se détourna, les joues en feu.

— Peut-être que j'ai jamais vu la mer, mais toi, tu ne sais pas comment c'est fait, une fille, se moqua-t-elle.

— Si, je sais! enragea-t-il en la saisissant par les chevilles.

Déséquilibrée, elle se laissa tomber sur l'herbe près de lui pour le bourrer de petits coups de poing. Haletant, Pierre se coucha sur elle et dévora ses lèvres d'un baiser maladroit.

— Qu'est-ce que tu crois, idiot! tempêta-t-elle.

— Je t'aime, Anna, gémit-il.

Il l'embrassa dans le cou, le regard voilé. Ses mains s'aventuraient au hasard; elles frôlaient sa poitrine et ses fesses en se faisant de plus en plus habiles et autoritaires.

— Fiche-moi la paix, sale gosse! gronda-t-elle.

— Non, t'avais qu'à pas te mettre toute nue. Tu l'as fait exprès.

Anna s'amusait infiniment. Elle aurait volontiers octroyé à Pierre ce qu'il voulait, mais c'était bien trop tôt.

— Laisse-moi ou je te mords la joue! Comment tu expliqueras ça à ta chère petite maman?

Inquiet, il se redressa. Elle le repoussa brutalement en arrière et se leva.

— Tu n'es qu'un puceau, un jeune imbécile. Je préfère les hommes, les vrais!

Sur ces mots, elle enfila sa robe qui se plaqua sur son corps humide. De son pas souple et félin, elle se faufila à travers les taillis. Profondément désappointé, Pierre renonça à la rattraper. Il s'allongea sur le dos et fixa l'immensité du ciel.

«Elle est cinglée, voilà! se dit-il, humilié et frustré. Il paraît qu'elle a vu les Allemands abattre le palefrenier… Elle devait rôder près du domaine, toujours à se promener comme la chatte en chaleur qu'elle est. Je la déteste!»

Mais il en rêvait la nuit et se morfondait le jour.

Ce ne fut qu'au bout de longues minutes qu'il se sentit consolé. Après tout, il l'avait embrassée et il avait eu la chance de contempler sa nudité. Même si l'aventure en restait là, il pourrait épater ses camarades de lycée à la rentrée en leur racontant cette aubaine. Les murmures du vent dans les feuillages et les clapotis de l'eau le berçaient. Il finit par s'endormir.

*

Moulin du Loup, dimanche 7 juillet 1940

Chaque soir, Bertille prenait place à la grande table du Moulin avec un étrange sentiment d'enivrement. Elle faisait face à Jakob Kern et ce détail qui lui était indifférent quelques jours auparavant devenait très important à ses yeux. Elle savourait à présent l'heure du repas, ayant tout loisir d'observer de près le Mosellan.

Elle ne s'en était pas privée depuis leur brève conversation du mardi précédent, mais c'était à distance, de la fenêtre de sa chambre ou de la chaise longue installée dans la cour, à l'ombre du tilleul. Son esprit méthodique avait conservé une série de portraits de ce bel homme de cinquante-quatre ans. Soit il brassait le foin à coups de fourche en gilet de corps, épaules et bras musculeux, le haut du torse ombré de poils blonds, soit il poussait une brouette de fumier, un mégot entre les dents, avec son regard de doux naïf. Dans ces moments-là, Jakob Kern transpirait beaucoup. Il jurait parfois de sa voix grave à l'accent traînant. Aussi aimait-elle le retrouver au dîner en chemise propre, les cheveux peignés et le teint frais, installé devant une assiette fumante.

Ce dimanche, après une journée de grosse chaleur, tout le monde appréciait la fraîcheur de la vaste cuisine. Le soleil se couchait dans une apothéose de lueurs orangées que reflétait la pierre pâle des falaises. La pièce en était baignée d'une pénombre singulière, qui adoucissait les visages et faisait paraître les regards plus profonds.

— Qu'as-tu préparé de bon, Anita? demanda Jean, affamé. L'odeur de ton frichti m'a aiguisé l'appétit.

— Comment ça, mon frichti, m'sieur Jean? s'indigna la domestique. C'est point du frichti, mais de la bonne soupe de pois cassés avec des croûtons grillés et du lard! Sainte Vierge, je me décarcasse pour faire au mieux avec pas grand-chose et vous m'causez de frichti!

— Prends pas la mouche, ma Nini! s'écria Léon. Jeannot, il a appris ça dans les tranchées pendant la dernière guerre. On en a gobé, du frichti, tous les deux!

— C'est nouveau, ça! s'exclama Jean. Il me semble que tu étais bien peinard, toi, dans une ferme en Allemagne, nourri, logé et fort bien traité, ma foi! Tu n'étais pas sur le front, ou alors tu n'y as pas été longtemps.

— Et vous, Jakob, étiez-vous mobilisé, en 14? interrogea Bertille.

— Oui, hélas! répondit-il d'un ton grave. J'avais vingt-huit ans au début des hostilités. J'en suis revenu vivant, je me demande encore comment et pourquoi. Vous savez, quand on sort indemne de l'enfer, on n'a qu'une envie: jouir du moindre petit bonheur. J'ai épousé Yvette le lendemain de mes trente-six ans. Anna est née neuf mois après.

— Un mariage sur le tard, ajouta Jeanne-Marie Kern. Je désespérais de voir mon fils convoler.

Plus silencieuse qu'à l'ordinaire, Claire observait sa cousine. La dame de Ponriant avait changé, c'était indéfinissable, discret, mais évident. « Bertille s'habille bien plus simplement, songea-t-elle. Des corsages blancs, souvent la même jupe en serge marron, beaucoup moins de maquillage aussi. Et elle ne va plus chez le coiffeur. Mais je préfère ses frisettes en désordre; cela la rajeunit. Oui, c'est ça, elle paraît plus jeune encore. » Ce constat l'amusa, car il était de notoriété publique qu'on doutait bien souvent des soixante printemps de cette splendide femme aux allures juvéniles.

— À quoi penses-tu, Clairette? se troubla Jean. Tu souriais. Ce doit donc être une chose agréable.

— J'étais contente parce que nous pourrons écouter la radio ce soir. Les émissions ont repris. Tu vas encore veiller, princesse?

— Peut-être, peut-être que non! Pourquoi rester enfermée quand les nuits sont si douces, si belles? La lune sera bientôt pleine.

Bertille ponctua ses propos d'un regard attendri qui englobait l'ensemble des convives.

— J'ai raison, n'est-ce pas? Les nuits d'été sont un cadeau de Dieu. Petite fille, mes parents me forçaient à me coucher très tôt. Je voyais encore des rais de lumière entre les persiennes, et cela me déplaisait. Une fois, je me suis relevée et j'ai pu aller dans notre jardin par la véranda, sans être surprise. Les hirondelles volaient bas en criant, et les rosiers embaumaient. Je me croyais dans un paradis interdit.

Cette évocation la laissa pensive. Claire s'en émut, car sa cousine parlait rarement de son enfance.

— Excusez-moi! dit très vite Bertille. Je ne veux pas vous ennuyer avec mes souvenirs.

— C'était tout à fait charmant, madame! assura Jakob.

— Mais oui, princesse! renchérit Claire.

Anna, elle, venait de saisir sur les traits de son père une sorte de tension joyeuse, et c'était dû sans conteste à la dame qui se trouvait en face de lui. « Il l'observe sans arrêt, il sourit dès qu'elle ouvre la bouche, s'étonna-t-elle. Papa n'est quand même pas amoureux! Ce genre de femme ne peut que dédaigner les gens du peuple comme nous. »

Cela méritait réflexion. Elle se promit d'être plus vigilante, dorénavant, afin de protéger son père. Elle ignorait encore que Bertille était issue d'un milieu modeste et qu'elle avait été recueillie par les parents de Claire une fois orpheline. Et elle ne pouvait pas deviner son tempérament passionné et entier dès qu'il était question d'amour. Ce fut bien la seule personne à discerner les prémisses d'une possible romance entre ces deux êtres que tout paraissait opposer.

Jean, quant à lui, se préoccupait uniquement de son épouse. En cette saison, il la trouvait envoûtante, avec ses bras hâlés dénudés par ses robes sans manches. La mode ayant raccourci les jupes, il contemplait aussi ses mollets musclés, toujours bien galbés. La pratique de l'équitation et les longues marches dans la campagne avaient modelé le corps de Claire, qui demeurait mince et doté de formes parfaites.

— C'est un petit miracle que tu sois aussi belle à ton âge, lui disait-il aux heures intimes de l'aube, lorsqu'ils se levaient et s'habillaient après avoir connu une tendre étreinte, d'une subtile sensualité.

— J'ai mes secrets, répliquait-elle, coquette.

En réponse, il embrassait les quelques rides inévitables au coin de ses magnifiques yeux sombres ou caressait d'un doigt une joue à peine moins ferme que dans le passé.

« Je dois préparer une fête surprise, songeait-il, tandis qu'Anita servait une omelette à l'oseille. Le mercredi 24 juillet, cela fera trente-cinq ans que nous nous sommes mariés à l'église Saint-Vincent. C'est une date importante, ça! En plus, nous n'avons jamais célébré nos anniversaires de mariage. Bertille m'aidera, Faustine aussi. Il faut bien se changer les idées, s'amuser un peu et oublier la guerre. »

L'occupation allemande prenait en effet tout son sens. Les patrouilles se multipliaient dans la région. Le domaine de Ponriant ressemblait maintenant à une caserne grouillante d'hommes en uniforme et de camions. Au village, on avait assisté au passage d'un char blindé, et sur la mairie flottait le drapeau rouge à croix gammée.

Le repas se terminait quand Daniel Canet se décida à révéler ses projets immédiats. D'une voix vibrante de gratitude, il s'adressa en premier à Claire.

— Chère madame, je ne sais comment vous remercier de nous avoir accueillis chez vous, ma femme, mon fils et moi. Et c'est en gage de ma reconnaissance que nous avons choisi de partir le plus tôt possible. Avant de quitter Liège et notre Belgique natale, j'ai eu des renseignements sur la politique antisémite des nazis. Pour le moment, en France, il n'y a aucune mesure répressive officielle, mais j'ai la certitude que nous ne sommes plus en sécurité, surtout en zone occupée. Hier, monsieur Dumont, vous m'avez expliqué que la ligne de démarcation n'était pas très éloignée d'ici, une vingtaine de kilomètres environ.

— Oui, il est question du bourg de Boueix, précisa Jean. Plus au sud, le tracé passe à Aubeterre, puis à Ribérac en Dordogne. L'avantage, à Boueix, c'est la forêt. Des hectares de forêt bien touffue. Il y aurait forcément moyen d'éviter le poste de garde. Les Allemands ne peuvent pas être partout à la fois.

— Pourquoi partir? objecta Bertille. Et où comptez-vous aller, si vous parvenez en zone libre? Déborah, dites quelque chose, enfin!

— Je suivrai mon mari, je lui fais confiance, affirma la jeune femme.

— Nous avons des amis du côté de Marseille, ajouta Daniel. Ils nous hébergeront le temps nécessaire. Là-bas, il y a un port. Nous pourrons gagner le Royaume-Uni. Il faut me comprendre, les Allemands sont dans votre domaine, madame Bertille, presque à la porte du Moulin. Le colonel Drummer peut venir n'importe quand et contrôler nos papiers d'identité!

— Nous craignons de vous occasionner des ennuis, argumenta Déborah.

— Si ce n'est que ça, inutile de vous enfuir, intervint Claire. Ni de vous cacher la plus grande partie du jour dans le grenier. J'ai dit à cet homme que vous étiez le couple de jardiniers de ma cousine. Il ne m'a interrogée ni sur votre religion ni vos origines.

La discussion se poursuivit pendant plus d'une demi-heure. Ni Claire ni Jean ne purent faire changer le couple d'avis.

— Dans ce cas, je vous aiderai, résolut Jean. Nous vous conduirons en camionnette au point le plus proche de la ligne, puis nous passerons par les bois.

— Qui ça, nous? s'alarma Bertille.

— Léon et moi. C'est l'époque des cèpes. Au pire, nous pourrons dire aux Boches que nous cherchions des champignons, juste avant l'aurore.

Un pesant silence s'établit. Ludivine dévisageait son père comme s'il allait disparaître pour toujours. Elle revit la scène horrible qui la hantait : Anna couverte de sang, entrant dans la cuisine et annonçant que les Allemands avaient tué David.

— Papa, Léon n'a qu'à les emmener, lui, sans toi, s'écria-t-elle. Je t'en prie, papa, tu vas te faire tirer dessus.

— Mais non, ma chérie! Viens donc sur mes genoux. Et puis, nous ne sommes pas encore partis! Vous êtes impatient de gagner la zone libre, Daniel. Néanmoins je voudrais obtenir certains détails avant de vous larguer en pleine forêt. Vous devrez parcourir des kilomètres à pied.

La conversation reprit de plus belle. Bertille s'en désintéressa. Elle sortit sur le perron et descendit les marches de pierre, creusées en leur milieu par d'innombrables allées et venues depuis plus de cent ans.

«Eh bien, qu'ils partent! se dit-elle, résignée, mais le cœur serré. Ils ont sûrement raison. David n'a pas eu la chance de fuir la région, lui.»

Elle marcha à pas lents vers un banc en planches dressé contre le mur de l'écurie. Là, elle s'assit et alluma une cigarette. Les grillons chantaient dans les prés fauchés; une chouette hulotte lançait son appel plaintif du haut d'un frêne; piquée à la cime de l'arbre, la lune resplendissait, presque toute ronde et auréolée d'un halo doré.

— Une jolie nuit d'été! constata Bertille, les larmes aux yeux.

Rien ne put l'empêcher de songer à Jakob Kern. Elle le revit dans la clarté ambrée de la lampe à pétrole : des cheveux blonds, argentés aux tempes, un large visage paisible, une bouche plate, mais charnue, un nez épais un peu aquilin et ce regard mélancolique d'un brun clair, un regard qui la troublait par ce qu'elle lisait en lui de tendresse inassouvie.

«Je suis incorrigible, se reprocha-t-elle. Seigneur, cet homme a perdu son épouse, et moi, mon mari, mon grand amour. Nous sommes en deuil tous les deux. Rien n'est possible, non, rien.»

Quelqu'un approchait. Elle ne fut pas vraiment surprise de reconnaître la silhouette vigoureuse du Mosellan. Peut-être l'avait-elle appelé par la force de ses pensées vagabondes.

— Il fait bon dehors, n'est-ce pas? dit-il tout bas.

— Oui, mais je suis triste.

Jakob s'appuya au mur sans oser s'asseoir à ses côtés. Il observa le ciel nocturne longuement. Bertille ajouta:

— Daniel et Déborah me font de la peine. Ils ont tellement peur! Je ne peux pas les retenir contre leur gré, hélas! Le petit Lévi, ce chérubin, me manquera. J'aimais bien m'occuper de lui. Je n'ai eu qu'un enfant, une fille, Clara. Elle est aux États-Unis.

— Je sais, madame Claire m'en a parlé l'autre jour.

— Je ferais bien de la rejoindre, ajouta Bertille. Je me plaisais, en Amérique. Cela m'aiderait à oublier que les officiers allemands dorment dans mes draps de soie.

Il ne répondit pas tout de suite, désemparé à l'idée de son départ et tout surpris de l'être.

— Le Moulin du Loup me paraîtrait bien vide sans vous, madame! indiqua-t-il enfin.

Ravie de cette réplique, elle se leva vivement et lui prit le bras.

— Si nous nous promenions en bavardant! Il n'y a pas de mal à ça. J'aime marcher parce que j'en ai été privée des années.

Kern jeta un coup d'œil vers les fenêtres éclairées de la maison. Il aperçut l'éclat mordoré de la chevelure d'Anna.

— Pourquoi pas? J'ai un peu de temps; les enfants vont jouer au nain jaune[45].

---

45. Jeu de cartes familial très répandu, aux règles simples et au nombre de joueurs variable. Les enfants peuvent y jouer dès six ans.

— Votre fille aussi? Ce n'est plus vraiment une enfant.

— C'est elle qui a eu l'idée. Anna a un drôle de caractère, mais je trouve qu'elle fait des efforts de gentillesse, ici, surtout vis-à-vis de son petit frère.

Ils avancèrent ainsi jusqu'au bief dont l'eau paisible miroitait sous les rayons lunaires. Beaucoup plus petite que le Mosellan, Bertille l'effleurait parfois de sa hanche. Aussitôt, elle tentait de s'écarter de lui, sans toutefois renoncer à lui tenir le bras. Au contact de cette main légère et menue, Jakob ressentait une émotion inconnue.

— Allons un peu sur le chemin des Falaises, suggéra-t-elle quand ils furent entre les piliers du porche.

Un lapin de garenne détala à leur approche, alors qu'une chauve-souris voleta un instant au-dessus d'eux.

— Vous devez souffrir de l'absence de votre épouse! dit-elle doucement. Pour ma part, je me réveille tous les matins en songeant à mon mari. J'espère toujours le découvrir près de moi, mais non, le lit est vide.

— J'en souffre moins qu'on pourrait le penser. Mon ménage n'était pas des plus heureux, reconnut Jakob. Je n'ai pas honte de le dire: j'ai épousé Yvette parce qu'elle était enceinte. Je la connaissais à peine. Nous nous étions rencontrés dans un bal de quartier. C'était à l'époque une jolie brunette bien aguichante, plus jeune que moi. Mes copains me traitaient de célibataire endurci, si bien que je n'étais pas fâché de me marier. J'avais un bon salaire. Je voulais qu'elle ait tout le nécessaire, une maison confortable et tout. Mais…

— Mais?

— Disons que rien n'a tourné comme je l'imaginais! Les premières années, ça ne se passait pas trop mal. Par la suite, Yvette s'est mise à boire. Elle s'en prenait à la petite. Aussi, j'emmenais souvent Anna chez ses grands-parents.

Le réfugié poussa un gros soupir. Bertille le sentit oppressé. Sans réfléchir, elle appuya sa tête un instant contre son épaule afin de le réconforter.

— Je ne sais même pas si Franzi est bien mon fils, laissa-t-il tomber d'une voix rauque. Bon sang, je n'ai jamais dit ça à personne! Je l'aime, ce gosse, je vous assure, mais j'ai des doutes. Yvette me trompait, les voisins ne se gênaient pas pour me le faire comprendre.

— Il ne faut pas trop se fier aux ragots!

— Sauf s'ils confirment ce que vous pensez, ce que vous constatez. Ma femme se refusait à moi et je n'étais pas du genre à la contraindre. Je suis navré, je ne devrais pas dévoiler ma vie privée comme ça, mais vous m'inspirez confiance. On sent que vous avez traversé de dures épreuves et que vous êtes indulgente.

— Surtout à mon égard! voulut-elle plaisanter. Cela dit, quelque part vous voyez juste. Bertrand Giraud était en fait mon second mari. Toute jeune et infirme, j'ai épousé Guillaume Dancourt, un commerçant assez aisé. Il m'adorait. Il me comblait de cadeaux au point de se ruiner. Un jour, je me demande encore pourquoi, j'ai retrouvé l'usage de mes jambes et, là, notre quotidien est devenu un cauchemar, tant il était jaloux. Au fond, il avait raison, j'aimais déjà Bertrand.

— Je suppose que vous avez divorcé!

— Non, Guillaume est mort à la guerre et, un peu plus tard, celui que je nomme mon grand amour s'est retrouvé veuf. Nous avons pu nous marier.

— Et vous êtes devenue la dame de Ponriant, la belle dame du domaine! s'exalta le timide Jakob.

Il la dévisagea. Ses traits altiers d'une délicatesse exquise s'épanouissaient sous la clarté argentée de la lune. Ses prunelles d'eau limpide semblaient immenses. Le Mosellan l'aurait volontiers soulevée du sol et transportée dans la grange à foin. Elle devait être légère comme une plume, pour lui.

Dotée d'une intuition féminine exacerbée, Bertille perçut le frémissement exquis qui animait son compagnon de balade. Elle prit ses distances, son cœur battant à lui sortir de la poitrine. «Il me désire, songeait-elle. Ciel, que ce serait bon de m'offrir à lui, sur l'herbe du talus! Être à demi nue dans ses bras, être caressée, embrassée… Non, je n'ai pas le droit! Par le passé, j'ai trahi Bertrand avec Louis, mais mon mari était vivant. Et il n'en a jamais rien su. Là, il m'observe peut-être de l'au-delà, et je le déçois. »

— Rentrons, voulez-vous! dit-elle. Je suis fatiguée et je ne veux pas qu'on s'étonne de notre absence.

— D'accord, mais, vous l'avez dit tout à l'heure, nous ne faisons rien de mal. Nous avons seulement échangé des confidences.

— Qui resteront des confidences, ne craignez rien, car j'ai cru comprendre que vous n'aimiez pas profondément votre épouse.

— Aime-t-on quelqu'un qui vous insulte et vous trompe? J'avais pitié d'Yvette, ces derniers mois, car sa santé se détériorait. Sa mort m'a soulagé, je préfère être franc sur ce point.

— Le décès de Guillaume Dancourt aussi, avoua Bertille. J'en étais horrifiée, consternée, je me jugeais la pire des créatures humaines, mais, oui, j'éprouvais un sentiment inouï de libération. C'est très mal, n'est-ce pas?

Il garda le silence, surpris de partager avec cette femme de qualité certaines zones d'ombre, de celles que l'on tait d'ordinaire. Fragile et forte à la fois, elle marchait devant lui, d'une allure mesurée néanmoins, comme si elle prenait à regret le chemin du retour.

— Nous avons quand même droit à un peu de bonheur sur cette terre! dit-il soudain, assez fort. Certains s'en vont trop tôt, d'autres demeurent. Dieu tire les ficelles. À nous de danser à notre guise en attendant notre tour.

— Notre tour de mourir, c'est ça? s'écria-t-elle.

— Oui. Une fois dans la tombe, finis les belles nuits d'été, la soupe aux pois cassés, la saveur des fraises ou le parfum des roses!

Cette philosophie un peu simpliste plaisait à Bertille, qui ne s'était jamais embarrassée de longues méditations avant d'agir. Elle virevolta et, s'élançant vers Jakob, se jeta à son cou. Il dut se pencher pour lui donner le baiser qu'elle sollicitait de toute évidence. Leurs lèvres s'unirent, immédiatement complices, gourmandes et savantes.

— Voilà, j'ai osé! dit-elle dans un souffle avant de s'enfuir.

Il aurait pu facilement la rattraper. Il n'en fit rien,

inondé d'une joie éblouie, d'une poignante nostalgie aussi. Jamais aucune femme n'avait éveillé en lui en si peu de temps un tel bouleversement. Ce n'était pas une banale excitation charnelle, mais une émotion infinie, exaltante, née de son cœur et de son âme, et qui lui faisait prendre conscience de la pauvreté de sa vie amoureuse passée. «Même si je n'ai d'elle que ce baiser, j'en garderai le souvenir, un si merveilleux souvenir!» pensa-t-il.

Bertille entra dans la cuisine du Moulin dans un état second. Tremblante et le teint rose, elle fut soulagée de voir Claire occupée à trier des boutons à l'extrémité de la grande table. Une chemise de son mari à portée de main, sa cousine s'apprêtait à manier l'aiguille. Elle ne la regarda pas tout de suite. Anna, Ludivine et Franzi poursuivaient leur partie de cartes, tandis que Léon, Jean et Daniel Canet s'étaient regroupés autour du poste de radio. L'appareil n'émettait que des sifflements aigus.

— On essaie de capter la BBC, lui dit le domestique. Hein, Jeannot, tu voudrais avoir des nouvelles du général!

Le général, c'était bien évidemment le général de Gaulle qui s'était proclamé chef de la France libre.

— J'abandonne, soupira Jean. Il n'y a rien sur les ondes. Pourtant, cet après-midi, nous avons eu un peu de musique classique[46].

Il tourna un bouton en bakélite, l'air dépité. Un silence relatif se fit, troublé par les murmures des uns et des autres et les rires en sourdine de Franzi.

— De Gaulle estime que nous avons seulement perdu une bataille, pas la guerre, indiqua alors Bertille. Je crois en cet homme et, si je le pouvais, j'irais à Londres m'engager à ses côtés. Mais une femme de mon âge, ce serait d'un grotesque!

Elle avait parlé d'une voix amère. Déborah protesta avec un doux sourire:

---

46. À cette période, les émissions s'arrêtaient de dix-neuf heures jusqu'à vingt et une heures, mais il était encore autorisé d'écouter la BBC, qui diffusait des programmes en français.

— Ne dites pas ça. Vous faites si jeune et vous êtes tellement obstinée, madame Giraud!

— Merci, ma chère amie. Mais, avouez-le, je ne peux pas prétendre à endosser l'uniforme ou à repousser nos ennemis.

— Moi, je voudrais venger David! s'écria alors Anna. On pourrait empoisonner l'eau du domaine ou mettre le feu durant la nuit!

— Malheureuse! En voilà, des stupidités! s'indigna Bertille. Faire brûler Ponriant! Je compte bien récupérer ma propriété un jour ou l'autre. Quant au poison, il en faudrait des kilos. Petite folle, va!

— Oui, Anna, là, tu délires, renchérit Claire. Et je suppose que les Allemands n'hésiteront pas à exercer de sévères représailles, si on leur cherche des ennuis. Déjà, j'ai dû renoncer à ramener les juments ici. Le colonel Drummer les a réquisitionnées, ainsi que le poulain.

Ludivine posa ses cartes et fixa sa mère dans les yeux.

— Je ne le verrai plus, le poulain, se lamenta-t-elle. Maman, tu aurais dû les prendre quand même.

— C'était impossible, ma chérie. Mais les chevaux sont bien soignés. Chez les soldats allemands, il y a sûrement des hommes qui aiment les bêtes et qui sont heureux de s'en occuper.

Léon hocha la tête, une moue indécise sur les lèvres.

— Si les Boches viennent chercher les chèvres, patronne, qu'est-ce qu'on deviendra, nous autres? Ou la vache? Pardi, je suis certain qu'ils cracheraient pas sur du lait frais.

Cela inquiéta Janine qui appréciait de pouvoir servir de la bouillie chaque matin à sa petite Marie.

— Il faudrait cacher la vache, s'alarma-t-elle. Papa, pourquoi ne pas l'installer dans une des grottes?

— Et je devrai trotter deux fois le jour pour la traire? Non, qu'ils viennent, les fritz, je les accueillerai à coups de fourche!

Jean leva les bras au ciel. Les fanfaronnades de son vieil ami avaient le don de l'exaspérer. Il se roula une cigarette et sortit fumer sur le perron. Un peu surprise de ne pas voir revenir Jakob, Bertille annonça d'un ton léger:

— J'ai l'intention de séjourner un bon mois à Pontaillac, si je peux, vu que c'est la guerre. Qui voudrait m'accompagner? L'air marin a la réputation d'être revigorant. Janine? Ludivine?

— Ah! ça non, princesse, je ne me séparerai pas de ma fille! s'exclama sa cousine. Invite Anna; elle n'a jamais vu la mer.

— Comment le savez-vous, madame Claire? interrogea la jeune Mosellane.

— J'ai croisé Pierre sur le chemin pendant que je cueillais de la menthe. Il m'en a parlé, comme d'un fait regrettable, d'ailleurs…

— Dans ce cas, tu es invitée, Anna. Si Janine daigne venir, je serai entourée de deux charmantes demoiselles. Mais je t'achèterai des vêtements adaptés à la saison estivale. Tu devras être distinguée, là-bas, c'est assez huppé!

La jeune fille, qui se réjouissait déjà, reçut ces dernières paroles comme une atteinte à son orgueil. D'autres qu'elle auraient vu dans cette proposition une occasion inespérée de fréquenter du beau monde et d'obtenir de jolies toilettes gratuitement, mais Anna Kern était fière, imbue de sa personne, aussi.

— Je n'ai aucune envie de quitter la vallée, mentit-elle. Et je me fiche de voir la mer.

Sur ces mots, elle abandonna la partie de nain jaune et, morose, se réfugia près de la cheminée.

— Ne fais pas l'idiote, petite, gémit sa grand-mère. Madame Giraud est bien gentille, de t'inviter dans sa villa.

— Moi, je te suis volontiers, tantine, assura alors Janine. Marie s'amusera bien sur la plage. J'ai des économies. Je lui offrirai un seau et une pelle. Nous ferons des pâtés de sable. Mais viens donc, Anna! Tu pourras te baigner. Tu te régaleras des huîtres et des moules.

Désolée du refus de la jeune Kern, Claire écoutait la discussion. Son absence aurait tranquillisé Faustine, dont la grossesse exigeait un peu de sérénité.

— Je partirai demain midi, au plus tard après-demain, précisa Bertille. Réfléchis vite, Anna. Si tu repousses mon invitation, j'en ferai profiter mon ami Edmond de Rancogne.

Il m'a encore écrit ce matin et, comme par hasard, il rêverait de passer quelques jours de vacances à Pontaillac, tous frais payés, cela va sans dire.

Jakob entra à cet instant précis. Il avait perçu l'essentiel de ce petit discours et il eut du mal à cacher sa contrariété.

— Il est hors de question qu'Anna aille en vacances, protesta-t-il. Vous êtes bienveillante, madame, mais, quand on n'a pas les moyens comme nous, on reste à sa place. Ma fille va finir par reprendre son travail à l'imprimerie; elle est tout à fait rétablie, maintenant.

— Non, Pierre doit assister son père, intervint Claire. Il doit jouer les apprentis. Je suis navrée d'exposer la chose de façon abrupte, mais les caisses sont vides. Les commandes n'affluent pas. Matthieu envisage même de fermer quelques semaines, une fois son ouvrage en cours terminé et livré.

Bertille jeta un coup d'œil intrigué à Jakob. Il avait une mine tourmentée et le regard assombri. Elle jugea de plus en plus urgent de s'éloigner du Moulin.

— Je partirai demain midi, répéta-t-elle. Janine, prépare ton bagage. Je téléphonerai très tôt à Edmond, qu'il nous rejoigne à Angoulême. Il laissera sa voiture dans un garage. Je paierai le gardiennage et tout. Ciel, j'ai besoin de m'amuser, de me distraire. Les bains de mer me feront du bien. J'ai les nerfs en pelote.

Cette déclaration fut suivie d'un long silence. Jeanne-Marie et Alphonse Kern montèrent se coucher, tous deux réservés, comme soucieux de déranger le moins possible. Franzi, qui bâillait à répétition, salua tout le monde et emboîta le pas de sa mémère et de son pépère. En proie à une colère teintée de tristesse, Jakob fit signe à Anna de filer à l'étage. Il emprunta l'escalier le dernier en ruminant sa déception. «Elle ne fait aucun cas de moi, la belle dame du domaine, pensait-il. Ce baiser, il signifiait rien pour elle. Voilà qu'elle décide de s'en aller, avec ce vieux bouc d'aristocrate en plus.» Le réfugié n'avait jamais rencontré Edmond de Rancogne, néanmoins, il en avait beaucoup entendu parler. De surcroît, Jean lui avait décrit le personnage sous des traits peu flatteurs.

— Ludivine, c'est l'heure de dormir, fit observer Claire. Demain, nous irons promener les chèvres toutes les deux, au petit jour.

— D'accord, maman. Bonne nuit à tous.

La fillette gravit les marches à son tour. Elle dormait dans la chambre de ses parents, ce qui la ravissait. Sauvageon se rua sur ses talons. Le loup avait élu domicile sur la carpette de Claire.

Léon prit congé en soulevant sa casquette crasseuse. Anita, qui empilait la vaisselle sur l'évier, haussa les épaules. Son mari ne l'attendait jamais.

— J'suis point encore au lit, moi! bougonna-t-elle.

Cinq minutes plus tard, alors que les Canet s'apprêtaient à regagner le grenier, Jean réapparut, l'air surexcité.

— Daniel, Déborah, attendez! cria-t-il. Bertille, je viens d'avoir une idée, une excellente idée.

— Eh bien, je t'écoute, Jean! répondit-elle.

— Tu devrais emmener nos amis à Pontaillac. Les Français vont en bord de mer malgré l'occupation. Là-bas, tu pourrais leur trouver un passage en bateau vers Londres. Ce serait beaucoup moins risqué pour eux trois que de franchir la ligne de démarcation la nuit.

Claire dévisageait son mari. Elle devinait à son air passionné qu'il aurait bien aimé, lui aussi, s'embarquer pour l'Angleterre et revoir l'océan, avant de poser le pied sur le sol que foulait le général de Gaulle, dont il admirait la détermination et le patriotisme.

— Mais oui! s'enfiévra Bertille. J'aurais dû y songer moi-même. Acceptez, Daniel! Jean dit vrai, c'est la meilleure solution. Et cela vous fera de petites vacances. Vous serez mes invités le temps nécessaire.

Le jeune couple réfléchissait. Son bébé blotti contre sa poitrine, Déborah semblait tentée. Elle redoutait l'expédition nocturne prévue prochainement.

— Je verrai Lévi plus longtemps, ainsi, plaida encore Bertille. Il n'y a qu'un souci, Jean : ma voiture ne logera pas autant de personnes. Il faudrait que tu m'escortes avec la tienne.

— Je comptais le faire si le projet se réalisait, approuva-
t-il.

— Est-ce bien certain que nous pourrons trouver un
bateau? s'inquiéta Daniel Canet.

C'était une sorte de réponse, un oui déguisé, mais hésitant.

— Avec de l'argent, cela ne fait pas de doute, certifia
Jean. Beaucoup de personnes se démènent pour gagner
Londres. Je vous promets que nous parviendrons à organiser
votre départ. La Rochelle n'est pas loin, de même que
Rochefort. Ce sont des ports fréquentés. Les Allemands sur-
veillent forcément la navigation, mais nous leur damerons le
pion.

Inquiète, Claire replia la chemise de son mari, à laquelle
manquaient deux boutons à présent recousus. Elle n'avait
pas l'intention de le retenir. Il lui semblait tellement beau,
rajeuni par la soif d'aventure qui le tenaillait et l'avait toujours tenaillé depuis qu'elle le connaissait.

— Alors, Daniel, que décides-tu? demanda Déborah.

— Et toi?

— Je préférerais suivre madame Giraud à Pontaillac,
avoua sa douce épouse.

— Moi aussi… Mais nous ne vous coûterons rien,
madame. J'ai pu emporter nos bijoux et notre argent.

— Dans le cas contraire, je vous aurais aidé sans regret,
dit Bertille en souriant. Et je vous aiderai si vous ne disposez
pas de liquidités suffisantes.

— Vous avez déjà tant fait pour nous tous, déclara le
jeune homme. Comment vous remercier?

— En nous donnant des nouvelles quand vous serez en
Angleterre! dit aimablement Claire.

La soirée traîna en longueur. Il fallait mettre au point
ce voyage vers l'Atlantique. Jean exultait, sans soupçonner
cependant qu'il avait peut-être sauvé la vie de cette famille
juive, lui qui croyait leur offrir seulement la liberté.

*

Bourg de Puymoyen, dimanche 14 juillet 1940

Le maire de Puymoyen avait cédé à la tradition, et un bal fort modeste était donné sur la grande place, en face du restaurant et du bar-tabac. Ravis de l'opportunité, les patrons des deux établissements avaient dressé des tables sous les arbres, auxquels étaient suspendues des guirlandes de lampions en papier aux vives couleurs.

Claire s'était résignée à monter jusqu'au bourg, surtout pour faire plaisir à Ludivine et à Franzi, ainsi qu'à Léon et à Anita. Deux baraques foraines s'étaient installées. L'une d'elles proposait un jeu de massacre, la seconde vendait des confiseries. Les enfants du village dilapidaient leurs maigres sous pour renverser les boîtes en fer peinturlurées à l'aide d'une balle bourrée de son, ou bien ils s'achetaient des berlingots, des sucettes de sucre rouge ou du nougat.

Faustine et Matthieu étaient venus eux aussi en compagnie de Pierre et de Gabrielle. Les deux adolescents flânaient du côté de la piste de danse, ceinturée d'un ruban bon marché. L'orchestre composé d'un accordéoniste, d'un violoniste et d'un clarinettiste jouait des valses musettes sur une estrade empruntée à l'école. La fête nationale aurait paru bien sympathique aux gens du bourg si des soldats allemands ne s'étaient pas mêlés à la foule. Le colonel Drummer lui-même, assis devant une chope de bière, battait la mesure du bout de sa botte droite.

— Regardez-les donc, patronne! marmonna Léon à l'oreille de Claire. Y se croient vraiment tout permis, ces salopards. Bientôt, ils inviteront les filles du coin à valser.

— Que faire? répliqua-t-elle très bas. Le nouveau maire rampe devant eux. Il a demandé l'autorisation à Drummer, pour le bal et le reste.

Appuyé au tronc d'un tilleul, Matthieu fumait, les paupières mi-closes. La musique l'aidait à s'évader, à oublier la faillite qui le menaçait et ses inquiétudes de père. Il dissimulait à Faustine les craintes que lui inspirait sa quatrième grossesse.

«Ma chère petite femme, se disait-il en contemplant le charmant profil de son épouse, auréolé des boucles souples de sa chevelure blonde, une nouvelle vie grandit en elle, dans son ventre si doux, à l'abri de sa chair satinée. Quel avenir aura cet enfant? »

Faustine affichait une gaîté insouciante ce soir-là. Un châle blanc protégeait ses épaules dénudées, alors que sa robe au bustier brodé dévoilait la naissance de ses seins. Elle riait avec Claire qui venait de prédire à Jean un sort affreux s'il ne rentrait pas immédiatement au bercail.

— Je ne repriserai plus ses chaussettes, il sera privé de tabac et de mes confitures de fraises qu'il aime tant, ce gourmand! Lui qui m'a promis d'être là au bout de trois jours. Cela fait une semaine…

— Bah, s'esclaffa Léon, à tous les coups, patronne, mon Jeannot a pris la mer. C'est plus fort que lui. Les Normands, faut que ça navigue!

— Moins fort! s'alarma Faustine en désignant le colonel Drummer, attablé à une dizaine de mètres. Il ne fait pas bon parler de voyage en bateau ces temps-ci. Matthieu m'a confié que de plus en plus de Français, même très jeunes, rejoignent Londres par n'importe quel moyen. Nos soldats prisonniers en Afrique du Nord s'échappent et s'embarquent.

Elle avait parlé très bas; elle ajouta sur le même ton:

— Félicien et Arthur ont réussi un tour de force en se rangeant sous la bannière de la France libre. Cela me rend toute fière et toute contente. Bertille a été formelle dans sa lettre d'hier, nos deux jeunes gens auraient intégré la Royal Air Force[47]!

— Chut! fit Claire.

Un soldat allemand passait près d'eux. Il marchait vers la piste de danse. Une jeune fille le précédait, lumineuse, aérienne dans sa robe verte. C'était Anna.

— Sainte Vierge, qu'est-ce qu'elle fabrique ici, celle-là? demanda Anita à mi-voix. Son père l'avait punie. Pas de bal, qu'il répétait, j'suis point sourde.

---

47. Armée de l'air britannique.

— Elle aura désobéi comme à son habitude, soupira Léon. Voyez-moi ça, cette sauterelle s'affiche avec un Boche!

Tiré de ses sombres pensées, Matthieu s'empressa de taper sur l'épaule du domestique.

— Sois prudent, mon vieux! Tu ne sais pas parler tout bas et on pourrait se fâcher alentour, si tu me comprends...

Il indiqua du regard le colonel Drummer, toujours absorbé par les évolutions des danseurs. Anna Kern en faisait partie, valsant dans les bras du soldat à peine plus âgé qu'elle. Le violoniste, qui faisait office de chanteur, posa son instrument pour entonner un succès du moment, *La Java bleue*[48].

Il est au bal musette
Un air rempli de douceur
Qui fait tourner les têtes
Qui fait chavirer les cœurs
Quand on la danse à petits pas
Serrant celle qu'on aime dans ses bras
On lui murmure dans un frisson
En écoutant chanter l'accordéon.

C'est la java bleue
La java la plus belle
Celle qui ensorcelle
Quand on la danse les yeux dans les yeux.

Pensive, Claire écoutait les paroles de la chanson qui l'inondaient d'une douce nostalgie. Elle avait dansé ici, sur cette même place, avec Frédéric Giraud, son premier mari, mais en ayant le cœur plein de son amour pour Jean. Des années s'étaient écoulées. Pourtant, elle retrouvait intacte la force de la passion de jadis. «Mon Dieu, je voudrais tant qu'il soit là, mon bel amour! se disait-elle. Mais à quoi bon! Jean déteste danser. Il me confiait toujours à un cavalier plus doué que lui.»

Elle retint un petit soupir déçu et se remit à surveiller

---

48. Chanson de Fréhel (1939). Malgré le titre, il s'agit d'une valse.

Anna, beaucoup trop aguichante avec le soldat allemand. Cela lui attirait des regards sévères parmi les honnêtes citoyens du bourg. Elle fut donc apaisée de voir apparaître Jakob, les cheveux peignés, en chemise blanche et pantalon impeccable. Il se dirigea droit vers sa table.

— Bonsoir, dit-il. Finalement, je suis monté au bourg et je suis de la fête. Je n'ai pas eu le choix, Anna a disparu.

— Elle n'est pas loin, annonça Faustine.

— Je m'en doutais, bougonna-t-il. Bon sang, elle a le diable au corps. Je lui avais pourtant interdit de quitter le Moulin.

Il cherchait sa fille des yeux. Claire appréhendait sa réaction s'il apercevait Anna sur la piste de danse. Elle crut bon de l'inciter à l'indulgence.

— Les jeunes ont besoin de s'amuser, affirma-t-elle. Vous entendez les enfants du village? Ils crient et ils rient aux éclats. La fête ne durera pas longtemps à cause du couvre-feu, ne vous tourmentez pas.

— J'ai mes raisons, répliqua le réfugié.

— Allons, allons! Ne faites pas de scandale, conseilla Matthieu. Regardez, Anna se tient sagement près de l'estrade. Invitez donc ma sœur à danser, Jakob!

Il disait vrai. La jeune fille avait délaissé la piste et le soldat allemand, pour la simple raison qu'elle avait vu son père arriver. Souriante, elle semblait écouter innocemment les premiers accords d'un tango. Apaisé, le Mosellan tendit la main à Claire qui se leva aussitôt. Certaine que son mari allait lui proposer cette danse, Faustine confia son châle à Anita. Mais elle fut affligée de le voir inviter Anna.

— Il fait sûrement ça pour la sermonner en douce! insinua la domestique.

— Mais j'adore le tango, déplora Faustine, très chagrinée.

Les couples étaient formés, il était trop tard pour changer la donne. La belle institutrice se renfrogna, au bord des larmes.

Le plus beau de tous les tangos du monde
C'est celui que j'ai dansé dans vos bras
J'ai connu d'autres tangos à la ronde

Mais mon cœur n'oubliera pas celui-là
Son souvenir me poursuit jour et nuit
Et partout je ne pense qu'à lui
Car il m'a fait connaître l'amour
Pour toujours
Le plus beau de tous les tangos du monde
C'est celui que j'ai dansé dans vos bras
Il est si tendre
Que nos deux corps
Rien qu'à l'entendre
Tremblent encor[49].

— Madame Roy, m'accorderez-vous la prochaine danse? fit alors une voix.

Son collègue Jean-Baptiste Gagneau s'inclinait devant elle. Le fervent communiste qui trompait fort bien la police sur ses agissements clandestins arborait un sourire chaleureux. Il avait assumé son poste d'instituteur, mais en se tenant à l'écart de sa jolie collègue.

— Volontiers! répondit-elle.

Matthieu ne vit rien de la scène, alors qu'il faisait tournoyer Anna au rythme de la musique. Comme le supposait Anita avec justesse, il tenait à mettre en garde la jeune fille.

— Tu es imprudente de t'afficher avec un Allemand, disait-il à son oreille. Tu vas t'attirer des ennuis. Nom d'un chien, ça ne te suffit pas d'avoir tourné la tête de Pierre? Mon fils te court après. Il viendrait travailler avant l'aube dans l'espoir de te croiser dans la cour du Moulin. Je te préviens, Anna, fiche-lui la paix. C'est un gosse.

— Mais je l'ai envoyé promener, j'vous jure! minauda-t-elle. Et ne vous inquiétez pas, je sais ce que je fais en fréquentant l'ennemi, car ce sont nos ennemis.

Elle jeta un coup d'œil haineux en direction du colonel Drummer, entouré de deux officiers. Matthieu comprit enfin.

---

49. *Le Plus Beau Tango du monde*, version originale chantée par Alibert et Germaine Roger dans le film *Un de la Canebière* en 1938.

Il se souvenait des propos violents de la jeune réfugiée, une semaine plus tôt, qui affirmait vouloir venger David, abattu sous ses yeux.

— Tu sais ce que tu fais? Bon sang, Anna, il faudrait t'enfermer! souffla-t-il entre ses dents. Qu'est-ce que tu manigances encore? Ne t'avise pas d'approcher encore une fois un de ces soldats. Tu serais capable de nous attirer des ennuis.

— Mais non, ne soyez pas aussi craintif! Je serai sage si vous m'embrassez, m'sieur Roy, ironisa-t-elle. Ou encore mieux, si on se retrouve cette nuit dans la grange à foin.

— Pas de chantage, petite sotte! s'exclama-t-il. Et tiens-toi à carreau. Je vais te surveiller de près.

— Quelle chance! De très près, j'espère!

Elle lui échappa en riant et se fondit dans la foule qui entourait la piste. Le hasard la mit en présence de Pierre, devant la baraque de confiseries. L'adolescent et sa sœur se chamaillaient à savoir s'ils allaient acheter des berlingots ou des nougats.

— Moi, j'adore les pommes d'amour, leur dit la jeune Mosellane. Mais il n'y en a qu'en automne ou à la fin de l'été. Vous savez bien, ces pommes enrobées de sucre bien rouge qui craque quand on mord dedans.

— Je connais, affirma Gabrielle.

— Nous en avons déjà mangé à Angoulême, renchérit Pierre. Tu ne nous apprends rien.

Il affichait une mine arrogante, alors que tout son être tressaillait d'excitation, parce qu'elle l'effleurait et qu'il percevait l'odeur suave de sa chair moite. Le forain s'impatienta. La timide Gaby se décida et choisit un sachet de berlingots qu'elle paya vite.

— Je retourne avec nos parents, annonça-t-elle. Tu viens, Pierre?

— Je te rejoins, répondit-il.

Dès que sa sœur fut à une certaine distance, il toisa Anna d'un air dédaigneux.

— Tu as dansé avec un Allemand, lui reprocha-t-il. Tu devrais avoir honte.

— Oui, je meurs de honte, rétorqua-t-elle en souriant. Mais tu vas me punir, tout à l'heure, dans la Grotte aux fées. Je t'attends là-bas.

Elle lui frôla la joue d'un doigt caressant et se sauva. Pierre Roy, le cœur battant, n'en croyait pas ses oreilles. Encore incrédule, il revint vers la piste de danse à pas lents. Au son du seul accordéon, le chanteur conviait les couples à une valse musette sur un succès très populaire de Berthe Sylva.

L'atelier de couture est en fête
On oublie l'ouvrage un instant
Car c'est aujourd'hui qu'Marinette
Vient juste d'avoir ses vingt ans.
Trottins, petites mains et premières
Ont tous apporté des gâteaux
Et Marinette, offrant le porto
Dit, joyeuse, en levant son verre
On n'a pas tous les jours vingt ans
Ça nous arrive une fois seulement
Ce jour-là passe hélas trop vite!
C'est pourquoi faut qu'on en profite.
Si le patron nous fait les gros yeux,
On dira: «Faut bien rire un peu!
Tant pis si vous n'êtes pas content,
On n'a pas tous les jours vingt ans[50]*!»*

— Alors, papa, tu n'as pas invité maman à danser? demanda l'adolescent en découvrant Matthieu assis entre Léon et Anita.

— Non, quelqu'un m'a devancé, répliqua son père. Tant pis pour moi!

Il observait Faustine et Jean-Baptiste Gagneau qui évoluaient avec entrain. Claire et Jakob n'avaient rien à leur envier.

— Quelle belle soirée! s'émerveilla Pierre. Je pensais qu'il n'y aurait pas de bal à cause de la guerre.

---

50. *On n'a pas tous les jours vingt ans*, Berthe Sylva, 1934.

— M'sieur le maire a eu du cran, sur ce coup, dit Léon. Et faudrait remercier le maréchal, vu qu'on est bien tranquilles, avec ce traité de Vichy.

Matthieu préféra ne pas donner son opinion. Le domestique pensait comme beaucoup de ses compatriotes que l'armistice était une bonne chose et qu'il fallait se louer de l'arrêt des combats. Mais l'imprimeur savait que rien n'était vraiment fini. La Luftwaffe, l'armée de l'air allemande, avait attaqué des convois britanniques dans la Manche[51]. Épris de pouvoir absolu, Hitler continuait à mettre l'Europe et le monde entier à feu et à sang.

C'était aussi de la situation actuelle dont parlait Jean-Baptiste Gagneau à Faustine. La danse était finie et ils discutaient un peu à l'écart de la piste.

— La guerre ne fait que commencer, disait l'enseignant. Je vais m'y engager à ma manière, selon mes convictions. Les grandes vacances me permettent de prendre le large, comme on dit. Je pars pour Paris demain et je ne reviendrai pas en Charente avant longtemps. Je suis heureux d'avoir pu vous revoir une dernière fois et vous présenter mes excuses pour les tracas que j'ai causés à votre mari et à votre père, madame. Pourquoi vous le taire, malgré votre froideur et l'animosité tenace que vous m'avez témoignée depuis l'arrestation de votre époux, je vous admire. Vous êtes une excellente institutrice et une très belle femme.

Cela mit du baume au cœur de Faustine. Cet homme d'une quarantaine d'années à l'embonpoint naissant lui avait quand même paru séduisant, voire attirant. Elle en prenait conscience sous l'éclat de son regard, bercée par sa voix grave.

— Je vous souhaite bonne chance, répondit-elle. Et je vous pardonne les heures d'angoisse que je vous dois. Matthieu s'est montré imprudent, mon père également. Vous n'êtes pas vraiment responsable de leurs actes.

---

51. Ces attaques marquent le début de la bataille d'Angleterre qui durera jusqu'en 1941.

— Ils auraient fait de bons camarades, murmura-t-il à son oreille. Mais un communiste ne peut pas privilégier sa famille au parti. Sur ce, adieu, Faustine.

Gagneau s'éloigna. Elle lui adressa un discret signe de la main. «Je ne le reverrai sans doute jamais, songea-t-elle, de même que ma collègue, Rachel, qui m'a embrassée avec tant d'amabilité en quittant l'école, le mois dernier.»

Claire passa à cet instant-là près de sa fille adoptive. Lui trouvant un air attristé, elle lui étreignit la main quelques secondes.

— Jakob tient à m'offrir des nougats, dit-elle. Je reviens vite, Faustine. Ensuite, il sera grand temps de rentrer chez nous.

Les joues un peu roses d'avoir dansé, le Mosellan scrutait les environs. Anna avait encore disparu. Il avoua son désarroi à Claire tandis qu'ils marchaient vers l'étal de confiserie.

— Je ne sais plus quoi faire, madame, confessa-t-il. Ma fille me glisse entre les doigts. Elle ne tient pas en place.

— Ce n'était pas très habile de la punir un soir de bal… Enfin, à son âge, on a envie de s'amuser. Qu'avait-elle fait de si grave?

— Votre domestique s'est plainte. Anna l'a insultée après avoir refusé de l'aider à rincer des draps. Je ne comprends pas, c'était une bonne petite, là-bas, à Rombas.

— La mort effroyable de sa mère a dû la marquer. Elle finira par vous revenir, sage et aimante.

— Madame, vous ne le pensez pas vous-même. Je le sens à votre voix, à la façon dont vous fuyez mon regard. Allons, madame Claire, soyez honnête avec moi. Anna est dérangée, à mon avis.

— Dérangée? répéta-t-elle, étonnée.

— Oui, elle a l'esprit dérangé et c'est bien pour ça que j'ai refusé tout net qu'elle parte au bord de la mer. Je ne tenais pas à causer du souci à madame Bertille. Je vous cause sans gêne, parce que je vous juge une sainte femme, la plus respectable que je connaisse. Vous soignez les corps, mais les âmes aussi. Franzi est un bon petit gars, à présent, grâce à vous. Alors, autant vous le dire, ma fille me fait peur, souvent…

Cet aveu étrange désorienta Claire en confortant les sentiments mitigés que lui inspirait Anna. Elle n'avait pas oublié le malaise indéfinissable dont elle avait souffert au chevet de la jeune réfugiée. « J'ai même pensé à un démon en herbe de sexe féminin », se remémora-t-elle.

— Il y aurait peut-être des plantes qui tempéreraient son caractère? interrogea Jakob.

— Aucune herbe médicinale ne freine le besoin de liberté de la jeunesse, répliqua-t-elle d'un ton docte. À l'âge de votre fille, je sortais du moulin en grand secret vers minuit pour courir la campagne. Anna est d'un tempérament passionné, certes, et cela peut lui nuire si elle rencontre des hommes sans scrupules, mais elle est de taille à se défendre, il me semble. Au fond, elle ne fait rien de mal. Son antipathie pour Anita date de votre arrivée dans la vallée. Ne vous tourmentez pas, ma domestique la remet à sa place sans prendre de gants.

— Franchement, vous n'avez rien senti de singulier chez Anna? insista-t-il.

— Je vous accorde que c'est une jeune personne indisciplinée et fantasque, mais elle est intelligente. Quand elle aura fondé sa propre famille et qu'elle aura des enfants, tout rentrera dans l'ordre.

Jakob Kern hocha la tête sans conviction. Un autre sujet le tourmentait, mais il ne l'aurait abordé pour rien au monde. Amoureux de Bertille, le Mosellan se désespérait. Dans sa dernière carte postale, elle disait « filer le parfait amour » avec Edmond de Rancogne.

14

Le souterrain

Grotte aux fées, même soir

Pierre Roy se glissa sans bruit sous la voûte de la Grotte aux fées. Cette caverne, il y venait depuis sa petite enfance, d'abord en compagnie de sa grande sœur Isabelle, qui était née là, sur le sable frais qui tapissait le sol, puis seul, en quête d'émotions fortes. L'adolescent respira avec extase l'odeur particulière qui montait des profondeurs de la terre, mélange d'eau fraîche, de roche et d'argile.

— Anna, appela-t-il, Anna, où es-tu?

Il avait bataillé dur pour obtenir la permission de s'attarder au village où le bal s'achevait avec le couvre-feu. Attendris par ses revendications de jeune garçon épris d'indépendance, ses parents avaient cédé. À présent, Pierre comptait sur sa récompense, tenir enfin Anna dans ses bras, lui voler plusieurs baisers et peut-être même s'initier aux délices de l'amour. Troublé de n'entendre aucun bruit, il alluma son briquet. Les ténèbres se dispersèrent sur un cercle réduit. Il n'y avait personne. Vite, il dut éteindre la flamme pour ne pas se brûler au métal.

— Anna, je n'y vois rien! As-tu une lampe?

— Viens vite, je t'en supplie! répondit enfin la jeune fille.

Assourdie et tendue, sa voix s'élevait du fond de la grotte. Pierre se précipita, haletant. Son imagination s'emballait. Il avait la certitude qu'elle serait nue, chaude et offerte.

— Pierre, pitié, aide-moi! le pria-t-elle quand il buta contre son corps recroquevillé.

Il faisait si noir qu'il chercha son contact à tâtons, au moment où il constata la présence d'une troisième personne à cause d'un râle ténu.

— Qui est là? interrogea-t-il. Anna, à quoi joues-tu?

— Le soldat allemand, tu sais bien, j'ai dansé avec lui. Il est en train de mourir.

— Comment ça? tempêta l'adolescent en rallumant son briquet.

Elle disait vrai. Un jeune homme en uniforme de la Wehrmacht gisait par terre, à l'entrée de la galerie étroite menant au souterrain du Moulin. Bouche bée et les yeux révulsés, il agonisait.

— Je lui ai donné du poison, une boisson que j'avais préparée avec des fleurs fraîches de digitale. Je l'ai reconnu, je t'assure, c'est lui, oui, c'est lui qui a tiré sur David.

Pierre poussa un juron effaré et lâcha son briquet. L'étendue du désastre lui apparaissait dans toute son horreur.

— Mais tu es cinglée! Complètement cinglée! Il faut prévenir mes parents et Claire! Malheur, grand-père Jean n'est pas là, en plus!

— Non, personne ne doit savoir! s'écria-t-elle en bondissant sur ses pieds. Passe-moi ta veste, je n'en peux plus de l'entendre.

— Qu'est-ce que tu veux faire avec ma veste? hurla-t-il.

— L'étouffer, qu'on en finisse! Pierre, il va mourir de toute façon. Après, on le cachera dans le souterrain. J'y suis déjà allée. C'est un ennemi. Il n'y a pas de pitié à y avoir, tu comprends? Nous sommes en guerre, ton père le répète assez souvent. Ce soldat a tué David. Il pourrait tuer ta sœur, Ludivine ou ta mère! Si tu ne leur obéis pas, ils tirent. Ce sont des monstres, des salauds!

Elle le secouait par le col de sa veste dont elle avait empoigné le tissu à pleines mains. Frappé d'une terreur absolue, Pierre avait l'impression d'être la proie d'une démente.

— Moi, j'avais le sang de David sur ma robe, ajouta Anna. Cette robe que je porte. Quand je l'ai lavée, l'eau était rose, oui, toute rose. Il avait le torse déchiqueté par les balles, David, quand je l'ai serré dans mes bras. C'était un gentil garçon, sais-tu! Il me disait que je ressemblais à une petite renarde, avec mes cheveux roux. Il me donnait des biscuits et du chocolat. Pierre, si je t'ai dit de venir ici, c'était pour m'aider. Je ne pourrai pas déplacer ce type toute seule. C'est la guerre! J'ai débarrassé la vallée d'un sale Boche.

— Pauvre folle! riposta l'adolescent. Lâche-moi, je vais tout raconter à grand-mère. Elle peut sûrement le sauver, ce soldat.

— Si tu t'en vas, si tu parles de ça, on est tous perdus. Le colonel, celui qui habite Ponriant, il trouvera un jour ou l'autre le corps et il se vengera! On doit le cacher, l'enterrer, le faire disparaître!

Anna se tut, tremblante. Déroutée par le silence qui les entourait, elle tendit l'oreille.

— Ça y est, il est mort.

Pris de nausée, Pierre parvint à se libérer.

— J'vais vomir! hoqueta-t-il.

Elle le laissa tranquille, le temps pour lui de régurgiter tout ce qu'il avait avalé à la fête du village. Très calme, elle sortit ensuite une lampe à pile d'une anfractuosité de la roche.

— Si tu te sens mieux, Pierre, viens vite m'aider.

L'esprit confus et terrorisé, il jugea que c'était l'unique chose à faire : dissimuler le cadavre. Quand ce serait terminé, il rentrerait et dormirait.

— Ne sois pas lâche! l'exhorta la jeune fille. Ne me déçois pas et je t'accorderai tout ce que tu veux, c'est promis.

Pierre Roy était à des lieues de songer à la bagatelle. Accablé, il haussa les épaules. Anna lui tendit alors une petite bouteille qu'elle éclaira.

— Du cognac. Je l'ai volé à Ponriant avant que les Allemands s'installent, précisa-t-elle. N'aie pas peur, je ne t'offre pas du poison. L'alcool te fera du bien.

Il but sans hésiter deux gorgées. Après une troisième, il toussa, la gorge en feu.

— C'est fort!

— Mais c'est bon!

Elle lui arracha la flasque et la remit dans sa cachette,

un trou de sable sur lequel elle posa une pierre plate. Enfin, apparemment sans aucune crainte, elle se pencha sur sa victime.

— Il ne respire plus. Vite, ils ont dû s'apercevoir qu'il avait disparu. Quel imbécile, ce mec! Je lui ai proposé de coucher avec lui et il m'a suivie. On a couru et, à peine dans la grotte, il a mis sa main entre mes cuisses. Je lui ai offert à boire et il a bu. Sans se méfier, comme toi! Mon pauvre petit Pierre, j'aurais pu t'empoisonner, toi aussi, oui, toi aussi.

Anna eut un rire de gorge presque voluptueux. Elle ressentait un sentiment de toute-puissance absolue.

— C'était vraiment du cognac, dis? demanda-t-il d'un ton inquiet. Tu n'as pas de raison de me tuer?

— Bien sûr que non, andouille! rétorqua-t-elle. Allez, au boulot!

Le jeune homme n'oublierait jamais de toute sa vie ces moments horribles passés dans la Grotte aux fées. Cela le marquerait dans son âme, sa chair et son cœur, même si la suite des événements viendrait plus tard apaiser ses remords.

Pour l'instant, tout prenait des allures fantasmagoriques. Anna cramponnait les chevilles du soldat allemand, enserrées dans de grosses chaussures en cuir. Les reflets dansants du faisceau lumineux projetaient sur la pierre ses propres gestes. Il dut soulever le corps par les aisselles, et la tête de l'étranger renversée en arrière heurtait le sol de galets et de sable.

— Et s'il se réveille? questionna-t-il tandis qu'ils descendaient vers le souterrain.

— Tu vois bien que non, il a eu sa dose. J'avais ajouté de la ciguë à ma mixture.

Il ne répondit pas, tellement choqué qu'il ne parvenait plus à réfléchir. Il fallait agir, rien d'autre. Anna tenait la lampe avec ses dents, par un mince cercle de fer servant d'ordinaire à la suspendre à un clou. Cela gênait un peu son élocution. Les ordres qu'elle prononçait d'une voix changée contribuaient à accroître l'impression d'irréalité ressentie par Pierre.

— Regarde, là, sur la gauche, toute cette terre à l'abri d'un rocher. Il faut l'enterrer là.

Les enfants du Moulin avaient tous, au moins une fois, parcouru le souterrain, depuis la grotte jusqu'au puits vertical qui menait à la chambre de Claire et de Jean. C'était en principe sous la surveillance d'un adulte, soucieux de leur montrer les pièges de certains passages. Mais, quand on avait bien repéré le couloir principal dont la voûte en moellons calcaires avait été édifiée par des hommes trois siècles plus tôt, il était difficile de s'égarer.

— Quelqu'un le trouvera forcément, objecta l'adolescent. On a pu te voir partir avec lui!

— Non, je te jure que non, affirma la jeune fille. Je me suis en allée bien avant lui et il m'a retrouvée sur le plateau.

Sur ces mots, Anna cala la lampe sur le sol, puis elle ôta sa robe et la mit à l'abri dans une niche de la paroi. Sidéré, Pierre baissa les yeux. Il n'avait plus aucune attirance pour sa nudité.

— Je ne veux pas la salir, expliqua-t-elle. Si je rentre maculée de boue, papa s'inquiétera. Tu devrais faire pareil. Ton pantalon est déjà crasseux.

— D'accord!

De ses mains tremblantes, il roula le bas de son pantalon, remontant le tissu au-dessus des genoux. Ensuite, il enleva sa chemise et sa veste.

— Où veux-tu que je pose mes affaires? Il n'y a plus de place là où tu as rangé ta robe, gémit-il.

— Donne! Et arrête de pleurnicher! Je vais te montrer. On va se servir d'une pierre, une chacun, comme si c'était une pelle.

Elle s'accroupit et commença à creuser sans délai. L'adolescent l'observa quelques secondes, le temps de la comparer à une femme de la préhistoire, impudique, échevelée, occupée à une besogne abominable.

— Alors? pesta-t-elle. Qu'est-ce que tu attends pour m'aider?

Anna lui avait jeté un bref coup d'œil. Malgré son air horrifié, Pierre Roy exhibait un torse musclé, lisse et doré, ainsi que des épaules carrées.

— Je retire ce que j'ai dit l'autre jour, souffla-t-elle. Tu es déjà un homme, un bel homme. Pas un gosse…

— Je m'en contrefiche, répondit-il en s'agenouillant.

À cet instant, il aurait bien voulu avoir dix ans de moins et sangloter dans le giron maternel à cause d'une blessure sans importance. Enfant choyé, chéri et gâté par une famille unie, il n'était pas préparé à ce genre d'expérience. Il se croyait en enfer, coude à coude avec cette fille nue qu'il estimait complètement folle, maintenant. Peu lui importait d'être un homme ou un gamin. Pressé d'en finir avec ce cauchemar, il creusa avec l'énergie du désespoir.

*

Moulin du Loup, même soir

Claire avait plaisir à regagner son cher Moulin d'un pas tranquille, entourée de tous ceux qu'elle affection-nait: Anita et Léon, Faustine, Gabrielle et Matthieu, ainsi que Ludivine. La nuit était tiède, et le ciel, d'un bleu profond. La campagne endormie bruissait cependant de maintes petites vies animales. Des crapauds lançaient leurs chants mélodieux, et les grillons semblaient leur donner la repartie. Souvent, dans une haie voisine des marcheurs, un oiseau inquiet battait des ailes et pépiait avant de refaire silence.

— J'espère que Pierre ne rentrera pas trop tard, dit Faustine. Il prétend avoir rencontré un de ses anciens cama-rades de classe.

— Laisse-le vivre, ce garçon, répliqua son mari. Il y a si peu de distractions, ici! Le pensionnat l'a habitué à fré-quenter d'autres jeunes de son âge et souvent, le jeudi, il se promène en ville.

— Et notre Pierrot est très sérieux! s'écria Anita.

— Qui est sérieux à seize ans… ou à dix-huit? interrogea Claire. C'est ce que je disais à ce pauvre Jakob au sujet de sa fille.

— Ce serait la mienne qui s'afficherait avec un Boche, je lui ficherais une bonne raclée, pesta Léon. Quelle honte!

Le Mosellan était parti un peu plus tôt du village dans l'espoir de ramener Anna «par une oreille», selon sa propre expression. Franzi avait dû suivre son père, mais il n'avait pas trop protesté, car il était tout fier de rapporter à ses grands-parents un sachet de nougats.

— Je l'ai sermonnée sur ce point, observa Matthieu. C'est même uniquement pour ça que j'ai fait valser Anna.

Faustine avait déjà eu droit à cette explication, en tête-à-tête, mais cela la rassura de l'entendre à nouveau. Gabrielle, qui lui tenait le bras, remarqua tout bas :

— Moi, j'ai trouvé ça étrange, qu'elle danse avec un Allemand! Surtout après la mort de David.

— Bah, cette fille est timbrée, assura Léon. Une pas grand-chose, ouais, toujours à cavaler.

— Que penses-tu d'Anna, maman? demanda Faustine à Claire qui paraissait distraite. Au fond, tu ne nous parles jamais d'elle.

— Pourquoi en parlerais-je? rétorqua-t-elle un peu sèchement. Vous savez tous que je n'aime pas juger les gens; je préfère essayer de les comprendre.

— Ne te fâche pas pour si peu, intervint son frère. Faustine te posait la question par simple curiosité.

Il enlaça son épouse pour la réconforter. Désolée de s'être emportée, Claire s'efforça de répondre de son mieux.

— Excuse-moi, Faustine. En fait, j'ai du mal à cerner Anna, une jeune personne déconcertante. Elle me rappelle parfois Angéla. Mais Angéla a la chance de peindre, de s'exprimer dans ses tableaux, d'être instruite et intelligente.

Cela lui coûtait de l'admettre. Sa voix en vibrait d'émotion contenue.

— Je crois surtout qu'Anna a souffert d'une éducation anarchique et d'un manque d'affection, comme Franzi, d'ailleurs. Je devais avoir une conversation avec Jeanne-Marie qui semble en savoir long sur sa petite-fille, mais elle n'a rien voulu m'apprendre de détaillé. Selon cette charmante vieille dame, Anna a eu une enfance malheureuse, voilà tout. Hélas, l'enfance est une période capitale de notre existence, qui détermine notre avenir.

— Tu as l'air bien informée! s'étonna Matthieu.

— Bertille m'a prêté un livre passionnant sur les recherches du docteur Freud, mort à Londres en septembre dernier. C'était un médecin juif, je tiens à le préciser, qui a fui l'Autriche à cause des persécutions nazies.

— Son nom ne m'est pas inconnu, indiqua Faustine. Et que soignait-il?

— L'âme, les obsessions et les maladies nerveuses..., dit Claire d'un ton pensif. Ce soir, Jakob m'a fait un beau compliment. Il m'a confié son admiration pour moi, en ajoutant que je soignais les corps et les âmes.

— Oh! oh! plaisanta son frère. Jean devrait se dépêcher de rentrer au bercail. Il a un rival en perspective.

Claire eut un sourire énigmatique avant d'indiquer d'une voix douce:

— Je ne crois pas, Matthieu. Mon cher frère, tu manques d'intuition.

— Tant pis, j'en saurai plus une autre fois, dit-il. Nous sommes arrivés chez nous. À demain, tout le monde!

Gabrielle embrassa Claire et Ludivine. Faustine se contenta d'envoyer des baisers de la main à la cantonade. Le couple et leur plus jeune fille disparurent dans la maison du chemin des Falaises, dont les volets étaient clos, leur logis niché sur la rivière argentée et embaumé du parfum frais des prairies.

— Maman, est-ce que j'ai une enfance heureuse, moi? interrogea alors Ludivine.

— C'est à toi de me le dire, répondit sa mère. Peut-être que tu as eu de grands chagrins, récemment, à cause de la guerre.

— Oui, je suis souvent triste depuis qu'il y a eu des morts, ici, dans la vallée. Le mari de tantine, madame Kern, et David. Et Mimi aussi, la pauvre petite Mimi.

Claire attira sa fille contre elle et lui caressa la joue en lui confiant:

— Je ne peux pas t'empêcher d'être triste, ma chérie. Mais, plus le temps passera, moins tu auras de la peine.

— Et toi, c'était comment, quand tu étais enfant? interrogea Ludivine.

— Je te raconte souvent mes souvenirs.

— Raconte encore, je t'en prie.

— Ma mère, Hortense, était sévère, mais elle m'aimait. Quand je me plaignais de n'avoir ni frère ni sœur, elle me grondait, mais je voyais dans ses yeux qu'elle en souffrait aussi. Je me consolais en récoltant des plantes. Oui, déjà, à ton âge. Et puis, ma cousine Bertille est venue vivre au Moulin, et là, tout a changé. J'ai enfin eu une amie, la meilleure des amies. Te rends-tu compte? Je la portais sur mon dos tous les soirs, à l'heure de monter dans notre chambre. Je n'avais pas pitié de son infirmité, car Bertille n'a jamais inspiré la pitié à quiconque, mais j'aurais tant voulu la guérir!

Ludivine bâilla, malgré l'intérêt qu'elle manifestait. Claire se tut, car elles franchissaient le porche ouvrant sur la cour pavée. Épuisés par cette longue journée dominicale, Anita et Léon prirent congé en saluant également Jakob Kern, assis sur la plus haute marche du perron. Sauvageon était couché près de lui.

— Va vite te coucher, Ludivine, dit Claire en embrassant sa fille sur le front. Prends la petite lampe à pétrole sur le buffet et laisse-la allumée sur ma table de chevet.

— Oui, maman! Bonne nuit, monsieur Kern. Tu viens, Sauvageon?

Le loup trottina sur les talons de la fillette. Le Mosellan écrasa la cigarette qu'il fumait.

— Je me suis permis d'ouvrir à votre loup, madame Claire. Il avait été enfermé toute la soirée.

— Vous avez très bien fait, Jakob.

— Mes parents étaient au lit quand je suis rentré, ajouta-t-il. J'ai bordé Franzi et il s'est endormi aussitôt. Mais il a pu donner les nougats à sa mémère, qui les aime tant! Elle lui a promis d'en manger un dès son réveil.

Claire approuva d'un signe de tête. Cet homme-là lui était sympathique et, pleine de compassion, elle lui demanda s'il avait retrouvé Anna.

— Eh non, bien sûr! se lamenta-t-il. Autant chercher une aiguille dans une botte de foin. Je ne peux pas fouiller toute la vallée.

— Elle ne va pas tarder. Jakob, depuis quelques jours, je vous sens tourmenté, préoccupé. J'en suis désolée pour vous. Vous devriez boire de la tisane de valériane et de passiflore. Je peux en préparer.

— Je vous remercie bien, mais ça n'empêchera pas mon cerveau de bouillonner. Tout s'emmêle! Dites, je vous demande ça pour causer un peu, histoire de me changer les idées. Croyez-vous que votre cousine fréquente sérieusement monsieur de Rancogne? Quand même, elle est en deuil de son mari! Mon père était froissé, avant-hier, quand vous avez lu sa carte postale. Moi qui viens de perdre mon épouse, je n'oserais pas m'afficher avec quelqu'un d'autre aussi vite!

Claire eut la confirmation de ce qu'elle soupçonnait. Le Mosellan avait succombé au charme de Bertille. Il n'était pas le premier et ne serait sans doute pas le dernier. Néanmoins, attendrie, elle préféra le rassurer.

— Je connais bien ma cousine. Elle respectera la période de deuil, et je pense qu'elle a joué sur les mots. Peut-être s'agit-il d'une plaisanterie, d'autant plus que je ne l'imagine pas épousant un jour Edmond de Rancogne, même si elle a toujours rêvé d'un nom à particule. Elle flirte. Cela l'amuse. Bertille a besoin d'être adulée, courtisée, flattée. Qu'a-t-elle écrit, en fait? Qu'elle filait le parfait amour avec ce vieux bellâtre! Franchement, j'en doute…

— Pourtant, ça veut bien dire ce que ça veut dire, déplora-t-il. Et, si elle blague, ce n'est guère correct vis-à-vis de ce monsieur!

— Nous en saurons plus quand mon mari reviendra. Jakob, si j'avais un conseil à vous donner, ce serait de vous méfier. Sous ses allures fragiles, ma cousine est une femme en acier. Elle souffre encore beaucoup d'avoir perdu Bertrand, son grand amour. Elle pourrait s'amuser avec vous comme elle le fait sûrement avec Edmond, pour oublier la douleur qui la ronge.

— Me méfier de quoi? Je ne vais pas tomber amoureux! Il n'y a pas de danger, pensez-vous! affirma-t-il. J'ai de l'amitié pour cette dame et de la reconnaissance, vu qu'elle a hébergé mes parents, mais rien d'autre.

Ses protestations sonnaient faux. Nerveux, il serrait et desserrait les poings. Cependant, Claire songea que la conduite de sa fille le préoccupait plus que les frasques de Bertille.

— Bon… Je crois que je vais monter à mon tour, dit-elle.

— Moi, je ne bougerai pas de là, pas tant qu'Anna traîne je ne sais où! Tiens, regardez donc, voilà quelqu'un!

Elle perçut le bruit d'un moteur et distingua le faisceau jaune d'une paire de phares. Son cœur battit la chamade quand l'automobile s'engagea sous le porche et avança au ralenti dans la cour.

— Jean! C'est Jean! Merci, mon Dieu!

Jakob la vit s'élancer, les bras déjà tendus vers son mari qui sortait de la voiture, un large sourire sur les lèvres. Le couple s'étreignit, tout de suite uni par un long baiser. «Ces deux-là, ils s'aiment pour de bon, au moins, songea le Mosellan, bourrelé d'amertume. Ce n'est pas de la comédie. J'aurais bien voulu connaître ça, un vrai grand amour!»

Il parvint à saluer Jean avec cordialité quand Claire et lui revinrent vers la maison en se tenant l'un contre l'autre.

— Bonsoir, Jakob, dit le voyageur. J'ai préféré rouler à la fraîche, vu la chaleur qu'il faisait aujourd'hui. Je suis ravi d'être de retour dans notre vallée.

— Vous avez manqué le bal de peu, répliqua le réfugié.

— Oui, mais je reviens la conscience tranquille, Daniel et Déborah sont en route vers Liverpool. Bertille a versé sa larme en leur disant au revoir. Elle s'est vite attachée au bébé.

— Où en sont ses relations avec Edmond de Rancogne? questionna Claire, sachant que Jakob n'oserait pas poser la question lui-même.

Jean haussa les épaules, l'air moqueur. Il embrassa de nouveau sa femme, sur la joue cette fois.

— Monsieur de Rancogne déploie toutes ses ruses pour subjuguer ta princesse, mais il n'est pas au bout de ses peines. Cela dit, tu sais comme moi que Bertille a toujours rêvé d'être la maîtresse d'un château, et Edmond lui a montré des photographies du sien, pour mieux l'appâter, sûrement. Je les ai vues aussi. C'est un endroit magnifique qui domine une rivière, un très vieil édifice de fort belle allure. S'ils finissent par se marier, ces deux-là, ce sera par intérêt commun, rien que ça.

Jakob se leva. Il alluma une cigarette avant de descendre pesamment les marches du perron. Ce qu'il venait d'écouter lui brisait le cœur.

— Je vous souhaite une bonne nuit, dit-il du ton le plus naturel possible. Je vais marcher un peu.

Désolée, Claire le regarda s'éloigner. Jean, lui, n'avait qu'une envie : se retrouver au lit avec sa femme.

— Dis, Câlinette, est-ce que Ludivine couche toujours dans notre chambre ? chuchota-t-il à son oreille.

— Mais oui, bien sûr !

— Alors, on pourrait faire un petit tour dans la chambre de Bertille qui est vide…, insista-t-il en lui caressant le dos.

— Pourquoi pas ? répondit-elle.

Jean lui plaisait infiniment, avec ses boucles brunes en bataille et sa chemise blanche. Elle se plut à imaginer qu'il apportait avec lui les parfums de l'océan et du sable chaud.

— Tu m'as manqué, murmura-t-elle. Mais tu es là et je suis heureuse. Viens…

Ils furent vite nus entre des draps frais, baignés par la pénombre tiède de la nuit de juillet. En dépit des années écoulées, ils cédaient à la même fièvre charnelle que jadis, qui enflammait leurs corps vibrants de désir. Jean parcourait de ses mains les formes pleines de Claire. Il les dessinait du bout des doigts, aussi audacieux et ardent qu'un jeune homme. Abandonnée, impudique, offerte, elle contenait ses plaintes de jouissance, paupières mi-closes sur un regard extatique. Lorsqu'il la pénétra avec un gémissement sourd, elle se cambra, haletante, et noua ses jambes autour de ses reins.

— Je t'aime, Jean ! déclara-t-elle à mi-voix.

Elle aurait voulu crier son amour, son besoin de lui, mais elle mordit le drap. En amant exalté, il multiplia ses assauts passionnés jusqu'à atteindre le paroxysme de son plaisir. Ébloui, il perçut la réponse de sa chair intime lui prouvant qu'il avait su la combler. Comme il avait coutume de le faire, Jean s'attarda en elle afin de savourer les instants de tendresse qui suivaient leur étreinte.

— Voici une zone de toi que j'ai bien occupée! dit-il très bas en riant.

— Jean, tu n'as pas honte, de plaisanter! s'indigna Claire sans pouvoir s'empêcher de rire à son tour. Si tu avais été là, au bal, tu ne plaisanterais pas là-dessus. Le colonel Drummer trônait à une table avec ses officiers. Ces messieurs semblaient apprécier la musique, notre petit vin blanc de pays et les tartines de rillettes que vendait le cafetier. Personne n'était vraiment à l'aise de côtoyer des soldats allemands, sauf notre maire, qui se couperait en quatre pour s'attirer leurs bonnes grâces. Anna a dansé avec l'un d'eux devant tout le village.

— Quelle imbécile! soupira Jean en se retirant à regret du corps de sa femme.

Il s'allongea sur le dos. Claire cala sa joue au creux de son épaule.

— Jakob guettait son retour, tout à l'heure, précisa-t-elle. Le pauvre homme, il n'a pas fini de se tourmenter, avec une fille aussi follette et indisciplinée.

— Follette, le mot est faible. Je me demande parfois si elle n'est pas carrément folle.

— Qu'est-ce qui te fait penser ça?

— Son comportement, ses regards, sa manie d'être nue sous cette robe verte qu'elle porte obstinément, alors que Bertille lui a donné des vêtements de qualité dont elle n'avait plus l'usage. Anita prétend qu'Anna a revendu ces habits-là pour une bouchée de pain à une jeune femme du bourg.

— Ce n'est pas de la folie, ça. Sans doute avait-elle besoin d'argent...

Jean se tut. Un soir qu'ils travaillaient tous deux à l'imprimerie, Matthieu avait fini par lui raconter ce qui s'était passé au bord de la rivière et comment il avait éconduit la jeune fille en tenue d'Ève. Mais il avait promis à son gendre et beau-frère de garder le secret[52].

— Il y a des siècles, assura alors Claire, certaines femmes,

---

52. Matthieu est le frère de Claire, mais il a épousé la fille de Jean, d'où ce double lien de parenté.

même des adolescentes, étaient soupçonnées d'être possédées par le diable, si elles avaient une conduite portant atteinte aux bonnes mœurs ou si elles ne se pliaient pas aux lois de l'Église. Il suffisait même qu'elles cueillent des simples et préparent des remèdes à base de plantes. On les considérait alors comme des sorcières, et elles finissaient sur le bûcher après avoir été torturées. Au Moyen Âge, j'aurais pu subir un sort tragique. Anna aussi. Pourtant…

— Le diable n'existe pas, Clairette, coupa Jean. Enfin pas sous sa forme imagée, celle d'une espèce de bouc flanqué de cornes au masque grimaçant. L'enfer est sur la terre à cause des types avides de destruction et de pouvoir du genre d'Hitler.

— Tu ne m'as pas laissé finir! lui reprocha-t-elle. C'était important, ce que j'allais te dire, et tu es bien le seul à qui j'oserais le dire.

— Je t'écoute!

— Pourtant, quand Anna était malade et que je l'ai soignée en lui imposant les mains, j'ai eu une sensation surprenante, comme un flot d'idées aberrantes. Jean, je t'en prie, ne te moque pas, mais j'ai pensé être en présence d'un démon de nature féminine.

— Câlinette! Pas toi! Je sais que tu as vécu des choses bizarres, que tu es certaine d'avoir été confrontée à des fantômes, mais de là à imaginer que cette pauvre fille est d'essence démoniaque, c'est du pur délire. Je ne veux plus entendre des sornettes pareilles.

Bouleversée, Claire s'assit dans le lit. Elle espérait plus de compréhension de la part de son mari.

— Ne prends pas ce que je te dis pour du délire, argumenta-t-elle. Si je t'ai parlé de possession diabolique, c'était pour avancer le fait que, maintenant, on appelle ça de la folie, ou de la démence. Depuis que j'ai lu le livre sur les travaux du docteur Freud, je m'intéresse beaucoup aux maladies de l'esprit. Je te donne un exemple : jadis, les femmes qui souffraient d'hystérie, on les jugeait possédées.

— Désolé, mais je ne vois pas le rapport avec Anna. Pardon d'être vulgaire, mais, si elle a le feu aux fesses, ce n'est pas l'œuvre du diable. Des tas de filles avant elles ont hérité d'un tempérament trop sensuel qui leur fait brûler les étapes au mépris des fichues convenances.

Elle crut qu'il faisait allusion à Angéla et, une fois de plus, elle ressentit un pincement au cœur en l'imaginant avec la jolie adolescente qu'elle était à l'époque de leur liaison.

— Je ne songeais pas précisément à ça, Jean, le démentit-elle d'un ton sec. Tant pis, j'ai sommeil. Tu peux rester dans cette chambre.

Vite, elle se leva, remit sa robe et sortit de la pièce. Il était inutile d'avouer à son mari le grave doute qui l'obsédait. Anna s'était accusée d'avoir tué sa mère, selon Jakob, et, même si cet effroyable aveu était dû à la forte fièvre qui terrassait la jeune Mosellane, il devait hanter son père comme il tourmentait Claire. « J'ai rassuré Jakob, ce matin-là, j'ai jugé une telle abomination impossible! se disait-elle. Mais si c'était la vérité... »

Ce fut dans sa chambre, bercée par les respirations régulières de Ludivine et du louveteau couché au pied du lit, qu'elle reprit son calme et se persuada une fois encore de l'innocence d'Anna.

« Une follette mal élevée en manque d'amour, une petite Fadette, comme ce beau personnage de George Sand[53]! » songea-t-elle avant de s'endormir.

*

Pendant ce temps, Anna progressait sur le chemin des Falaises aux côtés de Pierre. Ils avaient terminé leur sinistre besogne avec un soin extrême du détail. La jeune fille avait su effacer leurs empreintes avec une branche en balayant le sable et en tassant l'argile. La sépulture du soldat allemand était quasiment invisible. Il gisait dans un recoin de la galerie souterraine, en uniforme, avec son revolver à la ceinture.

---

53. *La Petite Fadette*, roman de George Sand (1804-1876), de son vrai nom Amandine Aurore Lucile Dupin, femme de lettres françaises dont c'est une des plus célèbres œuvres.

Épuisé, l'adolescent ressentait un immense soulagement à humer l'air frais de la nuit imprégné de parfums familiers, celui des talus où poussaient la menthe et l'aneth, ceux de la rivière, plus subtils, mélange de terre détrempée et de galets moussus.

— Ne me trahis pas, Pierre, répéta Anna pour la sixième fois au moins. Personne ne sera en danger si tu tiens ta langue.

Il s'arrêta pour la dévisager. Au clair de lune, ses prunelles vertes paraissaient insondables, dénuées de toute peur et du moindre remords.

— Œil pour œil, dent pour dent, c'est écrit dans la Bible, ajouta-t-elle. David est vengé. Je vais pouvoir manger et dormir. J'aurais bien fait autre chose, mais tu n'as pas voulu!

Il tressaillit d'écœurement. Encore nue, Anna s'était offerte à lui dans la Grotte aux fées après avoir enseveli le cadavre. Pierre en conservait un souvenir troublant, car il avait failli céder au désir. Elle s'était étendue sur le sol, les cuisses écartées, en se caressant les seins, une partie de son visage voilée par sa chevelure lisse aux reflets de cuivre.

— Viens donc, j'ai envie! avait-elle dit d'une voix rauque.

Il l'avait observée, fasciné par le triangle sombre de son pubis, avant de secouer la tête et de quitter la caverne en se promettant de ne jamais y revenir.

— Non, je n'ai pas voulu et je ne t'approcherai plus, répondit-il d'une voix tremblante.

— C'était une bonne occasion de perdre ton pucelage, jeune idiot! répliqua-t-elle d'un ton malicieux. Allez, rentre vite chez papa et maman faire un gros dodo. Si tu changes d'avis, rendez-vous demain là où je me baigne, la petite crique… Tu te souviens?

— Je ne viendrai pas, Anna!

Elle fit le geste de reculer. Il la rattrapa par le poignet.

— Attends, on n'a pas pu parler, mais je voudrais savoir une chose. Ce soldat, comment tu as fait pour l'entraîner dans la grotte? Tu connais l'allemand? Il savait des mots de français?

— Chez nous, en Moselle, le patois est proche de

l'allemand, nigaud. Et n'importe quel homme comprend quand une fille veut *schmouser* avec lui! Sauf toi!

— Et le poison, tu l'as préparé toute seule? Les plantes, ce n'est pas facile de les identifier; grand-mère Claire me l'a assez répété!

— Je sais lire, quand même! fanfaronna-t-elle. Ouvre un dictionnaire et tu trouveras les renseignements. Alors, penses-tu, le traité d'herboristerie du Moulin, c'est encore plus pratique.

Ces mots glacèrent Pierre. Qui d'autre qu'une guérisseuse pratiquant la médecine par les simples pouvait posséder des herbes capables de tuer aussi rapidement un être humain? Il imagina le chagrin et l'épouvante de Claire si elle découvrait qu'Anna lui avait dérobé certaines de ses préparations.

— Tu es timbrée! cracha-t-il. Je ne veux plus te voir, plus jamais! Tu n'es qu'une voleuse et une menteuse.

— Et toi, tu n'es qu'un lâche.

Elle ne le pensait pas vraiment. Elle admirait Pierre Roy pour sa beauté et le courage dont il avait fait preuve en l'aidant.

Il ne l'écouta pas davantage et partit en courant vers sa maison. Irritée, Anna rentra sans hâte au Moulin. Dès qu'elle eut franchi le vieux porche ouvert à tous les vents, Jakob lui barra le passage.

— Alors, c'était ça? tempêta-t-il. Tu fréquentes ce garçon? Je vous ai vus ensemble. Bon sang, Pierre n'est qu'un gamin! Que vont dire ses parents? Ni Matthieu Roy ni sa femme n'apprécieront!

— Mais, papa, je ne le fréquente pas, on est amis, c'est tout. Puisque tu nous surveilles, tu as bien vu qu'on ne s'est pas embrassés!

— Pourquoi reviens-tu si tard? Il est plus de minuit, Anna.

— Je n'ai rien fait de mal, j'ai causé avec Pierre, et on a fumé des cigarettes, là-haut, sur le plateau. La vue sur la vallée est si belle! Papa, mon p'tit papa, ne te fâche pas.

Elle se nicha contre lui en jouant les enfants dociles. Elle pleura sans bruit, mais il sentit des larmes mouiller sa chemise.

— Je ne te ferai jamais honte, papa. Ce n'est pas ma faute si je n'aime pas être enfermée dans une chambre, si je ne peux pas bien dormir depuis la mort de maman. Elle nous a abandonnés, tous les trois. J'aurais tellement voulu qu'on retourne en Moselle, nous quatre! Je m'ennuie, ici, maintenant que monsieur Roy n'a plus besoin de moi à l'imprimerie.

Ce discours hoquetant eut le don d'apaiser Jakob, qui se montrait d'une grande naïveté dès qu'il s'agissait de bons sentiments. Il referma ses bras sur le corps mince de sa fille et déposa un baiser sur son front.

— Tu as supporté bien des épreuves, petite, depuis le début de la guerre. Allons, ne pleure pas, tout finira par s'arranger. Mais promets-moi d'être sage et de rester aux abords du Moulin le soir. Les Allemands sont partout.

— Oui, papa, c'est promis. Ils me font peur, tous ces soldats!

Dupé, Jakob Kern entraîna sa fille vers la maison. Il lui caressa les cheveux lorsqu'il la vit sagement couchée dans le lit de camp étroit dont elle disposait.

— Pauvre petite! déclara-t-il. Tu es plus à plaindre qu'à blâmer, au fond.

Anna approuva d'un signe de tête, puis elle saisit la main de son père qu'elle couvrit de baisers.

— Je n'aime que toi au monde, papa, avoua-t-elle.

Malgré la confusion de son esprit et le chaos de ses idées, c'était bien la seule chose dont elle était sûre.

Pierre, quant à lui, dut ruser également. La gorge sèche, il était entré sur la pointe des pieds dans la cuisine. Le moindre geste ordinaire, comme d'actionner la poignée de la porte ou de pousser une chaise, lui apportait un réconfort inouï. Aussi, le simple fait de tourner le robinet pour avoir de l'eau fraîche devenait une promesse de joie. Mais Matthieu l'attendait dans la pièce où régnait une obscurité presque totale.

— Et alors, jeune homme? interrogea-t-il à mi-voix. Tu as vu l'heure?

— Papa! La frousse que tu m'as flanquée! Qu'est-ce que tu fabriques, dans le noir?

— Patience, je vais allumer la lampe, répliqua son père en se levant de la chaise pour actionner l'interrupteur.

Sous la lumière crue de l'ampoule électrique, l'adolescent dut subir un examen méticuleux. Matthieu respira même son haleine.

— Bon, apparemment, tu n'es pas ivre. Pourtant, je sens un relent d'alcool.

— Mon copain Claude m'a offert un verre de cognac, il en avait une petite bouteille sur lui. J'ai pas osé refuser de peur de passer pour un gosse. Et on a fumé pas mal de cigarettes.

— Je voudrais que tu sois raisonnable avec le tabac. J'ai fumé très jeune. Je ne t'interdis pas cette pratique, mais ça ne doit pas devenir une accoutumance.

— C'est compris, papa. J'peux monter me coucher?

— Non! Je tiens à t'avertir : dorénavant, tu seras ici avant le couvre-feu. Maman était malade d'inquiétude de te savoir dehors. Il faut la ménager, dans son état.

Pierre émit un oui inaudible. Mais il haussa le ton pour demander :

— Dis, papa, es-tu convaincu que je ne peux pas partir chez les scouts comme chaque été? J'étais éclaireur. Je voudrais tant retrouver mes camarades de l'an dernier!

— Le maréchal Pétain, en accord avec les Allemands, a interdit le mouvement, je te l'ai déjà expliqué[54]! Tu dois rester toutes les vacances avec nous. Désolé, mon gars, si cela te paraît long. Mais il ne manque pas de boulot au Moulin. Claire compte agrandir encore son potager.

— Bah, j'aurais préféré m'en aller, déplora Pierre. Je pourrais peut-être prendre le train pour Royan et rejoindre tantine, même si elle ne m'a pas invité!

Matthieu scruta à nouveau les traits altérés de son fils. Il s'aperçut alors de sa pâleur et de l'éclat apeuré de son regard.

---

54. Fait authentique. Cependant, les scouts continueront à publier leur journal de façon clandestine.

— Qu'est-ce qui ne va pas, Pierrot? demanda-t-il gentiment.

L'adolescent fut tenté de tout avouer à son père, de partager la douloureuse épreuve qu'il avait subie. Cela aurait été une façon de s'alléger du poids de ce secret atroce, d'en remettre la charge à un adulte. Mais il lui semblait tout à fait impossible de raconter ce qui s'était passé dans la Grotte aux fées.

— Je suis seulement épuisé, papa.

— Demain, nous nettoierons l'imprimerie de fond en comble, à défaut de mettre la presse en route. File te coucher!

Pierre ne se fit pas prier. Il venait d'entrer dans le mensonge et il décida de s'en accommoder à n'importe quel prix.

*

Pontaillac, le lendemain, lundi 15 juillet 1940

Bertille était installée dans une chaise longue sur la terrasse de sa villa qui dominait la plage de Pontaillac, une anse de sable fin abritée du vent. Peu après la naissance de Clara, Bertrand Giraud lui avait offert cette superbe construction d'un blanc pur, à l'architecture inspirée des palais italiens. Il fallait prendre des bains de mer, c'était à la mode, et l'avocat n'avait pas lésiné sur le prix de leur résidence estivale.

Des lunettes noires sur le nez, elle se remémorait le souvenir de leur premier séjour là. La gouvernante, Mireille, les accompagnait et, pour la vieille femme, c'était un plaisir de se rendre au marché local et de leur préparer de savoureux plats de poisson.

« La nuit, nous laissions les baies ouvertes, car je tenais à écouter le bruit des vagues. La nurse dormait avec notre fille, de sorte que nous pouvions nous aimer jusqu'à l'aube. En fin de matinée, exactement à cette heure-ci, je descendais me baigner par l'escalier. Bertrand avait toujours peur que je glisse! »

Malade de nostalgie, Bertille se redressa un peu pour observer la plage. Janine y avait emmené Marie. L'enfant gambadait, son seau à la main. Malgré la distance, la jeune

456

fille en maillot de bain blanc lui parut d'une beauté exquise. Elle avait de longues jambes bien galbées et hâlées par le soleil, une taille fine, des seins arrogants et des boucles d'un blond roux égayées d'un ruban également blanc.

— Une vraie pin-up! déclara-t-elle. Que ce mot est drôle! Ciel, j'adore l'anglais! N'est-ce pas, *darling*?

Des larmes lui piquèrent les yeux. Elle avait cru que Bertrand était là, dans le siège voisin, et qu'ils discutaient ensemble.

«Mon amour, je suis complètement perdue! dit-elle en pensée à son cher disparu. Chaque soir, ce vieux hibou d'Edmond tente de me suivre dans ma chambre, ou il me supplie de le rejoindre dans la sienne. Je n'en ai aucune envie, il ne me plaît pas. Bertrand, je ne veux pas te tromper.»

L'aristocrate fit son apparition tandis qu'elle conversait silencieusement avec son défunt époux, sans grand espoir d'obtenir une réponse. Au mouvement léger de ses lèvres, il crut qu'elle priait.

— Ma chère amie! s'écria-t-il. Que demandez-vous au ciel?

Bertille sursauta. Elle ajusta ses lunettes noires pour cacher ses yeux humides.

— Je n'exige plus rien de Dieu, il m'a accordé assez de faveurs imméritées. Mais vous êtes en tenue de bain! La mer doit être froide. Je regardais Janine; elle n'a pas encore trempé un orteil.

— Je ne suis pas comme vous, qui séjournez ici sans entrer dans l'eau. C'est dommage, je rêve de vous apercevoir en maillot.

À l'abri de ses verres fumés, elle l'examina sans indulgence. Edmond de Rancogne exhibait des mollets maigres et un torse blafard dans l'entrebâillement de son peignoir en éponge. Ce n'était pas la première fois qu'elle avait droit à ce triste spectacle d'un homme vieillissant à moitié nu et, dégoûtée, elle baissa la tête.

— Soyez prudent, surtout, dit-elle avec douceur. Ne nagez pas trop loin.

— Soyez tranquille, je tiens à célébrer nos noces un jour, ma chère Bertille.

— Et à toucher la rente que je vous ai promise! ironisa-t-elle. Si vous consentez à un mariage blanc, comme on dit, et cela, vous n'avez pas l'air de l'accepter. Cette nuit encore, vous avez gratté à ma porte.

— Nous ne sommes pas encore mariés! lança-t-il en riant de sa repartie. Autant en profiter pour prendre du bon temps tous les deux!

— Très drôle! s'irrita-t-elle. Pitié, Edmond, allez faire vos brasses. De plus, vous êtes devant le soleil. J'ai ce roman à terminer avant le déjeuner. Vous connaissez? *La Pitié dangereuse*, de Stefan Zweig. C'est l'histoire d'un homme qui suscite l'amour d'une jeune paralytique. Je me retrouve dans cette malheureuse infirme. Du coup, j'ai un regain d'affection pour mon premier mari, Guillaume, qui a su m'aimer malgré mes jambes invalides. Edmond, m'auriez-vous épousée si j'avais été condamnée à vivre en chaise roulante?

— Pauvre et infirme, non, ma chère. Ce qui me plaît chez vous, c'est tout le contraire. Nous avons prévu un accord, ne vous avisez pas de changer de statut social ni de perdre l'usage d'un de vos membres.

Il la salua en riant avant de s'engager dans l'escalier de ciment qui descendait, escarpé, jusqu'à la plage. Bertille soupira et referma son ouvrage d'un geste sec. Elle ne pouvait pas s'empêcher de penser à Jakob Kern.

— Et voilà, ça recommence! dit-elle, dépitée.

Une scène lui revenait sans cesse. C'était, quelques jours plus tôt, une si belle nuit d'été. Elle se promenait avec le réfugié mosellan. Ils discutaient à cœur ouvert, sans tricher, se tenant bien éloignés du ton mondain dont usait le vieil aristocrate à satiété. «Seigneur! Combien cet homme, ce colosse si doux et si gentil, me bouleversait! J'avais envie de le prendre dans mes bras et de le consoler. J'ai même eu l'impression de l'avoir rencontré dans une autre vie, peut-être, de le retrouver. Je crois qu'il ressentait la même chose que moi. Et c'était magique de faire demi-tour, de courir vers lui, d'échanger ce baiser.»

Tremblante d'émotion, elle se mordit les lèvres en se remémorant la saveur infinie de ce baiser et la tendresse émerveillée qu'elle avait éprouvée. «Et je me suis enfuie, songea-t-elle. Je ne pouvais pas rester là-bas, non! Je n'ai pas le droit d'être amoureuse six mois après le décès de Bertrand. C'est honteux, abominable et scandaleux. De quelle étoffe suis-je tissée, mon Dieu, pour me jeter au cou de Jakob, en plein deuil? Je n'avais pas le choix, je devais m'en aller et, lui, le décourager, car il commençait à me regarder avec les yeux du désir, de l'amour aussi. Mais je n'aurais pas dû écrire ça dans la carte postale. Il a pu en souffrir. Tant pis, c'est mieux de trancher dans le vif, de lui faire croire que je suis dure et essentiellement vénale. D'épouser Edmond de Rancogne, ce n'est pas trahir Bertrand, car ce vieil arriviste ne me touchera jamais, j'en fais le serment. Mais, aimer Jakob, ça, je me l'interdis.»

Annie, en robe noire et tablier blanc, s'approcha de la chaise longue. Très timide, la jeune bonne toussota afin d'attirer l'attention de sa patronne.

— Madame? S'il vous plaît, madame? Dormez-vous?

— Non, hélas, je ne dors pas, Annie, tonna Bertille. Que veux-tu encore? Flûte, tu es donc incapable de gérer un intérieur sans mon aide?

— Il y a un appel téléphonique, madame! Un monsieur voudrait vous parler. Monsieur Kern.

— Kern, dites-vous? Répondez que je ne suis pas là, pauvre nigaude!

— Mais je vous voyais sur la terrasse et j'ai dit que vous vous reposiez!

— Je ne veux pas lui parler, Annie. Débrouille-toi, raconte-lui que je suis encore couchée, et avec monsieur de Rancogne de surcroît. Entends-tu, petite gourde? J'aurais dû engager quelqu'un ici même au lieu d'avoir la bonté de t'employer pour un mois. Vraiment, j'avais oublié combien tu étais idiote, maladroite et stupide.

La bonne fondit en larmes. Sans la protection de Paulette, elle se laissait malmener par Bertille qui l'avait fait venir à Pontaillac uniquement pour qu'elle la serve pendant son séjour.

— Dans ce cas, je préfère rentrer chez mes parents,

madame, sanglota-t-elle. En plus, c'est péché de mentir, surtout à un brave homme comme monsieur Kern.

Bertille se ravisa aussitôt. Fidèle à elle-même, elle fut prise de remords, et son humeur changea.

— Pardonne-moi, pauvre innocente! J'ai les nerfs à vif, aujourd'hui. Je ne fume plus et ne bois pas. Il me vient des crises de rage. Sois gentille, dis à Jakob que je ne peux pas lui parler. S'il demande pourquoi, explique-lui bien que je ne veux pas lui parler, un point c'est tout.

— Mais, madame, peut-être qu'il s'est passé du vilain au Moulin, observa Annie en reniflant.

— D'accord, je m'en occupe. Ainsi, c'est moi qui mentirai, pas toi qui es une si bonne catholique!

Elle se leva en lissant sa robe de soie grise. De sa démarche un peu raide, elle entra dans le salon par la porte-fenêtre ouverte. Il lui vint à l'esprit que Jakob avait pu entendre la conversation, puisque l'appareil était décroché et qu'elle avait crié de colère. «Dans ce cas, je lui dirai la vérité, se promit-elle. Je ferais mieux de lui confier ce qui m'a troublée, mon attirance pour lui, ce flot de tendresse en moi, le besoin d'être aimée encore et toujours. C'est quelqu'un de bien, il comprendra que je devais m'éloigner de lui. Il saura que je voulais mettre un terme à ce qu'il éveillait en moi.»

Déterminée, Bertille attrapa le téléphone. Son cœur battait à grands coups désordonnés, et elle avait la bouche sèche. Mais, à l'autre bout du fil, il n'y avait plus de correspondant, seulement un petit bruit irritant indiquant que la communication était interrompue.

— Eh bien, monsieur Kern n'est pas patient, déclara-t-elle à Annie, debout sur le seuil de la pièce. Il rappellera! Que prépares-tu à déjeuner?

— Des soles, madame, et de la purée.

— Alors, fais attention, farine les soles et mets-les à feu doux dans l'huile. Quant aux pommes de terre, arrête la cuisson lorsqu'elles sont encore un peu fermes, sinon cela fera de la bouillie immangeable.

— J'vais essayer, madame.

— Non! Sais-tu, je vais faire la cuisine. Cela me détendra et nous aurons un repas convenable.

La jeune bonne s'éclipsa, soulagée. Bertille retint un soupir. Elle était très déçue. Jakob avait osé raccrocher après avoir eu l'audace de lui téléphoner. Si elle en avait su la cause, sans doute se serait-elle montrée beaucoup plus compréhensive.

*

Moulin du Loup, même jour, même heure

Jakob Kern patientait, le combiné téléphonique à l'oreille, quand il avait entendu l'écho de plusieurs moteurs. Il était seul dans la cuisine, ce qui l'avait poussé à composer le numéro de la villa de Pontaillac, inscrit sur une page de calepin accrochée à un clou. Claire et Jean étaient au jardin, Léon et Anita, dans la bergerie. Le Mosellan comptait interroger Bertille sur ses sentiments à l'égard d'Edmond de Rancogne. C'était de sa part le geste un peu fou d'un grand timide au cœur endolori. Il découvrait les joies et les douleurs de l'état amoureux et, au fond, il aurait préféré s'en délivrer. « Si elle aime cet homme, je m'incline! » s'était-il dit.

Mais des motos, un camion et une voiture étaient entrés dans la cour du Moulin dans un vacarme assourdissant, tout de suite ponctué d'éclats de voix.

— Bon sang, les Allemands! avait-il annoncé.

Très inquiet, il avait raccroché pour se ruer à l'extérieur. Franzi et ses grands-parents avaient souhaité nourrir les lapins. Seule Anna se trouvait à l'étage. Pleine de bonne volonté ce matin-là, la jeune fille avait proposé à Claire de faire le ménage des chambres.

— *Schnell, schnell*[55]! tonitruait le colonel Drummer à ses hommes, debout en bas du perron.

Les soldats descendaient du camion bâché et s'alignaient en ordre, leur fusil en main. Déjà, Jean accourait, suivi de Claire. Tous deux étaient apeurés.

---

55. Vite, vite!

— *Heil, Hitler!* s'écria Drummer, raide comme la justice.

— Qu'est-ce qui se passe? demanda Jean d'un ton arrogant.

Jakob se rangea à ses côtés. Claire lui adressa un regard affolé. Elle pensait à Ludivine, partie chez Faustine lui porter deux pots de confiture.

— Je voudrais interroger mademoiselle Anna Kern, rétorqua le colonel. Le lieutenant Heinrich Eichmann a disparu cette nuit. Il a été vu hier soir au bal en compagnie de cette personne par plusieurs témoins.

— C'est ma fille, déclara le Mosellan. Mais elle n'a sûrement rien à voir avec la disparition de cet homme.

— J'en jugerai, monsieur, trancha l'Allemand.

— Je vais la chercher, proposa Claire.

— Ne bougez pas, madame Dumont, ordonna le colonel.

Il s'apprêtait à donner des ordres à deux de ses soldats quand Anna sortit de la maison vêtue d'une robe noire, ce qui la faisait paraître plus menue et très pâle. Le visage serein, elle descendit les marches et se campa en face du colonel.

— Mademoiselle Kern, dit-il en la saluant, le maire du bourg vous a vue danser avec le lieutenant Eichmann, au bal. Ensuite, vous vous êtes éloignés tous les deux. Ce qui est très fâcheux, car le lieutenant Eichmann n'a pas regagné la kommandantur, ensuite.

— Je n'y suis pour rien, moi, se défendit la jeune fille d'une voix nette. Oui, il m'a invitée à danser et je n'ai pas osé refuser parce que j'avais peur. Après, il m'a suivie quand j'ai voulu rentrer ici. Je l'ai éconduit. Il s'est montré pressant et je l'ai repoussé. Je lui ai même dit que je me plaindrais s'il insistait. Oui, je l'aurais fait, je serais montée signaler sa conduite à Ponriant!

Ulrich Drummer fixait de son œil clair la jolie Anna dont l'aplomb tranquille plaidait pour sa sincérité. Il toisa Jakob Kern en fronçant les sourcils. La situation l'embarrassait beaucoup. Une désertion du lieutenant était envisageable. D'autres cas avaient été constatés depuis l'irruption des troupes allemandes en zone occupée. Cependant, il se méfiait de ces Français tapis au fond de leur campagne, en apparence soumis, vaincus et souvent prêts à collaborer, mais qui pouvaient aussi se montrer revanchards en frappant dans le dos de l'ennemi.

— *Sehr gut*[56] ! laissa-t-il échapper. Et comment avez-vous réussi à vous faire comprendre du lieutenant, mademoiselle Kern? ajouta-t-il.

— Nous venons de Moselle! s'exclama Jakob. Là-bas, on comprend facilement votre langue.

Le ventre noué par une peur indéfinissable, le réfugié se sentait glacé. Anna était rentrée tard. Il se rassura en pensant qu'elle était avec le jeune Pierre Roy.

— Madame Dumont, affirma alors Drummer, nous allons fouiller votre Moulin du Loup. Nous allons passer tous ses bâtiments au peigne fin.

Il donna des ordres en allemand. Les soldats se dispersèrent pour une perquisition bien orchestrée. Cela fit sortir Matthieu et son fils de l'imprimerie. Tous deux en blouse grise, ils se retrouvèrent confrontés au colonel qui les désigna de sa main gantée :

— Monsieur Roy, je suppose? C'est avec votre gendre, monsieur Dumont, que vous avez été arrêté pour suspicion de propagande communiste.

— Nous avions été dénoncés à tort par pure malveillance, protesta Jean.

— Bien sûr, bien sûr! dit aimablement Drummer.

Il avait déjà pu observer l'enthousiasme de certains Français à confier des informations sur leurs propres compatriotes. Ainsi, le maire du village s'était empressé de dépeindre Jean Dumont comme un ancien forçat agressif et vindicatif, tandis que Claire avait la réputation de voler des patients à l'honorable docteur Vitalin, car elle exerçait ses talents de guérisseuse contre de fortes sommes d'argent. Toutes les personnalités un peu excentriques de la commune avaient été notées, des habitants trop discrets du château du Diable, un logis isolé, jusqu'au curé, le père Georges, suspecté d'une dangereuse liberté de pensée.

---

56. Très bien!

— Qu'avons-nous fait? s'offusqua Matthieu, irrité par le silence du colonel.

— J'ai renvoyé un lieutenant trop entreprenant sur les roses, expliqua Anna.

Frondeuse, elle se tenait bien droite, la mine innocente. Pierre, lui, n'en menait pas large. Il s'absorbait dans la contemplation de ses chaussures, qu'il avait lavées avec soin au petit matin. Aucune trace d'argile n'était visible. Cela n'empêchait pas sa gorge d'être prise dans un étau, ni son cœur de taper à grands coups. Le devinant effrayé, Claire le réconforta d'une caresse sur l'épaule. Hormis les allées et venues bruyantes des soldats qui discutaient en allemand, le silence se faisait pesant sur le groupe rassemblé en bas du perron.

Le meuglement de la vache, soudain et retentissant, fit sursauter Jean, Anna et Jakob. Malgré les cris furieux de Léon, deux soldats la sortaient de l'étable.

— Prise de guerre! décréta Drummer. Les provisions étaient bien rares au domaine de votre cousine, madame Dumont. Grâce à vous, nous aurons du lait frais.

— C'est du vol, se rebella Claire. Il y a des enfants sous mon toit, trois enfants. Ma fille doit accoucher cet hiver. Vous ne pouvez pas me prendre cet animal. Je l'ai acheté au printemps.

— Je suis un galant homme, répliqua le colonel. Je vous rendrai les juments et le poulain en compensation.

D'autres soldats revenaient de leur inspection, mais jamais bredouilles. Chacun se servait: des œufs, des fromages, une poule… L'un emportait deux lapins, qu'il portait par les oreilles.

— Ne les tenez pas ainsi! s'écria Claire, révoltée. Cela les fait souffrir. Je vais vous donner une caisse.

Drummer eut un fin sourire énigmatique et se dirigea vers l'ancienne salle des piles, coupée en deux par les cloisons ajoutées pour isoler le local de l'imprimerie. Intrigué, Jean lui emboîta le pas.

— C'était un moulin à papier, par le passé? questionna-t-il par simple formalité. La papeterie Roy!

— Vous êtes renseigné sur ce point également. Mon beau-père fabriquait de magnifiques papiers, du vélin royal, surtout.

— Toute la machinerie est restée en place, remarqua l'Allemand. Les cuves en cuivre, les piles hollandaises et les presses. Dans quel état sont les roues à aubes?

— Certaines pales sont pourries. Il faudrait les changer, mais à quoi bon? Les roues sont bloquées, à présent. Mon épouse n'a pas l'intention de relancer l'entreprise de son père.

— Dommage, dommage! bredouilla Drummer. Un de mes oncles possédait une petite usine de ce genre, en Bavière. Une papeterie et une imprimerie se complètent.

— C'était le cas il y a encore quelques années, souligna Jean. Ensuite, mon gendre a préféré acheter du papier en ville. Nous avons donc fermé ces salles et agrandi l'autre local.

— Votre gendre! Le frère de votre femme, n'est-ce pas? Un drôle de méli-mélo! Vous dites bien ça, vous, les Français? Le maire du village est très bavard…

Jean perçut une menace dans ces mots très ordinaires. Perplexe, il hocha la tête. Son instinct lui fit répliquer:

— J'étais sur le front pendant la dernière guerre. Des soldats de mon camp désertaient, incapables d'accepter le sort tragique qui les attendait à chaque assaut. Peut-être votre lieutenant a-t-il fait de même, bien qu'il n'y ait pas de combats ni par ici ni ailleurs. L'armistice est signé.

— Je ne connaissais pas assez Eichmann pour juger de ses actes, concéda-t-il avec franchise. Il a pu déserter, oui.

Drummer sortit précipitamment d'un pas rapide et cadencé. Dehors, personne n'avait osé bouger. Jakob tenait Anna par la main, Claire, Matthieu et Pierre attendaient sans broncher. Un peu à distance, Léon soutenait Anita en larmes. La domestique ne se remettait pas du départ de la vache.

— Mademoiselle Kern, déclara le colonel, je suis navré qu'un de mes hommes vous ait importunée. Nous ne sommes pas là pour semer le trouble, mais pour établir la paix, la bonne entente et une parfaite collaboration. J'espère que nous retrouverons vite le lieutenant Heinrich Eichmann, vivant de préférence. Mais, s'il lui est arrivé malheur, trois hommes du bourg seront fusillés en représailles. *Heil, Hitler!*

Il tendit le bras, l'air inspiré, et fit claquer ses talons bottés de cuir. Sur un geste de lui, tous les soldats se rassemblèrent et montèrent qui dans le camion, qui sur les motos. Drummer parcourut d'un long regard pensif la façade du Moulin du Loup couverte d'une floraison exubérante de roses rouges, puis il prit place à l'avant de l'automobile noire, conduite par un chauffeur en uniforme. Du chemin des Falaises s'éleva alors un second meuglement plaintif. Deux ordonnances emmenaient la vache au bout d'une corde.

Quelques minutes plus tard, la cour avait retrouvé son calme. Mais cela ne dura pas.

— Malheur de malheur! se lamenta Anita bien fort. Ma pauvre madame, ils ont pris not' vache! Elle fera joli, Janine, en rentrant, si sa petite Marie n'a plus de bon lait.

— Foutus enfoirés de Boches! bougonna Léon. C'est sa faute à elle, aussi! Maudite rouquine, tu as attiré ces saligauds chez nous!

Il montrait Anna du doigt. Elle se réfugia dans les bras de son père.

— Oh! doucement! tempêta Jakob. Ma fille n'y est pour rien. Le colonel va sûrement visiter les fermes voisines, après ça. Son lieutenant disparu, c'est un bon prétexte pour prélever de la nourriture chez les uns et les autres ou pour repérer les lieux.

— Je suis de cet avis, approuva Jean. Drummer a témoigné un grand intérêt pour l'ancienne papeterie. Et, comme par hasard, on nous a dépossédés de la vache, d'une volaille et d'une paire de lapins.

— Ce sont des prises de guerre, qui, comparées à l'exécution de trois villageois, me paraissent un moindre mal, intervint Claire.

Matthieu, lui, fixait Anna. Il se souvenait très bien des propos de la jeune fille pendant la valse.

466

— Dis donc, toi! s'exclama-t-il. J'espère que tu n'es pour rien dans cette affaire! Hier soir, au bal, tu m'as bien dit savoir ce que tu faisais en dansant avec un soldat allemand. Tu prétendais que c'était un ennemi et je t'ai mise en garde, tu n'as pas oublié? Je t'ai dit de te tenir à carreau.

Claire n'avait jamais vu son frère dans une telle rage. Il s'était élancé sur Anna et la secouait par un bras.

— Répète donc à ton père ce que tu bafouillais, petite fouine!

— Vous me faites mal! se plaignit-elle. Papa!

Jakob détacha les doigts de Matthieu du poignet de sa fille. Blême, le Mosellan cédait à la panique.

— Pas la peine de la brutaliser, monsieur Roy, protesta-t-il. Anna se vantait, rien d'autre. Peut-être qu'elle a joué les coquettes avec ce lieutenant, histoire de le faire rager! En plus, hier soir, elle était avec votre fils. Je les ai aperçus ensemble sur le chemin.

— Quoi? hurla Matthieu. Pierre, espèce de menteur, tu m'as certifié être avec un de tes camarades!

Rouge de colère, l'imprimeur gifla l'adolescent de toutes ses forces.

— Mais vous jouez à quoi, bon sang? s'égosilla-t-il. Nous sommes sous le joug allemand, vaincus, spoliés, occupés! Il y a un couvre-feu d'instauré; on peut vous tirer dessus comme on a tiré sur ce malheureux David.

— Voyons, calme-toi, Matthieu, supplia Claire. Si Pierre et Anna étaient ensemble, tu peux imaginer qu'ils avaient autre chose en tête que les Allemands.

Pierre se frottait la joue. La claque reçue lui avait remis les idées en place. S'il brûlait d'envie de dénoncer Anna l'instant précédent, maintenant il en voulait tellement à son père qu'une sourde révolte montait en lui. La démonstration de pouvoir absolu du colonel n'y était pas étrangère non plus. «On en a tué un, un Boche! songeait-il. On n'est pas des lâches. On file pas tête basse devant les nazis!»

Du coup, Anna, pathétique dans sa robe noire, fit figure d'héroïne. Elle semblait fragile, mais déterminée. Elle était de plus en plus belle. « Je prendrai mon dû, ouais, je prendrai ce qu'elle m'a promis! se dit-il. Et je boirai du cognac autant que je veux! »

Méfiant, Matthieu revenait à la charge. Il toisa son rejeton et scruta le visage impassible de la jeune fille.

— On peut savoir ce que vous fricotiez ensemble? interrogea-t-il d'un ton dur. Anna, tu t'en prends à un gosse. Bordel, regarde-le! Tu lui pinces le nez, il en coule du lait! N'approche plus mon fils, c'est bien compris? Si tu as le feu au cul, va plus loin te chercher un mâle.

Ces paroles blessantes autant pour Pierre que pour Anna portèrent leurs fruits. L'adolescent humilié éprouva un début de haine à l'égard de son père. Il lui prouverait par tous les moyens qu'il était un homme, un vrai, et pas plus tard que la nuit prochaine. Quant à Jakob, offensé, il fondit sur Matthieu et le saisit au col.

— Retirez ça, Roy, ou je vous brise la nuque! Ma fille n'est pas une catin! Non, mais…

Hors de lui, le Mosellan brandit le poing et l'abattit sur le visage crispé de l'imprimeur. Claire poussa un cri d'horreur en entendant un craquement infime, néanmoins inquiétant.

— Et merde! Sale brute! geignit son frère, dont le nez saignait abondamment.

Chancelant et suffoqué par la douleur, il allait riposter quand Jean et Léon séparèrent les deux hommes.

— Arrêtez, nom d'un chien! aboya Jean. Matthieu, tu es en tort, là! On n'insulte pas les gens ainsi. Vous, Jakob, pitié, reprenez-vous! Bon sang, vous ne connaissez pas votre force…

Anita sanglota encore plus fort. Claire jugea urgent de soigner Matthieu et l'entraîna d'autorité vers la maison. Mais, intriguée par des appels de détresse, elle s'immobilisa.

— Qu'est-ce qui se passe encore? déclara-t-elle sans lâcher son blessé.

Faustine, Gabrielle et Ludivine accouraient. Elles avaient vu les soldats qui emmenaient la vache et elles venaient aux nouvelles. Mais ce n'était pas ça le plus grave, Jean le sut très vite. Il reçut sa fille dans ses bras, en larmes, haletante.

— Papa! Sauvageon… Maman, au secours, viens…
Les Allemands, ils ont écrasé Sauvageon! On n'a pas osé le
bouger, il respire encore! Maman, je t'en prie!

Claire n'hésita pas un instant. Elle libéra Matthieu
et, après avoir demandé à Léon de prendre sa sacoche de
remèdes, elle partit en courant sur le chemin des Falaises.

15
Sur le fil de l'amour

Cabane de Chamoulard, mardi 16 juillet 1940

Il avait suffi à Anna d'un seul regard farouche de Pierre pour deviner qu'il était prêt à se rebeller. Peut-être même qu'il se livrerait désormais à toutes les folies et qu'elle pourrait l'entraîner dans la sienne... Au fond d'elle-même, la jeune fille savait bien qu'une chose inconnue, perfide, rongeait son esprit. Sinon, comme la fillette qu'elle était naguère en Moselle, elle ferait toujours la différence entre le bien et le mal. Mais plus rien ne l'effrayait et, si la peur la saisissait, elle en ressentait une sorte d'exaltation.

Après l'empoignade entre Jakob et Matthieu, tandis que Claire volait au secours de Sauvageon, Anna avait réussi à donner rendez-vous à l'adolescent.

— Demain après-midi, cabane de Chamoulard, vers cinq heures, avait-elle indiqué à mi-voix en passant devant lui.

À l'écart des adultes en grande discussion, Pierre avait acquiescé d'un clignement de paupières. Certes, Anna était inquiétante, mais elle représentait aussi l'interdit, la liberté dont on voulait le priver. Plein de hargne à l'égard de son père, il trouvait là une occasion de se venger, de défier son autorité.

Il ignorait comment il avait pu échapper à la surveillance de ses parents, mais il avait réussi et il soulevait à présent le loquet en fer qui bloquait la porte. Anna était là, assise sur le matelas défraîchi qui garnissait l'étroite banquette en planches. Avant eux, bien des couples avaient assouvi là leur désir dans des étreintes hâtives, mais non moins passionnées.

— Comment as-tu fait? questionna-t-elle d'un ton fébrile.

— J'ai piqué la bicyclette de ma sœur et je suis parti, voilà! laissa tomber Pierre. Ils ne me trouveront pas: j'ai planqué l'engin dans les buissons. De toute façon, ma mère tricotait et Gaby brodait un drap. Et toi, ton père?

— Il fauchait une parcelle en friche, que ton grand-père veut clôturer pour les chevaux. Le jour, ils ne se méfient pas.

Anna avait remis sa robe verte. Elle se leva et vint poser ses mains sur les épaules du garçon. Elle froissa un peu le tissu blanc de sa chemisette.

— Ce que tu es beau, quand même! commenta-t-elle d'une voix douce.

— As-tu quelque chose à boire?

— Oui, j'ai pris une bouteille de gnole. Elle était presque vide. On croira que Léon l'a finie.

Pierre but au goulot. L'alcool, encore plus fort que le cognac, lui monta tout de suite à la tête et se répandit dans tout son corps. Il eut l'impression de prendre feu, mais c'était délicieux, d'autant plus que la robe verte gisait déjà sur le plancher grisâtre.

— Je suis toute à toi, toute pour toi et rien que toi! chantonna Anna, entièrement nue contre lui.

Elle but à son tour et, quand elle leva la bouteille d'un geste gracieux, il s'empara de ses seins en poire, menus et dorés. De pouvoir les toucher, les caresser, en pincer le mamelon l'excita au plus haut point.

— Il faut faire vite, dit-elle. Viens!

Elle s'allongea sur la banquette, les cuisses largement écartées. Un rayon de soleil irradia la toison dorée de son pubis bombé, mais Pierre regardait la chair rose dévoilée, terriblement tentante, terriblement fascinante. Tremblant, il dégrafa son pantalon. Anna respirait très fort, à un rythme impétueux.

— Mais viens donc! J'en crève d'envie, jeta-t-elle entre ses dents.

Il s'approcha, sans oser se dévêtir tout à fait. Une expression hagarde dans ses yeux verts, elle se redressa. Prestement, elle libéra son sexe du slip en coton et guida le jeune novice. Lorsque Pierre s'enfonça dans la chaleur de son ventre, il eut une longue plainte de plaisir. Jamais il n'aurait cru que l'acte d'amour pouvait se révéler aussi extraordinaire.

— Chut! s'inquiéta-t-elle.

Les interdits qu'ils bravaient et l'angoisse d'être surpris exacerbaient leurs sens déchaînés. Pour un débutant à demi ivre et submergé par un délire inouï, Pierre sut résister à l'aboutissement de sa jouissance. Son regard brun rivé à celui de sa maîtresse, voilé, éperdu, il allait et venait en elle avec des mouvements réguliers, de plus en plus énergiques. Anna se mit à gémir et à mordre un de ses poings, puis elle cria à son tour, agitée de soubresauts d'extase.

— Oh! toi, toi… fit-elle.

Cet aveu le grisa. Très fier de lui, il renonça à se maîtriser et libéra sa semence, les traits tendus, bouche bée. Enfin, il s'abattit sur la jeune fille, certain d'avoir découvert la joie la plus forte de son existence.

— Je recommencerai quand tu voudras, dit-il à son oreille. Tout de suite, ce soir, tout le temps!

Un peu surprise par la prouesse de l'adolescent, Anna ressentit une bouffée de tendresse, ce qui la désempara. Elle eut alors pour lui des attentions nouvelles, un baiser sur sa joue lisse, un doigt dans ses cheveux. Aucun de ses amants n'avait eu droit à ce traitement de faveur. Enivré, Pierre l'embrassa sur les lèvres avec douceur.

— Tu es gentil, reconnut-elle. Flûte, tu me ferais chialer!

Elle le repoussa, étonnée d'être aussi émue. D'ordinaire, elle expédiait son partenaire au diable après des ébats rapides, à la limite de la bestialité. Mais voilà qu'elle ressentait le besoin d'enlacer Pierre, de nicher son front contre la peau tiède de son torse, dans l'entrebâillement de sa chemise.

— Reste encore! supplia-t-elle. Serre-moi fort.

Définitivement tiré de son enfance, Pierre se fit protecteur, sûr de sa virilité. L'épisode effroyable du soldat allemand enterré dans le souterrain lui semblait appartenir à une autre époque et perdait de son importance. C'était la guerre; le monde basculait dans le chaos. L'ordre paisible des années précédentes n'avait plus cours. Le domaine de Ponriant où il aimait tant aller jouer abritait une kommandantur. Un gars de son âge, pris de peur, avait été abattu comme un chien, et les Juifs fuyaient le territoire occupé, coupables de quel méfait? Nul ne le savait.

— Je suis là, Anna, tout près de toi, dit-il. Personne ne te fera de mal. Personne ne saura.

La jeune fille se cramponnait à lui, ardente, usant de la terreur qui la ravageait pour quémander du plaisir, encore du plaisir. Pierre ne demandait pas mieux. Au crépuscule, ils sortirent de la cabane de Chamoulard, sur les terres de Jean Dumont, et s'éloignèrent chacun de son côté, après s'être juré de revenir le lendemain à la même heure.

*

Moulin du Loup, même soir

Claire luttait depuis la veille pour sauver Sauvageon d'une mort prévisible. L'animal avait de graves lésions internes, elle le savait, mais, pour Ludivine, elle s'obstinait à le soigner.

— Câlinette, ça devient ridicule! s'emporta Jean. Tu n'as pas dormi de la nuit. Tu es restée assise par terre, les mains sur ce pauvre animal. Il doit souffrir le martyre, et tu refuses de l'achever. N'importe qui aurait pitié de lui, pas toi!

— Papa, dis pas ça! s'écria la fillette, à genoux près du jeune loup. Maman va le guérir.

— Ma chérie, sois raisonnable. Sauvageon a été heurté par une des motos; ensuite, la voiture du colonel lui a roulé dessus. Comment veux-tu le sauver? En plus, Claire, reconnais que tu as de quoi l'endormir pour de bon.

— Mais tais-toi donc, Jean! Tu m'empêches de me concentrer en me harcelant de reproches. Sauvageon respire, il se bat pour survivre, et je l'aide de toutes mes forces. Pitié, sors de la pièce! Tu fais pleurer notre fille avec tes sottises.

— Je sors. Cependant, si tu avais un peu d'estime pour les gens qui habitent sous ce toit, tu installerais ce loup ailleurs qu'au beau milieu de la cuisine. Anita n'ose plus brasser ses casseroles, les Kern marchent sur la pointe des pieds, et Franzi pleurniche dès qu'il entend Sauvageon gémir.

— Je ne prendrai pas le risque de le déplacer, rétorqua Claire.

— Au moins, Franzi, il a du cœur, lui! renchérit Ludivine.

— Tiens, c'est nouveau, ça! Je croyais que tu le détestais…

Sur ces mots ironiques, Jean leva les bras au ciel et sortit sur le perron. Il était sincèrement chagriné par l'accident et il plaignait l'animal en piteux état. Il compatissait également au chagrin de sa femme et de sa fille, mais, conscient de l'issue inéluctable de la situation, il ne comprenait pas leur entêtement à laisser agoniser Sauvageon.

Jakob, qui poussait une brouette remplie de fumier, l'interrogea en passant.

— Alors, il est mort?

— Non, pas encore. Mon épouse s'obstine.

— Je la comprends. Quand on a un don de Dieu comme madame Claire, il faut tenter l'impossible. Moi, j'y crois. J'vous assure, Jean, une fois, à Rombas, un chien s'est fait écraser par un fourgon. La bête était en sang. Mais son maître l'a gardée avec lui. Chaque matin, il pensait la trouver raide morte. Eh bien, au bout d'une semaine, le chien était rétabli.

Le Mosellan haussa les épaules en regardant autour de lui. Anna était en balade depuis la fin de l'après-midi. Il l'avait observée pendant qu'il maniait la faux derrière les étendoirs du moulin. Splendide de légèreté et d'insouciance, sa fille marchait dans les hautes herbes d'un ancien sentier. Sa silhouette s'était peu à peu amenuisée pour disparaître derrière une haie de noisetiers. Il guettait son retour avec impatience.

— Coucou, papa! fit une voix dans son dos.

Anna était rentrée par le jardin potager, du côté où il ne l'attendait pas. Elle courut vers lui, rieuse, en brandissant un bouquet de marguerites parsemé de coquelicots d'un rouge insolent.

— J'ai cueilli des fleurs pour mémère et je suis à l'heure pour la soupe.

— Tu es une brave petite. Mais, la soupe, elle n'est pas encore servie, répondit-il, content de la voir arborer une mine rayonnante. Madame Claire a bien du souci avec le pauvre Sauvageon. Bon, il fait presque nuit. Je termine ça et je me lave les mains. Va mettre le couvert, Anna.

Jean s'écarta pour laisser entrer la jeune fille. Il jugea opportun de donner un coup de main à Léon qui achevait de traire les chèvres. La moindre besogne le détendrait, car l'angoisse le taraudait. Le colonel Drummer poursuivait ses investigations pour retrouver le soldat Eichmann et, au village, la tension montait. Nul n'avait envie de payer de sa vie pour un Allemand capable de se volatiliser dans la nature, selon les termes employés par le docteur Vitalin.

Pour l'instant, Claire avait chassé le spectre des représailles de ses pensées, comme elle ne songeait plus à son frère dont le nez était cassé et qui avait une dent fêlée. Sans s'apercevoir de la présence d'Anna, elle implorait Ludivine à voix basse.

— Sois courageuse, ma chérie! Aide-moi! Si nous sommes deux à poser nos mains sur Sauvageon, il aura plus de chance de guérir. Je ne veux pas te mentir, il devrait déjà être mort. Pourquoi refuses-tu de le soigner?

— Mais j'peux pas, maman! sanglota la fillette. J'ai peur de lui faire encore plus mal en le touchant. Et puis, il y a du sang sur sa tête. Je t'en prie, guéris-le toute seule.

Alertés par les supplications de Ludivine, Jeanne-Marie et Alphonse Kern descendirent dans la cuisine. Ils entouraient Franzi qui reniflait. Tous trois croyaient que l'animal venait de mourir. Anna les détrompa dans un murmure.

— Mais pourquoi votre fille pleure-t-elle si fort dans ce cas? questionna la vieille dame.

— Ludivine est guérisseuse comme moi, révéla Claire d'un ton désespéré. Je ne le clame pas sur les toits; elle est bien trop jeune et j'ai promis à mon mari de la laisser en paix avec ça. Mais, là, j'aurais tant besoin de son aide! Elle a peur, elle n'ose pas.

— Je prie Dieu et la Sainte Vierge, maman, affirma l'enfant. Et saint François d'Assise, aussi, parce qu'il aimait les loups.

Bouleversé, Franzi tint alors des propos stupéfiants.

— Soigne-le donc, Ludivine! Moi, si j'avais pu, si j'étais comme ta mère, j'aurais guéri Mimi!

— Tu l'as tuée, Mimi, répliqua la fillette d'une voix perçante.

— Non, c'est même pas vrai, c'est pas moi!

Le petit garçon jeta un regard haineux à sa sœur et détala en courant. Sa grand-mère se précipita vers une des fenêtres.

— Mon Dieu, il file droit vers les falaises, se lamenta-t-elle. Anna, préviens ton père, qu'il le suive.

C'était beaucoup trop d'agitation et de bruit au goût de Claire. Elle décida de monter le jeune loup dans la chambre de Bertille, inoccupée.

— Perdu pour perdu! souffla-t-elle.

La veille, en se penchant sur l'animal inerte, elle l'avait en effet estimé perdu. Soucieuse de l'enterrer dans le jardin du Moulin, elle l'avait transporté dans ses bras. Il pesait lourd. Sa truffe était sanguinolente, et ses pattes pendaient, inertes. Heureusement, Léon était venu à sa rencontre, armé de la brouette. «J'ai ôté mon tablier pour l'envelopper dedans, se souvint-elle. Mais, en arrivant ici, il vivait encore. Il vivra, il doit vivre!»

En la voyant rabattre les pans de la couverture où gisait l'animal, Alphonse Kern comprit ce qu'elle voulait faire.

— Si vous permettez, madame Claire, il y a moyen de procéder sans le secouer. Anna, viens par là. Nous allons tendre le lainage au maximum, chacun empoignant un coin. Cela fera comme un brancard. Ludivine, aide-nous, toi aussi.

La fillette obéit. Elle était livide, distraite, préoccupée par le cri du cœur de Franzi. «Qui a tué ma pauvre Mimi, alors? se demandait-elle. Si c'est pas lui, qui c'est?»

Une fois dans la chambre fraîche et silencieuse, ils déposèrent le louveteau sur le lit. Cela réconforta Claire de le voir étendu loin du sol, son corps meurtri bénéficiant d'un matelas bien rembourré.

— Je vous remercie, soupira-t-elle. Je ne descendrai pas dîner et je pourrai dormir un peu, comme ça, près de lui.

— Je vous monterai un plateau, madame, dit gentiment Anna, dont l'humeur radoucie n'échappait à personne.

— Ce sera bienvenu! Je vous en prie, allez manger, maintenant. Je crois qu'Anita a fait cuire la soupe chez elle pour ne pas me déranger. Jean disait vrai, je n'aurais pas dû m'installer dans la cuisine.

— Ne vous excusez pas, madame, ce serait un comble, intervint Alphonse Kern. Vous êtes chez vous et nous vous envahissons.

Quand il sortit avec Anna, Ludivine demeura près de Claire.

— Je vais t'aider, maman, déclara-t-elle. Dis-moi où mettre mes mains. Je suis navrée d'avoir eu si peur. Mais, tu comprends, depuis hier soir, j'ai très mal au ventre et je pleure tout le temps. Pardon, maman. Si Sauvageon meurt, ce sera ma faute.

— Oh non, pas du tout! Le coupable, c'est le chauffeur du colonel qui roulait très vite, Faustine me l'a certifié. Et la voiture ne s'est même pas arrêtée.

— Ils s'en fichent, les Allemands, de notre loup.

— Sûrement et, à mon avis, ils l'ont pris pour un chien. Là, ma chérie, mets tes menottes sur son flanc, à la hauteur du cœur. Voilà, très bien. Nous allons montrer à tout le monde que nous sommes plus fortes que la mort.

Jamais Claire n'avait prononcé de telles paroles, exagérées et teintées d'une rare prétention, mais une exaltation étrange, proche de l'ivresse, s'était emparée d'elle. Elle en avait le front moite et les oreilles bourdonnantes. «Qu'est-ce qui m'arrive? s'inquiéta-t-elle. Cela a commencé dès que Ludivine a posé ses mains près des miennes. Mon Dieu! Seigneur, Dieu tout-puissant, je me sens faible, tellement faible...»

À présent prise de vertiges, elle craignait d'être foudroyée par une syncope fatale. Le décor alentour s'éclipsait, flou et brumeux.

— Ludivine? appela-t-elle, et sa voix lui parut étouffée, surgie de nulle part.

— Je suis là, maman, répondit la fillette.

Claire fit un effort surhumain pour se tourner vers son enfant, et elle distingua vaguement un cercle de lumière blanche autour de son ravissant visage aux boucles brunes.

— Pitié, mon Dieu! cria-t-elle.

Son malaise se dissipa peu à peu, mais sa vision restait brouillée. Pourtant, le père Maraud lui apparut avec une précision surprenante. Debout, le vieux rebouteux s'appuyait à une canne. Sa barbe neigeuse resplendissait, et son doux regard bleu la fixait d'un air pénétrant. On aurait dit un patriarche, comme ceux qu'on décrivait dans la Bible.

«Vous ne sauverez pas cette pauvre bête, mes petites, affirma-t-il. Il faut aller à Ponriant, au domaine. Il y a un vétérinaire parmi les soldats.»

Tout cessa brusquement pour Claire, le flou du décor, les sons étouffés et lointains, l'impression pénible d'être engourdie, paralysée.

— As-tu entendu, Ludivine? interrogea-t-elle. As-tu vu ce que j'ai vu?

— Quoi, maman? Tu as crié parce que tu priais Dieu de tout ton cœur.

— Ma chérie, ne bouge pas, continue à tenir Sauvageon en vie. Je t'en conjure, ne le laisse pas une seconde. Je t'envoie papa ou madame Kern pour que tu ne sois pas seule. Et ne discute pas. Je sais comment sauver notre Sauvageon.

Claire se rua dans sa chambre. Surexcitée, elle enfila un pantalon, un corsage et des sandales. Elle dévala l'escalier et se précipita dans l'écurie. Jean, qui l'avait vue traverser la cour, la rejoignit. Angoissé, son mari s'interposa quand elle passa un bridon à sa jument. Les rênes en main, elle hurla :

— Jean, laisse-moi passer! Je monte au domaine. À cheval c'est beaucoup plus rapide qu'en voiture ou à vélo! Le père Maraud m'a dit qu'il y avait un vétérinaire là-bas.

— Quoi? éructa-t-il. Franzi a disparu, Jakob le cherche partout dans les falaises, et toi tu me débites tes sacrées idioties! Ben voyons, le père Maraud par-ci, le père Maraud par-là! Ce vieux fou habite avec nous, si je comprends bien. Il dort dans notre lit, sans doute?

— Jean, je dois partir. Pousse-toi! Si tu m'aimes autant que tu le prétends, ne me retiens pas. Tu ferais bien de rejoindre Ludivine à l'étage.

À la fois furibond et angoissé à l'idée des conséquences possibles de l'initiative saugrenue de sa femme, il céda malgré tout. Dès qu'elle put conduire Havane à l'air libre, Claire sauta sur son dos sans avoir pris le temps de la seller.

— Câlinette, tu ne changeras jamais! dit-il pour lui-même en la suivant des yeux.

Il la vit lancer la jument au galop sur le chemin des Falaises. Il était inutile d'espérer la rattraper. Dominant ses craintes légitimes, Jean se hâta vers le perron pour veiller au moins sur sa fille cadette.

*

Claire ne prit pas la peine de réfléchir durant sa folle cavalcade jusqu'à Ponriant. En dépit de toute logique, elle obéissait à une vision que beaucoup de gens auraient qualifiée d'hallucination, due à sa sensibilité à vif dès qu'il s'agissait du sort d'une bête, chien, chat ou loup. Elle fut rudement ramenée à la réalité en arrivant devant le portail du domaine. Les Giraud le laissaient toujours grand ouvert, mais à présent les grilles étaient fermées, et une guérite en bois abritait une sentinelle.

— *Halt, verboten*[57]! hurla le soldat en pointant son arme.

Immédiatement, un second soldat apparut, surgi de la nuit.

— Je veux voir le colonel Drummer, cria-t-elle en maîtrisant la jument, effrayée par les gesticulations des deux hommes. Je vous en prie, c'est très important. J'habite le moulin sur la rivière, là-bas. Le colonel Drummer me connaît. Madame Dumont, Claire Dumont.

Elle ignorait tout de leur langue, mais elle répéta encore le nom du militaire. L'un des soldats pénétra dans la guérite

---

57. Halte, c'est défendu!

pour communiquer avec le colonel en personne. Il parlait fort, mais l'entretien fut bref. Il indiqua à l'autre soldat d'ouvrir le portail.

— *Schnell, schnell, Frau* Dumont[58]! ordonna-t-il.

— Merci! répondit-elle d'une voix ferme.

Se sentant en terrain familier, Havane trotta le long de l'allée. Claire observait la façade du domaine, cette belle demeure aux allures de petit manoir où sa chère princesse avait régné dans un déploiement de luxe et de fantaisie enchanteresse. Elle constata avec amertume que les pelouses avaient été piétinées et qu'elles étaient brunies par le soleil. Le drapeau nazi flottait au vent, pile au-dessus de la porte-fenêtre donnant sur le hall. Des camions bâchés bouclaient l'entrée des écuries et des granges.

«Eh bien, Bertille ne reconnaîtrait pas sa propriété!» songea-t-elle en glissant au sol.

Ni Maurice ni le jeune David ne se précipitèrent pour s'occuper de sa monture. Mais une ordonnance vint lui prendre les rênes des mains.

— *Herr*[59] colonel Drummer attend vous dans bureau, bafouilla l'homme.

Claire fit signe qu'elle trouverait. Vite, elle gravit l'escalier d'honneur. Un détail l'intrigua. Quelque part, des chiens aboyaient, des bêtes de grande taille, d'après leurs voix graves et puissantes. Elle fut introduite dans l'ancienne salle à manger par un officier au visage impassible sous son képi. L'ameublement différait. Un bureau, celui de Bertrand, avait remplacé la table ovale de style Empire. Des rayonnages de livres couvraient les murs, sans aucun doute empruntés à la bibliothèque de l'avocat.

— Bonsoir, madame Dumont! Il paraît que vous êtes venue à cheval, sans selle? Bravo, vous très bonne cavalière. Auriez-vous des nouvelles du lieutenant Eichmann?

Soudain, Claire se sentit démunie et totalement stupide. Qu'avait-elle espéré en se présentant ainsi devant le militaire?

---

58. Vite, vite, madame Dumont!

59. Monsieur.

Tête nue, le crâne à peine ombré d'un duvet blond-gris, Drummer l'étudiait avec un début de sourire ambigu.

— Je suis désolée, monsieur le colonel, de ne pas savoir ce qu'est devenu votre soldat! répliqua-t-elle.

— Ah! Désolée, vraiment! Vous, les Français, vous aimez ce mot-là. Pourtant, même désolée, madame Dumont, vous n'avez pas pensé à me dire que ces falaises, dans la vallée, sont creusées de nombreuses grottes. Bonne cachette pour un déserteur, meilleure cachette encore si on veut se débarrasser d'un corps.

— Excusez-moi, dit-elle, très pâle. Je n'ai pas cru bon de parler de ces grottes. Je suis née sous le toit du moulin, colonel. Ce paysage, je l'ai toujours vu. Enfin, je veux dire que, pour moi, il est très familier et ordinaire. Alors, les grottes…

Claire respira profondément afin de reprendre son calme et de dominer son émotion. Elle serait volontiers repartie sans exposer sa requête, mais Drummer, curieux, l'invita à s'asseoir.

— Je vous écoute, madame Dumont! Quel est le motif de votre visite?

— C'est au sujet de l'animal, le jeune chien-loup que vous avez blessé hier. Ma fille l'aime tant! Elle ne fait que pleurer. J'avais la certitude qu'il allait mourir, mais il vit encore. Je me suis dit qu'il y avait peut-être un vétérinaire ici, à la kommandantur.

Abasourdi, Ulrich Drummer écarquilla les yeux et considéra Claire avec une intense suspicion.

— Qui vous l'a dit, madame? Le docteur Müller vient d'arriver ce soir, avec des chiens très bien dressés, convoyés depuis l'Allemagne.

— Je l'ignorais, s'effraya Claire, assurée qu'il la soupçonnait de les espionner. Ce n'était qu'une supposition, mon dernier espoir de sauver cette petite bête. Avant-hier, le facteur m'a raconté que vous aviez un cheval magnifique, un pur-sang. S'il y a des animaux, il faut un vétérinaire…

Elle perdait pied et fuyait son regard inquisiteur. Le colonel alluma un cigare. Il avait beaucoup d'allure dans son uniforme kaki rutilant de galons, mais Claire ne voyait en lui qu'un redoutable prédateur, un homme qui avait tout pouvoir sur leurs existences. Cette pensée la révolta.

— Il y a autre chose, reprit-elle. Au fond, si on fait abstraction de la guerre et de l'occupation, votre chauffeur et vous êtes responsables de cet accident. Je présume que la vie d'un animal n'a pour vous aucune importance, encore moins que celle d'un jeune garçon de dix-sept ans, mais le fait est là. Cette petite bête m'appartient, et votre voiture roulait trop vite sur le chemin. Souvent, des enfants jouent près du pont ou du Moulin. Ce serait donc normal de rouler plus doucement et de s'arrêter en cas d'accident, pour présenter des excuses, par exemple.

Claire s'était relevée, son beau visage sublimé par une intense colère. Ses yeux sombres étincelaient. La fille de Colin Roy n'avait jamais supporté ni l'injustice ni la cruauté de certains hommes. Une fois encore, sans songer au danger qu'elle courait à provoquer le colonel nazi, elle fulminait, mince et vigoureuse dans son corsage rose, une longue natte brune reposant sur son épaule droite, pareille à un serpent de velours noir.

— Et, autant vous le préciser, ce chien qui agonise est un loup, un jeune loup de dix mois que ma fille Ludivine a sauvé des balles d'un chasseur pendant une battue. Autant vous expliquer aussi pourquoi le Moulin s'appelle ainsi. Jadis, c'était le Moulin du Berger. Mais j'ai recueilli un premier louveteau croisé de chien, mon brave Moïse. Par la suite, j'ai eu d'autres loups, ainsi que des louves. L'une d'elles a vécu dans ce domaine. Ma cousine l'avait baptisée Lila. Pouvez-vous comprendre ce que j'ai ressenti, hier, en ramassant le corps meurtri de Sauvageon? Que les hommes fassent la guerre, ça, je n'y peux rien. Mais je ne veux pas que ma fille souffre, pleure et sanglote, ni qu'un animal meure alors qu'un vétérinaire pourrait l'opérer!

Elle se tut, haletante. Ulrich Drummer fumait son cigare paupières mi-closes. Cette femme sans âge qu'il jugeait superbe et téméraire lui imposait du respect. Tandis que Claire craignait le pire, sa lucidité revenue après cette diatribe, le colonel donna des ordres à son ordonnance en allemand.

— Rentrez chez vous, madame Dumont. Je vous envoie le docteur Müller, escorté d'un officier et de deux soldats. J'espère qu'ils reviendront tous, qu'aucun ne disparaîtra dans votre vallée, précisa-t-il d'un ton ironique, avec un sourire ambigu.

— Ma vallée en deuil, soupira-t-elle. Je vous remercie, colonel. Merci.

— Faites en sorte que votre vallée ne soit pas vraiment en deuil, madame Claire Dumont, ajouta alors le militaire.

C'était un avertissement, presque une menace. Elle sortit glacée, surprise de ne pas s'être évanouie sous l'assaut de sa propre fureur. Ses jambes tremblaient, et son cœur cognait si fort que ses battements semblaient ébranler tout son corps. L'air frais de la nuit lui fit du bien. Calmée, elle déambula parmi les véhicules stationnés en bas de l'escalier.

« Où est ma jument ? » s'alarma-t-elle après avoir cherché Havane dans la cour d'honneur, puis du côté des écuries. Des grognements et des bruits métalliques typiques d'un grillage secoué la conduisirent jusqu'à un enclos flambant neuf. Tout de suite, quatre énormes chiens aboyèrent de concert en montrant des crocs impressionnants. Ils ressemblaient à des loups de grande taille, avec leurs oreilles droites et leur forme élancée.

« Des bergers allemands ! se dit-elle. J'en avais vu un dans les rues d'Angoulême, il y a une dizaine d'années[60]. Moi, je les appelle des chiens-loups. »

Claire s'éloigna précipitamment, mais les grosses bêtes continuèrent à grogner. Enfin, elle aperçut la jument qui broutait près du pavillon de chasse, sous les sapins. Personne ne l'avait attachée. « Vite, vite ! » songea-t-elle en courant vers Havane.

Fébrile, elle s'accrocha à sa crinière et se hissa prestement sur son dos.

---

60. Créée en Allemagne, la race s'est répandue en France après 1921. C'était aussi la race de chiens préférée d'Hitler qui en a possédé deux.

— Va, ma belle, va! On rentre chez nous.

Jean faisait les cent pas devant le porche du Moulin. Il poussa un soupir de soulagement en la voyant arriver au galop. Léon surgit de l'ombre, tout aussi inquiet.

— Comment va Sauvageon? s'écria-t-elle après avoir remis sa monture au pas. Et Ludivine?

— Jeanne-Marie lui tient compagnie, répondit son mari. Ton loup respire toujours. Jakob a récupéré Franzi dans la Grotte aux fées. Le pauvre gosse est déjà au lit. Il ne fait que pleurer.

Hébétée, elle descendit de cheval. Le plus difficile restait à avouer.

— Un vétérinaire de la Wehrmacht va venir ici avec trois soldats. Drummer s'est montré compréhensif. Après tout, c'est sa faute.

— Et tu lui as flanqué ça par la figure? observa Jean sans y croire un instant.

— Bien sûr que non! mentit-elle. Voilà une voiture. Dieu merci, ils ont fait vite.

Jamais Léon n'avait couru à une telle allure.

— V'là les Boches! brailla-t-il en faisant irruption dans la cuisine. Planquez-vous! Un véto vient charcuter Sauvageon.

Le domestique obtint un fameux résultat. Le docteur Müller et son escorte pénétrèrent dans un foyer français sans âme qui vive. Jakob, ses parents et Anna s'étaient regroupés dans la même chambre, au chevet de Franzi. Anita et Léon avaient grimpé à leur logement. Le domestique ronchonnait avec une énergie de jeune fille. Quant à Jean, il avait choisi de s'occuper de la jument, qui était en sueur. Il faisait bon dans l'écurie où le foin embaumait. «J'aurai bien le temps de saluer ces messieurs, enrageait-il. Bon sang, ma femme est folle… Non, les femmes sont folles! Elles réagissent avec leur cœur, jamais avec leur cervelle.»

L'instant suivant, il eut honte de cette pensée dictée par l'angoisse affreuse qu'il avait éprouvée. Claire était intelligente, instruite et intuitive. «Faustine aussi, et Ludivine promet d'être de la même veine. Je suis un imbécile. Mes petites femmes sont exceptionnelles.»

Sur ce constat, Jean Dumont alla s'asseoir en haut du perron et se roula une cigarette.

Au premier étage du moulin, la chambre dévolue à Bertille se transformait en bloc opératoire militaire de campagne. Le vétérinaire, qui s'exprimait dans un français hésitant, venait d'expliquer à Claire dans quelles conditions il devait opérer. Malgré sa peur des Allemands, Ludivine était restée afin de seconder sa mère.

Toutes deux étendirent un drap blanc sur le lit, doublé d'une alèse. Endormi par une injection d'anesthésique, Sauvageon fut soulevé avec précaution et déposé sur le tissu immaculé.

— Pas électricité, ici? interrogea le docteur en préparant ses instruments.

— Non, il n'y en a pas dans ce corps de bâtiment, indiqua Claire. L'imprimerie de mon frère en est équipée, l'appartement de mes employés aussi, mais pas la maison.

Elle avait toujours refusé cette modernisation dont rêvait son mari et que lui conseillait souvent Bertille. Il lui semblait sacrilège d'éteindre la douce clarté des lampes à pétrole, de véritables trésors datant du siècle dernier.

— Comment moi opérer sans bonne lumière? déplora le vétérinaire dans son français maladroit.

Tourmentée, Ludivine proposa de ramener dans la pièce des lampes provenant des autres chambres.

— *Nein, nein, Fräulein*[61]! protesta l'officier chargé de protéger le docteur. Nous avoir lampes à gaz, dans *Wagen*, dans voiture. Je vais chercher, pas avoir peur… Petite bête va pas mourir.

Un bon sourire sur les lèvres, l'homme réconforta la fillette d'une tape amicale sur l'épaule. Ludivine en fut stupéfaite. Influencée par les lamentations d'Anita et les paroles alarmistes des gens du pays, elle imaginait que tous les Allemands étaient des brutes sanguinaires. Cet ennemi-là au regard limpide n'avait rien d'effrayant.

---

61. Non, non, mademoiselle.

— Merci, monsieur! dit-elle dans un souffle.

Ce fut ainsi que Jean vit passer près de lui un soldat de haute taille qui revint au pas de course, deux grosses lampes à chaque main.

«La France et l'Allemagne unissent leurs efforts pour sauver la vie d'un loup! ironisa-t-il en son for intérieur. Mais ça ferait un bon article, pardi!» Son passé de journaliste refaisait surface. Il se promit même d'entamer l'écriture d'un troisième roman durant l'hiver, après son témoignage sur le sort des enfants en colonie pénitentiaire et son ouvrage sur le naufrage du *Sans-Peur*.

Pensif, il demeura les bras croisés, cherchant le thème de ce futur livre, si bien qu'il en oublia de monter rejoindre sa femme et sa fille. Une heure plus tard, le vétérinaire et les trois militaires sortaient de la maison. Jean bondit sur ses pieds et les salua d'un léger signe de tête. Claire les raccompagnait. Elle décocha un regard humide à son mari, tout en répétant des remerciements enthousiastes au docteur Müller, déjà en bas des marches.

— Il est sauvé, déclara-t-elle ensuite, pendant que l'automobile noire démarrait. Une côte cassée avait perforé le bas d'un poumon, mais tout est réparé. Il n'a pas perdu trop de sang. Un mois de convalescence, et Sauvageon gambadera dans la cour. Jean, j'ai eu si peur, à la kommandantur! Là, je suis contente, mais j'ai encore peur!

Elle se jeta à son cou et éclata en sanglots. Les événements s'enchaînaient, désespérants. Son frère la boudait, défiguré par son nez tuméfié et, en toile de fond, il y avait la mystérieuse disparition du lieutenant Eichmann.

— Qu'est-ce qui va se passer encore, Jean? hoqueta-t-elle. Je suspecte du malheur, tant de malheur!

L'écho de ses pleurs eut le don de sortir les autres de leur refuge. Jakob vint aux nouvelles, ainsi qu'Anna et ses grands-parents. Léon ne tarda pas à pointer son long nez. Quant à Anita qui l'avait précédé, elle tapota affectueusement le dos de sa patronne.

— Sauvageon est sauvé, annonça Claire d'une petite voix brisée.

— Dites, madame, si on buvait un p'tit coup de cidre pour fêter ça! s'écria la domestique. Et, vu que personne n'a cassé la croûte, j'vais réchauffer la soupe et ouvrir un pot de rillettes.

Du palier, Ludivine écoutait les conversations, les rires et les commentaires de chacun. Elle ne parvenait pas à croire que le jeune loup allait vivre. «Le vétérinaire avait l'air surpris qu'il ne soit pas encore mort, songea-t-elle. Peut-être que, maman et moi, on l'a empêché de mourir.»

Elle avait de plus en plus mal au ventre, et une barre de plomb pesait sur son front. Cela lui paraissait tellement étrange d'avoir vu des Allemands, leurs ennemis, secourir un animal appartenant à des Français! Elle pensait surtout au grand soldat qui, tout le temps de l'opération, la couvait d'un œil soucieux.

«Ils ne sont peut-être pas tous méchants, pensa-t-elle encore. Celui qui est allé chercher les lampes, il a même caressé la tête de Sauvageon. Et le docteur Müller l'appelait souvent *klein Wolf*. Maman a demandé ce que ça voulait dire et c'était "petit loup" dans leur langue. Ce serait joli, ça, comme nom, *klein Wolf*. Demain, je raconterai tout à Franzi. Son père m'a dit qu'il dormait. Franzi, c'est pareil, il était méchant, au début. Maintenant, il devient très gentil.»

La fillette se demanda à nouveau qui avait tué la chatte, si ce n'était pas le petit garçon. Elle se remémora le visage aux traits rudes du chasseur, celui de la Grotte aux fées dont elle avait eu une peur panique. «Lui, il a pu tuer Mimi!»

Au moment où elle échafaudait cette hypothèse, un flux chaud coula entre ses cuisses. Terrifiée, elle se pencha en relevant sa jupe. Un filet de sang marbrait sa jambe gauche jusqu'au genou.

— Maman! hurla-t-elle. Maman, au secours!

*

Moulin du Loup, le lendemain, mercredi 17 juillet 1940

Claire avait couché Ludivine dans le lit conjugal, reléguant Jean sur la couchette de fortune d'ordinaire réservée à leur fille.

— Bonjour, ma chérie, dit-elle tendrement à l'enfant qui se réveillait. Il est tard. Nous avons tous pris le petit-déjeuner et j'ai passé du temps avec Sauvageon. Il a bu et il m'a regardée. Par précaution, papa et moi l'avons bien installé sur un autre matelas, à même le parquet.

— Tant mieux! Tu m'assures qu'il va mieux?

— Dès que tu seras habillée, nous irons lui rendre visite. Comment te sens-tu? As-tu encore mal au ventre?

— Beaucoup moins, maman. C'est grâce à ta tisane.

La fillette affichait un air sérieux, absorbé, comme si elle n'avait plus le droit de sourire. Claire lui caressa la joue.

— Je suis navrée, Ludivine, j'aurais dû t'avertir. Je croyais avoir un an ou deux avant de t'en parler. J'ai été indisposée à quatorze ans et j'ai supposé bêtement que tu deviendrais une jeune fille au même âge que moi. Je suis vraiment désolée, ma petite chérie. Tu as eu tellement peur!

En mère attentive et avisée, Claire s'était adressé bien des reproches. La veille, elle avait eu du mal à consoler Ludivine, dont la jupe et la culotte étaient maculées de sang.

— Est-ce que je suis grande, à présent? Enfin, comme Anna ou Janine? Tu disais ça, hier soir, que j'étais devenue une grande fille!

— C'était une façon de parler, parce que les règles annoncent bien des changements dans ton corps. Tu auras douze ans fin août; tu es encore une enfant. Mais ta poitrine va se développer un peu et, chaque mois, tu perdras du sang. C'est tout à fait normal. Je voulais mieux t'expliquer ce qui t'arrivait, quand nous nous sommes couchées, mais tu t'es endormie très vite. Certaines mamans préfèrent ne pas trop s'étendre sur le sujet. Moi, je juge utile que tu saches ce qu'il en est. Quand on est indisposée, même à ton âge, cela indique qu'on pourrait avoir un enfant. Ludivine, c'est un peu gênant de te donner cette précision, mais tu vis entourée d'animaux. Tu sais bien que j'emprunte le bouc de monsieur Gérard pour que les chèvres aient des bébés et que nos poules n'auraient pas de poussins sans le coq. Il en est de même pour nous, les femmes.

La fillette hocha la tête avec une grimace tourmentée.

— Je n'aime pas ça du tout, maman, avoir mes règles. Et je ne veux pas me lever aujourd'hui. Tout le monde est au courant, en plus, parce que j'ai crié. J'ai honte, moi!

— Ludivine, tu es en bonne santé et il n'y a rien de honteux. Personne ne te fera de remarques.

— Et papa? s'inquiéta la fillette.

— Ton père était très ému. Sais-tu où il est? Dans le jardin! Il te cueille un bouquet.

Claire se tut, accaparée par de tristes réminiscences. Elle souhaitait de tout son cœur de mère éviter à Ludivine des conflits avec Jean. Lorsque Faustine était devenue une belle adolescente, son mari avait fait preuve d'une sévérité extrême, allant jusqu'à frapper sa fille parce que des garçons l'avaient embrassée.

— Il te faudra être très sage désormais, lâcha-t-elle sans réfléchir. Prends modèle sur notre douce Gaby.

— Sage?

— L'an prochain ou dans deux ans, si des garçons te tournent autour… précisa Claire, très embarrassée.

— Maman, protesta Ludivine, je ne suis pas si bête, j'ai compris. De toute façon, je déteste les garçons. Ils sont idiots, grossiers et bruyants.

«Sauf Quentin de Martignac! » ajouta-t-elle en pensée.

Elle n'avait pas oublié le fils d'Angéla, même si certains détails de son visage et le son de sa voix s'étaient estompés de sa mémoire. Il lui apparaissait de temps en temps, silhouette élégante couronnée de cheveux blonds au regard pétillant de malice. C'était un peu confus, à la manière d'une image en partie gommée, mais ce souvenir lui était très précieux.

— J'ai une autre bonne nouvelle, déclara alors sa mère. Malgré mon inquiétude pour Sauvageon, hier, j'ai entendu ce que disait Franzi. Jakob et moi, nous l'avons donc questionné ce matin de très bonne heure. Je suis sûre qu'il dit vrai, cette fois, pour Mimi. Figure-toi qu'il l'a trouvée blessée. Alors, il a pris peur, persuadé qu'on l'accuserait, et il l'a laissée mourir sans me prévenir.

— Mais c'était un coup de couteau, maman! Et son père a retrouvé le couteau sous son matelas.

— Je sais bien. Hélas! j'avoue que nous n'avons pas pris la peine d'écouter les dénégations de Franzi. Il s'est accusé tout de suite devant Matthieu, mais, un peu plus tard, il a juré que ce n'était pas lui. Ensuite, il a avoué une fois encore. Ce n'est qu'un petit garçon. Il s'est affolé. J'en ai discuté tout à l'heure avec ton père. Il pense comme Jakob que Mimi a dû se blesser grièvement sur un vieil outil en fer. Les abords des bâtiments ne sont pas bien nettoyés; il en traîne dans les hautes herbes. Quant au couteau sous le matelas de Franzi, Anna nous en a donné l'explication. Elle l'aurait caché là afin de faire accuser son petit frère. Quand je lui ai demandé d'où provenait le sang sur la lame, elle m'a répondu que c'était celui d'une poule qu'Anita avait vidée ce jour-là.

Outrée, Ludivine se redressa. Elle fixa Claire avec incrédulité.

— Pourquoi elle aurait fait une chose pareille, Anna?

— Tu te souviens comme elle était méchante avec Franzi, juste après leur arrivée ici? Cela m'avait irritée. Je ne comprenais pas qu'une grande sœur se montre aussi moqueuse, voire cruelle. Elle prétend que c'était de la jalousie, parce qu'elle adore son père. Mais Anna s'améliore, ces temps-ci. Jakob l'a sermonnée, à l'instant. Elle a juré qu'elle a des remords et qu'elle ne recommencera plus ses manigances. N'en parlons plus. Je ne veux pas t'ennuyer avec tout ça. La malheureuse Yvette a négligé ses deux enfants. Tu comprendras mieux plus tard à quel point ils en sont marqués.

Ludivine souffla un oui peu convaincu et plongea ses prunelles bleu azur dans les yeux sombres de Claire. Toutes deux surent alors que cette fable débitée par la jeune Mosellane ne les trompait pas et qu'elles avaient la certitude de connaître la vérité. Mimi ne s'était pas blessée accidentellement. Anna Kern l'avait égorgée.

— Je voudrais qu'elle s'en aille, maman, dit la fillette.

— Ton père a besoin de Jakob, qui n'a pas le droit de

491

retourner chez lui[62]. C'est la guerre, ma chérie. On ne peut pas faire ce qu'on veut, surtout en zone occupée. Maintenant, lève-toi vite, je te laisse t'habiller. Tu es équipée comme il faut, pour les saignements. Ne t'inquiète pas.

Claire quitta la pièce avec un faible sourire. Des coups de tonnerre retentirent, assourdissants. Dans l'escalier, elle croisa Jean, un beau bouquet de roses et de dahlias aux couleurs tendres à la main. Son mari était trempé.

— Il pleut, Câlinette, une bonne grosse pluie d'orage. Nous n'aurons pas à arroser le potager ce soir. Il faut le bichonner, ton potager; les mesures de rationnement commencent à se mettre en place, surtout à Angoulême. Alors, comment se porte notre pauvre petite fille?

— Mais elle n'est pas à plaindre, Jean! répliqua-t-elle. Je t'en prie, ne lui offre pas ces fleurs tant qu'elle est couchée. Tu la conforterais dans l'idée qu'elle est malade quand ce n'est pas le cas. Tu lui donneras ton bouquet dans la cuisine. Je lui ai dit de se lever.

— Bien! dit-il, son entrain douché par le ton un peu froid de sa femme.

Elle embrassa du bout des lèvres sa joue hérissée d'une barbe naissante.

— Il faudrait te raser! Tu piques… Jean?

— Oui, Claire? Qu'est-ce qui te préoccupe? Une autre apparition du père Maraud?

— Ne te moque pas de moi, j'ai dit la vérité. Je l'ai vu et il m'a aidée à sauver mon loup. Enfin, changeons de sujet, puisque tu remets toujours en cause ce genre de manifestations.

— Reconnais que ce n'est pas facile à admettre, Câlinette!

— Peut-être, mais cela ne change rien au fait. Il y avait bel et bien un vétérinaire à Ponriant, et Sauvageon était condamné sans une opération.

Après cet aparté, le couple descendit en silence. Dehors,

---

62. Authentique. Il était interdit aux réfugiés de certains départements du nord-est de la France de rentrer chez eux.

la pluie redoublait de violence. Cela dura toute la journée et persista une partie de la nuit.

Fidèle au rendez-vous, Pierre Roy en profita pour retrouver Anna dans la cabane de Chamoulard. Équipé d'un parapluie et d'un panier grillagé, il avait prétendu partir ramasser des escargots. Mais il était interdit à la jeune fille de sortir. Exaspéré par l'histoire du couteau caché par méchanceté sous le matelas de Franzi, Jakob s'était montré plus sévère qu'à son habitude. Déterminée à revoir Pierre, Anna avait été obligée de désobéir. Devant ses grands-parents et Anita abasourdis, elle avait ouvert la porte et était sortie.

— Je me fiche d'être punie, je ne peux pas rester enfermée! s'était-elle écriée. J'emprunte la bicyclette de Ludivine.

Claire et sa fille étaient à l'étage, au chevet de Sauvageon. Elles n'entendirent rien et, quand Jeanne-Marie monta les prévenir, il était trop tard. Quant à Jakob Kern, il avait accompagné Léon et Jean qui étaient montés au village en camionnette. L'épicier achetait à un bon prix les œufs et les fromages de chèvre du Moulin du Loup. La livraison effectuée, les trois hommes avaient décidé de boire un verre au bistrot. C'était pour eux une occasion de se détendre, que de bavarder dans l'atmosphère enfumée de la petite salle. On y jouait aux cartes, pendant que la radio diffusait des chansons populaires. Mais Jean perçut une tension parmi les clients. D'habitude assez enjoué, le cafetier semblait ruminer des idées noires derrière son comptoir.

— Tiens! Regardez donc sur la place! marmonna-t-il soudain. Les Boches continuent à chercher leur lieutenant. Paraît qu'ils ont fait venir des chiens dressés à suivre une piste.

Tout le monde se tourna vers la vaste étendue plantée d'arbres, luisante de pluie. Des soldats casqués tenaient un énorme berger allemand en laisse. L'animal flairait le sol à intervalles réguliers.

— Y en aura trois de fusillés, si ce maudit cabot retrouve un cadavre, clama le maréchal-ferrant.

— Il est tombé tant de flotte depuis ce matin que leur

bête fera chou blanc, ajouta un homme d'une trentaine d'années, un béret enfoncé sur son crâne dégarni.

Indifférent à la discussion, Jakob vida son verre.

— Ce type a déserté, tout simplement, assura Jean. Le colonel Drummer devrait l'admettre, même si ça porte atteinte à l'orgueil de la Wehrmacht. Il y a des pacifistes même de l'autre côté du Rhin.

— Ouais, moi, j'voudrais bien que mon César rentre au bercail, se lamenta Léon. Ma bru n'a pas de nouvelles depuis la fin des combats. L'est peut-être estropié ou mort, mon garçon. Et, son garage fermé, l'argent n'entre plus dans la caisse.

Thérèse passa au même instant devant la vitrine du bistrot, à l'abri d'un parapluie noir, sa blouse rose tendue sur un ventre bombé.

— Faut que j'aille la bécoter un peu, ma grande, dit tout bas le domestique. Son Maurice a trouvé du boulot en ville; elle le voit qu'à l'heure du coucher.

Mais il ne bougea pas de sa chaise. Sa fille aînée repassa dans le sens inverse, un pain sous le bras.

— Eh bien, vas-y, mon vieux! pesta Jean. Elle a une petite mine, Thété. On vient avec toi.

Seul Léon entra dans le salon de coiffure. Une cliente était assise sous l'unique séchoir électrique, une revue de mode entre les mains. En voyant son père, Thérèse fit une étrange grimace.

— Bonsoir, papa, dit-elle très vite. J'ai repéré la camionnette du Moulin. Je me demandais où tu te trouvais.

La jeune femme entraîna Léon sur le trottoir. Elle embrassa Jean sur les deux joues et serra la main de Jakob.

— C'est une chance que je puisse vous parler ici. Je comptais descendre au Moulin ce soir. J'ai l'épouse du maire, là. Avec la soufflerie d'air chaud, elle ne devrait rien entendre, mais j'ai préféré sortir. C'est une vraie grue, bête comme ses pieds. Cela dit, elle cause beaucoup… Méfiez-vous, la police française va débarquer demain au bourg pour enquêter sur la disparition du lieutenant. Ils iront au Moulin, parce que des rumeurs circulent, ici. Le colonel Drummer, il pourrait les prendre au sérieux lui aussi.

— Quelles rumeurs? interrogea Jean dans un souffle.

— Toujours ton passé de bagnard, précisa Thérèse. Tu es bien naïf si tu crois que les gens ont oublié d'où tu viens. Quand tout va bien, tu es un monsieur nanti d'une sœur fortunée, mais, en ce moment, avec cette fichue guerre, tu redeviens un homme qui a été condamné pour meurtre, un ancien forçat. Oui, je t'assure, ça cause dans le village : «Dumont a fait de la prison, Dumont fréquentait des communistes!» De là à supprimer un soldat allemand, il n'y a qu'un pas. Les gendarmes et le colonel cherchent un responsable. Méfie-toi!

Interloqué, Jean la dévisagea. Il revoyait la fillette aux joues rondes de jadis, intrépide et capricieuse, mais dotée d'un grand cœur comme sa mère Raymonde. La petite Thété était une femme volontaire, maintenant, avisée et prête à le protéger à son tour.

— Pour moi, tu restes mon oncle Jeannot, ajouta-t-elle d'un ton affectueux. Je voulais te mettre en garde. Bon, je rentre, sinon, ça jasera encore.

— Merci, Thérèse, de m'avoir prévenu, dit-il en lui souriant.

Léon embrassa sa fille avec une sorte de respectueuse timidité. Jakob, qui la connaissait peu, la salua d'un mouvement de tête. Dès qu'il put, il saisit Jean par le bras :

— Faudrait peut-être vous en aller du pays! avança-t-il.

— Quoi! Et me poser en coupable? Bon sang, ils n'ont pas trouvé le corps du lieutenant. On ne va pas m'arrêter sans aucune preuve et, des preuves, je ne vois pas qui en aurait. Ce serait le comble, ça! Je n'ai même pas croisé ce type, puisque je n'étais pas au bal, mais sur la route de Royan.

— Vous m'aviez un peu parlé de votre passé, monsieur Jean, rappela le Mosellan. Je tiens à vous le dire, ça ne change rien à mon opinion. Vous êtes quelqu'un que j'admire. En plus, vous m'avez tout de suite donné du travail et hébergé. Alors, vous pouvez compter sur moi.

Ému, Jean lui tapota l'épaule. De l'autre côté de la place, les soldats allemands remontaient dans leur camion. Le chien n'avait pas senti la piste du lieutenant Eichmann.

Pendant ce temps, Pierre et Anna se reposaient, tous les deux nus sous une couverture élimée qu'ils avaient dénichée au fond d'une caisse. La pluie martelait le toit de tôle de la cabane.

— Ce que j'suis bien avec toi! confessa la jeune fille. Je n'ai pas envie de rentrer.

— Moi non plus. Je voudrais dormir là, passer la nuit dans tes bras! Il y a un réchaud à alcool. Si on avait quelque chose à faire cuire, on mangerait ensemble.

— Un dîner aux chandelles! pouffa-t-elle. Mais on n'a ni chandelles ni rien de bon à grignoter.

Il baisa ses lèvres, son cou et ses seins. Les yeux fermés, elle savourait ces caresses dont elle n'avait jamais osé rêver.

— Anna, il est l'heure que je parte, dit-il à son oreille. C'est pas gai à la maison. Ton père a cassé le nez du mien. J'en entends de toutes les couleurs sur les Kern. Maman est dans une colère…

— Ce n'est pas ma faute.

— Je sais! Dis, je me fais du souci. Les Boches, à Ponriant, ils ont des chiens, des bergers allemands. S'ils visitent la Grotte aux fées, y a danger. J'ai eu une idée qui pourrait éviter de gros ennuis à toute la vallée. Il faudrait fermer l'accès au souterrain ou l'entrée de la galerie, dans la grotte.

La jeune fille le regarda intensément. Une mèche rousse barrait son front, et ses prunelles de chat brillaient d'exaltation.

— Comment tu veux faire? Dis-moi, Pierre, et je t'aiderai. Je ne veux pas qu'il arrive malheur, je suis si heureuse avec toi!

— On n'a qu'à empiler des blocs de rocher, des galets et du bois mort, et verser du poivre moulu sur le sable. Je tiens ça de grand-mère Claire. Une fois, elle racontait que le poivre empêche les chiens de flairer une piste. En plus, de la poudre noire mélangée à la terre, ça ne se verra pas.

— Dis donc, tu es rudement malin, toi! s'extasia-t-elle. Mais moins que moi. Le poivre suffira. Ça paraîtrait louche, des pierres empilées juste à l'entrée de la galerie. Même qu'on n'a qu'à rien tenter. Il pleut si fort! Leurs chiens ne trouveront pas une seule odeur; ça fait quatre jours, déjà. Pierre, un baiser, encore un baiser!

Impatiente, Anna s'empara de sa bouche. D'un mouvement félin, elle se releva un peu et glissa une jambe de l'autre côté de son corps. La couverture tomba au sol. Pierre vit la jeune fille au-dessus de lui, d'une beauté sauvage avec ses formes minces et sa peau dorée. Elle le dominait, rieuse. Il plaqua ses mains sur ses fesses. Cette fois, c'était elle qui le chevauchait.

— Oui, oui!

Elle avait crié. Son bassin ondulait, et ses seins s'agitaient à la cadence fébrile de ses déhanchements. Ils devinrent sourds au monde extérieur, obstinés à jouir de leur jeunesse, de leurs sens affolés. Soudain, la porte s'ouvrit à la volée. Un homme entra, vêtu d'un ciré noir, une lanterne à bout de bras.

— Pierre! hurla Matthieu Roy. Anna, écarte-toi, laisse mon fils! Et toi, petit con, file à la maison!

Ce fut la déroute totale. L'adolescent se rhabilla, muet de stupeur, apeuré devant la mine furieuse de son père. Le silence qui régnait entre les trois protagonistes de la scène prit une intensité oppressante. Anna elle-même ne trouva aucun mot à cracher à la face de l'intrus. Les clapotis de l'eau dans la gouttière lui paraissaient assourdissants, tandis que la pluie redoublait.

— Sors de là, Pierre! commanda enfin l'imprimeur. On s'en va.

— Je peux lui dire au revoir? déclara-t-il, debout sur le seuil de la cabane.

En guise de réponse, il reçut une claque phénoménale qui le projeta à l'extérieur. Matthieu fixa la jeune fille un court instant.

— Putain! Tu n'es qu'une putain! glapit-il avant de claquer la porte.

Anna fut prise de tremblements. Il faisait froid, soudain. Sa nudité lui sembla insignifiante, pitoyable.

— Mon Pierrot! Reviens! implora-t-elle.

Un sanglot la suffoqua, puis un autre. D'un geste hésitant, elle ramassa la couverture et s'en enveloppa. Il y avait si longtemps qu'elle n'avait pas pleuré ainsi, tout son soûl. C'était bon, au fond. Cela la délivrait de la haine tenace tapie au creux de son cœur.

Durant plus d'une heure, Anna Kern réclama sa mère avant de répéter «papa» jusqu'à épuisement. Enfin, à demi inconsciente, elle se souvint de Pierre, de ses sourires, de ses mains chaudes et de ses caresses si tendres. Après ce qui venait de se passer, il ne reviendrait pas. Ses parents l'en empêcheraient, et tous ceux du Moulin aussi.

Quelques jours plus tôt, elle aurait prémédité une vengeance, échafaudé des plans pour faire payer Matthieu Roy. Mais le courage lui manquait. Alors, sans hâte, elle enfila sa robe verte et se fondit dans la nuit.

*

Angoulême, le lendemain matin, jeudi 18 juillet 1940

Blanche Nadaud avait encore grossi. Sanglée dans un tailleur en lin beige, les cheveux grisonnants, elle examinait sans amabilité les visiteurs que sa bonne avait annoncés. Ses yeux bleus, beaucoup moins beaux que ceux de son jumeau Jean Dumont, allaient de Faustine à Matthieu et s'attardaient sur Pierre.

— Quelle surprise, de si bonne heure! déclara-t-elle. J'ai l'impression que l'on pense à moi uniquement en cas de besoin.

— Ma chère tante, ne croyez pas ça, protesta Faustine. J'ai rarement l'occasion de venir en ville. Mon époux également. Ces derniers mois, l'imprimerie a eu de nombreuses commandes.

— Qu'est-ce qui vous amène? J'espère que mon frère n'a pas d'ennuis de santé!

Elle paraissait vraiment inquiète, car Jean lui inspirait un amour inconditionnel, malgré tous les tourments qu'il lui avait causés. Ce sentiment avait frôlé la passion incestueuse, trente ans auparavant, lorsque Blanche avait enfin retrouvé son frère. Le destin les avait séparés à leur naissance, et la jeune femme qu'elle était à l'époque, encore vierge, s'était éprise de lui. Il représentait pour elle le seul homme capable de la rendre heureuse. Mais il était marié à Claire qu'il adorait. Après bien des heurts et des crises de désespoir, elle avait épousé le préhistorien Victor Nadaud. Leur union s'avérait solide, agrémentée de voyages à l'étranger, de complicité et d'amitié.

— Rassurez-vous, ma tante, mon père se porte bien, affirma Faustine.

— Inutile de me donner du « ma tante » ou du « ma chère tante ». Je ne t'ai pas vue depuis deux ans, ma chère nièce, persifla Blanche. Si je ne me trompe, tu attends un heureux événement.

— En effet! dit Matthieu, embarrassé.

Il était conscient de son aspect peu avantageux, avec son nez gonflé aux pourtours bleus.

— Auriez-vous eu un accident? lui demanda Blanche.

— J'ai pris un coup de poing, avoua-t-il. Claire a hérité de réfugiés mosellans, comme beaucoup de Charentais. Je ne prendrai pas de gants : leur fille a dévoyé Pierre. J'avais des soupçons et je les ai pris sur le fait hier soir.

Les joues rouges, l'adolescent baissa la tête sous le regard alarmé de sa grand-tante.

— Eh bien, mon garçon, s'offusqua-t-elle, quelle honte, à ton âge!

— Laissez-moi terminer, s'il vous plaît, poursuivit Matthieu. Il est hors de question que Pierre revoie cette fille. Je veux l'en éloigner, et le plus loin possible sera le mieux.

— En quoi puis-je vous aider? demanda Blanche, radoucie. Il s'agit de mon petit-neveu. Je tiens à le protéger d'une mauvaise fréquentation.

— Le mot est faible, coupa Faustine. Anna Kern a le diable au corps. Je n'ai pas coutume d'être aussi explicite, ma tante, mais nous sommes entre adultes, puisque ce garçon-là a jugé indispensable de brûler les étapes. Je suis désemparée, bouleversée. Tu entends, Pierre, tu m'as déçue, toi en qui j'avais toute confiance!

— Maman, je t'en prie… dit le garçon, à mi-voix, au supplice.

Il y eut un temps de silence, car quelqu'un entrait dans le vestibule. Les Nadaud habitaient une des belles demeures bourgeoises d'Angoulême, rue de l'Évêché, à proximité de la cathédrale Saint-Pierre. Isabelle Roy s'y plaisait. Heureuse de l'accueillir, Blanche lui avait assigné une grande chambre du premier étage. La jeune fille dont c'était le jour de congé revenait d'une pâtisserie voisine.

— Tata! cria-t-elle du couloir, j'ai tes gâteaux.

— Moi, j'ai de la visite, répliqua Blanche. Viens par ici, ma chère enfant.

Isabelle entra dans le salon luxueux au mobilier raffiné. Elle fut sidérée de voir ses parents et son frère.

— Ça alors! dit-elle en les embrassant. Papa, qu'est-ce qui t'est arrivé? Maman chérie… Mais, tu pleures?

Pierre aurait voulu devenir invisible, il aurait souhaité être emporté par magie à des kilomètres de sa famille. Il redoutait le pire. Depuis la veille, son père lui opposait un masque dur et fermé, se contentant de débiter des ordres d'une voix rogue.

— Nous avons de gros soucis, Isabelle, révéla Matthieu.

Blanche exultait. Le drame qui couvait la distrayait tout en l'horrifiant. Elle avait rompu avec le clan du Moulin du Loup, comme elle se plaisait à surnommer la famille Roy-Dumont, mais, d'une façon ou d'une autre, elle s'arrangeait pour savoir ce qui se passait dans la vallée des Eaux-Claires. Jean venait à Angoulême sans daigner frapper à sa porte. Cependant, il lui écrivait ou lui téléphonait, le plus souvent pour des histoires d'argent. Leur brouille datait des relations coupables que son frère avait entretenues avec Angéla treize ans auparavant.

— Quels soucis? s'alarma la jeune fille. C'est à cause des Allemands? Je sais que Ponriant est réquisitionné.

Faustine contempla le doux visage de sa grande enfant qui lui semblait d'une beauté angélique. Isabelle avait coupé ses cheveux aux épaules et elle retenait une ondulation dorée sur le côté droit de sa tête grâce à un peigne en corne. Cela dégageait son front et lui donnant un air sage. Ses yeux bleu-gris, un peu plus étroits que les siens, avaient une expression rêveuse.

— Non, les Allemands n'ont rien à voir là-dedans, bougonna Matthieu. C'est Pierre. Anna Kern, la fille des réfugiés qui habitent le Moulin, l'a débauché. Claire aurait dû chasser ces gens. Jakob m'a frappé!

— Mon Dieu! Pauvre papa! s'écria Isabelle. Comment as-tu osé, Pierre, te conduire aussi mal?

Personne dans la pièce ne pouvait plaider en faveur de l'adolescent. Au fil des années, il était facile d'oublier ses propres incartades, le vent de folie que faisaient naître les premières montées de sève amoureuse. Qui aurait pu rappeler à Matthieu qu'à peine plus âgé que son fils il couchait avec Corentine Giraud dans la grange du domaine? Et qui, hormis Claire, aurait pu tirer l'oreille de Faustine, dont la beauté précoce et le tempérament sensuel avaient causé le suicide d'un brave petit gars de Puymoyen?

— Anna ferait n'importe quoi pour me nuire, expliqua alors l'imprimeur. Elle s'est vengée parce que je l'ai repoussée. Désolé de laver notre linge sale ici, Blanche, mais j'en ai assez des discours en demi-teinte et des précautions de langage imposées par les convenances. J'en reviens au plus important: éloigner mon garçon de cette fille.

Atteint en plein cœur, Pierre se répétait les paroles de son père. Ainsi, Anna avait essayé de le séduire, lui, un homme marié de quarante-deux ans. Il revit la jolie Mosellane au bord de la rivière, si prompte à se mettre nue et à s'offrir avec une totale impudeur. Son instinct de jeune coq s'éveilla. Il souffrit d'une jalousie aveugle qui balaya tendresse et sentimentalité.

«Peut-être bien qu'elle couchait avec David! Sinon, pourquoi aurait-elle autant tenu à le venger? Papa a raison, c'est une catin, une putain!» songea-t-il.

Blanche le dévisageait. Elle crut discerner sur ses traits tendus une ombre de colère.

— Je crois pouvoir vous aider, dit-elle posément. Il se trouve que Victor et moi devions partir à l'étranger. Isabelle avait prévu de vous l'annoncer cette semaine, car, bien sûr, nous désirions l'emmener. Pierre sera du voyage, à mes frais. De nouveaux horizons, le dépaysement, il n'y a rien de tel pour reprendre le droit chemin. Qu'en dites-vous, Matthieu?

— Mais on le récompense, dans ce cas! s'emporta-t-il. J'avais pensé l'envoyer chez quelqu'un de votre connaissance, en Normandie, où il aurait trimé dur.

— En Normandie? s'exclama Blanche. Quand même, il faut être raisonnable. La région n'est pas sûre. Hitler prévoit un débarquement en Angleterre, si ce pays refuse de signer un traité de paix. Cela grouille de soldats, là-bas. Votre fils a cédé à la tentation, mais il ne mérite pas pour autant d'être en danger de mort. Mon mari me tient au courant de l'actualité. Il redoute des bombardements sur Londres et sur nos côtes.

— Où iriez-vous, ma tante? interrogea Faustine, déjà malade d'angoisse à l'idée de savoir ses enfants à l'autre bout du monde.

— Au Pérou. En bateau, évidemment. Ensuite, par voie de terre. Victor souhaite revoir le Machu Picchu. C'est un site archéologique sublime dans les Andes, une ancienne cité inca.

Elle avait pris un ton exalté.

— Et ton emploi, Isabelle? tempêta Matthieu. Tu te préparais à quitter la France en nous avertissant à la dernière minute? Décidément, je n'ai rien à espérer de ma progéniture. Tu devais bien briguer un poste d'institutrice à la rentrée, non?

— Papa, ne t'emporte pas! supplia la jeune fille. Ce voyage est une occasion merveilleuse pour moi. J'aiderai oncle Victor à rédiger des notes et à prendre des photographies.

Elle prit place dans un fauteuil près de Blanche, comme pour inviter sa tante de prendre sa défense.

— Ne vous tourmentez pas, Matthieu, déclara cette dernière. Isabelle s'en est remise à moi, et je veillerai sur son avenir. Nous rentrerons en France pour Noël et, en janvier, votre fille enseignera à l'école primaire Saint-André, près du palais de justice, à deux pas de chez nous. C'est un établissement religieux très prisé de la bonne société angoumoisine.

Toujours en larmes, Faustine prit la main de son mari. Il comprit, à l'étreinte de ses doigts, qu'elle consentait à la proposition de Blanche Nadaud.

— On dit que les voyages forment la jeunesse, émit-elle d'un ton désabusé. Pierre tirera profit d'une telle expédition. C'est très généreux à vous, ma chère tante Blanche. Mais vous n'aurez pas de difficulté à embarquer, avec la guerre?

— Victor est mandaté par le Muséum de Paris, soutenu par le conservateur de notre musée. Isabelle a fait faire son passeport. J'obtiendrai celui de Pierre rapidement. Cependant, mon garçon, jusqu'au départ, tu dois promettre de ne pas bouger de cette maison et de prouver ton repentir en te confessant.

Durant la conversation, l'adolescent s'était imaginé à bord d'un paquebot au beau milieu de l'océan Atlantique. Il avait cru sentir le vent du grand large qui le laverait sans aucun doute de sa brève liaison avec Anna et abolirait sa complicité dans le meurtre du lieutenant allemand. De découvrir le Pérou aux côtés de sa sœur aînée lui semblait une extraordinaire aventure, même une chance inouïe de fuir la vallée. Il aurait promis n'importe quoi pour partir.

— Je regrette ma conduite, reconnut-il. Oui, ma tante, j'irai à confesse et je prierai Dieu de me pardonner. Maman, toi aussi, je voudrais que tu me pardonnes. J'ai eu tort, je me croyais un homme. Papa, j'suis navré!

Matthieu ne céda pas à l'attendrissement. Il gardait la vision de son fils soumis à l'exaltation sexuelle d'Anna Kern et, chaque fois qu'il revivait la scène, il éprouvait du dégoût, comme si Pierre était encore un enfant. C'était une réaction instinctive contre laquelle il n'arrivait pas à lutter.

— Mon chéri, gémit Faustine en attirant Pierre dans ses bras, je te pardonne de bon cœur. Tu vas me manquer!

Ce fut au tour d'Isabelle d'être câlinée et embrassée. S'ensuivit une nouvelle discussion sur les préparatifs nécessaires à ce grand voyage. Un dîner fut prévu trois jours avant la date fatidique, auquel participerait Gabrielle. Néanmoins, Matthieu quitta la rue de l'Évêché très contrarié. Dès qu'il se mit au volant de sa voiture, sa colère explosa.

— Bon sang! Blanche me fait songer à Bertille, avec cette manie qu'ont les gens riches de décider à notre place! D'abord, c'est injuste pour notre Gaby. Elle va s'ennuyer ferme, seule chez nous jusqu'à la rentrée. Pourquoi ne l'emmènent-ils pas aussi, tant qu'à faire! Le Pérou! Je t'en ficherai, moi, du Pérou, du Machu Picchu! Pierre se vautre dans la fange et on le récompense! Je n'en démords pas.

— Mais calme-toi, mon amour, supplia Faustine. Tu seras sûr, au moins, qu'il ne reverra pas cette fille avant des mois. Peut-être que les Kern s'en iront, d'ici Noël.

— Ça m'étonnerait. Tu connais Claire, elle ne jette pas dehors les chiens perdus.

— Là, tu exagères, Matthieu! Ces gens ne sont pas des bêtes. En outre, ta sœur n'a jamais eu de chien, mais des loups. Moi, je suis contente pour nos enfants. Cela m'aurait plu de voyager. À leur retour, ils auront un petit frère ou une petite sœur.

Son mari avait tendance à occulter sa grossesse. Ce rappel eut le don de l'apaiser. Il caressa furtivement le ventre à peine bombé de son épouse.

— Excuse-moi, ma chérie. Je crie et tempête, alors que tu aurais bien besoin de repos. Au fait, ta chère tante est observatrice. Elle a tout de suite vu que tu étais enceinte. Pourtant, ce n'est pas évident.

— Je crois plutôt qu'Isabelle avait vendu la mèche malgré mes recommandations. Elle est incapable de garder un secret, notre grande.

Matthieu retraversa la ville. Le drapeau rouge à croix gammée flottant au fronton de l'hôtel de ville lui fit serrer les dents. Partout, il y avait des soldats dans leur uniforme kaki et des véhicules militaires.

— Ce n'est pas si mal, après tout, que Pierre s'en aille à l'étranger, admit-il une fois sur la route de Puymoyen. Je crois que le général de Gaulle se trompe en prétendant que nous avons seulement perdu une bataille. Notre sort est bouclé. La France est aux mains des Boches.

— Il reste la zone libre et le gouvernement de Vichy, observa Faustine.

— Foutaises! Ne parlons plus de la guerre. J'ai un dernier problème à régler. Anna... Elle va payer très cher ses saletés, cette petite garce.

Faustine demeura silencieuse. Elle si encline à la bonté et à l'indulgence, elle souhaitait de tout son être ne plus jamais croiser la fille de Jakob Kern.

16

L'heure des aveux

Moulin du Loup, jeudi 18 juillet 1940

Anna avait disparu. C'était la première fois que la jeune fille découchait, et Jakob Kern, après avoir piqué une colère impuissante, se rongeait les sangs. Sous les yeux navrés de ses parents, le Mosellan tournait en rond dans la cuisine du moulin. Claire et Jean avaient tenté de le rassurer, mais, plus l'heure avançait, plus ils partageaient son inquiétude.

— Ne vous rendez donc pas malade, m'sieur Jakob! bougonna Anita. Votre fille n'est pas loin, sans doute.

— Elle rentrait au plus tard à minuit, rappela-t-il. Où est-elle allée? Je me le demande... Avec une bicyclette, en plus, elle a pu faire des kilomètres. Un engin qu'elle a osé emprunter à Ludivine!

— Ce n'est pas le plus grave, intervint Jean.

— Il faut la comprendre, Jakob, observa le vieil Alphonse. Monsieur Matthieu l'a surprise avec son fils. Anna a peur de rentrer. Pour une fois, elle ne fait pas sa fière.

Claire jeta un regard préoccupé vers l'escalier. Elle souhaitait tenir Ludivine et Franzi à l'écart de ce nouveau drame. Les deux enfants étaient dans la chambre de Bertille, au chevet de Sauvageon.

— Je vous en prie, ne parlons pas trop fort de cette malheureuse histoire, recommanda-t-elle.

À bout de nerfs, Jakob jeta un coup d'œil navré vers la fenêtre. La veille au soir, passé dix heures, certain que sa fille avait dû retrouver Pierre Roy, il s'était décidé à frapper chez les parents de l'adolescent. Faustine avait entrebâillé sa porte. Il n'avait pas eu le temps de l'interroger.

— Je suppose que vous cherchez votre fille? avait-elle dit d'un ton révolté. Mon mari l'a trouvée avec Pierre dans la cabane de Chamoulard. Vous devinerez sans peine à quoi ils étaient occupés. Notre garçon est là, enfermé dans sa chambre. Je vous conseille, monsieur Kern, de surveiller Anna de près. Elle a essayé de séduire mon époux; maintenant, elle débauche un gamin.

La porte avait claqué. Mortifié, Jakob s'était rendu sur les terrains de Chamoulard sous la pluie battante. La petite lampe à pile qu'il avait prise dissipait à peine l'obscurité. Il avait dû se repérer à l'alignement des rangs de vigne pour retrouver la cabane en planches. Anna ne s'y trouvait pas et il eut beau chercher, la bicyclette de Ludivine n'était pas dans les parages. Le Mosellan avait appelé en vain. Il était revenu au Moulin. Il avait bien fallu expliquer la situation à Claire et Jean, ainsi qu'à Jeanne-Marie et Alphonse Kern. Cela avait semé la consternation, bien sûr, mais sans provoquer trop de tourments encore.

— Anna a dû se réfugier dans une grange des alentours, avait assuré Jean. Elle reviendra à l'aube.

— Elle patiente jusqu'à ce que tout le monde dorme, avait ajouté Claire. Je suis certaine qu'elle n'est pas loin. Elle craint seulement de nous affronter.

Cela n'avait empêché personne de monter se coucher, excepté le malheureux père. Toute la nuit, il avait attendu sa fille avant de s'assoupir deux heures environ au lever du jour, affalé dans le fauteuil en osier de Bertille. Dès son réveil, il avait entrepris des recherches. À présent, la matinée s'achevant, il cédait à l'affolement.

— Vous auriez pu l'empêcher de se sauver, hier après-midi, sermonna-t-il ses parents. Anna était punie. Je comptais sur vous pour la garder à la maison.

— Tu la connais, Jakob, elle ne tient pas en place, protesta sa mère d'une voix tremblante. Que veux-tu, à nos âges, on ne peut pas lui courir après! Demande à Anita: la petite s'est ruée dehors en nous annonçant qu'elle prenait la bicyclette.

— Ça, je le sais déjà, tu me l'as assez rabâché, maman!

— Calmez-vous, Jakob! s'écria Jean. Il y a de fortes chances que votre fille se soit abritée dans une des grottes de la vallée ou dans un hangar à l'abandon. Si elle a suivi le chemin des Falaises dans la direction opposée à Chamoulard, les bâtiments en ruine ne manquent pas. Il y a plein d'anciennes bergeries construites sous des avancées de rocher. Le chemin mène très loin vers un faubourg du sud d'Angoulême. Il y a d'innombrables cachettes dans la vallée, ce qui irrite le colonel Drummer. Vous avez vu les deux camions bâchés tout à l'heure. Ce sont sûrement des patrouilles chargées de retrouver ce fameux lieutenant.

— Et s'ils croisent Anna? Si elle s'enfuit, ils l'abattront comme le palefrenier de madame Bertille, se lamenta Alphonse Kern. Il faut la chercher! Je vais faire un tour, moi.

— Je peux toujours monter à la Grotte aux fées, proposa Jean. Elle a pu descendre dans la galerie qui mène au souterrain, quoique, sans éclairage, c'est risqué.

— Ah! Votre souterrain! avança Jakob. Je voudrais bien vous accompagner dans ce cas. Sauf si ça vous dérange, monsieur Jean.

— Assez de politesse, mon ami! On travaille ensemble ces temps-ci. Appelez-moi Jean. Venez, ça pourrait nous être utile, au fond, que vous connaissiez ce passage. Une seule consigne, n'en parlez à personne au village ni à aucun voisin.

D'un unique regard de ses prunelles bleues au pouvoir magnétique, le maître des lieux fit comprendre aux grands-parents Kern qu'il exigeait d'eux la même discrétion. Flattée d'être depuis des années dans le secret, Anita se rengorgea:

— Léon m'a dit ce qu'il en était, de ce souterrain, quand on s'est mariés, mais j'ai su tenir ma langue. Moi, j'aurais trop la frousse, de m'aventurer là-dedans. Sainte Vierge! Il paraît qu'il y a des chauves-souris, en plus.

Claire s'était postée près d'une fenêtre, grande ouverte malgré la pluie incessante. Elle respirait l'odeur particulière de la terre détrempée tout en notant, surprise, que l'air était très frais pour un mois de juillet. Cela lui permettait aussi de guetter le retour d'Anna, car son cœur tendre s'apitoyait sur Jakob. C'était un bon père. Sa fille pouvait se rendre coupable de n'importe quelle mauvaise action, elle demeurait son enfant, la chair de sa chair.

La sonnerie aigrelette du téléphone la fit sursauter. Claire se précipita pour répondre. Elle fut soulagée d'entendre la voix de Bertille. Mais cela ne dura pas, car la dame de Ponriant éclata en sanglots.

— Clairette, c'est horrible! Arthur… Arthur a été tué. Son avion abattu… Félicien a téléphoné depuis Londres tout à l'heure. Mon Dieu, notre pauvre petit Arthur! Je rentre ce soir, je…

Il y eut un temps de silence, puis ce fut Janine qui prit le relais.

— Tantine pleure tellement qu'elle ne peut plus parler, Claire, déclara la jeune fille. Nous rentrons. Je suis désolée, c'est terrible, n'est-ce pas? Je vous rappelle plus tard.

La communication fut coupée. Jean vit sa femme secouer la tête et vaciller sur ses jambes. Il courut la soutenir, devinant à son expression hagarde qu'il s'agissait d'une très grave nouvelle.

— Câlinette, viens t'asseoir. Qu'est-ce qu'il y a, dis? Anita, sers-lui vite de l'eau-de-vie!

Jakob et ses parents n'osaient plus bouger. À peine s'ils se permettaient de respirer. Soudain, une peur atroce submergea le Mosellan.

— C'était la gendarmerie? demanda-t-il tout bas. Ma petite est morte!

— Non, non! eut le courage de répondre Claire, toujours dans les bras de Jean. Mon frère, Arthur! Son avion a été abattu. Il est mort. Seigneur, je maudis la guerre…, tous les Allemands…, leur führer…

Anita se signa et fondit en larmes. Bouleversée par le masque tragique de sa patronne, elle bredouilla des mots de réconfort:

— Il est mort en héros, madame!

— Mort en héros! répéta Claire, les yeux brillants de souffrance. La belle affaire! J'aurais préféré qu'il vive, moi!

Mon Dieu, il avait vingt-cinq ans et un avenir prometteur. Oui, c'était un pianiste, un virtuose. Quel besoin avait-il de s'engager dans la Royal Air Force?

Jean la fit asseoir. Tremblante, Anita lui servit de l'alcool. Claire refusa d'un signe véhément.

— Je n'en veux pas! Laissez-moi en paix!

Elle se cacha le visage entre les mains afin d'évoquer le bambin blond, squelettique, qu'elle avait détaché du lit de misère où le confinait l'amant de sa mère Étiennette, servante au Moulin et seconde épouse de Colin Roy. Le petit était sous-alimenté, frappé, martyrisé au quotidien. «Je l'ai ramené ici, chez nous, au Moulin, car Étiennette, mourante, m'a juré qu'il était bien mon demi-frère et non l'enfant de l'odieux Gontran. Pauvre enfant! Au début, il courbait l'échine dès qu'il entendait des éclats de voix. Petit à petit, il s'est accoutumé à moi. Ensuite, il a passé de plus en plus de temps à Ponriant et, pour finir, Bertille et Bertrand l'ont pratiquement adopté.»

Dans la pièce où régnait un silence oppressant, chacun respectait son chagrin. Jeanne-Marie Kern se mit à prier tout bas, tandis qu'Anita, soudain désœuvrée, restait plantée devant la table.

— Je monte me reposer un peu, annonça enfin Claire. Il faudra préparer le lit de Bertille et celui de Janine. Elles seront là ce soir. Quand je me sentirai mieux, je transporterai Sauvageon dans ma chambre.

— Câlinette, ne t'isole pas! conseilla Jean. Tu peux pleurer ici, devant nous.

— Je n'ai pas envie de pleurer! répliqua-t-elle en se levant. Je suis en colère, une immense colère. Surtout, ne dites rien à Ludivine. Je m'en occupe. Jakob, continuez à chercher votre fille. Sachez que je compatis à votre inquiétude, car on ne sait jamais à quel moment les gens qu'on aime peuvent nous quitter. J'ai à peine embrassé Arthur, la dernière fois que je l'ai vu, aux obsèques de Bertrand. Si j'avais su, mon Dieu, si j'avais su...

Très digne, elle s'engagea dans l'escalier, son corps mince moulé par une jupe et un gilet en jersey beige. Au milieu de son dos luisait doucement une épaisse natte brune.

— Claire, appela Jean, je suis vraiment consterné pour ton frère, mais il a voulu se battre contre nos ennemis. Anita dit vrai, il est mort en héros!

— Tu ne l'as jamais aimé! Ne te fatigue pas, Jean, lui jeta-t-elle sèchement, immobile sur une des marches. Il ne t'aimait pas non plus. Ainsi va le monde, sur le fil de l'amour ou de la haine.

Jakob sortit, en proie à des émotions contraires. L'absence de sa fille le torturait, mais il se réjouissait aussi de revoir Bertille. Jean le rejoignit, une cigarette au coin des lèvres. Il s'était équipé d'une grosse lampe à pile.

— Ma femme et moi, nous nous sommes souvent querellés à cause d'Arthur, précisa-t-il au Mosellan. Mais, parfois, Claire devient injuste. On peut ne pas éprouver une grande affection à l'égard d'une personne sans pour autant être indifférent à sa mort. Bon sang, ça m'a fait un choc! Pauvre gosse… C'est vrai qu'il avait un talent exceptionnel au piano. Bertille doit être accablée. Elle l'aimait comme son propre fils.

— Ah, et pourquoi?

— Dès l'âge de treize ans, Arthur a commencé à vivre au domaine. Clara, la fille de Bertille, s'était attachée à lui. Inséparables, ces deux-là! Et cela n'avait pas changé. Ils sont partis ensemble étudier à Paris; ils ont fait ensemble les quatre cents coups.

— Je suppose qu'ils étaient amoureux?

— Non, pas à ma connaissance. Bien, venez, Jakob. On va grimper jusqu'à la Grotte aux fées; cela nous fera du bien de prendre l'air. Un conseil: ne vous tourmentez pas. Anna est une dure à cuire. Nous la reverrons franchir le porche avant ce soir.

— Dieu vous entende, Jean! gémit-il.

＊

Ludivine avait écouté le pas familier de sa mère le long du couloir. Cela n'était pas étonnant, car Claire se rendait parfois dans sa chambre en cours de journée. Assise sur le parquet près du petit matelas où Sauvageon était couché, la fillette déclara à l'animal:

— Maman viendra sûrement te rendre visite avant de redescendre. Mais je te soigne, moi aussi.

Sous l'œil admirateur de Franzi assis en face d'elle, Ludivine déplaça lentement ses mains sur le corps du loup.

— Je sens que ça l'aide à se rétablir plus vite, assura-t-elle. Il a été opéré. Maintenant, il faut lui redonner des forces.

— Tu en as de la chance, d'être guérisseuse! dit le petit garçon d'un ton envieux. Ce sera ton métier, quand tu seras grande?

— Oui et non. Je voudrais devenir médecin, doctoresse. Comme ça, je pourrai me servir de mes dons sans que les autres docteurs se moquent de moi. Le docteur Vitalin, celui du village, il cherche sans arrêt des ennuis à maman.

— Elle est pourtant très gentille, ta mère! avoua-t-il. Vous êtes tous gentils, ici.

— Sauf ta sœur! le coupa Ludivine.

Depuis plus d'une heure, elle supportait Franzi dans la pièce, dans le but inavoué de lui tirer les vers du nez, une des expressions favorites d'Anita. C'était aussi une envie plus ou moins consciente de faire la paix avec lui, pour de bon.

— Ma sœur? dit-il, très gêné. Elle est pas méchante, Anna. Dis, tu crois qu'elle va rentrer?

Les deux enfants ne savaient qu'une chose: la jeune fille avait quitté le Moulin en bicyclette la veille et n'était pas encore de retour.

— Mais oui! Tu ne lui en veux pas? Maman m'a tout raconté. Ta sœur a caché un couteau sous ton matelas pour que tout le monde t'accuse d'avoir tué Mimi. Et moi je me demande encore si ce n'est pas toi!

La tête basse, Franzi tritura les lacets de ses chaussures. Sa bouche esquissa une grimace de souffrance. Il semblait au supplice.

— C'est pas moi! lâcha-t-il. Je te le jure, Ludivine, croix de bois, croix de fer, si je mens, j'vais en enfer.

— Alors, qui c'est? Je suis sûre que c'est ta sœur, voilà!

Il la dévisagea, terrifié. Sa lèvre inférieure tremblait. La fillette insista, jugeant sa réaction en accord avec ses soupçons.

— Tu peux me le dire! Ce sera un secret. Promis, juré!

— Non, ça, j'peux pas. Anna, elle m'a défendu d'en parler, et même elle a dit que, si j'en causais, elle se débrouillerait pour me renvoyer chez le fermier, à Montbron. Et moi, j'veux pas y retourner là-bas. Le fermier, il m'a fait des vilaines choses, oui, des saletés.

Ce fut au tour de Ludivine d'être médusée. À présent, Franzi claquait des dents en se balançant d'avant en arrière, le regard dans le vague. Soudain, elle eut honte de sa conduite. Le petit garçon avait perdu sa mère et il ne pouvait plus habiter son pays de Moselle, dans la maison où il était né. Cela, Claire et Jean le lui avaient bien expliqué afin de l'incliner à se montrer plus indulgente à son égard.

— Anna, elle voulait pas la tuer, la chatte. Elle a essayé de chasser le diable, parce que le diable, y possède les chats. Surtout les chats de sorcière, et ta mère, Anna elle disait que c'était une sorcière. Une gentille, hein, mais une sorcière quand même.

Effarée, la fillette vit une flaque se répandre sous les fesses de Franzi. Il venait d'uriner sous lui.

— Je vais nettoyer, c'est pas grave, bafouilla-t-elle. Excuse-moi. Je t'ai fait peur.

Ludivine jeta un coup d'œil à Sauvageon qui dormait paisiblement. Elle avait envie d'appeler sa mère en hurlant de toutes ses forces, mais elle n'osa pas.

— Hé! Franzi, ça va? demanda-t-elle à mi-voix. Je garderai le secret, je te le jure! Ta sœur, elle le saura pas, ce que tu m'as dit. J'en suis sûre, maintenant, que tu n'as rien fait de mal.

Elle bondit sur ses pieds. La chambre disposait d'un réduit où Anita rangeait un balai, un seau d'hygiène et une serpillière, le tout dissimulé par une étroite porte tapissée du même papier que les murs.

— Va te changer en vitesse, dit-elle, je nettoie ça. Mets ton linge sale dans la panière, sur le palier.

Le garçon cligna des paupières comme s'il se réveillait. La mine angoissée, il respirait vite.

— Quand j'ai trouvé la chatte blessée, y avait Anna pas

loin, débita-t-il, haletant. Elle m'a fait signe d'approcher et, là, elle m'a répété que c'était ma faute. Elle voulait que je m'accuse, comme je tuais des oiseaux au lance-pierres. J'te jure, Anna, elle croyait qu'on serait chassés d'ici, si on savait qu'elle avait fait ça à Mimi.

— Ensuite, elle t'a menacé de te retourner à Montbron?

— Oui, mais faut pas le raconter à tes parents.

— Je te le jure, Franzi! assura Ludivine d'un ton ferme. Va te changer, sinon maman s'apercevra de quelque chose.

— T'as juré! Anna, elle me punira, tu verras, si elle sait. Mais peut-être qu'elle reviendra jamais!

La fillette haussa les épaules et commença à laver la flaque d'urine.

*

Anna était loin de vouloir punir son petit frère. Perdue au sein d'une douloureuse obsession, elle ne pensait à rien de précis. On lui avait pris Pierre et, sans lui, la vie ne l'intéressait pas. La jeune fille se languissait des bras de l'adolescent, de ses lèvres, de ses mains et même de son souffle. Ce n'était pas l'amant qu'elle regrettait, celui qui, malgré son inexpérience, avait su la transporter vers un plaisir infini, mais bien davantage le garçon au doux sourire et aux gestes tendres qui la serrait contre lui et caressait ses cheveux.

Depuis l'irruption de Matthieu Roy dans la cabane, elle peinait à ordonner ses idées. Cet homme-là l'avait repoussée, insultée et, non content de s'être moqué de l'amour qu'elle ressentait pour lui, il l'avait dépossédée de Pierre. Ils étaient tellement heureux, tous les deux! La joue sur son torse à la peau chaude et satinée, Anna se sentait protégée de toutes les mauvaises images qui la hantaient, lavée de ses crimes.

— Pierre, reviens! supplia-t-elle. Pierre!

Toute la soirée, elle avait erré le long de la rivière et pataugé dans les flaques en répétant ce prénom, sans même entendre les appels désespérés de son père. La bicyclette de Ludivine qui l'embarrassait, elle l'avait jetée dans l'eau de la crique où elle se baignait. Puis elle s'était perdue sur un plateau situé à l'est des terrains de Chamoulard, une sorte de lande aride hérissée de cailloux et de buissons épineux.

Il pleuvait, Anna était trempée. Elle se dirigeait à l'aveuglette, les mains en avant, sans pouvoir éviter de s'écorcher aux ronces et de se piquer aux genévriers. À bout de forces et grelottante, elle s'était réfugiée dans une maisonnette en ruine. Elle avait somnolé, en proie à des cauchemars effroyables. Des soldats allemands la visaient, les balles de leurs armes la déchiquetaient. Un peu plus tard, au sein d'un monde brumeux, elle tombait d'une fenêtre et s'écrasait sur des pavés. Même en rêve, la douleur était horrible. Cela lui faisait pousser des plaintes et s'agiter sans vraiment se réveiller.

À l'aube, Anna cria en se redressant d'une détente. Toujours en songe, elle venait de se battre contre un chat monstrueux qui voulait l'égorger. Vite, elle était sortie de son abri, apaisée de découvrir la vallée baignée d'une clarté grise et noyée de pluie.

— J'vais rentrer chez moi, chez papa, avait-elle dit bien fort, sans réfléchir.

Une vague méfiance l'avait incitée à emprunter des sentiers encombrés d'herbes folles, dont le tracé se dissimulait sous une végétation exubérante. Elle contourna le Moulin du Loup à grande distance des bâtiments, mais aucun sentiment précis ne la rattachait à ces toits de tuiles ocre et à ces murs de pierre claire. C'était dangereux, rien d'autre.

— Pierre reviendra, disait-elle en avançant. Et, si Pierre revient, ce sera là-bas, dans les falaises.

De la Grotte aux fées, Anna se souvenait très bien. Elle s'y était glissée le cœur serré, la gorge nouée par un début de panique. Tout à coup, la scène qui s'était déroulée là lui était revenue à l'esprit avec une netteté inouïe. Le soldat allemand l'avait plaquée contre lui, excité par ses rires de fille consentante. Il balbutiait à son oreille des mots qu'elle comprenait en partie. C'était un bel homme, grand et costaud. Il avait soulevé sa robe et l'avait touchée entre les cuisses. Elle, sous ses allures dociles, revoyait la silhouette de David fauchée par les rafales de balles. Dès qu'elle lui avait proposé à boire, le lieutenant Eichmann s'était emparé de la petite bouteille remplie d'alcool empoisonné.

« Ça n'a pas pris longtemps, s'était remémoré Anna. Il a suffoqué, les yeux exorbités, et il a vomi un peu. Il est tombé par terre et, après, il râlait, il me regardait. Il a su que c'était moi, qu'il allait mourir. »

Hébétée, la jeune fille s'était empressée de penser à Pierre, rien qu'à Pierre. En sanglotant, elle avait dévalé la galerie en pente, avide d'obscurité et de silence. Ses mains suivaient la paroi de gauche. Ses ongles griffaient la roche.

— Pierre…

Enfin, son front avait heurté une pierre. Tout étourdie, elle s'était allongée sur le sol argileux. C'était bon de ne plus bouger, d'avoir l'esprit vide, de sentir la boue humide sous son corps. Elle voulait demeurer ainsi toute l'éternité.

*

Jean précédait Jakob dans la galerie tortueuse qui menait au souterrain. Accoutumé à de vastes espaces, le Mosellan supportait mal d'être confiné entre des parois rapprochées sous des masses de terre et de rochers, mais il ne se plaignait pas.

— Nous arrivons dans ce que j'appelle la partie maçonnée, indiqua Jean en se retournant un peu. Mon beau-père ignorait qui avait aménagé ce passage et à quelle époque. Victor Nadaud, le mari de ma sœur, qui est un préhistorien, s'est penché sur la question. Il a conclu à des travaux datant du dix-septième siècle, peut-être même plus anciens. Tenez, regardez au-dessus de nos têtes! La voûte n'est plus naturelle, mais construite de mains d'hommes. À partir de là, on dirait une sorte de tunnel bien rectiligne qui débouche sur le fameux puits vertical dont je vous ai parlé dans la grotte.

— Le puits donnant dans votre chambre… Dites donc, je n'imaginais pas qu'il y avait un tel réseau de souterrains dans la vallée. Et vous vous êtes retrouvé prisonnier là à la suite d'un éboulement!

— Oui, un des pires moments de ma vie!

Jakob avait eu droit au récit succinct de l'accident survenu treize ans auparavant dans un autre souterrain, celui du moulin voisin, Chamoulard. Un Anglais, William Lancester, l'avait acheté à Bertrand Giraud afin de finir ses jours le plus près possible de Claire, dont il était amoureux depuis longtemps. Fou de jalousie, Jean avait poursuivi son rival sous terre, et tous deux avaient été ensevelis.

— Je n'aurais pas eu votre cran, fit observer le réfugié.

— Parfois, on se surprend soi-même.

Jean s'arrêta et changea sa lampe de main. Le faisceau lumineux se refléta un instant sur une petite nappe d'eau boueuse, puis balaya le ras du sol sur sa gauche.

— Bon sang! s'écria-t-il.

Il avait aperçu un pied chaussé d'une sandale en toile. Tout de suite, il braqua la lampe dans cette direction, et Anna leur apparut. Recroquevillée sous une avancée de rocher, les bras noués autour de ses genoux repliés, elle cligna des paupières, éblouie.

— Anna, ma petite! s'exclama Jakob en se jetant à genoux près d'elle. Merci, mon Dieu, tu es là, vivante! J'ai eu bien peur, sais-tu!

— Papa, mon papa! gémit-elle.

Jean s'était accroupi pour examiner la plaie qu'elle avait au front. Son ravissant visage était souillé de traces de boue et de traînées de sang. Il nota également l'expression hagarde de ses yeux d'ordinaire si perçants. Pendant la guerre, à Verdun, il avait vu des camarades de tranchée dans cet état d'absence, presque comateux, après être revenus du feu, comme on appelait les combats dans l'infanterie.

— Il faut vite la remonter et la réchauffer, Jakob! dit-il.

— Oui, bien sûr! Je vais la porter sur mon dos. Viens, ma petite, viens! Je ne te gronderai pas. Je ne te punirai plus.

À leur grande surprise, la jeune fille se débattit. Elle repoussa son père avec violence.

— J'dois rester là, avec lui! expliqua-t-elle. Il est tout seul. Il a même pas de croix.

— Qui, lui? interrogea Jean. Bon sang, elle a perdu la boule, la pauvre gosse. Il faut l'emmener de force.

Jakob Kern l'écoutait à peine. Il essayait d'attirer sa fille dans ses bras avec des gestes tendres et prévenants.

— Tu vas te reposer, Anna, hein? Madame Claire te soignera. Il fait noir, ici, et pas très chaud. Tu trembles, petiote!

— J'dois rester avec David, non, avec Pierre! hurla-t-elle. Non, pas Pierre, lui, là, l'autre, parce que je l'ai tué. Papa, je l'ai tué!

Totalement ahuris et incrédules, Jean et Jakob échangèrent un regard inquiet. La lampe posée à leurs pieds répandait un halo jaune, et la cavité rocheuse n'abritait personne, hormis eux trois.

— Tu as tué qui, Anna? demanda plus sèchement son père. Parle, ma fille! David? Non, ce pauvre garçon est mort, je sais, mais ce sont les Allemands qui l'ont abattu. Tu n'y es pour rien.

— On l'a enterré, là, Pierre et moi, le lieutenant, confessa-t-elle tout bas, l'index tendu vers un amas de pierrailles et de terre à ses côtés.

Les deux hommes eurent l'impression de plonger en plein cauchemar. Accablés par ce qu'ils venaient d'entendre, ils s'immobilisèrent sans oser se regarder. Le premier, Jean voulut savoir ce qu'il en était avant même de prononcer un mot. Il bouscula Jakob et gratta avec frénésie le monticule. Très vite, il dégagea l'épaulette d'un uniforme, ornée d'un galon.

— Et merde! jura-t-il. Bon sang de merde!

Anna se mit à geindre, un poing serré contre sa bouche. Jakob l'avait laissée pour aider Jean. Lui aussi voulait voir, constater l'impossible. Ils se contentèrent néanmoins d'une moitié de bras et d'une parcelle de cou.

— Faut le recouvrir, pour l'instant, et vite! tempêta le Mosellan. La vallée grouille de Boches. Ils le cherchent encore, leur lieutenant, avec un chien dressé, celui qu'on a vu hier au village.

— Bon sang, vous avez raison, renchérit Jean. S'ils le trouvent ici, tout près du Moulin, on est bons pour se faire fusiller.

Furieux, toute compassion envolée, il virevolta et empoigna la jeune fille par le haut des bras.

— Qu'est-ce que tu as fait, malheureuse? s'écria-t-il. Pourquoi dis-tu que tu as tué ce soldat? Toi, une gamine de dix-huit ans! Je veux la vérité. Et Pierre, mon petit-fils, il a rien à voir dans cette histoire, j'espère?

— On l'a enterré tous les deux. Il m'a aidée, mon Pierre! Il est gentil, lui, bégaya-t-elle. Mais je l'ai tué. Il a bu toute la bouteille de poison, oui, cul sec. Je l'ai fait toute seule, le poison, avec les plantes de madame Claire. J'avais promis à David de le venger.

Elle venait de capituler, épuisée, égarée par le chagrin. Cela la soulageait. C'était bon de dire la vérité. Plus rien n'avait d'importance, puisqu'on l'avait séparée de Pierre. Jakob observa sa fille, qui semblait reprendre ses esprits. Ses yeux retrouvaient leur éclat, et sa voix s'affermissait. Il comprit bien avant Jean. Anna avait dansé avec le lieutenant et elle avait dû l'attirer dans la grotte ensuite.

— Et moi, j'ai laissé faire! gémit-il. Mon Dieu, je me suis voilé la face…

— Ce n'est pas le moment de vous lamenter, lui dit Jean. Nous avons un cadavre sur les bras. Il n'y a qu'une solution, fermer la galerie. Les Boches pourront explorer tout le réseau de la grotte, ils ne pourront pas venir ici, au départ du souterrain. Même dressé au pistage, un chien ne sentira rien, avec l'humidité du sol, l'argile et les excréments des chauves-souris.

— Même si on ferme, et on a intérêt à se dépêcher, un bon berger allemand va couiner devant votre mur édifié à la hâte, si toutefois il sent la piste du lieutenant.

— J'voulais mettre du poivre moulu, mais j'ai pas pu, avança alors Anna. Pourtant, ça marche, hein, papa?

— Du poivre? pesta Jean. Et quoi encore?

— Elle a raison, les chiens, quand ils en respirent, perdent provisoirement leur odorat, confirma Jakob. Qu'est-ce qu'on décide, alors?

Riche de diverses expériences et peu sujet à la panique, Jean considéra la situation sans émotion réelle. Il en avait vu d'autres, se disait-il, sur le front, en 14, et au milieu de l'océan quand le morutier avait coulé.

— Le plus important, c'est de sauver notre peau et de protéger tout le monde au Moulin, même cette espèce de folle que vous avez engendrée. Navré d'être direct, mon vieux, mais là, ça dépasse l'entendement. Nous sommes dans la merde jusqu'au cou.

— Chut, écoutez! ordonna le Mosellan.

Des cris leur parvenaient, étouffés par la distance qu'ils avaient parcourue sous terre.

— Ce sont peut-être les Allemands! insinua Jean, le souffle court.

— S'ils ont le chien, on est foutus, ajouta Jakob.

Anna s'était mise à genoux. Elle avait piètre allure, avec ses cheveux roux poissés de terre ocre et divisés en mèches toutes raides. Sa robe verte, déchirée à maints endroits, béait sur sa jeune poitrine. Ses jambes et ses bras portaient des écorchures brunes, le sang ayant déjà séché. Son front maculé de rouge complétait ce triste tableau.

— Ils vont me prendre, déclara-t-elle, et ils vont me fusiller!

Jean la fit taire en plaquant une main autoritaire sur sa bouche.

— Pas un bruit, malheureuse! dit-il entre ses dents.

— Laissez-moi faire, Jean, jeta Jakob à mi-voix. Conduisez Anna dans votre puits, je m'occupe de tout. Je vais vite remonter voir ce qui se passe.

Jean approuva, affolé. Puis il poussa Anna en avant avec une telle rudesse implacable qu'elle ne songea pas à se rebeller.

« On est fichus! se disait-il. Putain de vie, putain de petite garce! »

Pendant ce temps, le Mosellan, sa lampe à la main, grimpait vers la grotte. Dès qu'il distingua la lumière du jour, il cria :

— *Achtung*[63]*!* Moi paysan français, *französisch!*

---

63. Attention.

Des vociférations goguenardes lui répondirent.

— Nous paysans français aussi! brailla quelqu'un avec un gros rire.

Jakob se rua sur l'esplanade. Avec un infini soulagement, il reconnut deux ouvriers agricoles de Puymoyen, qui avaient travaillé pour Jean pendant la fenaison. Les hommes, une besace à l'épaule, bâton en main, gravissaient la pente voisine.

— Je cherchais une chèvre de madame Claire, qui s'est égarée! leur cria-t-il.

— Bon courage, alors! s'exclama le plus proche. Nos amitiés à monsieur Dumont!

— Je n'y manquerai pas!

Il les regarda s'éloigner. Ensuite, le cœur encore survolté, le Mosellan descendit vers le Moulin afin de donner le change. Tout danger était provisoirement écarté.

*

Jean se trouvait à l'entrée du puits vertical muni d'échelons en fer scellés dans le mur circulaire. Les ténèbres parfaites ne l'avaient pas trop gêné, le conduit étant rectiligne hormis un virage très doux.

— Il faut monter, Anna, ordonna-t-il pour la troisième fois. Ce n'est pas difficile.

— Toi d'abord! supplia-t-elle.

Elle claquait des dents, d'épuisement et de fièvre. Tout à coup, elle s'accrocha à lui, par un pan de sa veste en toile.

— J'veux rester là. J'ai pas le droit de remonter. J'ai fait trop de mal. Et puis, Pierre, je le reverrai jamais. J'peux bien rester là!

Apitoyé, Jean baissa la voix d'un ton. Anna Kern souffrait d'une forme de démence, il en était convaincu. Aucune fille normale, à son âge, n'aurait accumulé ainsi les actes insensés. Cependant, il admit en son for intérieur qu'elle pouvait quand même être amoureuse de Pierre, qui était un beau garçon, gentil de surcroît.

— Qu'est-ce que tu en sais, ma pauvre gosse? dit-il. Tu le reverras sûrement un jour, Pierre. D'abord, tu dois te laver et dormir.

Dans l'ignorance totale des projets de Matthieu concernant son fils, Jean répéta ses promesses. Anna se fit docile. Il l'aida à se hisser vers le haut du puits en guidant ses pieds, car elle peinait à trouver les barreaux.

— Accroche-toi bien, tâtonne, tu ne peux pas rater les échelons. Je te suis. Allez, du cran!

Ces injonctions tirèrent Claire de son apathie. Couchée à plat ventre sur son lit, elle pleurait toujours son demi-frère. Elle avait égrené ses souvenirs de lui avec un soin pathétique, évoquant Arthur à tous les âges de sa jeune existence brisée. Enfin, malade de chagrin et de révolte, elle s'était consolée en prévoyant tout ce qu'elle ferait afin d'honorer sa mémoire, comme agrandir des clichés de lui, ceux où il jouait sur le piano à queue de Ponriant, et faire dire une messe à l'église Saint-Vincent chaque mois de juillet.

— Qui est là? questionna-t-elle.

Bientôt, on tambourina à la porte du placard, dissimulée par une tenture. Ce camouflage datait de l'affaire des tracts communistes et de la visite des policiers d'Angoulême.

— Jean? Jakob! Quelle idée! bougonna-t-elle en se levant.

Elle supposait que les deux hommes avaient décidé de réintégrer le corps de logis par sa chambre au lieu de ressortir par la grotte.

— Je n'avais pas besoin d'être dérangée, ajouta-t-elle d'un ton amer.

— Clairette, ouvre vite, bon sang! fit la voix de son mari. Anna est malade.

Anna! Ce prénom trouva un écho pénible dans le cœur de Claire en raison de tous les soucis que la jeune Mosellane lui avait causés. Mais, après avoir écarté le panneau de velours, elle s'empressa de tourner le verrou.

— Y a peut-être du grabuge! annonça Jean. Surtout, si les Boches se pointent, garde ton calme.

Claire allait l'assaillir de questions, mais l'état dans lequel se trouvait la jeune fille l'en empêcha.

— Seigneur! Où était-elle? Tu es blessée à la tête, Anna? Viens, je vais m'occuper de toi. Jean, préviens sa grand-mère, j'aurais bien besoin de son aide.

— Non, non, pas mémère, objecta la jeune femme. J'veux voir personne d'autre que vous, madame Claire, et papa.

— D'accord, suis-moi. Jean, dis-moi au moins ce qui se passe.

— Pas tout de suite, Câlinette, je descends. Je dois prévenir tout le monde. Aie confiance, je t'expliquerai.

Incapable de deviner l'ampleur du drame, Claire acquiesça d'un signe de tête. Elle avait le cœur au bout des doigts et tenait à soigner Anna en priorité.

Depuis le départ de Daniel et de Déborah Canet, la distribution des chambres avait été modifiée. Jeanne-Marie et Alphonse dormaient avec Franzi et sa sœur dans la plus grande, à l'angle du logis, Jakob ayant décidé de s'installer dans la petite pièce du grenier. Le retour imminent de Bertille et de Janine ne posait donc aucun problème à la maîtresse de maison. « Ludivine continuera à coucher dans son lit de camp, près de nous, songeait-elle en longeant le couloir. Cela me rassure de la savoir sous notre protection. Il y aura Sauvageon, aussi. »

— Je dois nettoyer tes plaies avec de la lotion de millepertuis, déclara-t-elle dès qu'elles furent enfermées dans la chambre des Kern. Tu as traîné toute la nuit dans la campagne, n'est-ce pas? Puis tu t'es abritée dans la grotte. Ôte ta robe, elle ne vaut plus rien.

Claire dut la déshabiller. Anna ne lui répondait pas, le regard fuyant et les gestes saccadés. Un sentiment d'urgence la tourmentait.

— Pas la peine de me laver et de me soigner, j'vais mourir de toute façon, dit-elle d'une petite voix plaintive. Les Allemands vont venir me chercher pour me fusiller. Mais je m'en fiche. Ah! ça, je m'en fiche! Faut que je vous cause, m'dame.

— Ne dis pas de bêtises. Les Allemands ne vont pas te fusiller, enfin. Je sais que la mort de David t'a beaucoup marquée comme nous tous, mais au fond c'était un accident. Il aurait dû obéir aux sommations des soldats. Le colonel était navré.

— C'est vot' copain, on dirait, le colonel! s'écria Anna.

— Pas du tout! Viens dans le cabinet de toilette.

La jeune fille se retrouva bientôt les pieds dans un baquet d'eau tiède. Claire la savonna entièrement et la rinça à l'aide d'une cruche en porcelaine remplie d'eau chaude.

— Je lave tes cheveux aussi. Grâce à ma cousine, qui m'a offert l'installation d'un chauffe-eau, ça demande moins d'efforts que jadis.

— Vous êtes gentille, vous aussi. Je voudrais tant être comme ça, moi!

— Que dis-tu là, voyons?

Claire n'en dit pas plus. Elle était encore troublée par les gestes très intimes qu'elle venait d'avoir à l'égard de la jeune Mosellane. Le fait de la laver et de voir de si près ce joli corps avait éveillé en elle une idée gênante. Son petit-fils, Pierre, avait eu pour ce corps, fin, svelte et gracieux, des gestes d'amant. Elle en vint à penser à sa propre fille. « Un jour, Ludivine deviendra femme, elle aussi, elle découvrira les plaisirs de l'amour, se dit-elle. C'est dans l'ordre des choses. »

— Voilà, tu es propre comme un sou neuf. Mets-toi au lit. Enfile cette chemise de nuit. Je te porterai un repas chaud et une tisane de valériane. Cela te fera dormir.

Elle fut elle-même réconfortée de voir Anna étendue entre les draps, bien à l'abri, avec une mine d'enfant docile.

— J'veux pas dormir, madame Claire, sinon j'ferai des cauchemars, protesta-t-elle. Je dois vous parler. Je vous en prie, écoutez-moi. Après, je sais pas si j'aurai le courage, quand le diable reviendra, là.

Elle désignait son front. Intriguée, Claire s'assit à son chevet.

— Le diable! Qu'est-ce que tu racontes?

— Grand-mère Paule, elle disait que le diable me rendait méchante, quand j'étais petite. Pourtant, j'vous jure que c'était pas vrai. J'étais pas méchante, pas encore.

— La mère de ta mère?

— Oui, j'aimais pas aller chez elle. Chaque fois, elle me

punissait. Elle avait son martinet à la ceinture, le martinet du père Fouettard, qu'elle disait. Si je voulais pas faire son ménage ou ramasser les crottes du chien dans la cour, elle me battait. Parce que j'avais les cheveux roux, parce que je lui demandais à manger. Et elle me traitait de tous les noms, j'vous jure! Même qu'un soir elle m'a planté une aiguille à tricoter dans le bras pour faire sortir le diable. Et maintenant, c'est sûr, j'irai en enfer.

Anna réprima un sanglot. Apitoyée, Claire lui prit la main. Ce qu'elle avait lu des travaux du docteur Freud sur l'importance des rêves et l'hystérie féminine lui revenait en mémoire.

— Je ne crois pas en l'enfer, petite. Comment tes parents osaient-ils te confier à cette femme? Jakob qui est si bon, surtout!

— Papa, y voulait pas, mais maman, elle pouvait pas me garder. Après, grand-mère Paule est morte. Là, j'étais bien contente. Quand ma mère s'est suicidée, ça m'a fait pareil, je la détestais. Madame Claire, c'est ma faute, ce qui est arrivé à maman. La faute du diable. Je lui ai fait peur et elle s'est jetée par la fenêtre. J'en pouvais plus, qu'elle couche avec Léon, qu'elle trompe papa. Et qu'elle boive autant!

Les mots manquaient à Claire, terrassée par cet aveu qui confirmait les craintes de Jakob et les siennes. Néanmoins, un détail l'intriguait.

— Comment ça, tu n'en pouvais plus qu'elle couche avec Léon? C'est donc arrivé souvent?

— Je n'en sais rien, sûrement deux ou trois fois.

Léon lui avait menti. Envahie par une colère rétrospective, Claire remit le problème à plus tard. Elle voulait surtout comprendre la mort d'Yvette.

— Tu as crié, tu as dû la menacer, mais ta mère aurait pu discuter avec toi, te promettre de changer de conduite, reprit-elle. Anna, je crois qu'elle n'avait plus envie de vivre, peut-être parce qu'au fond de son cœur de maman elle avait honte de ne pas s'occuper correctement de Franzi et de toi, de faire du mal à ton père qui est un homme très bon.

La porte s'entrebâilla sans bruit. Ni l'une ni l'autre ne

s'en aperçurent. Jakob était monté prendre des nouvelles de sa fille et il s'attardait derrière le battant.

— Papa, je l'aime, lui, assura Anna. Mais il me chassera, et vous aussi, madame Claire. J'ai fait des choses terribles. J'veux m'en aller, j'veux retourner dans le souterrain.

— Qu'as-tu fait, ma pauvre enfant? Parle-moi, puisque tu voulais tant me parler! Cela te fera du bien.

— Votre chatte Mimi, je l'ai tuée. Elle feulait quand je l'approchais, elle me regardait tout le temps. J'me suis dit que le diable était entré dans son corps à elle et que, si je la tuais, on serait débarrassé, ici, tout le monde.

— Et tu nous as laissés accuser Franzi!

— Oui, il est petit, lui, on l'aurait pas fichu dehors. Mais moi, si!

Elle se mit à trembler convulsivement, les yeux fous, puis ses prunelles se révulsèrent, opaques, tandis que des soubresauts horribles la faisaient se cambrer dans le lit. Terrifiée, Claire tenta de la maîtriser. Jakob se rua à son secours.

— Elle fait une crise! clama-t-il. Ça ne lui arrivait plus, ces derniers mois.

— L'épilepsie? Le haut mal? s'enquit Claire qui n'avait jamais été confrontée à cette maladie, mais qui la connaissait.

Il approuva d'un mouvement de tête en prenant sa fille contre lui. Elle se tordait et bavait une écume blanchâtre.

— Ça va passer, assura Jakob. Ma pauvre petite, mon Dieu, ma pauvre Anna!

Alertés par le bruit et les cris rauques qui s'élevaient de la chambre voisine, Ludivine et Franzi accoururent.

— Sortez de là! hurla Claire. Descendez!

Les deux enfants ne se firent pas prier. Dans la cuisine, Jeanne-Marie et Alphonse Kern écoutaient, une expression navrée sur le visage. Bouche bée, Anita avait abandonné la pâte à tarte qu'elle pétrissait.

— Le haut mal, le mal sacré! se lamenta la grand-mère d'Anna en se signant. Ma petite-fille en souffre depuis ses treize ans.

Jean reçut Ludivine contre lui. Affolée, elle sanglotait.

— Papa, qu'est-ce qu'elle a?

— C'est une maladie nerveuse, déclara-t-il. N'aie pas peur.

Franzi se réfugia sur les genoux de son pépère, qui versait une larme. Enfin, le silence revint. Léon entra au même instant, essoufflé.

— J'ai ce qu'il te faut, Jeannot. On avait un sac de chaux dans le hangar. On peut se mettre au boulot.

Personne n'émit de commentaires. Ludivine constata alors la tension extrême qui pesait sur chacun. Les Kern, Léon, Anita, son père, tous avaient un regard bizarre, un peu fixe, dans lequel une peur immense se lisait.

— Papa, qu'est-ce qu'il y a? questionna-t-elle.

— Rien du tout! trancha Jean. Sors donc le jeu de nain jaune et fais une partie avec Franzi. Il faut être sage, Ludivine. C'est une mauvaise journée pour ta mère et pour tout le monde ici.

— Mais pourquoi?

— Ce soir, Bertille sera là, avec Janine et Marie. Tantine revient, car elle a de la peine. Maman ne t'a rien dit?

— Non!

— Ton oncle Arthur est mort, son avion a été abattu par l'armée allemande.

Il outrepassait les consignes de Claire, mais l'heure était si grave qu'il n'y pensa même pas.

— Oncle Arthur? Oh! le pauvre!

Blottie contre son père, la fillette pleura sans bruit. Léon se gratta la barbe.

— T'es pas futé, de lui balancer ça sans préalable!

— Sans préambule! rectifia Jean. Ne t'en mêle pas, mon vieux, je fais ce que je peux. Elle l'aurait appris de toute façon. Autant le lui dire tout de suite!

Apitoyé, Franzi abandonna les genoux de son grand-père et vint caresser les boucles brunes de Ludivine.

— Quand le diable tire les ficelles! prêcha Anita. En plus de tout ça, il pleut des cordes, Sainte Vierge! On y voit presque rien.

Avec un coup d'œil soucieux sur le ciel couleur de plomb, la domestique alluma la grosse lampe à pétrole suspendue au-dessus de la table.

— Le vent se lève aussi! pesta Léon. Tant mieux, les Boches ne traîneront pas dans nos pattes.

— Tais-toi donc! aboya Jean. Bon sang, tu ne sauras jamais tenir ta langue, toi.

— J'ai rien dit, Jeannot! Nom d'un chien, si on peut plus l'ouvrir, dans cette baraque...

Anita entraîna son mari dans le cellier. Là, l'air méfiant, elle renifla sa moustache. Il avait bu. Elle lui décocha un regard furieux.

— Si madame s'en aperçoit, ce sera la porte, lui souffla-t-elle.

— Mais non, ma Nini. Ça, c'est point possible, maintenant. On est tous dans la misère. Faut se serrer les coudes. Et c'est pas malin, de me causer à l'écart des autres. Viens donc!

Jean n'avait pas pris garde à la brève absence du couple. Il déposait des baisers dans les cheveux de sa fille, toujours blottie contre lui. Il avait informé immédiatement la maisonnée dès qu'il était descendu dans la cuisine. Désormais, ceux qui étaient réunis là partageaient un lourd secret. Le lieutenant Eichmann gisait dans les profondeurs du sol, à mi-chemin de la grotte et du moulin. Et c'était Anna Kern qui avait éliminé le soldat allemand. Jakob avait employé ce mot: éliminé!

C'était tellement inconcevable que les esprits demeuraient frappés de stupeur. Il fallait prier, se signer, marmonner ou boire un coup de gnole comme avait fait Léon.

À l'étage, Claire venait d'écouter le récit détaillé que lui avait fait le Mosellan de leur expédition. Il avait avoué d'un trait le crime d'Anna qui, complètement épuisée après sa crise d'épilepsie, somnolait dans ses bras.

— Elle s'est servie de mes plantes! s'étonna-t-elle, effarée. Je ne comprends pas lesquelles. Je garde rarement des herbes toxiques, exception faite de la digitale, dont le dosage est délicat. Je n'en ai utilisé qu'une fois, pour une femme souffrant d'un rythme cardiaque irrégulier.

— Mais vous en aviez?

— Oui, j'en avais, et Anna venait parfois dans mon laboratoire. Mon Dieu, Jakob, c'est effroyable, j'ai l'impression d'avoir causé la mort de cet homme. Qu'on ne vienne pas me dire qu'il s'agissait d'un Allemand! Il doit être inhumé décemment, avec les sacrements de l'Église.

— Anna prétend qu'il a tiré sur David. Qu'elle voulait venger ce jeune homme, observa Jakob, très pâle.

— Comment peut-elle en être sûre? Je suppose qu'elle n'était pas au premier rang, quand David s'est fait tuer. Si elle a vu la scène d'assez loin, avouez qu'il est difficile d'identifier un soldat casqué et en uniforme. Ce lieutenant a sans doute payé à la place d'un autre. Et une fille de cet âge n'a pas à faire justice elle-même.

— Je suis bien d'accord, madame, admit le malheureux père, rongé par la honte et le désespoir.

— Mon Dieu, si une patrouille découvre le corps, le colonel Drummer exercera des représailles. Et sur qui? Sur mon époux, sur Léon ou Matthieu.

— Si c'est le cas, je me dénoncerai, madame Claire.

— Je vous en crois capable, et ça me ferait beaucoup de peine.

Bouleversée, elle lui étreignit les mains. Des chocs sourds ébranlèrent alors la cheminée de la chambre. Un volet claqua contre le mur extérieur.

— Quel vent! s'alarma-t-elle. Pourtant, il n'y a pas d'orage. Il faisait même froid ce matin. Et c'est un vrai déluge!

— On dirait une tempête, renchérit-il.

Ils constatèrent combien la lumière du jour avait baissé, alors qu'il n'était pas encore trois heures de l'après-midi.

— Jadis, un astrologue avait prédit de grands malheurs durant ce siècle, indiqua Claire. De véritables désastres!

— Bah, j'étais gamin à la veille de l'an 1900. Mon pépère m'annonçait la fin du monde pour minuit.

— Avouez que c'est bizarre. Seigneur, il faudrait allumer des cierges et prier. Qu'allons-nous devenir, Jakob, avec cette guerre? J'ai perdu mon frère. Qui sera sacrifié à l'avenir?

Une nouvelle bourrasque heurta la façade du vieux logis. Un objet sombre vola devant la fenêtre.

— Bon sang! pesta Jakob. C'était une tôle du hangar. Ça souffle dur.

Le déchaînement des éléments semblait faire écho au paroxysme d'émotions qu'ils éprouvaient. Frappés d'une légitime épouvante, ils fixaient le ciel d'un gris sombre métallique où roulaient des cohortes de nuages à une vitesse hallucinante.

— Dieu veut peut-être nous punir de tant de haine, de tant de violence, avança Jakob tout bas.

Parmi les rugissements du vent s'éleva alors un chant lugubre, tout proche.

— C'est Sauvageon! s'écria Claire. Il doit prendre peur, il ne faut pas qu'il se lève!

L'appel du petit animal la tira de la fascination morbide qui la clouait au chevet d'Anna. Elle se précipita dans le couloir, mais, au moment où elle allait ouvrir la porte de la chambre voisine, la maison tout entière fut ébranlée, comme secouée par des mains d'un géant qui aurait essayé de l'arracher de ses fondations. Aucune bourrasque ne pouvait avoir cette force démentielle.

— Jean! vociféra-t-elle. Jean! Oh! mon Dieu!

Un fracas épouvantable répondit à ses cris de terreur, ponctué par le bruit caractéristique d'une vitre brisée. De la cuisine montèrent en même temps les clameurs effrayées de Ludivine. La grande horloge comtoise s'était effondrée en avant, après avoir tenu debout presque plus d'un siècle.

Jean avait grimpé l'escalier quatre à quatre. Il enlaça sa femme, le souffle court.

— La terre a tremblé, Câlinette, dit-il simplement. Viens, c'est plus prudent de descendre, de rester tous ensemble.

Le jeune loup émit une seconde plainte. Claire échappa à l'étreinte de son mari.

— Je dois apaiser Sauvageon.

— Non, viens plutôt auprès de ta fille! cria-t-il.

Une nouvelle secousse les fit taire. Elle fut plus longue et plus profonde que la précédente. Le vieux logis craquait de toutes parts. Claire fut projetée au sol.

— Mon Dieu, c'est la fin du monde! gémit-elle.

— Mais non! affirma Jean en la relevant. Un simple séisme, comme il y en a déjà eu en Charente.

— Pour toi, les choses sont toujours simples, riposta-t-elle dans un sanglot. Et lâche-moi, je veux voir Sauvageon.

— Merde! Tu es plus têtue qu'une bourrique.

Irrité, il tourna la poignée de la porte et soutint sa femme jusqu'au matelas où reposait d'ordinaire l'animal. Mais celui-ci, pris de panique, s'était levé pour se réfugier dans un angle de la pièce. Là, assis sur son derrière et agité de frissons, il devait espérer le réconfort d'une présence.

— Je suis là, mon petit, ne crains rien, dit Claire d'une voix apaisante.

Vite, elle le souleva et ressortit, escortée par Jean. Mais Sauvageon, bien qu'amaigri, pesait lourd. Son mari le prit avec précaution. Ils descendirent lentement les marches en redoutant chaque seconde un autre assaut de la nature en folie.

— Madame, ma pauvre madame, se lamenta Anita, votre belle horloge! Voyez-moi ça!

— Maman, appela Ludivine, j'ai peur, maman!

Franzi ne redressa même pas la tête. Il demeura le nez enfoui dans la veste de son grand-père qui roulait des yeux terrifiés.

— Écoutez! dit alors Jean.

Sa casquette entre les mains, Léon approuva d'un signe du menton.

— Ça fait quelques minutes qu'on écoute, Jeannot, répondit le domestique. Quand les bêtes font autant de tapage, ça annonce du mauvais, du très mauvais!

Sous les coups de boutoir du vent et le crépitement incessant du déluge retentissait un pathétique concert. Les chèvres bêlaient de frayeur et les juments hennissaient sans discontinuer. L'âne Figaro ajoutait à cette sinistre symphonie son braiment tonitruant.

— Seigneur, protégez-nous! geignit Jeanne-Marie, d'une pâleur alarmante.

La vieille dame serrait son chapelet entre ses doigts menus.

— Cela va s'arrêter, déclara Claire. Il faut que ça s'arrête! Les bâtiments sont solides, n'est-ce pas, Jean? Le moulin a résisté…

Elle jeta un regard navré sur l'horloge démantelée, entourée d'éclats de verre. Son tic-tac continuel s'était tu. Mais c'était un moindre mal, s'il n'y avait aucun autre dégât à déplorer.

Ludivine s'approcha de ses parents. Elle caressa le loup que Jean avait déposé sur le sol.

— Je l'ai entendu hurler, le pauvre, mais Anita voulait pas que j'aille le chercher, se plaignit la fillette.

— Elle a eu raison, ma chérie, approuva Claire. Tu aurais pu être blessée.

— Croyez-vous qu'il se passe la même chose dans tout le département? demanda-t-elle à ceux qui l'entouraient.

Elle venait de penser à Bertille, certainement sur la route du retour.

— On en sait fichtre rien! cria Léon. Faudrait allumer le poste de radio.

Un roulement de tonnerre d'une puissance infernale lui répondit. Des grondements sourds suivirent en cascade, ainsi que de longs craquements. Anita se boucha les oreilles.

— On va tous mourir, Sainte Vierge! s'égosilla-t-elle.

Franzi hurla, épouvanté. Alphonse tenta de le rassurer, mais le petit garçon réclamait son père.

— Jakob ne peut pas quitter ta grande sœur, lui dit Claire après s'être penchée sur l'enfant. Tu ne risques rien. Anita, je t'en prie, calme-toi! Inutile d'affoler davantage ce pauvre Franzi.

Jean s'était posté à une fenêtre. Il observait le paysage digne d'une apocalypse. Le long de la rivière, les arbres se ployaient de façon effrayante sous la rudesse des rafales. Le tilleul de la cour était cassé en deux. Ses branches avaient brisé la table installée à son pied, témoin de tant de repas pris dans la tiédeur des soirs d'été. Les pavés étaient jonchés de débris de tuile provenant sûrement du toit de l'imprimerie Roy. Le spectacle était si affolant qu'il en oubliait le lieutenant allemand et son projet de fermer la galerie avec l'aide du Mosellan et de Léon.

— Bon sang! jura-t-il du bout des lèvres. C'est une fichue tempête!

Bertille venait de se faire la même réflexion en entrant dans Jarnac, une ville édifiée sur les berges de la Charente, à une trentaine de kilomètres en aval d'Angoulême. Edmond de Rancogne conduisait l'automobile dont il avait fallu remettre la capote, tant il pleuvait. À la hauteur du pont qui franchissait le fleuve, Janine poussa une exclamation.

— Tu as vu, tantine, tout ce qui flotte sur l'eau? Et les prés, là-bas, ils sont déjà inondés!

La jeune fille, assise à l'arrière, se redressa pour mieux observer les débris charriés par un courant très rapide. Elle vit des branches feuillues, des planches, une chaise, des lambeaux de tissu.

— C'est surtout le vent, qui m'étonne, s'écria l'aristocrate, cramponné au volant. Il est d'une violence! Les bourrasques se ressentent, et la voiture dévie, parfois. Il faudrait s'arrêter ici, ma chère Bertille. Ce serait plus sage de prendre des chambres dans un hôtel.

— Monsieur Edmond a raison, tantine, se récria Janine. Ça m'a tout l'air d'une grosse tempête. C'est dangereux de rouler dans ces conditions. Un arbre peut tomber sur le capot ou sur le toit. Je ne veux pas faire courir de risques à ma petite Marie.

Bertille jeta un coup d'œil à l'enfant. Elle dormait, la tête sur un coussin, un plaid la couvrant jusqu'au menton.

— Nous rentrons au Moulin du Loup, un point c'est tout, affirma-t-elle. J'ai besoin de voir Claire, de pleurer Arthur avec elle. Dormez ici si vous voulez, moi, je continuerai seule.

— Jamais je ne vous laisserai braver de telles intempéries, mon amie, soupira Edmond. Vous êtes accablée par le deuil, au bord de la crise de nerfs.

— Mes nerfs vont très bien. Mais avancez donc! Ce n'est pas possible, nous nous traînons comme des escargots.

Cette remarque ironique lui fit fermer les yeux. Elle revoyait Arthur, à dix ans, qui brandissait fièrement un seau rempli de cagouilles, comme les paysans charentais appelaient les escargots. «J'en ai trouvé plein, tantine! claironnait le garçon aux traits fins et aux cheveux châtains. Mireille les fera cuire pour vous.»

Des larmes roulèrent sur ses joues poudrées. Elle les essuya discrètement.

— Allons, du courage, ma chère! dit l'aristocrate. Ce jeune homme a choisi la voie de l'honneur, qui comporte le danger de sacrifier sa vie pour une cause juste.

— La ferme! glapit Bertille. Je n'en peux plus, de vos discours, de vos condoléances hypocrites. Vous n'en avez rien à faire, d'Arthur et de sa mort! Garez-vous là, immédiatement.

— Mais enfin, vous perdez l'esprit! objecta-t-il.

Elle braqua le volant vers une belle boutique dont l'enseigne indiquait: *Vins fins et spiritueux*.

— Attention, tantine! s'alarma Janine.

La roue droite de la voiture heurta le rebord du trottoir. Edmond de Rancogne freina brutalement, si bien que le moteur cala.

— Parfait! dit Bertille. Descendez, maintenant, prenez votre valise et bon vent, monsieur. Ne faites pas cette tête ahurie, c'est terminé. Plus de fiançailles, plus de mariage, plus de rente! Je ne vous supporte plus. Ces courtes vacances m'ont suffi.

Les mâchoires crispées et les prunelles brillantes de colère, elle fouilla son sac et en sortit une liasse de billets de banque.

— Tenez, cela vous paiera un hôtel ce soir et un taxi demain matin. Vous serez aux premières loges pour voir la Charente en crue, prête à tout dévaster sur son passage.

— Bertille, ma chère amie, c'est une plaisanterie? Nous avions un accord verbal, seulement verbal, certes, mais on ne s'engage pas ainsi à la légère! Vous m'avez promis votre main, et…

— La voici, ma main! répondit-elle en le giflant. Disparaissez, vous n'êtes qu'un arriviste, un coureur de veuves et un vieux pervers de surcroît!

Marie se réveilla, apeurée par la querelle. Janine s'empressa de la prendre dans ses bras et de la rassurer.

— Finissons-en, tantine, la petite a peur. Quand même, monsieur Edmond peut au moins nous emmener à Angoulême, où il a laissé sa voiture. Tu n'es pas en état de conduire, à mon avis.

Survoltée, Bertille ouvrit sa portière et alla récupérer la valise de son invité dans le coffre. Elle la posa sur le trottoir, sans se soucier de la pluie diluvienne qui la trempa aussitôt des pieds à la tête. Le vieil aristocrate capitula et la rejoignit. Il avait eu soin d'empocher l'argent.

— Vous êtes une créature sans cervelle, madame Giraud, dit-il d'un ton hautain. Et je reste poli, car quand on gratte le vernis, vos origines se devinent vite. Il n'y a que des marchandes des Halles pour distribuer de telles claques, par pure vindicte populaire! À la réflexion, j'aurais eu honte de vous offrir ma particule. Mes ancêtres en auraient frémi dans leur tombe!

— Grand bien leur fasse donc! s'exclama Bertille. Fichez-moi le camp!

Elle tremblait de tout son corps, d'exaspération et de chagrin. Ruisselante, elle prit place au volant, appuya sur le bouton du contact et tira le démarreur. Un ronflement régulier s'éleva sous le capot.

— En route!

— Sois prudente, tantine, recommanda Janine en gratifiant d'un regard attristé la maigre et haute silhouette du châtelain de Rancogne. Il espérait tant de ce séjour à la mer! Tu es dure avec lui. Il n'a rien fait de mal, au fond.

Elle continuait d'embrasser Marie, encore à demi endormie.

— Et rien fait de bien non plus! répliqua Bertille. Chaque soir, il grattait à ma porte de chambre, mais, le matin, il se rinçait l'œil quand tu partais à la plage en maillot de bain. Non, ce type ne me plaira jamais. J'avais envisagé un mariage blanc, mais je préfère finir mes jours seule.

Malgré ces propos catégoriques, elle ressentait une infime bouffée de joie à l'idée d'être au Moulin du Loup dans une heure ou deux et d'y retrouver Jakob Kern. «Ce serait si bon de sangloter sur son épaule, se disait-elle, et qu'il referme ses bras autour de moi. Bertrand, est-ce que tu me pardonnerais, si cela se produisait? Si je cherchais un peu de consolation auprès de cet homme? Bertrand, tu me manques tant, mon amour! Mon amour perdu, comme j'ai perdu Arthur, mon fils de cœur!»

En pleine songerie, Bertille roulait de plus en plus vite sur la chaussée glissante. Elle venait de quitter Jarnac en se souvenant que son mari l'y avait emmenée plusieurs fois pour acheter du cognac dans un des chais réputés établis au bord du fleuve.

— Mon Dieu! Janine, regarde, là-bas! s'écria-t-elle tout à coup. Ces arbres...

— Ce sont des noyers qui ont été déracinés, constata la jeune femme. Le vent a dû souffler avec une force phénoménale. Tantine, j'ai peur, fais demi-tour et allons à l'hôtel, je t'en prie.

— Je veux rentrer au Moulin, chez moi. Je n'ai plus que cette maison à présent. C'est mon foyer, mon refuge. Claire a besoin de moi, et j'ai besoin d'elle. Ne crains rien, tout va bien.

En dépit de cette affirmation, elle éprouvait une vive inquiétude. De maintenir l'automobile sur la route lui coûtait des efforts, et les essuie-glaces venaient difficilement à bout des trombes d'eau qui s'abattaient sur le pare-brise.

— Il fait presque nuit à quatre heures de l'après-midi, ajouta-t-elle. Je mets les phares!

Janine serra Marie plus fort et pria en silence. Il n'y avait aucun autre véhicule sur la route rectiligne, bordée de vastes étendues de vignobles. Malade d'anxiété, elle avait l'étrange impression d'être condamnée à expier ses fautes, ainsi que le reste de l'humanité.

— Ce n'est pas normal, ce temps-là, observa-t-elle. Il n'y a même pas d'orage! On pourrait croire à un fléau envoyé par Dieu comme dans la Bible.

— Balivernes! répondit Bertille. Je te parie qu'il fera beau à Puymoyen. En fait, cela ressemble à un cyclone. Quand nous étions aux Antilles, Bertrand et moi, pendant l'année que nous avons passée en Amérique, il y a eu une tempête d'une violence extrême. Mais ils sont habitués, là-bas. Ils parlent de la saison des cyclones comme nous parlons de la saison des vendanges. J'ai écouté le récit d'une tornade. Il paraît qu'un chien a été aspiré à des dizaines de mètres de hauteur, la pauvre bête.

Janine approuva sans aucun enthousiasme. Elle guettait le défilement des platanes sur le talus de gauche, effrayée par les mouvements saccadés des larges feuilles que les bourrasques secouaient.

Puis il y eut un souffle dément, craché par un ciel d'encre. Dans un vacarme assourdissant, une énorme branche se brisa et chuta de tout son poids sur la voiture.

— Mon Dieu, non! hurla la jeune femme en protégeant Marie de son corps.

17
Le parfum de l'enfer

Moulin du Loup, jeudi 18 juillet 1940, même jour

Il faisait nuit noire à six heures du soir, ce qui à la mi-juillet se révélait particulièrement oppressant. Jean avait posé sa montre-bracelet sur la table afin de surveiller la marche du temps, la grande horloge étant cassée. Anita avait gentiment offert de monter chercher dans son logement sa pendulette en ferraille, mais Claire avait refusé.

— À quoi bon te déranger! Cela ne remplacera pas ce cher tic-tac que j'entendais depuis ma petite enfance.

— Nous la réparerons, Câlinette! avait promis Jean.

Ils étaient tous réunis dans la cuisine, à l'exception de Jakob et d'Anna. Jeanne-Marie Kern était allée prendre des nouvelles de sa petite-fille, toujours profondément endormie. La vieille femme était redescendue avec précaution, dans la crainte d'un autre tremblement de terre. Mais le sol demeurait stable. Seule persistait la pluie, drue, inlassable. L'eau coulait dans les chenaux des toits avec des bruits de ruisseau.

— J'espère que tout va bien chez Matthieu et Faustine, dit Jean. Ils n'ont pas l'air d'avoir pris le risque de sortir. Mais peut-être qu'ils ne sont pas là. Ce matin, ils sont partis en voiture. Je les ai aperçus. Une chose est sûre, Claire, ton frère n'est pas même venu à l'imprimerie. Bon sang, vu toutes les tuiles qui sont tombées dans la cour, il y aura des gouttières. Ça peut faire des dégâts sur les réserves de papier. Je vais vérifier.

— Non, je t'en prie, ne sors pas, Jean! implora-t-elle.

— Il y a beaucoup moins de vent.

— Comment, moins de vent? Cela souffle encore très fort. La preuve, la ligne téléphonique est coupée. Des poteaux ont dû se casser. Nous devons rester ensemble, tous ensemble.

Ludivine s'était installée sur une couverture, Sauvageon couché contre elle. Le loup avait calé sa tête sur les genoux de la fillette. Franzi s'était calmé. Il semblait l'envier.

— Tu peux venir avec moi, lui proposa-t-elle. Comme ça, Sauvageon te connaîtra mieux.

C'était un traité de paix à l'échelle enfantine. Touchée, Claire demanda à Anita de préparer de la pâte à crêpes.

— Dès qu'il fait mauvais, qu'il pleut ou qu'il neige, j'ai envie de crêpes, avoua-t-elle sous l'œil attendri de Jean.

— D'accord, madame! s'exclama la domestique en souriant. Mais, si la terre se remet à trembler, pardi, faudra pas m'en vouloir si je verse de la pâte à côté de la poêle!

La boutade détendit l'atmosphère. Alphonse Kern esquissa un sourire amusé. Léon eut un bon rire avant de faire une grimace et de faire observer:

— Dites, patronne, déluge ou pas, faudrait traire les biques. Elles font moins de raffut, mais j'les oublie pas pour autant. Vous croyez que Jakob pourrait me donner un coup de main?

— Si je surveille sa fille, oui, sans doute. Je monte le prévenir.

— Laisse Jakob tranquille, Câlinette! la coupa Jean. Je vais aider Léon. Nous serons prudents. J'en profiterai pour voir s'il n'y a pas trop de dégradations à l'imprimerie. Tu ne me retiendras pas indéfiniment à l'intérieur, et tu sais bien que nous avons un travail urgent à faire.

— Je n'oublie rien, Jean, dit-elle d'une voix lasse. C'est une dure journée. Et Bertille qui n'arrive pas…

— Si elle a pris la route, madame, elle a dû s'abriter dans un hôtel, votre cousine, mentionna Anita. Faudrait être fou pour rouler dans des conditions pareilles.

— Surtout que m'dame Bertille ramène ma Janou et la petite Marie, nota Léon.

Les deux hommes s'équipèrent de bottes en caoutchouc, de cirés et de casquettes. Quand ils furent prêts à sortir, Claire se jeta au cou de son mari et l'embrassa sur la bouche. Elle s'accordait rarement de telles familiarités en public, mais elle avait peur, terriblement peur.

— Je t'en prie, fais attention, dit-elle tout bas à son oreille. Tout est tellement bizarre, aujourd'hui! Cette tempête, les secousses, et cette pluie qui n'arrête pas!

— Allons, tranquillise-toi, dit-il, ému. Le climat se détraque parfois et, si tu avais consulté d'anciennes chroniques du pays, tu saurais qu'il s'est déjà produit des événements de ce genre, en Charente, en 1783 exactement.

— Depuis quand t'intéresses-tu aux anciennes chroniques de la Charente? s'étonna-t-elle en le couvant d'un chaud regard amoureux.

— Depuis que j'ai joué les journalistes et écrit deux livres.

Plus bas, il ajouta:

— Et depuis que j'ai épousé la plus belle fille de la région… Courage, Câlinette, nous traversons des heures difficiles, mais il faut garder espoir.

Elle le regarda franchir la porte, pour se fondre dans un univers glauque, cotonneux, strié des fils d'argent du déluge. Léon l'avait précédé. Bien que muni d'une lanterne, le domestique pestait en trébuchant sur les débris de tuile qui jonchaient la cour.

— Comme l'air est froid! remarqua-t-elle. Bien! Il vaut mieux que je m'occupe les mains, sinon je vais tourner en rond.

Elle ouvrit un des buffets et chercha parmi sa pharmacopée une préparation susceptible de garder Anna endormie. Cela raviva sa terreur devant le crime de la jeune fille.

«Mon Dieu! Elle a tué ce soldat allemand, sciemment, avec préméditation. Quand je la vois affaiblie et malade, j'ai pitié d'elle, mais c'est une démente, je n'ai plus aucun doute sur ce point», pensait-elle.

La grande cuisine, toujours animée et assez bruyante ordinairement, semblait la proie d'un sortilège, tant le silence était pesant et insolite. Anita s'affairait discrètement, les enfants ne disaient pas un mot, Alphonse et Jeanne-Marie Kern paraissaient frappés d'une stupeur morbide.

«Je les comprends, songea encore Claire. Leur petite-fille s'est rendue coupable d'un meurtre, même si le lieutenant Eichmann était un de nos ennemis, un envahisseur. Même si c'est bien lui qui a tiré sur ce pauvre David. Nous n'avons pas à pratiquer une justice aussi expéditive, la loi du talion de la Bible.»

Elle se demandait comment éloigner Anna de sa famille quand Jakob descendit l'escalier. La mine fatiguée, le colosse blond alla s'asseoir au coin de l'âtre.

— Tu as laissé Anna toute seule? s'inquiéta Jeanne-Marie. Je remonte à son chevet, c'est plus prudent.

— Elle n'est pas prête de se réveiller, assura-t-il.

— Je vous crois, Jakob, mais je préfère que votre mère la surveille, convint Claire. Je ne veux pas d'un autre drame sous mon toit.

— Je clouerai des barres en bois à la fenêtre et je fermerai la pièce à clef, madame, dit-il. Après une crise de haut mal, elle dort des heures. Mais plus tard, s'il le faut, je l'attacherai au lit. Elle ne causera plus d'ennuis, je vous en fais le serment.

Bien qu'énoncées à voix basse, ces paroles intriguèrent Ludivine et Franzi. Ils échangèrent un regard surpris, car ils n'avaient jamais entendu parler de telles pratiques. Inquiète, la fillette frissonna. Très sensible, elle percevait la tristesse étrange qui accablait les adultes, sans en comprendre la raison essentielle. Mais plus rien n'était rassurant, ni le feu ni la clarté de la suspension d'opaline rose. La grande horloge terrassée par le séisme lui fit soudain penser à un corps disloqué.

Ce fut à cet instant précis que des rafales, encore plus déchaînées que les précédentes, assaillirent le Moulin du Loup. Les cheminées vibrèrent, et des sortes de détonations retentirent à l'extérieur.

— Des branches brisées net! nota le Mosellan.

Sauvageon se redressa, l'œil affolé. Il voulut se lever, mais Ludivine l'en empêcha.

— Sois sage, enfin! ordonna-t-elle. Maman, il est tout hérissé.

Il s'était à peine écoulé une minute quand un grondement prodigieux résonna dans toute la vallée. Debout près du buffet, Claire sentit le sol trembler sous ses pieds. Déséquilibrée, elle se cramponna au meuble avec un cri d'effroi. Une des fenêtres s'ouvrit tout à coup, livrant passage à une bourrasque d'une puissance inouïe. La lampe en opaline fut agitée d'une danse frénétique avant de s'éteindre. Un nuage de cendres s'éleva du foyer de la cheminée, car le vent tournoyait dans la cuisine, pareil à une bête féroce avide de destruction.

— Maman, au secours! hurla Ludivine.

— Sainte Vierge, mère de Dieu, protégez-nous! s'époumona Anita.

Sans les flammes mouvantes de l'âtre, ils auraient été plongés dans la plus totale obscurité. Jakob attrapa Franzi qui courait vers lui.

— Papa! Papa, j'ai peur! tonitrua le petit.

— Tout le monde à l'abri sous la table! ordonna le Mosellan. Madame Claire, pépère, mémère, venez vite, vous aussi Anita. Je vais essayer de tirer les volets. On aurait dû les fermer!

Les murs subissaient de tels chocs sourds, de tels coups de boutoir, que Jakob redoutait le pire. Une poutre pouvait s'effondrer, si la structure même de la maison était atteinte.

Il se campa devant la fenêtre, ses robustes jambes un peu écartées pour avoir plus de stabilité, et il s'escrima afin de rabattre les fameux volets. Mais il dut abandonner, repoussé en arrière par une sorte de tornade d'eau glacée.

— C'est ma faute, ma très grande faute! hurla alors une voix suraiguë dans laquelle il reconnut le timbre de sa fille. Dieu veut me punir. Je dois être la seule à mourir!

Anna se tenait en bas des marches, dans sa longue chemise de nuit blanche. Il la distinguait à peine, mais elle avait toutes les apparences d'un spectre surgi de nulle part.

— Je vous demande pardon, à tous! s'écria-t-elle en s'élançant en direction de la porte. C'est moi que le diable appelle. Il va m'emmener, oui, m'emmener en enfer!

Jakob la saisit à bras-le-corps afin de l'empêcher de sortir. Elle lutta contre son père quelques instants avec de petits cris de bête sauvage prise au piège. La scène soulignée par les reflets rougeoyants des braises, avec en fond sonore les rugissements du vent, avait quelque chose de fantasmagorique.

Terrifiée, Ludivine ferma les yeux et se réfugia contre Claire. Recroquevillée sous la grande table familiale et serrée entre sa mère, Anita, Franzi et les deux vieillards, elle ignorait où était le jeune loup et cela acheva de la désespérer. La fillette éclata en gros sanglots, au point de suffoquer.

— Calme-toi, ma chérie! l'exhorta Claire. Sois forte, je t'en supplie.

— Mais c'est peut-être la fin du monde!

— Non, tu verras, demain il y aura un beau soleil, et tu mettras la nouvelle robe que je t'ai faite.

Jeanne-Marie poussa alors une plainte épouvantée. Elle venait de voir Jakob frapper Anna d'un horrible coup derrière la tête.

— Tu l'as tuée! se lamenta-t-elle. Dieu tout-puissant, madame Claire, Jakob a tué sa propre enfant.

— Non, je l'ai assommée, précisa-t-il. C'était la seule façon de l'empêcher de partir à peine vêtue dans cette tourmente. Elle aurait mis fin à ses jours, j'en suis sûr.

Sa voix tremblait. Il souleva le corps de sa fille et se dirigea d'une démarche incertaine vers l'escalier.

— Ne remontez pas, par pitié! protesta Claire. Mettez-la près de moi, à l'abri. Quoi qu'elle ait fait, nous ne pouvons pas l'abandonner.

Le Mosellan lui obéit. Il déposa Anna sur le sol et se glissa à son tour sous la table. Tous gardèrent le silence un long moment, paralysés par l'effroi le plus profond, témoins impuissants de la symphonie démoniaque orchestrée par une nature prise de folie furieuse.

— Jean… Léon… Pourvu qu'il ne leur soit rien arrivé! observa enfin Claire.

— Et madame Bertille? interrogea Jakob d'un ton inquiet. Elle devait rentrer ce soir!

— Ma cousine a la tête sur les épaules. Elle a dû renoncer à faire le trajet. Du moins, il le faut, car je ne supporterais pas de la perdre.

La bouche sèche, elle ne put en dire davantage. Ludivine se remit à gémir.

— Maman, où est Sauvageon? J'ai peur, maman, j'ai tellement peur! Et papa? Dis, il ne va pas mourir, papa?

— Non, ma chérie. Si ton père était là, il te dirait qu'il en a vu d'autres sur l'océan Atlantique, plaisanta-t-elle, faussement tranquillisée, pour détendre l'atmosphère.

Ces quelques mots échangés, ils se turent à nouveau. Il leur fallut un certain temps pour constater que la terre ne tremblait plus et que le vent avait faibli.

— Ça se calme, déclara le vieil Alphonse.

— Oui, et j'entends des voix, renchérit Jakob.

Bientôt, le halo d'une lanterne valsa au sein de l'obscurité. Jean appela :

— Où êtes-vous? Bon sang! Personne n'est blessé? Claire, Ludivine?

— Hé! ma Nini! Eh ben! ça alors, mon Jeannot! Où sont-ils passés? s'inquiéta Léon.

— On est là, papa, clama la fillette. Sous la table.

Claire s'extirpa de leur refuge en avançant sur les genoux et les mains. Son mari l'aida à se lever. Ivres de soulagement, ils s'étreignirent.

— Je crois que c'est terminé, Câlinette.

— Jean, mon amour! Quelle horreur! J'ai eu si peur pour toi!

— Et moi donc! Mais pourquoi êtes-vous dans le noir? Il fallait entretenir le feu.

— Une fenêtre s'est ouverte, et une sorte d'ouragan a dévasté la pièce. Mon Dieu, j'espère que c'est fini cette fois!

— Vous faites pas de soucis, patronne, j'vas le rallumer, vot' feu, promit Léon. Sortez donc de là-dessous, mes pauvres. J'crois qu'il n'y a plus rien à craindre. Dehors, maintenant, c'est une vraie purée de pois. Parole, j'ai jamais vu un brouillard pareil!

— Sainte Vierge, moi, j'ai cru notre dernière heure venue, dit Anita.

Après avoir embrassé Ludivine, Jean jugea urgent d'éclairer la pièce. Il cala la lanterne sur le manteau de la cheminée et remit en fonction la lampe à pétrole. Interloquée, Claire ne pensa même pas à l'aider. Ses nerfs la trahissaient. Elle n'en pouvait plus. Sans un mot, elle alla s'asseoir au bout d'un des bancs, les mains jointes sur ses genoux. Pourtant, peu à peu, la grande cuisine du moulin reprit son aspect chaleureux. Jakob avait crocheté les volets, puis bloqué la fenêtre et de belles flammes léchaient la plaque en fonte de l'âtre.

— Maman, Sauvageon s'était caché sous l'escalier, annonça Ludivine, réconfortée par la douce lumière de la lampe et la présence de son père.

— Si c'est pas un p'tit miracle, ça! s'exclama alors Anita. La pâte à crêpes est toujours au fond du récipient.

Franzi, lui, n'avait pas bougé. Assis sous la table à côté de sa grande sœur inanimée, il pleurait sans bruit.

— Viens par là! dit Jean en lui tendant la main.

— Anna, j'crois qu'elle est morte, dit l'enfant en hoquetant.

— Mais non, ton père m'a expliqué ce qui s'est passé. Parfois, pour sauver quelqu'un, il faut l'assommer. J'ai fait la même chose il y a longtemps, quand Léon se noyait. Il gesticulait tant que j'ai dû le cogner un peu. Allez, sors de là-dessous, Franzi. Nous allons recoucher ta sœur dans son lit. Elle sera mieux que par terre.

Le petit obtempéra et courut se percher sur les genoux de sa mémère. Après tant de chaos et de panique, le moindre geste familier semblait extraordinairement précieux.

Remise de ses émotions, Claire éprouva un plaisir puéril à faire bouillir de l'eau sur le réchaud, dans la perspective de servir un bon café à toute la maisonnée. Mais elle trouva la cafetière en faïence brisée sur le sol.

— Tant pis, je prendrai une cruche en émail, dit-elle à mi-voix.

Ce fut ainsi, devant l'étagère où étaient suspendue une partie de ses ustensiles, qu'elle découvrit une lézarde dans le mur plâtré et peint en ocre rose. La fissure s'étendait du plafond au plancher. Son cœur se serra.

«Mon cher Moulin! songea-t-elle. Tu es debout depuis deux ou trois siècles et voici ta première plaie. Mon Dieu, quelle tristesse!»

Alphonse Kern la rejoignit et examina attentivement les dégâts.

— J'étais maçon, madame Claire, dans ma jeunesse. Je vous arrangerai ça. Cette maison a des murs très épais; rien ne les fera s'écrouler. Je dirais même que ce sont les enduits successifs qui ont craqué, pas la pierre. Vous verrez, d'ici quelques jours, il n'y paraîtra plus. Et ça me fera bien plaisir de manier la truelle à nouveau.

— Je vous remercie, Alphonse! Mais il faudrait être sûr que tout est vraiment fini.

— Il n'y a plus un souffle de vent, affirma-t-il.

Claire lui adressa un doux sourire et s'attela à la préparation d'un litre de café. Elle savait qu'après ce véritable cataclysme il lui serait difficile de dormir. Cependant, elle tenait à rétablir le bon ordre de son foyer.

— Ludivine, Franzi, installez-vous à table, je vais vous donner à dîner. Ensuite, vous irez vous coucher.

— Je ne veux pas être toute seule là-haut, maman, s'insurgea la fillette.

— Moi non plus, renifla le garçon.

Elle les comprenait. Ils avaient vécu des heures d'épouvante et, comme bien des enfants, ils appréhendaient à présent de s'éloigner des adultes et du bon feu qui pétillait gaiement dans la cheminée.

— Léon, sois gentil, monte chercher deux lits de camp et descends-les ici. Et toi, Anita, aide-le : il faudrait rapporter des oreillers et des couvertures.

— Chic, on va rester en bas! s'exclama Ludivine. Comme Faustine après la naissance d'Isabelle. Hein, maman? Tu nous l'as souvent raconté. Il y avait un grand lit près de la fenêtre, et Faustine jouait les princesses. Les gens lui rendaient visite avec des cadeaux.

— Tout à fait, acquiesça Claire. Nous étions bien heureux de la garder près de nous, ton père et moi.

Elle leur servit du pain et des grillons d'oie avec des cornichons au vinaigre.

— Vous aurez des crêpes en dessert, dit-elle d'une voix raffermie.

Pour eux, elle devait paraître sereine, éviter les pleurs et les lamentations. C'était une priorité qu'elle s'imposait déjà toute jeune fille, quand elle avait dû élever Matthieu, leur mère étant morte en couches. Claire avait fait de même pour Faustine, que Jean lui avait confiée alors que la petite était âgée de deux ans. « Les enfants ont besoin de sécurité et de gaîté, se disait-elle en balayant les éclats de verre autour de l'horloge. Franzi a suffisamment souffert, et Ludivine a dû affronter bien des chagrins depuis le décès de Bertrand. »

Cette pensée la ramena à sa cousine. Le sort de Bertille, de Janine et de la petite Marie la tourmentait. Malgré les propos rassurants qu'elle avait eus, une vive appréhension la tenaillait.

« Mon Dieu, je vous en prie, rendez-moi Bertille, épargnez-la, ainsi que Janine et son innocente protégée. Je pleure mon frère Arthur, j'ai pleuré tant de morts au cours de mon existence! Alors, ayez pitié de moi, vous qui m'avez couvert de grâces en m'accordant le don de guérison. Si souvent je vous ai imploré de m'aider à soigner un malade, à ramener à la vie un enfant agonisant! Et vous m'avez exaucée. Une fois encore, je vous supplie d'épargner ceux que j'aime. »

Anita et Léon installaient les lits de camp. Ces meubles pliables en bois léger et en grosse toile dataient de la dernière guerre. Colin les avait achetés à un brocanteur du quartier de Soyaux, à l'est d'Angoulême. Claire en prenait grand soin, car elle n'avait jamais vu rien d'aussi pratique en matière de lit d'appoint.

— Maintenant, m'dame, je fais sauter les crêpes, annonça la domestique. J'ai une fringale, dites…

— Eh bien, casse un peu la croûte, ma Nini! cria joyeusement Léon. Ça fait envie, les tartines des gosses, là. Les crêpes, ça ne presse pas.

— Dans ce cas, autant que tout le monde en profite, dit Claire. Jeanne-Marie, Alphonse, venez manger aussi.

En maîtresse de maison accomplie, la seule habilitée à sacrifier des provisions mises de côté, elle ouvrit deux bocaux de pâté et décrocha des saucissons du cellier, où ils séchaient après avoir été frottés à la cendre. Elle sortit des fromages du garde-manger, déboucha une bouteille de vin rouge et coupa de larges tranches de pain.

— De quoi reprendre des forces après la bataille! plaisanta-t-elle.

Jakob et Jean s'attardaient à l'étage. Quand ils furent de retour, ils prirent part à ce repas improvisé, mais tous deux affichaient une mine maussade. Après avoir affronté la nature en furie, ils devaient encore mener à bien l'obstruction du souterrain.

— La nuit sera longue, déplora le Mosellan, une fois rassasié.

— Oui, autant commencer le plus vite possible, dit Jean à voix basse.

— Ça pourrait peut-être attendre demain! suggéra Léon. J'suis vanné, moi. En plus, il reste une partie du troupeau à traire. On a dû s'arrêter, tellement ça tremblait dans la bergerie. Les biques devenaient folles.

Ces propos tout en sous-entendus ramenèrent Claire à la dure réalité. Les trois hommes avaient encore du travail. Ce n'était pas le moment de se reposer.

— Je vais les traire, Léon, les chèvres, dit-elle. On a déjà trop tardé. Elles sont en pleine lactation, et une mammite se déclare vite. Mais patientez un peu avant de vous mettre au travail. Il faut d'abord coucher les enfants.

— Quel travail, papa? demanda Ludivine en bâillant.

— Des dégâts à réparer, répondit Jean. Maman a raison, Franzi et toi, vous filez au lit. Petits veinards, je vois que vous avez un traitement de faveur, ce soir.

Il se forçait à parler avec bonhomie et, quand la fillette vint l'embrasser, il la serra très fort contre lui.

— Dors bien, ma chérie, il n'y a plus de danger, lui dit-il à l'oreille.

Bercés par le ronron des conversations et les menus bruits habituels de la grande cuisine, Ludivine et Franzi s'endormirent rapidement. C'était là où palpitait le cœur du Moulin du Loup, comme se plaisait à le répéter Claire. Sauvageon prit place entre les deux lits de camp, sur son carré de couverture.

— Il faut y aller, affirma Jean dès qu'il vit les enfants plongés dans un paisible sommeil. Câlinette, nous sommes obligés de passer par la chambre. Ce serait trop compliqué de monter à la Grotte aux fées, et je voudrais que les travaux de maçonnerie ne se voient que d'un côté, le nôtre! Ainsi les Allemands croiront à un mur édifié bien avant la guerre. Il y a des façons de faire paraître ancienne une paroi de pierres, surtout s'il n'y a pas de joints en chaux. Avant, nous répandrons du poivre le long de la galerie, il faut que tu me donnes tout ce que tu as. Si les soldats fouinent par là avec le chien, cela brouillera la piste. D'autant qu'il a bien plu!

— Souhaitons qu'ils ne soupçonnent rien! Es-tu sûr que ça suffira?

— Je l'espère…

Elle était opprimée par la présence de ce cadavre sur leur propriété, dans les profondeurs de la Grotte aux fées. Cela lui semblait encore inconcevable qu'un homme soit enseveli là, sans avoir reçu de sacrements, dans le plus total anonymat. Son respect à l'égard des défunts, inspiré par sa foi chrétienne, était mis à rude épreuve.

— Fais le nécessaire, Jean. Nous n'avons pas le choix, hélas!

Son mari lui caressa la joue.

— Non, nous n'avons vraiment pas le choix. Il faut que le colonel Drummer soit convaincu que son lieutenant a déserté.

Léon grimpa l'escalier le premier, un sac de chaux sur le dos. Jakob portait un gros bidon d'eau, Jean, une cuvette en zinc et deux truelles.

Jeanne-Marie et Anita se signèrent à plusieurs reprises. Exténué, Alphonse annonça qu'il montait se coucher.

— Je serai près d'Anna, dit-il, attristé. Jakob m'a avoué tout à l'heure que votre mari et lui l'ont attachée aux barreaux du lit. Seigneur, quel malheur, quel grand malheur!

Claire se répétait ces mots en son for intérieur, assise au coin du feu. «Oui, que de malheurs sous ce toit, en une unique journée! D'abord, j'apprends la mort d'Arthur, ensuite, Anna nous fait des aveux effroyables et, pour finir, l'apocalypse nous tombe dessus, un déluge et des séismes. En plus, nous n'avons aucune nouvelle de Matthieu, de Faustine et des enfants. Pas plus que de Bertille, de Janine et de Marie. Je suppose qu'ils ont eu la prudence de se mettre à l'abri! J'ai à peine pu penser à eux, tellement j'avais peur, tellement c'était horrible! »

Elle frissonna en se souvenant des cris d'Anna quand, la face blafarde, elle était descendue en chemise de nuit. «La malheureuse qui se croyait responsable de tout ce désastre, qui s'imaginait que le diable venait la chercher, et qu'elle irait en enfer. Mais, l'enfer, aujourd'hui, il était sur terre, pas ailleurs! Jeanne-Marie Kern se confond en prières, la pauvre femme! Elle a raison, moi aussi, je devrais prier. »

Le silence qui régnait dans la pièce l'oppressait. Anita avait emprunté deux lampes à pétrole dans les chambres vides de l'étage et elle tricotait, installée près de la table. Encore une fois, Claire regretta le doux tic-tac de l'horloge.

— Et vos chèvres, madame? questionna la domestique. Voulez-vous un coup de main?

— Les chèvres! Mais où ai-je la tête? Merci, Anita, j'y vais vite. Mais ne te dérange pas, je me débrouillerai seule. Je manque à mes devoirs envers nos bêtes! Mon vieux Figaro a dû être aussi terrifié que nous tous. Et les chevaux!

Elle enfila une veste de Jean et des bottes.

— Tenez, prenez la lampe à pile de mon fils, dit Jeanne-Marie qui avait trottiné vers elle.

— Merci, et reposez-vous, maintenant. Vous n'en pouvez plus.

La vieille femme eut un sourire attristé et affirma:

— Que vous êtes bonne, madame! Nous vous causons tant de soucis, hélas!

— Vous n'êtes pas responsable, Jeanne-Marie, rétorqua Claire en sortant.

Elle se retrouva enfin sur le perron du moulin, confrontée à un épais brouillard, d'une densité étrange. Le faisceau lumineux de sa lampe ne le dissipait même pas, et elle dut avancer vers la bergerie en se fiant à son sens de l'orientation, car elle n'y voyait pas à un mètre.

— Et alors, père Maraud, vous m'abandonnez? appela-t-elle à mi-voix. J'aurais tant besoin de vos conseils! Qu'est-ce qui se passe ici? Pourquoi tous ces malheurs? Pourquoi?

Malgré sa fragile espérance, aucune apparition ne chassa l'opacité de la nuit. Naïvement déçue, le cœur lourd, Claire entra dans le bâtiment.

— Je suis sotte, je ne peux pas toujours compter sur vous! ajouta-t-elle.

Des bêlements véhéments l'accueillirent, poussés par six chèvres aux mamelles distendues.

— Me voici, mes biquettes! On ne vous a pas oubliées, ou si peu...

Claire se hâta de les traire, apaisée par leur simple contact et les odeurs familières de la paille ainsi que du lait tiède. Sa tâche accomplie, elle tendit l'oreille, intriguée, car, de l'écurie voisine, elle ne percevait rien. Havane aurait dû hennir en entendant sa voix, et Figaro, d'ordinaire, tapait le bat-flanc de sa stalle, dans son impatience de recevoir un bout de pain dur.

— Je suis presque sûre qu'ils ne sont pas là! se dit-elle tout bas.

En passant dans le bâtiment qui jouxtait la bergerie, ses doutes se confirmèrent. Dès qu'elle éclaira à l'aide de sa lampe, elle comprit vite pourquoi les lieux étaient vides: un des chevrons soutenant le plancher à foin s'était effondré, l'une de ses extrémités ayant été descellée du mur. Claire supposa que les animaux, affolés, avaient réussi à sortir avant d'être blessés, car, dans sa chute, la poutre en bon bois de châtaignier avait brisé les bat-flancs des box.

— Mon Dieu, que de dégradations! soupira-t-elle.

Des éclats de planches se mêlaient à la paille. Deux morceaux gisaient à ses pieds, disposés de telle façon qu'ils évoquaient irrésistiblement la forme d'une croix. Ce n'était que le fruit du hasard, mais cela frappa Claire. «Oui, évidemment, c'est ce que je dois faire, songea-t-elle. La croix, une prière...»

Elle se hâta de stocker les bidons de lait dans la fromagerie, puis elle courut vers la maison. Le brouillard se dispersait, mais la nuit était particulièrement noire.

— Demain, je retrouverai Figaro et Havane, oui, demain, se rassura-t-elle à mi-voix.

Un quart d'heure plus tard, Jean eut la surprise de voir sa femme apparaître dans le souterrain. Elle avait vaillamment parcouru les deux cents mètres du passage voûté, jusqu'à l'embranchement de la galerie qu'ils avaient décidé de murer. Un paquet sous le bras gauche, elle tenait une lampe de la main droite.

— Câlinette, qu'est-ce que tu fais là? questionna-t-il. Ce n'était guère prudent de descendre; les échelons sont glissants.

— Cela ne m'a pas posé de problème. J'ai un devoir sacré à remplir.

Elle considéra en silence l'avancement des travaux qui se déroulaient dans la clarté jaune de trois grosses lanternes à pétrole. En gilet de corps, Jakob brassait une bouillie ocre de chaux et de sable à l'aide d'une pelle. Léon, lui, appliquait du mortier à la truelle, entre des galets et des pierres ramassées dans la grotte et qui constitueraient ensuite un mur assez irrégulier pour paraître ancien.

— Quel devoir sacré? interrogea Jean.

— Le lieutenant Eichmann a droit à une prière et à une croix sur sa tombe. Cet homme a été assassiné chez nous. Je tiens à lui donner une sépulture décente.

Sur ces mots, elle sortit de son sac un crucifix en bois qu'elle avait décroché du palier, où il avait passé plus de cinquante ans. Elle prit un livre à la couverture brune et défraîchie.

— C'est par ici, madame! dit Jakob en désignant un monticule de glaise jaunâtre sous une avancée de roche. Mais c'était à moi d'y penser.

— Ne vous en faites pas, mon pauvre ami.

Ils la virent se mettre à genoux, planter le crucifix dans la terre argileuse, sur la tombe du lieutenant et ouvrir le livre. De ses belles lèvres tremblantes d'émotion, Claire lut la prière de saint François d'Assise qu'elle avait choisie parce qu'elle la connaissait bien, et surtout parce qu'elle l'avait toujours jugée magnifique d'humanité et d'une portée essentielle.

Seigneur, fais de moi un instrument de ta paix,
Là où est la haine, que je mette l'amour.
Là où est l'offense, que je mette le pardon.
Là où est la discorde, que je mette l'union.
Là où est l'erreur, que je mette la vérité.
Là où est le doute, que je mette la foi.
Là où est le désespoir, que je mette l'espérance.
Là où sont les ténèbres, que je mette la lumière.
Là où est la tristesse, que je mette la joie.
Ô Seigneur, que je ne cherche pas tant à
être consolé qu'à consoler,
à être compris qu'à comprendre,
à être aimé qu'à aimer.
Car c'est en se donnant qu'on reçoit,
c'est en s'oubliant qu'on se retrouve,
c'est en pardonnant qu'on est pardonné,
c'est en mourant qu'on ressuscite à l'éternelle vie.

Quand elle se tut, Jakob et Léon se signèrent. Seul Jean demeura impassible. Claire lui adressa un coup d'œil plein de reproche.

— Pouvons-nous continuer, à présent? s'écria-t-il. Tu aurais pu attendre que ce soit terminé. Il y avait certainement des choses plus urgentes...

— Non, je ne crois pas. Que t'arrive-t-il? Tu as retrouvé la foi depuis plusieurs années, il me semble!

— Excuse-moi, Câlinette, lâcha-t-il d'un ton désabusé. Disons que ma foi bat de l'aile bien souvent. De plus, ta croix n'est pas discrète. Si quelqu'un venait rôder par là...

— Mais personne ne viendra. Quand vous aurez fini ce mur, le seul accès possible, ce sera le puits, le placard de notre chambre. Je tiens à mettre cette croix. Tant pis si c'est imprudent!

— On ne sait jamais! Je le répète, nous devons garder le secret. Il est hors de question qu'on mette au courant Matthieu et Faustine. Compris? Nous sommes déjà bien assez nombreux à savoir. Si le colonel Drummer découvrait ce cadavre, il y aurait deux veuves sous le toit du moulin : Anita et toi.

554

— Si quelqu'un devait payer pour ce mort, ce serait moi, affirma Jakob. Soyez tous sans inquiétude, je vous le répète. Au besoin, je me dénoncerai, je prendrai tout sur moi.

— Je vous crois, mais ce serait un sacrifice désolant, car c'est la guerre, répondit Jean. Il ne faut pas oublier que le lieutenant Eichmann a sans doute tiré sur un gosse de vingt ans qui fuyait, terrorisé, parce qu'il avait le tort d'être né juif. Je ne cautionne pas le geste de votre fille, mais, quand on a cru mourir cent fois dans les tranchées, quand on a vu tomber ses camarades sous le feu ennemi, on a du mal à s'apitoyer sur un soldat de l'autre camp. Cependant, ça, les femmes ne le comprennent pas.

— Peu importe! s'enflamma Claire. J'ai ma conscience de chrétienne pour moi.

Elle fit demi-tour en ravalant des larmes d'amertume. Depuis des heures, elle avait le cœur broyé par le chagrin, la peur et l'épouvante. Il lui semblait que cela ne s'arrêterait jamais, ce en quoi elle ne se trompait guère. Alors qu'elle longeait le couloir menant au palier, la voix de son frère lui parvint. De toute évidence, Anita l'empêchait de monter à l'étage, et Matthieu, furieux, criait comme un forcené. Vite, elle dévala les marches.

— Mais tais-toi donc! protesta-t-elle. Tu n'as pas vu que les enfants étaient couchés en bas?

Réveillés en sursaut, Ludivine et Franzi ouvraient de grands yeux apeurés.

— Ils se rendormiront, rugit-il. Viens, Clairette, j'ai besoin de toi. Et cette gourde d'Anita qui me barrait le passage! Faustine a mal au ventre. Elle a peur pour le bébé.

Claire n'hésita pas. Elle enroula un châle autour de ses épaules, prit sa sacoche de guérisseuse et le devança sur le perron. «Mon Dieu, pourquoi? On dirait qu'un châtiment céleste s'abat sur ma famille, sur ceux que j'aime, pensa-t-elle, l'esprit en déroute. Pitié, Dieu d'amour, Dieu tout-puissant.»

Matthieu la rejoignit et la prit par le bras.

— Où est ta voiture? s'étonna-t-elle. J'ai les jambes coupées. Tu m'as causé un choc, encore un… Je n'en peux plus!

— Un arbre barre le chemin des Falaises entre chez

nous et le Moulin. J'ai couru jusqu'ici sans presque rien voir, haleta-t-il. Tu as vu la brume? En outre, il n'y a plus de téléphone, plus d'électricité, plus rien...

— Explique-moi, implora-t-elle en pressant le pas malgré tout.

— Faustine a eu une sorte de crise de nerfs à cause de cette foutue tempête. Depuis, elle ressent des douleurs au bas-ventre. Elle ne fait que pleurer, d'autant plus que Pierre et Isabelle vont s'embarquer pour l'Amérique du Sud dans une semaine. Même si elle était d'accord, ce départ lui rongeait les sangs.

— Comment ça? se récria Claire. Mais es-tu devenu fou, Matthieu? Expédier tes enfants aussi loin!

— Blanche et Victor les emmènent au Pérou. Moi, je fais ce qui me semble le mieux pour mon fils. Ainsi, Pierre ne verra plus cette petite garce d'Anna. Quant à Isabelle, mademoiselle avait prévu de participer au voyage sans même solliciter notre accord!

Matthieu parlait fort, avec un débit précipité. Cramponnée au bras de son frère, Claire le sentait frissonner. Elle en éprouva une profonde compassion, toute querelle oubliée.

— On a des dégâts sur le toit, pour compléter le tableau! La cheminée s'est effondrée. Elle n'était pas en très bon état, vu son ancienneté. Quel bazar!

Ils pataugeaient dans des flaques au fond visqueux et enjambaient des branches dont les feuilles trempées luisaient brièvement sous le reflet de la lampe à pile, lorsque le rayon lumineux se trouvait assez près pour percer la vapeur dense.

— Voilà le tronc du frêne, dit enfin Matthieu. Un peu plus, il s'écrasait sur notre grange.

Il l'aida à franchir l'obstacle. Quelques instants plus tard, Claire se ruait auprès de sa fille adoptive. Faustine gisait sur le petit divan installé dans un angle de la salle à manger. Le teint blême, les paupières mi-closes, elle était défigurée par un rictus de panique. Gabrielle, en larmes, lui tenait la main.

— Grand-mère! gémit-elle. Heureusement que tu as pu venir! Maman a eu très mal.

— Ne t'affole pas, Gaby, je suis là. Tu devrais aller dormir au Moulin, ma chérie. Tu as tenu compagnie à ta maman. À présent je préférerais être seule avec elle.

La sachant très sensible, elle tenait à l'éloigner.

— Non, je reste ici. Je veux t'aider.

Claire avait déjà assisté des femmes qui faisaient une fausse couche. Elle savait à quel point la perte d'un petit être informe pouvait se révéler traumatisante, autant pour la mère que pour le père ou les témoins.

— Matthieu, emmène Gaby au Moulin, insista-t-elle.

— C'est hors de question! éructa-t-il d'une voix dure. Gabrielle, monte dans ta chambre. Il n'y a plus de danger. As-tu compris? File te coucher!

— Mais, papa…

— Obéis! hurla-t-il, à demi fou d'exaspération et d'angoisse. Quelle poisse d'avoir des gamins pareils, tous plus indisciplinés les uns que les autres!

— Gaby, ma chérie, obéis à ton père, renchérit Faustine.

L'adolescente quitta la pièce en pleurant. Claire songea que son frère avait beaucoup changé ces derniers temps, et cela l'attrista davantage. Mais elle remit ce souci à plus tard.

— Faustine, dis-moi ce que tu ressens, demanda-t-elle tout bas. As-tu des douleurs régulières? As-tu eu de gros flux de sang? Je dois t'examiner, de toute façon.

— C'est en train de passer, je crois, annonça sa fille d'une voix dure. Je n'ai pas perdu une goutte de sang et j'ai moins mal. J'avais bien dit à Matthieu que ce n'était pas la peine de te déranger. Tu n'as pas besoin de m'examiner.

— En es-tu sûre? Puisque je suis là…

— Tu peux repartir! répliqua Faustine sèchement. Matthieu s'est affolé pour rien et, bien sûr, il a fallu qu'il se précipite au Moulin. Moi, je pensais que, si je restais allongée, cela irait mieux et c'était bien le cas. Aussi, avec la tempête et tout ce vacarme dehors, j'ai eu très peur. Ce n'est pas étonnant d'avoir quelques douleurs, vu les circonstances.

Le ton froid de Faustine fit frémir Claire. Elle adressa un regard perplexe à son frère qui fumait une cigarette, debout dans l'angle opposé de la salle à manger.

— Je comprends Matthieu de s'être affolé, ma chérie, dit-elle doucement. Tu aurais pu faire une fausse couche.

— Eh oui, j'aurais pu! Cela aurait fait plaisir à ta protégée, la fille Kern, une vraie traînée! Il fallait chasser les Kern du Moulin, tous, le père, la mère et leurs rejetons! s'écria Faustine, hors d'elle. Pierre, mon Pierrot, il s'en va à cause d'Anna, à cause de toi. Cette fille l'a débauché. Ce n'est plus mon petit garçon…

Un sanglot lui coupa le souffle. Matthieu s'approcha et lui caressa les cheveux. Claire retint les protestations qui lui venaient aux lèvres.

— Accuse-moi si cela te soulage, ma pauvre Faustine, soupira-t-elle. Nous discuterons de tout ça plus tard. Surtout, reste encore allongée, cette nuit et toute la journée demain. Je repasserai te voir, ma chérie.

— Non, je ferai venir le docteur Vitalin, glapit aussitôt Faustine. Il me soignera aussi bien que toi, Claire. Après tout, tu n'es pas ma mère! Inutile de me dorloter, de m'appeler ma chérie ou autres douceurs. Et je te préviens: Gaby n'ira plus chez vous, au Moulin, tant qu'Anna y habitera.

Cette fois, c'en était trop. Outrée, Claire recula vivement, comme si on l'avait blessée au point le plus sensible de son être. Elle faillit sortir, mais, envahie d'un doute monstrueux, elle se ravisa. «Et s'ils avaient raison? songea-t-elle. J'étais la première à considérer Anna comme un démon féminin, une envoyée du diable. Puis-je nier le tort qu'elle nous occasionne? De plus, ils ignorent le pire, le meurtre du lieutenant allemand.»

Elle revit la chatte Mimi avec son beau pelage ensanglanté, puis le corps d'Yvette disloqué sur les pavés de la cour, et encore Matthieu frappant Jakob, Matthieu le nez cassé, enfin, et du sang encore, toujours du sang. «Faustine aura bientôt honte de ce qu'elle m'a craché à la figure! se dit-elle. Mon Dieu, je lui pardonne déjà de me traiter ainsi, car elle n'est pas capable de dominer ses nerfs. Elle a eu très peur et elle s'en prend à moi.»

Profondément touchée, Claire décida néanmoins de préparer une tisane pour Faustine, une boisson susceptible de prévenir les spasmes du bas-ventre. Ce faisant, elle jeta un regard consterné autour d'elle. La pièce était en désordre et la lampe à pétrole fumait. Un courant d'air froid circulait au ras du plancher. Quand elle eut terminé sa préparation, elle dit à Matthieu :

— Bon courage! Si tu as de gros dégâts à la toiture, Matthieu, je t'enverrai Léon.

— Je me débrouillerai seul, affirma-t-il, embarrassé par la scène qui venait de se dérouler.

— Ah, très bien! Décidément, petit frère, tu aurais pu éviter de venir me chercher, si je ne suis utile à rien ici. Vas-tu me traiter en ennemie, toi aussi? Je peux admettre la réaction de Faustine, vu que je ne suis pas sa mère, mais toi, Matthieu, je t'ai élevé et protégé. Tu es de mon sang!

— Je le sais bien…

Claire réprima un sanglot et leur tourna le dos tout en espérant entendre un appel de l'un ou de l'autre. Son attente fut vaine. Pétrie de désarroi et d'incompréhension, elle sortit enfin. Elle ne prêta pas immédiatement attention à l'étonnante clarté qui baignait le paysage. Mais, dès qu'elle avança vers l'arbre fauché par la tempête, elle s'aperçut que brouillard et nuages s'étaient dissipés, dévoilant un ciel nocturne semé d'une myriade d'étoiles où trônait une lune étincelante. Sous cette clarté bleutée, le chemin des Falaises gorgé de nappes d'eau miroitait à l'instar d'une seconde rivière créée par le déluge.

— Merci, mon Dieu! déclara-t-elle. Merci d'avoir dispersé les ténèbres.

Prise du soudain remords de se montrer un peu fervente catholique, il lui vint l'envie de prier. Bien que très croyante, elle n'assistait plus aux offices dominicaux, se contentant de suivre la messe de Noël et celle de Pâques. Anita lui en faisait reproche, mais, Jean n'étant pas non plus un ardent pratiquant, Claire délaissait l'église depuis des années, le plus souvent au profit de son jardin et de son herboristerie. Elle s'immobilisa, les mains jointes, le visage tendu vers le ciel, et récita sa prière favorite, le *Notre Père*.

— Vous êtes tout-puissant, Seigneur, dit-elle après s'être

signée. Et je ne suis pas de taille à lutter contre votre volonté, contre vos justes colères. Si je dois être punie pour mes fautes, punissez-moi, Seigneur, mais épargnez les miens et ceux que le destin m'a confiés.

En grimpant sur le tronc du frêne pour se glisser de l'autre côté, elle déchira un de ses bas et égratigna la chair de sa cuisse. Cela lui fut indifférent, tant la beauté de sa vallée la fascinait. Le chaos avait apporté avec lui des ténèbres odieuses et de pouvoir de nouveau admirer les falaises, les silhouettes noires des genévriers et les haies d'aubépines représentait pour Claire un merveilleux cadeau, un baume sur la plaie ouverte de son cœur malmené.

« Je n'ai vraiment pas le droit de faiblir! s'enfiévra-t-elle. Demain sera un autre jour, un beau jour d'été, et je rétablirai la paix autour de moi. »

Aussi svelte et gracieuse que la jeune fille de jadis, elle marcha d'un bon pas, convaincue que Faustine et Matthieu viendraient bientôt lui présenter des excuses et que Jean saurait se faire pardonner sa dureté.

« Nous sommes tous éprouvés, abasourdis par la tempête, les tremblements de terre, la pluie, oui, tous secoués, effarés par les actes répréhensibles d'une pauvre démente. Mais le ciel est pur, la lune brille, l'air a la douceur du coton. »

Un peu plus loin, Claire découvrit dans un pré la jument et l'âne Figaro qui broutaient tranquillement.

— Merci, mon Dieu! s'écria-t-elle. Merci!

Claire approchait du porche du Moulin. Elle n'avait plus qu'une envie : s'allonger et dormir. Le bruit d'un moteur, au loin, l'obligea à s'arrêter. Une voiture roulait sur le chemin, en provenance du fond de la vallée, et non de la route de Puymoyen. Le conducteur avait emprunté un itinéraire sinueux, sans doute depuis les contreforts du plateau angoumoisin.

« Une patrouille allemande? s'alarma-t-elle. Il n'y a qu'eux pour passer par là! »

Très vite, elle devina l'éclat des phares, puis le véhicule en lui-même, surmonté du panonceau caractéristique des taxis. Avant même qu'elle ne voie les passagers, une joie intense la submergea.

— Princesse, ma princesse! s'écria-t-elle en courant.

L'automobile s'immobilisa. Bertille en descendit et courut à son tour, les bras tendus.

— Clairette, ma Clairette! J'ai cru que je ne te reverrais jamais!

Les deux cousines s'étreignirent en riant et pleurant à la fois.

— Moi, je m'empêchais de penser à toi, tellement j'avais peur qu'il te soit arrivé malheur, confessa Claire. Mais tu es blessée?

Un pansement blanc ceinturait le front de Bertille. Elle l'effleura d'un doigt.

— Un éclat de verre m'a coupée. Une broutille. Si tu savais! J'ai failli mourir. Je suis une miraculée

Janine sortit du taxi, la petite Marie à son cou. La jeune fille avait la moitié du visage couvert d'ecchymoses.

— Janou, ma pauvre Janou! s'exclama Claire en allant l'embrasser.

Bertille régla la course dès qu'elle eut récupéré son sac à main. Le chauffeur s'inquiéta des bagages.

— Vous avez eu un gros pourboire, cher monsieur, mentionna Bertille. Entrez dans la cour, là-bas, et déposez nos valises en bas du perron. Merci d'avoir accepté de nous conduire ici, malgré l'heure tardive.

L'homme comptait ses billets de banque. Satisfait de la somme reçue, il se remit au volant et franchit le porche du Moulin.

— Nous avons eu un accident, expliqua Janine, tendue à l'extrême. Mais c'était prévisible : tantine n'a pas voulu dormir à l'hôtel. Moi, j'entre. Marie a faim et froid. Heureusement, ma petite n'a rien eu, je l'ai protégée de mon corps.

Elle s'éloigna, statue vivante de la désapprobation et de la colère.

— Quel caractère! fit remarquer Bertille. Ça ne lui suffit pas d'avoir survécu et d'être indemne. Ciel, c'était l'apocalypse, aujourd'hui. Des pluies diluviennes et un vent de folie! Viens, Clairette, que nous causions au coin du feu, si le feu n'est pas éteint.

— Il doit bien brûler, ne t'en fais pas, princesse. Mon Dieu, que je suis heureuse! Tu es là, près de moi.

Éperdues de soulagement, elles s'enlacèrent encore. Claire ne songeait plus à dormir. Elle se sentait capable d'attendre l'aube avec Bertille, tant elles avaient de choses à se dire. Elle expliqua :

— Je revenais de chez Matthieu. Faustine craignait de faire une fausse couche, mais c'était une simple alerte, des douleurs sans conséquence. Si tu savais! La terre a tremblé plusieurs fois, ici. Tout va mal, tu ne peux pas imaginer à quel point!

— Ciel, pauvre Faustine! Vraiment, la terre a tremblé? Du côté de Jarnac et d'Angoulême, c'était surtout des vents violents et le déluge permanent. Et les Kern?

Elle avait parlé à mi-voix.

— Oh! ce n'est pas gai pour eux, admit Claire. Tu comprendras bientôt pourquoi. Anna a encore fait des siennes. Jakob est au désespoir. De plus, sa fille souffre d'épilepsie. Elle a eu une crise violente.

Bertille approuva d'un signe de tête. D'entendre prononcer le prénom de Jakob enflammait son cœur et la rendait toute bête d'une émotion juvénile. La gorge nouée et la bouche sèche, elle pénétra dans la grande cuisine du moulin, cherchant aussitôt de ses prunelles grises la haute silhouette du Mosellan. Mais il n'était pas là.

— Ben, dame, vous l'avez échappé belle! s'écria Anita d'un ton effaré. Janine m'a dit, pour l'accident. Hein, ça prouve que le bon Dieu vous aime. Je fais vite réchauffer des crêpes et de la soupe, de quoi faire un bon repas. Quand Léon saura ça, Sainte Vierge!

— Et où est-il, papa? s'enquit Janine.

— Avec Jean et Jakob. Ils ont dû descendre dans le souterrain. Il y a eu un éboulement, mentit Claire. Rien de grave, mais il fallait consolider la voûte.

— Eh oui, pardi! renchérit la domestique. Parole, ça tremblait fort, ici! Voyez un peu le mur, là, fendu en deux.

— En effet! observa Bertille. Ce devait être effroyable.

— Il n'y a pas d'autres mots, concéda sa cousine. Repose-toi au coin du feu, princesse, dans ton fauteuil. Je l'avais poussé près de l'âtre pour Jeanne-Marie.

— Je boirai bien quelque chose. Du vin blanc, tiens! Autant fêter l'événement. Je suis vivante, Janine et Marie aussi. Si tu avais vu l'état de ma voiture, Clairette! Une énorme branche l'a écrasée, le pare-brise a volé en éclats et un bout de bois pointu était à deux centimètres de ma poitrine! Je ne pouvais pas bouger, sinon j'étais transpercée...

— Seigneur Dieu! gémit Anita en se signant. Et toi, Janou, qu'est-ce que tu as eu à la joue?

— Une branche moins grosse m'a fouettée au sang, parce que la capote s'est déchirée. Nous aurions dû coucher à Jarnac, mais non! Tantine tenait à rentrer ce soir à tout prix, même à celui de nos vies!

La jeune fille, qui avait tenu bon jusque-là, éclata en larmes. Elle se libérait ainsi d'une tension insoutenable.

— Allons, allons, ma Janou! soupira Anita en la prenant dans ses bras. Tu es en sécurité, maintenant. Ton père se faisait du souci, sais-tu? Pour ta petiote aussi.

Bertille assistait à la scène sans faire de commentaires. Claire s'installa à ses côtés sur la pierre du large foyer. Aucune des deux n'avait le cran d'évoquer le deuil qui les avait frappées, la mort d'Arthur.

— La Providence se manifeste de façon bizarre, parfois, commenta enfin Bertille. Savez-vous qui nous a secourues? Une patrouille allemande. Le camion s'est garé près de ma voiture, puis les soldats sont descendus et ont soulevé la branche, qui faisait la taille d'un jeune arbre. Ensuite, ils nous ont aidées à nous dégager de ce tas de ferraille qui m'avait coûté si cher. Je pleurais, je criais des mercis en anglais! Le plus gradé a décidé de nous déposer à Angoulême. Oh! Ce voyage, entourées de nos redoutables ennemis! Reconnais, Janine, qu'ils n'étaient guère impressionnants, et surtout à nos petits soins. Il y en a un qui a donné du chocolat à Marie. Un autre a ouvert une mallette en fer, une pharmacie, et il a désinfecté ma plaie au front avant de m'enrubanner. Quel paradoxe, mon Dieu! Je les vouais au diable le matin même, malade de haine, et le soir je me retrouve parmi eux, les Allemands. Les Boches, comme disent les gens un peu partout. S'ils n'étaient pas passés à ce moment-là, nous serions restées bloquées dans la voiture sous la pluie battante.

— Tais-toi! fit Claire. Pitié, je n'en peux plus! Vous avez été sauvées et, si je les avais en face de moi, je les remercierais, ces soldats.

— Ils me reluquaient, s'emporta Janine. Et c'était affreux, le trajet à l'arrière du camion. J'avais envie de vomir.

— Mange donc ta soupe, ça te requinquera, dit Anita. Et vous, madame Bertille, en voulez-vous, de ma soupe?

— Non, je n'ai pas faim. Je rêve d'une cigarette. Monsieur de Rancogne m'avait suggéré de perdre cette sale habitude et je l'avais écouté. Mais nous avons rompu et je me sens beaucoup mieux depuis.

Elle fouilla son sac avec nervosité et en extirpa un paquet de blondes américaines. Claire lui tendit une braise qu'elle avait saisie à l'aide des pincettes.

— Fume donc, ma princesse, si cela te fait du bien.

— J'ai eu tant de chagrin! répliqua sa cousine. Ce matin, oui, c'est ce matin que j'ai su pour Arthur, mais il me semble que cela remonte à des semaines, des mois, parce qu'entre-temps j'ai failli mourir. J'y ai vu un signe, Clairette, une sorte de présage qui m'indiquait le chemin à suivre.

— Quel chemin?

— Celui du moindre petit bonheur! Admirer ton beau visage dans la lumière des flammes, fumer cette cigarette sous le toit du moulin, déguster un peu de vin, toutes ces joies ordinaires dont sera privé Arthur toute l'éternité. Je me dis souvent que le paradis, s'il existe, doit être un endroit bien triste, blanc, morne, un endroit où il faut se conduire correctement.

— Princesse, tu ne changeras donc jamais! Mais je t'aime telle que tu es, reconnut Claire, les larmes aux yeux.

Janine avait avalé sans plaisir un bol de soupe. Elle refusa la crêpe sucrée qu'Anita lui proposait.

— Marie s'endort. Je monte me coucher avec elle.

— Je t'accompagne, annonça sa belle-mère d'un ton protecteur.

Bertille tendit l'oreille, espérant et redoutant tout à la fois l'arrivée de Jakob. Anxieuse, elle ne put s'empêcher de soupirer.

— Courage, princesse! Tu es à bout de force. Moi aussi. Je vais te préparer une bouillotte. Je sais que tu apprécies avoir un lit bien chaud. Nous discuterons demain matin. Vois-tu, quand tu es arrivée, j'ai eu un regain d'énergie, mais là, je me sens épuisée.

Sur ces mots, Claire se leva et s'affaira devant le fourneau. Un pas pesant ébranla alors l'escalier. Jakob Kern descendait le premier, sa chemise déboutonnée, les cheveux, les mains et le gilet de corps souillés par l'argile.

— Quel chantier! commenta-t-il.

Il parlait pour lui-même, n'ayant pas encore vu Bertille dans le fauteuil. Comme il s'approchait du feu, il la découvrit, toute menue, le visage marqué par la fatigue sous le pansement qui composait une bien surprenante coiffure.

— Vous êtes là? bredouilla-t-il, saisi de stupeur. Mon Dieu, qu'avez-vous au front?

— Une simple coupure, répondit-elle d'une voix douce.

Elle le fixait, avide de reprendre possession de ses traits, de son regard brun et de sa bouche. Il lui semblait moins séduisant, tout en achevant de la conquérir, simplement parce qu'il était fort, mais qu'elle devinait sa faiblesse d'homme qui n'avait pas connu de véritable amour.

— Vous êtes dans un bel état! ajouta-t-elle en souriant.

— Oui, je n'oserais même pas vous serrer la main, concéda-t-il sans se vexer.

Claire les observait. Elle sut lire dans les yeux de sa cousine un éclat inhabituel et elle nota chez Jakob un frémissement de joie. Sans bruit, elle recula et passa dans le cellier. Plus tard, elle se demanderait quelle force mystérieuse l'avait poussée à laisser seuls ces deux êtres que rien ne destinait à se rencontrer, encore moins à s'aimer. «Je me suis sentie de trop!» dirait-elle.

— Si vous n'osez pas me serrer la main, embrassez-moi, cher ami, souffla Bertille.

Il eut un air fasciné et, se penchant, il déposa un baiser respectueux sur sa joue droite, un baiser furtif, léger, mais qui la combla. C'était ce qu'elle désirait, rien d'autre pour le moment.

18
Bouleversements

Moulin du Loup, samedi 20 juillet 1940

Claire et Jean promenaient le troupeau de chèvres sur le chemin des Falaises. C'était bien rare que le couple s'accorde une telle escapade en tête-à-tête, surtout depuis le début de la guerre.

— La pluie diluvienne aura eu du bon. L'herbe a reverdi, et mes biques se régalent, observa-t-elle en serrant plus fort la main de son mari. Et tu as vu ce ciel? Un azur parfait, pas le moindre nuage.

— La journée sera chaude. Bientôt les moissons… Tu as bien fait de semer de l'orge et de l'avoine. Si tu savais, Câlinette, comme j'aimerais que la paix revienne, dans le monde et chez nous, surtout.

— Tu penses à Faustine et à Matthieu?

— Comment faire autrement? Ton frère a fermé l'imprimerie et ça me peine. Ce travail me plaisait. Quant à ma fille, son état me tourmente. Elle a accepté de me voir, mais je l'ai sentie rongée par la colère.

Sauvageon gambadait sur leurs talons. Souvent, la plus vieille chèvre le chargeait, les cornes en avant. Le loup esquivait l'attaque en grognant, tout hérissé, puis il se réfugiait derrière Claire que ce manège amusait beaucoup.

— Tu parles d'un chien de berger! se moqua Jean. Il n'y a bien qu'une femme sur terre pour garder ses biques avec un loup dans ses jupes.

Il ponctua ces mots d'un baiser sur son front. Elle se serra contre lui un court instant.

— Tout ça devient idiot, s'emporta-t-il. Nous devrions

former une famille unie et solide, étant donné la situation actuelle. Les rationnements sont mis en place, les produits laitiers augmentent et l'essence est distribuée au compte-gouttes. Matthieu n'a presque aucune économie. Même s'ils ne sont que trois, comment mangeront-ils, bientôt? J'ai trimé dur pour agrandir le potager. Toi aussi, car nous avions l'intention de leur donner des légumes à volonté. Claire, il faudrait arranger les choses avec Faustine le plus vite possible.

— Je ne demanderais pas mieux, mais je n'ai même plus le courage de lutter, tant je suis épuisée, perdue. Je ne suis pas encore remise de ces heures affreuses où tout s'enchaînait comme dans un cauchemar. Matthieu m'appelle au secours, ensuite il me laisse partir sans un mot de remerciement. Je pensais à une réconciliation, mais non, mon frère m'en veut encore pour Anna et Pierre, il m'en veut pour tout. Quant à Faustine, c'est bien pire, elle ne veut plus de moi comme mère. Elle a été formelle. C'est plus qu'un chagrin, je me sens trahie. Maintenant, je suis en colère, une grande colère qui me ronge moi aussi, car je déteste l'injustice, tu le sais, et ils sont injustes de me traiter ainsi.

— Aie confiance, cela ne durera pas, Câlinette, dit Jean en l'enlaçant. Tu es si douce, si généreuse! Viens, tu trembles. N'aie pas peur, Faustine t'aime trop pour en rester là. Elle reviendra vers toi très vite.

Il l'entraîna vers un pan de pierre, au soleil. Ils s'y assirent, pensifs. Sauvageon se coucha aussitôt aux pieds de sa maîtresse.

— Notre vallée est si belle, l'été! dit-elle doucement. On a du mal à croire qu'il y a trois jours c'était presque l'apocalypse et que tous les éléments étaient déchaînés.

— Enfin, il en demeure des traces, hélas! C'est difficile de ne pas voir les arbres abattus par le vent et tous les dommages. Un vieil homme du bourg a été tué sur le coup par la chute d'un mur de briques, contre lequel il s'était abrité. Chez nous, les toitures de l'imprimerie nécessiteraient de grosses réparations. Jakob a promis de m'aider. Par chance, il nous reste un stock de tuiles. Il faut aussi réparer l'écurie.

— Et la cheminée de la maison de Matthieu? Cela va coûter très cher de la remettre debout.

— Bertille leur a rendu visite. Elle a proposé de leur avancer l'argent, lui confia son mari. Il paraît que Faustine a pleuré dans ses bras pendant presque une heure.

Claire ignorait ce détail. Elle poussa un soupir résigné. Elle ne comprenait toujours pas ce que lui reprochait exactement sa fille adoptive, mais elle avait renoncé à trouver la solution.

— Tant mieux si elle a pu s'épancher sur l'épaule de sa tantine, mais elle exagère. Pourquoi ne fait-elle aucun reproche à Matthieu? C'est quand même lui qui a embauché Anna à l'imprimerie.

— Que veux-tu, c'est son mari. Elle tient à le ménager, sans doute. J'ai cru comprendre qu'ils se sont beaucoup querellés à ce sujet, pour se réconcilier ensuite. Ma pauvre Câlinette, je suis désolé. J'avoue que Faustine pourrait avoir pitié de toi. Tu viens de perdre ton demi-frère.

— Je ne sais plus, répliqua-t-elle d'un ton évasif.

— Qu'est-ce que tu racontes? Arthur est mort. Son avion s'est écrasé dans les eaux de la Manche.

— Je n'ai pas vu son corps. Personne ne l'a retrouvé. La seule certitude, c'est ce que tu viens de dire: son avion a été touché et il a coulé. Mais Arthur est peut-être vivant…

— Non, Claire! J'ai navigué sur l'Atlantique et je peux t'assurer qu'un homme, fût-il vigoureux, n'a pratiquement aucune possibilité de survivre, même en nageant des heures. Alors, un blessé… Sans vouloir te vexer, Arthur n'était pas un grand sportif, plutôt ce qu'on appelle un intellectuel.

— Un artiste et un musicien prometteur! rectifia-t-elle.

Le couple se tut, car un camion bâché à la carrosserie vert kaki approchait à vive allure. Une automobile noire suivait.

Claire se leva, en ayant soin de tenir Sauvageon par son collier.

— Les biquettes, attention! s'égosilla-t-elle sans réfléchir.

Le camion passa devant elle. Une chèvre noire et blanche échappa de justesse à une collision qui lui aurait été fatale.

Mais la voiture freina et s'arrêta. Le colonel Drummer en descendit, dans son uniforme impeccable.

— *Heil, Hitler!* cria-t-il, le bras tendu en l'air.

Jean ne broncha pas. Il écrasa son mégot du bout de sa chaussure et dévisagea le militaire.

— Bonjour, madame Dumont, ajouta le militaire. Bonjour, monsieur Dumont.

— Bonjour, répondit Claire d'une petite voix.

— Ce sont vos chèvres, bien sûr! Jolies bêtes! J'enverrai mon ordonnance vous acheter des fromages.

— Nous n'en vendons plus, indiqua Jean en se levant à son tour. Nous les gardons pour notre consommation personnelle.

— Dommage! répliqua Ulrich Drummer. Surtout que monsieur le maire m'a dit que vous les vendiez à l'épicerie du bourg. Pas de fromages pour les Boches! C'est ça?

Claire s'affola, certaine que le colonel essayait de provoquer son mari. Elle pensait au lieutenant enseveli sous terre, et cela la poussa à se montrer aimable.

— Je vous offrirai des fromages dès demain, assura-t-elle. En guise de remerciement! Sans votre vétérinaire, mon loup serait mort.

— Merci, chère madame, de ce témoignage de reconnaissance, rétorqua-t-il un peu sèchement. Nous arrêtons les recherches, en ce qui concerne le lieutenant. Ce matin, très tôt, mes hommes ont fouillé les deux grottes les plus proches de votre moulin. Rien à signaler! Je vais déclarer Eichmann déserteur. Bizarre, comme vous dites en France! C'était un bon soldat, discipliné d'après le rapport que j'ai lu à son sujet. Trop zélé, à mon avis. C'est bien le terme? Je regrette encore qu'il ait tiré sur le palefrenier de madame Giraud. Mais il a déserté, n'est-ce pas?

Jean parvint à arborer une mine impassible. Claire approuva en silence. Elle avait la désagréable impression que ce haut gradé allemand jouait avec leurs nerfs. «Je me fais des idées, songea-t-elle. Il ne peut pas savoir la vérité. Il n'a aucune raison de nous soupçonner. Mais pourquoi nous affirmer que c'était bien ce Eichmann qui a tué David?»

— Il a pu avoir des remords, observa-t-elle.

Drummer haussa les sourcils, et son regard clair eut un éclat ironique.

— Je noterai ceci dans mon rapport, madame Dumont, indiqua-t-il en la saluant. Un lieutenant du IIIe Reich pris de remords! Ah! ces Françaises…

Sur cette pique, il reprit place à côté de son chauffeur. La voiture s'éloigna. Claire faillit se signer. Jean lui retint le bras.

— Ne fais pas un geste qui pourrait l'intriguer, recommanda-t-il. Bon sang, de penser que ce salaud va manger tes fromages, ça me donne envie de vomir. De Gaulle dit vrai: nous n'avons perdu qu'une bataille. Il faut lutter encore, les chasser de notre pays. Si je pouvais rejoindre les forces de la France libre, je le ferais.

Blême de rage, il serrait les poings.

— Tu me quitterais? demanda-t-elle. Nous avons été si souvent séparés!

— Ne t'inquiète pas: à mon âge, quel combat puis-je mener? Viens, rentrons, je n'ai plus le cœur à me promener. Au moins, nous pouvons souffler un peu. Drummer ne reviendra pas sur sa décision. Le lieutenant a déserté, voilà tout. Jakob va respirer à son aise.

Claire rassembla son troupeau en faisant claquer sa langue. D'autres fois, elle modulait une série de petits sons aigus que ses biques connaissaient bien.

Muré dans sa colère impuissante, Jean la précédait.

« Les hommes! pensait-elle. Ils ne rêvent que de revanche et de combats. Moi, j'aspire à la paix et à la sérénité, mais c'est peut-être encore plus difficile à obtenir. »

Cela la ramena à l'attitude hostile de Faustine, et elle eut un pauvre sourire mélancolique. Ce fut à cet instant qu'une voix fraîche, très jeune, retentit sur le chemin.

— Ohé, grand-père!

C'était Gabrielle qui appelait, ravissante dans une robe blanche à pois roses. Ses cheveux soyeux d'un châtain clair dansaient sur ses épaules menues. Ses yeux bleus pétillaient de gaîté. La vision de cette adorable adolescente nimbée de la lumière vive du matin eut le don d'accabler Claire, qui adorait cette douce enfant au grand cœur. Là encore, elle eut envie de lui ouvrir les bras. Mais Gabrielle ne s'adressait qu'à Jean.

— Grand-père, il fallait que je te parle, c'est formidable!

— Qu'est-ce qui est formidable? Votre cheminée a repris forme par magie?

— Mais non! Demain, dimanche, nous allons déjeuner chez tante Blanche pour dire au revoir à Isabelle et à Pierre. Si tu savais ce que nous a proposé oncle Victor... Je viens de lire sa lettre. Papa et maman sont d'accord.

— Gaby, je n'aime pas trop les devinettes. J'aimerais également que tu dises bonjour à ta grand-mère, ici présente, et que tu la regardes elle aussi. À ma connaissance, mon épouse n'est pas devenue invisible.

La jeune fille eut un coup d'œil confus à l'adresse de Claire avant de bredouiller des excuses.

— Pardon, grand-mère, j'étais si contente! Je t'ai oubliée... Enfin, non, ce n'est pas ça, mais je voulais vite annoncer la nouvelle à grand-père.

— Et quelle est cette extraordinaire nouvelle? s'enquit Jean, radouci. Attention, ne me dis pas que tu pars au Pérou!

Gabrielle éclata de rire en sautillant d'un pied sur l'autre.

— Je n'irais au Pérou pour rien au monde! s'écria-t-elle. Mais je vais habiter à Angoulême, avec mes parents. Tante Blanche nous laisse sa maison pendant toute la durée de leur voyage, environ six mois. Vous vous rendez compte, un peu? Je flânerai en ville, je pourrai admirer les vitrines et aller au cinéma l'après-midi. À la rentrée, je ne serai plus pensionnaire. Je rentrerai tous les soirs rue de l'Évêché. Pendant ce temps, des ouvriers répareront notre toit et la cheminée. Maman m'a promis qu'on s'installait demain soir. Elle prépare nos valises. En ville, il y a l'électricité, le gaz... Et c'est une si belle maison!

— Matthieu quitte la vallée! s'exclama Claire. Là, mon frère exagère!

Elle en aurait pleuré de déconvenue. Jean lui saisit la main pour la réconforter.

— Allons, Câlinette, Angoulême, ce n'est pas le bout du

monde. Admets que ce n'est pas une si mauvaise idée. Cela fera du bien à Faustine de changer d'air et de se distraire.

— Et elle sera sûre de ne plus croiser Anna Kern, renchérit Gabrielle d'un ton grave.

L'adolescente n'était ni sourde ni aveugle. En surprenant certaines discussions, elle avait deviné que son frère et la jeune Mosellane s'étaient fréquentés, selon l'expression du village, et sûrement qu'ils étaient allés bien plus loin dans le fameux péché de chair.

Claire ne sut que répondre. Depuis le jour de la tempête, Anna restait prostrée sur son lit. Alphonse et Jeanne-Marie se relayaient à son chevet. On veillait à bien fermer la porte à clef. Quant aux volets, Jakob les avait bloqués par l'intérieur en y clouant une barre en bois. Malgré les tisanes de valériane qu'on lui faisait boire, la jeune fille avait encore eu une crise d'épilepsie durant la nuit.

— Je te raccompagne, ma Gaby, indiqua Jean. Un peu plus et ta mère partait sans m'embrasser. À tout à l'heure, Câlinette! Je reviens vite.

Claire les regarda marcher bras dessus, bras dessous. Elle se sentit vraiment misérable et mit longtemps avant de franchir le porche du Moulin.

« Quand même, Matthieu a tort, se dit-elle. Que fera-t-il de ses journées, en ville, alors qu'ici il y a tant de travail aux champs et au jardin. Bah! De toute façon, il ne serait pas venu nous donner un coup de main. Blanche doit être ravie. Elle reprend son emprise sur ma famille! »

Le cœur lourd, elle conduisit ses chèvres dans la bergerie. Léon en avait profité pour curer les lieux et il étendait de la paille propre sur le sol.

— Alors, patronne, bonne balade? claironna-t-il.

— Pas aussi longue que prévu, mais nos biques ont pu se gorger d'herbe bien verte. Le lait sera excellent, ce soir.

Des coups de marteau résonnaient dans l'écurie voisine. Claire s'y glissa, curieuse. Jakob s'attelait à rafistoler le plancher à foin.

— Vous pourrez utiliser le bâtiment avant la nuit, madame, annonça-t-il.

— Je vous remercie, c'est gentil. Seulement, je crois que je laisserai l'âne et les juments au pré. Ils s'y plaisent, et le poulain de Junon profite bien. Vous avez vu comme il galope?

— Ça oui, on l'a contemplé au petit matin avec votre cousine.

— Bertille? Depuis quand se lève-t-elle à l'aurore? s'étonna-t-elle.

— J'n'en sais rien, moi, mais elle était debout à six heures, occupée à faire du café. Dites, sa coupure a meilleure allure, grâce à votre baume de consoude. Ce n'était guère raisonnable de prendre la route en plein ouragan.

— Bertille n'a jamais été raisonnable, Jakob, déplora Claire.

— J'ai cru le comprendre, admit-il avec un sourire. Mais c'est une femme de tête. Figurez-vous qu'elle m'a suggéré quelque chose, au sujet d'Anna.

Le Mosellan descendit de l'escabeau sur lequel il était perché.

— Voilà: votre cousine m'a parlé d'un hôpital psychiatrique, Breuty, près de la route nationale qui va vers Bordeaux. Ils pourraient prendre ma fille en charge et soigner son épilepsie. Ne craignez rien, je n'ai pas avoué à madame Bertille ce qu'Anna a fait de plus grave.

— Dieu merci! Mais, en ce qui concerne Breuty, en effet, cet établissement est réputé dans la région. J'ai su par mon mari qu'on y avait interné des soldats de la dernière guerre afin de les guérir des traumatismes subis, sur le plan moral[64]. De pauvres hommes sans famille, ou bien si gravement marqués par les atrocités qu'ils avaient vécues que leurs proches ne pouvaient pas les garder chez eux. Je crois aussi que les pensionnaires sont bien encadrés et qu'ils participent aux travaux agricoles. Mais, franchement, le cas d'Anna est particulier, Jakob. Imaginez notre position si elle raconte aux docteurs qu'elle a tué le lieutenant Eichmann! À ce propos, soyez tranquillisé: nous venons de croiser le

---

64. Fait authentique.

colonel Drummer. Il arrête les recherches et conclut à un acte de désertion. Nous sommes sauvés, pour le moment.

D'instinct, Claire avait baissé la voix. Le réfugié fit de même pour lui répondre.

— Dieu merci! Ça, c'est une bonne nouvelle. Mais pour ce que vous venez de dire, au sujet d'Anna, il y a moyen de s'arranger. J'expliquerai que ma fille a assisté à la mort d'un jeune de ses amis et qu'elle croit l'avoir vengé. Qui gobera son histoire? Ça me soulagerait de la remettre à des médecins compétents, même si ça me fait mal au cœur de me séparer d'elle. Vous aussi, ça vous ôterait une belle épine du pied, parce que vous êtes fâchée avec votre frère et votre grande fille à cause d'Anna.

— Ils vont habiter Angoulême plusieurs mois, dit-elle tristement. La vallée ne sera plus la même sans eux. Le matin, je guettais le panache de fumée de leur cheminée. J'avais plaisir à bavarder avec Matthieu quand il ouvrait l'imprimerie. Mon mari estime que c'est mieux ainsi.

— Je suis bien désolé pour vous, madame Claire. Soyez patiente, votre frère reviendra et vous vous réconcilierez. Il faut prier. Dieu nous écoute.

— Vous gardez la foi en dépit de tous vos malheurs! observa-t-elle avec émotion.

— Oui, j'me dis que, dans la vie, on souffre souvent, mais, si on reste debout, si on tient bon, on reçoit des récompenses. Sur ce, je me dépêche de terminer ce boulot.

Claire traversa la cour en s'interrogeant sur ce qu'avait voulu dire Jakob. «Il y a anguille sous roche, pensa-t-elle. Et Bertille n'y est sans doute pas étrangère. Des récompenses! De quel genre?»

Un peu réconfortée, elle trouva sa cousine dans la cuisine, assise à la grande table. Elle épluchait des navets, un tablier sur sa robe d'été.

— Ne fais pas cette tête, Clairette, j'essaie de me rendre utile. Je ne m'étais jamais intéressée à l'art culinaire. Il a fallu les plats insipides que nous préparait Annie à Pontaillac pour que je me décide à élaborer des recettes.

— Tu as déjà cuisiné, quand tu étais marié à Guillaume

Dancourt. Cela te plaisait, je m'en souviens. Mais que comptes-tu faire de ces navets? Anita ne les épluche pas, elle.

— J'ai dans l'idée de les faire frire.

— Seigneur, je doute que ce soit mangeable! Ce sera du gaspillage.

— Fais-moi donc confiance! rétorqua Bertille, contrariée. Sais-tu que j'ai tenté de rendre visite à cette malheureuse Anna pendant ton absence? Ses grands-parents m'ont suppliée de renoncer à travers la porte de la chambre fermée à clef. Certes, cette demoiselle a saigné ta pauvre Mimi et elle a couché avec Pierre, mais est-ce nécessaire de la cloîtrer? Tu l'estimes folle, n'est-ce pas?

— Je l'estime atteinte de démence, oui. Nous prenons ces précautions pour la protéger d'elle-même tout en évitant de nouveaux drames. Mais où sont passés les enfants et Anita?

— Je les ai envoyés cueillir des mûres pour faire une tarte ce soir. Anita était ravie. Elle a rarement l'occasion de se promener. Il fait si bon, le matin!

Désorientée, Claire dévisagea sa cousine comme si elle se trouvait en face d'une inconnue.

— Eh bien! Tu es en pleine métamorphose, princesse! Tu te souciais peu de ce genre de choses, avant.

— Avant! Tu as trouvé le mot juste. Avant, j'étais trop égoïste, capricieuse et exigeante. Bertrand me choyait et cédait à toutes mes volontés. Cette époque est révolue. J'ai eu le temps de réfléchir, après l'accident. Disons que cela m'a ouvert les yeux sur moi-même et j'ai promis à Dieu, qui m'avait une fois de plus accordé la vie, de devenir une autre personne, une meilleure personne.

— Et cette nouvelle Bertille n'aurait pas un petit secret au fond du cœur? questionna Claire tout bas.

Sa cousine réprima un sourire de jeune fille. Les joues soudain plus roses, elle se pencha sur ses navets, alignés sur le bois de la table.

— Je n'ai aucun secret. Si tu fais allusion à mon intérêt pour Jakob, sache que ce n'est que de l'amitié et de la compassion. Cet homme m'impose du respect. Il est bon, honnête et dévoué. Je veux l'aider, comme j'ai aidé Daniel et Déborah Canet. À ce propos, je lui ai conseillé de faire hospitaliser Anna à Breuty, où elle serait bien soignée.

— Il vient de m'en parler. Je suis d'accord avec toi : nous ne pouvons pas la garder ici.

Les deux cousines continuèrent à s'entretenir à voix basse. Claire confia à Bertille ce qui la tourmentait le plus : le départ de son frère, de Faustine et de Gabrielle.

— Ne t'en fais pas, ils reviendront. Je suis certaine que nous fêterons Noël tous ensemble, sous le toit de notre cher vieux moulin.

— Que Dieu t'entende, ma princesse!

— Oh! n'aie pas peur, il m'entend toujours.

*

Sur la route de la vallée des Eaux-Claires, mardi 23 juillet 1940
Jean avait prêté sa voiture à Bertille pour qu'elle emmène Jakob et Anna à l'hôpital de Breuty. Le directeur de l'établissement avait accepté d'accueillir la jeune fille après un entretien téléphonique avec Claire, qui avait dû pour cela se rendre à la poste de Puymoyen. Bertille s'était proposée comme chauffeur, le Mosellan tenant à surveiller sa fille jusqu'au bout. Étroitement enlacés, ils avaient pris place sur la banquette arrière.

— Mon petit papa, je serai sage, disait souvent Anna d'une voix douce.

Le trajet s'était passé dans le plus grand calme. C'était une sorte de fantôme en chair et en os qui avait docilement suivi l'infirmière dans une chambre particulière. Les adieux avaient été plus douloureux pour le père que pour l'enfant livide, au regard éteint, dont les gestes hésitants révélaient une profonde confusion mentale.

— Je te rendrai visite chaque dimanche, avait promis Jakob. Pépère et Mémère viendront eux aussi.

Cependant, à peine sur la route du retour, le réfugié, qui avait pris le volant, s'était mis à pleurer sans bruit.

— J'ai honte, madame. J'ai abandonné Anna. Vous l'avez vue, on aurait dit un agneau qu'on envoyait à l'abattoir!

— Arrêtez-vous, mon pauvre ami, ordonna Bertille. Vous n'êtes pas en état de conduire.

Jakob obtempéra en freinant si brusquement que le moteur cala.

— Voyons, soyez réaliste : votre fille n'est pas un agneau, et on ne lui fera aucun mal. Vous avez pris la bonne décision en la confiant à un institut spécialisé.

— Sans doute, mais j'ai le cœur brisé, lui confia-t-il. Elle était redevenue la fillette de jadis, ces derniers jours, ma petiote qui n'aurait pas fait de mal à une mouche.

Bertille garda le silence. Perplexe, elle alluma une cigarette et la tendit à Jakob.

— Merci ! dit-il. Heureusement que vous m'avez accompagné. Devant vous, je peux me laisser aller. Avec Jean, je n'aurais pas osé pleurnicher comme ça.

Elle se tourna vers lui, ses boucles blond pâle irisées par le soleil. Il eut un sourire désolé.

— J'en cause, des ennuis !

— Quels ennuis ? Vous travaillez du matin au soir. Claire loue assez vos mérites. Ce n'est pas votre faute, si Anna souffre du haut mal et si votre épouse s'est défenestrée. Depuis samedi, vous avez réparé l'écurie et la toiture de l'imprimerie, vous avez débité les branches du tilleul…

— C'est la moindre des choses, soupira-t-il.

Tous deux se turent, saisis du même besoin de silence. Par les vitres ouvertes des portières coulait un vent parfumé, riche des senteurs de la campagne environnante. Les oiseaux chantaient dans les haies, et des nuées de marguerites coloraient les champs alentour.

— Comme j'aime l'été ! observa enfin Bertille. Cette atroce tempête qui a frappé le département ne sera bientôt plus qu'un affreux souvenir.

— J'oublierai ces heures abominables quand vous n'aurez plus cette blessure, répliqua-t-il en effleurant la coupure qu'elle avait sur le front. Je me suis tant tourmenté pour vous !

Troublée, Bertille s'empressa de sortir de la voiture. Elle déclara d'un ton allègre :

— Je reprends le volant, d'autant plus que j'ai une course à faire chez le quincaillier du bourg. Nous y passerons avant de rentrer au Moulin.

Jakob descendit à son tour de l'automobile et s'appuya à la portière.

— La surprise pour votre cousine? Mon père a réussi à réparer le mécanisme de la comtoise. Jean compte remettre la vitre, c'est ça?

— Oui, ce soir, dans la salle des piles où est remisée l'horloge. Malgré tous les bouleversements, j'ai mission d'organiser une petite fête pour leur anniversaire de mariage. Trente-cinq ans d'une union passionnée, parfois mouvementée! Rien n'a été facile pour Claire. Mais ils s'aiment comme au premier jour, je crois. J'espérais fêter mes noces d'or avec Bertrand, mais le destin en a décidé autrement… Changeons de sujet. Je n'ai pas envie de m'apitoyer sur mon sort.

Peu pressé de repartir, le Mosellan se roula une cigarette. Une question lui brûlait les lèvres, qu'il osa enfin poser.

— Et monsieur de Rancogne? Sans vouloir me mêler de votre vie privée qui ne me concerne pas, j'ai cru comprendre que vous aviez des sentiments pour lui.

— Ciel, Claire ne vous a rien dit?

— Non.

— Mais, Jakob, c'était un de mes caprices, une espèce de plaisanterie absurde, d'écrire ça sur une de mes cartes postales, dit-elle en omettant volontairement de mentionner que c'était aussi pour se protéger des sentiments naissants qu'elle éprouvait à son égard. Je n'ai jamais filé le parfait amour avec lui! Je déteste ce vieil aristocrate vaniteux et arrogant. Je l'ai déposé à Jarnac, sur un trottoir, au retour de Pontaillac.

Humble et les yeux baissés, Bertille était si charmante qu'il dut lutter pour ne pas la prendre dans ses bras. À cette pulsion pleine de tendresse s'ajoutait une immense satisfaction, car elle s'était débarrassée de ce prétendant de pacotille.

— J'suis bien content, confessa-t-il. Cet homme ne vous méritait pas.

— Et qui me mériterait? interrogea-t-elle, malicieuse.

— Ce n'est pas à moi de le dire, madame. En matière de choix, les femmes sont reines.

— La formule me plaît beaucoup, affirma-t-elle, émue, car Bertrand disait précisément ces mots-là dès qu'elle sollicitait son opinion.

Cela acheva de la perturber, Jakob lui faisant à présent un peu penser à son cher disparu.

Ils reprirent la route qui serpentait entre des parcelles de prairies et des pans de falaises moins imposantes qu'en amont de la rivière. Bertille roulait au ralenti dans le but de passer le plus de temps possible avec le Mosellan.

— Est-ce que ça va mieux? questionna-t-elle soudain. Vous êtes moins triste pour votre fille?

— Je me console comme je peux, reconnut-il. Il y a des moments où on est obligé de se faire violence. Anna était dangereuse. Madame Claire en a fait les frais.

— Vous songez à la chatte Mimi? J'avoue que c'est assez effrayant de pouvoir tuer un animal délibérément, même si on pense qu'il abrite un esprit diabolique. Claire m'a tout raconté. Au fond, le comportement d'Anna relève de la schizophrénie, pour employer un terme médical[65]. J'ai lu un ouvrage sur les maladies mentales. Cela m'intéresse beaucoup.

Devait-il lui raconter les frasques les plus graves d'Anna? Jakob pesa le pour et le contre. Il ne voulait pas mentir à la femme qu'il aimait. Confiant en son sang-froid et en son intelligence, il décida de lui révéler la vérité au sujet du lieutenant allemand.

— Quelqu'un qui tue un chat, ce n'est pas si rare que ça, commença-t-il. Si je vous dis que ma fille est dangereuse, c'est pour une autre raison plus grave. Votre cousine a dû vous parler du soldat qui a disparu...

— Oui, je suis au courant. Et alors? Que s'est-il passé? Je vous en prie, parlez-moi.

---

65. Terme usité en psychiatrie dès 1911, mais peu connu.

— C'est Anna! Elle voulait venger le jeune David. Alors, elle a dansé avec le lieutenant le soir du bal pour l'entraîner ensuite dans la Grotte aux fées. Là, elle lui a fait boire du poison mélangé à de l'alcool. Il en est mort, et Pierre l'aurait aidée à l'enterrer dans le souterrain, enfin à l'endroit où la galerie naturelle a été aménagée jusqu'au puits. Nous avons muré le passage, par précaution.

Bertille en demeura muette de stupeur. Elle comprenait mieux la nervosité de Claire et la tension qui régnait au Moulin depuis son retour.

— Qui d'autre le sait? demanda-t-elle sans montrer une réelle émotion.

— Mes parents, Jean, Léon, Anita, votre cousine et moi. Matthieu et sa femme l'ignorent, Dieu merci. Je devais garder le secret.

— Eh bien, je ne pensais pas Anna capable d'aller aussi loin dans le crime, dans la vengeance. Comme vous avez dû souffrir, mon pauvre Jakob! Rien ne vous est épargné.

Animée d'une sincère compassion, elle lui prit la main. Il la regarda, touché par son geste, et il eut un de ces petits sourires attendris qui le rendaient irrésistible aux yeux de Bertille.

— N'ayez pas peur, je ferai celle qui ne sait rien. Telle que je connais Claire, elle m'en parlera tôt ou tard. Et je vous remercie de m'avoir dit la vérité. Je l'admets: votre fille est vraiment dangereuse. Elle a besoin d'être soignée.

— Au moins, là-bas, elle ne nuira plus à personne, soupira-t-il. Si vous saviez comme c'est difficile pour moi de la laisser seule parmi des étrangers!

— C'était indispensable, mon ami. Nous lui rendrons visite souvent… tous les deux.

Ému par sa bonté et cette promesse d'autres instants en tête-à-tête, Jakob se rapprocha, prêt à l'embrasser. Bertille recula.

— Non, je vous en prie, pas maintenant. C'est à moi d'être honnête et sincère. J'ai mal agi dans ma jeunesse, et même par la suite. Je tiens à vous ôter toutes vos illusions sur moi. D'abord, je ne suis pas une grande dame de la haute société, loin de là!

Mes parents étaient de simples commerçants. Sans mon oncle Colin, je filais droit dans un hospice quand ils ont trouvé la mort dans l'accident de diligence qui m'a rendue infirme. J'ai eu le bonheur de vivre près de ma cousine, la femme la plus exceptionnelle du monde. Elle me portait sur son dos, le soir, au moment de monter dans notre chambre. Ou bien elle m'installait dans une brouette et me promenait sur le chemin. Que lui ai-je offert en contrepartie? Lorsqu'elle croyait Jean noyé au large de Terre-Neuve, je l'ai poussée à épouser Frédéric, le frère aîné de Bertrand, dans l'unique but de profiter de son rang social, de l'argent que cet époux tyrannique lui octroyait. Et j'ai fait pire encore, Jakob, j'ai brûlé la lettre de Jean dans laquelle il lui disait avoir survécu au naufrage! Claire a failli me tuer en découvrant ma déloyauté, d'autant plus que Jean s'était marié avec une Normande, Germaine Chabin, la mère de Faustine.

Ce fut au tour de Bertille de freiner un grand coup et d'éclater en sanglots.

— Claire m'a tout pardonné. Elle m'aime de tout son cœur, en dépit de mes fautes, de mon abominable égoïsme.

— Pourquoi me dire tout ça aujourd'hui? demanda le Mosellan.

— Parce que vous m'avez parlé du lieutenant Eichmann, du geste insensé de votre fille, soupira-t-elle. J'ai eu un besoin subit de me confesser, de vous montrer la noirceur de mon âme. Oh! Seigneur, j'ai tant péché! Et, plus je m'enfonçais dans la bassesse, plus je recevais de grâce divine, jusqu'à retrouver l'usage de mes jambes, par miracle.

— Je vous en prie, calmez-vous, ne pleurez pas si fort! l'implora-t-il. Ces fautes-là, elles appartiennent au passé. La jeunesse est souvent impitoyable, avide de pouvoir. Anna en est la preuve.

Bertille se redressa, haletante. Elle devait aller au bout de la pénitence qu'elle s'infligeait.

— Jakob, dit-elle d'une petite voix, il y a bien plus grave. J'ai trompé mon mari pendant deux ans avec un homme de vingt ans mon cadet. Cela me donnait l'impression d'être belle, désirée. Certes, désirée, je l'étais…

— Votre mari? Lequel? Le second?

— Mais oui, Bertrand! Et il n'a jamais rien su, rien deviné. Cela dit, je le soupçonne d'avoir eu une liaison avec une prostituée à la suite d'une violente querelle entre nous. Ciel, jamais nous n'arriverons à Puymoyen si ce fichu moteur cale sans cesse!

— Il n'a pas calé, il tourne, là.

Bertille tendit l'oreille, puis elle accéléra. La voiture fit un bond en avant.

— Excusez-moi, je suis un peu brusque. Autant avec les voitures qu'avec vous. Mais je voudrais tant vous parler en toute franchise, sans tricher. Je ne sais pas si vous êtes au courant, mais Claire n'est pas que guérisseuse. Elle aurait aussi des dons de médium. Il lui est arrivé, dans certaines circonstances, d'être confrontée à des apparitions de l'au-delà. Elle aurait vu son demi-frère Nicolas, ainsi qu'un vieux rebouteux, le père Maraud. Si les morts peuvent demeurer autour de nous, il est donc possible que Bertrand me surveille. Il m'a peut-être épiée quand je vous ai embrassé. Ce baiser, c'est à cause de lui que je me suis réfugiée à Pontaillac. Je pouvais flirter avec Edmond de Rancogne, parce qu'il m'était indifférent et que ce n'était pas trahir mon grand amour. Mais, ce que j'ai éprouvé en courant vers vous, les battements de mon cœur, la douceur que j'ai ressentie en vous embrassant, ça, c'était mal de ma part, c'était le tromper encore alors qu'il était mort depuis six mois à peine. Je devais vous le dire, et je pense toujours la même chose : je veux être fidèle à sa mémoire, je veux le pleurer des années, le vénérer, une fois au moins me comporter dignement!

Jakob accusa le choc, ce chaud et froid que Bertille lui infligeait. Elle avouait être troublée par lui tout en déclarant qu'il n'avait aucune chance réelle d'occulter le souvenir omniprésent de Bertrand Giraud.

— Je vous en prie, ne vous mettez pas dans un état pareil, dit-il d'un ton neutre. Ce n'était qu'un baiser. Il ne nous engageait ni l'un ni l'autre. Vous étiez triste et moi aussi. Vous n'aviez pas besoin de me faire croire à des fiançailles avec monsieur de Rancogne. Il suffisait de m'expliquer ce qui vous torturait. Restons bons amis. Maintenant, on ferait bien de se dépêcher. Ce ne sera pas une mince affaire, de rafistoler l'horloge en cachette.

— En effet! rétorqua Bertille, mi-soulagée, mi-déçue de le voir se résigner si vite.

*

Moulin du Loup, le soir

Depuis le départ d'Anna, un calme lénifiant régnait entre les murs séculaires du moulin. Claire avait eu l'impression singulière qu'un sortilège avait été levé. Elle n'éprouvait plus la pointe d'angoisse permanente dont elle ne pouvait se départir depuis quelques jours. Jean lui avait confié qu'il ressentait également un profond soulagement.

— Un peu de paix ne fait pas de mal, Câlinette, avait-il dit à son oreille. Pour l'instant, tout danger est écarté, sous notre toit et à l'extérieur. Tu dois te reposer, ne pas te laisser ronger par le chagrin.

Claire avait approuvé, tout en songeant que rien ne pourrait l'empêcher de pleurer son jeune frère Arthur, ni de regretter la désertion de Matthieu et de Faustine, qui les privaient ainsi de la douce présence de Gabrielle. Cependant, au fil des heures, elle avait savouré la tranquillité retrouvée de son foyer.

Là, après le dîner, toute la maisonnée veillait sous la lampe en opaline. Jeanne-Marie et Alphonse Kern eux-mêmes se montraient d'une humeur plus enjouée. Après s'être relayés au chevet de leur petite-fille, ils appréciaient de profiter de la soirée et de bavarder avec une Anita tout sourire, en pleine séance de tricot.

Le vieux logis dont les fenêtres étaient demeurées ouvertes toute la journée s'emplissait à présent du chant mélodieux des crapauds et des senteurs suaves des roses. Les enfants étaient couchés, et Janine, remise de ses émotions, aidait son père à écosser des haricots. Seule Bertille semblait tourmentée.

— Qu'est-ce que tu as, princesse? lui demanda Claire en posant les chaussettes qu'elle raccommodait.

— Je voudrais que tu te reposes, rétorqua sa cousine d'un air préoccupé.

— Me reposer? Mais je me suis suffisamment reposée. Jean a sarclé les pommes de terre, Léon et Jakob ont moissonné ma petite parcelle d'avoine. Je n'ai eu qu'à étendre la robe de Ludivine que j'avais lavée.

— Menteuse! Tu as mis le lait de chèvre à cailler et tu as fait des confitures de fraises, protesta sa cousine. J'en suis témoin, tu es restée debout du matin au soir. Pire encore, j'ai appris que tu étais montée à cheval pour livrer des fromages à Ponriant. Méfie-toi, tu pactises avec l'occupant, Clairette.

— Je ne pactise pas, j'amadoue le colonel Drummer, ce qui peut nous être utile, expliqua Claire.

— Peu importe, tu es pâle et tu as les traits tirés. Tu devrais monter t'allonger.

— Décidément, tu changes vraiment, princesse. Ma parole, tu finiras dans l'Armée du Salut, si tu commences à jouer les sœurs de charité.

— Et pourquoi pas? Bertrand envoyait chaque année des dons à ce mouvement évangélique fondé pour soulager les détresses humaines, sans distinction aucune. Nous avions reçu un livret avec une citation de William Both, le créateur de l'Armée du Salut. Attends, je l'avais apprise par cœur pour la déclamer une veille de Noël, à l'institution Marianne. Et zut, ça ne me revient pas! Dommage, c'était sublime!

À la surprise générale, Jeanne-Marie se mit à réciter:

Tant que des femmes pleureront, je me battrai,
Tant que des enfants auront faim et froid, je me battrai,
Tant qu'il y aura un alcoolique, je me battrai,
Tant qu'il y aura dans la rue une fille qui se vend, je me
battrai,
Tant qu'il y aura des hommes en prison, et qui n'en sortent
que pour y retourner, je me battrai,
Tant qu'il y aura un être humain privé de la lumière de
Dieu, je me battrai,
Je me battrai, je me battrai, je me battrai.

— J'appartenais à l'Armée du Salut dans ma jeunesse, dit-elle ensuite. Je n'ai jamais oublié cette superbe profession de foi!

— Merci de tout cœur! s'écria Bertille. Il faudra que je la recopie pour la relire souvent.

Anita hocha la tête afin d'exprimer son approbation. En fervente catholique, elle retenait surtout l'allusion à *l'être humain privé de la lumière de Dieu.*

— C'est ce que je rabâche à Léon, dit-elle. Tant qu'on prie le Seigneur et la Sainte Vierge, rien de mauvais ne peut nous arriver. Voyez donc un peu: j'ai mis un cierge à l'église Saint-Vincent pour que mon homme arrête de boire. Eh bien! il boit trois fois moins qu'avant.

— Ma pauvre Nini, tu ferais mieux de bénir la patronne, qui m'aurait fichu dehors si j'avais continué à me saouler, s'esclaffa le domestique.

Claire eut un sourire moqueur. Elle savourait pleinement la bonne ambiance de la veillée, mais l'absence de son mari l'intriguait. Le Mosellan aussi manquait à l'appel.

— Où sont Jean et Jakob? s'étonna-t-elle. Ils sont sortis fumer et ne reviennent pas.

— Ils discutent, expliqua Bertille. Je crois que ton mari veut aller au bourg demain matin. Il souhaite recruter de jeunes gars costauds pour moissonner tes deux champs de blé. Si la chaleur persiste, il risque d'y avoir des orages.

— Ah non, plus d'orage! maugréa Janine. Il y a eu assez de pluie la semaine dernière. Mais tantine a raison, Claire, tu as mauvaise mine. Tu peux aller au lit, nous fermerons les volets et nous éteindrons les lampes.

— Mais enfin, pourquoi voulez-vous absolument m'expédier dans ma chambre? À vous écouter, je suis dans un sale état. Très bien, je monte. Je terminerai mon raccommodage demain soir. Viens, Sauvageon, nous sommes indésirables!

— C'est qu'on tient à vous, patronne, renchérit Léon. Pardi, on blague pas, vous semblez pas dans vot' assiette!

Émue, Claire les salua tous d'un petit signe de la main, puis elle embrassa Bertille avec chaleur.

— Au fond, tu dis vrai, je suis éreintée. Je m'oblige à vous tenir compagnie, comme si j'étais indispensable. Bonne nuit!

Ils la regardèrent tous d'un œil un peu coupable, tandis qu'elle montait l'escalier. Ils guettèrent le bruit de ses pas le long du couloir.

— Pourvu qu'elle se doute de rien! dit Léon à voix basse.

— À sa place, j'aurais compris qu'on mijotait quelque chose, dit Janine dans un souffle complice.

— Non, elle a cru pour de bon à de la prévenance, assura Bertille. Attendons encore, elle sera vite endormie. Après, il faudra vous mettre à l'ouvrage. Anita, tu as bien compris, pour le dessert? C'est la recette du gâteau de Savoie.

— J'ai compris, vous en faites pas!

Fébrile, Bertille se leva et sortit sur le perron. Elle put constater que Jean et Jakob avaient mené leur tâche à bien. Deux bicyclettes étaient appuyées au mur de l'imprimerie, l'une d'elles équipée d'une remorque. Les engins dataient d'une bonne dizaine d'années et appartenaient à Matthieu et à Faustine.

— C'est le moment ou jamais! se dit-elle tout bas.

Tapi dans l'ombre du hangar, Jean lui fit signe. Ravie de l'aventure qui l'attendait, elle se précipita.

— Bertille, tu veux vraiment y aller? demanda-t-il. Tu n'es guère habituée à pédaler, et ce sera quand même fatigant. Et, si vous croisez une patrouille allemande, Kern et toi, que leur raconterez-vous? Au retour, ce sera l'heure du couvre-feu.

— Où est Jakob? demanda-t-elle en guise de réponse.

— Je suis là, répondit à mi-voix le Mosellan. Je suis allé chercher une pompe, au cas où nous ferions une crevaison. Les pneus sont usés.

— Il faudra faire avec, déclara-t-elle. Cela aurait été plus pratique en voiture, mais c'était le meilleur moyen d'attirer l'attention, surtout le soir… Si le colonel découvre que j'ai stocké toutes ces provisions dans le moulin de Chamoulard, il sera furieux.

— Furieux ou ravi de faire bombance avec sa garnison

de Boches, commenta Jean. Drummer semble gourmand. Bon sang, Bertille, si Claire savait le risque que tu prends pour elle!

— N'ayez pas peur, Jean, tout se passera bien, assura Jakob. Madame Giraud a raison sur un point: comme elle le disait cet après-midi, si nous croisons des soldats, un couple paraîtra plus inoffensif que deux hommes.

— Homme ou femme, se balader la nuit avec une remorque, ça ne passera pas, bougonna Jean. Le mieux est de ne pas vous faire surprendre du tout. En plus, nous aurions pu servir un repas correct sans piocher dans tes réserves de luxe, Bertille!

— Jean, tu m'agaces! Un anniversaire de mariage, ça se fête en beauté, avec des mets de qualité. Et du champagne! Venez, Jakob, inutile de perdre du temps en palabres.

Bertille noua un foulard sombre sur ses cheveux très clairs et enfourcha le vélo qui lui était destiné, le Mosellan se réservant de tirer la remorque. Ils disparurent bientôt sur le chemin des Falaises, inondé par un clair-obscur bleuâtre, quelques nuages d'altitude voilant par instants au gré du vent l'éclat de la lune.

Jean aurait volontiers guetté leur retour, mais il devait terminer la réparation de l'horloge.

«Demain soir, ma Câlinette, tu entendras à nouveau le tic-tac que tu aimes tant, car le balancier en cuivre de ta comtoise aura repris vie!» songea-t-il.

Il entra dans la salle des piles, alluma l'électricité et se remit au travail. Cela l'empêcha de s'angoisser pour Bertille et Jakob, car leur mission était certes la plus périlleuse de toutes.

*

Lorsque Bertille approcha du vieux moulin de Chamoulard, qui menaçait de tomber en ruine, son cœur se serra. Elle évoqua le sympathique visage de William Lancester, le papetier anglais qui avait trouvé la mort dans l'éboulement d'une galerie souterraine dont l'entrée partait de la cave du bâtiment. Elle aurait volontiers confié son émotion à Jakob Kern, mais il la devançait et, de toute façon, le silence s'imposait.

« Ciel, cela date de treize ans environ, mais j'ai l'impression que c'était hier, pensa-t-elle. J'ai soupçonné Jean d'avoir tué William par jalousie. J'avais tort. Sans Arthur, on l'aurait condamné à perpétuité. Arthur, mon cher enfant… »

Ces souvenirs ébranlaient l'exaltation qui l'avait soutenue durant le trajet. Ce fut la gorge nouée et les larmes aux yeux qu'elle mit pied à terre dans la cour envahie d'orties géantes et de ronciers.

— Vous n'avez pas trop mal aux jambes? s'informa le Mosellan, qui abritait sa bicyclette sous un petit hangar.

— Mes jambes vont bien, protesta-t-elle. Ne me prenez pas pour une impotente!

— Bon sang, ce que vous êtes susceptible! observa-t-il. Faut me guider, à présent, je ne suis jamais venu par ici, moi. Prenez la lampe à pile.

— Non, gardez-la encore. Nous ne pouvons pas l'allumer : cela se voit de loin. Du temps où quelqu'un logeait là, j'apercevais la lumière depuis Ponriant, si j'étais sur la terrasse.

Bertille voulut le précéder vers l'entrée du moulin abandonné, mais elle trébucha sur un gros pavé descellé.

— On n'y voit presque rien, ne faites pas de manières et donnez-moi donc le bras, signifia Jakob à mi-voix. Nous ne serons guère plus avancés si vous vous foulez la cheville.

D'autorité, il la soutint d'une poigne ferme. Elle s'en remit entièrement à lui, qui semblait doué d'une excellente vision nocturne. Tout de suite, les mêmes sensations l'envahirent, celles qui l'avaient tant troublée quand ils s'étaient promenés ensemble avant son départ pour Pontaillac. De son grand corps d'homme émanait une force virile pétrie de tendresse et de bonté dont elle avait soif. À ses côtés, elle redevenait la jeune fille de quatorze ans menue et délurée qui rêvait d'un bon géant protecteur, capable de l'emmener au bout du monde. C'était avant l'accident, avant qu'elle ne soit cette fleur fauchée que le désespoir avait rendue parfois cruelle et exigeante. Mais, à cause de ce trouble déconcertant, dès qu'ils furent dans une vaste salle où flottait une odeur de moisi, elle se dégagea avec souplesse du bras qui la retenait.

— On peut éclairer, maintenant, indiqua-t-elle. Aucune fenêtre n'ouvre du côté du domaine. En plus, il faut descendre encore un escalier taillé dans le roc, à droite. Avez-vous bien pris les cabas dans la remorque?

— Oui! Alors, où sont-elles planquées, vos provisions?

— Cachées, cher ami, pas planquées! le reprit Bertille. C'est plus élégant, non?

— J'ai autre chose à penser qu'à surveiller mon langage, fit-il remarquer. Jean nous a recommandé de faire vite à cause du couvre-feu. Et puis, j'en suis désolé, mais je n'ai ni votre instruction ni votre vocabulaire. Madame Claire et vous, on dirait des dames de la bourgeoisie, tellement vous causez bien.

— Quand vous faites un effort, vous parlez correctement, Jakob.

Il tressaillit, car elle l'avait appelé par son prénom avec une intonation particulièrement douce.

— Bah, j'ai surtout arrêté de dire des mots en mosellan pour faire plaisir à votre cousine. Ça ne lui plaisait pas trop.

Il braqua le faisceau de la lampe sur la droite. Bertille lui désigna la première marche de l'escalier. Il la précéda, attentionné, prêt à la retenir en cas de chute. Dans le plus parfait silence, ils arrivèrent dans la grande cave voûtée.

— Mon Dieu! dit-elle à voix basse. Cet endroit est sinistre. Je n'y étais pas revenue depuis longtemps. Je plains Maurice, qui a transporté ici les denrées qu'achetait mon mari. Les caisses sont là-bas, dans ce passage voûté. Jakob, excusez-moi, ma voix tremble. J'ai un peu froid. En plus, cela m'effraie toujours, l'idée de ces galeries sous terre, un vrai réseau qui s'étend dans les profondeurs de la vallée. Jean pourrait vous raconter son expédition dans les souterrains et les grottes jusqu'à une salle des gardes dépendant du château du Diable, un petit manoir tout proche du village.

— N'ayez pas peur, je suis là avec vous, dit-il gentiment.

— En plus, il y a sans doute des araignées et des rats, plein de sales bestioles! gémit-elle en se rapprochant de lui.

Elle se réfugia contre sa poitrine, à la façon d'une enfant craintive. Jakob s'en émut, mais il n'osa pas l'enlacer. Afin de résister à la tentation, il plaisanta.

— Dites, nous deux, dès qu'on part ensemble, on a une fâcheuse tendance à traîner. Faut pas se mettre en retard! Qu'est-ce que vous voulez prendre?

Il s'écarta d'elle aussitôt et ouvrit une caisse remplie de conserves. Sans un mot, Bertille inspecta les boîtes. Elle fit son choix et remplit un premier cabas.

— Tout ça était si bien rangé dans l'office de Ponriant, se lamenta-t-elle bientôt. J'aimais inspecter les étagères et noter ce qui manquait. Je n'avais pas conscience de mon bonheur, du luxe dont je jouissais.

— Oubliez un peu votre passé, ronchonna-t-il. Vous n'êtes pas la seule à avoir subi des pertes et un changement de vie. La moitié de la France est logée à la même enseigne. Bon, combien de bouteilles de champagne voulez-vous?

— Quatre, ça suffira. Je me fiche de vos leçons de morale! Je suis capable de me sermonner moi-même. Je ne fais que ça, vous entendez?

Contrariée, Bertille réprima un sanglot de nervosité. Elle avait espéré confusément que cette expédition les verrait complices, liés par le danger, mais il n'en était rien. La magie de leur unique promenade nocturne, couronnée d'un baiser, ne se renouvellerait peut-être jamais.

— Je suis désolé, je ne voulais pas vous fâcher, dit-il. Quelque part, ça me rend jaloux quand vous parlez de votre vie d'avant. Voilà, c'est dit. *Raus!*

— *Raus!* répéta-t-elle, enchantée par ce qu'il venait d'avouer. Ça signifie dehors, n'est-ce pas?

Embarrassé des deux sacs qui pesaient un bon poids, Jakob grogna un oui. Ils regagnèrent la cour sans échanger un mot. L'air chaud de la nuit parut délicieux à Bertille. Elle respira à pleins poumons, sa saute d'humeur envolée, tandis que le Mosellan chargeait la remorque, dissimulant les victuailles sous une couverture et une fine couche de foin qu'il avait eu soin d'emporter.

— Claire aura une belle fête grâce à nous, observa-t-elle. Faisons la paix! J'ai été idiote de me mettre en colère.

— Non, c'est moi, l'idiot! Je n'avais pas à vous faire de reproches. Vous êtes tellement courageuse! C'est pas votre genre, de vous plaindre.

Ils s'observèrent dans la pénombre que dispensaient les murs alentour. Bertille lutta pour ne pas se jeter à son cou une nouvelle fois. «Pourquoi me plaît-il autant? s'alarmait-elle en son for intérieur. Même si j'étais veuve depuis cinq ans, ce n'est pas quelqu'un pour moi. Que dirait Clara si je le lui présentais? Elle se moquerait ouvertement de mes goûts et elle aurait raison.»

Jakob était en proie à un tourment similaire. Cette petite femme arrogante, avec ses boucles couleur de lune, l'attirait irrésistiblement. Il n'avait jamais aimé Yvette, mais, elle, il l'adorait de tout son être et, loin d'en concevoir de la joie, il en souffrait.

— Rentrons vite! dit-il. Sinon…

— Sinon?

— On se fera repérer par les Boches. Bon sang, qu'est-ce que je disais? Écoutez!

Des bruits de moteur résonnaient dans le silence de la vallée. Ils aperçurent une voiture encadrée de trois motos qui descendait du domaine de Ponriant.

— Ils ne viendront pas jusqu'ici, dit Bertille à voix basse. Ils vont sûrement à Puymoyen.

— À cette heure-ci? s'étonna Jakob. Moi, ça ne me dit rien qui vaille.

— En toute logique, ils n'ont aucune raison de venir dans ces ruines, protesta-t-elle sans s'affoler.

— Quand même, il vaut mieux se cacher. Venez vite.

Jakob la souleva du sol et se rua vers le coin de hangar où étaient dissimulés les deux vélos. Là, il se plaqua contre le mur du fond sans reposer Bertille au sol.

— Dieu m'est témoin que je voudrais vous tenir comme

ça toute la nuit, et demain aussi, déclara-t-il à son oreille. Et toujours…

— Je ne suis pas si mal, chuchota-t-elle en retour. Vous avez vu? J'avais raison, les Allemands sont montés vers le village. Ils avaient d'autres chats à fouetter que nous.

Le Mosellan respirait rapidement. Faisant table rase de ses réticences, il embrassa ses cheveux, la coupure de son front et le bout de son nez.

— Après tout, je peux bien vous le dire, je suis amoureux de vous! C'est ridicule, non, de tomber amoureux pour de bon à cinquante ans passés?

Elle chercha une réponse pertinente, légère, anodine, mais elle n'en trouva pas. Son cœur cognait à une vitesse hallucinante. Elle en avait le vertige.

— Je sais, vous tenez à respecter la mémoire de votre mari et moi je débarque avec mes gros sabots, dit-il encore.

— Chut, chut, fit-elle. Je n'ai pas envie de réfléchir. Pas ce soir, non, pas maintenant.

Il esquissa le geste de la déposer. De ses bras d'une finesse enfantine, elle se cramponna à son cou robuste.

— Si je ne suis pas trop lourde, gardez-moi un peu encore, implora-t-elle.

Sa voix avait pris un timbre anormal, vibrant de sensualité contenue. Elle se rassasiait du contact de Jakob, enivrée qu'elle était par son odeur et la chaleur de son corps.

— Nous devons rentrer, hélas! ajouta-t-elle. Posez-moi, je vous en prie.

— Oui, bien sûr! Alors, je vous dis adieu, belle dame.

Il l'étreignit dans un élan passionné. Bertille eut une sorte de sanglot révolté et chercha sa bouche.

«Tant pis, tant pis, je ne peux pas être sage. Pas ce soir, plus tard!» songea-t-elle, émerveillée de la subtile perfection du baiser qu'ils échangeaient. Leurs lèvres s'accordaient, tendres, joueuses, alors que leurs langues s'apprivoisaient, mutines, discrètes. Plus cela durait, plus ils s'abandonnaient l'un à l'autre, sans aucune défiance, mais submergés par un océan de pure félicité. Enfin, ils reprirent leur souffle en se souriant, éblouis.

— Ma petite chérie, tu me redonnes la vie, confessa-t-il.

Le tutoiement spontané la charma, tant il ponctuait leur douce complicité. Elle l'embrassa encore et encore, tandis qu'il l'emportait ainsi en dehors de la cour, vers l'allée bordée de platanes. Là, il s'assit au pied d'un arbre pour mieux la bercer contre lui et la caresser à son aise. Bertille se laissait faire, les yeux fermés, attentive aux étincelles de plaisir qui se propageaient dans sa chair. Se mêlait à son excitation l'attrait d'un homme dont elle ignorait presque tout. Bertrand et elle, au fil des ans, avaient appris à partager des joutes sexuelles savantes, en bons partenaires sachant combler leurs désirs respectifs. Les règles étaient différentes, maintenant, et elle se sentait neuve et très jeune, malgré sa docilité de femme mûre.

— J'ai envie de toi! lui dit Jakob à l'oreille.

— Ici?

— N'importe où… La nuit est si douce! Tu es si douce!

Émue aux larmes par l'incroyable sincérité de cet homme, elle le regarda dans les yeux.

— C'est bien la première fois qu'on me dit ça, que je suis douce. Mais c'est agréable à entendre. Embrasse-moi encore. Je suis bien, là, tellement bien!

Jakob enserra son visage entre ses larges mains et le contempla avec ferveur.

— Ma belle dame! Ma toute petite, mon amour!

Éperdue de bonheur, Bertille se cacha contre lui. Son désir, pourtant ardent, refluait, vaincu par autant de dévotion et de délicatesse.

— Merde! qu'est-ce que vous fabriquez? fit alors une voix. Je me ronge les sangs, et vous batifolez!

Jean se tenait devant eux, furibond. Brusquement ramenés à la réalité, les amants se séparèrent le plus vite possible.

— Je vous attendais et, ne vous voyant pas revenir, j'ai avancé jusqu'au pont. C'est de là-bas que j'ai aperçu des phares et que j'ai entendu des bruits de moteur Mettez-vous un peu à ma place. J'avais de quoi m'alarmer. J'ai couru comme un fou pour savoir ce qui se passait et voilà… Décidément, ma pauvre Bertille, tu ne changeras jamais!

— Laissez-la en paix, elle n'est responsable de rien, s'indigna le Mosellan. C'est difficile à expliquer, Jean, mais je vais le faire.

— Ne prenez pas cette peine, Jakob, intervint Bertille. Nous n'avons pas à nous justifier. Je suis libre de mes actes, il me semble.

— Précision inutile! coupa Jean. Cela dit, je retourne au Moulin. Je n'ai même pas fini de poser la vitre de l'horloge.

Il leur tourna le dos. Embarrassé, Jakob se gratta la barbe.

— J'suis désolé, déplora-t-il. Ça doit vous ennuyer, que Jean nous ait surpris!

Elle eut un geste fataliste en s'éloignant.

— Il n'a pas une très bonne opinion de moi, de toute façon. Mais il saura être discret si je le lui demande. Ne vous faites pas de souci. À présent, nous devons vraiment rentrer.

Ils enfourchèrent leur bicyclette, sans plus oser échanger un baiser ou un mot doux. Cependant, leurs deux cœurs battaient à l'unisson et ils se sentaient étrangement heureux, pareils à des adolescents punis qui se promettaient en silence de se retrouver coûte que coûte, en dépit de tous les obstacles que l'on dresserait entre eux.

« Pardonne-moi, Bertrand, mon tendre amour, songeait Bertille. Il faut me pardonner, car j'ai failli mourir et, si je suis encore là, bien vivante, c'est peut-être pour connaître un autre amour, un dernier amour. Adieu, mon chéri, adieu… »

Ses prunelles grises s'embuèrent, mais le vent chaud de la nuit d'été sécha les quelques larmes coulant sur ses joues.

19
L'anniversaire

Moulin du Loup, mercredi 24 juillet 1940, une heure du matin
Jean ne se montra pas aussi réservé que Bertille l'espérait, d'autant plus qu'elle ne lui avait pas demandé de l'être par manque de temps. En rejoignant Claire dans le lit conjugal où elle dormait paisiblement, il la réveilla sans aucun scrupule.

— Bon sang, ta cousine ne s'arrêtera donc jamais! dit-il tout bas dès qu'elle ouvrit les yeux. Je l'ai surprise avec Jakob, tous deux prêts à forniquer au bord d'un chemin.

— Forniquer? répéta-t-elle, encore somnolente. Jean, tu me secoues à je ne sais quelle heure alors que je me repose enfin pour me parler de fornication? Je me doutais qu'il y avait quelque chose entre Jakob et Bertille. J'y penserai demain matin, d'accord? Je dormais si bien!

— Quand même, à leur âge, se conduire de la sorte! commenta-t-il d'un ton réprobateur.

Cependant, la chemise de nuit de sa femme révélait l'arrondi charmant d'une épaule, ainsi que la naissance de ses beaux seins ronds. Il ne put s'empêcher de la caresser.

— Il n'y a pas d'âge, si on aime, déclara-t-elle. Et nous, alors?

— Nous sommes mariés, il me semble! De plus, ces deux-là viennent d'enterrer leurs conjoints respectifs.

— Jean, ne parle pas si fort, tu vas réveiller Ludivine.

— Il faudrait que notre fille puisse retourner dans sa chambre. Depuis qu'elle dort là, nous n'avons guère d'intimité.

— Demain, Jean, nous en discuterons demain. Dors vite, mon amour.

Mais il glissa une main sous les draps et releva le bas de sa chemise pour s'aventurer entre ses cuisses. Claire eut un sursaut scandalisé.

— Pas maintenant!

— Oui, j'ai compris. Demain soir, peut-être? Allons, Câlinette, sois gentille, nous ne ferons pas de bruit.

Elle le repoussa avec un baiser sur le front, en guise de consolation.

— J'ai trop sommeil, Jean.

Résigné, il la laissa se rendormir. Frustré dans son désir de mâle, il se mit à réfléchir. Une idée qu'il jugea lumineuse le fit frémir d'exaltation. «Tout va s'arranger, songea-t-il, ravi et soulagé. Je mettrai la nouvelle organisation en place dès le petit-déjeuner. »

Le maître du Moulin finit par s'assoupir. Aux premières lueurs de l'aube, Claire le contempla, émue. Les oiseaux saluaient le jour de leurs chants joyeux, une mélodie qu'elle écoutait toujours de bon cœur, comme un présage favorable offert par la nature. «Mon cher amour, je suis désolé pour cette nuit! pensa-t-elle. Je n'avais pas le courage de te donner ce que tu voulais. Et il y a notre chérie… et Sauvageon! »

Elle resta fidèle à ses rites du lever: une caresse au jeune loup qui était venu renifler ses pieds nus, suivie d'un regard entre les volets accrochés pour observer le ciel.

— Ah! quel dommage! Il pleut, constata-t-elle tout bas.

La semaine écoulée avait été si pénible que Claire était à cent lieues de se souvenir d'un autre 24 juillet, trente-cinq ans auparavant, où il pleuvait tout autant, le matin de son mariage.

«Les légumes seront arrosés, les fraisiers également! » se dit-elle en se penchant sur le lit de sa fille. Ludivine dormait profondément, son adorable frimousse auréolée de boucles brunes, ses grands cils noirs dessinant de minuscules traits d'ombre sur le velouté de ses joues. «Ma beauté, mon trésor, ma précieuse enfant, si tu savais comme je t'aime! »

Le cœur en paix, Claire gagna le couloir dans un peignoir en satin rose offert par Bertille et alla faire sa toilette dans la petite pièce équipée de tout le confort moderne, eau chaude, lavabo et baignoire sabot. Elle étudia son reflet d'un œil indulgent dans le miroir encadré de moulures dorées.

— J'ai bien fait de me coucher tôt. Je suis détendue et j'ai le teint net.

Ce fut à cet instant que les paroles de Jean lui revinrent, au sujet de Bertille et de Jakob, couronnées par le fameux mot «forniquer».

— Je n'ai pas rêvé, j'ai bien entendu ça!

La maison lui sembla plongée dans un grand silence. Avant d'aller s'habiller, elle marcha sur la pointe des pieds jusqu'à la porte de Bertille. Si sa cousine avait décidé de prendre le Mosellan pour amant, il y avait de fortes chances qu'elle l'ait rejoint dans le grenier. Avec d'infinies précautions, Claire tourna la poignée et regarda en direction du lit. Sa cousine y était étendue, les paupières closes et la bouche entrouverte. Elle dormait encore.

— Princesse? appela-t-elle. Princesse?

De toute évidence, Bertille avait veillé très tard, et il était inutile de la faire lever aux aurores. Elle referma et descendit au rez-de-chaussée. Dans la cuisine, Anita préparait du café. Elle la salua d'un large sourire.

— Bonjour, madame. Vous avez vu, il pleut!

— En effet, il pleut, mais d'habitude cela ne te réjouit pas autant, répliqua Claire.

— Bah, c'est une petite pluie d'été bien pratique. Rien à voir avec le déluge que nous avons eu. C'était pile mercredi dernier, la tempête et les tremblements de terre.

— Tu as raison, et notre famille en a subi les répercussions, hélas!

— Vous causez du départ de votre frère, n'est-ce pas, déplora la domestique. Allons, vous faites pas de bile, ça se tassera bien, avec le temps. Voyez donc votre mur, là, comme m'sieur Alphonse l'a réparé.

Claire leva le nez du bol fumant qu'Anita lui avait servi et fixa l'endroit où une vilaine lézarde défigurait l'ocre rose des plâtres centenaires. La fissure avait disparu. Elle ignorait que c'était une des nombreuses surprises dont la journée serait émaillée.

— Mais c'est fantastique! s'écria-t-elle. Quand ce brave homme a-t-il fait ce travail? Hier, je n'osais pas regarder de ce côté, car cela me navrait.

— Ben, vous auriez mieux fait, parce que m'sieur Alphonse avait déjà mis de l'enduit. Hier soir, pendant que vous dormiez, il a repeint.

— C'est très aimable de sa part. Je l'embrasserai, pour la peine. Sais-tu, Anita, ça me met du baume au cœur ce matin.

Ravie, la domestique hocha la tête. Elle couvait sa patronne d'œillades affectueuses, vérifiant si elle mangeait les trois tartines beurrées qui lui étaient destinées.

— Bonjour, mesdames! fit alors la voix de Jean qui dévalait l'escalier à son tour, vêtu d'un pantalon noir et d'une chemise bleue. Personne n'est à table? Dommage, j'ai eu une excellente idée, hier soir.

— Dis toujours! l'engagea Claire en lui souriant. Mais viens t'asseoir près de moi.

Ils s'embrassèrent tendrement. Anita s'empressa de couper d'autres tranches de pain.

— Voilà! annonça Jean. Matthieu et Faustine sont ravis de vivre quelques mois à Angoulême. Je crois qu'ils ne verront pas d'inconvénient à prêter leur maison à la famille Kern. La ligne de téléphone est rétablie. Je vais appeler chez ma sœur pour en discuter avec eux.

— Je n'en vois pas l'intérêt, protesta Claire. Franzi et Ludivine commencent à bien s'entendre, Jakob travaille pour nous, et ses parents ne me dérangent pas. Jeanne-Marie collabore de son mieux à la tenue du ménage.

— Cela libère une chambre, même deux, précisa son mari. Et nous serons moins nombreux à table. Bien sûr, nous leur donnerons des provisions. Alphonse pourra entretenir le jardinet derrière la grange et faire de menues réparations que Matthieu remet toujours à plus tard. Pense aux Kern, Câlinette. Quand on est des réfugiés, ça doit être agréable de disposer d'un logement bien à soi, même si c'est provisoire.

Irritée par ce projet, elle fit la moue. Soudain, la réflexion de Jean qui se plaignait de manquer d'intimité lui revint en mémoire. « Il serait prêt à tout chambouler ici pour pouvoir faire l'amour avec moi plus souvent, se dit-elle, stupéfiée. Non, c'est impossible. »

Néanmoins, elle se sentit flattée et elle céda aussitôt.

— Si tu obtiens l'accord de Matthieu et de Faustine, pourquoi pas? Ils n'apprécient guère les Kern, tu le sais. Enfin, après tout, arrange les choses à ta manière. Ce n'est pas si bête. Janine s'installerait dans la grande chambre avec Marie. Ainsi, Ludivine récupérera son petit domaine.

Anita fronça les sourcils, dépitée. Elle s'était habituée à la compagnie de Jeanne-Marie Kern, qui la secondait efficacement en cuisine. De plus, issue d'une famille pauvre, elle jugeait comme un luxe inouï d'attribuer une pièce à une fillette de onze ans.

— Son petit domaine! bougonna-t-elle. Chez nous, je couchais avec mes frères et sœurs, à cinq dans la même chambre.

— Eh bien, ici, c'est différent, Anita! trancha Jean. Ma belle épouse a du sang bleu, il ne faut pas l'oublier. Le Moulin du Loup abrite depuis des générations des personnages respectables de la vallée.

Claire le pinça sous la table. Il éclata de rire et la chatouilla à la taille.

— Du sang bleu, et puis quoi encore? reprit Anita. Ah! Ça me revient, patronne, c'est à cause de votre espèce de tante, m'dame Edmée de Martignac. On ne la voit plus, cette dame.

— J'ai eu des nouvelles récemment, dit Claire. Edmée est en villégiature au bord de la Méditerranée.

— Elle aura du mal à rentrer en zone occupée sans laissez-passer, observa Jean. L'étau se resserre, surtout pour les Juifs. Nous avons bien fait d'envoyer Daniel et Déborah Canet en Angleterre. J'ai lu dans un journal, hier, au bourg, que Pétain considère la juiverie comme un fléau[66]. Les Juifs de la zone libre doivent se faire recenser sous peine d'internement dans des camps. Moi, ça me révolte.

---

66. Authentique.

— C'est une honte! répondit Claire.

Ils en discutaient encore lorsque Jakob fit son apparition, l'air très embarrassé.

— Bonjour, marmonna-t-il sans oser s'asseoir. Je pars tout de suite pour votre vigne, Jean. Hier soir, vous causiez de la sulfater, rapport à l'humidité des derniers jours.

— Prenez donc un café! répliqua celui-ci. On ne traite pas à la bouillie bordelaise sous la pluie. Et je dois vous parler.

Le Mosellan se voyait déjà congédié du Moulin, rejeté sur les routes à cause des instants de pure félicité partagés avec Bertille. Claire lui adressa un regard apaisant. Elle prit même les devants, car le malheureux semblait sur les charbons ardents.

— Ce n'est rien de grave, Jakob, dit-elle gentiment. Une simple idée de mon mari.

Jean exposa le tout d'un ton assuré. Claire en profita pour étudier la physionomie du réfugié, afin de comprendre pourquoi il avait réussi à séduire sa cousine. Elle dut reconnaître que c'était un homme sympathique, dont la carrure de Nordique pouvait être rassurante. «Une belle bouche, des traits un peu épatés, mais harmonieux, les cheveux plus blonds que gris, encore... et surtout un regard très doux, songea-t-elle. Mais Bertille exagère. Elle le fera souffrir, si elle se console dans ses bras et s'en sépare ensuite.»

— Alors, est-ce que cela vous convient? demandait Jean. Si Matthieu accepte, vous pourriez vous installer dès aujourd'hui.

— Dame, pourquoi pas! répondit Jakob, apaisé. Mes parents seront contents. Ils craignent toujours d'être une charge pour vous. Mais je ne crois pas que monsieur Roy consentira à cet arrangement-là. Surtout que je lui ai cassé le nez.

Les deux hommes commencèrent à discuter. Claire préféra remonter dans sa chambre. Elle s'interrogeait sur la façon d'occuper sa journée et décida bien vite de s'accorder quelques heures dans son laboratoire.

«Ludivine m'aidera. Il faut ranger les étagères et jeter certaines plantes qui datent un peu. Je ferai des baumes, aussi, il me reste un gros pot de saindoux.»

La fillette était réveillée et s'attardait sur son étroit lit de camp.

— Bonjour, maman! s'écria-t-elle. Je t'attendais. Dis, si on se promenait ce matin? J'ai vu qu'il pleuvait. On pourrait ramasser des escargots ou bien aller au village. Tu avais promis de m'acheter un nouveau cahier à l'épicerie, et un porte-plume. Le mien a le bout cassé.

— Tu n'écris pas avec le bout, ma chérie. J'avais envie de m'occuper de mon herboristerie, avec toi... Nous irons peut-être à Puymoyen en fin d'après-midi, mais rien n'est moins sûr.

— Tu t'habilles comment? demanda Ludivine.

— En voilà, une question! Ma jupe marron, un gilet, et le tour est joué.

— Tu devrais mettre une jolie robe. La verte à fleurs jaunes!

— Non, il fait mauvais temps et je ne veux pas la salir. Debout, paresseuse!

Claire saisit sa fille par les mains et l'obligea à se lever. Sauvageon, qui était resté près de la fillette, sauta sur elle en mordillant une de ses manches.

— J'arrive! pouffa-t-elle. Tu as vu ça, maman? Il a troué le tissu.

Cela les fit rire, malgré l'accroc qui réclamerait une reprise.

— C'est plus gai, chez nous, depuis le départ d'Anna, constata Ludivine en enfilant un pantalon en toile et un corsage. Tu crois qu'elle va guérir, à l'hôpital?

— Je l'espère, ma chérie. Et je veux que tu t'en souviennes, toutes les mauvaises actions qu'elle a commises, c'était à cause d'une maladie terrible: la folie. Il y a peu de guérisseurs capables de soigner les esprits atteints de démence. Mais ne te tourmente pas pour Anna. Je dois te prévenir. Les Kern vont peut-être s'installer dans la maison de Matthieu et de Faustine. Si cela se fait vraiment, tu pourras reprendre ta chambre.

— Oh non, maman, je veux continuer à dormir avec vous. Ou je garderai Sauvageon la nuit. J'ai peur, toute seule.

— Une grande fille comme toi! Bien, tu auras un loup aux crocs acérés pour te protéger. Maintenant, descends vite prendre ton petit-déjeuner. Tu me rejoindras dans mon laboratoire.

— D'accord! Je serai ton apprentie.

Le sourire rayonnant de Ludivine était une bénédiction pour Claire, qui aimait voir son enfant d'aussi bonne humeur. Ce fut en chantonnant qu'elle redescendit à la cuisine et sortit sur le perron, après avoir noué un foulard sur ses cheveux. Anita, qui activait le foyer de la grosse cuisinière en fonte, lui jeta un regard pétillant de joie.

«Elle sera bien surprise, ce soir, madame! pensait la domestique. Dieu sait qu'elle mérite d'être fêtée!»

À peine la maîtresse des lieux fut-elle dehors que Bertille se glissa hors du cellier avec une mine de conspiratrice. En tailleur de lin gris et escarpins vernis, elle s'assura que la vaste pièce était déserte.

— Surtout, Anita, dis que je dors encore à tous ceux qui me chercheraient. J'ai fermé ma chambre à clef. Je serai de retour avant midi. Où est Jean?

— Là-haut. Il est monté causer avec Alphonse et Jeanne-Marie. Vous êtes pas au courant, m'dame Bertille, de son idée? Eh ben, voilà: il veut expédier les Kern dans la petite maison au bord du chemin, vu que monsieur Matthieu et sa famille y viendront plus pendant un bon moment.

— Ah! fit Bertille. Pourquoi pas! Je n'ai pas le temps d'en discuter, Nini, je m'en vais.

— Léon vous attend, ne vous faites pas de souci. Écoutez donc! Y a la camionnette qui tourne.

Bertille avait des emplettes à faire en ville et elle voulait s'en acquitter en cachette. Le domestique se rendant aux Halles, elle lui avait demandé la veille de l'emmener. Personne ne la vit traverser la cour et grimper dans le véhicule qui démarra immédiatement.

Une heure plus tard, ses achats effectués, elle sonnait à la porte d'une haute maison bourgeoise, rue de l'Évêché. Elle avait d'abord donné rendez-vous à Léon sur la place devant le palais de justice.

— Tantine! s'étonna Gabrielle en lui ouvrant. Qu'est-ce que tu fais là?

— Je viens parler à tes imbéciles de parents.

— Mais il n'est même pas neuf heures! Maman est toujours au lit, papa aussi, je crois. Et ce ne sont pas des imbéciles!

— Si, désolée de te l'apprendre, jeune fille. Et comment ça, tu crois? Si ton père était au rez-de-chaussée, tu l'aurais forcément vu!

Bertille entra d'autorité dans le salon. Interloquée, Gabrielle jeta des coups d'œil inquiets alentour.

— C'est tellement grand, ici, tantine! Papa a pu sortir se promener sans que je le croise. J'étais dans l'atelier, au fond de la cour. Oncle Victor m'a confié un travail. Je dois trier ses fossiles. J'ai un livre pour noter leur nom sur des étiquettes.

— Au moins, cela t'occupe. Je t'en prie, préviens tes parents que je suis là.

Au bout de dix minutes, Faustine se présenta, vêtue d'un peignoir en satin bleu, les cheveux épars. Matthieu la suivit de peu. Il était habillé à la hâte d'un pantalon de golf et d'une chemisette.

— Que se passe-t-il, tantine? Déjà, Jean nous a réveillés en téléphonant. Pas moyen d'être en vacances, ma parole!

— Dis donc, espèce de flemmard! Toi, un homme dans la force de l'âge qui a échappé à la mobilisation pour quelques mois de trop sur une paperasse d'identité, tu te déclares en vacances? Comment oses-tu fermer l'imprimerie et venir te tourner les pouces à Angoulême? Enfin, tu es libre de tes actes. Au fond, je m'en fiche royalement. Je ne suis pas venue pour te faire la morale, du moins pas sur ce point-là.

— Sur quel point, alors? demanda-t-il sur un ton ironique.

— Ce soir, nous fêtons les trente-cinq ans de mariage de Claire et de Jean, annonça-t-elle. Ce sera une surprise pour elle. Nous avons eu soin de tout préparer en secret. Vous devez venir.

— Il n'en est pas question! la coupa Faustine. Décidément, je n'aurai jamais la paix, même ici. Je commençais à me sentir mieux, un peu moins accablée, et tu gâches tout, tantine.

Bertille lissa le tissu de sa jupe d'un doigt nerveux. Elle n'avait pas les talents d'avocat de Bertrand. Cependant, elle s'était efforcée de préparer une plaidoirie efficace, inspirée de celles de son défunt mari.

— Un peu moins accablée! répéta-t-elle en fixant Faustine avec un air faussement méprisant. Écoutez-moi ça! Mais, bon sang, accablée par quoi? Et Claire, elle n'a pas de quoi être accablée? J'ai appris ce que tu lui reprochais: ne pas avoir chassé Anna Kern. J'étais absente quand cette demoiselle a fait des siennes, mais on m'a conté ses exploits. Avec la meilleure volonté du monde, Faustine, comment peux-tu accuser Claire des fautes d'une autre personne? Gabrielle, sors, je te prie. Retourne dans ton atelier.

L'adolescente obéit volontiers, pressentant des explications orageuses.

— Je tenais à épargner ses chastes oreilles, poursuivit Bertille. Oui, les fautes d'Anna… Elle a débauché Pierre, soit. Cela dit, quel garçon de seize ans ne profiterait pas de l'occasion? Désolée si je vous choque, surtout toi, Matthieu, mais tu courais après Corentine au même âge que ton fils, dans le but de t'initier au plaisir. Elle n'a pas eu à déployer beaucoup d'efforts pour te débaucher, comme tu dis. Interrompez-moi si je me trompe. Quant à toi, irréprochable Faustine, aurais-tu oublié les baisers que tu distribuais aux garçons du village, à douze ans?

Le couple ne fit aucun commentaire. L'une était rougissante, l'autre gardait la tête baissée sur ses mains.

— Il y a eu aussi la querelle entre Jakob et toi, Matthieu, deux coqs en colère qui défendaient leurs poussins, reprit Bertille. Claire aurait pu hâter la guérison de ton nez, mais tu as refusé ses soins.

— J'étais furieux, ça peut se comprendre, quand même? argumenta Matthieu. L'histoire de Pierre a achevé de me mettre en rogne, mais je n'ai rien dit de mal à Claire.

— Peut-être, mais tu ne lui as rien dit du tout, ce qui est pire, parfois. Mes enfants, qu'est-ce qui vous prend? Citez-moi une personne plus charitable, plus dévouée, plus douce que Claire! Tu as osé lui dire qu'elle n'était pas ta mère, Faustine, et je trouve cela abominable. Aurais-tu préféré être élevée par Térésa, la maîtresse espagnole de ton père? Qui est allée te chercher à Auch afin de t'arracher aux griffes de cette sale bonne femme? As-tu su qu'elle prostituait sa fille de treize ans? Qui t'a bercée et consolée quand tu tombais? Ta véritable mère est morte quand tu étais toute petite. Rien n'obligeait Claire à te chérir, à t'aimer aussi fort sans jamais te crier au visage que tu n'étais pas sa fille. Passe encore que, sous le coup du chagrin, tu lui lances cette pique cruelle, mais toi, Matthieu, tu n'as même pas défendu ta sœur, ta sœur qui a pratiquement gâché sa jeunesse pour t'éduquer. Elle t'a pris sous son aile dès ta naissance, sans jamais te trahir par la suite, sans jamais se plaindre! Je suis désolée d'être franche, mais ce n'est pas Claire qui a mis le feu à votre cher Pierre. En conclusion de mon discours, je dirai que c'est un peu facile de reporter le poids de ses erreurs sur quelqu'un d'autre, encore plus sur une femme aussi remarquable que Claire. Elle souffre affreusement de votre départ, de ta méchanceté gratuite, Faustine. Alors, si vous arriviez à l'heure du dîner pour une réconciliation, voire des excuses, ce serait un beau geste de votre part. Ah! j'oubliais: Anna Kern est internée à l'hôpital de Breuty. Elle est atteinte d'épilepsie et de démence, ce qui explique bien des choses, notamment son comportement. Je ne cherche pas à l'excuser, mais je tenais à le dire. Vous ne risquez plus de la croiser au Moulin. Bien, je vous laisse, Léon m'attend.

— Nous sommes au courant, tantine, admit Matthieu. Je te l'ai dit tout à l'heure: Jean a téléphoné. Il nous proposait quelque chose et, bien sûr, j'ai refusé, Faustine aussi.

— Ah! Je suppose que c'est au sujet des Kern qu'il comptait loger chez vous? Anita m'en a parlé ce matin.

— Oui, soupira Faustine.

— Réfléchissez bien, dit encore Bertille. Alphonse Kern est un fin bricoleur, et une vieille baraque comme la vôtre a besoin d'être chauffée dès l'automne. J'insiste: Anna n'y mettra pas les pieds. Voilà, je vous laisse, les enfants.

Tremblante d'irritation et d'émotion contenue, Bertille

se leva et les salua d'un imperceptible mouvement de tête. La bonne fit irruption de la cuisine pour la raccompagner jusqu'à la porte principale.

— Je connais le chemin, petite! lui dit-elle sèchement.

Faustine et Matthieu échangèrent un regard désorienté. Ils remontèrent à l'étage dans le plus grand silence.

*

Claire prêta à peine attention au retour de la camionnette. Elle avait presque fini de mettre en ordre son laboratoire. Ludivine, qui l'avait secondée, s'était amusée à jouer à la marchande avec les petits flacons vides et les sachets en papier hors d'usage.

— L'endroit a meilleure allure, affirma-t-elle à la fillette. Nous n'avons plus qu'à brûler dans la cheminée le contenu de ce sac.

Elle désigna un gros sac en toile de jute qui avait contenu du grain pour les chevaux avant d'échouer là.

— Maman, est-ce que je peux jouer avec tes herbes avant de les mettre au feu?

— Non, ma chérie, je dois les brûler. Viens, nous partirons en balade après le repas de midi.

L'enfant n'insista pas. Claire avait fait un tri sévère dont elle était satisfaite, notamment en se débarrassant des plantes toxiques. «Ainsi, plus personne ne viendra se servir, pensa-t-elle. C'était imprudent de ma part, d'entreposer certaines fleurs séchées et certaines baies.»

Elle respira encore une fois les parfums mêlés des bouquets suspendus aux poutres du plafond, du serpolet, de l'aspérule, du thym, de la menthe et de la tanaisie. L'esprit en paix, elle retrouva la clarté grise d'un ciel couvert, assortie d'une pluie fine. L'air demeurait tiède et imprégné des exhalaisons de la terre humide.

— Les cagouilles seront de sortie, assura Ludivine.

— J'en suis sûre. Nous pourrions emmener Franzi?

— On n'est pas obligées, maman. J'aime bien être toute seule avec toi.

— Il serait si heureux, ma chérie! Que fais-tu des leçons du catéchisme? Le partage et l'amour de son prochain?

— Je lui demanderai de venir, dit la fillette, très déçue.

Mais sa contrariété fut de courte durée. Dès qu'elles entrèrent dans la cuisine, le petit garçon leur cria qu'ils déménageaient après le déjeuner.

— On va rassembler nos affaires, ajouta Alphonse Kern. Votre mari vient de recevoir un coup de téléphone de votre frère. Il paraît que ce matin très tôt il avait refusé, mais que, là, il vient de changer d'avis. Jakob et monsieur Jean chargeront le camion. Dites, c'est bien gentil de la part de votre frère de nous prêter sa maison. Je la rendrai en bon état, faites-moi confiance, madame Claire.

Elle avança vers lui, radieuse. Sans façon, elle l'embrassa sur les deux joues.

— Pour vous remercier, dit-elle. Vous êtes un très bon maçon. Mon mur est comme neuf. Mais où avez-vous déniché la même peinture?

— Léon en avait mis un pot de côté, affirma le vieil homme.

— Ce n'est pas surprenant, j'en prévois souvent une quantité considérable, admit-elle. Alors, vous nous quittez!

— Nous serons voisins, signala Jeanne-Marie. Si vous avez besoin de mes services, il faudra me le dire et je viendrai. Nous étions au paradis sous votre toit, chère madame Claire. Hélas, cela donnait du travail en plus à Anita et à Léon. Et à vous. Mais j'avoue que ça me fait plaisir d'être un peu chez moi.

— Je vous comprends, assura Claire en cherchant sa cousine des yeux. Est-ce que Bertille serait malade? Elle n'a pas pu se lever aussi tard!

— Pourtant, je l'ai entendue piétiner là-haut, m'dame, s'écria Anita. La faim finira par la faire descendre. En plus, sentez-moi ça! J'ai cuit au vin blanc les anguilles que Jakob a pêchées l'autre soir et je servirai ma matelote avec des pommes de terre sautées.

Ludivine fit la grimace, car elle n'appréciait pas la chair gélatineuse des anguilles. Franzi, lui, se pourlécha les lèvres.

— On va se régaler! se réjouit-il.

Beaucoup plus bas, il dit à la fillette:

— J'aurai mon cadeau à quatre heures cet après-midi. Faudrait que tu ailles très loin avec ta mère. Promis?

— Mais quel cadeau?

— Tu verras!

— Dans ce cas, refuse de venir avec nous aux escargots. Maman voulait t'emmener.

— Oh! zut! Quel dommage!

— En plus tu déménages, déclara-t-elle, impitoyable.

Franzi approuva d'un air songeur. L'instant d'après, il gambadait autour de la table. Claire abandonna la maisonnée en effervescence pour rendre visite à Bertille. Elle frappa deux coups et tourna la poignée.

— Princesse, tu t'enfermes, à présent? s'étonna-t-elle. Ouvre, je t'en prie.

— Tout de suite, Clairette. Je finis de m'habiller.

Elles furent enfin face à face dans la chambre aux rideaux tirés sur le soleil de midi. Bertille portait une robe très simple en cotonnade fleurie et des espadrilles. Un foulard rouge cachait en partie ses boucles blondes. Il était difficile de deviner qu'elle s'était absentée dès le petit jour.

— Je suis désolée. J'étais épuisée et j'ai dormi le plus longtemps possible.

— Jean te dirait que de s'adonner à la fornication, passé un certain âge, s'avère épuisant, dit Claire à voix basse. Princesse, j'exige des explications. Tu n'as quand même pas cédé à Jakob? Je ne suis pas stupide: j'ai compris qu'il était un peu amoureux de toi, le pauvre homme. Mais ce n'est pas une raison pour jouer avec ses sentiments. As-tu vraiment des besoins aussi impérieux? Tu es en plein deuil.

— Je le sais et cela me tourmente suffisamment. Je n'avais pas l'intention de te tenir à l'écart de ce qui m'arrive, Clairette. Je me sens tellement bizarre! J'ai eu beau m'enfuir à Pontaillac, prévoir dans un avenir lointain un mariage d'intérêt avec Edmond de Rancogne, rien n'y a fait. J'en parlais tout bas à Bertrand, sur la terrasse, là-bas, au bord de la mer. Je lui demandais conseil, je le suppliais de m'aider, mais il ne s'est pas manifesté. Ce n'était pas tant un problème de désir, non, c'était plus grave, à mon avis, bien plus grave. Hier soir, quand Jean nous a surpris, il s'est trompé lui aussi. Jakob me câlinait, il me tenait dans ses bras, j'avais l'impression d'être une enfant et c'était exquis. Nous n'avons rien fait d'autre, rien de répréhensible. Mais, ce que j'ai éprouvé, blottie sur sa poitrine, je ne l'ai jamais éprouvé auparavant!

Bertille prit place sur le lit, les mains jointes sur ses genoux. Elle s'exprimait avec douceur et paraissait calme aussi bien que lucide.

— Ne dis pas n'importe quoi! protesta Claire. Tu adorais Bertrand, il représentait ton idéal, même quand tu avais dix-sept ans et qu'il en épousait une autre.

— Je le sais, admit sa cousine. Mais comment t'expliquer? Les hommes m'ont toujours gâtée, comblée de bienfaits. Guillaume, mon premier mari, essayait de me consoler, parce que j'étais infirme. Il a dépensé une fortune pour me faire découvrir l'Italie et la Grèce, tu te souviens? Ensuite, quand je me suis retrouvée veuve, Bertrand continuait à donner des enfants à sa Marie-Virginie. Il me fuyait comme la peste, de peur de céder à la tentation. J'ai patienté longtemps avant de pouvoir être sa femme légitime, la dame de Ponriant, et, là encore, il a satisfait tous mes caprices, il m'a offert ce luxe dont j'étais tellement avide. Quelque part dans ma passion pour lui, il y avait de la reconnaissance, une sorte de dette à acquitter. Je devais être superbe, intelligente, excellente hôtesse, savoir briller pendant les dîners mondains. Nous avons été infidèles chacun notre tour, mais ces dernières années ont été les plus paisibles, je l'admets, car nous devenions complices, amis, sans pour autant renoncer à notre penchant pour le plaisir.

— Princesse, à quoi bon me raconter tout ceci? Nous nous sommes toujours confiées l'une à l'autre. Tu ne m'apprends rien. Écoute, je crois que tu fais fausse route, si par malheur tu t'es entichée de Jakob. Cet homme ne peut pas te convenir.

— Pourquoi donc? Je l'aime, Clairette, tu entends ça? Je l'aime! Certes, il parle avec l'accent de Moselle, il lui arrive de jurer ou d'être grossier, mais je m'en fiche. Je ne suis pas la grande dame qu'il imagine. Je n'ai plus rien. La seule chose qui me reste, c'est de l'argent. Je n'ai plus le domaine, ma fille est au bout du monde, Arthur est mort, Bertrand aussi. La boucle est bouclée, dirait-on. Je suis revenue au point de départ, hébergée au Moulin du Loup. Mes jambes sont valides et j'ai des capitaux à la banque, c'est l'unique différence.

— Ce n'est pas si mal, déjà, observa Claire. Allons, sois sérieuse, ne viens pas me clamer ton amour pour Jakob que tu connais à peine.

— Pourtant, je suis sincère. Il n'y a entre nous ni fornication ni entichement passager. De lui je n'espère ni fortune, ni voyage, ni toilettes de prix, je ne veux que sa présence, son corps près du mien, sa voix à mon oreille, ses bras autour de ma taille. Je pourrai habiter n'importe quelle petite maison du village, si je peux boire un café en sa compagnie le matin et m'endormir la joue au creux de son épaule. Telle que je te connais, tu vas me dire qu'il en allait de même avec Bertrand. Eh bien! pas tant que ça... Il se levait souvent avant moi et partait en ville. Je me faisais belle pour le dîner, et Mireille nous servait comme si nous étions en représentation. Je n'ai plus envie de cette vie-là.

Claire était déconcertée. Elle finit par s'asseoir auprès de sa cousine.

— Tu as perdu l'esprit, princesse. Tu confonds une attirance, une sympathie, avec un sentiment d'amour.

— L'avenir déterminera qui de nous deux fait erreur, répliqua Bertille. Je respecterai mon deuil. Je ne suis pas pressée. Clairette, quelque chose s'est brisé dans mon cœur, dans mon âme, le soir de l'accident. Le sursis qu'on m'accorde, je ne le prends pas à la légère. Cela me fait songer à un ordre des puissances divines : «Vis encore, toi la pécheresse, mais ne gaspille pas tes dernières années!» Je n'ai rien entendu de semblable, seulement j'ai eu l'impression de l'entendre. Bertrand me pardonnera. Je l'aime toujours, je l'aimerai jusqu'à la fin de mes jours. Mais j'aime également Jakob, d'une autre manière, plus simple, tout aussi lumineuse, cependant. Il me rend meilleure..., enfin, un petit peu meilleure.

Les larmes aux yeux, elle se tut. Elle eut un regard attendri sur le décor qui l'entourait, se remémorant les deux adolescentes de jadis dont les soirées se passaient à rêver d'amour et à lire tout haut les scènes les plus romantiques des romans d'aventures qu'elles dévoraient à la lueur d'une chandelle.

— C'était notre chambre, dit-elle d'une voix suave. Je voudrais parfois la revoir telle qu'elle était. Le papier peint bleu à fleurettes grises, avec des frises le long du plafond. De courts rideaux brodés au liseré de dentelle et une grosse malle cloutée dans ce coin, là.

— Tu trônais au milieu du grand lit que nous partagions, quatre oreillers dans ton dos, parée de tes cheveux si longs et frisés, d'un blond pâle, ajouta Claire. Tu étais d'une beauté indescriptible, princesse, si blanche, si fine. Au fond, tu n'as guère changé.

— Flatteuse! Clairette, est-ce que tu me crois... pour Jakob?

— Peut-être... C'est difficile à concevoir et à accepter, cet amour pour un homme comme lui.

— Et toi, est-ce qu'il te plairait si tu n'étais pas mariée à Jean?

La réponse fut assortie d'un sourire énigmatique, un brin malicieux.

— Il aurait ses chances, à condition de perdre ses manières d'ours apprivoisé et de se raser la barbe.

— Tais-toi, je suis jalouse! s'enfiévra sa cousine.

La minute d'après, elles s'embrassèrent, émues, main dans la main.

— Je n'aurai qu'un amour dans cette vie-là et c'est Jean, dit très vite Claire. Allez, viens, descendons déjeuner, je suis affamée.

*

Bourg de Puymoyen, six heures trente du soir
Claire venait d'examiner soigneusement Thérèse, sans rien trouver d'alarmant. Pourtant, allongée sur son lit, la jeune femme se plaignait encore de douleurs aux reins.

— Je ne sens rien d'anormal, ma petite Thété, conclut-elle. Tu aurais dû téléphoner à la sage-femme, madame Colette. Elle est très compétente.

— Je n'ai confiance qu'en toi. Maurice tient tant à ce bébé! J'ai eu peur d'une naissance prématurée.

— Et toi, tu y tiens aussi, j'espère? s'inquiéta Claire.

— Bien sûr, j'ai même hâte de le tenir dans mes bras. Alors, vraiment, tu crois que tout va bien?

— Oui, je te l'assure. Mais tu as eu raison de me faire venir. Ainsi, tu es rassurée.

Au retour de sa longue balade avec Ludivine, Claire avait vu Jean courir à leur rencontre. La fine pluie persistait, une bruine d'été qui ne dérangeait personne.

— Je te monte au village, s'était-il écrié. Thérèse a téléphoné. Elle a des douleurs!

— Je viens avec toi, maman, avait déclaré la fillette. J'adore le salon de coiffure. Je rangerai un peu, puisque Thété est malade.

Prise de panique, Claire s'était empressée de grimper dans la voiture de son mari. Elle n'avait même pas pris le temps de se changer. Ses bottes en caoutchouc étaient vernies d'humidité, et le bas de sa jupe avait été trempé par les hautes herbes, mais elle s'en moquait. « Pourvu que Thérèse parvienne au bout de son terme! L'enfant doit naître en octobre; c'est bien trop tôt, fin juillet... » pensait-elle pendant le trajet.

Mais, une heure plus tard, ses craintes s'étaient envolées. Ses mains de guérisseuse n'avaient perçu aucun signe négatif dans le corps dodu qu'elle avait palpé de ses doigts experts.

— Je suis désolée, dit la future mère, l'air sincèrement ennuyé. C'est une chance que Jean ait pu te conduire. Patiente un peu, et Maurice te ramènera au Moulin.

— Marcher ne m'a jamais fait pas peur, Thété. Ludivine sera ravie de prendre le raccourci.

— Dommage qu'il pleuve... Dis, Claire, puisque tu es là, tu ne pourrais pas me préparer un chocolat chaud? J'ai ce qu'il faut dans la cuisine, du lait bouilli et de la poudre de cacao. Et tu en donneras une tasse à Ludivine. Elle est ravie, hein, de remettre le salon en ordre. J'ai eu tellement peur! Ça me fera du bien. Mais pas trop chaud, plutôt tiède, que je puisse le boire très vite.

Claire accepta en souriant, touchée par la douceur soudaine de la pétulante jeune femme qui lui rappelait tant sa chère Raymonde.

— Ce sera tout, madame? plaisanta-t-elle. Tu auras ton chocolat chaud, enfin, tiède. Sais-tu que ta maman raffolait de la même boisson, surtout par temps pluvieux? Comme elle était aussi impatiente que toi, elle faisait à peine chauffer le lait, si bien que la poudre se délayait mal.

— Oui, je m'en souviens très bien, on se moquait d'elle, César et moi, avoua Thérèse, émue comme chaque fois qu'on évoquait l'ancienne gouvernante du Moulin, fauchée en pleine jeunesse par un camion.

Au rez-de-chaussée, Ludivine guettait les bruits de pas à l'étage. Le nez dans un placard contenant des flacons d'eau de Cologne, elle trépignait de joie. Le plan fonctionnait, son plan, qui avait déplu aux adultes consultés, son père et Anita.

— Sainte Vierge, faut pas plaisanter avec la maladie! s'était récriée la domestique.

— Maman ira enfiler une jolie toilette quand elle verra que nous fêtons notre anniversaire de mariage, avait observé Jean. Inutile de compliquer les choses.

— Je t'en prie, papa! En plus, tantine est de mon avis. Elle a déposé la robe et les chaussures chez Thété, qui devait les apporter ce soir. Mais c'est dix fois mieux si maman arrive bien habillée et toute belle.

Exaltée par la merveilleuse surprise que tous réservaient à Claire, la fillette avait eu gain de cause. Elle tenait à voir sa mère très élégante à l'instant où elle franchirait le seuil de la cuisine. Thérèse, quant à elle, avait tout de suite marché dans la combine, selon l'expression de Léon.

Là encore, en voyant Claire avancer vers son lit avec un bol à la main, Ludivine exultait.

— Merci, j'en avais une envie… Une envie de femme enceinte, pardi! plaisanta Thérèse.

— Tu ne risques pas d'accoucher ces jours-ci, mais ménage-toi un peu. Quand tu coiffes tes clientes, cela t'oblige à rester debout des heures. Ce n'est guère indiqué.

Thérèse voulut prendre le bol, mais Claire le posa sur la table de chevet.

— Il vaut mieux t'asseoir pour le boire, dit-elle. Je vais t'aider.

Le souffle court, Ludivine attendait, ne sachant plus comment s'occuper. Elle avait balayé le linoléum vert foncé, remis des bigoudis dans une panière en osier, tourné entre ses doigts agiles brosses et peignes de différentes tailles. Enfin, elle s'était assise sous le séchoir électrique en gesticulant pour enfoncer sa jolie tête dans l'appareil qui lui faisait l'effet d'une machine extraordinaire.

— Et flûte! s'égosilla Thérèse dans la chambre, située juste au-dessus du salon de coiffure. Je suis désolée, Claire!

Cette fois, la fillette se rua dans l'escalier et débarqua dans la chambre. Elle vit sa mère qui regardait d'un œil surpris sa jupe maculée de chocolat.

— Heureusement que c'était tiède, sinon j'aurais pu me brûler, dit-elle, contrariée. Comment as-tu réussi ça, Thété? On dirait que tu l'as fait exprès!

— Mais non, Claire, que vas-tu inventer?

— En plus, mes bas sont trempés aussi, et ça colle un peu à cause du sucre.

— Je suis d'une maladresse en ce moment! nota la coupable. Claire, pardonne-moi. Mais tu n'as qu'à te changer, j'ai une robe dont je ne sais que faire. Une cliente me l'a donnée. Seulement, dans mon état, je ne pourrai pas la porter avant un an. Toi, tu es restée mince. Ludivine, ouvre donc l'armoire, tu verras une belle robe à fleurs, des roses… J'ai les chaussures assorties en satin.

— C'est ridicule, enfin! J'esquinterai ta toilette sur le chemin, objecta Claire de plus en plus irritée. J'avais eu une journée tranquille; ça ne pouvait pas durer.

— Maman, ne te fâche pas, ce n'est pas grave, quand même! s'exclama Ludivine, embarrassée par sa réaction.

— Je sais que ce n'est pas grave. Mais, déjà, je n'avais

pas prévu de monter au bourg, je voulais traire les chèvres, et là je devrais m'habiller en élégante pour rentrer par le plateau. Non, c'est stupide. Je garde ma vieille jupe, n'en parlons plus.

Les deux complices échangèrent un regard affolé. Leur plan hasardeux ne fonctionnait pas. Ludivine s'empara vite de la robe choisie par Bertille et la brandit en l'air en la tenant par le crochet du cintre.

— Je t'en prie, maman, elle est si belle! Essaie là, au moins, pour me faire plaisir.

Claire, qui se reprochait sa mauvaise humeur, contempla la robe d'un air rêveur. La coupe évoquait certains modèles de sa jeunesse, la taille bien prise, le corsage à plis plats, la jupe ample et assez longue. Le tissu, savant entrelacs de fleurs de couleur rose foncé et ivoire, la charmait. Le minois plein d'espoir de sa fille acheva de la convaincre. Elle pouvait bien essayer cette ravissante toilette.

— Je ne fais que la passer, ensuite nous filons au Moulin, Ludivine, maugréa-t-elle. C'est bientôt l'heure du dîner!

— Si elle te plaît, je te l'offre, insista Thérèse.

Cinq minutes plus tard, Claire sortait du cabinet de toilette, une expression rayonnante sur le visage. Pieds nus, sa lourde natte brune dans le dos, elle paraissait très jeune. Ses formes gracieuses étaient mises en valeur par la fameuse robe.

— Oh! maman, garde-la, je t'en prie, s'écria Ludivine. Tu es tellement belle comme ça! Tiens, mets les chaussures.

— Mais elles me vont bien aussi, s'étonna Claire. J'ai l'impression d'être Cendrillon quand on lui fait passer la pantoufle de verre. Hélas! je n'ai plus l'âge de jouer les coquettes. Thété, tu devrais mettre cette merveille de côté et la porter au baptême de ton bébé. Je vais l'enlever, il est hors de question que je salisse ce vêtement.

— Tu n'es pas obligée de le salir, rétorqua la jeune femme. Patiente donc encore un peu. Maurice débauche plus tôt, ce soir! À cause de moi. J'ai téléphoné à son travail, affolée, et son patron lui a permis de partir. Il va arriver. Tiens, on pourrait manger au Moulin?

Cet enchaînement d'imprévus troubla Claire, qui aspirait à une soirée calme, en famille. Elle considéra Thérèse, puis sa fille, dont la frimousse malicieuse l'intriguait un peu. Il lui vint la vague idée qu'il y avait «anguille sous roche», comme disait souvent Léon.

— Es-tu au courant pour les Kern, ma Thété? demanda-t-elle. Ils ont emménagé avec leurs maigres bagages dans la maison de Matthieu. Anita devait leur fournir des denrées de base pour cuisiner. Alors, ce soir, je ne sais pas ce qu'aura préparé ta belle-mère, nous n'étions pas très nombreux à table. Enfin, pourquoi pas! Toi et Maurice, vous dînez rarement avec nous. Ludivine, ma chérie, puisque tu adores te servir du téléphone, préviens Anita, qu'elle ajoute deux couverts.

— Oui, maman, je suis tellement heureuse! Thété n'est pas très malade, et toi, tu as une jolie robe.

Les propos de la fillette étaient de nature à éveiller des soupçons. Thérèse s'empressa d'orienter la conversation sur un autre sujet.

— Je n'aimerais pas prêter mon logement, mentionna-t-elle. Et si Faustine ne se plaît pas en ville, ces pauvres gens devront revenir chez toi.

— Faustine veut surtout ne plus avoir affaire à moi, indiqua Claire. Te rends-tu compte? Isabelle et Pierre vont traverser l'Atlantique, et ils ne m'ont pas dit au revoir. Jean est allé les embrasser sur le quai de la gare; j'ai refusé de l'accompagner afin de ne pas gêner Faustine. Je le regrette! En fait, tous les événements de ces derniers jours m'ont mis les nerfs à vif. Le décès d'Arthur, l'accident de Bertille qui aurait pu lui être fatal, la tempête... J'en ai perdu la notion du temps. Je n'ai plus goût à rien, mais j'essaie de le cacher à Jean et à notre fille. Enfin, aujourd'hui, j'ai pu me détendre. J'ai rangé mon laboratoire d'herboristerie, un grand nom pour un local aussi petit, aussi encombré, et je me suis promenée dans la campagne.

— Et voilà que j'ai tout gâché avec mes douleurs! Je suis sûre que tu m'as soignée, Claire, je n'ai plus mal du tout.

— Dieu merci! laissa tomber la guérisseuse en ramassant ses habits d'un geste las. As-tu un cabas, que j'emmène mes nippes et mes bottes? Je t'emprunte cette robe. Cela fait tellement plaisir à ma fille!

Thérèse en profita pour se lever. Elle ôta sa blouse vert pâle et embrassa Claire sur la joue.

— Ne sois pas triste, lui dit-elle à l'oreille. Nous t'aimons tous si fort!

*

Moulin du Loup, même soir

Maurice se gara le long du hangar. Il jeta un coup d'œil amoureux à son épouse, qui s'était maquillée et portait une ample robe bleue, ainsi qu'un collier en or.

— Ton père sera heureux de te voir, dit-il. Je le croise parfois en ville. Il se plaint que tu sois si prise par ton salon de coiffure.

— Léon se tourmente, comme moi, d'ailleurs, dit Claire, assise à l'arrière de la voiture. Ta femme devrait arrêter de travailler autant. Mais j'avoue qu'elle est très douée. N'est-ce pas, Ludivine?

— Oui. Tu es divine, maman. Tu devrais laisser tes cheveux défaits plus souvent.

Sous le prétexte de se faire pardonner l'incident du chocolat renversé sur Claire, la jeune coiffeuse avait insisté pour brosser ses beaux cheveux, ondulés par la pluie et un tressage quotidien. Elle avait retenu les mèches autour de son front à l'aide de peignes en corne, ce qui conférait à la guérisseuse une allure de reine.

— Jean et Anita vont se demander pourquoi je me suis déguisée en jeune fille, s'alarma-t-elle. Et Bertille se moquera, elle qui me reproche d'être toujours mal fagotée. Ce n'est pas ma faute, si la mode actuelle ne m'attire pas. Je préférais les robes du début du siècle.

— Celle-là est très bien, insista la fillette. Allez, on va à la maison.

Dès ses premiers pas dans la cour pavée du Moulin, Claire perçut un climat inhabituel. Tout était à la fois trop silencieux et trop animé derrière les fenêtres. Elle distinguait des allées et venues rapides, sans aucun éclat de voix. Le cœur battant, Ludivine lui serra la main de toutes ses forces.

— Viens, maman!

— Je viens, ma chérie… Qu'est-ce qui s'est encore passé, ici? J'ai un mauvais pressentiment. Il a pu arriver malheur à ton père. Jean! Jean! Merci, mon Dieu, il est là…

Son mari était sorti sur le perron. Il portait une chemise blanche, une cravate et un pantalon gris. Après avoir été victime d'une peur irréfléchie, Claire fut saisie d'un vertige. Quelque chose la clouait sur place, quelque chose qui n'aurait pas dû être, qui appartenait à un passé révolu.

— Câlinette! Quelle apparition! Tu es superbe! Viens vite!

Il lui ouvrait les bras, mais elle ne pouvait plus avancer malgré l'insistance muette de leur fille qui tentait de l'entraîner. Surpris de la voir figée et le teint blême, Maurice et Thérèse n'osaient pas se manifester.

— Les roues à aubes! Elles chantent comme avant. Mon Dieu, c'est impossible! s'écria soudain Claire. Vous les entendez? Les roues du moulin, nos chères roues à aubes!

Elle s'élança vers le bief, légère dans sa toilette fleurie et ses escarpins fragiles. Jean et Ludivine la rejoignirent, tandis qu'elle admirait le mouvement des pales en bois plongeant dans l'eau vive de la rivière.

— Pourquoi? bredouilla-t-elle, en larmes. Pourquoi ce soir, et qui a fait ce prodige?

Les clapotis et le ruissellement réguliers des flots contrariés composaient pour la fille de Colin Roy, maître papetier, la plus exquise des symphonies. Jean la prit contre lui et l'embrassa sur les paupières.

— C'était une surprise pour toi, mon épouse bien-aimée, dit-il à son oreille. Nous avons trimé dur, Jakob et moi, Alphonse aussi. Il suffirait de peu pour remettre en marche les piles hollandaises et fabriquer du papier comme avant.

— Tu es heureuse, maman? interrogea Ludivine.

— Oui, c'est un beau cadeau, mais pourquoi? Jean, il ne fallait pas vous donner tant de peine. Il n'y a rien à fêter, il me semble, ces temps-ci.

Elle ne pouvait oublier ni le lieutenant allemand ense-veli dans le souterrain, ni la chatte égorgée par Anna, ni la désertion rancunière de sa fille adoptive.

— Disons que c'était pour te consoler un peu, répondit Jean. Les mécanismes sont réparés. Nous arrêterons les roues demain matin. En fait, l'idée m'est venue grâce au colonel Drummer. Je t'en parlerai plus longuement. Je suis affamé, Câlinette. Allons à table!

— Attends encore! supplia-t-elle, éperdue de nostalgie. Si tu savais à quel point cela me touche! Merci, mon Jean, merci!

Elle se réfugia sur son épaule en prenant à peine attention à Ludivine qui s'éloignait au pas de course. Une émotion indicible la terrassait, une sorte de retour en arrière, au sein de sa vallée. Entre deux petits sanglots, elle put savourer le dessin des hautes falaises, les frondaisons d'un vert adouci des frênes, des peupliers, des chênes et des châtaigniers. Ses grands yeux sombres caressèrent le ciel noyé d'or à l'ouest et la course paisible de quelques nuages cotonneux nimbés d'un liseré pourpre.

— Je voudrais vivre encore mille ans ici, commenta-t-elle.

— Allons, viens, ma belle épouse, ma Câlinette. Je ne voulais pas te faire pleurer.

— Je pleure de tendresse! Étant donné tous nos soucis, je ne pensais pas que tu aurais à cœur de me faire ce grand plaisir, mon amour.

Il la prit par la taille et l'amena ainsi jusqu'au perron. Au moment de gravir l'escalier en pierre, Claire s'avisa de la tenue soignée de son mari.

— Mais, tu n'es jamais aussi distingué pour le dîner! observa-t-elle.

— Ce n'est peut-être pas un dîner ordinaire, répondit-il en ouvrant la porte. Je croyais que tu aurais des soupçons, mais non. Tant mieux, comme ça, c'est une vraie surprise!

Le spectacle qu'elle découvrit alors la rendit muette de stupéfaction. Pendant un instant, elle crut avoir une hallu-cination. Elle s'accrocha au bras de Jean. La vaste cuisine était pleine de monde : Thérèse et Maurice, Jakob, ses parents et

Franzi, tous les quatre endimanchés avec les moyens du bord, Bertille, Léon, Anita, Ludivine, Janine et la petite Marie, mais il y avait aussi César et sa femme, la gentille Suzette.

— Seigneur! Mais, tu as raison, c'est une vraie surprise! murmura-t-elle enfin.

On lui souriait d'un air extasié ou amusé. Devant cette galerie de mines réjouies, Claire fondit à nouveau en larmes.

— Regarde, maman! cria alors Ludivine avec un geste circulaire qui désignait l'ensemble de la pièce.

Aux poutres noircies du grand plafond étaient accrochées des guirlandes de lierre ornées de fleurs en papier crépon d'un bleu pur. Partout scintillaient les flammes des bougies: sur les buffets, sur l'appui des fenêtres, sur le manteau de la cheminée où pétillait une flambée. Une nappe rose couvrait le bois de la table sur laquelle s'alignait la plus précieuse vaisselle de la famille Roy, un service en porcelaine de Limoges d'un blanc pur à liseré d'or, ainsi que des verres en cristal et des couverts en argenterie. Il y avait les bouquets de fleurs, cueillis en secret au jardin durant l'après-midi: lupins mauves, roses rouges et capucines orangées.

— Mon Dieu, quelle splendeur! s'écria-t-elle. Mais je ne comprends pas...

— Câlinette, quand même! s'écria Jean en l'enlaçant. Franchement, tu ne joues pas la comédie? Allons, réfléchis un peu. Quel jour sommes-nous?

— Je ne sais plus, un mercredi, oui, le mercredi 24 juillet, répliqua-t-elle comme une élève disciplinée.

— Et cette date ne te dit vraiment rien? observa Bertille, vêtue d'une jupe droite et d'un corsage en soie. Réfléchis, cousine! Il pleuvait aussi.

Claire cacha le bas de son visage derrière ses mains jointes, la bouche entrouverte sur un soupir de consternation. Elle dit très vite:

— Seigneur! c'était le jour de nos noces! Mon Dieu, que je suis sotte, Jean! En 1905, trente-cinq ans déjà! Et vous avez préparé une fête, pour nous deux? Que c'est attentionné! Nous n'avions jamais célébré notre anniversaire de mariage, n'est-ce pas, Jean? Certains couples le font, je l'avais lu dans des revues, mais cela ne me serait pas venu à l'esprit.

— Au mien, si, Câlinette! se vanta-t-il en l'embrassant encore. C'était une manière de te rendre hommage, également, toi qui es l'épouse la plus remarquable de la terre.

Elle éclata d'un rire timide. Chacun la dévisageait, ému, à présent. Dans ce silence relatif, Claire reconnut un bruit familier : le tic-tac de l'horloge.

— Non, mais c'est prodigieux! dit-elle, toute tremblante.

La comtoise centenaire aux boiseries peintes de motifs floraux et d'oiseaux se dressait à l'endroit qui lui était dévolu depuis des générations. Son balancier en cuivre jaune oscillait sans faille, à l'abri d'une vitre flambant neuve. Claire porta une main à la hauteur de sa poitrine, sous l'œil soucieux de Jean.

— Tu ne vas pas nous faire une crise cardiaque! lui dit-il à voix basse.

— Ne crains rien, je crois seulement que je vais pleurer toute la soirée et toute la nuit, car je suis comblée. Comblée à un point… Qui dois-je remercier? Mon horloge! L'horloge de la famille Roy! Il faut que j'embrasse son sauveur.

Claire riait et sanglotait tout à la fois. Elle était d'une poignante beauté dans sa robe fleurie, avec sa somptueuse chevelure brune. Anita se moucha, et Suzette renifla.

— Vous ne pouvez pas embrasser tout le monde, plaisanta Jakob. Nous avons travaillé en équipe, votre mari, mon père et moi.

— Mais je dois embrasser César et Suzette, se récria-t-elle. Les pauvres, ils restent à l'écart. Vous êtes venus sans vos petits?

— Mes parents les gardent, expliqua la jeune femme.

Elle reçut un baiser sonore sur la joue droite.

— Et toi, César, tu as eu une permission?

— Je suis démobilisé, Clairette. J'ai été blessé. Et la guerre est finie. On a perdu, tant pis!

Bouleversée, elle l'étreignit. Né sous le toit du moulin, jadis poupon rose et blond, César était devenu un homme moustachu aux traits virils et à la voix grave.

— Léon t'a dit, pour Arthur? souffla-t-elle.

Il hocha la tête, l'air désolé. Anita fit diversion en proposant qu'on se mette à table.

— Dites, si on tarde, le festin sera raté.

Claire sentit alors seulement une odeur appétissante de viande rôtie. Bertille se précipita et lui tendit les menus écrits à la plume par les deux enfants.

— Lis! Cela te rafraîchira la mémoire.

— Œufs pochés aux truffes, confits d'oie aux cèpes, gigot d'agneau, pommes de terre persillées… et pièce montée, champagne. Mais c'est le menu de notre mariage! Exactement le même! Comment avez-vous pu? C'est toi, princesse? Avoue, tu as fait des folies? Quand?

— Au prix d'une expédition que nous avons faite dans la cave du vieux moulin de Chamoulard, Jakob et moi. Jean avait décidé de t'offrir une fête pour vos trente-cinq ans de mariage. J'ai donc puisé dans mes provisions de luxe. Léon, débouche donc une bouteille! Plus de larmes, mais des bulles!

«Jakob et moi! se répéta Claire en silence. Jean a dû les surprendre au retour… Jakob et moi! Comme elle dit ça, ma princesse, d'une voix nette et chaleureuse!»

Thérèse l'arracha à ses pensées en se plantant devant elle pour la dévisager d'un air faussement coupable.

— Est-ce que tu me pardonneras, Claire? demanda la jeune femme. Je n'aurais jamais échafaudé un plan aussi tordu. Ludivine a tout organisé, mais je ne suis pas très fière de ma participation.

— Quoi? Tu n'avais pas de douleurs?

— Je me porte comme un charme. Et cela m'a bien ennuyée de renverser un si bon chocolat sur ta jupe, n'est-ce pas, Ludivine?

La fillette eut un sourire embarrassé. Jean vola à sa rescousse.

— Notre chère enfant tenait à ce que tu sois élégante, ce soir, exposa-t-il. De notre côté, nous devions t'éloigner pour mettre le couvert, décorer la pièce et installer les bougies. Tout était calculé et prévu. Je ne regrette rien, car tu es sublime dans cette robe. Même si tu t'étais souvenue de la date de notre mariage, nous nous serions débrouillés pour te faire la même surprise!

— Oh non! s'exclama Claire, médusée. Mais c'est une vraie machination, un complot! Je vous en prie, je dois m'asseoir, je n'en peux plus... C'était une surprise fabuleuse, magique. Je n'oublierai jamais ce mercredi et je vous remercie tous du fond du cœur.

— Franchement, Clairette, tu ne te souvenais pas de la date de ton mariage? demanda César.

— Mais si, je la connais! Il m'est souvent arrivé d'évoquer le jour de mes noces, dès que nous étions à la fin du mois de juillet. Seulement, nous n'avons jamais fêté les anniversaires précédents et, cette année, j'ai eu tant de choses à penser, tant de soucis...

Léon lui avança le fauteuil en osier, placé en bout de table. Bertille lui donna un verre de champagne. Dans un joyeux vacarme, chacun s'attabla au lieu indiqué par un carton où était inscrit le nom du convive. Seul Franzi s'éclipsa à l'étage. Il redescendit presque aussitôt, un carton fermé d'un ruban entre les mains.

— C'est pour toi, Claire, mon cadeau! ânonna l'enfant, les yeux brillants.

Dès qu'elle écarta les pans de la boîte, un chaton tricolore se mit à miauler, dardant ses prunelles vertes alentour. La petite bête avait le poil long, noir, roux et blanc, ainsi qu'un minuscule nez rose.

— On l'a trouvé au bourg, raconta Jakob. En fait, c'est une descendante de votre Mimi. Léon m'a renseigné. J'ai rendu visite aux gens à qui vous aviez donné des chats. Celle-ci, car c'est une femelle, vient de chez madame Pascaud, la femme du boucher.

— Alors, elle te plaît? s'inquiéta Franzi.

— Bien sûr! Elle est adorable, certifia Claire en prenant l'animal contre sa poitrine. Écoute, elle ronronne.

— L'idée est de mon fils, insista Jakob. Il voulait remplacer votre Mimi.

Sauvageon, qui était couché sous le fauteuil, vint renifler

la nouvelle pensionnaire du Moulin. La chatte feula en lui décochant un coup de patte. Le loup recula et jappa, intrigué. Après une brève hésitation, il s'avança à nouveau.

— Ils deviendront amis, mais il faudra un peu de temps, dit Claire en riant. Franzi, je suis touchée par ton geste. Viens par ici que je t'embrasse très fort.

Radieux, le garçon se laissa câliner. Ludivine, qui ignorait la nature du cadeau, était enchantée.

— Il faut lui trouver un nom, maman, claironna-t-elle.

— Un nom qui rappelle cette belle soirée, renchérit Janine, sa protégée sur les genoux.

— Champagne? proposa Bertille, couvée par le regard affectueux de Jakob.

— Avril! tonna Léon. C'est-y pas joli, ça, patronne?

— Pourquoi pas Aubette? dit Claire. J'ai été si bouleversée, dans la cour, quand j'ai entendu la chanson des roues à aubes.

Anita, qui dégustait son verre avec des mimiques gourmandes, fit la moue. Jean trinqua avec Alphonse, puis il suggéra de baptiser le chaton Capucine.

— Mes fleurs préférées! dit-il. Et qui égayent notre table.

Il désigna les petits vases garnis de capucines aux couleurs éclatantes.

— Voyez-moi ça! s'écria César. La chatte s'est couchée en boule sur les genoux de sa maîtresse et elle dort déjà.

C'était vrai, et la présence confiante du petit animal contribuait à la joie éblouie de Claire. En célébrant ainsi leur anniversaire de mariage, Jean lui donnait une ultime preuve de son immense amour, qu'il n'avait jamais renié, même dans les pires tourmentes. Elle se reprochait un peu d'avoir été aussi distraite, de ne pas avoir songé une seconde à l'importance de cette date.

— Boule, c'est mignon, proposa Jeanne-Marie Kern, qui avait mis pour l'occasion des boucles d'oreille en argent.

Claire s'apprêtait à lui répondre lorsqu'une voiture entra dans la cour. Bertille tressaillit, pleine d'un fol espoir.

— Qui ça peut être, encore? hurla Léon en se levant. Oh ben, dame! Qué surprise! Nini, faudrait rajouter trois couverts, à mon avis.

— Trois couverts! Bon, on va se tasser. Moi, j'enfourne le gigot.

La gorge nouée et d'une pâleur de cire, refusant d'admettre ce qu'elle espérait de tout son être, Claire adressa à Jean un regard pathétique. Trois couverts, à moins d'être en plein rêve, cela ne pouvait quand même pas annoncer ceux qui lui manquaient cruellement: son frère, sa chère Faustine et la ravissante Gabrielle. Mais, accueillis par le domestique, ils pénétraient déjà dans la cuisine.

— Z'êtes un brin en retard, on goûtait le champagne et ma Nini allait servir les œufs pochés. Allez, les enfants, à table!

La mine paisible, Matthieu se logea entre Franzi et Jeanne-Marie. Janine fit signe à Gabrielle de s'installer près d'elle.

Faustine tenait un bouquet de roses jaunes et de lys neigeux. Vêtue d'un tailleur de percale beige, elle se pencha sur sa mère adoptive et, les traits crispés par l'embarras, lui offrit les fleurs.

— Tiens, maman! dit-elle simplement. Je te demande pardon, tu ne méritais pas que je te traite aussi mal. Il m'est revenu à l'esprit beaucoup de souvenirs, cet après-midi… Ne tremble pas, je t'en prie, je dois aller jusqu'au bout. Oui, je me suis souvenue d'un jour lointain. J'avais cinq ans et j'étais affreusement malheureuse, à Auch. On m'avait emmenée à des centaines de kilomètres du Moulin, de Matthieu et de toi. Je souffrais et j'avais peur. Tu m'avais promis de venir me chercher et tu as tenu parole.

— Ma chérie, ce n'est pas la peine, objecta Claire, brisée par un bonheur improbable et de nouveau en larmes.

— Si, c'est la peine! Bien des adultes m'auraient laissée au soin de mon père, et une jeune femme aussi belle et douce que toi aurait pu choisir de penser un peu à sa propre existence. Mais non, tu es arrivée sur le trottoir et je t'ai reconnue tout de suite. J'ai crié maman de toutes mes forces, folle de joie et de soulagement. Si j'ai hurlé maman, ce jour-là, c'est parce que tu étais ma mère et que tu l'es toujours, que je n'en ai jamais connu d'autre que toi. Je n'avais pas le droit de te blesser, de te rejeter! Pardon! Je t'aime, maman!

Claire se leva précipitamment et prit sa fille dans ses bras.

— Ma chérie, si tu savais le bien que tu me fais, le cadeau que tu me fais en étant là, ce soir, avec nous! sanglota-t-elle.

Dérangé, le chaton avait sauté sur Jean qui le confia vite à Franzi.

— Tu devrais le remonter dans une des chambres, petit, lui dit-il à voix basse. Nous sommes nombreux et bruyants. Il sera plus tranquille là-haut.

— D'accord, m'sieur Jean!

Bertille, les prunelles embuées de larmes discrètes, contemplait son œuvre: Faustine et Claire enlacées, qui s'embrassaient, se regardaient, riaient et pleuraient. Jakob lui versa une nouvelle rasade de champagne, puis il posa sa large main dans son dos comme pour la soutenir.

— Je te demande pardon aussi, sœurette, dit alors Matthieu. Quelqu'un m'a remonté les bretelles; j'en avais bien besoin. Je peux te dire une chose, et je le dis devant tous, ici : Faustine et moi, nous avons honte de notre conduite. Nous avons beaucoup discuté, ce matin. Je ne sais plus très bien ce qui nous a poussés à tant de lâcheté et de cruauté. Enfin si, je suppose que nous étions bouleversés, perturbés par le départ de nos deux aînés. Mais je suis ravi de partager ce repas de fête, moi qui n'étais pas très content de te voir épouser ce renégat, il y a trente-cinq ans. Depuis, je me suis accoutumé à lui. N'est-ce pas, Jean? Mais, je tiens à le préciser tout de suite, nous demeurerons en ville jusqu'au retour de nos voyageurs. Blanche m'a déniché un emploi dans une librairie de la rue de Beaulieu. Faustine se sent bien à Angoulême. Je lui ai promis que nous irions au cinéma tous les samedis.

— Grand-père, grand-mère, maman veut vous inviter à dîner bientôt, annonça Gabrielle. Maintenant qu'elle a une bonne pour cuisiner, ça ne lui fait pas peur!

Jean éclata de rire, Faustine étant réputée piètre cuisinière. Claire sécha ses larmes. Sa fille adoptive venait de s'asseoir à ses côtés, et plus rien ne manquait à son bonheur.

— Bon appétit à tous! s'écria Léon.

Après chaque plat, Anita fut félicitée pour ses prouesses.

Les parts étaient petites, mais les mets proposés, si délicieux que tous mangèrent en silence. Le gigot d'agneau, doré à point et piqué de gousses d'ail, fit sensation.

— Je l'ai acheté aux Halles ce matin, expliqua le domestique, avec les sous de m'dame Bertille. J'vous dis pas le prix...

— En effet, Léon, ça ne se dit pas, trancha Bertille.

Les enfants dégustèrent la viande avec appétit. Un peu plus tard, Franzi fut autorisé à donner l'os à Sauvageon. Le loup se tapit sous la table et se mit à le ronger immédiatement.

Après la salade, Jakob et Léon, un peu ivres, se levèrent et passèrent dans le cellier. Ils revinrent la mine réjouie en portant une superbe pièce montée composée de choux à la crème et nappée de caramel.

— Princesse, il ne fallait pas! s'extasia Claire. Tu t'es ruinée, ma parole! Et les restrictions, le rationnement?

— Disons qu'il est encore possible de faire des folies. Hélas! cela ne durera pas. Autant en profiter. À ce propos, le pâtissier m'a demandé tout bas si je connaissais une ferme qui lui vendrait des œufs et de la crème, même du lait. Si tu veux gagner de l'argent, cousine... En toute discrétion, évidemment.

— Non, je garde la nourriture pour ma famille, dit Claire.

Anita servit des choux à chacun. Léon déboucha encore du champagne. Le vin montait à la tête de tous, mais sans excès. L'ambiance était à la fête et, le dessert achevé, Jean sortit son harmonica de sa poche. Alphonse Kern montra le sien d'un geste prometteur.

— Un peu de musique, à présent! proclama le vieil homme. En Moselle, j'avais un accordéon, mais je n'ai pas pu l'emporter.

— Pas de regrets ce soir! le coupa Bertille. Il faut danser.

Elle eut un sourire mélancolique. Trente-cinq ans auparavant, pendant le banquet de noces, elle assistait, impuissante, aux délicates attentions dont Bertrand Giraud faisait preuve envers son épouse, la fragile Marie-Virginie. «J'étais malade de jalousie, furieuse. Je me suis comportée comme une garce, prête à gâcher la belle fête qui célébrait le mariage de ma cousine. Je me suis réfugiée dans une des chambres, et Claire est venue très vite me houspiller. Pire, elle m'a giflée à deux reprises. Mais ce soir je n'ai plus peur de rien, je n'éprouve ni envie, ni haine, ni jalousie. Merci, mon Dieu, de m'accorder la paix!»

Elle secoua la tête pour chasser le passé et adressa un regard ému à Jakob, qui ne la quittait pas des yeux. Claire chantait de sa voix bien timbrée, debout à sa place. Jean avait joué les accords d'une ancienne ballade chère à la confrérie des papetiers, et elle avait entonné le premier couplet.

Quand Pierre partit de Provence,
En a parti mal à son gré;
C'était pour l'amour d'une brune
Qu'on n'a pas voulu lui donner.
Seigneur, Seigneur, pour nos étrennes
La Guillaneu nous faut donner...

Quand Pierre fut sur les montagnes,
Entend un moulin à papier:
Oh! Da! Bonjour, belle maîtresse,
Avez-vous besoin d'ouvriers?
Seigneur, Seigneur, pour nos étrennes
La Guillaneu faut nous donner.

Oh oui! lui répond la maîtresse,
Pourvu qu'il sache travailler.
Pierre en a vite pris les formes,
Mignonnement les démenait.
Seigneur, seigneur, pour nos étrennes
La Guillaneu faut nous donner.

— *Les Garçons papetiers*, aussi! tonitrua Léon. Vous la connaissez encore, patronne?

— Bien sûr! se récria-t-elle. Ludivine, Franzi, chantez avec moi. Et que tout le monde tape du pied, en cadence!

De bon matin, je me suis levé
Vive les garçons papetiers!
De bon matin, je me suis levé
Vive la feuille blanche!
Vive les garçons papetiers
Qui font leur tour de France!

À ma cuve, je suis allé
Vive les garçons papetiers!
À ma cuve, je suis allé.

Claire s'avança vers l'espace libre entre la grande hor-loge et le bas de l'escalier. Elle se mit à danser en frappant des mains, un large sourire sur son beau visage au teint hâlé. La masse mouvante de sa longue chevelure brune épousait le moindre de ses gestes, et son ample jupe virevoltait au gré de ses pas. Elle chantait, paupières mi-closes, si ravissante que le cœur de Jean se serra d'adoration.

Il ne soupçonnait pas que sa belle épouse s'imaginait entourée de ses chers disparus. Elle évoluait sous le toit du moulin au rythme de la musique, autant pour eux tous que pour Colin Roy, son père bien-aimé, pour l'ouvrier le Follet, pour Basile Drujon, le fier communard, leur grand-père de cœur. D'autres silhouettes floues l'escortaient autour de la grande table, ses demi-frères, Nicolas et Arthur, Raymonde en coiffe blanche et même la sévère Hortense Roy, sa mère.

— Dansons aussi, proposa César. Allez, ma Suzette! Jouez donc une valse!

Alphonse Kern fit un signe à Jean. Ils interprétèrent la *Valse brune*. Matthieu invita Faustine, tandis que Léon et Anita poussaient la table contre les buffets. Claire se retrouva dans les bras de Maurice.

— Vous vous habituez à travailler en ville? lui demanda-t-elle.

— Non, le domaine me manque et le grand air de la campagne, de notre vallée. Mais c'est la guerre…

Bientôt, Alphonse joua *Le Beau Danube bleu*, qu'il pré-senta comme la reine des valses. Claire ne prêta pas attention à un petit détail. C'était César qui avait remplacé Jean à l'harmonica. Soudain, son mari fut devant elle et lui offrit ses bras.

— Tu veux danser? s'étonna-t-elle, ébahie.

— Je suis aussi pataud qu'un ours, mais, un soir pareil, je ferai des efforts, Câlinette.

Le couple s'élança, et Jean, sans doute grâce au champagne, s'avéra un cavalier convenable. À un mètre à peine, Bertille valsait avec Jakob. Fascinés l'un par l'autre, les yeux dans les yeux, ils ne pouvaient pas trouver une façon plus explicite de révéler leur romance. Elle paraissait toute frêle comparée au colosse mosellan, mais elle resplendissait d'une telle douceur qu'elle en semblait grandie.

Jeanne-Marie Kern adressa à son vieil époux un regard de détresse. Tous deux souhaitaient voir leur fils enfin heureux. Cependant, ils envisageaient mal l'avenir. Et Bertille n'était pas en cause. Malgré tout, Alphonse continua à enchaîner des refrains entraînants. Suzette dut se reposer, essoufflée, mais Ludivine et Franzi sautillaient avec frénésie.

— Merci, mon amour, dit tout bas Claire à l'oreille de Jean.

Ils s'étaient assis sur un banc, main dans la main. Son mari l'embrassa furtivement sur la bouche.

Thérèse pointa alors d'un doigt sa montre-bracelet.

— Attention au couvre-feu! dit-elle. Maurice, nous devons rentrer.

— Nous aussi, et vite! s'écria Faustine.

— J'ai conseillé à César et à sa petite femme de dormir ici, révéla Anita. Ils ont trop de route à faire, sinon.

La fête était terminée. Les harmonicas se turent. Bertille, les joues roses, se réfugia dans son fauteuil en osier, attentive au bruit des voitures qui s'éloignaient, celles de Maurice et de Matthieu. Ses ongles vernis grattèrent un peu la peinture blanche, une de ses manies de jadis. Claire s'approcha et entoura les épaules de sa cousine d'un bras affectueux.

— J'ai remercié Jean; je dois te remercier aussi, princesse. Sans toi, cette soirée n'aurait pas été aussi merveilleuse.

— Tais-toi donc! Je me fiche d'avoir jeté mes sous par la fenêtre. J'adore dépenser et te faire des surprises, Clairette.

— Je ne parle pas de l'argent. Matthieu m'a dit que tu leur avais rendu visite ce matin et que tu étais digne de Bertrand, comme avocat en jupon. Merci, ma petite fée.

Une fois encore, Bertille dut essuyer ses larmes, elle qui pleurait si rarement par le passé. Claire déposa un baiser sur son front et la quitta pour rejoindre Jean qui fumait sur le perron.

Petit à petit, le calme et le silence revinrent. Les bougies s'étaient consumées; du feu, il ne restait que des braises d'un bel orange lumineux. Escortés par Jakob, Franzi et ses grands-parents avaient suivi le chemin des Falaises pour rejoindre leur nouveau foyer. Léon, Anita, César et sa femme s'étaient couchés. Le jeune couple ne reprendrait la route que le lendemain matin, afin de respecter le fameux couvre-feu.

Ludivine avait eu la permission de dormir avec la petite Boule; ainsi était baptisée la chatte tricolore. Puis ce fut au tour de Jean et de Claire de monter l'escalier, ce qu'ils firent enlacés, tous deux alanguis et un peu las. Bertille devina qu'ils allaient faire l'amour, peut-être moins ardemment que trente-cinq ans auparavant, mais plus sereins, plus unis encore qu'à cette lointaine époque.

Elle se leva, fine et droite dans sa jupe noire, son buste menu moulé par la soie de son corsage. D'un pas décidé, elle sortit de la maison et descendit les marches en pierre. Un pâle clair de lune argentait les toitures des bâtiments voisins et les feuilles des arbres. Les roues à aubes chantonnaient.

— Peut-être qu'il n'y a ni passé, ni présent, ni avenir, se dit-elle tout bas. Je n'ai pas d'âge et je peux m'échapper à travers champs, comme faisait Claire que j'enviais tant de courir à sa guise.

Une chouette effraie au masque blanc survola la cour. Quelqu'un franchissait le porche et l'avait dérangée de son perchoir. C'était Jakob. Très vite, il fut là, et Bertille se jeta contre lui.

— Je ne pouvais pas vous laisser seule; je savais que vous m'attendiez, déclara-t-il.

— Il faudra m'attendre encore des mois.

— Bah, ça m'est bien égal, si je vous vois chaque jour.

— Moi de même. Jouons aux fiancés tenus d'être sages.

— Ce n'est pas un jeu, affirma-t-il en cherchant ses lèvres. Je vous aime si fort!

— Je vous aime aussi. Si vous saviez combien je tiens à vous! Venez, allons nous asseoir.

Le Mosellan la guida vers le muret bordant le bief. Une grenouille plongea, ce qui irisa l'eau stagnante de cercles réguliers.

— J'ai un autre aveu à vous faire, Bertille, un aveu qui me coûte terriblement. Mes parents m'ont prié de vous dire la vérité. J'espère de toute mon âme que vous voudrez encore de moi quand vous saurez.

Elle lui étreignit les mains avec fougue. Rien ne l'avait jamais impressionnée ni effrayée, hormis la froideur des cœurs.

— Dites-moi, Jakob, je sais que vous êtes bon et honnête.

— Mes parents sont juifs et je le suis donc également. Nous avions choisi de le cacher à tous à notre départ de Moselle. Des rumeurs alarmantes se répandaient près de la frontière, sur le sort de notre peuple en Allemagne. Et, si j'en crois Jean qui suit les informations dans la presse et à la radio, cela ne fait que commencer, ici, en France. Je vous ai avoué la vérité sur Anna, pour le lieutenant allemand, je devais vous dire ceci aussi. Je ne pouvais plus vous mentir, Bertille, car je vous aime trop, et de vous cacher quelque chose, je ne pourrais pas le supporter.

Elle garda le silence un moment, puis elle se pendit au cou de Jakob et lui donna un tendre baiser.

— Et alors? Vous êtes en sécurité près de moi. Personne ne nous séparera, personne ne vous fera du tort.

Malgré sa fière assurance, au fond d'elle-même, Bertille avait peur. Sans même qu'elle puisse concevoir une infime partie des persécutions à venir, son instinct de femme la rendait méfiante, et elle ne songea plus qu'à préserver ses chances de bonheur. Quelque chose lui disait qu'il fallait vite saisir la félicité qui s'offrait à elle.

— Viens, dit-elle dans un souffle. Viens cette nuit. Je t'épouse avec le ciel pour témoin. Viens, Jakob, la grange à foin sera notre palais.

Une onde de désir la parcourut.

Il la souleva et l'emporta, plus fier et comblé qu'il ne l'avait jamais été.

C'était une belle nuit de l'été 1940, au Moulin du Loup.

DE LA MÊME AUTEURE :

Grandes séries

Série Val-Jalbert

L'Enfant des neiges, tome I, roman, Chicoutimi, Éditions JCL, 2008, 656 p.
Le Rossignol de Val-Jalbert, tome II, roman, Chicoutimi, Éditions JCL, 2009, 792 p.
Les Soupirs du vent, tome III, roman, Chicoutimi, Éditions JCL, 2010, 752 p.
Les Marionnettes du destin, tome IV, roman, Chicoutimi, Éditions JCL, 2011, 728 p.
Les Portes du passé, tome V, roman, Chicoutimi, Éditions JCL, 2012, 672 p.

Série Moulin du loup

Le Moulin du loup, tome I, roman, Chicoutimi, Éditions JCL, 2007, 564 p.
Le Chemin des falaises, tome II, roman, Chicoutimi, Éditions JCL, 2007, 634 p.
Les Tristes Noces, tome III, roman, Chicoutimi, Éditions JCL, 2008, 646 p.
La Grotte aux fées, tome IV, roman, Chicoutimi, Éditions JCL, 2009, 650 p.
Les Ravages de la passion, tome V, roman, Chicoutimi, Éditions JCL, 2010, 638 p.
Les Occupants du domaine, tome VI, roman, Chicoutimi, Éditions JCL, 2012, 640 p.

Série Bories

L'Orpheline du Bois des Loups, tome I, roman, Chicoutimi, Éditions JCL, 2002, 379 p.
La Demoiselle des Bories, tome II, roman, Chicoutimi, Éditions JCL, 2005, 606 p.

Série Angélina

Angélina : Les Mains de la vie, tome I, roman, Chicoutimi, Éditions JCL, 2011, 656 p.

Grands romans

Hors série

L'Amour écorché, roman, Chicoutimi, Éditions JCL, 2003, 284 p.

Les Enfants du Pas du Loup, roman, Chicoutimi, Éditions JCL, 2004, 250 p.

Le Chant de l'Océan, roman, Chicoutimi, Éditions JCL, 2004, 434 p.

Le Refuge aux roses, roman, Chicoutimi, Éditions JCL, 2005, 200 p.

Le Cachot de Hautefaille, roman, Chicoutimi, Éditions JCL, 2006, 320 p.

Le Val de l'espoir, roman, Chicoutimi, Éditions JCL, 2007, 416 p.

Les Fiancés du Rhin, roman, Chicoutimi, Éditions JCL, 2010, 790 p.

Dans la collection **Couche-tard**

Les Enquêtes de Maud Delage, vol. 1, romans, Chicoutimi, Éditions JCL, 2012, 344 p.

MARIE-BERNADETTE DUPUY

LE CACHOT
DE
HAUTEFAILLE

ROMAN
POLICIER

LES ÉDITIONS JCL

320 pages; 19,95 $